U0531366

惊封

JING FENG

下 3

壶鱼辣椒 著

HU YU LA JIAO

三环出版社
SANHUAN PUBLISHING HOUSE

目录

Contents

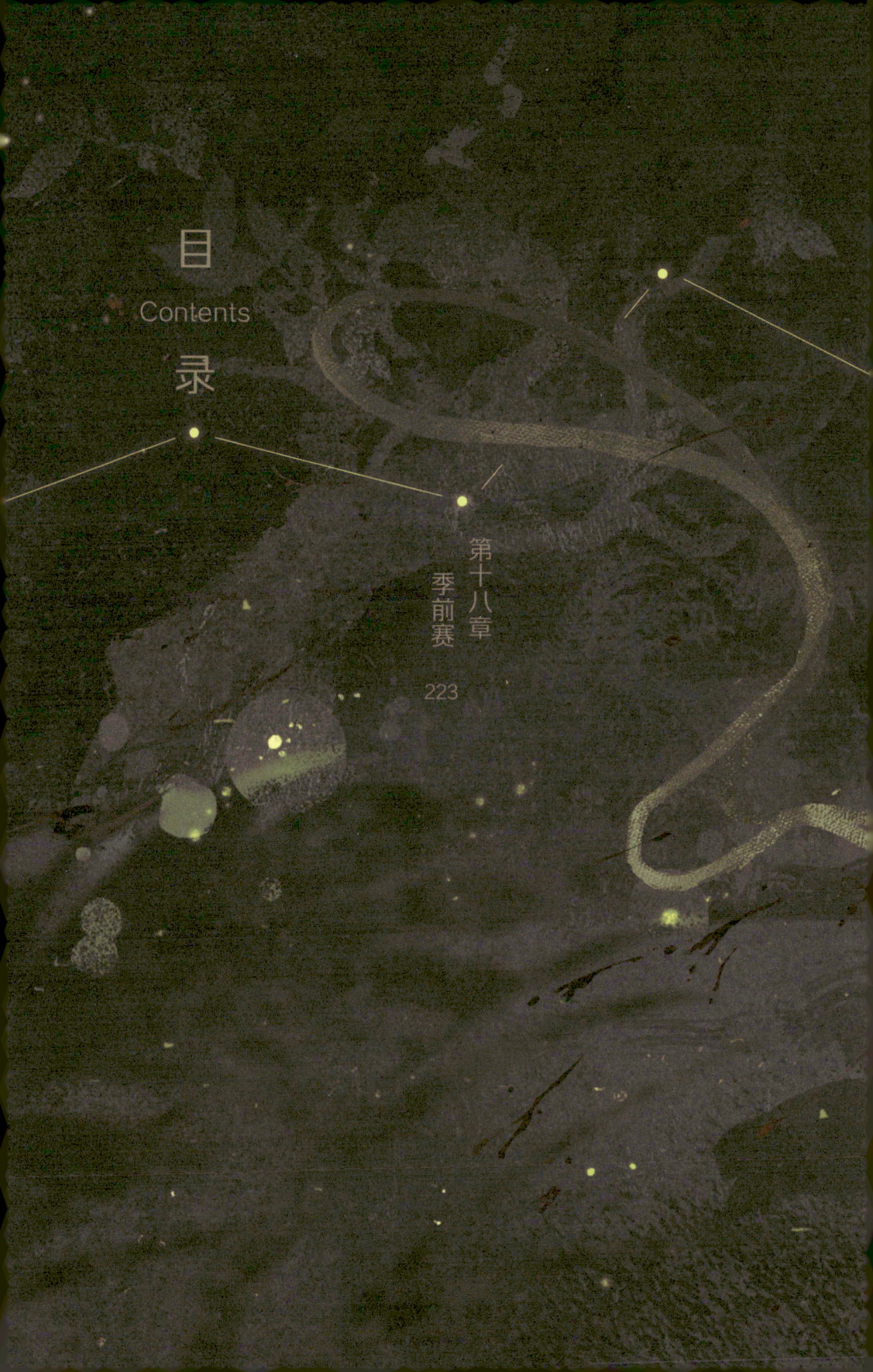

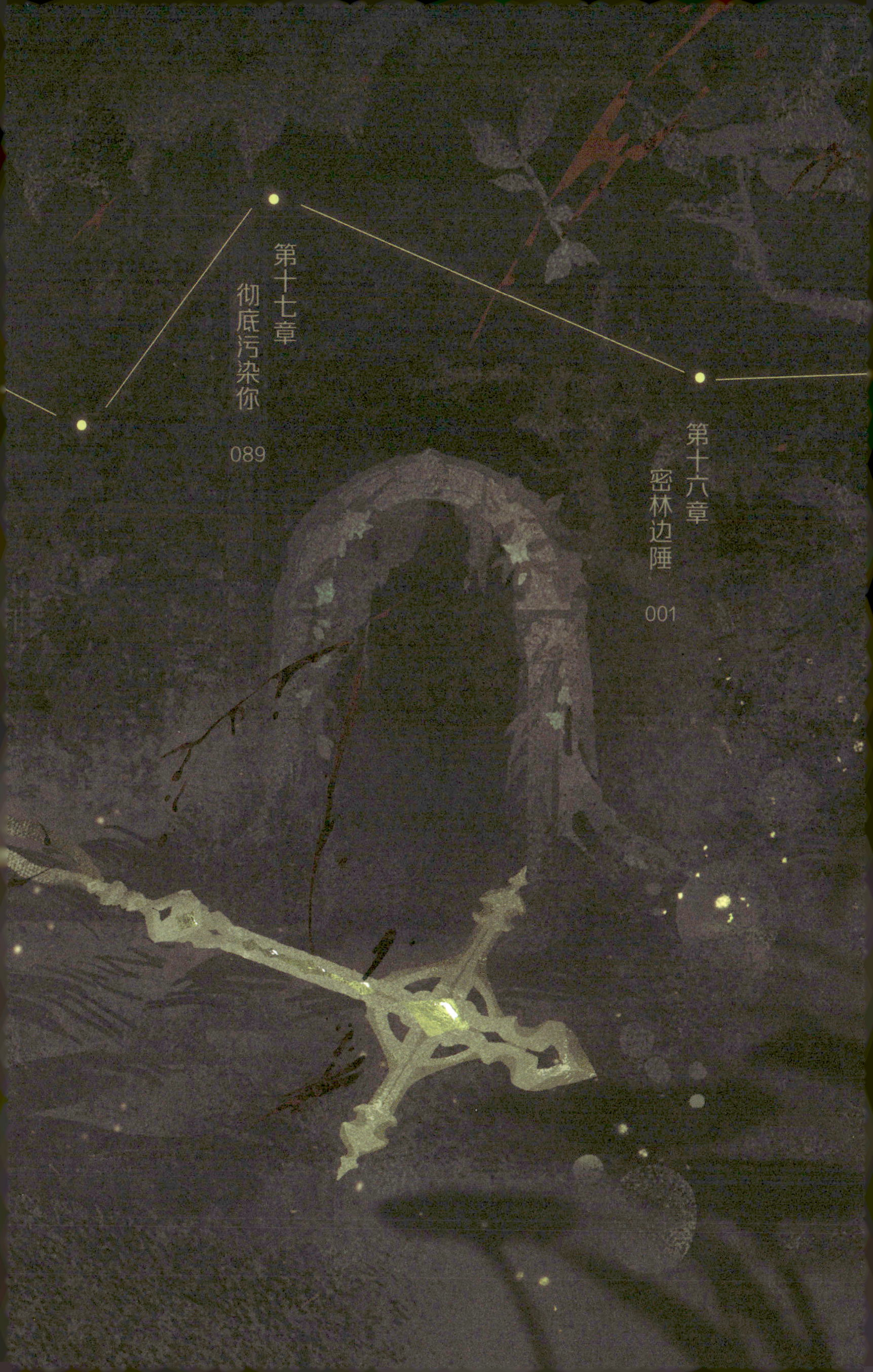

一个快要完全变成怪物的东西
不愿意放你离开，
很可怕，是吗？
从你自己要直视我的时候，
就已经失去了害怕我的权利。
你对我的信仰，被你抛弃了，
是吗？
我对你不再是信仰了，谢塔。

人总是会恐惧未知的自己
但这并不代表未知就是坏事。
未知里如果有你想要的东西
那未知也不是坏事
明明说要一直陪他玩恐怖游戏的人是这个人，
明明说要在恐怖游戏里和他重逢的人也是这个人，
但先离开、先毁灭、先退出的人也是这个人。

第十六章

密林边陲

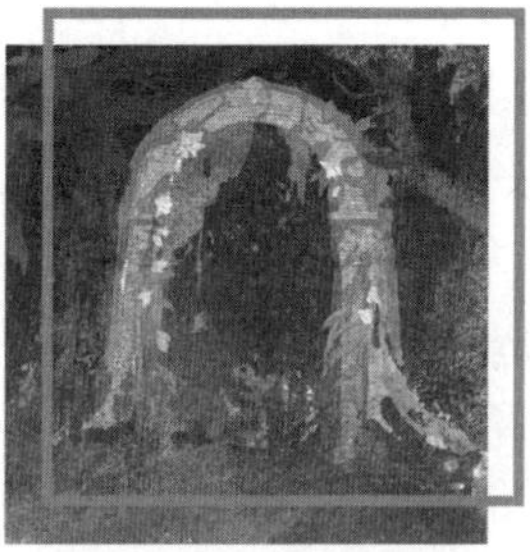

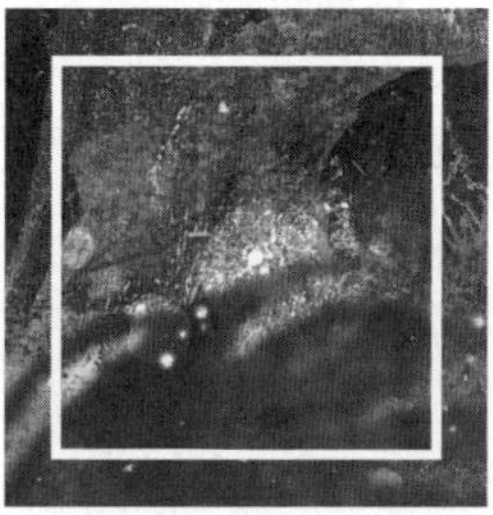

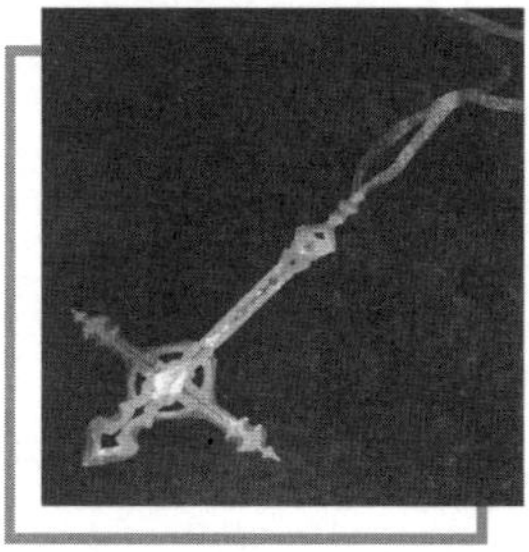

273

逆神的审判者联合其他队员把黑桃压到游戏池旁，一行人走路的姿态虽然松散随意，但路人仍旧避之不及，惶恐地躲开。

“你看看现在这情况！”他指责黑桃，“这不都是你造成的吗！在游戏池里玩个游戏都那么凶！”

黑桃抬起眼皮淡淡扫了他一眼：“他们不怕我，也会怕另一个带来胜利的人，与我做了什么无关。他们只是单纯地恐惧自己得不到这胜利。”

“如果这些人的害怕是获得胜利的一环，那就让他们怕吧。”黑桃转过头，淡漠地说。

——言下之意就是胜利终究是属于他的，这口气真是狂妄又笃定。

逆神的审判者被怼得语塞。

黑桃这家伙虽然看起来情商为零，但有时候想事情又透彻得不行，害他有时候想拿这些事情来做做文章，压制一下黑桃都不行。

“好了，随便选三个游戏吧。”逆神的审判者无奈地扶额，他真是拿黑桃没办法，“让我们看看你这段时间单独训练的效果，也让你检验一下我们这段时间团体训练的成果。”

“……如果我们有能力钳制你，”逆神的审判者深吸一口气，肃然道，“你就准备归队吧，要开始正经的联赛训练了。”

黑桃点头，他抽出长长的黑鞭，甩出后击中了游戏池中一张游动扭曲的海报。

杀手序列战队全员消失在原地。

另一头。

牧四诚伏低身体在杀手序列公会大楼外面攀爬，尖利的猴爪抠入墙面，卷尾猴的问号状尾巴在身后若隐若现地勾出，悬挂在任何一个凸出来的装饰物上。

他的身上还披着一件变色龙般的外衣，随着环境的更换变换颜色——这是白柳在游戏池中获得的一件超凡级别的道具，在分配的时候给牧四诚了。

而这的确是极其正确的分配，让牧四诚在潜入杀手序列公会大楼的过程中行云流水，无比顺畅。

经过几次颜色极其绚丽的变化和有惊无险的空中游荡，牧四诚就稳稳地落在了杀手序列公会大楼顶层旁的一条长廊里。

牧四诚随意甩了甩沾在自己指甲上的墙灰碎屑，身后的尾巴宛如收拢的电线缩回身体里，红色的眼瞳左右审视，略显惊讶地挑眉——

这个大公会搞什么鬼，自己的大本营居然一点防盗措施都没做？这不是等着外人来偷家吗？

但如果熟读了各个公会发家历史的木柯在这里，一定能很好地给牧四诚科普为什么杀手序列的公会大楼是这样一种空荡荡、无人把守的状态。

杀手序列作为去年才靠着黑桃异军突起的新贵，是极有可能乘着去年的东风发展壮大，坐稳第一公会这把交椅的——这是顺理成章的、所有公会会长都会想做的事情。

但杀手序列没有会长——因为黑桃不做会长。

所以这个公会是以一种相当野蛮的状态发展起来的，里面的会员大多是行事奇特，有一定能力，对黑桃怀有个人崇拜，且不想被大公会束缚、收编的高潜力新人。

虽然有栋大楼，但杀手序列的会员秉持一种游离状态，以薛定谔二象性的状态聚集在这栋杀手序列公会的大楼里。

打联赛时，他们需要公会作为报名条件，那个时候他们就是公会战队的备选队员。

不打联赛时，他们就是个人玩家。

这些新生代的杀手序列公会的会员受黑桃影响十分大，都觉得自己生来就是为了赢得联赛胜利而存在的，个个都感觉自己是冷酷无情的联赛杀手！

这种单打独斗的情况直到逆神的审判者被挖过来才好转——他让这群如问题儿童般的会员认清了能当联赛杀手的只有五个小朋友……不，五个玩家。

你们在当上杀手之前，得先为了公会发展做点别的事情。

——没错，逆神的审判者这个半路被挖过来的战术师，被黑桃甩手就扣上了一顶“公会会长”的帽子，不光要操心战队训练的事情，管理不服管教的战队成员，还要操心公会大大小小发展的事情。

可以说一个战术师当八个使，随时都在加班，黑桃还不给他开工资。

在这种情况下，公会的安保已经是逆神的审判者次要考虑的问题了——他游戏内外都在加班，快要猝死了。

虽然杀手序列安保差，但在黑桃这个胜利主义的精神象征的催化下，这里的人都是“战斗疯子”，咬上就不松口，属于对手越强越兴奋那种。

脑袋没事的公会基本是不会来动杀手序列的。

牧四诚小心地查看了一番四周，确定了大楼里留守的人员不多，很迅速地选择进一步动作，往大楼里更深的地方突破。

按照公会的一般做法，保管高级道具的地方通常有两个——一个是公会专门的仓库保管员系统面板的个人仓库。

仓库保管员不光保管道具，还负责在每周一次的游戏里测试和保养道具，因为身上常年保存着大量的高级珍稀道具，算是个流动的小金库，和武器改造师并列为公会两大保密性最高的职位。

顺便一提，游戏里顶级的仓库保管员是黄金黎明的，而且并不特指某一个人，而是指这个公会的全体成员。

这个公会不知道是干什么的，所有人都好像是警用仓库管理员出身一样高度训练有素，特别擅长保管、把守和储存危险物品。

不少公会，例如国王公会、卡巴拉公会，甚至查尔斯的赌徒俱乐部都曾刺探过黄金黎明的仓库储备——不一定是要偷对方的道具，知道对方有什么道具也是联赛情报当中重要的一栏。

但无论这些公会使出什么样的招数，皆是无功而返，可以说黄金黎明是小偷和怪盗的天敌公会。

而且近日黄金黎明似乎因为新队员——阿曼德的加入，在他的指示下再次调整了公会的防盗结构。

前几天黄金黎明在一维度分钟之内就抓捕到了国王公会的一个探子，用固若金汤来形容黄金黎明目前的仓库结构可以说毫不为过。

牧四诚一边往杀手序列公会大楼里走，一边皱眉——他觉得这里的仓库结构，和之前王舜给他看的黄金黎明的仓库结构的资料有些说不出的相似。

他身后，一道把空间隔开的半透明的旋转屏障缓慢转动了一下。

系统提示：有玩家触发了您设置的仓库陷阱道具！

刚进入游戏的逆神的审判者系统面板弹出了这样一条提示，旁边有队员问他怎么了，逆神的审判者笑笑，解释道：“没什么，有人触发了我预留的仓库保护道具。”

队员们瞠目结舌：“居然真的有人敢来杀手序列偷东西！”

“我记得我们的仓库没有做什么保护措施吧？”

“也没人能看守仓库啊，我们公会连仓库保管员都没有。逆神的审判者，你留的保护道具是什么？”

逆神的审判者被吵得一个头两个大，不得不高声安抚这群好奇的队员，无奈地叹气：“我们公会是真的没有办法再分出人力保护一个仓库了，所以我不得不使用了最简单朴素又最有效的仓库保护方法。”

队员们更好奇了，凑过去问：“什么办法？”

“我联系了黄金黎明的会长，然后出了一笔资金和一个预言，成功地把我们仓库的保护工作外包给了他。”逆神的审判者笑得很温柔可亲，“我设置的道具能把前来的客人直接送到黄金黎明的仓库里。”

队员们：“……”

逆神的审判者，你居然单枪匹马招到了最强的仓库保管员……

逆神的审判者愁苦地叹息一声，摇摇头：“我本来连训练也想外包的，但训练队员最好、最严厉的猎鹿人公会不接战队训练外包，唉……

“但我自己来，你们也不怎么听我这个战术师的话……”

队员们：“……”

猎鹿人信奉的可是斯巴达克训练啊！他们的队员每天都在惨号，连上厕所、喝水都没有时间！超级惨的！年纪轻轻就要得肾结石了！

有个平时不怎么听话的小队员僵硬地咽了一口口水：“你来就好，我们会听你的……”

逆神的审判者笑眯眯地看他：“真的吗？”

所有队员疯狂点头。

牧四诚越走越觉得不对劲，他及时打住，环顾这里的建筑，动了动鼻子认真地闻——敞亮的走廊两旁能闻到很多混杂的奇怪味道，人的味道陡然复杂多变了起来，还夹杂着一丝若有似无的金属门冰冷的味道。

这和他在异端管理局总部那里闻到过的味道十分相似。

牧四诚在闻的时候，他左边窗户上安稳地停着一只青蓝色带金边的蝴蝶，正在缓慢扇动翅膀。

牧四诚别过脸，皱眉耸鼻，低声自语：“还有一点……流动空气的气息……

“——是风的味道。”

蝴蝶飞速地扇动翅膀，狂风席卷了狭隘的过道，一个模糊的人影挟裹在狂风中，和风融为一体，以一种肉眼看不到的速度朝牧四诚这边快速攻过来。

对方借着风的压力和速度，踩踏在四周的墙壁上移动，如有神助般狠狠给了牧四诚一下。

牧四诚交叉双手硬生生地受了这一下，不甘示弱地出爪还击，抬手翻转就要抓住这个人的脸，将他摁在地上。

对方很轻地呼吸了一下，抬脚就要踢他。牧四诚用右爪格挡，向后弹开，俯身转脚要扫对方的下盘。

在这种风里，稳不住身形的就是输家。

对方轻跳一下，在空中上浮，贴在墙壁上，呼吸更轻了，几乎和风融为一体，让人无法察觉。一只蝴蝶停在他的肩膀上，翅膀还在不停扇动。

牧四诚闻到了他的呼吸，还有更快的风和蝴蝶鳞片的味道。

风顿时刮得更猛了，让人几乎看不清。

牧四诚被风的巨大压强压得胸口起伏都困难，他不得不松手退开，猴爪死死抠入墙壁，附着在金属墙壁上稳定自己。

风渐渐散去。

牧四诚跳了下来，对面的人站在一片狼藉的地面上，齐整的棕褐色短发被吹得凌乱，在白色的灯光下闪烁着一层奇异的光亮。

阿曼德直视着牧四诚："没想到我们还能在这种地方再次较量，牧四诚。"

"用较量这种形容势均力敌的词，好像不太准确吧？"牧四诚扬眉，抛了一下手里金光闪闪的翅膀发饰，在手指上转了一圈，不屑地笑，"如果这是在比赛里，被我抓下来的就是你的脑袋，而不是你脑袋上的发饰了。"

"是吗？"阿曼德不为所动，平静地注视着牧四诚，"你第一次和我战斗之后也是这么说的。"

"过去的记忆赋予人的也不全是苦痛，"阿曼德的视线移到那个发饰上，"还有经验。"

牧四诚一怔，他猛地意识到什么，想要丢出手上的发饰，但已经晚了。

他手上那个翅膀形状的发饰"砰"的一声炸开，变成一副钢丝网形状的手铐牢牢地裹住了他的双手和上臂，丝毫挣脱不开。

阿曼德抬眸望着他："你最讨厌网状束缚物和手铐了，所以我把它们结合了一下，送给你作为见面礼。

"好久不见，牧四诚。"

木柯领着做好了功课的杜三鹦来到了游戏池。

杜三鹦的情况比木柯想得还好一点，他不仅对这些东西接受起来很快，并且游戏次数已经超过了五十二次——他已经符合联赛报名条件了。

于是木柯在询问了杜三鹦的意见，确定他同意参加联赛之后，帮杜三鹦处理好了联赛报名的事情，按照白柳的吩咐带杜三鹦来到了游戏池练手。

杜三鹦畏惧地看着这些在池子里游来游去的海报，胆怯地看向木柯：“……我选哪一个啊？”

“选哪一个都没关系，”木柯耐心地解释，“我的基础面板值足够应付游戏池里大部分游戏了，而且你是一个幸运值满点的玩家，你选的游戏，不会对自己有太大危害性的。”

多年的“幸运儿”体质让杜三鹦还是很不安，他哭丧着脸：“但幸运的只有我一个啊……我周围的人一般都很倒霉的。”

“我知道，”木柯礼貌地和杜三鹦保持了一定距离，向他展示自己的面板，“我会和你保持一定距离来保护你，这样我自己受到的影响也是最小的。”

木柯含笑宽慰他：“我虽然看起来不显眼，但这是因为我的职业是刺客。我没有那么弱的，你放心。”

杜三鹦犹豫再三，最终还是上前选了一个游戏，木柯顺势跳了进去。

进入游戏之后，首先传入耳中的是一阵巨大的、连环的枪声，子弹不停歇地在地面上扫射着，周围所有的怪物都被击杀了，和一些玩家的尸体混杂在一起倒在地上，是相当残酷的景象。

杜三鹦人都看傻了。

“这个游戏已经通关，进入尾声了。”木柯面对这幅场景很镇定，还安抚杜三鹦，“没事，你运气真的很好，和我们一起进来的其他玩家已经清扫完副本的怪物了。”

木柯的视线移到那些玩家被射击得面目全非的尸体上，眯了眯眼，怕吓到杜三鹦，没有把后半句话说出口——其他玩家也基本被清扫完了。

看来这个游戏里有个相当危险的家伙。

杜三鹦吓得眼泪直冒，咬着手说：“但是这也太快了吧？我刚进来啊……”

“有这种玩家，”木柯冷静地说道，“这个游戏已经没有价值了，准备退出……”

伴随着一阵高频的枪声和一声愉悦的“呜呼”，子弹从远处一路无差别扫射过来，木柯反应极快地拿出道具盔甲挡在身上，把杜三鹦护在身下，凝神听着枪声传来的方向。

杜三鹦惊到想要从盔甲下面爬出去：“不要靠近我！会有倒霉的事情发生的！”

子弹击打在道具盔甲上的异常声响很快引起了这个敏锐的枪击手的注意，但在木柯撤离之前，这个枪击手坐在一个巨大的弹簧上从天而降，压向了木柯他们躲藏的道具盔甲。

木柯眼疾手快地拖着杜三鹦翻滚了一圈，从盔甲下滚了出来，单膝跪地掏出匕首，仰头看向来者，然后一怔。

他已经见过不少装扮稀奇古怪的玩家，但眼前这个玩家依旧是能让人在生死关头见到先呆住的类型。

这个玩家坐在一个三米多高、直径一米左右的巨大彩色弹簧上，跷着二郎腿，晃着脚，举着一杆长约半米的深绿色狙击枪，上半张脸是一张纸糊的小丑面具，画得相当扭曲，就像是小孩子在美术课上得低分的彩铅作业。

而下半张脸是画在皮肤上的大得过分的红唇，和上面那张纸糊的面具共同构成了看起来很敷衍的小丑妆容。

红唇显然是被他蘸着不知道是谁的血，用大拇指随意涂抹上去的，涂得一塌糊涂，带有一股浓烈的血腥味。一些血痂在他嘴角旁凝结，随着他的微笑，还在噼里啪啦往下掉血渣。

夸张的绿色喇叭裤裤腿和深绿色的狙击枪上都溅满了血液。

他坐在弹簧上托腮，歪着头居高临下地俯瞰着木柯的脸，嘴角咧开的弧度越来越大，苹果绿的眼睛从纸糊的面具里露出来。

"我记得你这张漂亮秀气的脸，"他用一种夹杂着西语口音的英文说道，腔调有种奇异的优雅，上位贵族惯常会拖长的尾调让他显得有些懒洋洋的，"因为我是跪在地上看见的。

"所以让我印象深刻，一见难忘。"

他抬起左手的狙击枪，但抬到一半，又仿佛突然记起了什么，单脚跳起来，摇摇摆摆地踩在弹簧边缘——就像是杂技演员表演踩皮球那样，一只手放在身前，另一只手放在背后，躬下了身子。

这又是一个很有贵族感的礼节，和他现在滑稽的表演和外在格格不入。

"父亲教导我，在杀死对手之前，应该自我介绍。"他弯腰，语气礼貌而尊敬，"出于对对手的尊重，我们应该允许他们知道自己是被谁杀死的。"

他抬起笑脸，但眼中没有一丝笑意："我叫丹尼尔，白柳最疼爱的教子。"

丹尼尔举起狙击枪对准木柯，脸上的笑越发暴虐，态度漫不经心："至于你叫什么名字，就不重要了。

"你是配不上他的垃圾，垃圾不需要有名字。"

"砰！"

巨大的游戏池边，处理好了一切事宜的白柳带着刘佳仪和唐二打来到了这里。

游戏池边一个玩家也没有。

刘佳仪一看就懂了："刚刚有大公会的战队下池了，而且这个公会下池的游戏人数还没凑满，所以其他玩家都不敢过来。"

她转头看向白柳，目光落在他被止血的绷带紧紧缠绕的手上："要不我们也避一避？”

“我什么时候教过你在联赛开始前暂避锋芒？”女人矜持优雅的声音打断了刘佳仪的思绪，软木高跟鞋的声音规律悦耳，“嗒嗒”地走过来，“在赛前你要做的是打压别人的锋芒。”

红桃穿着一身双带悬颈的亮蓝色缎带礼服，双手戴了过肘的米白色长手套，头发绾成规整精致的发髻，颈边摇晃着长约十厘米的雨滴状蓝绿宝石耳环。

有种古典的怡人风范。

刘佳仪挡在了白柳的前面：“皇后，许久不见。”

红桃身后也跟着一支战队，很明显是战队集体训练的状态，但她身旁这次多了一个刘佳仪觉得陌生的人。

这是一个穿着小号黑白两色修女服的异国少女，目测不过十三四岁，金发碧眸，纯白的头套遮掩住了她灿金色的大波浪头发，代表着向上帝祈祷的十字架被她牢牢握在手中，绿色的眼眸比浮动的海波更为天真纯澈，透着隐隐的蓝色。

刘佳仪只扫了一眼这个女孩，就知道红桃今天这身打扮是为了给这位新队员作配。

——这位新队员宛如从古典油画里走出来的少女。

红桃抬手抚开女孩额前的头发：“她是替代你的新队员‘修女’。去吧，菲比，去和你的上一任打个招呼，祝福她在游戏里得到庇佑。”

菲比走到距离刘佳仪一米左右的位置，她似乎丝毫不畏惧刘佳仪这个名声在外的小女巫，矜持地微微屈膝，提起修女服的两边行礼，有种被大家族抚养出来的格调，声线甜美如蜜。

“愿主庇佑你。”

菲比站起身，期待地望向刘佳仪：“你也有一个哥哥是吗？”

刘佳仪抿唇看了一眼红桃，还是回了话：“我的确有。”

“我也有一个哥哥，虽然和我不是一个母亲，但我们共有一个父亲——这也和你的情况一样，是吗？”菲比笑得如同天使一般，“他如同你的哥哥一样背弃了我，背弃了我的家族。

“但我并不怪他，我原谅了他，宽恕一切。”

刘佳仪不说话了，她警觉又沉默地注视着菲比，身上竖起了无形的刺。

菲比忽视了刘佳仪的敌意，她似乎按捺不住情绪般上前猛地握住了刘佳仪的双手，放在自己的心口，用那双美丽的、仿佛海洋般的蓝绿色眼睛充满爱意和友善地看着她。

“我们是如此相似，或许我们才应该是拥有血缘关系的人。兄弟、姐妹，或者其他什么关系，我一直梦想着和你做朋友！”菲比笑着，笑得真诚而幸福，“你是我最喜欢的玩家。”

她的眼睛闪闪发亮：“我一定会赢得比赛，然后带给你幸福。”

刘佳仪愕然地抽出了自己的手往后退，白柳顺势挡在了她的前面，抬眸望向红桃。

红桃微微颔首微笑：“菲比一直很喜欢佳仪，她其实比佳仪强，但她自愿给佳仪做了替补，就是为了和佳仪交朋友。”

“但可惜这段友谊在萌发之前，”红桃意有所指的目光落在了刘佳仪身上，“她喜欢的孩子就逃跑了。”

“是吗？”白柳不为所动，“那你之前不用菲比，是因为什么呢？”

“因为我不够稳定，我的哥哥还活着，他有时候做出一些惹人厌烦、丢脸的事情会牵动我的情绪，影响我发挥。”菲比貌似苦恼地叹息，双手交叉紧握，虔诚地祈祷，“上帝保佑，他要是能早点离开就好了。”

这样一个天真的少女满含期望地说出这样的话语，给人的冲击力显然是很大的——比如站在红桃身后的齐一舫已经听得捂着嘴流泪了。

这不是他想要的队友，看着这么白，天天把“保佑”挂嘴边，但内心是黑的，连他们这些队友都坑……呜呜呜。

当红桃带着菲比去训练的时候，菲比还转身恋恋不舍地对刘佳仪挥手告别，眼里全是伤感的水光：

“再见小女巫，希望我今晚的梦里有你。”

刘佳仪默默捂住自己起了鸡皮疙瘩的手臂。

“哦对了，如果见到我哥哥，希望你们能顺手帮我把他给淘汰了。”菲比满不在乎地说，就像是撒娇般拜托别人帮忙处理一只抓伤自己的不听话的宠物猫，“他叫丹尼尔，是个傻子，爱扮小丑。”

红桃离开后，白柳摁了摁刘佳仪的头：“红桃是来干扰你情绪的，在我们知晓这个修女具体的情报之前暂时不用管她，先进游戏吧。”

刘佳仪点点头，深吸一口气，选定游戏后登入。

系统提示：欢迎登入游戏《密林边陲》。

这里曾是一个正在发生战事的热带边陲小镇，到处都是密集的枪林弹雨、污秽的沼泽和小型湖泊，丛林里遍布着险恶的野兽蚊蝇和残缺的尸体，而你是负责打扫战场清理尸体的小兵。

积分类游戏，玩家清理的尸体越多，获得积分越多，最终在七天内积分最高者赢得游戏。

唐二打看向白柳："这是积分类游戏，和解密类不一样了，一般没有固定主线，只有背景信息。要赢游戏主要靠两方面，一方面是自己刷积分获得判定，另一方面就是阻碍别人获得积分。"

刘佳仪环顾了一会儿，视察环境并做出判断："热带环境，多雨水和风，动植物物种都很丰富，地形也相对复杂，要注意这些因素的干扰。"

她一边说，一边递了一瓶解药给白柳。

白柳从容地饮下，脸上的血色恢复不少："但这个游戏难度应该不高，目前还没有玩家或者怪物来袭击我们——快速清扫完离开副本吧。"

唐二打和刘佳仪点头。

"要出现在战场上，那首先就是伪装。"白柳扫视一圈，"我们需要三套伪装性的衣服……"

他话音未落，就听到一阵枪响传来。

这是一个战争背景的游戏，枪响很有可能代表这附近在发生冲突。

白柳、刘佳仪和唐二打迅速找好了植物掩体遮盖住自己，倒地一躺，往脸上擦了一些泥巴，屏住呼吸，闭上眼睛，装成了尸体。

几个人声嘶力竭的咆哮声从密集的枪声里隐隐透出，在山林间回荡：

"黑桃，你别跑！你说了要输的！"

"你说了要自罚三场的！做人不能说话不算数啊黑桃！放下你手中的尸体！"

"黑桃，收手吧！外面全是围堵你的队友！"

"黑桃，你居然为了赢抢队友找到的尸体！"

一个穿着深绿色制服裤的人在丛林间飞快地行动着，在路过白柳的时候，这人罕见地迟疑了一会儿，他低下头来凑近白柳观察，似乎在确认白柳是不是他可以捡的尸体。

但没等他确认完，后面的人就嘶吼着追上来了：

"把爷找到的尸体放下！！"

在这种没有迟疑时间的时候，黑桃毫不犹豫地抱住白柳，扛起来就跑，甩出鞭子头也不回地打了一下。

清脆的"啪"的一声响，然后就是一个男人凄厉的惨叫声。

"你居然痛击你的队友！"

黑桃置若罔闻，继续抱着怀里的两具"尸体"往前跑。被他扛在肩膀上的白柳缓缓睁开了眼睛。

274

丛林中的刘佳仪和唐二打眼睁睁看着黑桃行云流水地抱走了白柳："？"

什么情况？！

唐二打和刘佳仪二话不说跳了出来，两人目光一对，迅速朝着黑桃消失的方向追过去。

丛林密集的宽叶植株和茂盛的矮灌木让后面的人追击起来相当困难，再加上黑桃离谱的移动速度，他很快和后面追击自己的人拉开了距离。

但被劫掠走的"尸体"白柳丝毫不慌张，他闲适地托着下颌，一颠一颠地趴在黑桃肩膀上，脸上一点表情都没有。

白柳就是有点想知道，黑桃到底什么时候才能反应过来他不是一具尸体？

很快黑桃敏锐地看到了掩映在许多植物下的一顶简陋的用帆布搭的帐篷。

帐篷顶上耷拉着伪装的藤条，周围堆着不少尸块，只用沙土盖了一下就没人管了，旁边还有一些用沙袋和水泥堆起来的堡垒。这里一看就是负责清扫战场的小兵们在这片丛林里临时休息的据点。

黑桃堂而皇之地把这个刚刚被他发现的据点占为己有了，他抱着肩膀上的"尸体"，用膝盖顶开了帐篷的门。

帐篷里只有两张摆放得很近的钢架床，一些地雷和手榴弹空壳丢在墙角，可能是有人在翻找尸体的时候发现的，随手拿了回来。

角落里有一些沾染了血迹的破烂制服，两个铝制的漱口杯挂在墙壁上，床下有两个露出来半截打开了的医疗箱，原本放着抗生素药物的格子空了，可以看得出来屋子的主人走得匆忙，应该是拿着药物去救人了。

搜救小兵有时候也负责处理一些简单的外伤。

黑桃随意地把胳膊下夹住的那具连脑袋都没有的尸体丢在一边，正准备丢肩膀上这具的时候……

白柳终于开口了："原来大名鼎鼎的黑桃，就是靠着抢队友找到的尸体获得游戏胜利的吗？"

黑桃原本准备甩开"尸体"的动作一顿，迟疑了两秒才卡住"尸体"的腰，把白柳平举起来放在床上，凑近观察白柳涂抹了泥的脸。

因为看不清，黑桃还用手掌擦了两下，用的力气不小，把白柳的五官都擦得扭曲了一下，才露出泥巴下原本白皙的脸。

两人这时靠得有些近，黑桃专注地凝视着白柳，试图仔细地辨认他是谁。

白柳后仰和他拉开距离，错开眼神，看向帐篷角落里的破衣服。

"哦，"黑桃毫无所觉，恍然道，"是你，上轮游戏的玩家白柳。"

然后这人认真地点点头："嗯，我有时候会抢队友的东西来赢得游戏。"

黑桃毫无羞耻之心地当着白柳的面承认了自己的罪行，还问白柳："这样不可以吗？"

白柳："……"

不知道为什么，他一时之间有些怜悯这家伙的队友。

谢塔玩游戏的时候，也是完全不按规则来的，有时候甚至会一脸真诚地反水，捅同阵营的他一刀……

这点倒是保持得很好，一直都没变过。

白柳抿了一下唇，眸色变深，转过头去直视黑桃，脸上却带着细微的笑意。

只是这笑意未达眼底，白柳的声音冷淡至极："我是不喜欢对队友下手的人。"

白柳从手套中反手用两指夹出一张灵魂纸币，灵魂纸币上赫然是唐二打的脸，他瞬间启用了唐二打系统面板里的个人技能，抬手就从后腰抽出了一把枪，眼看就要上膛。

黑桃眼疾手快地把白柳的枪摁回了后腰，他本能地想要抽出鞭子对付白柳，但一想到逆神的审判者之前对他痛心疾首的指控，以及自己很有可能面临输三次游戏的惩罚，不由得犹豫了一下。

而就是这顷刻的犹豫，白柳手腕下压，转动着从黑桃的手里抽出了枪，行云流水地"咔嗒"一声卡上了弹匣，对准黑桃的心口就是一枪。

黑桃利落地侧身躲过。

子弹"砰"的一声打在了帐篷上，露出了一束微光落在白柳漆黑的眼眸里，那眼神冷且平静，在光下都没有几分温度，就像是蕴藏着无穷的负面情绪。

黑桃不由得怔了一下，他感觉这个人好像……在生气。

这种生气比黑桃遇见过的任何玩家产生的情绪带给他的威慑力都强，他下意识地想和白柳拉开距离。

但白柳没有给他留退路，在意识到黑桃不会轻易进攻自己之后，他腰部下沉，顺势用双腿钩住了黑桃的腰部，把他圈拢后拉过来。

同时枪口在黑桃被拉过来落入白柳怀里的那一刻，就被白柳以一种拥抱的姿势从背后瞄准了黑桃的心脏。

黑桃躬身向前压，躲开了从背后而来的这一枪，并且把白柳压倒，同时反手拉开白柳，卡住他的双手，夺走枪。

白柳呼吸急促，黑桃钳制住白柳的双手，居高临下不解地问："你为什么一定要瞄准我的心脏？"

"是因为上一轮游戏里，我夺走了你的心脏吗？"黑桃困惑，"但我还给你了，我拿走的是怪物的心脏。”

“我只是觉得，如果你一定要挖出自己的心脏并毁灭，”白柳抬眸望着他，微笑着回答，“不如让我亲自来挖。

“——毕竟我想挖出你的心，也想了很久了。”

语毕，白柳就像是魔术师甩扑克一样，从自己的手套里又夹出了一张新的灵魂纸币，纸币上是公会里一个成员的脸——他的技能武器是两把锋利的短刀。

被黑桃夺走的手枪消失了，取而代之出现在白柳手里的是一把短刀，他双膝跪在床上，挺腰直立，挥刀出鞘，逼退了压住自己的黑桃。

但就算黑桃退后了，白柳手中的刀势头也未曾减弱，而是闪着一道凌厉的寒光直刺黑桃的心口。

黑桃下意识抽出了鞭子挡了这一下。

白柳脸上的笑意越发浅淡：“我还以为你会一直不用鞭子呢。”

“你的鞭子呢？”黑桃注意到白柳一直没有用过自己的武器，和他一样。

白柳抬起眼皮，轻描淡写：“在上个游戏里被你给毁了啊。”

说着，白柳一脚踩在钢架的支撑点上借力，翻身下压，刀狠狠地劈在黑桃竖立在身前格挡的一捆鞭子上。

刀尖“刺啦”划出一道耀眼的火光，眼看刺不进去，白柳却并未减轻力气，反倒是转刀再劈，硬生生地用刀尖在鞭子之间撬出了一条缝。

黑桃不冷不热地扫了白柳一眼，他收紧小臂肌肉，内卷鞭子，竟将白柳插进去的刀身卷成了片儿挟裹进去。

——这便是顶级技能武器对低级技能武器的压制，原本坚硬的刀锋在黑桃鞭子的作用下，柔软得如同泥片。

白柳并没有收回刀，而是顺着被卷进去的刀身往里继续伸，左手两指夹住唐二打的灵魂纸币，再次载入了唐二打的系统面板，将技能武器更换了。

这个普通会员的技能武器的确不足以对抗黑桃，但白柳原本就不指望用这个武器来对抗黑桃。

这刀只是用来开路的，真正起作用的，是唐二打能撑得住黑桃鞭子的技能武器——枪。

白柳的目光下移。

刀身已经被彻底卷进了鞭子之间的缝隙里，刀的形态突然发生改变，变成一把坚不可摧的玫瑰左轮手枪。被卷进去的刀身猛地变换成了枪口，在鞭子的绞杀下撑开一条通路，直直地对准了黑桃的心口。

白柳漆黑的眼睛注视着黑桃，他丝毫没有迟疑地扣下了扳机。

“砰！”

子弹射进黑桃的胸膛，再从他的背部穿出来，拉出一条干脆利落的血线击中地面，染血的空弹壳砸在地上，清脆地弹跳了两下。

黑桃被子弹的巨大冲击力带得往后退了半步，脸上还有种没有反应过来的茫然，血液从他的胸前涌了出来。

白柳并没有收手，他脸上什么情绪都没有地把黑桃推倒在地，半蹲在黑桃旁边，然后垂手举枪，对着黑桃的心口又开了好几枪。

“你为什么不还击？”白柳看着倒在血泊里的黑桃，平静地询问，“就像你在上一个游戏里那样，掏我的心。

“你不是很擅长这个吗？”

黑桃侧过头来看白柳，发丝浸没在血液里，声音还是稳的：“因为再攻击你会被惩罚。”

“你是因为这个在生气吗？”黑桃问。

白柳脸上的情绪非常罕见地出现了一瞬间的波动。

但在黑桃确定这情绪到底属于哪一类之前，就被白柳滴水不漏地收敛了。

白柳垂下眼帘看着黑桃心口汩汩冒出的血液像小喷泉一样往外涌，他张开五指，把手放在黑桃胸前那个创口上，血液从他纤细白皙的手指缝隙里往外流淌。

温热又冰凉，微微黏稠，像强酸和燃油混合在一起的液体的质感。

“我以为你的血也是冷的，”白柳转过头去望向黑桃，“没想到还有点温度。”

白柳沾着血的指尖顺着黑桃的心口一路往上滑动，最终抚开了他的额发。他注视着黑桃的眼睛，有片刻的失神。

黑桃的眼睛也是黑色的，和白柳不见光的纯黑不同，他的黑色瞳孔仿佛是一颗放在漆黑的不见光的房子里的玻璃珠子，不经意地从一些角度看过去，会折射出一种很浅的银蓝色光辉，仿佛珠子里藏了另一个人的眼睛。

“你有一双很漂亮的眼睛，为什么遮起来？”白柳在这种怪异的场景里，突兀地提问。

而躺在地上的黑桃也很配合他，回答了他的问题：“我觉得没有必要向外人展示自己的眼睛。”

他顿了顿，结合白柳的问题补充了自己的回答：“除了你，也没有人评价过这是一双漂亮的眼睛。”

“是吗？”白柳抚摩黑桃的眼睛，“我很喜欢你的眼睛，是银蓝色的。”

白柳这句话的语调很柔和，眼眸失去焦距，好像已经原谅了黑桃的过错，沦陷在他的眼睛里。

但下一秒黑桃的呼吸就变得急促了，白柳化枪为刀，剖开了黑桃的胸膛，五指并拢从创口插了进去，捏住了那颗血淋淋的心脏。

黑桃出神地想——是这样啊，这人似乎是以牙还牙的类型。

所以他对白柳做了什么，白柳也要对他做什么。

如果白柳挖掉他的心脏，恩怨就能一笔勾销，不再和他生气，倒也不是不行……

白柳逐渐收紧自己握住黑桃心脏的手，他垂眸看着黑桃，忽然闭上眼睛，俯下身子。

黑桃的瞳孔前所未有地紧缩。

他的心脏在一瞬间被捏爆，白柳看着他喃喃自语："我讨厌你。你要记住，我讨厌你。"

鲜血大量地从黑桃的身体里流出，他迷茫地看着白柳，一时之间黑桃觉得因心脏受伤而感到难受的人不是他，而是白柳。

"你还在生气吗？"黑桃问。

白柳没有回答，他手里的枪没有收回，还抵着黑桃的心口，感觉随时都能因为不爽再给黑桃两枪。

于是黑桃困惑地、笨拙地拍了拍白柳的肩膀，说："对不起，我下次不会这样了。"

白柳静了很久，终于放下了枪。

275

王舜正在焦头烂额地整理季前赛的战队资料，他办公室的门被猛地推开，一个被乱七八糟的钢丝网和手铐裹得不成人形的物体踉跄地走了几步，勉强倒在了王舜正对面的沙发上，吓了王舜一跳。

这团勉强可以称为人形的物体缓缓地举起一只颤抖的手，上面起码吊了八九只手铐和三四层钢丝网，声音恹恹的："……是我，牧四诚。"

王舜惊道："你这是……什么情况？"

"倒霉遇到好管闲事的人了。"牧四诚费力地扒拉了一下挂得满脸都是的钢丝网。

但这钢丝网出奇地有弹性和黏性，不但没有被牧四诚扒拉下来，"啪"一下又弹了回去。他的语气越发郁闷："……就是那个黄金黎明的阿曼德，针对我研发了这个抓小偷的东西。"

“所以你就被他搞成这样了？”王舜一边说一边埋头在资料堆里翻找出了关于阿曼德的资料。

王舜推了推眼镜，扫了一眼资料上的内容，恍然道：“你栽在他手里真是不冤，他是一个特殊组织的队员，负责保管一些贵重和危险的物品，年纪轻轻就做到了副队长的位置。”

王舜看向牧四诚：“——据说专攻盗贼。”

牧四诚不屑地嗤笑：“据说专攻盗贼的货色我见多了，也没有几个能奈我何的。”

王舜用眼神示意牧四诚，让他看看自己这一身“装潢”再说话。

牧四诚注意到了王舜的示意，不由得越发烦躁起来。他甩了甩挂在胳膊两侧的手铐，神色罕见地阴沉。

“不一样的，”牧四诚说，他皱眉，“这个阿曼德，给我一种特别了解我的感觉。”

“他知道我的进攻习惯、方式、每个攻击技能之间的衔接点，并借此提前来钳制我。这个阿曼德甚至知道一些——”牧四诚顿了一下，“只有我才知道，没有告诉过任何人的事情。

“就好像他认识我很久，比我自己都了解自己一样……”

牧四诚越发暴躁，他疯狂扒拉自己头发上的钢丝网：“一想到要和这种人做对手，我简直不爽到爆炸！”

说到这里，牧四诚警觉地转头看向王舜：“不准在这个时候对我用你‘万事通’的技能！”

王舜举起双手示意自己手上没有纸笔，无奈道：“我不会对自己的队友做这种事。”

牧四诚微妙地盯了王舜半晌，然后叉开腿坐下，手搭在沙发靠背上，下巴搭在手背上：“喂，王舜，有没有可以偷窥别人记忆的技能？比如你这种。”

他皱着眉回想：“这个叫阿曼德的一见到我就和我说‘好久不见’，如果不是我记得只见过他一面，我还真就被他唬住了。”

王舜迟疑了一会儿：“我所知道的玩家里是没有的。”

虽然有种道具可以达到共享记忆的效果，那种道具他记得猎鹿人会长有一个，但和牧四诚说的这种偷窥记忆的还是不一样的类型。

“啧，”牧四诚站起身，不耐烦地挥挥手，“那你没用了。”

他说完转身就要走，结果没走两步就被自己脚踝上的脚铐和搅在一起的钢丝网绊了一跤，直接跪在了门口，然后生这副脚铐的气，指着它们破口大骂。

背后的王舜：“……”

他扶额叹息："你先好好坐在沙发上，把你身上这堆东西给弄下来再说吧。"

王舜找出了剪刀和钳子，但也只能解决钢丝网的问题，手铐怎么都弄不掉。最后他叹气："只能等白柳回来了，他身上有锻造武器的岩浆，说不定能直接把这个东西炼化。"

牧四诚深吸一口气就要爆发，但有人比他更快地嘶吼了出来。

"啊啊啊——"杜三鹦的眼睛哭成了波浪太阳蛋，他拖着垂着头浑身是血的木柯冲进了王舜的办公室里，"救命啊！"

王舜一天之内受到两次惊吓："又怎么了？！"

杜三鹦手足无措地狂指木柯，被惊吓到语无伦次："他……他遇到了一个疯子，拿枪狙他，但我幸运值满点，那个疯子打不中我们两个！"

王舜疑惑："没有击中你们两个，为什么木柯会变成这样？"

说到这里的时候杜三鹦终于崩溃了，他宛如一只摊手尖叫的土拨鼠："那个人发现自己无法用枪狙击，就说什么'既然他选中了你待在他的身边，那你作为拥有我记忆的赝品，暂时存在于他身后吧，总有一天我会夺回这个属于我的位置'。

"然后他对木柯用了一个特别奇怪的道具，说把他的记忆放置到了木柯的脑子里，就走了。

"木柯被用了那个道具之后就疯了，用刀砍杀了好多怪物才恢复了一些理智，他愿意和我一起从游戏里出来，但一出游戏就昏迷了。"

杜三鹦眼泪汪汪的："木柯在游戏里看起来好吓人……"

"在游戏池里可以及时退出游戏的，"牧四诚斜眼扫了躺在地上的木柯一眼，扯着腿上的脚铐上前把他扶了起来，"为什么木柯非要留在那里和一个疯子耗？"

"木柯留下来是有原因的，"杜三鹦咽了一口口水，小声解释，"因为那个人说，他是白柳的儿子……"

牧四诚："……"

王舜倒抽了一口冷气。

牧四诚崩溃了："什么东西？！"

游戏内。

并不知道自己多了一个儿子的白柳正盘坐在床上，面无表情地看着坐在地板上的黑桃给自己包扎伤口，有一下没一下地用指腹摩挲着怀里的枪口。

……这人出了这么多血，倒是一点事都没有，很快就恢复了。

黑桃挺直腰背，蹙眉——他感受到了一股不爽的杀气。

他正裸露着上半身包扎枪伤，从白柳的角度看过去，黑桃的腰腹和背部精悍结实，但肌肉不隆起，匀称有力地贴在骨架上一层。随着他抬手包扎、转腰，肌肉便在冷白的皮肤下绷紧、流动，有种流畅的美感。

黑桃似乎察觉到了白柳的目光，给他一个询问的眼神。

白柳微不可察地挪开了目光，摩挲枪口的动作停了下来，突兀地说了一句："你身材不错，难怪人气那么高。"

黑桃："？"

他不太明白两者之间有什么关系，但黑桃敏锐地意识到了现在的白柳心情似乎不怎么好。

于是为了避免再次起冲突，黑桃选择了赞同白柳的观点，为了增强说服力，他还点点头，"哦"了一声。

白柳的目光又微妙地变得不善起来，他微笑着说："原来去年得第一的黑桃先生真是靠这样的方式上位的啊，倒真是我孤陋寡闻了。"

黑桃："……"

他感觉自己答错了。

在黑桃准备再次开口答题之前，外面的丛林传来了一阵轻微的晃动声。

黑桃瞬间收拢一切道具，目光一凛，鞭子往外甩然后回卷，眨眼之间就把白柳圈住，以迅雷不及掩耳之势躲进了床底下，还扯了两个医疗箱挡在前面，以防外面的人发现他们。

"我队友来了，如果让他们发现我有再次伤害你的嫌疑，我还会被罚。"

地上还有血渍，帐篷里发生冲突的痕迹也很明显，鉴于黑桃一贯的作风和黑历史，他百分百会被判定为"犯罪方"。

"抱歉，暂时配合我一下。"黑桃把白柳困在自己的怀里。

白柳前倾颈部，试图和黑桃拉开距离。他呼吸急促："……我不会跑的，你松一点手。"

"我不相信你。"黑桃声音平静，他的手掌从白柳的颈部顺着喉结向上滑，卡住了白柳的下颌往后压，压到自己的肩膀上——他似乎觉得要这样才能控制住白柳。

"你很聪明，可以利用任何一个小道具逃脱别人的控制。"黑桃将手指伸入白柳的口腔，例行检查般梭巡，语气却是丝毫不沾染其他情绪的认真，"我看过你的游戏视频，你说不定会在舌底藏道具，尝试反抗我。"

白柳原本没有逃离的打算，现在也被逼得眼睛发红了。他弓着腰哑声嘲讽，声音里却带着笑："我就只会在舌底藏东西吗？我要是想逃……"你难道能困得住我？

他话没说完，但身后的黑桃明显会错了意，迟疑了片刻，又规规矩矩地说了句“抱歉”——这是逆神的审判者教他的社交礼仪，做了对不起别人的事情时要道歉。

但逆神的审判者教的时候，估计也没想到黑桃举一反三，通常是一边道歉一边做对不起别人的事情。

比如现在。

黑桃毫不犹豫地把手伸进了白柳湿透的衬衫里，白柳瞳孔一缩，忍不住一颤，反手就是一个肘击。黑桃反应迅速，握住了白柳的手肘下压，不为所动地继续向里探索。

他对白柳有力量和速度上的绝对压制，这么近的距离，黑桃想对白柳做什么的话，白柳很难反抗。

黑桃手心有一层很薄的茧，像是长年握鞭形成的。

黑桃终于检查完了，他看着蜷缩成一团的白柳，出于心虚，又说了一句：“抱歉。”

白柳低着头没有回答，呼吸声粗重急促，黑桃能听到白柳快速的心跳声，能感知到白柳有种奇特的情绪——好像是生气，但又比那更……

“你还因为之前的事情在生气吗？”黑桃试图安抚一言不发的白柳，他选择了另一个答案，“我身材不好。”

白柳沉默良久，黑桃以为他会给自己一枪。

但白柳却只是等到呼吸平复后，意味不明地轻笑了一声：“不，你身材很好。

“我很喜欢。”

276

帐篷的帘幕发出被掀开的细碎声响。

黑桃收紧了捂住白柳嘴唇的手，贴在他耳边低语：“来了。”

白柳移动目光，穿过了阻挡他视线的几重障碍物，落在刚刚踏入帐篷的人的鞋面上——那是一双制作精良的道具鞋。

黑桃的预估没有错，进来的的确是他的队友们。

有人嘟囔的声音传来：“黑桃这家伙居然把他抢来的尸体丢在了这里，搞什么鬼？”

“战术师，你怎么看？”

逆神的审判者环顾一圈，开了口：“他应该是准备把这里作为据点。”

藏在床下的白柳眯了一下眼睛——这个逆神的审判者的声音是一种非常近似于人声的 AI 合成的机械音，不仔细听根本听不出来。

但白柳做过的游戏里有关于这一方面的技术对接，其中一个声音和逆神的审判者几乎一模一样，白柳瞬间就听了出来——

这家伙在队友面前用的都是合成声，不是自己原本的人声。

他抬头转移视线，试图看到这个逆神的审判者的脸，尽管身后黑桃对他的钳制越来越紧，最终白柳还是看到了走到床边的逆神的审判者的脸。

那是一张非常没有辨识度的脸，哪怕是白柳这样善于记忆人面部特征的职业选手，都需要盯着不动两三秒，才能勉强记下这张脸。

——但下一次见到的时候，白柳也不敢肯定自己能立马从人群当中将他辨别出来。

这人的五官普通到了模糊的地步。

就和他的声音一样，有种被人工调试后过于正常和均衡的违和感。

他在床边没有待多久，就带着其他队员转身离去了："黑桃可能是发现了更好的据点，放弃了原本的这个……"

"但尸体他都没有带走啊……"

"可能是在路上看到更好的、判定积分更高的尸体，黑桃就把这具给丢了。他又不是第一次做出这种事了，上次对战卡巴拉公会的时候……"

一群人议论着走出了帐篷。

但黑桃还是一动不动地卡住白柳的肩膀，似乎在等待什么，没有从床底钻出来。

"还有一拨人过来。"黑桃说。

随着他的话音落下，刚闭合没多久的帐篷帘幕再次被掀开，白柳从床底各式物品的缝隙里望过去，看到了几双慌乱的军绿色胶鞋和一个放在担架上的"血块"，或者说只能用血块来形容的人形物体进了帐篷。

这"血块"四肢都没有了，口腔里涌出来的黏稠血液把他糊得整张脸上五官都看不到了，四肢的断口不停地往外喷血，帐篷上已经沾满了他喷溅出来的鲜血。

一个士兵尝试用绷带去绑紧四肢的断面来止血，但这只是做无用功——血液的流速只是从"喷泉"变成了"小溪"，毫无停下来的迹象。

这个士兵声音凄惶："他还活着！为什么医疗兵在清扫战场的时候不抬走他治疗？就让他留在那里被敌军扫尾的炮弹炸成这样！"

"他原本能活的！"在说这句话的时候，这士兵还在用力收紧怀里绑住断口的绷带，企图通过这样人为的手段来止血——因为用力过猛，他的声音都有些发颤了。

另一个士兵的声音要镇定许多，但语气依旧难掩沉重："你没有发现最近我们打扫战场的时候遇到的活人越来越多了吗？

"战场上的伤兵越来越多了，但医疗物资却明显跟不上。我们没有那么多物资来救助伤兵，而留着伤兵不管又会损害士气，所以后方部队就准备……"

那个正在收紧绷带救人的士兵语气艰涩："——所以这群人就直接不救他们了，让我们当作尸体收走，这样就没有伤兵，只有烈士是吗？"

另一个士兵沉默了。

那个士兵凄厉地冷笑："一块补发的烈士功勋金属牌而已，这群军官批发下来五美分都不到的东西，他们觉得就能值一条命？"

他厉声喝问，声音里却带了哭腔："盖伊，这具躺在地上的尸体，昨天还和我们一起吃饭、睡觉、收尸体，给自己的母亲和未婚妻写信，你觉得一块烈士牌子就值他的命吗？"

"……我觉得不值，"盖伊悲伤地回答，"但亚历克斯，这是战争，我们生命的价值并不由我们自己评定，甚至我们的尸体都不由我们主宰。"

亚历克斯终于松开了勒绷带勒到发抖的手，他瘫坐在地上喃喃自语："……是啊，这可是战争，那些高高在上的军官最想要的不就是一具具可以进攻的'尸体'吗？——不需要情感，不需要价值，甚至不需要生命。"

担架上尸体的断肢已经没有血流出了——那人早已经死去了。

盖伊抱住恍惚的亚历克斯，把他的头搁在自己肩头："但这个世界上没有这样的尸体，所以我们是像尸体一样正在进行战斗的人类，我们不应该有人性。

"亚历克斯，不要再对其他的尸体怀有感情了，那太痛苦了。"

亚历克斯紧紧环抱住了盖伊的后肩，他把脸埋了进去，隐忍地抽泣："我做不到，盖伊，我做不到——我不是尸体。

"我停止不了自己的同情、怀疑、痛恨和爱。"

亚历克斯的脸上满是泪痕，他透过盖伊染血的肩膀看向地面上那具布满血迹、面目全非的尸体，恍惚地问道："盖伊，你说如果尸体能动起来，如那些人所愿不停地进行战斗，那战场上是不是就不会有任何人受伤或者死亡，只需要有我们这样回收尸体的士兵就可以了？"

盖伊抚摩亚历克斯的头发，似乎是觉得他很傻一般地叹气："你还有一个月才满二十岁，这不是你该思考的问题。

"努力在战场上活下来，才是你该想的。"

亚历克斯低下头，抵在盖伊的心口。

而盖伊并不为亚历克斯这样的行为感到震惊——看起来这事并不是第一次

发生了。

……

专心听剧情主线，结果听到一半突然转换频道听不懂了，所以目光迷茫的黑桃：“？”

专心听主线，听到一半就意识到要发生什么的白柳：“……”

白柳看过不少稀奇古怪的研究报告，他知道在这种逼仄的、高危的环境里，他们很难不对朝夕相对、托付后背的战友产生特殊的寄托。

所以白柳预料到了他有可能会在这个副本里看到这种情形，但不应该是这样的状况。

如果只有白柳一个人，他是完全可以做到直接从床底走出去的。

但是……当这种情况下有某个人存在的时候，一切就变得……

黑桃在确认了一些小动静不会打扰上面的两个人之后，靠近白柳，态度端正地低声询问：“他们现在……和主线剧情相关吗？”

白柳转过身来正对着黑桃，冷静地说：“不太相关，只能说这件事情表明了这两个 NPC 之间的人物关系。

“你问这个干什么？”

“哦，”黑桃了解地点点头，“是这样吗？刚刚感觉你有点紧张地往外躲。

“我以为这是和主线剧情密切相关的事情，你想要认真听听。”

白柳：“……”

黑桃迷惑地看着白柳：“你怎么变红了？”

277

白柳冷静地回复：“你看错了，我没变红，是光映的。”

黑桃：“？”

但看着挺红的啊，耳朵下面都红了，一直红到锁骨那里，再往下他就看不太到了，可能是不太红。

注意到黑桃还想凑近再往下看自己的身体，白柳当机立断地捂住了黑桃的眼睛，冷声训斥：“别看我了，好好注意剧情。”

黑桃现在进入了一种莫名的探究状态，他觉得这东西和主线剧情有关，他一定要知道这是为什么。

于是黑桃拨开白柳捂住他眼睛和嘴唇的双手，结果看到白柳的样子时，黑桃一怔。

黑桃困惑："你比之前更红了，白柳。"

白柳："……"

白柳冷静地喝止："你给我闭嘴！"

"嘿！"盖伊带着温柔和调侃的声音从白柳身后传来，"看来我们打扰了你们的讨论？"

白柳静止了几秒钟，才缓缓地转过头。

盖伊半跪在地上，面带笑意地望着床下的白柳，对他伸出了手："你们是决定现在出来，还是再讨论一会儿？"

白柳："……"

白柳缓缓地吐出一口积郁在胸膛里的浊气，伸手握住了盖伊的手，被他一把拉出了床下。

旁边正在收拾尸体的亚历克斯目光不善地看了他们两个一眼，视线在白柳的衣着上扫了一遍，给了盖伊一个眼神示意。

"放松点，亚历克斯。"盖伊还是带着笑意，他倚靠在床边，眼角眉梢有种很柔软又懒怠的潮气，这让他看起来非常有亲和力，"虽然他们没有穿我们阵营的军装，但应该也不是敌军。"

盖伊比亚历克斯在军队里多待了几年，作为一个经验丰富的老兵，他对这种情况有自己的判断，于是他含笑看了看白柳和黑桃："你们是从镇子上偷跑过来看打仗是什么样的年轻人吗？"

几十千米外就是军队大本营驻扎的一个边境小镇，这个边境小镇十分偏僻，经济并不发达，而军队的突然进驻给这个偏远小镇带来了大量的人气，拉动了镇上的烟店、酒馆等一系列娱乐设施的消费指标。

这些平日里在战场上朝不保夕的大兵，在获得军饷的第一时间，就是去花掉这些钱带给自己快乐——比如住在他们隔壁帐篷的汤姆。

而这些大兵，包括一些衣冠楚楚的军官，在这个小镇原本的居民眼里就是相当于贵族的存在——在硝烟中潇洒来去，出手阔绰。

这无疑是最好的征兵广告。

小镇上的不少青年对于从军这件事开始产生向往，并偷跑到前线打探情况。

盖伊不是第一次遇见这样的年轻人了，他对这些年轻人怀有一种无可奈何的怜爱，他用这种眼神望着白柳和黑桃："所以你们现在知道了战争是怎么样的，还想加入吗？"

在白柳开口的一瞬间，他和黑桃的系统界面都弹了出来。

系统提示：恭喜玩家白柳触发主要剧情任务——帮助 NPC 亚历克斯赢得战争胜利。

系统提示：恭喜玩家黑桃触发主要剧情任务——帮助 NPC 亚历克斯赢得战争胜利。

白柳扫了一眼黑桃，微笑着回答了盖伊的话："当然。"

盖伊无奈地叹息一声："我明白你为什么想来，但你有更好的出路——你还这么年轻，没有必要赌。"

他真诚地抬眼望着白柳，劝说白柳："我之所以参加战争，是因为没有更好的出路了——我的父母和家族并不接受我。"

盖伊笑笑，指了指自己："我没有追求，学习不好，我们家是很优渥的上等家庭，而我活得太自由了，像个下等人，他们甚至不愿意给我冠以家族的姓氏，就强制性地让我参军来锻炼自己了。

"他们希望战争能洗礼我，让我变得像个真正的贵族男人。"

亚历克斯无声地坐在了盖伊身边，盖伊脸上依旧带着笑，笑容并不勉强："——但显然我和他们对于'男人'的定义不同。

"等战争结束，他们会给我很大一笔钱，我会过得很好。"

盖伊转头看向亚历克斯："这是亚历克斯，他原本是个想要继续深造的医学生，但这两年高端大学的研究员入学需要和医学相关的高等人员，也就是贵族人士写推荐信。

"亚历克斯生于平民家庭，他拿不到这封贵族人士的推荐信，但他对医学有崇高的追求，于是他就来从军了。"

盖伊转头看向白柳："因为从军之后，他作为军人建立一定的功勋，作为奖励，政府会给他进入任何一所高端大学继续深造的机会。"

"你看，"盖伊温柔地看着白柳，"我们都知道自己为什么会站在战场上，我们并不是因为战争本身和那些浮夸的征兵广告而来的，你呢？"

白柳直视着盖伊的眼睛："我们也知道——我们是为了结束战争而来的。

"战争再不结束，很快就会波及后面的小镇了。"

顺应盖伊对他们的幻想和盖伊对战争的态度，白柳虚构出了一个会让这个 NPC 好感度很高的人设——一个热爱和平与家乡、思想境界很高的小镇青年。

盖伊果然对这种人设没有什么抵抗力，他动作一怔，看向白柳的眼睛泛起一层水光，低语了一声："……你说得很对，你是个很好的小伙子。"

亚历克斯对白柳他们心怀警惕，他坐在盖伊旁边，手里一直不友善地拿着枪。但他很尊重盖伊，盖伊劝说白柳的时候，他一直安静地等着，一言不发。

但盖伊对白柳说“你是个很好的小伙子”的时候，一直保持安静的亚历克斯眼神凌厉地看向白柳。

这句话让亚历克斯对白柳的警觉心瞬间加倍，他举起枪，开口说道：“盖伊觉得你们无害，但我不觉得。”

盖伊往下压了压亚历克斯的枪：“嘿，他是个好小伙子，或许我们可以友好一点。”

亚历克斯被盖伊拦这一下惹火，直接把子弹上膛了，目光直直地盯着白柳，语气低沉：“好小伙子？这顶帐篷里只能有一个好小伙子。”

系统提示：主线剧情任务主要NPC对玩家白柳产生嫉妒反应，好感度急剧下降，跌破红线后，玩家白柳将会自动退出与该NPC相关的主线剧情任务！

白柳：“……”

大意了，人设营造过头了。

亚历克斯的枪对准白柳的眉心：“你们最好老实交代，你们在床下讨论了什么？”

白柳已经察觉到亚历克斯对他敌意很大，他现在说什么都是错的，会导致好感度降低。于是白柳给了黑桃一个眼神，示意他来接话。

黑桃一脸正直地回答了亚历克斯的问题：“我们在讨论他的脸为什么会变红。”

白柳：“……”

亚历克斯：“……”

盖伊：“……”

亚历克斯满脸通红地放下了枪，挠了挠自己的头，目光有些闪亮地望着贴在一起站着的白柳和黑桃，就像是看到了同类一样，不可思议地说：“……上帝啊，你的脸真的很红！你们和我们一样，也是好朋友吗？”

系统提示：亚历克斯的好感度急剧上升，玩家白柳再次被纳入主线剧情任务。

系统提示：盖伊的好感度急剧上升。

试图辩解的白柳闭上了嘴，忍不住动了动手上的枪，轻飘飘地瞥了黑桃一眼，笑得春风拂面：“嗯，是的。”

感受到一股来自白柳的浓烈杀意的黑桃很迷茫：“？”

他又答错了是吗？

278

在确定白柳和黑桃要参军之后，盖伊让他们等自己一下，等他和亚历克斯交班之后带他们去填表报名。

亚历克斯沉默地整理了收集的尸块，脸上是掩藏不住的悲伤——他还是新兵，很难接受这样的生离死别。

黑桃的眼神一直落在那些尸块上，虽然他没什么表情，但白柳注意到了这家伙不停地动手指，透露出蠢蠢欲动、不安分的感觉。

收集这些尸块可都是积分任务，估计黑桃很想动手把亚历克斯手里的尸块抢走。

但这些尸块可是亚历克斯的战友。

白柳不动声色地微笑着踩了黑桃一脚，贴在他身上低声警告：“抢走尸块会让亚历克斯好感度下降，不想做积分更高的主线剧情任务了？”

黑桃“嗯”了一声，略微遗憾地又看了一眼那些尸块。

盖伊也在帮忙整理尸块，但他的心理素质要比亚历克斯好太多了，虽然悲伤，但心态依旧是平和的。

在路过面对面贴在一起的白柳和黑桃时，盖伊还能笑着调侃：“就等我们这一会儿你俩都要说悄悄话？如此亲密。”

踩在黑桃脚上的白柳：“……”

黑桃充满求知欲地问：“为什么——”

白柳瞬间捂住了黑桃的嘴，笑容满面地转头：“我们俩是很好的朋友，但在镇上我们很难有这样避开别人单独相处的机会。”

盖伊显然很懂这种情况，他善解人意地笑笑：“是这样的。”

“如果你们真的要参军，被卷入这场战争……”盖伊似乎想起了什么让他难过的事情，情绪变得低落，“那就抓紧一切相处的机会吧，这种珍贵的时刻可不是常有的。”

于是黑桃和白柳就被盖伊赶出了帐篷。

两个人面面相觑。

黑桃还没忘记刚刚那个问题，颇为锲而不舍地追问：“他为什么说我们亲密？”

白柳抬手扶额，思索了片刻，决定不和黑桃纠缠，干脆地解释道：“……亲密是指我们刚刚靠得很近。”

"我知道这个。"黑桃的目光下移。

白柳被黑桃的视线盯得不由自主地抿了一下唇，他偏过头，唇瓣被他抿出了一层很浅的粉色。

"知道你还问？"

白柳的语气有些烦闷，但因为声音太轻了，显得这烦闷不真，不像发脾气，倒像是在……闹别扭，带出了一点别样的情绪来。

白柳说完，一愣。

他自己也意识到了这点，闭了闭眼，深吸一口气平复心情，让自己不要被黑桃牵动情绪。

小时候，白柳刚开始和谢塔相处时就老是容易无意识地被那家伙牵着走，怎么过去了十年，他遇到这家伙居然还是一点办法都没有……

黑桃对白柳这些心思毫无意识，他"哦"了一声，解释道："我不明白的是为什么盖伊会觉得我们亲密。"

"我们两个没有什么特殊的关系吧？"黑桃的声音平静而自然。

白柳的呼吸停滞了一瞬，他缓缓地睁开了纯黑色的眼睛，里面所有繁杂的情绪一瞬间抽离。

"是的，"白柳的声音带着些许笑意，他转过头来，脸上的表情无懈可击，"我们当然没有任何特殊关系。

"但盖伊他们误会我们有，这让他们对我们产生了亲近感，也更便于我们完成任务。"

白柳抬眸："所以我们要在他们面前假装我们有。"

黑桃静了一会儿，脸上的表情很认真，似乎在消化和理解这件事。

白柳安静地等他。黑桃低头望着白柳："我们之间也可以被称作亲密，是吗？"

"是的，"白柳回答，"类似于生死之交。"

黑桃顿悟："我们要模仿的就是这样的特殊关系？"

白柳点头，然后微笑着补充："当然，我们本身并不存在这样的特殊关系。我们只需要在这对 NPC 面前演戏，不在他们面前的时候，请黑桃先生和我保持社交距离。"

他脸上的笑和语言都藏着一种让人不适的冷淡："因为我讨厌黑桃先生，我们的立场是敌对的，希望你离我远一点。"

黑桃顿了一下，莫名地说了一句："我不讨厌你。"

"我很期待和你打比赛，"黑桃低着头看着自己脏兮兮的鞋面，手上的鞭子有一下没一下地甩着，语气很淡，"——你是我见到的，第一个不怕我的玩家。

"我挺喜欢你的。"

准备和黑桃拉开距离的白柳脚步停了一下，但他很快若无其事地微笑着说了一句“但我不喜欢你”，然后迈了一步。

黑桃“哦”了一声之后就不说话了。

他们隔着五十厘米的距离一动不动地站着，两个人的头都转向一边，谁也不理谁。

白柳漫不经心地调动自己的系统面板，黑桃低着头擦拭自己鞭子上的纹路，两人都觉得手上的东西像突然长出花来了一般反复检查，反正就是不看对方。

在进入这个游戏之前，白柳给唐二打他们准备了通信道具——一部卫星电话。

在游戏池内，副本采用的是联赛模式，每个人的系统面板都是被阻隔的，相当于电脑断网的状态，系统面板没有办法和商店、论坛，以及另一个玩家相连。

简单来说，除了该玩家本人，其他人都没有办法使用这台“电脑”。

就连白柳的灵魂纸币技能，因为被切断了“网络”，他能使用的系统面板的部分也极大地缩小。

仓库属于“联网”功能，白柳作为一个“电脑”的外来访客，也是不能使用仓库的。

所以白柳目前能用的就是调一下面板值，使用灵魂纸币技能之类的简单功能。

白柳无法调用仓库里的道具和唐二打他们交流，在这种情况下，通信道具的准备就显得很有必要了。

白柳试验了很多种通信道具，在上个副本，他发现了在大多数副本和极端地图里都比较稳定的通信道具——卫星电话。

卫星电话在进入这个副本的时候发生了退化，变成了一部相当落后的大体积的无线电设备，比较难使用。

但在这种两人都不说话的情况下……

白柳觉得没有比现在更适合使用这个设备的时间点了。

好在设备上有说明书，操纵起来并非真的完全和大型无线电设备一样，而是更类似于退化版的手机，并不难。很快白柳就联系上唐二打和刘佳仪，下达了命令让他们去参军，然后在参军点和他会合。

唐二打的回复很快传过来了：我看到有人触发了主线剧情任务，是你吗？

白柳用余光扫了一眼鬼鬼祟祟又一脸漠然往他这边靠的黑桃：我和杀手序列的黑桃。

唐二打：你和黑桃？如果你和黑桃都触发了这支军队阵营的主线剧情任务，那你们应该就是这一方阵营的人了，那杀手序列的其他人为什么要主动加入敌军？

白柳挑眉：杀手序列的其他人加入了敌军？

唐二打：是，我看到他们在帐篷旁边游荡了一圈之后，故意被敌军发现，被俘获之后迅速投敌。既然黑桃在这一方阵营，他们为什么要加入敌军和黑桃作对？

白柳轻笑：因为现在他们和黑桃不是队友。

唐二打：？

白柳回了一句“到时候在参军点再详细说”，就收起了设备，转头慢悠悠地仰头看向已经贴在自己背后的黑桃，笑道：“看来你的队友是铁了心要给你一个教训了。

“我猜他们巡逻帐篷的时候就已经发现你藏在床底了，只是没有点明。”

黑桃纠正：“发现我们藏在床底，你靠外面。”

白柳假装什么都没有听到，略过这个话题：“从你们那位战术师选择阵营的做法来看，他是故意放任你触发这里的主线NPC的任务，然后选择敌方阵营——他想要通过正面对决让你输这场比赛。”

“他试图在你这里树立战术师的威信，”白柳饶有兴趣地笑起来，“看来那位逆神的审判者很了解你，他知道你吃这一套。”

黑桃望着白柳：“他带着一个团队赢我，也算不上很厉害。我比较喜欢在单人对决中赢我的类型，更喜欢你这样……”

白柳站起来拍拍裤子，冷静地打断了黑桃的话：“盖伊他们还没出来吗？”

黑桃转头扫了一眼帐篷：“快出来了。”

“我们要在他们面前假装成有特殊关系的人，是吗？”黑桃瞥了一眼还和他保持距离的白柳，问道。

白柳侧过脸，似乎不怎么想理黑桃，敷衍地“嗯”了一声。

盖伊撩开帐篷帘幕出来的那一瞬间，黑桃突兀地伸手握住了白柳的后颈，用力把他的头转到了自己的面前。

白柳的瞳孔骤然收缩。

279

白柳手指蜷缩成拳，又抿了两下唇，开口的时候声音已经很平静了。

“……下次做这种事情之前，先和我说。”

黑桃放在白柳肩膀上的双手收拢，很轻地“嗯”了一声。他仿佛注意到了白柳的情绪，后知后觉地说：“这次是不是也该先问你？”

“对不起，”他诚恳地道歉了，“你会生气吗？”

白柳突然笑了出来，抬头望着黑桃。那眼神看得黑桃动作顿了一下。

热气氤氲在白柳漆黑的眼眸里，明亮又看不清，那双眼睛里像是藏着一个模糊的他，又像是藏着一个白柳正在怀念的人。

在黑桃的心口上，白柳还能闻到这里残留的血腥气。

他刚刚对准黑桃打空了两个弹匣，还把他的心挖了出来。

上涌的情绪慢慢又平复了。

白柳闭上了眼睛，缓缓吐出一口气，脸上还带着那种很随意的笑："你这点倒是没变，不管干了什么先道歉再说。"

谢塔和他待在一起的时候，说得最多的词就是"对不起"。

这人有种莫名的求生欲，每次都能敏锐地察觉到白柳怒气值上升的前兆，及时道歉。

下次还敢惹他生气。

"这次就先算了，"白柳微笑着跟盖伊和亚历克斯点点头打招呼，轻飘飘地瞥了旁边的黑桃一眼，笑得很友善，"但我希望没有下次了。"

黑桃："……"

他总觉得自己又做错了。

两个人跟在盖伊后面往后方的大本营走，去的过程中还要坐一程火车。

但这是一条很奇怪的铁路，只有几十千米，也只能往返于前线和后方小镇之间。

坐在车厢里，盖伊向白柳他们无奈地解释："很奇怪吧？很少有这么修铁路的，但因为这场战争已经打了一年半，一直卡在这个位置无法推进，后来为了方便运输士兵和物资，就修了这么一条奇怪的铁路。"

白柳的目光从车窗外面茂密的丛林里收回来——在这种潮湿的地带修这么一条铁路可不是什么容易的事情。

花费这么大功夫修这么一条线路，只能说明这场战役的指挥官所图非小。

白柳望向盖伊："为什么会卡在这里一年半？"

盖伊长长地叹了一口气："因为往前二十多千米有个很重要的战略地点——普鲁托湖泊。"

白柳挑眉："普鲁托，罗马神话中的冥王？这湖泊为什么会叫这个名字？"

盖伊解释："这个地方夏季降雨非常多，最多的时候年均降水量可以达到上万毫米。

"夏季，这片处于整个地区地势最低点的湖泊就会因为大量的降水而导致水面迅速上涨，诱发山洪，每年都会淹死不少居住在附近的居民。因此这里的人叫这片湖泊‘夏季发怒的死神’，取名为普鲁托。”

“不光如此，”亚历克斯神色严肃地补充，“一旦水面上涨，普鲁托的湖水就会溢出，自动填充周围的很多河渠，在这片密集的雨林里自动形成一张以普鲁托为中心的、交错纵横的河道网。”

盖伊深吸一口气：“在这种很难修建运输通道的雨林里，河道就是天然的铁路，谁在雨季之前占据了普鲁托，谁就能利用河道和船只往这片区域的四周大量输送物资、武器和士兵，占据强大的战争优势。”

白柳明白了：“也就是说，谁在雨季之前占据了普鲁托，谁就有可能赢得这场战争。”

“但如果是这样，你们在这里待了一年半，至少经历过两个雨季了。”白柳若有所思，问道，“这两个雨季你们没有分出胜负吗？”

盖伊苦笑着摇头：“前年是我们占领的普鲁托，但那个雨季降水量不多，河流形成的运输范围相当狭窄。

“我们在那个雨季丧失了战场优势，让对面的人占领了普鲁托，以防万一，我们在那年扩大了征兵量。”

盖伊看向亚历克斯，目光复杂：“……亚历克斯就是那个时候来到前线的。”

亚历克斯点点头，神色黯淡地说：“去年的雨季是敌军占领的普鲁托，并且降水量也很可观……他们的战场优势一直持续到今年，我们节节败退，只是在顽抗，战场上每天收集到的尸体都比前一天更多……

“上级不断地加大征兵力度往前线填人，让我们绝对不能输，一定要赢……”

盖伊拍了拍亚历克斯的肩膀，叹息了一声：“这种事情，怎么也轮不到我们来主宰。”

他苦中作乐般笑笑：“在战场上，我们唯一能做的事情也就是赴死了。”

亚历克斯垂着头，声音很低：“我有时候都觉得，要是我们输了能让战争结束就好了……”

盖伊神色一凝，左右看了看，无奈地敲了一下亚历克斯的脑袋：“这种话不要在火车上说，被人听到会被处分的。”

亚历克斯依旧低着头，放在膝盖上的拳头攥得很紧，没说话。

盖伊用力抱了抱他的肩膀，语气又轻又温柔：“没事的，这个雨季后战争一定会结束的。”

亚历克斯无声地握紧了盖伊的手。

“这个雨季后战争一定会结束的，为什么这么说？”白柳抬眸看向盖伊。

盖伊静了片刻：“你们到参军点就明白了。”

说完这句话，盖伊出神地看向火车外，眼睛里倒映着晃动的绿荫和战火。

“……我的家乡有句谚语说，与好朋友在一起的时间比金子还珍贵。”盖伊喃喃自语。

他笑着转头看向白柳和黑桃，眼眸里的绿荫和战火都褪色，只有一种如老照片般动人的潮湿的光，脸上的笑容有种掩藏不住的羡慕与自豪的幸福。

盖伊爽朗地大笑：“那我们四个人待在一起的时候，岂不都是世界上最富有的人？”

从火车上跳下来的白柳一行人远远地就看到了人头攒动的参军点。

有人举着大喇叭站在桌子上激奋地大喊，有人高举征兵海报高呼着四处发放，还有人正趴在地上用不知道从哪里捡起来的脏兮兮的圆珠笔填写被踩了一脚的报名表。

整个场面乱得像一锅粥。

“看来今天来报到的新兵不少，”盖伊“啧啧”了两声，“要在这种场合拿到两张报名表可不简单。”

“到了我们该尽一下地主之谊的时候了。”盖伊拉着还没反应过来的亚历克斯的手，吹了一声愉悦的口哨，就冲进了人群里：“我来帮你们拿报名表！”

十分钟过后，被挤得脸都变形了的亚历克斯双目呆滞地坐在地上喘气，盖伊兴奋地对白柳他们挥舞报名表：“我拿到了！”

盖伊从口袋里抽出两支笔，把报名表放在白柳和黑桃面前，笑眯眯地指导他们报名。

白柳刚刚拿到报名表的时候，就注意到了上面有不对劲的地方——有个选项已经被预先打了一个叉。

这个叉是谁打的，很明显。

白柳看向盖伊，用笔点了点那个叉：“这个选项是什么？我不能选吗？”

盖伊脸上的笑容消减了一点：“这个啊……这个选项是问你是否愿意加入突击队。”

“突击队？”亚历克斯疑惑的声音从盖伊身后传来，“最近有组织突击活动吗？我怎么没接到通知？”

桌子上举着大喇叭的人突兀地提高了嗓门：“各位，我们的将军已经集结了上千门重炮拉到了这个小镇，并且将从今日起不断送至前线排布。”

这人情绪激昂、唾沫横飞，挥舞着手臂：

“相信大家都知道，如果这个雨季我们输了，就会葬送在普鲁托死神的手里！这两天的大雨已经预兆了敌军很有可能拥有巨大的优势。”

下面原本吵闹的群众安静了，所有人都回过头看向这个站在桌子上的人。

他悲痛地继续说下去："难道我们就这样输掉这场关乎荣耀的战争，把属于我们的自由土地，让给湖对岸那群不知廉耻、不懂满足的奴隶吗？

"我们给他们的权利还不够多吗？！

"雇用这些贫穷落后地区的人，按日发工资，包三餐，他们居然还要求拥有财产，要求用劳动换取土地，要求成为和我们一样的上等人！

"这群靠我们吃饭的人，居然敢说这些靠我们才发展，变得富庶的土地原本是他们的，要我们还给他们！"

"无耻！"这人高声厉喝，满面怒容，"他们要是真的有骨气，在我们刚开始帮他们发展的时候，怎么不开口赶我们出去？

"在我们签订了协议，获得他们的同意之后拥有了土地，将土地变得无比富饶之后，这些贪心的家伙就打着拥有土地所有权的旗号要把我们赶出去！"

盖伊给白柳小声讲解："这片雨林有大量的木材、矿产和水域资源，但当地的居民却非常贫穷。于是当初找到这片土地的官员和居民签订了协议，以未来一百年给予他们工作，让他们每天都能吃饱饭为条件，获得了这片土地的永久所有权。"

白柳微妙地顿了一下。

他觉得他做事已经够黑了，没想到还有更黑的——拿人家原本就有的土地换取了更为低廉的劳动力。

这已经不是一本万利了，这是无本万利。

盖伊叹了一口气："你也看出来了，这就是一张空头支票，但那些土著居民一开始没有意识到，而且那些人的确连饭都吃不饱，所以全部同意了。

"他们在这里大量建厂，靠着土地和这些劳动力获得了大量的财富，但工厂给居民开的工资却越来越低，工作时间也越来越长。他们越来越不把这些居民当回事，甚至把这些居民当作奴隶来践踏、凌辱、调笑，于是争执就爆发了。

"在争吵中，一个土著居民杀死了一个厂长，厂长的朋友和亲人为了泄愤，把所有参与了争执的土著居民关押在一座废弃的工厂里，一把大火将他们烧死了。"

盖伊沉默了很久才继续说："一个星期之后，战争爆发了。

"那个时候所有人都没有想到，战争能打这么久——这些土著居民很了解当地的地形，并且国际上的很多相关人士都在援助他们，说这是一场真正自由的解放战争，有很多别国的志愿军加入。"

盖伊落寞地笑了笑："嘿，说起来你可能不相信，我本来也想成为志愿军的，但在我报名之前，我的家族抢先把我送到了这里。"

白柳的目光停在那个还站在桌面上慷慨激昂演说的人身上："这个故事还有另一个版本吧？我在征兵广告上看到的战争起因不是这样的。"

"是的，"盖伊欣赏地看着白柳，"国内官方用来宣传的版本是他们无私帮助这里的居民脱离贫困，获得文明、民主和自由，却被这群贪得无厌的落后土著人率先攻击了，还在争执中杀死了一个曾经无私帮助过他们的厂长。"

盖伊看着地面上到处散落的征兵广告和海报，呼出一口气："你知道最复杂的情况是怎样的吗？这个征兵广告没有说假话，那个厂长的确是无辜的。"

"那是个很好的男人，"盖伊面露怀念之色，"他虽然是贵族出身，但来这里了解这些情况之后，却发自内心地想要帮助这些人建立自己的厂子，脱离那些所谓的上等人的掌控。

"他和这些土著人打成一片，倾家荡产地帮助他们，甚至被家人和朋友反对都不停止。

"但有些土著人并不相信他，并且很过激地觉得他这样伪善的行为是为了进一步压榨他们。于是在争执中，这个人就被一个对他一直心怀怨恨和怀疑的土著人趁乱打死了。

"国内将这件事情大肆宣传，很多人是为了他来到战场的——他们感到生气和愤怒，觉得这样的好人不应该这样死去，包括亚历克斯。

"他们的心是好的，只是有点天真，他们以为自己来到这里只是为了一句道歉的话，但战争远比他们想象的残酷。"

盖伊说到这里静了静。

白柳看了他一眼："这个厂长你认识，对吗？"

"我可以告诉你，但这是我们之间的小秘密，你可不能让亚历克斯知道。"盖伊一只眼睛眨了眨，笑了起来，但他脸上却有一种微笑掩盖不了的悲伤，"他曾经是我最好的朋友。

"我运气很不错吧，朋友们都这么棒。"

桌子上的人高声叫着，压过了盖伊的声音："为了终止这场持续了一年半之久的战争，在雨季全面到来之前制裁贪婪低劣的敌军，我们组织了一场将于两天后进行的突袭，为此我们抽选了优质的老兵，组建了一支精锐突击队。

"他们将在两天后的炮击过后承担最危险的突击冲锋任务，下面让我们为这些突击队里的勇敢士兵喝彩！"

他拿出了一份长长的名单，每念一个名字就会有一个士兵在欢呼和簇拥中登上高台。

盖伊望着那份名单，安静地等待着。

亚历克斯似乎意识到了什么，不可置信地转头看向盖伊，然后猛地回头，用一种几乎要把纸张烧穿的目光看向那份名单。

“盖伊·戴维斯！”

亚历克斯下意识地死死抓住了盖伊的手臂，眼眶通红地看着盖伊，嗓子发干，一个字也说不出来。

盖伊笑着一根一根地掰开了他的手指，贴在亚历克斯的耳边柔和地低语：“战争马上就要结束了。”然后他在震耳欲聋的尖叫和口哨声中，穿过熙熙攘攘的人群走上了高台。

亚历克斯想也不想地追逐着盖伊而去，但欢呼的人群阻挡在他面前，让他寸步难行。

桌子上的人一边鼓掌一边激动地说：“接下来，让我们欢迎将军对这群勇敢的人进行表彰！”

一个穿着更为华丽的立领式军装、相貌威严的中年人一边鼓掌，一边笑得很和蔼地走上了高台。

他挨个儿嘉奖这些士兵——将一块块价格不到五美分的奖牌挂在这些即将为他送命的人的脖子上。

挂完奖牌，这位人模人样的将军转过头来，沉声道：“请大家铭记他们的脸，如果他们死了，是为世界上最正义的事情而死的，他们是值得全人类为之纪念的烈士。

“这场突袭是我号召发起的，我知道这场突袭会带来很沉痛的后果，但这是为了狠狠地惩治那些下等人……”

亚历克斯咬牙切齿地看着这个滔滔不绝的将军：“他是为了他的军功才突然发起这场袭击的。”

白柳看过去，投去询问的眼神。

亚历克斯深呼吸，努力保持着冷静向白柳解释：“这个将军是平民出身，是靠娶了一位高官的女儿才进入了军政管理层，一直被自诩为贵族的上等阶层看不起，但靠不断的战争坐稳了自己的位置。

“比起指挥战争，我觉得他更擅长搞政治。”

亚历克斯抬头看向高台上的盖伊，呼吸声粗重。

“在这个时间点发起突袭，只是为了打输了之后报告好看，毕竟在输之前还靠着突袭造成敌军伤亡，还可以拿这些老兵惨烈的牺牲再进行宣传，吸引更多愤怒的人参军。”

亚历克斯眼睛赤红：“他们已经用这样的把戏骗了很多人了。”

台上的将军还在继续演说：

“他们是承担最重要任务的突击一队，只有精锐的士兵才能进入……”

下面有人举手询问：“新兵不能进入吗？”

将军大笑：“不能，但你的热情值得嘉奖，你可以进入突击二队和三队，负责扫尾。进入突击一队的士兵得有很高的综合素质才行。”

有个人举起了手臂，声音不大，但平稳又有穿透力：“我觉得我有这样的素质。”

所有人的目光都聚焦了过去。

这人身量很高，哪怕是在一众经过筛选入伍的士兵当中也高出所有人一个头顶，举起手来相当显眼，特别是他手上还拿着一把一看就造价不菲的银色左轮手枪。

唐二打无奈地举着手，他刚刚接到白柳这家伙的命令，要求他加入突击一队，所以他不得不冒头。

白柳在远方对他微笑，举手做了一个“加油，我相信你可以”的手势。

唐二打：“……”

这人真是有种看热闹不嫌事大的欠揍劲。

将军似乎不满有这么一个新兵挑衅自己，声音和表情都阴沉了下来：“战争不是贵族的射击游戏，你要加入突击一队必须经过大量训练，至少得掌握高精准度的射击技能。”

他略带轻蔑和不满地扫了一眼唐二打手上的银制左轮手枪——这样的武器，只有那些又闲又有钱的大家族子弟才会带上战场。

“你拿着这样一把枪……”这个将军端庄地举了举手中的奖牌，笑着讽刺唐二打，“小伙子，我理解你对荣誉的向往，但我觉得你可能更适合骑着母马打十厘米之外固定不动的靶子……”

唐二打转枪上膛，往下拨了拨戴在头上的深色护目镜，目光冷凝地抬手就给了台上的将军一枪，分毫不差地击穿了他手里那块奖牌。

台上的将军宛如凝固般僵住了，隔了好久才让自己颤抖的双手缓缓松开了那块被打穿的奖牌。

奖牌落地，周围的人都惊魂未定地望着台下这个枪技超群的新兵。

唐二打淡然地收起枪：“我现在有资格加入突击一队了吗？”

“当然有！”台上的盖伊起哄般地吹了一声口哨，他挑眉，用闪闪发亮的眼睛从上到下扫视了一遍唐二打，大笑道，“好小伙子，你的身材和你的枪技一样亮眼！”

唐二打有些无措地怔了一下，然后镇定地说了一声“谢谢”，就听到了系统提示。

系统提示：主要剧情 NPC 盖伊对你好感度上升。

系统提示：主要剧情 NPC 亚历克斯对你好感度剧烈下降，你被排斥出主线任务。

唐二打：“？”

发生了什么？为什么他就被排斥出主线任务了？！

唐二打一头雾水地转头看向人群当中的白柳，指了指自己，然后摇头，表示自己进不了主线任务。

白柳的目光缓缓地移动到面无表情地盯着唐二打的亚历克斯脸上。

大意了。

280

唐二打神色严肃地用食指点了点自己的额头，向白柳比了一个“快点想办法”的手势。

正盯着唐二打的亚历克斯冷笑一声：“他比这个手势是在说自己脑子有问题吗？”

白柳：“……”

好强的敌意。

白柳在亚历克斯前去迎接从高台上跳下来的盖伊时靠近了唐二打。

他环视了一圈：“佳仪呢？”

唐二打头疼地揉了揉眉心：“这是战场，刘佳仪不被允许上前线，她被发现之后就被这里的红十字会的人带走了，根本过不来。”

“不过她人应该是安全的，”唐二打沉稳地保证，“我跟在她后面搜过红十字会的地图了，那里没有杀伤力强的 NPC 和怪物，只是她要和我们会合还要再想想办法。”

白柳点点头：“这个交给她就可以了。”

“我也觉得，刘佳仪一向很有主意，这里的规则拦不住她。”唐二打这才看向站在白柳旁边的黑桃。

出于对战术师的完全信任，唐二打一开始并没有质疑白柳带黑桃过来的做法，甚至没有避开黑桃向白柳汇报信息。

在白柳把黑桃带过来的那一瞬间，唐二打就明白至少在这个游戏里，黑桃和他们是一方阵营的，不然白柳不会这样大大方方地把人带到他面前来。

至于白柳是怎么做到的，还轮不到他一个主攻手来质问。

唐二打审视的眼神在黑桃身上一闪而过，立马回到了白柳脸上：“主线任务是怎么回事？为什么我什么都没做就被排斥了？”

白柳向唐二打解释了之后，唐二打忍不住瞟了好几眼站在一旁脸上什么情绪都没有的黑桃，语气变得微妙起来：“你说，你是通过和黑桃假扮生死之交让那个叫亚历克斯的 NPC 接纳你们的？”

白柳看着十分冷静：“盖伊对大部分男性玩家都很友好，但这会导致亚历克斯出现嫉妒反应——友谊的排他性。”

白柳从上到下扫视了唐二打一遍，然后看向唐二打被军装包裹得很紧的胸膛和挽起袖子露出来的结实小臂，语带笑意：“尤其是你这样的。”

唐二打浑身不自在，神色紧绷地把自己露出来的手臂遮住，还把军装的扣子扣到了第一颗：“这样看着会好点吗？”

“嗯……”白柳的目光落在唐二打因为紧张而上下滚动的喉结和扣起所有扣子之后显得更为惹眼的肩膀和胸膛上，诚实地回答，“看起来更不对劲了。”

唐二打语塞，沉默不语地又把扣子解开了。

“但在游戏池里，我们是没有办法改动外貌数据的，我这里也没有更改外貌的道具。”唐二打蹙眉，“怎么能让亚历克斯降低对我的敌意？”

“最快的做法就是给你找一个……”白柳意有所指地看向旁边的黑桃。

唐二打缓缓地把目光移到了黑桃身上，两个人无言地对视了一会儿。

黑桃：“？”

黑桃反应了一会儿，以为自己明白了白柳的意思，义正词严地拒绝了唐二打：“不行，你不能找我，我有白柳了。”

白柳深吸一口气，别过脸去。

唐二打：“……”

白柳，你把头转过去我也能看见你在憋笑。

“你总不能让我随便找个 NPC 假扮吧？”唐二打又无奈又好笑，“我也没办法让对方配合我。不如我和亚历克斯说我在家乡有自己的好朋友？”

白柳摇摇头，笑道：“他不会信的，就算信了，你这样的人设也太普通了，他对你的好感度也升不回去。”

唐二打拧眉：“那怎么办？亚历克斯的好感度如果一直这么低，我就算进了突击一队，也做不了他的主线任务。”

白柳摸了摸下巴，若有所思地扫视了唐二打一遍，然后微笑起来：“我倒是有个办法，能让亚历克斯对你的好感度拉满。

“不过他对我的好感度可能会降一点，赌一赌吧。”

唐二打问："什么办法？"

亚历克斯带着盖伊在人群里找到白柳的时候，他正和唐二打勾肩搭背地混在一起，似乎正在说着什么。

唐二打虽然看上去很镇定，但很明显他对于白柳这样的动作有些排斥并感到羞耻。倒是白柳一副驾轻就熟的样子，一看到亚历克斯他们过来就很自然地松开了唐二打的肩膀，挥挥手笑眯眯地打了个招呼。

亚历克斯一看到唐二打就想皱眉，但唐二打和白柳之间的氛围又让他觉得……有什么地方不对劲。

就好像他的敌意针对错了人，有一种很奇怪的违和感。

在回小镇休息的路上，这种违和感就更强了。

白柳、黑桃和唐二打这三个人都是今天报名的新兵，每人分配到了两个大包裹，还需要分配帐篷和住所，作为老兵的盖伊自告奋勇地接过了安置他们三个人的任务，现在正领着他们往小镇走。

这三个新兵很有可能都要参加突击活动，休息一天就会直接上战场，作为对这些很有可能牺牲的新兵的安抚，这三个人今天都住在条件相对较好的小镇，分配到的包裹里的物资也相当丰富，拎在手上沉甸甸的。

亚历克斯不动声色地拉着热情的盖伊慢慢后退，让白柳这三个排成一排的人走在前面，然后低声询问盖伊："你觉不觉得，这三个人有点不对劲？"

"有什么不对劲的？"盖伊全然没有感觉，笑着说，"白柳和黑桃是好朋友，唐二打和白柳也是认识很久的好朋友，他们都是好小伙子。"

亚历克斯眉尾抽搐了一下，指了指走在中间两手空空的白柳，没好气道："你没发现白柳的包裹是唐二打帮着提的吗？"

黑桃单手提着自己的两个包裹走在白柳的一侧，似乎没注意到白柳的包裹已经被唐二打主动接手了，看起来好像也没有帮白柳提包裹的自觉。

唐二打则是提着自己和白柳的四个包裹走在另一边，眼神时不时就会看向白柳，仿佛在等待指示一样——好像白柳的地位在他之上。

这是唐二打作为主攻手养成的保护战术师的习惯——提不明包裹和注意战术师的位置。

但这落在亚历克斯的眼里仿佛有了另一层意味。

"唐二打……是不是比较排斥黑桃？"亚历克斯自言自语。

旁边的盖伊倒抽了一口冷气，提高声音："你说唐二打因为白柳而比较排斥黑桃，他在吸引白柳的注意力，而白柳放任了这种行为？！"

亚历克斯恼羞成怒地捂住了盖伊的嘴巴："还没发展到这一步，你给我小声点！万一被黑桃听到了怎么办！”

旁边的唐二打忍着羞耻靠近了中间的白柳：“亚历克斯对我的好感度提升了，我真的还要和他说……”

“要，”白柳懒懒地扫了一眼自己的系统面板，“我这边亚历克斯的好感度下降了，但还在正常范围内。”

旁边的黑桃看着唐二打手里的那两个白柳的包裹，抿了抿唇，一言不发，不安分地动了动手指。

——按照身份，这两个包裹应该是他来提的……

但白柳主动给了唐二打。

走到小镇安置新兵的宿舍楼和征用的旅馆时，因为三人分配到的宿舍不同，到了要分道扬镳的时候，唐二打准备把包裹递给白柳，黑桃却突然伸手要接过去。

“我帮他提。”黑桃淡淡地说。

唐二打一怔，询问地看了白柳一眼，见黑桃背后的白柳笑意盈盈地点了头，他才松开手，礼貌地说：“麻烦了。”

黑桃顿了一下：“哦。”

然后他转过头看向白柳，像告状一样指着唐二打，漠然道：“他说你麻烦，白柳，下次别让他提了。”

唐二打：“……”

白柳：“……”

黑桃告完状，脸上什么情绪都没有地接过包裹，掂了掂，说了一句“很轻，不麻烦”，然后转头带着白柳走了。

留在后面的唐二打莫名其妙有种被黑桃示威了的感觉。

在亚历克斯的安排下，盖伊给黑桃和白柳带路去住所，他来给看身材就不是很安分的唐二打带路。

但真到带路的时候，亚历克斯反而如坐针毡。

因为他背后的唐二打一直在用一种很紧张、很奇怪、欲言又止的眼神盯着他。

越是靠近住所门口，唐二打那种眼神越是灼热，亚历克斯被盯得几乎想逃跑。

到了门口，亚历克斯放下东西转身就想走，唐二打眼疾手快地抓住了他的手腕，又开始用那种欲言又止的眼神凝视着亚历克斯。

“我……”唐二打几乎硬逼着自己说出那几个字，但越是逼迫，他越说不出口，整个人都快原地自焚了，“我……”

亚历克斯疯狂地往回扯自己的手：“你有什么想说的，去和白柳说啊！”

唐二打深吸一口气："但我和他不熟。"

亚历克斯扯不回来，试图甩开唐二打的手："我们也不熟啊！"

"不，我不是……"唐二打闭上了眼睛，几乎是从牙缝里挤出这句话来，"……白柳因为救我而失忆，但他唯独忘了我这个好朋友。"

亚历克斯迷茫地问："什么失忆？"

说到一半，亚历克斯想起唐二打在白柳面前那些服从的表现，他的话诡异地顿住了。

唐二打抿唇，别过脸没有说话。

落在亚历克斯眼里就是坐实了他的想法，他简直忍不住对这个痴痴地追随失忆的朋友到战场，身高一米九二的唐二打生出一丝怜爱之情。

他拍了拍唐二打的臂膀，原本让他心生敌意的身材现在只让他感到唏嘘和怜惜。亚历克斯安慰道："嘿，开心点兄弟，这里总有新希望。"

唐二打："……"

281

白柳看向自己弹出来的系统面板，亚历克斯对他的好感度短暂地下降之后，又上升了，他意识到唐二打那边的事情处理好了。

现在他正坐在由镇上旅馆改造而成的宿舍里，一个小房间里硬生生地塞了几十张新兵住的床铺——这已经是最好的房间了。

但好在现在这些人都出去了，只有坐在白柳旁边的黑桃和坐在他对面的盖伊。

盖伊张开手撑在床上，他注意到了白柳四处打量的视线，友善地笑笑："很不习惯吧？这已经是这里最好的住宿条件了。

"不过估计今晚你们可以独享这个房间，"盖伊眨眨眼睛，"这些新来的家伙会在镇上的小酒馆里狂欢一整晚。

"毕竟他们也不知道自己能不能活着回来，总要拿着提前发放给他们的军饷纵情享受一次。"

白柳看着盖伊："你也会去，对吗？"

盖伊耸耸肩膀："突击一队的人都会去，平时亚历克斯是不允许我参加这种聚会的，但这次应该是个例外。"

他无所谓地笑笑："毕竟死前都要给顿断头饭吃嘛。"

白柳揣摩了一下亚历克斯的想法："亚历克斯会跟着你一起去吧？"

"当然！"盖伊好像因为被约束而无奈，但笑里满满都是幸福，"他才不会放心我一个人去。"

在知道亚历克斯这个主线 NPC 会去之后，白柳立马询问："我们可以和你们一起去吗？"

盖伊略带惊喜地抬头，前倾身体握住白柳的手："当然可以！我还以为你不会喜欢这种场合。"

坐在一旁的黑桃视线缓缓下移，落到白柳握着盖伊的手上，停了一下，然后移开目光，垂眸看向自己的脚尖，踢了踢。

盖伊对黑桃的视线毫无察觉，很兴奋地接着说道："今晚我还为亚历克斯准备了一个节目，要是作为朋友的你们能来就太好了！"

白柳意识到这可能是隐藏剧情，他微笑着问："有什么我能帮你的吗？"

"上帝，你真是问到点子上了，白柳！"盖伊既苦恼又高兴，"我正愁没有人能来帮我，这可是个大节目，还要瞒着亚历克斯进行，我认识的那些家伙可没有保守秘密的自觉，我只能一个人偷偷做。

"你和黑桃要是愿意来帮忙就太好了！"

白柳笑着说："当然。"

盖伊兴冲冲地站起来："那我现在就去拿清单，这个节目要准备的东西可不少。"

等到盖伊离开，白柳收敛了脸上的笑意，黑桃沉默地坐在一旁，两个人中间还是不多不少隔着五十厘米的距离。

从离开营地，白柳就一直和黑桃保持这个距离，也没有再和他说过一句话。

白柳和亚历克斯说话，和唐二打说话，和盖伊说很多话，还握手了。

但就是不和黑桃说话。

"你是故意不和我说话吗？"黑桃垂下视线，问道。

房间里只有他和白柳两个人，他虽然没有看向白柳，但这话很明显是和白柳说的。

白柳静了几秒，侧过脸看向盖伊走之前没关的门："是的。"

黑桃抬起头看向他："你在生我的气？"

白柳冷静地回答："没有。"

黑桃困惑："那你为什么不和我说话？"

白柳转过头看向黑桃，平静地反问："我有和你说话的义务吗？"

黑桃一顿，又开口："但我们是特殊关系，应该多说话。"

"那是在盖伊面前，是为了推进主线任务，我们私下什么也不是。"白柳抬眸，"我挺讨厌你的，黑桃，我说过三遍了，最近一次是四十七分钟前说的，还需要我再重复吗？"

黑桃静默了一会儿，左手握着的鞭子垂在床边晃了晃，然后说：

“那是四十七分钟前的事情了，我以为你现在不讨厌我了。”

白柳别过脸：“黑桃先生，这四十七分钟内有发生什么让我不讨厌你的事情吗？”

黑桃望着他：“我帮你提了包。”

白柳冷淡道：“唐二打也帮我提了。”

黑桃认真地说：“我帮你提的时候，你更高兴。

“我看到你看着我笑了好几次。”

白柳：“……”

白柳冷静地反驳：“我没有。”

黑桃更认真地说：“你有，你在我背后……”

“可以了，闭嘴。”白柳打断了黑桃的话，他深吸一口气，脸上什么情绪也没有，别过了头，抓住床沿的手指轻微收紧，“那不是对你笑，是对唐二打笑。”

黑桃摇晃的鞭子停了一下，他“哦”了一声，又不说话了。

“我们在盖伊面前是特殊关系，但私下就不是了，是吗？”隔了一会儿，黑桃又问。

白柳眼眸半合，头也没回地“嗯”了一声。

盖伊拖着几大箱东西，胳肢窝夹着一根长杆，嘴里叼着一个记事本回来了。东西太多了，盖伊被挡在门前进不来。

白柳站起来帮忙，黑桃也帮着接过了箱子。

盖伊浑身瘫软地向后倒在床上呼呼喘气：“上帝，搞这玩意儿可比打仗累多了。”

“这都是些什么东西？”白柳问。

盖伊坐起来，对着白柳神秘地笑笑：“可以让亚历克斯这个小混蛋对我笑一整天的东西。当然，虽然平时亚历克斯也总是对我笑。”

“你知道的，当你信任某个人的时候，总是会忍不住对他微笑。”盖伊对着白柳挤挤眼，“就像是你对黑桃那样。”

白柳脸上的表情一滞。

正收拾箱子的黑桃缓缓地直起了腰，正不错眼地注视着白柳。虽然他一句话都没说，但白柳就是从这家伙毫无波动的眼神里读出了“你就是在对我笑”的耀武扬威的意味。

白柳冷静地解释：“不，我是在对唐二打笑。”

“得了吧！”盖伊挥挥手，又躺了下去，“你骗骗别人还行，你看黑桃的眼神和微笑，就和亚历克斯看我的时候一模一样。”

“多么美好的情谊。”盖伊躺在床上感叹。

黑桃颇为赞同地点点头。

白柳慢条斯理地白了黑桃一眼，黑桃点头的动作顿了一下，然后很没有求生欲地说了一句：“你就是在对我笑。”

“你没有对唐二打笑，”他还强调了一下，“你说错了。”

白柳不紧不慢地笑笑，抬起眼皮：“我说错了，所以呢？”

“我这次对你笑，下次可以不对你笑，我可以一直对唐二打笑，毕竟……”白柳笑得十分和善，他靠近黑桃耳边低语，“盖伊不在的时候，我对谁笑、笑多久都可以。

“和你没关系。”

白柳说完，转过身去和盖伊梳理清单上的内容。

黑桃原本高涨的气势又慢慢低落回去，他慢慢地在床边坐下，低头整理盖伊带回来的箱子里的物品，像是在沉思，又好像有点弄不懂为什么自己会这样郁闷和迷惑。

盖伊拿出清单，一样一样地整理东西。他注意到了白柳和黑桃的小动作，用胳膊肘捅了白柳一下，会心一笑：“你和黑桃在搞什么？”

“什么都没有你和亚历克斯的这个节目来得震撼，”白柳若无其事地岔开话题，他扫了一眼清单上需要准备的东西，抬头看着盖伊，“你和他之间感情真好。”

盖伊托着下颌，面露怀念之色，嘴角带着浅浅的笑：“也不总是好的，我和他也吵过架。”

他安静地回忆了一会儿，很突兀地说：“亚历克斯在家乡有个未婚妻。”

白柳适时地表露出惊讶。

“你这是什么表情？”盖伊挑眉，“那是他父母给他挑选的，亚历克斯在收到父母寄过来的未婚妻照片之后，立马写信回绝了。

“但你知道吗？我觉得我可能脑子有病。”

盖伊失神地笑了笑：“我那个时候甚至有一瞬间想阻止亚历克斯回绝，但这对那个小姑娘并不公平，亚历克斯也是这样觉得的。”

白柳安静地聆听着。

“亚历克斯是个很优秀的医学生，他在大学期间就取得了不少成就，发明了一种可以保存人将死之躯的药剂，可以延长人死前的时间，让更多将死之人得到拯救——这也是他来做清扫兵的原因，他想看看能不能帮到这些士兵。”

盖伊回想着：“那个小姑娘——亚历克斯的未婚妻，就是崇拜他的一个小镇姑娘。就算亚历克斯写信告诉了她推拒婚约的事，她还是决意等待亚历克斯回去。她说‘就算你放弃我，你也要活着回来当面告诉我。我不接受一个生死不明的人写信回绝我的爱情，这是对我的不尊重’。”

盖伊笑起来：“那是一个很好的小姑娘，她知道我是他的好朋友，会在信里向我问好，高傲地要求我们活着回去给她的爱情画上一个完美的句号。”

他温柔地垂下了头，抚摩自己怀里那件从箱子里拿出来的礼服。

“我没有告诉亚历克斯我被选入了突击队，但我写信告诉了他的未婚妻，我在信里请求她祝福我。”

盖伊自嘲地笑了笑，望着这件礼服：“那个小姑娘没有给我写一个字的回信。

“她只是……连夜赶制了这件成年男人尺寸的礼服寄到了前线，送到了我手里，礼服上绣了一句‘愿上帝保佑你们永远幸福’。”

盖伊抬起泛红的眼睛，温柔又勉强地笑：“你知道，白柳，我是个很幸运的人，我从没遇见过多坏的人，周围的人都待我很好，他们是那样善良、正直，灵魂闪闪发光。”

“但我又如此的痛苦和难过，”盖伊的泪水盈满眼眶，“因为他们每一个人都因为战争过得不好。

“没有人可以因战争而得到幸福，为什么战争还要存在呢？”

白柳平静地看着流泪的盖伊。

他说：“因为神不希望你们得到幸福，所以它制造了战争。”

夜晚，小镇灯火通明。

即将到来的大战提前点亮了这个小镇，所有人都像是已经打了一场胜仗般举着酒杯狂饮，喝得烂醉，满条街都是啤酒的泡沫味。

突击一队的人承包了一间小酒馆，老兵们几乎清空了这间酒馆的酒架，老板忙不迭地从下面的酒窖往上运酒，酒精的浓度高到多闻几下这里的空气都要微醺的地步。

在这种情况下还不喝酒的人就有点显眼了。

唐二打举着一杯酒坐在亚历克斯旁边，他们喝的都是低度数的酒，就连黑桃也拿了一杯伏特加放在桌面上。

只有白柳端着一杯加了冰块的白开水。

“你是……完全不会喝酒吗？”唐二打略显惊奇地看着白柳。

在他的心目中，白柳不会喝酒是件很匪夷所思的事情，因为他记得白六是会喝酒的……

白柳幽幽地望着他：“打工人没有喝酒的权利，第二天加班看电脑的时候头会痛到爆炸，我不会没事给自己找罪受。”

唐二打：“……”

生活真的让你改变了很多，白柳。

黑桃坐在一旁一言不发地看着白柳和唐二打说话，张了张嘴试图说两句，但想到白柳之前暗含威胁的笑容和那句“我可以一直对唐二打笑”，又默默咽了下去。

他垂下眼帘看着杯子里的伏特加。

一般来说，逆神的审判者是严禁他喝酒的，虽然黑桃不是那种酒品奇差的类型，也不是喝了酒就昏头发疯的类型，但这人喝醉了之后会特别拧，什么事情都要深究到底，谁和他说话都会被气得半死。

简单来说，就是会变成“杠精”。

为保险起见，黑桃是不准备碰酒的，毕竟逆神的审判者已经耳提面命地说过他好多次，说他喝酒了很容易得罪人。

虽然黑桃并不知道得罪人有什么可怕的，但被逆神的审判者念叨得多了，黑桃倒也不会主动去喝酒。

白柳喝了一口冰水，饶有兴趣地看着唐二打像喝水似的喝酒：“你酒量倒是不错。”

唐二打举杯的动作一顿：“有段时间……借酒浇愁，喝多了就练出来了。”

白柳瞬间意识到唐二打说的是什么事，他语带歉意地说：“对不起。”

“与你无关。”唐二打摇摇头，静了一下又喝了半杯，但他的目光依旧是清明的，“现在不会了，喝得少了。”

白柳微笑：“酒量不错也是好事，我倒是蛮喜欢你这点。”

坐在白柳背后的黑桃不动声色地挺直了背。

唐二打靠着酒量好，帮白柳挡了不少前来找他喝酒的NPC，所以白柳才会说这话。

但黑桃的理解就有误了，他握着鞭子面无表情地往唐二打面前一坐，挤走了白柳，端着酒杯往唐二打面前一放：“喝酒吗？”

正沉浸在回忆里的唐二打：“？”

唐二打满头问号地偏过头看向黑桃身后的白柳，但他还没看到，黑桃肩膀一偏，就把他身后的白柳挡得严严实实。

黑桃冷淡道：“问你喝不喝酒，你看白柳干什么？”

白柳冷静的声音从黑桃身后传来：“喝酒误事，别和他……”

他语音未落，旁边喝得醉醺醺的几个酒鬼就像是被这边剑拔弩张的气氛吸引了一般，睁大眼睛靠过来往吧台旁一坐，鼓掌起哄道：“有人拿着伏特加拼酒！”

“来来来，老板，把你店里所有的伏特加都拿出来！”

“大战之前打场酒战！”

在这种极致放纵的氛围里，几乎一眨眼，黑桃和唐二打周围的吧台上就密密麻麻地摆满了各式各样的酿造酒，一群人吹口哨、尖叫，完全是看热闹不嫌事大。

黑桃脸上什么表情都没有，对着唐二打抬了抬下颌："喝吗？"

作为一个主攻手，在游戏里唐二打会完全遵从白柳的指令，他下意识地在簇拥过来的人群里寻找白柳的身影。

黑桃站起来阻挡唐二打的视线，直视对方："你要考虑多久？"

"他不和你喝。"白柳从人群里走出来，挡在了唐二打前面，抬眸直视黑桃。

唐二打松了一口气，举手示意自己投降。

旁边爆发出巨大的嘘声，围观的群众失望地准备离去。

"我们才是好朋友，"黑桃不依不饶，伸手把人群中准备偷偷摸摸离开的亚历克斯扯了进来，然后直勾勾地看着白柳，"亚历克斯在这里，你应该站在我这一边，我们现在是特殊关系。"

莫名其妙被卷进修罗场的亚历克斯捂脸，假装自己不存在。

上帝！我宁愿去前线！

白柳冷笑一声："是特殊关系又怎么样？我和唐二打也是特殊关系，是灵魂挚友，和你不过就是逢场作戏。"

唐二打被白柳笑得脊背发凉，感觉到白柳这下是真的被黑桃激得发火了。

不想被搅进浑水的唐二打强装镇定，僵硬地向后退，结果被白柳扯着领子拉到了前面，还拍了两下他的肩膀。

黑桃双眸沉沉地看着唐二打的肩膀："特殊关系只能包含两个人。

"白柳，你又说错了。"

白柳笑得前所未有的温柔："我怎么会说错呢？我和他是特殊关系，和你终止特殊关系不就可以了？"

黑桃紧抿了一下唇，漆黑的眼眸隐隐蕴含着什么情绪。

唐二打："……"

不行，白柳真的生气了！他处理不了这个局面！

刘佳仪在就好了，他完全搞不懂白柳和黑桃这是在干吗。

黑桃似乎意识到自己说不过白柳，直接绕过白柳凝视着唐二打："你和不和我喝酒？"

白柳笑得和蔼友善，侧身挡在唐二打身前："他是我的灵魂挚友，我要对他负责，你要和他喝酒，没有我见到不管的道理。"

他伸手夺过黑桃手里那杯伏特加，干脆地仰头喝了下去，然后倒转酒杯，平稳地放在桌面上。

白柳抬眸微笑："不如干脆你和我拼酒，怎么样？"

黑桃凝视了白柳一会儿，在意识到白柳是真的不会让步，一定会为唐二打挡酒之后，他完全静了下来，一动不动地伫立在原地，握着鞭子的手指轻微蜷缩。

被黑桃死死攥着走不掉的亚历克斯："……"

兄弟，你不要把火气发泄在我手臂上啊，你捏得我好痛！

盖伊，救命！！

在亚历克斯以为黑桃会直接动手打唐二打和白柳一顿的时候，黑桃毫不犹豫地喝了一杯。

黑桃模仿白柳的动作放下酒杯，眼眸直直地望着白柳："好，我们比。如果我赢了，我们还是好朋友，你要承认之前是在对我笑，不是在对唐二打笑。"

白柳的动作微不可察地一顿，他的手指扣紧酒杯，眼睑下浮起一层很淡的红晕，声音不知道为什么轻了一点："……承认就承认。"

282

在黑桃应战的那一瞬间，小酒馆里的起哄声简直要掀翻屋顶。

"嘿，你们悠着点，他们是新兵！"亚历克斯无奈地试图阻止，"不要故意灌他们！"

旁边有好事的、喝得半醉的大兵一边对亚历克斯比了一个"OK"的手势，一边嬉皮笑脸地挤开亚历克斯，转头向白柳解释拼酒的规则："既然亚历克斯这么说，那就用最简单的拼酒方式怎么样？"

唐二打拉了一下白柳的肘部，蹙眉摇了摇头，示意他不要喝。

他能感觉到白柳不是很会喝酒，刚刚那杯高浓度的伏特加一喝下去，这人就有点上脸了。

黑桃的眼神扫过唐二打拉住白柳的手，他顿了一下，然后转头看向那个讲解规则的大兵："最复杂的拼酒方式是怎样的？"

"哇哦！你真是个有勇气的好士兵！"这个大兵兴奋地拍手，然后回头指着黑桃对亚历克斯叫道："亚历克斯，我可是看在你的面子上想放过他们的！"

亚历克斯头疼地揉了揉太阳穴，在意识到劝不了黑桃之后，他转头看向白柳："不要接他们的话，喝上头了你们今晚都走不回去……"

大兵遗憾地"啧"了一声："亚历克斯，你真是个扫兴的家伙。"

黑桃直视着白柳："喝吗？"

白柳微微仰头，微笑着说："奉陪到底。"

“OK，看过来，最复杂的拼酒方式是这样的。”这个大兵打了个响指，吸引了所有人的注意力。

他不断地把瓶子里的酒随手倒在吧台上一个用来装调酒用的冰块的小铁桶里，直到装满。

大兵得意地提着小铁桶晃了晃：“这是我的荣耀之作——战争之吻，据说上一次喝完它的人看到了死神。”

旁边有两个人递给了白柳和黑桃两个高度十五厘米、容量约四百毫升的锥形高脚杯，笑着示意他们顶在头上。

黑桃接过来毫不犹豫地顶到头上，然后盯着白柳。白柳接过杯子后略微迟疑，但在黑桃的注视下，也迅速地顶在了头上，冷静地回望过去。

大兵一见这两个相貌看起来都格外出众的人顶着酒杯的滑稽样子，忍不住哈哈大笑了起来。

他边笑边说：“拼酒规则是这样的，你们要不断地从这个小桶里舀酒，倒进自己头顶的酒杯里，注意不能洒到外面，否则你就要把自己舀的这杯酒全部喝下去。

“等你斟满自己头顶上的酒杯，还没有洒出一滴的话，对方就必须喝掉你头顶上的酒。在喝的过程中，他顶的酒杯和你头上的酒杯都不能掉，如果掉了，他就要负责喝掉两倍酒杯里的酒。

“直到双方都完全不能顶稳自己头顶上的杯子时，拼酒结束，碎的杯子最多的一方是输家。”

大兵张开手：“懂了吗？”

白柳和黑桃都点了一下头，目光看向了对方头顶上的酒杯。

大兵吹了一声口哨，把两个用来舀酒的小杯子丢进了小酒桶里：“游戏开始！”

白柳伸手用两指夹住杯子，翻转手稳稳地往自己头顶上倒了一杯酒。

但出乎所有人的意料，黑桃根本没管那个小杯子，他直接双手把住小酒桶的两边，高举起来往自己头上倒酒，眼神还直直地望着白柳。

酒桶被控制得极稳，流出的酒拉成一条透明的水线，滑落进黑桃头顶的酒杯，迅速过了一半的容量线。

唐二打：“！”

亚历克斯：“！”

围观的大兵们目瞪口呆。

还能这么玩？！

白柳丝毫没有迟疑，伸手就去夺黑桃头顶上的酒桶，干扰他倒酒。

但黑桃比他足足高出一头，还在白柳靠过来的时候抬高了头上的酒桶，让白柳就算贴他贴得再紧，伸手也够不着。

在意识到黑桃是故意利用身高压制他之后，白柳眯了眯眼睛，单手撑桌翻身上了吧台，头顶上的杯子一滴酒都没有洒出。

在所有人都以为他要靠着高度优势抢酒桶的时候，白柳眼神冷冽地伸腿横扫，直接就要踢飞黑桃头顶上的酒杯。

黑桃下意识地后仰躲避，白柳脚腕上勾，干脆利落地踹飞了他举着的酒桶。

酒随着酒桶在空中翻飞，到处洒落。

所有人就跟向日葵一样，眼神跟着酒桶转。

黑桃右手抽出后腰的鞭子圈住小酒桶的下端，一边轻微抖动手腕一边往回扯，酒桶在空中就像是慢动作回放一般，把刚刚洒出的所有酒都一滴不漏地收了回来。

大兵们都看傻了——这又是什么操作？！

神奇的东方功夫吗？！

眼看酒桶就要回到黑桃张开的准备接住酒桶的左手里，白柳眸色漆黑，他从自己的后腰抽出了枪，抬手丝毫没有停顿地瞄准了黑桃的后脑勺。

“！”唐二打猛地摸了一下自己腰间的技能枪——果然没有了。

亚历克斯表情空白。

大兵们张大嘴巴，已经看呆了，根本来不及反应。

白柳食指下压，扣响扳机，黑桃身子敏捷地后侧，甩手打开白柳对准他的枪口。

枪口飞转，子弹在空中射出，不偏不倚地击中了那个酒桶，酒桶底漏了一个洞之后落入黑桃的左手里，酒源源不断地流过黑桃的指缝。

“酒桶在你手里漏了，”白柳收回枪，眼睛隐隐发亮，呼吸因为运动微微急促，“我赢了。”

黑桃平静地注视着白柳：“你一开始就想瞄准酒桶。”

——瞄准他只是一个幌子，是为了转移他的注意力而已。

白柳耸耸肩，微笑道：“一次拼酒而已，我还没有无聊到因为这种事情对你开枪。”

旁边的唐二打：“……”

亚历克斯：“……”

围观的大兵们：“……”

你还知道这只是一次拼酒而已啊！

要不是黑桃反应快，早被你一枪爆头了好吗？！

白柳抬眸看着黑桃：“你输了。”

黑桃淡淡地“嗯”了一声：“我输了，所以我喝。”

他上前站在白柳面前，双手摁在白柳的肩膀上，很自然地说：“你低一下头。”

白柳静了片刻，头还是向前低了。

黑桃甚至不用踮脚就能用唇够到白柳头顶上的酒杯。白柳略微抬眼，看到黑桃吞咽自己头顶上的酒时喉结上下滑动的样子，能感受到黑桃清晰的心跳声。

黑桃喝了自己和白柳的酒，用大拇指擦了一下嘴角，淡漠道：“再来。”

第二轮白柳输了。

黑桃采取了自杀式袭击，他根本不管自己头顶上的酒杯，一开始就夺走了白柳头上的酒杯，导致他头顶上的酒杯也滑落了。

两个人都喝了两大杯伏特加。

黑桃倒是态度很好地坐下来让白柳喝他头顶上的酒，但白柳不知道为什么，宁愿用牙齿叼着酒杯别过脸仰头喝掉，也不愿意在黑桃的头顶上喝。

第三轮是平局，备用的酒桶也被搞烂了，气急败坏的调酒师骂了他们一顿，并罚这两个人喝了三大杯伏特加。

……

唐二打从一开始的紧张，到后面的无奈，再到后面无可奈何地坐在一旁和亚历克斯一起看热闹。

“我以为会搞出事，”唐二打后怕地叹气，“幸好没事。”

亚历克斯摇头笑笑：“我还以为白柳真的在生黑桃的气，没想到只是闹矛盾。

“我和盖伊之前也会这样，酣畅淋漓地闹一场就好了。”

亚历克斯笑着看正低头在坐着的黑桃头顶上喝酒的白柳，唏嘘又羡慕：“真好啊，只有觉得对方无论如何都不会生气，才敢在拿枪指着对方后又这样与对方做游戏吧。”

白柳垂下眼帘看着黑桃头顶上的酒杯，他努力地保持自己肢体和头部的稳定，用一种缓慢又均匀的速度低下头喝黑桃头顶上的酒。

但已经不知道喝了多少的白柳可能察觉不到他眼中的稳定和这个世界本身存在的稳定的区别，在其他人眼里，白柳就是歪着头放任自己头顶上的酒杯滑落。

黑桃下意识伸手接住了白柳头顶上滑落下来的酒杯，抬头准备告诉这个人“你又输了一场”，就看到白柳双目失神，像是根本没意识到自己的酒杯已经掉了一般，还在低头靠近他。

旁边有人把这一幕看作这两个醉鬼的丑态，疯狂地大笑和吹口哨。

白柳慢慢地眨了一下眼睛，拉开了和黑桃的距离，张了张口似乎想说什么。

黑桃仰头望着白柳，专注地观察着他：“你又变红了，白柳。”

白柳想说是因为自己喝醉了，但在拼酒的游戏里承认自己喝醉又让他莫名地不爽，于是他说："我有时候就是会变红。"

黑桃看着白柳："什么时候？"

黑桃后知后觉地说道："白柳，你只有和我在一起的时候才会变红。"

"为什么？"黑桃神色平静地凑近白柳，呼吸里带着热气和微醺的酒意，执着地追问。

白柳顿了顿，冷静地说："因为我讨厌你。

"我和我讨厌的人靠得近，就会变红。"

黑桃反应了一会儿："你只有靠近我的时候才会变红。

"你只讨厌我一个人吗？"

黑桃不依不饶地追问。

逆神的审判者告诉他，人喜欢和讨厌的情绪都是有限而复杂的。

人一般会同时讨厌很多人，也会同时喜欢很多人，但这些情绪通常都是短暂的，当一个人长久地只讨厌一个人，或者只喜欢一个人的时候，这个人就会耗光喜欢和讨厌的"情绪库存"。

这个时候，喜欢就会变成爱，讨厌就会变成恨。

逆神的审判者说，爱和恨都是人最极端、最疯狂的欲望，难以更改，根深蒂固。

黑桃不明白白柳为什么讨厌他，但他觉得白柳至少不会只讨厌他一个人。

这样的话白柳对他的"讨厌"就是可以更改的。

白柳垂下眼帘，遮住了眼中所有的情绪，他抚摩黑桃的眼睛，酒把他的声音浸得有些喑哑，他很轻很轻地说：

"是的，我在所有人当中，只讨厌你。"

但我在所有怪物当中，只在意你。

283

黑桃静了片刻，说："我不明白。"

白柳懒散地勾唇笑了笑，似乎觉得黑桃这个样子很有意思，接了他的话："有什么不明白的？"

"不明白你为什么只讨厌我。"黑桃诚实地回答。

白柳坐在他对面，抬手撑着下颌，眼里有种很昏沉的迷离，似笑非笑地说："你挖走了我的心脏，让我输掉了很重要的一场游戏，杀死了我最重要的人，这还不够让我讨厌你吗？"

黑桃的发梢上滴落一滴酒，他呼吸平缓地说："你有过很多敌人，你现在的每一个队友都曾伤害过你，你也没有讨厌他们。

"你不会因为简单的游戏胜负而讨厌一个人。"

"而且我并没有杀死任何人，"黑桃直视着白柳的眼睛，"我只是杀死了被你藏起心脏的那个怪物。

"我并不是唯一一个企图毁灭那个怪物的玩家，你周围的人、你的队友，都曾经尝试去杀那个怪物。"

白柳冷淡地转过脸："但只有你成功了。"

"不，我没有成功。"黑桃凝视着他，"直觉告诉我，那个怪物的心脏还因你而存活。"

他顿了顿："我以为是你出了游戏之后，杀死了它。"

白柳的呼吸变得很轻，目光一瞬间涣散，垂下来的右手手指轻微地抽动了一下。

"不是。

"……它是自杀的。"

"所以你不能将它的死归咎于我，"黑桃望着白柳，"我与你周围的这些玩家没有区别。"

他的嘴唇抿成一条直线："但你不讨厌唐二打，不讨厌你队伍里的任何一个人，也不讨厌之前对你有敌意的亚历克斯。"

黑桃脸上露出一种真实的迷茫："你为什么只讨厌我？"

白柳别过脸："不要说得你好像多了解我一样，我们这次也只不过是第三次见面——"

他说完，起身要走，黑桃伸手紧紧攥住了白柳的手腕，不错眼地望着白柳，语气里有种不易察觉的郁闷：

"为什么你要这样特殊地针对我？"

白柳垂落下来的睫毛颤了一下，食指不自主地往外扬，手背上的酒顺着手指滑落下来。

"回答我，白柳。"黑桃的眼睛里就像是生长着一丛暗色的荆棘，层层叠叠地挟裹着白柳下陷，一定要让他吐出那个藏在丛丛尖刺之下真心的答案，"我有什么对你而言不一样的地方？"

但在白柳开口回答黑桃之前，小酒馆门口传来的巨大动静打断了这个小角落里两人的僵持。

震耳欲聋的口哨声和一些尖锐的礼炮声从门口传来，时不时伴着惊喜又无法置信的大笑和调侃。

白柳迅速地抽回了自己的手："有游戏事件来了，先处理事件。"

"你还没有回答我，"黑桃脸上什么表情都没有，固执地挡在白柳面前，直勾勾地看着白柳，"为什么？"

白柳深吸一口气，抬头冷笑："我就是讨厌你，没有理由。讨厌一个人不需要理由，这个你可以理解吧？"

黑桃沉默了十几秒钟，没说"可以"或者"不可以"，也没让开路，只是站在原地"哦"了一声。

"你得到答案了，"白柳仰头看向黑桃，"可以让开了吗？"

黑桃第一次在白柳面前别过脸，他低头扬了扬垂在膝盖旁的鞭子，就像是要打不存在的敌人："……那你准备讨厌我多久？"

逆神的审判者告诉他，没有原因的讨厌都是有时限的，所以他想问问。

白柳静了一小会儿，他的肩膀像是放松般向下沉，很轻地说："……"

在他开口那一瞬间，巨大的香槟噼里啪啦接连开瓶的声音盖过了白柳的声音。

黑桃只看到在喧嚣的人群和高声欢呼中，白柳微笑地看着他说了几个字，但他却听不清这几个字是什么。

然后五彩缤纷的礼花就纷纷扬扬地落了下来，盖在他们的头上。

黑桃蹙眉靠近白柳问："你刚刚说了什么？我没听见。"

"那就算了。"白柳笑着擦过黑桃的肩膀往前跑去。

黑桃追着白柳的背影，回过头看到了在人群中穿着礼服的盖伊和站在盖伊对面的亚历克斯。

周围的大兵们友善地围成一圈，他们高举着双手，一边用脚打着节拍，一边哼唱着不成调的派对乐曲。

盖伊对着表情一片空白的亚历克斯笑得灿烂无比："亚历克斯，请原谅我没有告诉你就偷偷筹备了这场派对。"

"希望这对你来说是一个惊喜而不是惊吓，"盖伊幽默地开了个玩笑，他语气温柔，眼里盈着一层浅浅的泪光，"嘿，虽然我穿得有点奇怪，但你也不应该是这副表情吧？"

亚历克斯就像是才反应过来般，僵硬地、颤抖地、满脸通红地拥抱盖伊，热泪忍不住滚落，声音嘶哑无比，只能无意义地重复几个词。

"上帝，天哪，上帝！"

这些太久没有参与过派对的大兵太激动了，就算这是一场荒诞不经的派对，但在大战前夕，再没有比和朋友们一起玩闹更慰藉心灵的画面了。

这个画面的主角是男人还是女人并不重要，重要的是他们活着，他们仍然在。

上帝或许不会祝福他们，但上帝也从未祝福过这里的任何一个人。

人群闹哄哄的，角落里，黑桃面无表情地和唐二打对视着。

唐二打：“……”

白柳陪着盖伊处理一些事情，把黑桃甩给了唐二打，让唐二打帮忙照看一下这个喝得半醉、排名第一的玩家。

其实吧，虽然白柳说黑桃喝醉了，但他看起来也没有很醉，就是……

黑桃一字一顿地问：“什、么、是、结、婚？”

唐二打绞尽脑汁地回答：“就是人到了一定年纪，为了和自己喜欢的人永远在一起，所举行的一种将彼此介绍给其他人，并且符合法律程序的仪式。”

黑桃静了半晌，似乎在消化，然后又问：“一定年纪是什么年纪？”

唐二打头疼地扶额，他已经回答黑桃不知道多少个问题了——这人喝完酒倒是不哭不闹，就是问题特别多。

而且特别执着，你不回答他就用各种方式让你回答。

唐二打叹息：“女性是二十多岁，男性是三十多岁？”

黑桃斜眼看他：“你多大了？”

唐二打一怔：“三十五六岁。”

黑桃“哦”了一声，问：“那你为什么不结婚？是没有对象吗？”

中了一枪的唐二打：“……情况有些复杂。”

黑桃问：“你喜欢的人不在了？”

中了两枪的唐二打：“……”

黑桃见唐二打不回答，继续问：“你喜欢的人和别人结婚了？”

中了三枪的唐二打：“……”

见唐二打还是不回答，黑桃继续推测：“你喜欢的人……”

“好了，”唐二打长长地叹一口气，“我和你说就是了。”

黑桃得不到答案就会一直猜，而且这人不知道为什么，总是能以一种诡异的直觉猜中那个最惨痛的答案。唐二打从开始回答黑桃的问题到现在，已经被黑桃伤得千疮百孔，快要麻木了。

唐二打喝了一大口酒，望着空酒杯的目光有些出神：“我喜欢的人……也喜欢我，但已经离开了。”

黑桃得到答案，安静了一会儿，然后又突然提问：“白柳会讨厌和自己结婚的人吗？”

“啊？”唐二打被黑桃这个跳跃性很强的问题弄蒙了，但由于黑桃问问题一直很跳跃，于是他艰难地思索了片刻，试探性地给出了一个答案，“应该……不会吧？

“大家……一般都是很喜欢自己的结婚对象的。”

虽然唐二打很难想象白柳会和什么人结婚。

黑桃将搭在膝盖上的鞭子摇了摇，坐直了身体，重重地“哦”了一声，还认真地点了点头。

唐二打迷茫：“？”

这种找到答案的表情是怎么回事？

亚历克斯抱着盖伊的肩膀大哭，然后又大笑，这个之前还劝白柳和黑桃不要喝酒的年轻男人抱着酒瓶和所有人激情狂饮，不到十五分钟就醉醺醺的了。

这场不正经的、狂欢式的派对终于进展到了最后一步——发起人扔花送祝福。

“接到的人会永远幸福！”盖伊站在台子上搀扶着亚历克斯向后扔花，欢欣地倒数着，“3——2——1！”

一群大老爷们儿倒是觉得这种东西非常稀奇，争先恐后地去抢。

但是在盖伊扔出花的那一瞬间，有条黑色的鞭子甩了出去，像闪现一样钩着花就走。

正在抢花的一群大兵：“！”

又出现了！神秘的东方功夫！

黑桃把花钩到了怀里，端庄地举着，头上还戴着不知道什么时候偷过来的盖伊的礼帽，完全就是照着刚刚盖伊的样子，依葫芦画瓢进行装扮。

然后黑桃对着被他强行拉过来的白柳举起花。

白柳脸上什么情绪都没有地看着这人，没有任何动作。

被白柳单方面的不配合打断了剧情推进的黑桃顿了一下，回忆了一下盖伊的开场台词：“嘿，虽然我穿得有点奇怪，但你也不应该是这副表情吧？”

白柳：“……”

284

台子上的盖伊用双手比作话筒，笑着大声起哄：“白柳！接花！”

“这个好小伙子刚刚向我借礼服！”盖伊笑得眼泪都快出来了，“我不借，只给了他礼帽，他看起来喝醉了，借了礼帽之后居然还要来抢我的礼服，差点把我身上这件礼服给撕烂！”

盖伊抬起眼，眼睛闪闪发亮地望着白柳，里面满是温柔和真挚的祝福。

“白柳，你们一定要永远做知己。”

盖伊幸福的笑容下藏着一层很浅的忧伤：

“不要等朋友死去之后来追悼他，你们在一起的每时每刻，都和黄金一样闪耀珍贵。”

周围的人围绕着他们无意义地跳跃、挥舞着双手，尖声笑着打开一瓶又一瓶香槟，起泡酒香甜醉人的泡沫飞得满屋子都是，屋顶上落下无数礼花灿金色的碎片，屋内的欢声笑语响彻夜空。

黑桃的头发上落了几片亮晶晶的小碎片。

白柳垂下眼帘，伸手轻轻地取走这些碎片，然后拨开黑桃额前的碎发。

黑桃发丝下的眼睛乌黑纯澈，干净地、完整地倒映着白柳的身影，就像是在这个喧嚣无比的世界里只看得到白柳一个人。

白柳张了张嘴，他有很多想说的、想问的。

欲言又止对他来说是一件罕见到不可能发生的事情，但在此刻这件事就是发生了。

他想问的人什么也不记得，什么也不懂，甚至有时候白柳都不确信这个缺失了记忆的人就是他记忆中的塔维尔。

他们看起来是如此的不同。

但黑桃又总是给白柳一种……无法言说的熟悉感，让他知道黑桃就是那个人。

上一个游戏的NPC艾德蒙告诉白柳，人不是记忆和肉体构成的容器，有什么高于这个等级的东西存在于每个人的身上，将他们和与自己一模一样的怪物区分开来。

这种东西就是爱。

所以就算一个人肉体和记忆都完全变得不一样，爱还是存在的。

白柳并不相信这种说法，但他不明白为什么之前的黑桃可以从那么多个“白柳”里找出自己来。

不明白他此时此刻想冲动地接下花的心情从何而来。

明明这只是一场游戏而已。

白柳平静地俯视着黑桃，问他：“你为什么想要和我做朋友？”

黑桃说：“我希望你不讨厌我。”

白柳很轻松地就弄懂了黑桃的逻辑，他眼眸半合：“……为什么不希望我讨厌你?

“讨厌你的玩家那么多，每个你都要和他们做朋友，让他们不讨厌你吗？”

黑桃一顿，蹙眉摇摇头：“他们一直讨厌我、畏惧我。

“我不要和他们做朋友。”

白柳平和地问：“如果你要和一个讨厌你的人做朋友，为什么不挑选其他人？

“他们畏惧你，很容易同意你的请求，也不会像我这样一直和你作对，甚至三番五次伤害你。”

白柳长睫垂落，声音轻到几乎听不见：“……我从来都不是你最好的选择。

“我一直在……害死你。”

“你没有害死过我，”黑桃直视着他，“如果有一天我死亡了，那一定是我自己选择了死亡。”

白柳的呼吸放缓：“……那么多选择，你为什么非要选中我呢？”

——就算为我死了两次，你还是会选我。

黑桃眼里倒映着白柳的脸，他的语气平淡而认真：“因为你和其他人都不一样。”

白柳问：“哪里不一样？”

黑桃凝思许久，给出了答案：“他们可以讨厌我，但我不希望你讨厌我。”

白柳静了很久，轻笑起来，抬眸问他：“为什么我不可以讨厌你？”

黑桃静了一会儿：“……不知道，就是不希望你讨厌我。”

白柳脸上的表情不自觉地柔和了：“就和我讨厌你一样，没有理由是吗？”

黑桃好像有点郁闷似的放低了声音：“……嗯。”

起哄声越来越大，喝得面红耳赤的大兵们叫声大到就像是在威胁白柳，但他们却又是开怀大笑着的，用一种满含期待的表情等待着白柳开口。

“黑桃，人是不会和自己讨厌的人做朋友的，”白柳轻声说，“这不符合正常人的逻辑。”

黑桃一动不动，他好似因为被破坏了逻辑而陷入了一种奇怪的思考旋涡。

按照他的想法，两个彼此讨厌的人是可以做朋友，然后靠做朋友终止对对方的讨厌的，但白柳说的因果关系倒转了过来，这让黑桃僵在了原地。

这和他想的不太一样。

白柳的目光垂落到黑桃手中的花上，像是自言自语般说道：“但你和我现在都喝醉了。

“所以我们可以做一些不符合逻辑的事。”

白柳伸手接过了黑桃手中的花，对着还没有反应过来的黑桃微笑：

“我愿意和你做朋友。”

盖伊把食指和拇指塞进嘴里，毫无形象地疯狂大笑，吹起口哨。

白柳举着花，慢慢地走近黑桃，微微偏过头，专注地望着黑桃的眼睛。

纷扬的金色礼花从他们的头顶落下，他们不认识的陌生国度的人举着喝空了的啤酒瓶子混乱地互相敲击，摇头晃脑地奏鸣出派对乐曲的节拍。

白柳在从飞机上跳下去的那一刻之前，都未曾幻想过自己参加这种交友派对的场景。

但在那一刻，他是想过的。

白柳以为自己这种怪物幻想的派对场景应该是怪诞的、诡异的、无人参加的，但奇怪的是，他幻想出来的和塔维尔共同举办的派对就像是这个世界上所有的正常人所向往的那样。

庸俗，热闹，有一大群和他们只有丁点联系的陌生人，然后他们在吵闹的背景音中约定——我们会永远在一起，直到死亡把我们分开。

直到死亡把我们分开。

白柳以为在那之后，在他找到塔维尔之后……他说不定……可以尝试接受举办热闹的派对。

现在他的确得到了，虽然和他想象的好像不太一样。

每次都是这样，他的身上好像有用不完的坏运气，然后那个人总会想尽办法，好像要钻整个世界的空子般，用各种奇奇怪怪的方式把白柳想要的东西重新带给他。

——破损之后又粘贴起来的故事书，缺失了脸部的瘦长鬼影玩偶。

离别之后的重逢。

这个人一直都在笨拙地安慰他，给白柳最想要的礼物，想让他开心起来。

就算拿到这礼物的代价是牺牲自己的生命。

小酒馆里放起了舒缓的背景音乐，大家互相拥抱，摇动着跳舞。灯光暗了下去，只能窥见隐约的光影。

白柳圈住黑桃的后颈，眼睛轻微地眨动了一下。

被白柳圈住后颈的黑桃艰难地回过头看舞池中心的盖伊和亚历克斯的动作——他没有跳过这种舞，需要一个模板来学习。

盖伊环抱着亚历克斯的肩膀摇摆，黑桃的眼神在盖伊和白柳之间徘徊，然后在白柳耳边犹豫地询问：“我现在可以邀请你跳舞吗？”

他还记得之前随便做决定让白柳生气的事情，所以这次预先问了一下。

“人不会答应自己讨厌的人的邀请，黑桃。”白柳没有抬头，轻声地回答了黑桃。

“但我们是朋友了，”黑桃回答得十分有底气，“朋友应该一起跳舞。”

黑桃感觉把头抵在自己肩膀上的白柳好像轻笑了一下。

然后白柳说：“你之前不是问我要讨厌你多久吗？”

黑桃迅速追问："多久？"

白柳抬起头，眼眸里浮着一层如水波般漾开的光泽，脸上的笑纯粹清澈，带着一点隐藏得不是很好的顽劣。

"——永远，我永远讨厌你。"

黑桃停止了所有动作，他试图辩解："我们是朋友了，我们应该一起跳舞，如果你讨厌我，你的舞伴就不能是——（我）"。

白柳垂眸，往下拉了一下黑桃，伸开手掌邀请他共舞。

黑桃注视着白柳："你说讨厌我，但又主动邀请我。"

这太矛盾了，黑桃理解不了这样的事情，他困惑又郁闷："你为什么这样做？"

"因为我喝醉了，"白柳又向黑桃伸出了手掌，"——我可以在喝醉后和我讨厌的人做朋友，可以邀请我讨厌的人跳舞。"

他平静地闭上了眼睛。

"我愿意和我讨厌的人永远在一起，直到死亡再次把我们分开。"

285

在欢呼声中，醉得东南西北都快分不清的亚历克斯抱起盖伊，一起回到小酒馆里临时布置好的新兵宿舍。

这群人还十分有闲心地给白柳他们也布置了一间，虽然看起来简陋，但还是有那个样子的。

黑桃无师自通地就要弯腰下来模仿亚历克斯的动作把白柳抱进屋里，被白柳冷静地阻止了。

白柳抬眸望了一眼在人群当中一动不动许久，宛如木雕的唐二打。

唐二打脸上的表情一片空白，他缓慢地凝视了一会儿黑桃和他头上的礼帽，又看了一眼神色自然的白柳，最后慢慢地低头看了一眼自己手上的酒瓶，翻过来看了一下酒精度数，以确认自己不是喝多了产生幻觉。

唐二打恍惚地喃喃自语："难道这里有怪物？我被异化导致精神值下降了……"

白柳不动声色地压下了身后的黑桃试图把他扛起来的动作："不用。"

黑桃抬头："？"

"亚历克斯都抱了盖伊，"他发自内心地疑惑，"我不能抱你进去吗？"

白柳说："我们不用。"

黑桃质问："为什么？"

白柳只略微思索了两秒，就面不改色地开始胡扯："——亚历克斯抱盖伊，是没穿礼服的抱穿礼服的，不是你抱我。"

黑桃恍然地“哦”了一声，然后很自然地张开了双臂直直地看着白柳，一副已经做好准备的样子。

白柳从上到下扫视了一遍比他高一个头的黑桃，若无其事地别过脸：“但你看起来太重了，我抱不动你，所以算了。”

黑桃静了一会儿，慢吞吞地放下了自己的手背到身后，“哦”了一声，挡在白柳面前没走，还是定定地望着他。

白柳抬眸挑眉，露出一副“你还要怎么样”的询问表情。

“我也不是很重，”黑桃一本正经地辩解，“81.4 kg，才将近一百六十三斤，你应该尝试一下。”

他说完又张开了双臂，脸上的表情倒是淡淡的，眼睛直勾勾地盯着白柳，给人一种“你快点把我抱起来”的催促感。

白柳：“……”

白柳冷静地反驳：“我真的抱不起来。”

“但我们也是朋友，我喝醉了，你应该抱我进去。”黑桃的目光平淡地落到白柳的脸上，“亚历克斯喝醉了都可以把一百七十四斤的盖伊抱进去。”

黑桃垂眸看着白柳，平静地阐述事实：“我比盖伊还轻大概十一斤。”

白柳：“……”

他莫名地从黑桃这句话里品出了一种谴责的味道。

白柳的理智很清楚自己在喝醉之后抱不动黑桃，但黑桃喝醉之后执拗和较真的劲儿他也算领教了——这人不得到一个合理的答案是不会屈服的。

“我的确抱不动，”白柳微笑地看着黑桃，“但我系统面板里的某种工具有运输你的能力，我能借助这种工具把你抱进去，你可以接受吗？”

黑桃略微思索之后，点了点头。

他是可以接受白柳使用游戏道具把他抱进去的，比如用减轻体重的漂浮垫之类的。

一分钟后。

唐二打面部表情彻底呆滞了，他僵硬地一步一顿，像个失去意识的火锅店送菜机器人，双臂僵硬地前伸，眼神空洞地直视着前方，完全不低头看自己怀里正在被运输的“货物”。

“货物”面无表情，身体挺直，双手规规矩矩地贴在裤缝上，就像是一具冻硬了的尸体般平躺在唐二打笔直向前伸的手臂上。

因为唐二打根本没在抱黑桃，黑桃如果不挺直身体就会滚下去。

但就算黑桃挺直了身体，唐二打在行进过程当中产生的轻微颠簸也会让他手臂上毫无表情的黑桃左右滚动。

不过好在他没有滚下来。

而白柳神态自若地走在旁边，指引“送菜机器人”往房间门口走去。

旁边是一群看得两眼发直、神情呆滞的大兵，他们目瞪口呆地看着唐二打举着黑桃往房间门口去了。

直到房间的门关上，这三个奇怪的人都消失在门口，这些大兵才恍恍惚惚地收回自己的视线。

有个大兵咽了一口口水，惊叹道：“上帝，这是在干什么？”

白柳坐在床边，扫了一眼平躺在床上的黑桃和站在床边像是已经凝固了的唐二打。

“我……我先走了。”唐二打艰难地说出这几个字，根本不敢看床上的黑桃和床边的白柳，几乎是从房间的后门落荒而逃。

躺在床上的黑桃静静地望着白柳，有种幽幽的凝视感。

白柳转过身子背对着黑桃，声音带着若隐若现的笑：“我给你看过的，唐二打的确在我的系统面板里，算是我的工具，我没有欺骗你。”

黑桃翻了个身，把脸埋进了枕头里，闷闷地“哦”了一声。

但很快黑桃的心情似乎就平复了，他侧身看着坐在床边的白柳解开自己的袖扣，脱下外套，眼神又开始充满探究欲：“我们今晚还要做什么吗？”

“什么都不用做了。”白柳说。

白柳脱下外衣，又把衬衣解开。

他倒是不避讳黑桃的视线，大大方方地换了衣服，然后掀开被子躺了下去，正对着黑桃轻笑着说了句“晚安”。

白柳伸手关了台灯，一切都归于漆黑，很快他的呼吸声就均匀了。

躺在旁边的黑桃目露迷茫——他的直觉告诉他，派对支线的流程还没走完。

但他又不知道接下来要做什么。黑桃翻了几次身，最终正对着白柳低声说了句“晚安”，闭上了眼睛。

假装睡熟的白柳悄无声息地勾起了嘴角。

白柳小时候想逃避谢塔的一些问题，或者做了什么不想被谢塔知道的事情但被谢塔发现的时候，他就装睡。

无论什么情况，谢塔都不会打扰他睡觉的。

看来这个好习惯保留到了现在。

但白柳的嘴角勾到一半就定格了。黑桃睁开了眼睛，没有把还在假装睡熟了的白柳叫起来，而是动静很小地在床头单膝半跪，侧过头凝神把耳朵贴到了墙上——他一定要知道这个派对支线接下来的流程是什么。

白柳："……"

他也睁开了眼睛，眼皮微微地睁开一条缝，在黑暗中悄无声息地注视着黑桃的侧脸。

286

白柳侧过脸，能闻到黑桃的呼吸还带着明显的酒气。

当然，或许这不是黑桃的，也有可能是他的。

白柳今晚喝的伏特加可能比他这辈子喝的酒加起来都要多。

虽然他看起来行为和思路都还是很靠谱的，但四肢有种醉后的无力。

黑桃垂眼看着脸色泛红的白柳，这次他倒是没有问白柳为什么会变红——因为白柳喝了酒之后脸一直都是红的。

白柳缓缓地抬眸望着黑桃，呼吸又温热又轻，黑桃能在白柳的眼眸里看到一层很浅的酒气和醉意晕染出的光晕。

那层光晕让白柳的视线失焦，明明他眼神是落在黑桃脸上的，但黑桃却总觉得白柳好像在透过他看藏在他身后的某个人。

白柳抬起头来，似笑非笑地用手托着下颌，目光里带着不加掩饰的恶趣味和怀念："你玩过气球吗？"

黑桃："见过，没玩过。"

"我小时候也是，"白柳微笑起来，他的眼神停在黑桃的脸上，变得悠远，"我在福利院长大，福利院的院长和老师不喜欢我这种小孩，节庆用过的特制气球别的小孩可以分到两个，我是没有的。"

黑桃的嘴唇抿成一条直线："她们应该给你。"

"这个世界上没有什么应该的事情，"白柳垂下眼帘，语调漫不经心，"我本质上也不会为这种事情难过，因为那种批发的气球也值不了几个钱。"

白柳顿了一下："但另一个也没有分到气球的小孩不这么觉得。

"他不知道从哪里弄到了一些气球，用手工室的马克笔涂得花花绿绿的，在所有得到了气球的小孩面前，递给了我。"

白柳低着头，笑了一下："这些气球是他从垃圾桶里翻找出来，然后洗干净，用气枪打好之后做成的。

"他并不知道这些东西已经被遗弃了，但他把这些东西变成了小孩子都会觉得漂亮的气球送给我。"

白柳的睫毛很轻地颤动了一下："我本质上……也不应该因为这种事情开心。

"因为这些气球其实也值不了几个钱。"

但谢塔就那样望着他，举着气球望着他，手上还有在垃圾桶里翻找时留下的细小伤口，白柳鬼使神差地就接了过去。

然后谢塔看着白柳，露出了一个很浅的笑。

在那一瞬间，那些廉价的气球好像因为谢塔的笑容，变得纯净而珍贵。

那是一种很奇妙的感受，白柳第一次体会到，原来这些物品的价值居然会因为主观感受而产生偏移。

"我第一次觉得这些东西原来也是有价值的，"白柳很轻地说，"因为这些是他送给我的。"

半晌之后，黑桃询问："这些是很不好的气球吗？"

"在我原本的观念里，这些是被遗弃的气球。"白柳抬起头来，伸手撩开黑桃额前的发，半合着眼望着黑桃纯黑色的眼睛，"它有炸开的风险，能把人隔开，却没有炸开的威力，只是让人与人保持安全的社交距离。"

白柳望着黑桃："我和那个送给我气球的人说了对气球的看法，我那个时候觉得这种东西很无用。

"你知道他是怎么和我说的吗？"

黑桃凝视着白柳，平静地说："如果我是一个危害性很大的怪物，当某一天有一个人愿意靠近我的时候，这个东西就可以保护他不受到我的伤害。

"我并不觉得这种东西无用，它是一个保护性的道具。"

白柳静了很久，说道："是的，那个人也是这样告诉我的。"

"知道了。"黑桃突兀地打断了白柳的话。

他脸上什么情绪都没有，突然转身就把白柳摁进了被子里并帮他盖好，闷声说："我不问了，睡觉。"

白柳看着天花板，不知道为什么微笑起来，问道："为什么不问了？"

黑桃在黑夜中沉默了很久很久，才回答："我不确定你会不会受到伤害。

"这个保护性道具看起来很脆弱。"

白柳的声音很平静："你不是已经伤害过我了吗？现在又不想了？"

"那个时候我的直觉告诉我应该要让你和那颗心分离。"黑桃语气有些低沉，好像觉得自己做错了事一样。

白柳问："那现在呢？"

黑桃说："现在我的直觉告诉我，我不应该再伤害你了。"

白柳微微转了一点头，斜眼看向黑桃，模仿这人的语气：“为什么？又没有理由是吗？”

“有理由，”黑桃说，“我们是好朋友了。”

白柳没忍住轻笑了一声，但他很快就开始泼冷水：“这只是一场你生命里的游戏而已，你不用这么当真。”

“我的生命里只有游戏，”黑桃困惑不解地问，“我为什么不能当真？”

白柳安静了，转过身背对黑桃：“晚安。”

黑桃平躺着，“哦”了一声，然后闭上了眼睛。

第二天早上，白柳醒来的时候，一秒钟内就抽出了枪对准了房间里白色球状的不明物体。

一夜过去，白柳就跟换了个房间一样，房间里全是大大小小的气球。

在确定了这个房间就是他昨晚睡的那个之后，白柳收好枪，穿好衣服，面无表情地撕下了一个贴在墙上的、脸盆那么大的气球。

白柳缓缓地调整了一下呼吸，把房间里的气球都收拾好，丢进垃圾桶，转身走出了房间。

一开门，他就看到了门外的亚历克斯和盖伊正在门口探头探脑。白柳一出来，两人顿时倒抽了一口凉气。

盖伊心直口快，目光悚然地看着白柳：“你终于醒了！”

白柳静了一下，看向盖伊，以目光询问。

盖伊的眼神控制不住地游离：“昨晚黑桃出来要气球。”

“要了十二包，”亚历克斯的视线特别诡异，他缓缓地说，“但房间里本来就有六包，加起来快两百个了……”

白柳：“……”

盖伊实在是忍不住了，眼神好奇地直往房间里瞟：“你们昨晚在房间里干了什么？要这么多气球？”

白柳若无其事地略过了这个话题，冷静地问：“黑桃呢？”

亚历克斯神色十分复杂：“早上我们遇到黑桃，他说不够用，去镇上买气球了……”

白柳：“……”

盖伊说得没错，在白柳微笑着把枪上膛，说自己要去找黑桃的时候，黑桃自己跑回来了。

看到黑桃的时候白柳怔了一下。

这人脸上是各种油漆涂料，举着一大堆很有抽象绘画意义的巨大气球，头发上是各种油漆斑驳地交织出的彩色线条。

黑桃走到白柳面前，这人的呼吸罕见地有点喘。

白柳注意到这人嘴边有一圈红印子——看得出来是很努力地吹了一晚上的气球。

黑桃举着七八个被油漆泼过的气球，黑色的眼睛在一堆乌七八糟的颜色中像是闪着光："没有找到马克笔，借了油漆画的。"

白柳一静——他意识到这家伙是在模仿谢塔用马克笔画气球送给他的行为。

但他根本不擅长，所以就搞出了这么一堆惨不忍睹的艺术大作。

不过黑桃自己好像不觉得，他背挺得笔直，说："我吹了一晚上，这是最好看的几个。"

"给你，他们没给你的气球。"黑桃把气球塞到了白柳手里，他强调，"你应该有的。"

黑桃喘着气，语气特别认真："我们的气球应该是最好的。"

白柳仰着头望着脏兮兮的黑桃，最终他接过了气球，然后给了黑桃一个拥抱，说："是的。

"我们很好。"

287

短暂的狂欢过后，是即将到来的战争。

盖伊在和白柳打过招呼后，很快就告别了他们，跟着突击一队的人和几十门重炮上了火车。

亚历克斯站在火车启动的地方，他望着从火车窗户里伸出头来微笑着和他打招呼的盖伊，眼睛几乎要把盖伊盯穿。

唐二打离开得更早一些，他作为通过非正常渠道加入突击一队的新兵，凌晨两三点的时候就离开小酒馆乘坐火车去战场做适应性训练了。

白柳让黑桃把一身的油漆给洗了，把气球存放在盖伊找来给他的箱子里，放到了房间里，然后和其他新兵一起去了训练营接受分配。

亚历克斯把他们带去了训练营，走到门口的时候转过来看向白柳："希望我永远都不会在战场上捡到你们的尸体。"

"当然很有可能会是别人捡到的。"亚历克斯勉强地笑了笑，但他很快平静下来，抬起头目光坚定地望着白柳，"我做完今天的工作之后，明天会去申请加入突击二队，不会再做清扫兵了。"

白柳直视着他："因为盖伊去了一队，是吗？"

“是的，”亚历克斯低下头，脸上露出笑容，低语，“我们走到这一步，只有死亡才能让我们分开了。”

亚历克斯拍了拍白柳和黑桃的肩膀：“盖伊勾掉了你们报名突击队的选项，去做清扫兵吧，安全一些。”

他说完，小跑着挥手告别了白柳。

白柳收回落在亚历克斯背影上的视线，看向训练营门口立着的置物架。

置物架生锈了，上面摆放着厚厚的一沓报名表，贴了一块白字红底的告示牌——突击二队、突击三队入队名额申请。

“看来这里有玩家身份的选项了，主线 NPC 给出的建议是选择清扫兵。”白柳若有所思，“但游戏又在这里放置了突击队入队申请点。”

游戏的主线任务是帮助亚历克斯获得战争胜利，七天内获得尸体最多的玩家获胜。

从这两点来看，清扫兵和突击队成员这两个身份都是有可能完成任务的，但性价比太低了。

以士兵的身份收集尸体，是一种纯靠劳力的竞赛，这不符合这个游戏一贯的设计风格，一定有某种可以大批量获得尸体的捷径存在。

什么样的做法能在战争中获得最多的尸体？

当然是作为其中一方阵营的成员，没有什么比主动发起战争更能高性价比地造成伤亡了。

白柳眯了眯眼睛。

帮助亚历克斯获得战争胜利这一点并没有涉及阵营，而是只指定了人物。联系获得胜利的方式，再结合亚历克斯和盖伊这两个主要 NPC 对战争的态度，这里很有可能设置了一条亚历克斯叛变的支线剧情。

假设这个游戏的设计者如白柳所想的一般，有意地把亚历克斯塑造成一个立场不稳定的 NPC，那么亚历克斯就有可能叛变他目前所属的阵营。

这应该也是逆神的审判者那群玩家可以加入敌方阵营的原因。

如果亚历克斯叛变加入敌方阵营，那么敌方阵营的玩家也可以触发主线任务，帮助亚历克斯获得战争的胜利。

从这个角度来讲，游戏里玩家阵营可以有两方，一方是帮助不叛变的亚历克斯获得战争胜利，另一方是帮助叛变了的亚历克斯获得战争胜利。

那么现在唯一的问题就是亚历克斯，这位温文尔雅，热爱自己的家乡和国家，但对战争持否定态度的医学生，到底在什么情况下会叛变？

虽然亚历克斯对战争持有一种否定的态度，但这种否定的态度还不足以促使亚历克斯激烈地反抗自己目前所处的环境，叛变加入敌军。

他的观念还停留在就算这场战争是错误的，也要等到以己方的胜利结束这场战争后，再来清算这些错误，补偿那些在这场战争里受到伤害的无辜人士。

亚历克斯已经接受了战争的本来面目，里面没有任何一方是无辜的。

在亚历克斯的观念里，无能的首领固然有罪，但更有罪的是这些杀死士兵、掀起战争的落后的敌人。

在这种情况下，亚历克斯肯定会倾向于站在己方阵营，就算是盖伊死在了战场上，也无法轻易地改变亚历克斯的阵营观念，让他叛变——这是亚历克斯选择投身于己方军营，而不是做敌方的志愿军时就注定了的事情。

如果要亚历克斯叛变，还缺一点别样的催化剂。

白柳转过头，望向盖伊坐着火车远离的轨道。

他知道那个催化剂是什么了。

“选清扫兵，”白柳转头看向黑桃，“你没意见吧？”

黑桃点头“嗯”了一声：“我都可以。”

等白柳和黑桃进入训练营，被分配了清扫兵的身份出来之后，有个通信兵慌慌张张地举着一张电报跑进了训练营，惊恐地睁着眼睛，尖锐地吼叫：“突击一队的盖伊·戴维斯叛变了！

“他在战场上突然转头用巴祖卡（火箭筒）轰掉了自己副射手的脑袋，打爆了我们这边两个隐藏的火力点。”

这个冲进来的士兵愤怒得双目通红：“这个卑鄙的人！他杀死了二十多个突击一队的老兵，然后在敌方的火力掩护下清扫战场，拖着战利品投降，加入了敌军！！”

全场哗然。

当夜，战况更加恶劣。

突击一队的行动因为盖伊的反叛惨烈失败，那位靠妻子上位的将军在震怒之下终于把那一千门重炮连夜拉往了前线，并将整支突击一队剩余的队员并入突击二队，让突击二队顶上，于黎明时刻发起第二次突击行动。

白柳和黑桃这两个只经过简单培训的清扫兵也因为即将出现的大规模伤亡而被迫和重炮一起被拉到了第一线。

他们分到了一顶简陋的军用帐篷、一些担架、两把工兵铲、一些装在小瓶子里的抗感染药物、十几个缝合包和几卷止血绷带。

白柳他们驻扎在亚历克斯的营地旁边，驻扎完之后，他们走进了亚历克斯的帐篷。

帐篷内光线非常昏暗，隐约能窥见地面上堆满了尸体，中间坐着一动不动的、宛如尸体一般的亚历克斯。

这个白天还说自己要加入突击二队的年轻男人短短一天就像是被抽走了魂，在十几个小时以内憔悴得脱了相。

亚历克斯的军装从上到下都溅满了血迹，脸上也是成片的血迹，他双目出神地望着地面上残缺的尸块，在看到白柳他们掀开帘幕进来的时候，也只是轻微地转动了一下眼珠，又继续出神。

白柳走到桌边，点了灯，灯光照亮了帐篷里的一切，包括狭窄的行军床上还没来得及整理的被褥。

亚历克斯的视线缓慢地挪到这床被褥上，凝视了不知道多久，积压的情绪终于压垮了他，让他在一瞬间忍无可忍地弯下腰，捂着脸崩溃地哭号出声。

白柳这个时候才问道："亚历克斯，发生了什么事？"

亚历克斯抬起头，声音嘶哑，神情恍惚："我坐上盖伊坐的下一班火车被运送到了前线。

"我担心盖伊，害怕他出事，所以偷偷地和其他的清扫兵交换了工作区，来到了突击一队驻扎的地区——当时已经很晚了，下了一场暴雨，天色看起来特别阴沉。我看到盖伊他们的帐篷动了，好像是接到了指挥员的电报，因为下了暴雨，湖面上涨了不少，要把突袭时间提前。

"突击一队的队长提议绕远，从东面的湖以外的区域进攻，盖伊好像不同意，我听到他激烈地反驳了那个队长，说那里根本不是战区。"

白柳掌灯，单膝跪在亚历克斯面前，轻声问："那里是什么地方？"

"那里是另一个土著人的村子，"亚历克斯脸上有无数干涸的泪痕，"按照国际维和部门的要求，那里的人宣布了自己是中立阵营，军队是不允许进攻的。"

白柳继续问："那为什么那个队长要攻击那里？"

"因为那里的土著人收留了很多因为战争流离失所的敌人的孩子和妇女，后来，敌方阵营的人就开始有意地、悄悄地把自己的孩子和妻子寄托在那里，因为那里是安全的。"

亚历克斯顿了一下："但我们这里的很多人并不觉得那里的人是无辜的，将军已经三次向国际维和部门递交申请，要求把这个土著人的村子纳入战区，但因为理由不充足，一直被驳回。"

"所以这次，这位将军就准备先斩后奏？"白柳目光平静地问，"但那里都是小孩和妇女，进攻的意义在哪里？"

亚历克斯摇摇头："不光是这样，这里的土著人很重视血缘和家庭联系，如果突击一队可以挟持那个村子里的人，很有可能这些土著人就会受到短期钳制——至少可以让我们撑过这个雨季。"

“而且……”亚历克斯顿了顿，“国际维和部门对我们的限制并没有你想象的那么大，并且只要对方反击，就可以判定为有战争预备行为，就可以真的将对方纳入战区。”

白柳又问：“所以最后这个计划实行了吗？”

亚历克斯出神地静了很久，才艰涩地回答：“……实行了，我看到盖伊背着行囊坐上了车，走了。

“作为清扫兵的我们远远地跟在后面，等到天色完全昏暗……我已经记不清是几点了，总之中间又下了一场暴雨，我听到了炮火和惨叫的声音传来。

“但这次突袭的村庄没有炮火储备，本来不应该有开火的声音的。”

亚历克斯的呼吸变得急促：“我不知道发生了什么，但害怕盖伊出事，于是我跑了过去——”

他闭上了眼睛，眼泪滑落：“到处都是子弹和炮火的声音，有人在歇斯底里地吼叫着，但我什么也听不见，我摸了一下耳朵，流血了，应该是被震出血的。我疯狂地大叫着盖伊的名字，最终我在一个山坡上看到了伤痕累累的他。

“我想冲过去，但周围的人都拉着我，对我狰狞地大吼，让我别过去。我一开始并没有理解为什么不能过去，那可是盖伊，我要去救他。”

亚历克斯睁开了空洞的眼睛：“直到我看到他举起了火箭筒和狙击枪，冷酷地、丝毫没有犹豫地扫射着周围的人。

“我知道他受过专业的训练，曾经是队伍里最优秀的火箭兵，但我从未见过他这一面。

“他就像个死神一样，举着火箭筒对着我，对着所有人，眼里含泪，笑着说‘对不起，亚历克斯，我没有办法看着他想要保护的人受到如此迫害’。

“‘认识你之后，我觉得我死去也是幸福的’。”

亚历克斯眼里有泪慢慢地溢出，他深吸了一口气：“——所以他说，他没有任何遗憾了，他要为一些别的什么东西去死了。

“我把他炸毁的尸体一具一具背了回来，这些人很多是昨晚参与派对的人，但今天却躺在这里，被他们曾祝福的人击杀得四分五裂。”

亚历克斯轻声说：“我不明白。”

“那个厂长，他曾经的朋友追求的正义是正义，想要保护的人命是人命，这些人——”亚历克斯摇摇晃晃地站起来，指着地上这些被他背回来的二十多具破碎的尸体，双目赤红，几乎是歇斯底里地质问白柳，“这些曾经无数次地救援过、祝福过他的朋友的生命就不是生命了吗？”

亚历克斯一边摇头一边后退，绝望地嘶吼：“这是不对的！盖伊他做错了！这些人不该死！”

288

亚历克斯说着说着向后踉跄了一步，踢到了地面上的一个瓶子，这个瓶子是空的，顺势倒下，滚到了白柳的脚边。

白柳垂眼看过去，瓶子上工工整整地写着“将死生物体细胞再激活药剂（动物实验版，人体勿用）”。

研发者：亚历克斯·布朗。

白柳移动视线，看到了亚历克斯身后有好几个散落的空瓶子，然后他平静地看向了周围这些尸块。

在昏暗的帐篷里，这些血淋淋的断口好像是这些肢体的眼睛，它们正在用糜烂的眼睛贪婪地注视着白柳这个肢体完好的不速之客。

就好像……这些碎尸块进化出了独立意识一般。

系统提示：恭喜玩家白柳解锁《密林边陲怪物书》——半死尸块。

玩家收集并降服一个半死尸块可积一分，七天之内总积分最高的玩家获胜。

看来这才是游戏让他们收集的尸块。

而这些尸块的缔造者——白柳缓缓抬眸看向还崩溃地跪在地上的亚历克斯，他能在这个 NPC 身上感受到一种由巨大的痛苦带来的立场的摇摆。

这应该是决定亚历克斯是否叛变的核心剧情。

白柳没有起身，任由这些尸块蠕动着靠近了自己，他依旧蹲着看着亚历克斯：“你觉得盖伊做错了，但你觉得这些尸体做对了吗？”

亚历克斯抱着头痛苦地号叫，没有回答白柳的话，但他眼中的动摇和恍惚已经显示出了他的回答——他觉得这些人做得也不对。

白柳扫了一眼地上的这些尸体，意味不明地说：“盖伊对你说过，战争就是这样的，在战争里所有人都是没有感情的尸体。”

“我觉得你之前那个想法挺好的，如果尸体能活过来打仗，就没有人会受到伤害了。”白柳遗憾地叹气，“但这根本不可能。”

亚历克斯愣住了。

白柳说完，拍了拍听完这些话之后一动不动的亚历克斯的肩膀：“好好休息吧，明天还有一场大战，还不知道会产生多少新鲜尸体呢，我们有的忙了。”

白柳起身，拉着眼睛都快黏在这些可以获得积分的尸块上的黑桃走出了亚历克斯的帐篷，回到了他们的帐篷。

黑桃望向白柳："你在诱导亚历克斯转换阵营。"

"不全是这样，"白柳进门之后就脱掉了沾满泥点子的军装外套挂到帐篷上，躺在行军床上侧过头笑着看向黑桃，"转换阵营对我们无益，如果亚历克斯转换到敌军那方，而我们紧随着他叛变，敌军对我们这些叛军的接受度肯定没有一开始就叛变过去的逆神的审判者他们高。"

"简单来说，就是亚历克斯叛变后，我们的胜算不如逆神的审判者高。"白柳抬起眼皮，似笑非笑地望着黑桃，"在这种情况下，逆神的审判者他们大概率可以赢你。"

一听到输赢，黑桃瞬间凝神，他一边脱衣服一边坐在床边靠近白柳："我们要怎么赢他们？"

白柳不动声色地往床里退了一点："游戏只给出了两个选项，己方阵营和敌方阵营。而且从目前的走向来看，无论是亚历克斯留在己方，还是叛变到敌方，我们要取胜都不得不沦为战争的兵器，通过付出巨大的劳力进行屠杀，制造尸体给亚历克斯。

"我个人不是很青睐这种比拼双方面板值的低性价比的取胜方式，而且论综合面板值，我们应该也比不过他们。"

黑桃打断了白柳的话："比得过，我的面板值比除了逆神的审判者另外三个人加起来都高。"

白柳一静，略微惊讶地挑眉："你的面板值数据有多少？"

黑桃认真地报了一串数字出来，然后说："逆神的审判者面板值是保密的，我也不知道，但应该不会比我的高。"

白柳陷入了诡异的安静——难怪逆神的审判者要打压黑桃这家伙的气势……

这人的面板值数据高到离奇，不打压就不听指挥，相当于一个超级破坏王，会把局势弄得混乱无比，胜负走向根本看不清楚，联赛一上场约等于另外九个人打他一个，还不一定能打得过。

"我听外界的传言，只知道你面板值过万，没有想到超了这么多。"白柳说。

黑桃回答："去年刚玩的时候破万的，后来联赛开场队友就要求我保密了，说面板值太突出容易被人针对。"

白柳继续说："但就算你面板值数据高，也只是个人优势。这场游戏里逆神的审判者他们先手走得很好，进了敌军，占据了阵营优势，就算我们叛变过去，在争夺尸体的时候，他们的优势还是远胜于我们。"

"所以我在想……"白柳微笑起来，"为了瓦解他们的阵营优势，能不能诱导出第三种阵营选项。"

黑桃蹙眉："第三种阵营，谁的阵营？"

白柳回答："亚历克斯的个人阵营。"

午夜时分。

躺在白柳旁边的黑桃毫无防备心地睡得很沉。

白柳很轻地挪开黑桃的手和脚，从床上走下来，到了营地外面。

他悄无声息地走进了亚历克斯的帐篷，亚历克斯还是坐在地上，和白柳走之前一模一样，看起来就像是几个小时都没有挪过位置。

亚历克斯似乎注意到白柳进来了，但他没有抬头，只是嗓音沙哑地说："还有三个小时大战就要开始了，别来劝我了，回去好好睡吧。"

"你已经加入了突击二队，还有三个小时，你和盖伊就要在战场上兵戎相见了。"白柳摁亮了昏暗的吊灯，垂眸看向亚历克斯，"在你们互相用枪指着对方之前，你想见他最后一面吗？"

亚历克斯缓缓地抬起了头，原本毫无光亮的眼睛里燃起一丝微不可察的希望，但很快又熄灭了："大战开始前，士兵私联被发现会被处以酷刑，别为我冒险了，白柳。"

"但你们的相会在某个地方是合理的，不会被处以酷刑。"白柳笑得很温柔，"无阵营的红十字救助会，伤兵都可以主动去那里寻求帮助。"

亚历克斯的眼里瞬间又亮起了光："但去红十字会需要有人担保，你认识里面的人吗？"

白柳微笑："是的，我有个认识的人应该可以为你做担保。"

红十字会救助场灯火通明。

这个以救助为主要目的、无边界无阵营的医疗组织在双方的营地，以及交战边界都有驻扎区域。

白柳向刘佳仪报了自己所在的地点之后，亚历克斯毫不犹豫地对着自己的腿开了两枪。

很快红十字会的车就跌跌撞撞地开到了这里，带走了腿上有伤的亚历克斯。

白柳随着亚历克斯一起上去了，车上的人对白柳的态度十分友好，笑着问他："你就是佳仪的哥哥吗？她还以为是你受伤了，让我们快点来，于是我们加紧赶过来的。你们看起来长得真像。"

在这些人的眼里，刘佳仪和白柳这两个亚洲人的面孔无疑是相似的。

"嘿，你的妹妹真是个优秀的小姑娘。"车上的人似乎对刘佳仪特别有好感，争先恐后地和白柳谈起了她，"她很擅长救治，我们简直无法置信这么小的孩子能熟练地处理战损伤和大出血，她一个人能做到十几个成年人都做不到的事情。

“她在短短两天之内救下了几十个人。”

“你考虑过战后送她去读医科大学之类的吗？”一群人疯狂暗示白柳，“我记得参战之后，你有一个去顶级大学进修的名额，考虑过让给佳仪吗？”

白柳笑着回答：“可她才八岁。”

这群人激烈地反驳：“和年龄无关，佳仪完全有去顶级大学进修的能力，她是个小天才！”

看来两天之内，刘佳仪就已经把红十字会这群 NPC 的好感度刷满了。

这让白柳办起事情来异常方便，车直接驶入了红十字会的营地，白柳从货车的尾厢跳下来的时候，就看到刘佳仪向他跑过来。

刘佳仪穿着一身不怎么合身的护士服，头上别着一顶小小的护士帽，手上戴着染血的白手套，套袖上别着一个巴掌大的红十字会标志，随着她奔跑一颠一颠的。

她正神色严肃地从由担架交织而成的链条里往这边跑，一边跑还一边指挥。

这里的人出奇地听她的话，只要她开口说送到哪里，抬着担架的人立马就会往那个地方的帐篷送。

刘佳仪在这里俨然已经是一个很有话语权的人物了。

等她跑到白柳面前的时候，白柳笑着调侃：“混得不错啊。”

刘佳仪没好气地脱掉手套扔进医疗垃圾桶里：“你可以再拖久一点！这种阵营游戏你居然拖到大战之前才有更换阵营的意图，我差点就带着红十字会全体叛入你这方阵营了。”

“但你还没有做出指示，我就先稳住了。”刘佳仪甩了甩手上的滑石粉，正色道，“你昨天没有联系我，我就知道你对这游戏应该还有其他想法，红十字会作为一个无阵营的志愿组织可以给你转换阵营搭桥。现在你准备加入哪一方？”

白柳微笑：“第三方。”

刘佳仪反应极快：“你要自己组建一方？以主线 NPC 和尸块为核心？”

白柳点头。

刘佳仪皱着眉思索片刻：“尸块不需要救助，那红十字会对你就没用了，我要尽快从这里脱身。”

“哦对了，这场游戏的难点不在于阵营。”刘佳仪抬头，“我觉得你也知道，难点在于和你不是同一阵营的杀手序列。”

她忧心忡忡地说：“就算逆神的审判者看起来和黑桃在这场游戏里似乎彼此针对，但无论是哪一方，都不是现在的我们可以抗衡的，他们毕竟是去年的冠军队伍，我们的综合素质差太远了。

“本质上来讲，真正决定这场游戏胜负的阵营是黑桃和逆神的审判者这两个阵营，我们只不过是一个小添头。”

“我知道，”白柳笑着说，“所以只需要让黑桃和逆神的审判者都以为我和他们是同一阵营的，不就可以了？

“这样无论他们哪一方赢了，我都赢了。”

刘佳仪一怔，很快明白了白柳想做什么，不由得眯了一下眼睛：“你又要玩双面间谍？”

白柳笑眯眯地“嗯”了一声。

刘佳仪蹙眉：“但黑桃和逆神的审判者都不是省油的灯，你要怎么让对方相信你和他们是同一阵营的？”

白柳垂眸：“当然是用我的诚意。”

刘佳仪：“……”

这种时候就不要给我讲冷笑话了！

“逆神的审判者他们和主线 NPC 盖伊现在应该都在红十字会吧？”白柳换了话题。

刘佳仪点头：“嗯，因为是大战前夕，逆神的审判者他们过来和红十字会接洽，盖伊这个主线 NPC 是我刚刚触发的，他受伤了被送过来医治。”

白柳望向刘佳仪：“他们认出来你是玩家了吗？”

“认出来了，”刘佳仪疑惑地说，“但逆神的审判者他们总体来说对我态度还挺好的，似乎就把我当一个有救助功能的普通 NPC，还和我用积分交易过两次解药。”

刘佳仪：“这里的 NPC 是不能用解药救助的，但玩家是可以的，逆神的审判者他们主动向我购买解药，我也都给了。”

她深思之后回答：“他们对我们没什么敌意，目的非常明确，就是想要赢黑桃而已。”

“直接点说，他们就是想要黑桃输。”白柳勾唇，“在这一点上我们倒是很一致。”

刘佳仪仰头望向白柳：“我感觉你已经想好怎么说服逆神的审判者了，那黑桃那边呢？他看起来不像是很好说服的人。”

“黑桃那边……”白柳略显诡异地顿了一下，“处理好了，他完全相信我和他是一个阵营的。”

刘佳仪震惊：“你们上个副本还打得不可开交吧，你是怎么说服他全心全意相信你的？！”

白柳微不可察地别过脸：“用了一点特殊手段。”

刘佳仪狐疑地绕过去，继续正对着白柳："你为什么不敢正视我说这句话？你干缺德事从来不心虚，你对黑桃做了什么这么心虚？"

白柳："……"

小孩子太敏锐了对于成年人来说真不是什么好事。

见白柳不回答，刘佳仪挑眉："我也不强迫你说，但我总会知道的。"

"不过现在就算了，马上就要开战，时间不多了。"刘佳仪挥挥手，"我带你去见逆神的审判者他们。"

白柳跟在刘佳仪的身后，问她："逆神的审判者他们卡这个点过来和红十字会接洽，时间是不是太紧迫了？"

"你好意思说别人？"刘佳仪无语，"你不也是一样的吗？"

白柳："我在等关键节点剧情。"

刘佳仪头也不回地往前走："他们也一样，土著村子那一方的人并不相信红十字会的人，他们觉得红十字会和另一方是一伙的，一直非常拒绝我们的救助，也不允许我们帮忙收容他们的妻子和孩子。

"但其实红十字会比他们寄托的那个中立的土著村庄更安全。"

白柳瞬间清楚了："但昨晚的突袭让土著人意识到了中立的村庄并不安全，所以他们开始考虑红十字会。而逆神的审判者他们作为叛军，和这边的人没有交流和理解上的障碍，所以就被派过来进行沟通，是吗？"

"不光是这样，"刘佳仪回头看了白柳一眼，"逆神的审判者比你想象的更有本事，我不知道他做了什么，但他现在是土著人那边的指挥员了，顶级的战略官。今天他过来和红十字会接洽，也是以指挥员的身份安置无害的妇女和儿童的。"

"两天的时间，从叛军做到指挥员？"白柳扬了扬眉尾。

刘佳仪顿了一下："是的。

"总之这家伙给我一种……看起来很无害，露出一张笑脸，但其实什么都知道的不爽感。"

"但如果逆神的审判者是指挥员，他要过来安置妇女和儿童，这应该是一件很简单的事情，不应该拖到大战之前还滞留在这里，而是应该回营地了。"白柳思索片刻后询问，"是出了什么事吗？"

"是的，"刘佳仪说，"土著人内部也分党派，一部分是以逆神的审判者这个新指挥员为首的新兴土著人，这一党派的土著人乐于接受很多新派的东西，希望能以战争的胜利作为发展的起点，不断壮大走出来。

"这个党派的高层大部分和之前被枪杀的那个厂长交好，得到过那个厂长的援助和思想启蒙。

"还有一部分是对新兴的一切都怀有很强敌意的旧土著人，他们信奉一种特殊的理念，向往传统的农耕生活，拒绝一切机械类生产工具，觉得这是在亵渎神赐予他们用来劳作的双手。”

刘佳仪转头看向白柳：“相信你已经猜出来了，这一党派的土著人的首领就是旧的指挥员，那个开枪打死厂长、发起战争的人。

“新旧党派之间存在不可调和的矛盾，目前是新派占优势，但旧派总是不甘心让新派掌权，会闹出各种各样的幺蛾子。

“比如今天逆神的审判者其实早在几个小时之前就安置好了这些妇女和儿童，但旧派的那群人突然杀了过来，癫狂地阻止逆神的审判者，说他是叛徒，是卧底，根本不是要保护他们的后代和妻子，而是要将他们的后代和妻子献给敌军来获取更大的褒奖。”

刘佳仪领着白柳到了一顶帐篷边上，扬了扬下巴：“他们就在这里面，应该还在争执，要我陪你一起进去吗？”

帐篷里隐隐传来激烈的争吵声。

白柳摇摇头。

刘佳仪理解地点了点头，抛给了白柳一瓶解药：“你的武器被毁了，有什么异常就大叫，我在外面守着。”

穿着护士服的刘佳仪说完抽出一瓶毒药喷雾，然后藏匿在了帐篷的一边，对正要进去的白柳比了一个“OK”的手势。

白柳回了一个“OK”的手势，然后掀开了帘幕，平静地走了进去。

正在争执的双方皆是一愣，站在左边的是逆神的审判者一行人，右边的是头戴老鹰羽毛帽子、肩背上贴有兽皮、脸上涂抹油彩的一行人，这一行人神色凶狠，可以看到外露的牙齿略显尖利，应该是平时有撕扯大块肉类的习惯。

一见白柳进来，这群传统土著人原本准备对白柳龇牙的，但被为首那个人阻止了。他盯着白柳看了半晌，用一种很古怪的腔调说：“他是真神眷顾之人，不可冒犯。”

然后他对白柳行了个礼，躬身很有礼貌地退下了。

白柳眼眸中的情绪晦暗不明，很快被他收敛。他看向逆神的审判者：“看来我似乎打扰了你们的谈话。”

“不不不，你拯救了我。”逆神的审判者揉了揉额头，疲惫地坐在椅子上长舒一口气，笑眯眯地望着白柳伸出手，“我已经和他们吵了两个小时，你一来他们就愿意中场休息，暂时放过我了。”

白柳垂眸，伸出手和逆神的审判者握了一下：“初次见面，白柳。”

逆神的审判者笑笑：“杀手序列的战术师，叫我‘逆神’就可以。”

逆神的审判者对白柳比了一个“请坐”的手势：“你找我有事要聊，是吗？”

白柳坐下，抬眸微笑：“是的，我想和你聊聊怎么让黑桃输掉这场游戏。”

原本瘫在椅子上的逆神的审判者缓慢地坐直了，他挥了挥手，背后的人立马退了出去，帐篷里只剩下另外三个杀手序列的队员、坐在椅子上的白柳和逆神的审判者。

白柳不疾不徐地说：“我有办法让黑桃在这场比赛中惨烈地输给你们。”

逆神的审判者和其他三个杀手序列的队员都用一种十分惊异的目光盯着白柳。隔了好一会儿，逆神的审判者才满含期待地说：“你具体说说。”

“我能在战场里把黑桃引到某个地方，配合你们前后夹击他，他比较信赖我，不会对我有太多防备，所以这个计划的成功率比较高……”白柳娓娓道来。

“停，”站在逆神的审判者背后有个看起来不过十七八岁的少年抬手比了一个“STOP”的手势，然后看向白柳，略显冷峻地质问，“黑桃根本不会听任何人的话，你的这个计划一开始就有问题。”

逆神的审判者貌似生气地回身打了一下这个少年：“怎么和其他玩家说话呢？不懂礼貌吗？先好好介绍自己。”

这个少年僵硬地顿了一下：“杀手序列战队队员，控制位，柏嘉木。”

逆神的审判者抬手，不好意思地道歉：“对不起啊，你继续说。”

柏嘉木干脆地打断了逆神的审判者的话：“但他根本不可能控制黑桃，黑桃连我们都不管……”

“虽然不一定能达到‘控制’这个层次，”白柳笑意盈盈地抬起头，“但达到‘影响’这个层次应该是可以的。”

逆神的审判者先是替自己的队员道歉，然后话锋一转，笑着问：“白柳先生，你说黑桃会信赖你，有什么值得参考的客观依据吗？”

白柳平静地说：“哦，是这样的，我昨天和他一起喝醉了。”

逆神的审判者：“……”

柏嘉木：“……”

其他杀手序列队员：“……”

289

逆神的审判者大概愣了一分钟，他抬手揉了揉自己僵硬的脸，挤出一个勉强的笑脸来：“白柳先生，你是在说笑……”

白柳毫不犹豫地打断了逆神的审判者的话：“你们有测谎的天平吧？可以拿出来试试。”

逆神的审判者："……"

白柳的语气如此笃定，一开始根本不信的几个杀手序列队员也开始动摇起来。他们面面相觑良久，最终还是柏嘉木伸手拿了一个天平出来。

柏嘉木定定地望着白柳："你昨天和黑桃一起喝酒，喝醉了？"

白柳面不改色地微笑："是。"

天平缓缓地倒向"真"那一边。

全场陷入了长久的寂静，举着天平的柏嘉木脸上的表情近乎崩溃。

逆神的审判者缓缓抬手捂住了自己的脸，深深地吸了一口气，然后又把手放了下来。

他像是一瞬间老了十岁，用一种沧桑无比的口吻接着问："是……是黑桃强迫你的吗？"

白柳诡异地沉默了一会儿，然后回答："可以说是。"

天平又倒向了"真"那一边。

柏嘉木的眼神像是要把这个给出匪夷所思答案的天平给吞了。

逆神的审判者再次抬手捂住了自己的脸，他艰涩地躬下腰道歉："对不起，我们战队的主攻手黑桃给你添麻烦了，白柳先生。"

"他……他可能，不太懂拼酒这种事情，觉得这可能是什么游戏，并不是有意强迫你的……"逆神的审判者抬起头，试图解释。

逆神的审判者深呼吸，调整扭曲的面部表情，和其他队员小声商议：

"怎么办？我们之前没有给黑桃上这种社交课，事情还是发展到了这一步，他强迫了其他玩家！"

"我当时就说要给他上的！他什么也不懂，很容易被坏女人骗的！"

"当时看黑桃对红桃那个样子，我们都觉得他不可能被女人骗啊！他和红桃见了十几次，每次都把红桃认错。"

"柏嘉木一直不让我给黑桃上课！都怪柏嘉木！"

"你上了也没用，这人是个男的，你的那些课程对黑桃起不到任何教导作用。"

"当务之急是我们要怎么办，黑桃强迫了这人，这人找上门来了！"

"我们要负责吗？这种外面的人找上门来，我们打发对方的正常程序是怎么走来着？"

"哦哦哦！我知道这个！"

逆神的审判者一脸郑重地转过头，双手交叉抵在膝盖上，目光深不可测，直视着白柳："白柳先生，给你五百万积分，离开黑桃。"

白柳："……"

短暂的寂静之后，白柳迅速地回答："五百万积分现在转给我，我保证不再骚扰黑桃，也不再计较这次拼酒的事。”

逆神的审判者和他背后的柏嘉木皆是一愣——这和他们想的不太一样。

白柳难道不应该怒斥“你们怎么能用钱来侮辱我的人格”之类的吗？

并不觉得自己被五百万积分侮辱了的白柳笑得十分愉悦：“但这次我来找你们，更重要的事情是想要配合你们给黑桃一次惨痛的失败教训，相信这也是你们想要的。”

白柳说到这里，逆神的审判者终于正色道：“你准备怎么做？”

另一头。

亚历克斯沉默地坐在轮椅上，他的双腿已经被包扎完毕，现在他正静静地坐在盖伊的床边，一言不发地凝视着病床上昏迷不醒、呼吸微弱的盖伊。

旁边有护士提醒：“他受了重伤，身体里有十三块弹片刚刚被取出来，麻醉效果还没过去，他还在昏睡，你想和他说话的话得等一会儿。”

亚历克斯轻轻地摇摇头：“不用他醒来。”

“我能单独和他待一会儿吗？”亚历克斯抬头看向这个护士。

护士善解人意地笑笑：“当然可以，一个小时之后我来换药，这段时间够吗？”

亚历克斯点点头：“谢谢你。”

护士摆摆手示意不用谢，转身撩开了帘幕离去。

帐篷里只剩下亚历克斯和盖伊两个人。亚历克斯在床边安静地坐着，过了很久才挪动轮椅移到床头。

他伸手撩开白色的被褥，看到了盖伊放在身侧的左手，没有被任何污渍沾染。

亚历克斯伸出手，似乎是想要握住盖伊的左手，但最终只是颤抖着悬空其上，很久都没有放下来。

有什么无形的东西阻止了亚历克斯。

亚历克斯深吸一口气，别过脸收回了自己的手，自言自语般开了口：“……盖伊，我知道你从未站在我这一方，你的心是属于另一方的。”

“——是属于正义、弱小的土著人那一方的，你很早就告诉过我，你更想做志愿军。”亚历克斯惨然一笑，摇摇头，“尽管你曾经最好的朋友是被土著人杀死的，但这依旧没有改变你的看法。

“你们都是贵族阶级，都是善良的人，都来到这里致力于帮助这些落后的土著人脱离贵族的掌控。

“你们的理想、追求、出身，乃至于高尚这一点都如此相似。”

亚历克斯喃喃自语：“如果他没有死，你们应该是知己。

“轮不到我这个第一次上战场都还要你背回来的穷小子。”

亚历克斯低着头，手放在被子上，很轻地握了一下被子下盖伊的手：“但我和他都把你当成挚友，盖伊。”

他的眼眶里渐渐盈满泪水：“那天，他与你意见不合吵了架，心情低落地去检查工厂的安全设备，正好遇上了那些在工厂前面争执的土著人。

“他死在了那场争执里，他的父母和兄弟都发了疯，匆匆赶来之后殴打、辱骂你这个把他们的儿子和哥哥送入地狱的家伙，甚至把你也关在了那座工厂里，想把你和那些他们以为杀死了他的土著人一起烧死。

“你在那些被关押进去的土著人的帮助下逃了出来，他们拼尽全力首先帮你逃出来，但你转头想去帮那些土著人的时候，却被治安巡逻兵发现了。

“你被巡逻兵强行拉开，眼睁睁看着那些帮过你的土著人被烧死。”

亚历克斯把头抵在病床边缘，抽泣着说：“我知道你为什么会背叛，盖伊，你无时无刻不被那时候的大火折磨着，你在责备自己的懦弱，你在责备自己的逃避。

“但盖伊，不该是这样的……你不该死，他们也不该。”

亚历克斯低哑悲痛的声音在狭小的帐篷里回荡，帐篷外站着一列脸色阴沉的土著人，他们贴在帐篷边偷听，然后用一种鼻音很重的俚语彼此交谈，脸上带着明显的憎恨。

“里面那个叫盖伊，今天刚刚过来投奔我们的人，就是当初害死工厂里的同伴的罪魁祸首！”

“他眼睁睁看着救他的同伴被烧死了！”

“他和那个厂长一样都是被神所摒弃之人！都该死！”

“他和那个厂长一样，都是借着帮助我们的幌子，想要侵占我们的领地、让我们成为奴隶的伪善者！”

“如果没有他们，我们根本不会受到这样的侵害。”

“杀死他，杀死这个被神摒弃之人，神的保佑才会再次回到我们身上！”

一种狂热的、暴戾的冲动很快在这群传统土著人之间弥漫开，在这群土著人要掀开帘幕冲进去杀死盖伊之前，白柳先一步到达了帐篷的边缘。

白柳的身后跟着逆神的审判者，右边是神色紧绷的刘佳仪。

白柳饶有兴趣地审视着这些正在偷听的土著人，友好地询问：“有什么事吗？”

这群传统土著人似乎很畏惧白柳，他们一见到白柳，就低下头行礼并后退，但在后退的过程中，这些土著人还不断地用一种阴狠的目光瞥向前方的帐篷。

白柳意味不明的目光从这些土著人脸上一扫而过，转身向逆神的审判者微笑，点头告别，然后牵着刘佳仪进了亚历克斯所在的帐篷。

亚历克斯痛哭了一场后，头靠在盖伊的床边睡着了。盖伊似乎要醒了，睡得不是很安稳，蹙着眉在睡梦中说呓语："……亚历克斯。"

白柳向刘佳仪介绍这对 NPC 的关系："亚历克斯，另一个主线 NPC；盖伊，他的好友。"

刘佳仪双臂抱胸，仰头从上到下地审视了一遍白柳，挑眉问道："我现在比较好奇你和你的好友的事情，你们一起醉酒？"

白柳："……"

白柳冷静地咳了一声："拼酒是一种正常的聚餐活动。"

"哦，"刘佳仪慢悠悠地往床边一坐，小腿晃晃悠悠的，"你觉得我是没有接受过正经科普吗？"

刘佳仪笑得十分乖巧可爱："红桃给我上的第一堂课就是社交礼仪，其中包括酒桌知识。"

白柳："……"

红桃，你这么做是对的吗？

290

和一个智力值 91 的玩家玩鬼扯那套，不是可取的做法。

白柳只顿了三秒钟不到，就选择了把前因后果和刘佳仪如实说明。

刘佳仪："……"

刘佳仪"呵呵"冷笑一声。作为一个见过红桃喜欢黑桃的那种架势，并且深受其害的下属队员，她敏锐地察觉到了白柳的不对劲："所以你就这么简单地和他一同喝酒并成为挚友了？这可不是你一般的做法。你是不是对黑桃有什么想法……"

白柳冷静地打断了刘佳仪的话，岔开了话题："还有三个小时不到大战就要开始了，这是段重要节点剧情，逆神的审判者那边我已经安排好了，降到突击二队的唐二打在大战的时候会和他接头，尽量地把逆神的审判者那一方的伤亡控制到最少。

"你这边，我需要你尽快治疗好盖伊，让他上战场。"

刘佳仪轻飘飘地盯了白柳一会儿，才大发慈悲地选择了顺着他的话，略过刚刚那个话题。

她点头表示明白："因为他是主线 NPC，不能缺失关键节点剧情，否则剧情推动会出问题。我会想办法让他醒过来，维持基本行动力的。"

白柳看向靠在床边的亚历克斯："我会带亚历克斯回去。接下来双方会疯狂开炮，你自己在红十字会这里也要注意安全。"

"红十字会在那些不按规矩来的人眼里，也不是什么完全中立的地方。"白柳淡淡地提醒刘佳仪，"在一场过激的纷争里，除非有很长的地域进行隔绝，否则不存在彻底中立的地方，任何地带都有可能被卷进去。"

刘佳仪拧眉："你是说刚刚那些准备在红十字会对盖伊动手的土著人？"

白柳摇摇头："不全是。"

他平静地注视着刘佳仪："我是说所有在战争里选了阵营的人。"

天色将亮未亮。

潮湿阴暗的丛林里，前方的装甲车一字排开压平道路和藤蔓，方便后面的履带式坦克向前推进。

几十门重炮被拆分之后的部件沉甸甸地坠在这些装甲车后面的牵引钩上，被拉着运输，炮口阴森地耸立着。

士兵们举着工兵铲沉默有序地前行着，时不时清扫一些卷住轮胎的枝叶。

暴雨过后的丛林地面说不出地黏脚，行军速度算不上快，但得益于长达一年半的战争经验，大家早已习惯了在这种地形的雨林里行走，没有出现什么大的变故。

唐二打戴着钢盔，举着分配下来的枪守在打头的装甲车旁边。他控制住自己的视线，不去看旁边面无表情地盯了他很久的黑桃。

这人已经用一种"你肯定藏了我什么东西"的眼神盯了他一路，但唐二打耐着性子，一直没有搭话。

而黑桃也不问他，就那么幽幽地、不出声地望着他，时不时还会举起枪调试一下，枪口朝他。

唐二打："……"

黑桃不是清扫队的吗？为什么会升到突击二队来？

黑桃之所以会突然变成突击二队的人，还要回到今天凌晨才能说清楚。

突击二队因为指挥员突如其来的混合两队队员的指令，行军队伍出发前集合的时候还是混乱且少人的。

突击一队的队员来找已经报名突击二队的亚历克斯去集合的时候，并没有在帐篷里找到他。

逃兵按律要严惩，但看着一帐篷被亚历克斯背回来的突击一队战友的尸体，这些人实在是干不出上报亚历克斯私逃的事情。

亚历克斯一夜之间经历两场大变故，心情如何暂且不论，很有可能还受了伤，这个时候就算他强撑着上战场，估计也没有战斗力了。

情急之下，他们拖走了附近仅有的、正坐在床上一动不动地看着空荡荡的床另一边的黑桃充数。

本来黑桃也不怎么顺从，这些人胡言乱语地唬他，不知道谁说了一句“白柳也去了”，黑桃一顿，看了说这话的人一眼，就十分配合地跟着来了。

但白柳根本没在。

黑桃找了一圈之后，盯着那个说白柳也来了的大兵，脸上没有什么表情，语气也很淡，但看着却莫名瘆人：“白柳不在这里。”

这大兵被吓了一跳，说要不你去问问唐二打吧，他和白柳关系好，白柳要是来了，他肯定知道白柳在哪儿。

于是黑桃就盯了唐二打一路，唐二打觉得自己的后背都要被盯穿了。

但鉴于黑桃不知道在较什么劲，一直紧抿着唇没有开口，所以唐二打并不清楚自己为什么被他针对——他实在是摸不清这个联赛第一名的玩家的脑回路。

一直到行军中途休息的时候，唐二打偷瞥了两眼坐在自己旁边低下头吃饼的黑桃，斟酌良久才试探性地开口：“……白柳没有和你在一起吗？”

黑桃秒答：“你先开口，你输了。”

唐二打满头问号：“……什么？”

黑桃冷淡地扫了唐二打一眼：“你刚刚在和我比谁先开口，你先开口，你输了。”

唐二打：“……”

他刚刚的确是想沉住气等黑桃先开口，好先发制人，怎么到这人嘴里变成一场“谁先开口谁就输了”的大比拼了？！

唐二打不能理解，但他还是勉强保持了镇定，决定顺着这人的话往下说：“算我输。白柳怎么没和你……”

黑桃打断他的话，强调：“你就是输了。”

唐二打：“……”

唐二打摸了一把脸，深吸一口气：“好，我输了。白柳呢？”

黑桃抱着靠在自己肩膀上的枪，一只眼睛从枪杆边缘露出，直勾勾地盯着唐二打：“有人和我说，他昨晚睡觉睡到一半，和你跑了。”

旁边正在偷听八卦的士兵们纷纷震惊地倒抽一口凉气。

唐二打：“……”

你到底是怎么得出这个结论的？！

唐二打无奈地扶额：“白柳没有和我跑了，我从昨晚到现在一直在训练，没有见过他。”

黑桃垂下眼睫，抱着枪“哦”了一声：“那白柳应该是和亚历克斯跑了，盖伊出事之后他一直很关注亚历克斯。”

“他好像很喜欢关注这种陷入悲伤的人的战斗力，”黑桃平静地说，“亚历克斯完全接受了白柳的安抚，和他一起背叛自己的阵营跑了。”

不知道为什么觉得自己被内涵了的唐二打：“……”

短暂的休憩过后，整支队伍又开始行进，泥土越来越湿滑，地上的水洼也变得密集了起来，还有一些不成形的小型河流和已经积水的河床。

沉重的装甲车和坦克已经无法再往前走，指挥员决定原地驻扎，士兵们把附近的河床填补起来，而突击二队的队员继续行进。

“大致的计划是我们抵达普鲁托湖泊附近，先伏击清扫湖面上的船只和火力点，防止他们乘坐船只扩散到雨林四周储备战力绕后攻击，然后这边再用炮火猛攻。”

唐二打一边走一边和旁边的黑桃解释：“他们的重兵力不如这方，而且这次指挥员下了血本——上千门大炮、二十余万发炮弹要在上午十点之前全数打完。”

“整片雨林会被炸成一片废墟，烧出一个大窟窿。”唐二打在空气中闻到了一点血腥气，他神色冷肃，“资源全都被污染和破坏了，他根本没打算让周围的居民还能在这里靠着雨林继续存活，后续耗都能耗死对方。”

虽然只是一个游戏，但唐二打本能地不喜欢这种事态走向，这会让他想到一些曾经发生过的不好的事情。

唐二打忍不住嘲讽地点评了一句：“本来发起战争是为了争夺这里的资源，最后却宁愿毁掉也不让这里的土著人继续享用。”

这种漫不经心地把自己得不到的东西毁掉的做法让唐二打想到一个很熟悉的人——白六。

这家伙早期还在为了利益做事，但越到后期，就好像是因为得到的利益过剩，他无穷无尽的、宛如黑洞一般的金钱欲望得到了满足之后，生出了一种近似于懒散的无聊情绪。

白六开始沉溺于新的消遣和娱乐方式，开始喜欢让自己命悬一线的刺激游戏，追逐胜利，收缴人们的灵魂纸币——另一种意义上的金钱。

但再后来，胜利也无法满足他了。

白六开始乐于露出破绽，给自己树立对手，甚至有意无意地让自己手里的人失控。

——然后再把他们解决掉。

唐二打作为被白六玩弄了三百多条世界线还没有腻味的一个合格的玩具，

太明白这个人到底有多恶劣了。

牧四诚、刘佳仪、小丑，甚至于木柯，到了后来的世界线，白六几乎每条世界线都会杀死一到两个自己的手下，理由都是他们背叛了自己，或者是失控了，不再完全服从自己。

但对于白六而言，对方会不会背叛自己，根本不取决于对方。

而是取决于白六愿不愿意给他们机会，让这些人背叛。

白六这个人如果有骨头，有心脏，有任何和人类一样的构造，挖出来也应该是腐烂漆黑，散发着令人作呕的金钱味的。

这场战争，整个历程真的太像白六的手笔了。

双方的矛盾本不应该这么早爆发。

如果不是那个厂长死了，这场死了这么多人的纷争说不定可以在那个厂长的带领下有更为和缓的解决办法，特别是在那个厂长已经取得不少成绩的情况下。

但就是那么巧，那个关键人物惨死了，一切矛盾被拧成了更大的死结，所有和平发展的可能性都被斩断了。

唐二打的心绪起伏了片刻，又稳定下来，他们来到湖边，穿上了潜水服下沉。

在下水前，有个经验丰富的老兵提醒他们："注意，湖里可能有很多巨蟒，这里的传统土著人信奉一种可怕的教派，喜欢蓄养爬行类动物。

"据说那个厂长也是这些传统土著人按照教派的指示击杀的。"

唐二打的瞳孔一缩，他猛地上前一步抓住这个老兵："你说那个厂长是怎么死的？"

这个老兵吓了一跳，但还是回了唐二打的话："我听说是这些土著人信奉的神降下了神谕。

"——要他们残忍地处死那个厂长。"

第十七章

彻底污染你

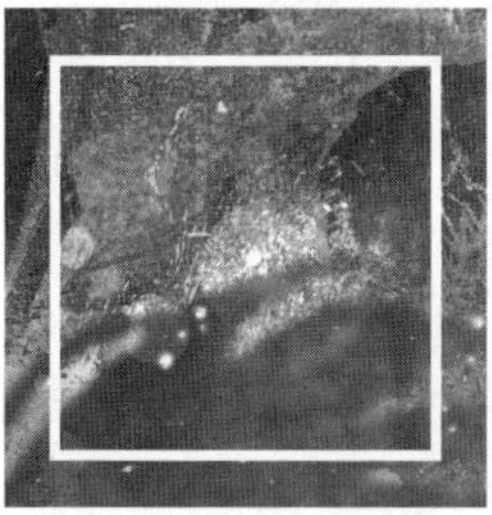

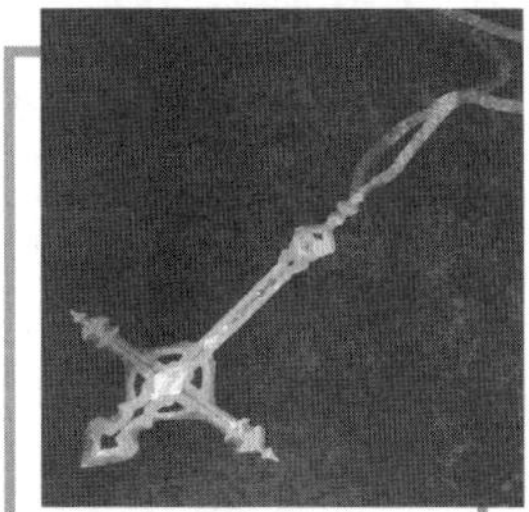

291

红十字会内。

躺在病床上的盖伊缓缓睁开了眼睛，他撑起手臂靠在床头，低头有些惊讶地握了握自己已经完好无损的双手。

他的伤口在一夜之间离奇地全部愈合了。

盖伊抬头，在看到站在他床边的白柳之后更惊讶了：“你怎么来了？”

“或许你应该先对我说声谢谢？”白柳笑眯眯地指了指盖伊愈合的那些伤口，“我偷了亚历克斯的药剂来治疗你，虽然只是外用，但看起来效果不错。”

盖伊看了一下，自己的手上连疤痕都没有留下，目露骄傲和怀念：“是的，他是个很厉害的好小伙子。”

“亚历克斯根本不希望你被治好，但我相信你有自己的决定。”白柳坐在了床头，抬眸望着盖伊，“还记得在分别的前一晚我和你说过的话吗？”

盖伊很轻地“嗯”了一声，陷入很深的思索，低声道：“你说，因为神不希望我们得到幸福，所以它制造了战争。

“我们过得太幸福的话，就不需要神的存在了。”

盖伊抬起了头，目光坚毅地直视白柳：“就是你的这句话，让我下定了决心叛变。

“我要进入土著人阵营，破坏他们对神的信仰。”

白柳微不可察地勾起唇角，垂下眼帘：“是吗？”

——和他想的一样。

接下来还需要一场大战，亚历克斯的第三方阵营就成形了。

亚历克斯在盖伊要醒来的时候就独自离开了，他不让白柳告诉盖伊自己来过，只是待在盖伊的帐篷外，坐在轮椅上发呆般地望着周围来来往往的人。

己方和敌方抬着伤兵担架的人焦急地来往，血液滴在地上拉出一条条红色的线，在他的四周交错纵横编成一张无形的网，网的中心就是他和身后的盖伊。

白柳掀开帘幕出来，斜眼看着轮椅上的亚历克斯："是不是感觉怎么做都阻止不了这一切？"

亚历克斯沉默了很久，才嘶哑地"嗯"了一声："之前那些土著人说，这一切都是神的旨意，我当时和盖伊笑了很久，但现在想来……

"神制造的这一切，或许只能由神停止吧。"

白柳垂下眼帘："或许吧。"

亚历克斯顿了一会儿，突兀地开口："我之前想过，把自己研制的药剂用在这些人身上，延长他们的生命，希望他们能活下来。

"但我发现，无论怎么延长，他们还是会死，但死后能动，会变成一具会动的、具有攻击力的尸体。"

亚历克斯的眼睫轻颤了一下："尸体没有记忆，没有感情，没有灵魂，但是可以动，可以拥抱，也可以杀人。我觉得害怕，觉得自己制造了一种很可怕的战争怪物，不敢告诉任何人。

"除了盖伊。"

亚历克斯恍惚地轻笑了一下，眼泪从他的眼睫上滑落：

"他说，他不觉得这样的东西可怕，如果有一天他变成了这样的怪物，他也不会觉得难过，因为那样他死后也能和我拥抱了。

"战争会把这种会动的尸体变成武器，但好朋友会用这种武器的能力来拥抱对方。"

亚历克斯转头看向白柳，他神色空茫，好像在问白柳，又好像在问自己："我应该用这种药剂吗？"

白柳把住他轮椅的靠背，平静地俯视他："你不是已经有答案了吗？"

亚历克斯攥紧手里的药剂瓶子，低下了头，自言自语："如果……我不会用的。

"这个世界上彼此信任的人太少了，药剂只能变成导致人们走散的武器。"

白柳侧过头看了一眼帐篷，轻声说："有时候导致人们走散的或许不是外在的东西，而是其中有一个人已经选择了和你不一样的道路。

"而你阻止不了他。"

亚历克斯苦涩地笑了一下："是的。白柳，你为什么非要把这个真的导致我和盖伊分开的原因讲给我听？

"你真是……理智又残忍。要眼睁睁地看着自己的好朋友走向自我毁灭的道路，白柳，你根本不明白这是一种怎样的痛苦。"

白柳垂眸说："或许吧。"

他说完，推着亚历克斯的轮椅往外走。

恢复了健康的盖伊从帐篷后面悄无声息地钻了出去，他远远地回头望了一眼帐篷，前面空空荡荡的，什么也没有，只在地面上留下两道轮椅辙。

就好像他依稀听到的亚历克斯的声音是他因为太过思念对方产生的幻觉。

盖伊停顿了一会儿，头也不回地离去。

晨光熹微。

中心湖泊里的水面上布满了梭形的木制船只，每只小船上站着五到十个土著士兵。晦暗深绿的水面下，突击一队的士兵携水雷无声无息地靠近。

早上六点二十五分，所有潜伏的士兵在下水前都将手表调到了同一时刻，大战的轰炸首先从水面下掀起。

在一阵人仰船翻之后，突击一队的人迅速撤退，开始沿着水流通往的河渠有序地藏好其他水雷，阻止这群在中心湖泊的土著士兵顺着河道出击。

这是一次堪称完美的突袭，直到一场大雨来临。

后面的炮兵们顶着暴雨在雨林里装弹，原本可以引起巨大动荡的头一批次的上万枚炸弹几乎全都因为大雨的影响，在击中目标之前就被雨打进了泥坑里，没有发挥预期的效果。

而之前用水雷封锁的湖泊河道随着水位的急速攀升，造成的影响力也瞬间变小了，无数的土著人乘着船只往外冲，随着暴雨越下越烈，战事胶着了起来。

唐二打整个人像是从泥水里捞出来的一样，半张脸都被淤泥给糊住了。他摸了一把脸，抖了抖手边因为挂了泥沉了半斤的枪，这枪他用着不顺手，正想丢了换技能武器。

旁边黑桃的枪杆插过来，压住了唐二打想丢枪的动作。

唐二打回头，疑惑地问："做什么？"

黑桃的衣服也全浸在泥水里了，他脸上沾着泥点，衬得那些裸露出来的皮肤有种惊心动魄的白："你和白柳是一伙的，是吗？"

唐二打迟疑地点了点头。

黑桃的眼睛在倾盆而至的暴雨里有种微弱的亮光："不要用技能武器，拿着枪，我们回湖里。

"我发现了尸体的储备点。"

另一头。

杀手序列的人坐在湖面上摇晃不停的小船上。

逆神的审判者在大雨和雷电造成的嘈杂声响里，几乎要把嗓音喊劈了："找到尸体的储备点了吗？"

柏嘉木抹去滴落在下颌的雨水，摇了摇头："陆地上都搜寻过了，没触发明显的储备点。”

通常这种积分任务分两个板块，第一个是找到正确的积分物件，比如会动的尸块；第二个就是找到积分地点，要把尸块放到指定地点才能正式计入该队员的积分。

“尸块有问题，不是我们以为的普通尸体。”逆神的审判者戴着一顶钢盔，跟个包工头似的，苦大仇深地盘腿坐在船上摇来晃去，头上的雨水一阵一阵地往下流，眼前跟挂了条小瀑布似的，“我们没找到正确的积分物件，也没有办法拿积分物件来触发积分地点。”

逆神一摸脸，做了一次深呼吸：“黑桃的直觉还是准的，积分尸块应该在敌方才能产出。

“我们不跟黑桃在一个阵营，只能另想办法，等主线 NPC 叛变过来给我们产出积分尸块。”

柏嘉木大声喊：“逆神，你觉得主线 NPC 什么时候会叛变过来？”

逆神的审判者目光深邃：“快了，我们这边已经有一个主线 NPC 了，按照白柳的计划以及这两个主线 NPC 之间的关系，应该就是这场大战过后。”

逆神的审判者说完就站了起来，钢盔上的水顺着帽檐滑下来，给他洗了次脸。

逆神的审判者：“……”

这钢盔怎么还是顶烂的，漏水。

柏嘉木忍不住拉住了逆神的审判者：“我不明白，为什么我们要和白柳合作？按照你的安排，主线 NPC 也会叛变过来，我们没必要和他合作。”

逆神的审判者取下了钢盔，转身看了一眼柏嘉木。

那一眼是温和的，但柏嘉木不知道怎么回事，有种冒犯了长辈的感觉。

柏嘉木飞快地放开了拉住逆神的审判者的手，神色跟意识到自己犯了错的小孩似的，有些紧张：“……你是战术师，我是不是不该问？”

逆神的审判者甩了甩钢盔，又把这顶烂钢盔戴上了。他看向柏嘉木，笑呵呵的，也没生气：“我进来之后发动了一次预言技能。”

这下不光是柏嘉木，另外两个杀手序列的队员也惊了，纷纷看过来。

逆神的审判者虽然被评为联赛里最好的战术师，但并不是因为他的预言技能，而是因为智力值。

逆神的审判者智力值是 96 点。

这人几乎在每场比赛里，都可以以己方最少的伤亡获得胜利，猎鹿人自从有了逆神的审判者，战队的队员到逆神的审判者走之前都没有换过，全是跟着逆神的审判者来的那一批。

猎鹿人战队参加了这么多场联赛，在没有免死金牌的前提下，在逆神的审判者这个战术师的指导下，全员活到了逆神的审判者出走。

他是出了名的喜欢打拖延战的战术师，手段和其他各种各样极端的战术师相比，可以说是相当温和。

但逆神的审判者离开后，猎鹿人战队里就迅速淘汰了一个队员。

那天逆神的审判者在杀手序列的办公室里坐了一整晚，看着老队员的照片，没说话。杀手序列有一堆头铁的队员，那个时候也没人敢去打扰他。

他们还是怕逆神的审判者的。

逆神的审判者这个人看着很好相处，很少动气，但其实脾气和作风相当古怪，有时候笑眯眯的，看着很瘆人，让人根本摸不清他在想什么。

作为一个玩家，逆神的审判者几乎不怎么使用自己的技能，但这技能又是预言这种摸到了游戏规则权限的技能，这就显得很不合理。

要知道能摸到游戏权限的技能无一不是大杀器，比如红桃的模仿扑克牌、白柳的交易旧钱包。没有玩家会嫌自己命长，藏着掖着技能不用。

但逆神的审判者就是不用，他使用预言技能的时刻少之又少，至少柏嘉木有印象的只有两次。

一次是逆神的审判者给黑桃预言，但那次预言的内容谁也不知道。

还有就是这次，还是对一个初次见面的新手玩家，这实在是太离奇了。

292

柏嘉木脱口而出："你怎么突然给白柳算命？！"

"什么算命！"逆神的审判者貌似生气地反驳，"我的技能叫'聆听神的只言片语'，和算命是两码事好吗？"

"都差不多，"旁边有个杀手序列的队友兴冲冲地凑过来，"你算出什么来了？"

逆神的审判者动作一顿，他笑笑："算出了新神诞生。"

柏嘉木很快联想到那群喜欢养蛇的土著人，以及这群土著人对于白柳的奇怪态度。他皱着眉问："你是说白柳会在这个副本里成为这群土著人信仰的新神？"

逆神的审判者转身，声音里听不出情绪："算是吧。

"不过本源都是一致的，白柳能在这里被选中，证明他在所有副本里都被选中了，所以才会一直遇到旧神……级 NPC。"

逆神的审判者静了片刻："幕后之人属意白柳为自己的下一任继承者，他在诱导白柳杀死神级 NPC。"

柏嘉木听得直蹙眉："什么意思？"

逆神的审判者转过脸来，又是笑眯眯的了："我也不是很明白，就是看到了一些神神道道的东西，预言就是这样的。

“就连我这个预言者，有时候都不明白自己预言出来的东西是真的，还是神明故意降下这只言片语，让我臆想到歧途上。”

柏嘉木越听越不明白，眉头拧得都快打结了：“你的意思是预言传递了谎话？”

逆神的审判者摇头：“我的技能身份你也知道，类似于审判者，而我的技能就是接受神降下的关于未来的神谕，用预示般的神谕来审判众人。

“神谕是绝对真实的，预言的确能阐述每个人未来会发生的一切。”

柏嘉木越听越迷糊了：“那为什么……”

逆神的审判者微微垂下眼，像是在沉思什么，又在开口时很突兀地换了一个话题：“你知道怎么样才能在不说谎的情况下，完美地欺骗一个人吗？”

柏嘉木一怔：“怎么做？”

逆神的审判者抬眸望向柏嘉木，脸上带着一种很奇特的微笑：“那就是只告诉他关于真实的只言片语。

“神谕就是这种骗人思维最完美的呈现。”

雨越下越大，茂密的丛林里传来诡异的篝火气息。

在沿着湖泊往里走的土著人的领地中心，竖着一个用阔叶和草根搭建起来的棚子，棚子下放着一尊两人高的木雕神像，神像的眉心和额头上涂了一种特有的草木油性红色涂料。

神像的周围放置了六个火堆，在这样下暴雨的天气，火焰不仅没有熄灭，反而在风的吹拂下离奇地越燃越高。

传统土著人的首领口中不停地祈祷：“你赐予我们广袤的土地，丰沛的雨水，将敌人和危机提前预示给我们看，将普鲁托这片如死神般的湖泊赠予我们作为防卫的港湾，在敌人用罪恶的炮火偷袭我们时，降下甘霖雨露，助我们反击。

“胜利终将是属于我们的，因为您早已预示了这一切。

“您曾经降下神谕告诉我们，要摆脱那些占领我们土地、奴役我们躯体的邪恶异乡人，唯一的办法就是杀死那个厂长。

“您和我的看法是如此一致，那个厂长果然也是个卑鄙无耻的异乡人，用伪善的外表来迷惑我们！

“我们已经在您的神谕的指示下夺回了我们的自由，接下来就是赢取这场战争的胜利。请告诉我们，告诉您孱弱又虔诚的信徒，我们该怎么做？

“为此，我将献上您最喜欢的供品——我们的欲望与痛苦！”

语毕，这人爬到了棚子里，耳朵贴地，似乎在听取神降下的神谕，还时不时地点头应和，神色肃穆，仿佛真的听到了什么。

其他土著人屏息以待。

不一会儿，这人小心地从棚子里走了出来。他站着，眼神闪烁不定，有种藏不住的恶毒从他的声音里透出来：

“神说，杀死盖伊和那个新派的指挥员，重新推我上位，神就会重新赐予我们曾经拥有的一切。

“一切就会重归于和平。”

小船上。

柏嘉木还在思考刚刚逆神的审判者说的那个问题，他忍不住追问：“逆神，就算神谕有诱导人的可能性，虽然我不觉得神真的存在，但你不是说，除了你之外很少有人听得到所谓的神谕吗？”

柏嘉木不信这些，他对这些东西持一种怀疑态度，对逆神的审判者的预言还好。

这位预言家有较强的自我管理意识——逆神的审判者也不信神，只是拿预言作为参考，有时候他根本不把神谕当一回事，甚至会跟神谕里的指示反着来。

所以这家伙才会叫“逆神的审判者”。

“你是想问我，为什么一个副本里的 NPC 也能听到神谕吧？”逆神的审判者坐在船边划船，笑呵呵地回头看向柏嘉木，“除了我这样的审判者可以时不时给神拨打一个单向电话问问神谕，普通人能不能听到神谕，取决于这个人内心欲望的强烈程度。

“换句话来说，也就是一个人能听到的神谕，大部分都是他想从神那里听来的，符合他自己欲望走向的东西。

“历史上能听到神谕的情况，大部分是因为这个人想要拥有某种地位，所以用神权当幌子迫害别人而已。”

逆神的审判者收回目光：“但也不排除有些人是真的能听到神谕，神的确喜欢给这种强欲望的人暗示，然后借着这些人把世界搅得一团糟后，再借着这些人控制世界。

“神可不希望看到世界一团和气，这样它就没有存在的价值了。”

几个想听八卦的杀手序列队员都凑过去蹲在逆神的审判者旁边，小木船跟着他们往一边倒去。

逆神的审判者眼疾手快地把脚支到了另一边，拦住了两个往这边跑的队员，稳住了船，颇为无奈地说：“你们不帮着划船，看我一个人划得热闹也就算了，怎么还帮着翻船呢？你们是那群传统土著人派来暗杀我的卧底吧。”

队员们煞有介事地点头：“那倒也不是没有可能，传统派有游戏优势，拿着你的人头叛变过去，我们或许就能直接躺着通关了。”

逆神的审判者：“……”

我辛辛苦苦带他们玩游戏到底是为了什么？

几个杀手序列的队员都笑嘻嘻的，他们都清楚玩这个副本是为了帮黑桃和队友磨合。

本来几个队员就很年轻，在这种你来我往和黑桃磨合的过程中，再加上有逆神的审判者这个兜底的战术师在，倒真有点玩游戏的感觉了，都打得很放松。

柏嘉木接过了逆神的审判者手里的船桨，好奇地说：“我欲望很强烈的时候，也听不到神谕啊。”

逆神的审判者斜眼看他一眼：“年纪轻轻的，你能有多强烈的欲望？神看得上的人得有相当强烈的欲望。”

旁边有队员意味深长地调侃：“哦，年轻欸，柏嘉木，你还年轻欸。”

柏嘉木恼羞成怒地抬桨打了这个人一下：“柏溢，你不要仗着自己是我小舅就和我开玩笑！小心我把你切成块喂鱼！”

柏溢摸摸鼻子，吐了吐舌头，闭嘴了。

柏嘉木看向逆神的审判者，他耳朵发红，语气凶狠地反驳：“白柳难道不年轻吗？你不是说他被选中成了继承者吗，那他能有多强烈的欲望？”

逆神：“……”

柏溢在旁边幽幽地接话：“白柳虽然看上去比你年轻，但这也不是你质疑他的理由。”

柏嘉木面无表情地抬桨打在柏溢的屁股上，狠狠地把他打下了水。

柏溢的脑袋很快就从水里冒出来，他不可置信地看向柏嘉木，脸上的表情肉眼可见的委屈：“你打我干什么？说他年轻你——咕噜噜……”

柏嘉木站起来踩着船舷，用船桨对着柏溢的脑袋一下一下地往下摁：“给我闭嘴，我还未成年！”

柏溢惨叫：“柏嘉木，你不能仗着自己未成年就强调自己年轻，还有一个月你就成年了啊！”

柏嘉木深吸一口气，然后十分镇定地坐下了。他正视逆神的审判者：“我根本、完全、一点都不介意自己是杀手序列战队里唯一一个未成年的男性，你别听他胡说。”

逆神的审判者冷静地忽略船桨上的血迹，给他竖了个大拇指：“大义灭亲，干得漂亮。”

293

雨越下越大。

水迅速溢出，浸到泥地里，把泥地变得黏稠湿润。唐二打深一脚浅一脚地跟在黑桃后面走，在茫茫大雨里几乎快看不清前面飞速移动的黑桃。

黑桃明显是在往普鲁托湖的方向走。

越靠近湖面，地上的积水就越深，到后期已经能把唐二打下半身给淹没了，在他前面的黑桃像鱼一样跳入了泥水中。

唐二打深吸一口气，也跟着跳了进去。

泥水浑浊不清，雨点不停地打在水面上，再加上之前炮火和水雷的双重攻击，水底被搅得翻了天，水下什么都看不到，只能感到一阵又一阵的浪涌过来，唐二打全靠自己多年追击人的本领才跟上黑桃。

他的旁边还时不时游过一些很像蛇的长条黑影，唐二打谨慎地躲开了。

黑桃游动得很快，他们没多久就来到了湖底。

湖底和之前他们过来放置水雷的时候已经大不一样了，有无数大大小小的坑洞，都是被炮弹炸出来的。

但好在这里的水更深，能见度更高，唐二打能勉强在混沌不清的水里看清黑桃了。他看到黑桃悬空停在了水底。

然后，黑桃神色淡定地从腰后取出了一截青白色的、腐烂的、还在动的左脚尸块，就像是使用探测仪一般在水下认真探测。

唐二打顺着黑桃探测的方向望去，被轰炸过后的水面裸露出一层很奇特的火山岩，上面流动着一层黏稠的、沥青般的、满是泥土的液体。

黑桃把尸块递给唐二打，唐二打试探性地把尸块插入那堆沥青般的液体中。

系统提示：恭喜玩家唐二打触发尸块储存点——普鲁托湖底。

将收集而来的一个完整部位的活死人尸块放置于湖底，就可以计一分；将一整具活死人的尸体放入湖底，可以计二十分；但分散地将一具尸体放置于湖底，只能分散地计为十二分。请玩家尽量将尸体拼凑完整后放置于湖底。

系统提示：普鲁托湖底暂时还不是玩家唐二打所属阵营占领的领地，遗憾地通知您，加入拥有普鲁托湖泊一方的土著人阵营后，或者帮助己方阵营占领普鲁托湖泊之后，玩家方可将该尸块计入积分。

尸块从泥土里缓慢地脱落，黑桃稳稳地抓住悬浮的尸块。

唐二打深深地看了湖底一眼，然后抬头看向黑桃，他略微张了张嘴，有气泡溢出。他指了指上面，让黑桃上去换气。

在他们上浮之前，水面突然发生了剧烈的晃动，唐二打猛地抬头看向水面，上面悬浮着的数不清的木制小船突然熊熊燃烧起来。

燃烧的小船悬挂在头顶，宛如阴霾天空里突兀出现的火烧云。

大雨天采取火攻，得是木船本身就有问题，肯定是有人在上面做了什么手脚，比如浸过某种特殊的油，把船只变成了易燃物。

这根本不会是这边的人能想到的攻击策略！

水面上。

传统土著们身穿用草绳搓就的披巾，头戴羽毛环帽，举着枪和火炮，乘着没有被红色涂料涂过的木筏往前冲，喉咙里发出一种奇特的腔调。为首的那个人赫然就是之前祭祀打头的人，他目光狠戾地吼道：

“杀死这些被诅咒的人！把我们想要的东西夺回来！

“神赐予的燃烧罪人的涂料烈火永不熄灭！

“杀死他们！烧死他们！”

正在往河道方向走的逆神的审判者他们回过头来，柏溢也从水里冒出头来，目光警惕地望着那边着火的木船：“这群传统派不是之前计划等敌方的进攻结束，反过来偷袭我们这些耗空战力的新派人士吗？怎么会突然对我们发起进攻？”

柏嘉木蹙眉不解道：“现在正是双方打得混乱的时候，背后偷袭我们这群作为先锋的新派人士一点好处都没有，这群传统派想夺权想疯了吗？”

“有什么东西刺激了他们，”逆神的审判者稳重地一伸手，“把我们带进来的那个望远镜道具拿来，我看看那边出什么事了。”

柏嘉木递给逆神的审判者一个制式望远镜。

逆神的审判者把它夹在鼻梁上，摇晃模糊的视野最终定格在湖泊后的一片冒烟的小丛林。他皱着眉又调了一下望远镜的焦距，清晰地看到了冒烟的小丛林里具体的情况。

然后逆神的审判者忍不住倒抽了一口凉气。

那片小丛林里有个正在燃烧的棚子，棚子里那尊无比受人尊崇的神像被人用枪打得稀巴烂，还浇上涂料点燃了，整个祭祀场地一片狼藉。

棚子烧得只剩下了半个，旁边的火堆还没熄灭，可以看出这个打烂神像的人是在祭祀进行的时候闯进去把神像打坏的。

这人胆子也太大了！

这群信仰虔诚的传统派不得发疯地抓这个捣乱的人啊！

逆神的审判者顺着火烧木船的路径往回搜索，果然看到了一个不停地在船与船之间灵活跳跃的人，他背着一杆枪，小腿和肩膀上还缠着渗血的绷带，但躲避的动作却灵活无比。

他后面跟着一长溜愤怒地哼着歌曲追击他的土著人，子弹和火箭炮时不时从他身侧飞过去。

这人是昨天来投诚的盖伊！主要 NPC 之一！

他受了重伤不应该在红十字会好好待着吗？怎么会跑到这里来烧这群传统派供奉的神像？！

在重重追击之下，尽管盖伊已经借着船尽量遮掩身形了，但他还是挨了两枪。

举着望远镜的逆神的审判者皱着眉想：盖伊为什么不躲到水下呢？

藏到这种浑浊不清的水域虽然可能会被乱枪扫射，但也比在岸上像活靶子一样乱跑更好吧？

很快，逆神的审判者得到了答案，他忍不住喷了一口口水。

盖伊居然举着一个偌大的神像的脑袋挡在自己身前，还拿枪抵着这脑袋，一边跑一边举起来，嘴唇还一张一合的，似乎情绪激动地在对着那群追他的土著说着什么，导致那群传统派根本不敢随意瞄准他开枪。

这年轻人还挺有才，知道用神像来做“人质”和挡箭牌，也不算有勇无谋。

逆神的审判者放下望远镜，递给柏嘉木：“过去救人。”

柏嘉木点头，他刚准备往回划船，盖伊就往这边跑了。

随着盖伊跑近，逆神的审判者一行人终于听清楚盖伊在说什么。

盖伊在雨里大声吼着：“你们说神存在，你们说神拯救了你们，你们说神赐予你们一切，神让你们杀死帮助你们的好人。”

他站在一艘摇摆不定的小木船上，脚下躺着几具被轰开的弹片炸死的尸体，死不瞑目地横陈在船的边缘，身上的血液早已凝固了。

盖伊神色悲悯地看了一眼这些死去的人，他双目通红，高举起木雕神像的头部，拿枪对准神像的眉心：“这是你们所谓的神在这里唯一的象征，如果它真的存在，就从我手里夺回自己的头颅吧！”

逆神的审判者听到这话脸色一变：“不好，他要用过激的手段向这些传统派证明神不存在！他要是真打碎了神像的脑袋，那群发疯的传统派会毫无顾忌地弄死他的！快阻止他！”

柏嘉木神色一凝，翻腕甩出一把光亮的手术刀，穿过雨中迷雾击打在盖伊手上的那把枪上。

柏嘉木松了一口气：“我用技能武器赶上了，他没打中神像的脑袋。”

盖伊扣下扳机的一瞬间，枪被手术刀击中应声而落，打出的那枚子弹没有射入神像的眉心。

迎面追来的传统派首领癫狂地大笑："神派来信徒阻止了你！神就是存在的！你无法杀死神！

"神在庇佑自己，庇佑我！那个厂长，那个龌龊的伪善者，就是应该按照神的指示被我杀死！"

盖伊半跪在船上，眼皮动了一下。他突然捡起那把手术刀，毫不犹豫地、恶狠狠地攥住，往神像的头部砍了下去。

柏嘉木："！"

逆神："！"

怎么会这样？小伙子你头也太铁了！

盖伊就像是爆发了一般，肩膀的肌肉隆起，不断地握住刀往下砍。他喘息着，雨水顺着他湿漉漉的两侧的头发滑落。

木制的神像头部被手术刀砍得七零八落，伤痕累累。

对面大叫的传统派首领就像是被掐住脖子的鸡，双目圆睁，不可置信地看着神像被涂料保护的头部被盖伊一刀一刀地砍成木屑，脸上出现掩饰不住的慌乱与惊恐。

旁边有土著恍惚地喃喃自语："他怎么能破坏神庇佑自己的涂层……

"神为什么不降下大雨淹死他，降下天雷劈死他？

"神为什么要让一个背神者凌辱自己的神像？"

首领目眦欲裂，抬手就给了旁边的人一巴掌，对着他们声嘶力竭地喊："够了！神是存在的！神在保佑我们！你们难道也要像这群人一样背弃神！被神惩罚淹死吗？！"

质疑的声音又慢慢变弱。

盖伊抬起头，他蕴藏着无数情绪的眼神透过额前的湿发落到那个歇斯底里的首领身上。他露出一个嘲讽的笑："神不存在，他不该死。

"神根本没有庇佑过你，你做的这一切，只是为了满足你自己的欲望而已。"

盖伊摇摇晃晃地站起来，把手里面目全非的神的头像平举起来对准首领，嘶哑地说道："你这个肮脏的懦弱之人，你敢正视自己用谎话编织出来的神破碎的样子吗？"

首领双目赤红，怒吼着抬起了枪："给我闭嘴，你才是被神摒弃的人！"

子弹穿过被盖伊举起来的神像，在他身上凌乱地扫射。盖伊缓缓地闭上了眼睛，脸上是一个心满意足又疲惫的微笑，和神的头像一起跌落到了名为普鲁托的如死神般的湖泊里。

逆神的审判者神色复杂地止住了柏嘉木上前接落水的盖伊的动作："这是这个 NPC 的主线剧情，我们阻止不了，看着就好。他注定是要死的，这是他自愿的。"

柏嘉木一怔，然后不可思议地问："他为什么要自己寻死？不激怒那个首领他可能还有活路。"

"他要的就是那个首领在愤怒之下亲手击碎神像，"逆神的审判者指了指那边的土著，叹息一声，"你看，那些土著的神色变了，他们开始怀疑自己的首领了。

"盖伊知道他击碎神像不会彻底击碎这些土著的信仰，他要那个亲自编造这些谎话的人，也就是这个首领击碎神像，这些土著才会清醒。"

逆神的审判者叹气："他在投降的时候，就做好了为之付出生命的准备了。

"但我还是觉得很奇怪，"逆神的审判者话锋一转，若有所思地摸了摸下巴，"根据我之前进行的预测，盖伊的主线剧情应该是中后期才会触发，为什么才到大战第一天，盖伊就已经完全明白了怎么做才能达到自己的目的？有谁教过他吗？"

柏嘉木反应极快："NPC 出现异常反应都是因为玩家的诱导，有人诱导了盖伊自杀？"

逆神的审判者微妙地一顿："这个玩家把盖伊的死亡时间提前，加剧两个阵营之间的冲突，是想做什么？"

294

红十字会。

正在换药的亚历克斯左手的无名指一痛，他下意识地看过去，他的指根莫名出现了一道血痕。

亚历克斯心口一窒，一种说不上来的恐惧感震慑住了他。他踉踉跄跄地扶着轮椅想站起来："盖伊！盖伊是不是不在帐篷里了？"

他话音未落，就看到满脸是泥污的唐二打肩头上扛着一名头朝下的重伤士兵急匆匆地从红十字会的边沿跑了过来，一边跑一边嘶吼："盖伊受伤了，但他还没死，快来接应一下！"

唐二打身后跟着一大群追杀他们的土著人，黑桃远远地跟在唐二打后面，拿着鞭子来回清扫跟过来的土著人。

为首追着他们的那个土著人几乎要发疯了，青筋暴起，眼里布满血丝，不停地对着唐二打他们开枪："把这个该死的背神者给我！我要把他碎尸万段，以求慰藉他对神的冒犯！！”

土著人追随在他身后，有些甚至举起了火箭炮等重武器，凶狠仇视地盯着前面逃跑的三个人，但在黑桃的防守下却始终无法拉近距离。

红十字会的人急匆匆地拿起武器，拉起防线，警惕地在旁边竖起写有“此处禁止攻击，非战区”的红字牌子，驻扎在此处的防卫军的坦克也缓缓抬起了炮口，对准了这群即将闯入红十字会区域的土著人。

唐二打抢先跑进了红十字会区域，黑桃紧随其后，而不愿意放下武器的土著人则被严格地拦在了防线外。

昏迷不醒的盖伊和他手里紧紧抱住的神像头颅被迅速地转移到了担架上，从亚历克斯的面前抬过，送进了抢救伤兵的帐篷里。

亚历克斯看到身上染血的盖伊，伸手想去触碰，差点从轮椅上摔了下来，还好是旁边的白柳眼疾手快地帮忙扶了一下，把这个魂不守舍的大兵重新安置回了轮椅里。

“安心，”白柳躬身拍了拍亚历克斯膝盖上的灰，抬眸平和地说，“盖伊这次不会有事的。”

亚历克斯神志恍惚地看了一眼白柳，他正视着这个人漆黑的眼睛，不知怎的想起了盖伊担架上神像的头颅。

那尊面带悲悯微笑的神像的眼睛也是这样的，漆黑，平和，倒映着世间万物，仿佛所有人类该有的情绪都融不进去，注视着这个世间早已经被他安排好的一切戏码。

……盖伊这次不会有事，这种说法，就好像白柳早就已经安排好了盖伊什么时候会有事一样。

亚历克斯情不自禁地打了个寒战，他转动轮椅远离了白柳，深深地看了白柳一眼，然后头也不回地转动轮椅追赶盖伊的担架，去帐篷外守着了。

白柳见亚历克斯跑了也不生气，垂眸搓了搓食指上刚刚在亚历克斯膝盖上沾的灰，然后平静地把灰拍掉。

唐二打坐在白柳的脚边喘气休息。黑桃这家伙一进红十字会就不见了，唐二打左右找了找，没发现他，也就放弃了。

他仰头喝了一口水，正准备向白柳汇报发生了什么，结果他抬头仰视白柳准备开口的时候，不由得因为白柳脸上淡漠的表情一怔。

这个表情，很像其他时间线的白六谋划事情时的样子……

唐二打很快克服了自己一瞬间感到的熟悉和恐惧，摇了摇头打消脑子里那些可怕的念头，深吸一口气，开始尽忠职守地向白柳汇报战场上发生了什么：

“盖伊被击中后掉入了水里，我和黑桃正好就在水里，我发现他还有呼吸之后就拖着他上岸往这边跑……

“土著人发现我们之后，一路追赶我们，好在黑桃断后能力很强，我们两个移动速度也很快，还是抢先一步过来了……”

白柳点了点头：“和我预料的差不多。”

“你安排我进突击一队，就是为了配合你在大战的时候救下被你引诱过去以命相搏的盖伊？”唐二打半屈着膝盖，背靠在插在地上的枪杆上，看向白柳，“你从什么时候猜到盖伊会叛变的？”

白柳微笑：“见到盖伊的第一面。他很擅长作战，却甘愿做个清扫兵，要么是个纯粹的和平主义者，比如亚历克斯，要么就是不认同己方代表的阵营赢取的胜利。”

唐二打呼出一口气，倒也不惊讶，顺着白柳的话继续阐述：“如果盖伊叛变，亚历克斯肯定撑不了多久也会跟着叛变过去，敌方阵营有主线 NPC，又有湖泊所有权，他们后期有相当大的优势。”

“你是想问我为什么不一开始就加入敌军是吧？”白柳接了唐二打的话，笑了笑，“因为我并不准备加入这两方阵营里的任何一方。”

唐二打蹙眉：“不加入这两方中的任何一方？你是要亚历克斯单独形成阵营？”

白柳点头。

很快，唐二打谨慎地提出了自己的看法：“白柳，我相信你有自己的想法，但从我刚刚感知的亚历克斯的情绪来看，我觉得盖伊如果抢救成功还活着的话，亚历克斯很有可能被重伤的盖伊成功劝说，从而加入土著人阵营。

“而盖伊如果死了，他会因为愤恨土著人杀死了盖伊，彻底稳定在己方阵营。”

唐二打慎重地说：“亚历克斯很难有形成第三方阵营的觉悟和可能性。”

白柳颔首，赞同唐二打的看法：“的确如此。亚历克斯的生长环境十分安谧和平，并且他为人也很善良，所以才会在战争这样的背景下选择成为一名医学生，并且为了救人而来到前线，甚至于在来到前线之后也没有杀死任何一个人。”

“这种性格说得好听一点叫温柔善良，但在这种不杀人就不能救人的游戏背景下，这就是懦弱无能。”唐二打转头看向守在盖伊的帐篷前，躬身把头埋进怀里的亚历克斯，不由得叹息一声，“亚历克斯这种觉得战争就是一个彻头彻尾的错误的人，就算要杀了他，他都不可能站出来形成第三方阵营的。”

白柳望向盖伊所在的帐篷，语气平静：“是有可能的。

“我已经和盖伊商议好了，他会帮我做到的。”

唐二打越发疑惑：“盖伊受了很严重的伤，不一定能熬过今晚，他怎么帮你做事？”

“不需要盖伊醒来，”白柳收敛表情，“他不醒来，也能帮我完成这一切。”

午夜。

盖伊身上的子弹通过手术被取了出来，医生给他用了一点消炎药之后将盖伊推进了帐篷。

不过盖伊现在麻醉效果还没消退，正昏迷不醒、发高烧，亚历克斯守在他的床边，眼睛一眨不眨地望着他，双眼通红。

亚历克斯的手和声音都在颤抖："盖伊，医生说你不一定能醒来了。"

他低头抵住床沿，哽咽道："盖伊，不要将我们的灵魂分开。"

眼泪顺着亚历克斯的下颌滑落，没等滴在床单上，就有一群人悄无声息地撩开了盖伊所在的帐篷的帘幕，在黑夜里虎视眈眈地举着凌厉的尖刀和木刺，开口的嗓音嘶哑无比：

"亚历克斯，如果你还想活命的话，就给我滚开！"

亚历克斯猛地转身，拉亮了漆黑帐篷里的灯。看清眼前出现的一行人之后，他震惊得顿了一下，声音艰涩无比：

"你们是突击一队的幸存者……"

"目前还是幸存者。"为首的人用一把凌厉的钢刀支撑着身体，左腿膝盖以下已经不见了，包扎伤口的绷带还在渗血，很明显是刚截肢不久。

他双目赤红地盯着病床上的盖伊，恶狠狠地笑了一声："托盖伊这小子的福，我在他反水去那群土著人的队伍中时被炸丢了一条左腿，不知道还能在这鬼地方活多长时间。"

亚历克斯转动轮椅挡在盖伊的病床前，声线颤抖："这里是红十字会，你们要干什么？"

"红十字会只是规定我们不能在这里杀敌军，可没规定我们不能按军法惩治自己人。"为首断腿的那个士兵神色凶戾，抬手指着盖伊，"这叛徒现在还穿着我们的制服，他杀死了我们二十多个兄弟，我为什么不能杀他！"

这人宛如困兽般对着亚历克斯狂吼："亚历克斯，如果你包庇这个叛徒，我们就连你也一起杀！"

亚历克斯下意识地想撑着轮椅站起来，但他双腿受伤，很快就被这群人高马大的突击一队队员摁住了，双手被反剪，无论怎么挣扎都只是徒劳。最后他声嘶力竭地惨叫着："救命！这里有人攻击伤兵！"

为首那个人走到了盖伊的床边，冷酷地回头看了一眼亚历克斯，眼神里既有怨恨，又有其他情绪："不会有人来的，亚历克斯，他们知道这是我们内部的事。"

"不不不！"亚历克斯慌乱而恐惧，他语无伦次、满脸是泪地劝阻，"盖伊不该杀你们，你们也不该杀盖伊，本来所有人都不应该彼此攻击的！

"这是错的，这是不对的！我们应该停下来！"

“但事实就是，我们就是在彼此攻击。”站在盖伊旁边的士兵用一只脚站立着，对着病床上的盖伊高高地举起了刀，表情里有种无法掩饰的残酷，“战争永不停止！”

雪白的刀狠狠落下，血液顷刻喷涌出来，愤怒的士兵们不断挥舞着木刺和尖刀，将病床上的盖伊千刀万剐，割成血块和肉段。

亚历克斯撕心裂肺的惨号和求饶声隔着半个红十字会区域都能听见。

白柳站在另一顶帐篷的边缘，撩开帘幕平静地听着这声音，旁边站着神色凝重的唐二打。

唐二打欲言又止，最终还是不忍地开了口：“……真的不能去救盖伊吗？”

“这是我和他之间的交易，”白柳无波无澜地看向唐二打，“盖伊并不想活着，他想死在曾经的队友手上为自己赎罪，所以我为他安排了这一切。作为交换，我利用他的死达到了一点自己的小目的。”

唐二打不知道自己是什么心情：“这两个阵营都直接杀死了盖伊，亚历克斯不可能再归属于任何一个阵营了。”

这个做法是没问题的，而且这也就是一场游戏罢了，但唐二打总是莫名地想起白六。

这是白六擅长的东西，诱导别人心甘情愿地走向死亡后，再利用别人的死亡达到自己的目的。

唐二打犹豫再三，咬咬牙，还是问出了口：“白柳，你真的不会变成白六，对吧？”

白柳静了几秒，转过头来看向唐二打，忽然很浅地笑了笑，眼中的情绪极淡：“这不过是一场游戏罢了，不用那么紧张，唐二打。”

295

亚历克斯凄厉的叫声渐渐变弱，帐篷里陆陆续续走出浑身染血的士兵，他们甩甩手上的血渍离去。

白柳低头看了一眼表，又等了十五分钟，才走到盖伊的帐篷外面，准备撩开帘幕进去。

唐二打神色复杂地等在外面：“我就不进去了，亚历克斯现在的精神状况应该不太好。”

“……有什么事你叫我吧，”唐二打还是忍不住叫住了白柳，“你还会继续利用亚历克斯吗？”

白柳撩帘幕的动作顿了顿，他微笑着偏过头，自然地回答："会啊，怎么了？"

唐二打抿了抿唇，攥紧了拳头似乎想说什么，但最终还是没说出口，只是摇摇头："……没什么。"

白柳作为一个玩家想赢，利用游戏里的 NPC 达到自己的目的是理所当然的事，他的确没有义务考虑 NPC 的感情。

但为什么他感到如此不安……

白柳拍了拍唐二打的肩膀，温和地说："如果你对我利用亚历克斯的方式感到不适，我可以照顾他的心情，换种方式。"

唐二打想说他并不介意，但对上白柳那双根本不含笑意的漆黑眼眸，他脱口而出的却是："什么方式？"

"蛮好用的方式，"白柳浅笑，"你会喜欢的。"

——因为他在唐二打的身上也用过这种方式。

白柳撩开帘幕走了进去。

全是血的帐篷中间坐着一动不动的亚历克斯，他垂着好像下一秒就要从脖子上掉下去的头，放在轮椅两边的手上沾满了血，顺着指尖滴落下去，脚底躺着盖伊没睁眼的头颅。

最里面那张病床上血肉模糊，雪白的床单被染红了一大片。

炎热潮湿的雨季，盖伊死后这么一小会儿，已经有苍蝇过来趴在尸体上了。

白柳站到了亚历克斯的面前，但亚历克斯就像是什么都感受不到一样依旧低着头。他的双眼已经彻底涣散了，仿佛再也无法对外界的任何事物做出回应。

但白柳只用了一句话，就让亚历克斯抬起了头。

"你猜到了吧，"白柳说，"是我安排盖伊这样死去的。"

亚历克斯缓缓抬起了头，嗓子哑得不像话："……为什么？"

"我相信这点你也应该猜到了，不然不会来红十字会守着盖伊。"白柳垂眸，好似怜悯一般俯视着亚历克斯，"因为是盖伊自己想要这样死去的。

"他想以这样的方式向他杀死的那些队友道歉，他把他们炸成了一块一块的，所以想要自己也这样死去。"

亚历克斯脸上满是干涸的泪痕，他早已哭得红肿酸涩的眼睛里又溢出了泪水。

他低头捂住了自己的脸，哽咽道："盖伊……"

亚历克斯哭了一会儿之后，竭力使自己镇定，抬起了头。他看向白柳的眼神充斥着厌恶和一种无法隐藏的畏惧："盖伊想要死，是为了赎罪；你想要他死，一定不是出于这么简单的原因吧？"

系统提示：NPC 亚历克斯对玩家白柳的好感度正在下降……

白柳就像是没听到提示，依旧平和地回了亚历克斯的话："对，我促成这一切是为了达到我的目的。"

亚历克斯弓起背，从轮椅上微微站起来，声嘶力竭地怒喝："你诱导了盖伊走向死亡，你是故意让我看到这一幕的，你从一开始就是在利用我们！"

"你这个卑鄙的骗子，龌龊的操纵者！"亚历克斯呼哧呼哧地喘气，眼里布满血丝，"——你比那个不存在的神明还要邪恶。"

他的眼泪控制不住地流下来，边喃喃自语边回忆："盖伊那么信任你……

"你这样的人，根本不配得到这个世界上任何纯洁的感情。"

亚历克斯恶狠狠地诅咒："如果有一天，黑桃发现了你的真面目，他一定会离你而去的！"

白柳垂在身侧的手指轻微地合拢，不过他的表情依旧淡定，甚至带着一点平和的笑容："这对我来说倒不是新鲜事了。"

亚历克斯发泄般地辱骂了白柳半个多小时，翻来覆去就是那几个词，这位出身良好的医学生似乎不太会骂人，骂到最后自己反而情绪崩溃地痛哭起来，死死抓住白柳的衣摆质问他：

"你为什么要让他死？为什么他非要死？

"我的存在都不值得他放下愧疚和仇恨重新开始吗？！"

亚历克斯哭得浑身发抖，他看着自己空荡荡的手掌，不住地落泪："……什么都没有了，什么都没给我留下。"

白柳转过头看向床上那堆东西："他给你留下了自己的躯体。"

亚历克斯打了一个哆嗦，他无法控制住自己扭曲的表情，惊恐无比地抬起头看向白柳。

但他很快冷静了下来，推着轮椅后退几步："我不会对他用那个药的，盖伊永远是盖伊，他是个人，哪怕死了也是个人，我不会把他变成一个没有灵魂的怪物的。"

白柳轻笑："为什么不可以？复活后回来的盖伊和原先的盖伊，有什么区别吗？"

"他们根本不是一个东西！"亚历克斯像是终于发现了白柳的疯狂，不断地提高声音，似乎这样就能压制住那种诡异的后背发凉的恐惧感，"——用了那个药的尸体还是尸体，有肉和血管，只是能动，什么都不是。

"它们只是一只只没有灵魂的怪物！"

守在门外的唐二打蹙着眉听墙根儿，亚历克斯情绪之激动让他怀疑白柳这家伙是不是真的用了所谓的更温和的方式。

有人拍了拍唐二打的肩膀，他回过头，惊讶地瞪大了眼睛。

黑桃脸上没有一丝情绪地站在唐二打面前，他直勾勾地盯了那顶帐篷一会儿，却没有进去，而是转过头问唐二打："人是不可以爱上没有灵魂的怪物的吗？"

唐二打被这个突兀的问题问得怔住了。

帐篷里的白柳点点头，示意亚历克斯继续说下去："所以呢？"

亚历克斯不可置信地看着白柳："你难道会爱上一个没有灵魂的容器吗？"

里面静了很久，只能听到白柳平静和缓的呼吸声——他像是在思考。

黑桃直挺挺地站在帐篷外，嘴唇抿紧，拳头攥得紧紧的，看上去就像是下一秒就要冲进去逼问白柳答案，然后把亚历克斯打一顿。

白柳终于开口了："我不知道。"

这下连唐二打都惊讶了，他记忆中的任何一个白六都不会在谈判时，在利用对象面前说出这种模棱两可的答案。

唐二打不知道为什么放松了下来。

——白柳并不是纯粹地为了利用亚历克斯和盖伊才这样做的。

白柳刚刚认真地回答了亚历克斯的问题，他没有完全以利益为导向给出这个问题的答案。

他和白六不一样。

唐二打长舒一口气。

黑桃面无表情的脸上浮现出一种微弱的郁闷之色，他踹了一脚横放在帐篷门口的枪，冷淡地问道："他为什么不知道？"

唐二打满头问号地去捡枪："你进去问白柳吧，我怎么知道他为什么不知道。"

黑桃"哦"了一声之后，上前一步靠近了帐篷，神色凝肃地来回走了两圈之后还是没进去。他退了一步，蹲在了唐二打旁边，低着头用手指在泥土上戳小坑，戳了整整齐齐的两排，也不知道在想什么。

唐二打看得一头雾水："你怎么不进去？"

黑桃抱膝蹲在地上，脚一前一后地踩，身体也跟着一前一后地晃，就像是被朋友抛弃之后蹲在地上发呆的小孩子。

唐二打问他，黑桃也只是淡淡地"嗯"了一声，说："我也不知道。"

黑桃眼神直直地盯着地上的坑，一边用力戳一边回答唐二打，声音有点闷："……暂时不想见白柳，他连这个都不知道。"

唐二打顺着黑桃的视线看过去，怔了一下，不由得因为觉得好笑而叹了一口气。

黑桃戳的坑洞歪歪扭扭地连成了两个字——白柳。

说着不想见，其实还是想见的。

里面的亚历克斯也对白柳的答案摸不着头脑：“……不知道？”

“也不能说完全不知道，”白柳的声音很平淡，“只是你很难分清你到底是因为这副躯壳而怀念你曾经对他抱有的感情，还是这副躯壳主动地想要承担你拥有的那部分感情。

“有时候，我会觉得他是神明因为怜悯我而留给我的纪念品。”

白柳静了很久，又开口：“有时候，我又觉得他就是我想要的怪物。

“他不是没有灵魂，只是灵魂藏在了躯壳的下面，我得等到灵魂重新出来见我的那一天。”

亚历克斯不可思议地望着白柳，勉强地开了个玩笑：“你说得好像你经历过和我一样的事情……”

白柳抬眸直视亚历克斯：“我的确经历过。”

“所以我可以告诉你，两个人或许可以被死亡分隔，”白柳的目光下移，落到亚历克斯脚边盖伊的头颅上，平静地说，“但两个怪物不会。”

帐篷的帘幕猛地被掀开，白柳移动视线看过去。黑桃背着光站在门口，一动不动地盯着白柳，胸膛微微起伏。

白柳就像是早就知道他在外面一样，见他闯进来也不吃惊，平淡地问：“回来了？之前怎么没见到你？”

“嗯，”黑桃顿了一下，解释道，“身上有泥巴，不好看，去洗了再来找你。”

296

等到次日清晨，为了避免尸体腐败后引起感染，盖伊的尸体会被红十字会的人收起来，集中焚烧处理。所以天还没亮，白柳就收拾好所有盖伊的尸块，在一旁静待着还在挣扎要不要这么做的亚历克斯。

“想好了吗？”白柳问。

亚历克斯的眼神复杂无比：“……如果复活后回来的只是一副躯壳、一个怪物，那怎么办？”

白柳用余光微不可察地扫了一眼站在旁边的黑桃：“这取决于你在这副躯壳上寄托了多少感情。”

亚历克斯咬了咬牙，像是下定了决心：“好，我同意你的提议，走吧！”

白柳看了一眼亚历克斯的腿，从口袋里掏出一瓶药剂丢给他：“先用药剂解决你腿部的问题吧。”

亚历克斯接过药剂，深深地看了一眼白柳，然后深吸一口气，把药倒在了自己有枪伤的腿上——伤口并没有愈合，反而转变成如尸体般的青白色。

他很快就站了起来，背起装满尸块的背包，看向白柳：“你下一步的计划是什么？”

白柳微笑：“你想结束这场战争吗？”

亚历克斯一怔，但他很快反驳道：“现在已经打成这样了，今早的偷袭双方都是惨败，根本不可能停下来。”

“当然可以，”白柳直视亚历克斯，“当他们拥有共同的、更让他们恐惧的第三方敌人的时候，他们就能停止战争，彼此合作了。”

亚历克斯愣住了：“哪有这么强大的第三方敌人？”

白柳看了一眼亚历克斯背上的包：“你曾经设想过的活死人军队，算吗？”

亚历克斯静默许久，哑声开口：“我知道你要我做什么了，但我根本没有那么多药剂和尸体来建造第三方军队。”

“这个你不用担心，”白柳笑笑，指了指脚下，“药剂和尸体，我们所在的红十字会不是一个现成的生产场地吗？会有源源不断的药剂和尸体送到这里来，供你使用。”

亚历克斯低声驳斥：“但红十字会不会把尸体和药剂给我这样一个普通士兵随便使用。听着白柳，我知道你想做什么了，但这不可能，你也就是个普通人，红十字会不是你的后花园，这里把守很严，只有内部人士才能拿到药剂……”

“我认同你的观点，”白柳指了指亚历克斯身后，意味深长地说，“或许你可以转身看看。”

穿着护士服的刘佳仪转着钥匙靠在帐篷旁边，挑眉看向亚历克斯：“尸体和药剂的问题我刚刚都去解决了，药剂仓库的钥匙和销毁尸体的事他们都交给我负责了，你们可以随便使用。”

亚历克斯就像是见了鬼一样瞪大了眼睛看了一眼白柳，不受控制地后背发凉：“……你到底是什么时候预谋好这些的？”

盖伊的死、他的崩溃和妥协，以及后续所需的药剂和尸体……在事情发生之前这家伙就已经完全处理好了！

白柳甚至从头到尾都没有离开过自己的视线，亚历克斯根本没见过他去做任何事！

上帝，白柳到底是怎么做到这一切的？

白柳似笑非笑地看着他：“你真的想知道答案？相信我，你听了不会高兴的。”

亚历克斯搓了搓胳膊上的鸡皮疙瘩，咽了口口水：“我发誓，你是我见过的最擅长时间管理的人之一。”

唐二打一边擦枪，一边有些好奇地追问了一句：“之一？这里还能有比白柳更擅长利用时间的人？”

“是盖伊……”亚历克斯幽幽地叹息一声，“在我刚刚认识他的时候，他可以同时和七八个好小伙子保持良好关系，一天之内至少可以和三个好小伙子私下联系并且不被其他人发现。”

“良好”这两字被他咬得很重。

亚历克斯目光幽深，意有所指地扫了一眼白柳旁边的黑桃：“你知道吗，白柳，我发现了你和盖伊的共同点，你们都可以在别人眼皮子底下和其他人偷偷联系而不被发现。”

多次背着黑桃联系队员做事的白柳：“……”

被联系的唐二打：“……”

被联系的刘佳仪：“……”

黑桃斜眼盯着白柳，尾调上扬地“哦”了一声。

远处被白柳私下联系过的逆神的审判者打了个大大的喷嚏，他疑惑地揉了揉鼻子：“是谁在骂我？”

“想骂你的人太多了，需要我现场给你筛选一下吗？”柏溢兴冲冲地提议。

逆神的审判者摆了摆手：“多谢你的好意，但我暂时不想在打游戏的时候听到这种让我心梗的东西。”

柏嘉木在旁边托着腮发呆：“逆神，你说那个白什么柳，是不是‘鸽’了你啊？到现在亚历克斯都没有叛变，我们这边的主线 NPC 盖伊还死了，传统派也快闹翻天了。”

“让他们闹，他们闹得越厉害我们这边就越清静。”逆神的审判者不以为意，“盖伊的死亡时间应该是被刻意提前了，不过这也不是什么大事。”

柏嘉木不解地问：“局势乱成这样，还不是大事吗？”

“不是，”逆神的审判者给出了肯定的回答，“越乱越好重新洗牌掌控局势，玩这一套的玩家应该很贪心。虽然没有百分之八十以上的可能性我一般不轻易做出判断，但我接触下来，感觉这个搅乱局势的玩家应该是白柳，他之前玩游戏的路子就是这样的。”

柏嘉木皱眉：“那你之前为什么那么轻易就答应和他合作？”

“我看过他小电视的视频，他的技能和金钱交易有关。”逆神的审判者说，“好像交易的积分越是高额，他就越是要执行交易。”

旁边的柏溢恍然大悟：“所以你在合作的时候给了他五百万积分？”

“部分是为了这个，部分是……”逆神的审判者眼神游离，握拳抵在嘴边，咳了咳，“我这个做战术师的，怎么也该代表全战队替黑桃给他赔礼道歉。”

逆神的审判者扳着手指头一本正经地算：“除去小柏未成年不用赔礼，我们四个成年人每人给黑桃一个月分红，人均给一百二十万积分是应该的，那我们四个人就该给四百八十万积分，加上交易的积分凑个整，给五百万刚好啊。”

柏嘉木：“……你好会算，逆神。”

逆神的审判者若无其事地继续说下去：“不过，你们的关注点是不是错了？白柳说的是会帮我们让黑桃输，可没说要帮我们赢。

“亚历克斯叛变只是白柳打的一个幌子，他是没有说实的，也就是说他帮我们赢无法被算到交易内容里。”

柏嘉木直起了身体，神色不悦：“他骗了我们？”

逆神的审判者扫了一眼柏嘉木：“准确一点来说，是我们被骗了。骗术一直是这个游戏里重要的组成部分，玩家的博弈就在于能不能防止自己上当。

“骗人这种行为是无错的，错的是上当的我们。”

柏溢嘟囔道：“逆神，你脾气也太好了吧，有人骗你你也不生气？”

逆神的审判者给了柏溢一个意味深长的笑：“我要是被骗就生气，进这个游戏的时候我就该生气了。

“这个游戏，就是一场大型的骗局。”

天色将明。

树林中行走着许多姿势僵硬的人影，他们脸上缝合的线痕交错，血肉断面随着行动隐隐可见，口中发出奇异的呜呜声，就像是一堆用人的尸体做成的提线木偶，生疏地扭动自己的肢体向前行走。

白柳一行人远远地跟在这群尸体的后面。

刘佳仪忍不住吐槽：“打到现在我才知道原来这是个丧尸副本。”

“但不是打丧尸，”唐二打补充，“我们是负责制造丧尸的清扫兵，等开战之后要大量捡尸体。”

“红十字会的尸体还是太少了，”刘佳仪凝视着前面的尸体，“不知道能在这两方阵营的围攻下撑多久。”

白柳倒是很沉稳：“不用担心，只要两方的战争不停止，我们的阵营就会一直壮大。”

“是的，”刘佳仪斜眼看向白柳，“你倒是挺会想，只要对方有死人，我们的丧尸军团就会持续壮大，最后他们会为了防止我们继续壮大而竭力避免双方人员伤亡，从而达到战争永远停止的目的。

“你就是拿这一点说服那个优柔寡断的主线 NPC 的吧？”

刘佳仪收回自己的视线："白柳，我有时候真是搞不懂你在想什么，你总是能以一种极端又邪恶的做法达到和平的目的。"

"说你是好人，但你的确在用一种极端的方式做事，也不对这些无辜的士兵怀有任何怜悯之情，死了也要利用对方为你做事。"刘佳仪盯着前面那些支离破碎的丧尸士兵，继续说道，"但说你是坏人，从结果来看，你又做了一件超越所有好人的努力的事。"

刘佳仪问："我有时候很好奇，你到底为什么要这么做？"

白柳微笑："因为我很好奇。"

刘佳仪追问："好奇什么？"

白柳垂眸："好奇亚历克斯想要的结局到底是怎么样的，是和平还是无休止的战争。所以我把两种可能性都放进了计划里。"

"亚历克斯想要的结局？"刘佳仪拧眉，她意识到白柳话里有话，敏锐道，"你什么意思？"

白柳看向刘佳仪："你不觉得亚历克斯接受我们形成第三阵营去攻击其他两个阵营的提议的速度太快了吗？

"这不是一个排斥伤害别人的人的正常表现，亚历克斯几乎没有挣扎过，就顺从地同意了我的提议，这很奇怪。"

"按照亚历克斯之前的表现，盖伊的死带给他的情绪影响本来应该是很强的，但他非常快地平静了下来，并立刻将自己投入了活死人的生产工作。"白柳抬起眼皮看向前面那支僵尸军团，"而且生产僵尸的速度也过快。

"亚历克斯的身份设定是一个还没有实习过的医学生，但他在一大堆碎肢里找到同一个人的某些部位再缝合起来的操作十分熟练。

"……感觉就像是，他不是第一次做这样的事情。"

刘佳仪前行的脚步一顿，突然偏头看向白柳："你还记得亚历克斯研制的药剂的作用吗？"

白柳语气平静："记得，他研制的药剂的作用是将人定格在死前的状态。"

"……死前的状态。"刘佳仪喃喃自语了两遍，然后猛地抬头看向前面那支僵尸大军，神色一变，"这家伙发明的药剂根本不是什么生物治愈类的药剂，是一种时间药剂，可以将生物体的时间倒流！是真正意义上的复活！

"这群东西根本不是什么丧尸，是正在返回死前状态的活死人！"

唐二打还没反应过来，低头凑近刘佳仪疑惑地追问："什么时间药剂？"

刘佳仪深吸一口气，把唐二打的头转了过去："你看了就明白了。"

那群本来摇摇摆摆的、被缝合起来的尸体在不断行进的过程中，肢体的断口渐渐长合，原本布满各种枪伤的创口也渐渐愈合，或者更确切的说法是，尸体上的各种伤口都以一种毛骨悚然的方式变成血淋淋的新鲜伤口，然后诡异地愈合。

这些尸体原本青白的脸色变得红润，行动越来越灵活，仿佛一个个活人。

唐二打彻底怔住了："这到底是……怎么回事？！"

白柳倒是不惊讶，他仿佛早就预料到一般看着这群正在"活过来"的尸体，平淡地说了句："果然。"

唐二打立马就把头转过去，死死盯着白柳："你早就知道了？！"

刘佳仪翻了个白眼，无语道："他当然早就知道了。"

唐二打指着白柳，语带谴责："那他为什么不说？他可是战术师，为什么要瞒着我们！"

刘佳仪扶额："当然是因为他想玩啊。你没发现他心情不好，进这个游戏之后一直在玩，没做什么正事吗？玩游戏全说明白了有什么好玩的，白柳不告诉你就是在玩你这个队友啊……"

"唐二打，有时候过度依赖战术师不是好事。"白柳飞快地打断了刘佳仪的话，一本正经地反客为主，"我更希望你作为我最优秀的主攻手，先自己思考获得的信息。"

唐二打的目光在刘佳仪和白柳之间将信将疑地游离了两次，然后慎重地后退两步，双臂抱胸看向了白柳："你先说这游戏是什么情况？"

白柳问："你们还记得这个游戏的时限是多久吗？"

"七天。"唐二打答得飞快。

白柳继续问："你还记得现在是第几天吗？"

"第三天凌晨。"唐二打回答。

白柳微笑："你不觉得很奇怪吗？一个时限为七天的游戏发展到第三天了，进程接近一半了，目前还没有一个玩家获得过积分。"

唐二打谨慎地回答："这种情况也不是不可能发生。"

"对，但这对顶级玩家来说是不可能的。"白柳说，"这个游戏里的玩家，我、你、刘佳仪和杀手序列的队员，可以说是整个系统里顶级的玩家了，如果一个游戏的进程接近一半，这些顶级玩家还一个积分都没有拿到，那只能有两种情况。"

白柳抬眸看向唐二打："第一，这个游戏设计得很差劲，接近一半都无法让玩家体验到获得感。

"第二，这里的三天根本不是真实的三天，游戏进程还未接近一半，我们找错了时间参照物。"

"那真正的时间参照物是什么？"唐二打追问。

白柳说：“我把我的无线电设备给了黑桃，让他去找了，如果他找到了，应该会用设备给你们发信息。”

刘佳仪无法置信地问：“白柳，你刚刚说你把我们队内联系队友的设备给了一个外人？！”

白柳冷静地回答：“不白给，我卖给他的，73 积分买的东西我卖了他 10000 积分，不算亏。”

刘佳仪：“……”

唐二打：“……”

可以的，是你能干出来的事情。

没过多久，唐二打的无线电设备响了，他低头检查了一下，抬起头来看向白柳：“他说他找到了。”

白柳问：“在什么地方？”

唐二打回答：“小镇后面军方建造的集体公墓。”

白柳在路上找了一辆抛锚后被扔在泥地里的货车，唐二打用蛮力弄出来之后钻进车底将其修好，三个人把那堆活死人捆绑好，装在车厢里。

“这里的路不好开，”坐在驾驶座上的唐二打撩起背心擦了一下脸上的泥污，表情严肃，“我会稍微开快一点，不容易陷进去。你们坐稳。”

从极地飞机到战地坦克，再到这种老式货车……

白柳缓缓地看向唐二打：“我很好奇有什么交通工具你不会驾驶？”

唐二打认真地沉思了几秒，然后认真地回答了白柳：“如果是你定义的交通工具，我不会驾驶牧四诚。”

白柳：“……”

刘佳仪：“……”

到底是谁教的唐二打说冷笑话？

从红十字会绕路往小镇开，几个小时的车程，好在唐二打开得极快，很快就抵达小镇附近。

唐二打下车用牛仔布盖住车厢里那些不停扭动的活死人，找了个隐蔽的地方把车藏好，要取出技能武器左轮手枪的时候怔了一下。他从车后冒出了头，“欸”了一声，喊了白柳。

白柳回过头去。

唐二打犹豫了两秒：“你要用我的技能武器吗？你要用的话我就不取出来了。”

白柳略显讶异地挑了下眉：“不用，但我比较好奇你为什么会突然想到这一点。”

唐二打这种和自己的技能武器相伴了这么久的玩家，使用技能武器就像是喝水、吃饭一样简单，他能在使用之前考虑到和自己共用技能武器的白柳，说实话，这是相当难得的。

至少目前在流浪马戏团里，只有木柯能做到这一点。

唐二打诡异地停顿了几秒，似乎通过白柳的反应意识到了什么："你没和黑桃说过你的技能？"

白柳眉尾挑高："你为什么觉得我会和他说？"

唐二打又顿了顿，开口道："黑桃和我一起行动过一阵，他禁止我使用技能武器，说你要用。我一抽左轮手枪，他就动手揍我。

"……我还以为你和他说过了。"

白柳静了静："我没和他说过。你问过他是怎么知道的吗？"

唐二打点点头："问过，他说他不知道，是凭直觉。"

"不管他了，"白柳不动声色地掠过了这个话题，"先去找公墓。"

公墓其实很好找，镇上路牌的指示标志都标注了公墓的方向，但奇怪的是，每当白柳他们按照标注的方向前行的时候，就会遇到一层很浓郁、很奇怪的雾气，穿过雾气之后，又会回到同样的路口。

"这是鬼打墙吗？"刘佳仪警惕地举起了毒药喷雾，"怎么绕都会回到原地。"

唐二打也抽出了左轮手枪，站在白柳身后："我们需要做到什么才能出去吗？"

"应该是要符合某种条件才能出去，按照通常的流程来说，我们应该先解密。"白柳看向刘佳仪，"但现在有更直接的方式。"

刘佳仪迅速地放下喷雾，打开了无线电设备："给黑桃发消息问他是怎么出去的，是吧？"

黑桃的消息回复得很快，刘佳仪看了直皱眉："——用鞭子打散那些雾气就能出来了？"

"用武器攻击吗？"唐二打谨慎地对着正前方的雾气开了两枪，然后一阵子弹破空的声音从正后方传来。他瞳孔一缩，迅速摁下了站在前面的白柳。

子弹从他们的头顶飞过，"砰"的一声击打在路牌上，打出一个硕大的洞口。

"空间是彼此密接的状态，武器攻击是无效的，打不破，子弹会重复出现在一个地方。"唐二打神色凝重地摇头。

刘佳仪蹙眉："那黑桃是怎么打破的？他那根鞭子难不成可以打破空间……"

她说到这里突然一顿，然后抬头看向正在拍自己膝盖上的灰的白柳。

白柳站起身，神色平静地回望刘佳仪："或许还能打破时间。"

刘佳仪抿了抿唇："和你之前被毁掉的那根骨鞭有一样的功能。"

"那我们现在怎么出去？"唐二打问。

白柳看向刘佳仪："发消息给黑桃，让他来接我们。"

话音刚落，白柳的脸侧就划过一根针，擦出一道血痕。

针掉落在地上，弯曲的尾部还缠着丝线——这是一根缝合用的针。

唐二打猛地转过头去，刚准备开枪，突然想到这里的空间是密接的，开枪很容易直接打到这里，不得不咬牙换成了军刀："谁？"

白茫茫的雾气里几个戴着高高的帽子的身影若隐若现，从各个方向靠近路口中央的白柳一行人，他们的手里拖着一杆长长的枪，枪拖到地面，在地面的沙砾上划动出一种瘆人的沙沙声。

刘佳仪和唐二打一左一右把白柳护在中央，两人的脸色都极为难看。

唐二打深吸一口气："这里不能随便攻击，因为空间密接，我们的子弹不知道会从什么地方出来打到自己，只能贴身肉搏。

"但你们两个都不擅长，等下我数'一、二、三'，肉搏开始你们就往回跑。"

刘佳仪干脆地点了点头，丢给唐二打两瓶解药："你自己小心。"

几个身影越靠越近，这个时候唐二打才看清，这群人穿的不是便服，而是缝制精美但样式老旧、上面沾染了许多血渍的白色礼服。

这些礼服莫名让唐二打觉得眼熟，他顺着礼服往上看，在看到穿礼服的人的时候，表情终于凝固了。

这些人不是别人，全是盖伊。

这些盖伊被手术线缝合完毕，脸上交错着不知道多少道缝合的疤痕，有些地方缝合的线都还没剪断，嘴角的笑诡异而又甜蜜，肤色青白，眼睛全黑，一点眼白都看不到了，身上的礼服溅满了数不清的血点。

恭喜玩家唐二打触发《密林边陲怪物书》第二页——僵尸少年。

297

在第一个盖伊提起枪来对准他们射击的时候，唐二打抬手拦住了他，厉喝一声："弯下腰，跑！"

"没必要，"白柳看向迷雾尽头，"这里的空间从我们进来就开始密接，到现在已经全部密接上了，我们跑不出去的。"

唐二打顺着白柳的视线看过去，神色一凝。

迷雾的尽头若隐若现地能窥见一个路牌，路牌上有一个新鲜的弹孔，是刚刚唐二打开枪打出来的。路牌旁边站着两大一小三个身影，赫然就是他们自己。

"看来得成功解密才能走出这里，"白柳转头看向这些不断靠近的僵尸少年，

“唐二打，你先撑一会儿。”

唐二打抬手扫开两个僵尸少年的枪，握住第三个僵尸少年的枪转过去，对准对方的口腔用力地开了两枪，溅了一脸血之后转头问身后的白柳：“这里哪有谜题？”

白柳指了指旁边的路牌：“就是这个。”

“这上面能有什么谜题？”唐二打拧断一个盖伊的脖子，擦掉自己的脸上被溅上的血浆，疑惑地问道。

白柳的视线停在路牌上，这个路牌上面一共有八个指示标志，分别指向新兵驻扎地、小酒馆、训练营、小镇出口、参军点、火车站、战地和公墓。

刘佳仪飞快地扫了一遍这上面的指示标志：“提示是地址，但无论往哪个地方走都会绕回原地，应该是选择某种特殊的行进路线才能出去。”

“但八个指示标志，能组合出来的行进路线太多了。”刘佳仪拧眉看向白柳，“你有什么线索可以作为提示吗？”

白柳看了一眼正在和唐二打纠缠的盖伊：“线索不是已经给我们了吗？”

刘佳仪猛地转头看向这些盖伊：“这些盖伊是僵尸，是被埋葬的尸体，它们是从公墓过来的！”

“对，这群盖伊从公墓过来，穿过了这个鬼打墙的屏障。”白柳的视线又回到了路牌上，“既然这群已经是僵尸的盖伊可以穿过这个屏障，那就说明这条行进路线是盖伊非常熟悉，甚至死后成为僵尸都能下意识地走过来的一条路线。”

刘佳仪一直待在红十字会，对盖伊这个 NPC 并不熟悉，听白柳这样分析之后，她干脆利落地说：“这东西我不了解，我去帮唐二打，你快点解密。”

刘佳仪说完就拿着两瓶解药冲到了唐二打旁边，一脚踢开了从他后面抡过来的一杆枪。

枪走火，白柳侧身躲开，视线却黏在指示标志上没动。

如果发生战争的这七天是一次循环的话，这些死去的盖伊记得的应该是自己生前在这里走过的路，而盖伊在第二天就叛变了，那么这应该就是第一天的时候盖伊走过的路。

而那天盖伊一直是和他一起行动的。

他们遇见盖伊是在……白柳移动眼神，看向对应的指示标志：“第一个是战地。”

唐二打已经把所有怪物的枪都给收缴了，他双手提起刘佳仪的肩膀，往战地的方向跑了两步，回身嘶哑道：“然后呢？白柳，这些僵尸越来越多了，你快点！”

白柳流畅地报出了接下来的地址：“第二个地方是火车站，第三个是参军点，第四个是新兵驻扎地，第五个是小酒馆，第六个是训练营。”

唐二打紧急追问：“第七个和第八个呢？”

白柳的目光在“小镇出口”和“公墓”上来回扫了两次，他没和盖伊去过这两个地方，因此不清楚前后顺序。

不过这些都是尸体，尸体的终点应该是公墓。

白柳只静了一秒，就接着道：“第七个是小镇出口，第八个是公墓。”

唐二打向公墓的方向跑，看着身后一动不动的雾气，疑惑地又看向白柳：“怎么没反应？我刚才没走对？”

他倒是不怀疑白柳的判断有误。

刘佳仪扯开唐二打抓住她的双手，这人跑得飞快，她被晃得头晕眼花，都没来得及劝阻，这个时候被放下来才感到无语地开口：“你走反了，这些盖伊是从公墓来的，我们应该从公墓的方向倒着走。”

唐二打：“……”

唐二打呆滞又无法置信地看了一眼白柳：“但白柳是正着念的……”

白柳无辜地冲他笑笑：“我以为你知道该倒着走的，这很好猜。”

唐二打：“……”

“都和你说了白柳这个副本在玩，你信他？”刘佳仪不耐烦地甩了甩手，“走了，傻大个儿。”

倒着走果然很轻松就走了出来，白柳拨开面前的雾气，眼前又多了一个人影。

唐二打下意识地拔出左轮手枪想要对准这个人影，结果拔到一半，一根黑色的鞭子从雾里“啪”地一下甩了过来，速度极快，唐二打都没来得及抽手，就被鞭子狠狠地打了一下手背。

这熟悉的武器和被鞭子打的痛感……唐二打收回了技能武器，试探道：“黑桃？”

黑桃从雾中走了出来，左手握着鞭子，神色冷淡地睨了一眼唐二打：“不是和你说不要随便用枪吗？”

唐二打忍不住感到无语。

为什么黑桃连不准别人用自己的技能武器这种离谱的要求，都能用这么理直气壮的口吻说出来？

白柳淡淡地扫了一眼黑桃：“不要随便打我的队员。”

黑桃“哦”了一声，立马转身对唐二打说：“对不起。”

刘佳仪在旁边很看不惯地小声嘟囔了一句：“说一句‘对不起’就完了？”

黑桃平静地看了刘佳仪一眼，抬手毫不犹豫地用鞭子在自己手背上打了一下，问：“现在完了吗？”

刘佳仪："……"

唐二打："……"

这人为什么会和一个八岁的小女孩这么认真地计较，还是用这么幼稚的方式……

眼看黑桃一脸严肃，一副要和刘佳仪争辩到底、一较输赢的气势，白柳不得不出声阻止："可以了。你找到了什么线索？"

黑桃这才转身看向白柳："我在墓地找到了一个女人。"

"女人？"白柳语调轻微上扬，"谁？"

黑桃直视着白柳："亚历克斯曾经的未婚妻。"

黑桃带着白柳一行人穿过茫茫的雾之后，来到了一个全新的城镇。

用"全新"或许不太贴切，更合适的说法应该是"全旧"的城镇。

原本热闹喧嚣的边境小镇堆满了灰尘，木制的路牌摇摇欲坠，上面的字迹早已腐朽得模糊不清，训练营那边堆叠的帐篷被埋在许多旧的工业建筑下，门口放置报名表的架子也早已生锈，被扔到一旁。

小酒馆根本就找不到了。

小酒馆的位置是一家早已关门的杂货店，歇业时间写的是三十年前。

地面上布满乱滚的碎纸屑、塑料广告牌和一些黑胶光盘的碎片。

白柳回头，发现那片土地上原本郁郁葱葱的雨林消失不见了，取而代之的是一座巨大的工厂，旁边的破败广告牌上写着"热带林木原材料生产商，全球最大的原木生产基地"，旁边是一张油画质地的、带笑的伐木工人的脸庞。

这座号称"全球最大的原木生产基地"的工厂大门紧锁着，门口挂着的牌子也显示这里早已停业了，和杂货店关门的时间是差不多的。

白柳收回目光，穿过废墟般的小镇，继续往前行走。

穿过小镇的出口，走到一片早已废弃的公墓，黑桃熟门熟路地翻过早已生锈的大门，从里面给白柳把门打开。

白柳走进了这片公墓。

这是一片极其荒败老旧的公墓，大理石纪念碑上杂草遍布，墓地非常杂乱，一眼望去像个十几年没有打理过的后花园，十字架和墓碑若隐若现地遍布在杂草里面。

但这还不是这片墓地最诡异的地方。

这片墓地最诡异的地方在于，白柳从进入公墓到走到公墓中央，仔细地注意过每一个十字架和墓碑上亡者的姓名。

所有墓碑上亡者的死亡时间、黑白照片、姓名，都被布置得完全一样。

整个公墓里所有的坟墓，都是盖伊·戴维斯的。

而且基本每一座坟墓都被掘开了，是从里面掘开的，依稀能看到被里面冲出来的尸体蛮横破坏的棺材，以及旁边从坟墓里面被推出来的泥土，堆在墓碑的两侧。

走过这片空荡荡的公墓，直抵最边缘的角落，白柳看到那里站着一个举着捧花的老奶奶。她背对着白柳，颤颤巍巍地躬下身，把一束鲜花和一件礼服放在了一块墓碑上。

“您好，”白柳声音轻柔地唤她，“请问您是？”

她转过身来，浑浊的眼睛里盈满眼泪：“我曾经是亚历克斯那小子的未婚妻。”

“不过那已经是五六十年前的事情了。”她摆摆手，扫了扫墓碑上的灰尘，撑着腰叹息一声，坐下了，她自言自语，“现在不过就是一个给他打扫墓碑的老太婆罢了。”

白柳半蹲下来，平视这位老妇人的眼睛：“您怎么称呼？”

“伊莲娜，叫我伊莲娜就可以了。”老妇人回望白柳，“小伙子，你又是谁？”

白柳平静地说：“您可能不相信，我是亚历克斯的战友。”

“战友？”老妇人果然嗤笑了一声，“年轻人，我看你比我还糊涂，那场战争已经结束五十多年了，想做成为战争英雄的美梦也该换个近一点的背景吧？”

298

白柳轻声重复：“战争结束五十多年了？”

伊莲娜低头，堆满皱纹的眼皮耷拉下来。她望向白柳：“或许更久，我已经老得快要记不清这些日期了。”

“只记得很久很久以前，亚历克斯还活着的时候，他和那个叫盖伊的家伙给我写了很多很多信。”伊莲娜从脏兮兮的围裙里抽出一沓陈旧的信件，“每到来扫墓的时候，我就在他们的墓前念一念当初他们给我寄的信，免得自己忘了个干净。”

伊莲娜倦怠地叹息：“要知道这些事情现在只有我这个老太婆记得了，我要是也忘了，他们的痕迹就真的都不存在了。”

白柳看着那沓信件，礼貌地提出请求：“我能看看吗？”

伊莲娜诧异地看了白柳一眼：“你感兴趣？已经没有年轻人想听这些旧事了。”

白柳微笑：“我是亚历克斯和盖伊的战友，我有义务帮忙记住他们。”

伊莲娜静静地凝视了白柳很长一段时间，突然笑了起来：“小伙子，就算你是个满口谎话的骗子，你也的确用你的谎话讨得我的欢心了。”

她和蔼地把那沓信件递给白柳，眼中隐隐有泪：“欢迎你和我一起铭记这两个人。”

白柳举了举信件：“或许您不介意我当面拆开并阅读？”

伊莲娜笑起来，颤颤巍巍地摆摆手：“当然不介意，信上的内容我都倒背如流了。”

白柳低头先按照时间顺序把信件排列好，然后一封一封地拆开。伊莲娜絮絮叨叨地说着话：

“你知道吗，年轻人，人到了很老的时候如果过得不好，孤身一人，就会一遍一遍回忆自己的过去，想自己到底做错了什么才会沦落到如此下场……”

伊莲娜苍老的声音顿了一下：“你知道在这个过程中最可怕的是什么吗？”

白柳抬眸看向她：“是什么？”

伊莲娜勉强地挤出一个笑，眼泪却从眼角流下来：“是你的确做错了很多事情。”

白柳垂下眼帘，看向手上的第一封信——是伊莲娜寄给亚历克斯的。

致我亲爱的未婚夫：

你那无耻的战友曾于两日前寄信于我，请求我原谅他卑劣的行为。

亚历克斯，作为一个研究人类生命机制的医生——整个地球上最伟大的职业，你为什么会允许自己和这样一个可笑的神经病厮混在一起，浪费救人的时间？

你和他待在一起的时候，不会觉得自己的未来和理想都被玷污了吗？

至少我拿到他寄过来的那封信的时候，感觉自己的尊严被玷污了。

白柳展开下一封信，寄信人写的是亚历克斯。

给伊莲娜：

第一，容许我恶狠狠地驳斥你对我的称呼，我从未见过你，也从来没有允许你擅作主张成为我的未婚妻，你之前那封信开头对我的称呼就完全是错误的。

第二，我不知道你对我莫名其妙的爱慕从何而来，是源自我父母对我不切实际的期望和描述，还是源自那个狭隘的小镇里对唯一一个有高等学历的青年的追求，抑或是源自对自己的美貌沾沾自喜和自得，觉得小镇里最美丽的姑娘就能赢得最优秀的年轻人这种可笑的想法。

容许我郑重地向你解释，伊莲娜，我不是个你可以赢得的用来标榜自身价值的物件，我是个有感情的人。

伊莲娜，你也是个独立的人，你的价值并不需要通过得到我来标榜，你可以去做更有价值的事情来证明这点。

我和盖伊有两个去高等大学进修的名额，我的要自己用掉，盖伊说你还是个不懂事的小姑娘，比起不知道还能不能活着回来的他更有资格去享受人世间的美好和知识。

如果你有去高等大学进修的想法，盖伊说可以把他的名额让给你。

虽然你对盖伊说了种种让我说出来都觉得过分的话，但盖伊原谅了你，并且高尚地表示可以将自己去进修的名额让给你。

虽然我对此表示了强烈反对，但是盖伊十分坚持。

盖伊说他能看得出来你是个有追求的小姑娘。

他说你喜欢我是因为我是个医生，你觉得我治病救人很伟大，所以把一种少女的思慕投射到了我的身上。

盖伊让我转告你一句话：如果喜欢救人，为什么不自己来试试呢？

我对我的父母向你做出的那些盲目的保证感到抱歉，但如果你再写出任何不当的措辞，我依旧会严厉地斥责你。

白柳接着看信，下一封又是伊莲娜写的，但这次不是寄给亚历克斯的，而是寄给盖伊的。

致盖伊：

我对那些不当的、带有个人感情色彩的侮辱性措辞向你道歉。

我把我从十一岁到现在三年内做工攒下来的所有钱都放在这个信封里了，作为对我个人口不择言的补偿。

你给的进修名额我不会要的，我依旧觉得你是在浪费亚历克斯的时间，他能拥有更多成就。他发明出了一种能延缓人类死亡的药剂，这能救下多少在战争中死去的人？

镇里所有的人都说亚历克斯能成为下一个战争英雄！

我依旧希望你能远离他，让他专心忙于事业。

下一封是盖伊给伊莲娜的。

给可爱的小姑娘伊莲娜：

嘿，小姑娘，你猜怎么着？我觉得你说的是对的。

亚历克斯的确会有相当光明的前途，他是个很有天赋的家伙，药剂的实验进程推进得很快，上级已经批准他在伤兵身上做实验了，效果显著。

伊莲娜，我看过你的照片，你很漂亮，但你太小了，才十四岁，还分不清爱情和向往的区别。

我得承认亚历克斯是个好小伙子，但等到你能和他谈论爱情的时候，至少得四年后了——相信我，以你的美貌、决心和毅力，那个时候你多半已经遇到另一个让你更心动的好小伙子了。

战争结束后，在和平年代享受一段慢节奏的浪漫爱情才是你和亚历克斯该得到的东西，而不是在小镇居民对战争有狂热情绪的时候，在亚历克斯父母的扶持下，急匆匆地牺牲自己的青春，嫁给一个他们臆想出来的战争英雄。

无论对你还是亚历克斯，这样都不公平。

我希望你们幸福，因为你们应该得到幸福，我也希望我能幸福。

不过遗憾的是，我想要的幸福没有神愿意祝福。

嘿，亚历克斯和我说你做礼服是一把好手，能给我做一件吗？

最后一封伊莲娜写给盖伊的信字迹十分凌乱，上面还有很多泪滴晕开的痕迹，十四岁的伊莲娜好像是一边号啕大哭一边写信的。

但她在信中的口吻却是和她写信时的状态截然不同的冷酷。

给盖伊：

我不知道你从哪里听来那些我是被逼才想嫁给亚历克斯的谣言的，没有这回事，我是自愿的。

礼服我不会做的，你死心吧！

白柳看向伊莲娜放在盖伊墓碑上的礼服，挑眉询问：“我能知道，为什么最后您又做了礼服给盖伊呢？”

伊莲娜面带怀念之色地笑了笑，但她的笑里好像藏着很多无法言说的悲伤，嘴角止不住地向下：

“那个时候我太年轻了，什么都不懂，镇里说要选出一个漂亮的女孩子嫁给镇里的战争英雄，赢得这个机会的人可以拿到亚历克斯父母给的一笔钱，我的父母就让我去了。”

“我是所有女孩里最漂亮的，”伊莲娜的眼神越发悠远，“很轻松就被选上了。

那个时候我还很小，法律都不允许我嫁人，所以亚历克斯的父母说让我等着亚历克斯回来，在他回来之前不允许我跟任何人接触和恋爱。”

“那时候我生活的全部就是想要嫁给亚历克斯这个英雄，听说他可能回不来，我完全慌了，我恨死盖伊了。”伊莲娜眼眶泛红，语调带着恨意，“盖伊是个油嘴滑舌的家伙，又喜欢写信逗我，我简直不明白一个忙着打仗的人怎么能这么有闲心，每天还笑嘻嘻的。

“盖伊和我遇到的所有男人都不一样，他尊重我，鼓励我，说我迟早有一天会做出不逊于亚历克斯的成绩，甚至帮我办理了入学手续，让我到时候直接去读书。”

伊莲娜的泪水从皱纹间溢出来：“在我哭着给盖伊写这封信的当晚，我连夜偷偷赶制了一件礼服，冲去邮局寄给他。”

她说着，怔怔地转过头来看向白柳：“但我到邮局的时候，邮差通知我有一封新的信到了，让我去拿。我打开，还是盖伊的信。”

伊莲娜泪如雨下：“——是盖伊的讣告和一封遗书。

“盖伊在凌晨的偷袭行动中因为反叛被当场击毙，他早就知道会发生这一切，提前给我留了遗书，让我好好照顾自己，帮他照顾好亚历克斯。”

“我想把礼服给他，想对他道歉和道谢……”伊莲娜哽咽着，嘴皮颤抖地说道，“全部都没来得及。”

299

“我趴在那件过大的礼服上，在邮局门口哭得晕了过去。”伊莲娜抬起头，眼神飘向很远的地方，“当我醒来，我以为这已经是战争能给我带来的最黑暗的时刻了。

“但后来的一切告诉我，还远不止于此。”

伊莲娜抬手，用手掌擦了一下眼泪，深吸一口气，继续说下去：“后来，我和亚历克斯有一段时间没有联系，直到我听到有人说那场战争的指挥员调遣了很多坦克和大炮过去，从我们镇运往前线。

“我意识到有一场大战将要开始，于是我又写信给亚历克斯，想要确定他的安危，并试图劝说他不要去参加这场危险的大战。”

伊莲娜用发皱的手捂住自己的脸，嗓音嘶哑：

“我等了很久，日日夜夜焦灼地守在邮局旁，却没有收到亚历克斯的回信，直到大战的前一天。

“那是一封……一封……”

她呼吸急促，声音断断续续，像是无法说出信的类型。

白柳一边听着伊莲娜的话，一边继续翻找信件，他再一次看到了亚历克斯寄给伊莲娜的信。

这是一封很长很长的信，一封安排了后事的家信，一封孤注一掷的遗书。

给伊莲娜：

我本来不应该给你写这封信，但我想了又想，似乎除了你，我也没有别的可以安心交代后事的人了。

说来奇妙，伊莲娜，小姑娘，我和你从未见过，但你却和我有名义上的未婚夫妻关系，一同经历了我最好的朋友的死亡，陪我的父母度过了最艰难的岁月。

如果不出意外，接下来你还要见证我的死亡。

你经历了我人生里所有的大事，但我却还没有亲眼见过你，并且一直排斥你的存在，到头来却还要把我最重要的事在死前说给你这个最熟悉的陌生人听，我实在是自私又自利。

但没有办法，你是我唯一一个可以嘱托遗愿却不会感到愧疚的人了吧。

我知道我的死不会让你太难过，只会让你完全从这一段本就不应该存在的婚姻关系里解脱。

只有在你这里我才能意识到，原来我的死亡对于某个人来说或许还是一件好事，我走得也会更加从容和得意一些。

接下来我将向你忏悔我一生中犯过的所有错误。

我终生都在尝试救下我周围的每一个人，但到头来谁都没有被我救下来。

我发明了可以延缓死亡的药剂，但每个人在奔赴死亡的时候都没有提前和我打过招呼，对我说："嘿，亚历克斯，我要去死了，记得延缓我的死亡。"

我只能手足无措地捂住他们溢出血的伤口，崩溃地号哭，请求他们为我停留哪怕一秒，最终无力地将他们的尸体背回去，呆滞地坐到天明，迎接下一轮死亡。

名为普鲁托的如死神般的湖泊一定觉得我试图阻止死神降临人间的样子滑稽又好笑。

我不断地、发了疯地尝试改良我的药剂，但无论怎么延缓他们死亡的速度，死神最终还是会降临，我所做的一切不过是让他们在死前痛苦得更久一点而已。

他们痛到极致、绝望到极致的时候，会悄悄地、流着泪请求我让他们轻松地死去。

因为他们就算活下来，也很有可能会死在下一轮的攻防战里。

有时候我问自己，我自私地想要留下这群人继续在这场战乱里被折磨，是不是一件比放任他们死去还要残忍的事情？

我是不是错了？

伊莲娜，我一直不想回你的信，是因为我无法面对你信里那个无处不在的名字——盖伊。

盖伊没有死在战场上，我谎报了他的死亡情况，利用清扫兵的身份偷偷地把他的“尸体”运送到了我的药剂实验室。

我倾尽一切去拯救他，他奇迹般地苏醒了，我发誓我在看到他睁开眼睛的时候，有一瞬间想感谢一切。

无论是哪一个神，感谢它把盖伊送回我身边。

我向你坦白，我的药剂原本没有这么强烈的功效，但我在这个地方做实验受限，无法得到像是大学校园里那么充足的实验补给，只能利用当地产的一些实验药剂作为材料。

大部分的实验药剂都很劣质，导致实验失败，但有一种奇特的东西发挥了神奇的功效——那就是一种诡异的涂料。

这种涂料是这里的土著人用来涂抹在神像上的，是可燃烧的类油状的质地。在我缺乏油性溶剂的时候，我的上级从一个被俘获的土著人身上搜出来了半罐子这种红色涂料，当作替补的油性溶剂送到了我的实验室里。

虽然这东西看起来黏稠又诡异，像是融合了油之后的人血，但我并没有更多选择。

但添加了这种涂料的药剂产生了不可思议的变化——它让进入我实验室的心脏已经停止跳动半分钟的盖伊，又活了过来。

我简直无法相信我看到的，甚至觉得是因为自己想要盖伊复活的欲望太过强烈而产生了自欺欺人的幻觉。

但盖伊的确一天天地在好转，或者说，用“好转”描述他康复的整个过程并不确切，结合临床和显微镜观察，我可以说出一个你一定会觉得我疯了的结论。

——盖伊身上的时间在倒转。

他脱落的皮肤重新黏合，破碎的骨头再次愈合，就连死后生长的指甲和头发都缩了回去。

这根本不是人类能办到的事情，这是神的范畴了，就连上帝都没有这样的能力。

我从抵达这里，知晓这些愚昧又丑陋的土著人发起战争的理由竟然是遵从所谓的神谕那一刻起，就对这些深恶痛绝。

并且一直以来，我都以为这种信仰是这些土著人捏造出来用来解释自己理解不了的事物，用来寄托排遣不出的愤怒的一个象征物，是一个虚幻的、邪恶的意象。

但在盖伊重新坐起来，睁开眼睛，微笑着迷茫地问“我怎么在你的实验室”的时候，我闭上了眼睛，紧紧地拥抱了他。

如果这是信仰的力量，那我可以理解那些土著人为什么会因为信仰而疯狂。

醒来的盖伊忘记了过去那七天发生过的一切——偷袭无辜的村庄，杀死中立区的孩子和妇女，叛变之后又被当众击毙。

一切的一切，他什么都不记得了。

我小心翼翼地把他藏在实验室里，几乎是焦虑地等待大战的来临。但在大战来临之前，盖伊还是从前来打扫实验室的一个新兵那里套到了他想要的信息。

他知道了这七天发生了什么，也知道指挥员要召集足够的炮火，发起最终的大战——轰掉所有土著人的栖息地和里面的土著人，以及周边所有土著人有可能逃窜而去的中立地带。

尽管这些中立地带从头到尾都没有参与战争，住着的也大部分是妇女和儿童，但指挥员觉得要对这种有着卑劣信仰的土著人赶尽杀绝，不应该留给他们任何繁殖下去、和我们共享资源的机会。

你可以预想到盖伊会做什么事。

盖伊义无反顾地去暗杀了指挥员，失败之后，被上百杆枪轰成了一块布满窟窿的枪击板，又被一把喷火枪烧成了灰烬。

我赶到现场的时候，已经什么都没有留下了。

我和站岗的士兵说我替他值班，才顺理成章地一个人在盖伊被烧死留下黑色痕迹的地方站了一夜，在黑夜里让泪水麻木地滑落。

伊莲娜，你知道我在那天晚上看到了什么吗？

我看到小孩腰部那么粗壮的大炮被不断地运到这里来，冷冰冰的坦克，蓄势待发的士兵和人群里一双双冒着血色的愤怒、害怕或是贪婪的眼睛。

在那一瞬间，我意识到无论我发明出多厉害的药剂，还是无法在这场战争里挽救任何人。

想要杀人的人还是会杀人，不想杀人的人则会因为不愿意杀人，想要痛苦地为了逃避战争而死去。

这两种人之间，仿佛存在着一条天然的食物链，永不停歇地运转着。

就连起死回生、逆转时间这样的能力，在这场战争里似乎也改变不了结局。

于是我填了报名突击队的表格，我要进入雨林深处去见见那赐予我实现欲望的能力的信仰之力。

——问问它到底要怎么样，才能在这场战争里给所有人一个存活下来的结局。

为此，我愿意付出一切。

伊莲娜，如果在这场大战后，我没有回来，请原谅我自私地将我的父母托付给你，请你照顾他们到你成年为止，然后就去追寻你自己的生活吧。

——亚历克斯

“这就是我收到的最后一封来自亚历克斯的信，”伊莲娜神情恍惚地低声说，“第二天，大战就爆发了。

“我到现在都无法忘记那场大战，炮火轰得连我住的小镇地面都在震，墙面上唰唰地掉灰，盘子和酒杯碎了一地。窗外飞机到处盘旋，大家吓得在家里抱作一团，我躲在床底下，能看到火光在远处不断地闪烁。”

伊琳娜安静了几秒：“炮火一直持续了三天，第三天傍晚，士兵驻扎的小镇储存炸药的地方被土著人偷袭了，那些土著人把一种神奇的红色涂料抹在炸药上，最终引发了一场特别大的爆炸。”

“爆炸平息后，被炸穿了的小镇和雨林一直都没有任何动静，直到半个月后才有人来接管。”伊莲娜看向白柳，“你说你是亚历克斯的战友，这是不可能的事情。

“因为那场战争根本没有生还者。”

300

伊莲娜闭上了眼睛，声音哑得不像话：

“我等了四年，一直等到我成年，每天都想要从报纸和广播的那些报道里，得到关于盖伊和亚历克斯遗体的消息，但直到所有我能接触到的渠道都不再播报关于这场战争的消息了，我还是没有等到。

“……我放弃了继续等下去。”

伊莲娜的胸膛轻微起伏了一下：“成年后，我离开了小镇，去上学、工作、生活，但这个地方依旧让我魂牵梦萦。过了三十岁之后，我拿着攒下来的钱又来到了这个发生过战争的小镇。

“那时候这里很繁荣，大战造成的损毁被修复得七七八八，还有人靠着雨林丰富的木材资源建了一座大厂，吸引了很多来做工的人，但这种繁荣并不持久。”

伊莲娜回首望向废弃的小镇的方向：“大厂里的工人和机床夜以继日地工作着，向全世界输送这里的木材，很快这里的木材就被开采完了。失去了大量的树木，原本降雨量很大的雨林渐渐地沙化，变成荒漠。”

“……后来，这里的人就又都离开了，只剩下我这个老太婆还在这里守墓。”伊莲娜拍了拍她坐着的墓碑，恍然道，“哦，对了，我是不是忘了和你说这片公墓的事情？”

她揉了揉太阳穴，叹息道：“人老了说事情就是颠三倒四的。这片公墓战时是埋葬死去的士兵的集体公墓，战后这里就被一个老板收购了，变成了一片对外出售的商业性公墓。

“但大部分埋葬在这里的都是战时的无名尸体，政府不允许挪走，也就一直埋在这里。有名有姓的尸体都被自己的家人领走了。

“我来到这里的时候，找到这片公墓的老板，说我愿意自己出钱在这座墓园里给亚历克斯和盖伊修两座空墓，墓里没有尸体，只有他们生前寄给我的一些东西。”

伊莲娜说到这里的时候，眼神变得空茫：“但他很快给了我回复，说我可以在这座墓园里给亚历克斯修空墓，但盖伊·戴维斯不行。

“我问他为什么，他说因为盖伊·戴维斯有叛军记录，按照规定，在国内任何一座墓园，他都是没有下葬资格的。”

伊莲娜的声音突兀地歇斯底里起来：“我对这个没良心的商人嘶吼，我说盖伊·戴维斯已经死了！死了十几年了！死亡之后就连上帝都能宽恕他的罪行！轮不到你去审判他！

“你的墓园就连一只有土著血统的耗子都能购买坟墓，一个正直又善良的人，为什么不能下葬？！”

伊莲娜扶着墓碑，眼神恨恨的。她呛咳了一声，呼哧呼哧地喘气：

“我那个时候年轻气盛，不甘心，几乎是倾家荡产，变卖了自己所有的衣服和首饰，要从这个公墓贩子手里买到盖伊的坟墓……”

伊莲娜得意地笑了起来，眼角却有泪水滑落：

“我还是成功了，这个公墓贩子答应违反规定把坟墓卖给我。你瞧，只需要有足够的金钱，连人死亡都不肯放弃追究的罪责，也可以被人轻易抹除。

“在那个公墓贩子离开这里之后，这座墓园就荒败了，我报复性地把这里所有的墓碑都改成了盖伊的名字，那一瞬间真是有种恶作剧般的畅快。”

说到这里，伊莲娜静了静。

“……亚历克斯的坟墓里我放了从他家里拿走的一些东西，盖伊……盖伊的坟墓里……”伊莲娜忍不住深吸一口气，“因为我实在找不到任何和他有关的东西了，就把自己给他做的那件旧礼服放了进去。”

白柳平静地望着伊莲娜：“后来，你发现这件礼服不见了，是吗？”

伊莲娜直勾勾地望着白柳的眼睛：“是的，我这么多年没有一日不被愧疚折磨着，我在盖伊的坟墓里放了我后来写给他的那封同意他的一切请求的信和礼服。”

“但有一天坟墓被刨开了，里面的礼服和信也不见了，还放着一封来自盖伊的回信，那的确是他的字迹，上面的墨迹都没干，还是新鲜的。”伊莲娜的呼吸急促起来，“我怀疑，怀疑……”

白柳轻声问：“你怀疑他们没死，还活着，只是不愿意来见你。”

伊莲娜沉默了很久很久，轻声说道：“……是的。

“我开始试探，我发现我把礼服和信件放在坟墓里的时候，有时候第二天它们就会消失不见，有时候要隔很久才消失不见，还会出现一些新的信件，信里都是五十年前的事。”

伊莲娜呼出一口气：“拿走这两件代表忏悔的东西，可能是他们唯一愿意来见我的理由吧。我开始不断地按照来信的内容给他们写信，给他们做礼服，希望他们愿意留下来看我一眼。

“……希望能亲口跟盖伊和亚历克斯说一句‘对不起，愿上帝保佑你们永远幸福’。”

愿上帝保佑你们永远幸福——这句话白柳在盖伊的礼服上见到过。

伊莲娜耷拉着眼皮，呼吸有些不畅地说：“……我等啊等，等了不知道多少年，做了不知道多少件礼服，写了多少封信，等到所有人都离开了这里，还是没有等到他们来见我。”

“有时候，我会怀疑自己已经老得发疯了。”伊莲娜笑起来，眼里全是沧桑，“我会时不时看到穿着礼服的盖伊出现在这座墓园里，脸上还带着我奢求他能拥有的、幸福美好的微笑。

“但等我靠近的时候，我发现他只是一具被缝合好的尸体而已。”

她用浑浊的眼眸望着白柳："你如果真的是亚历克斯和盖伊的战友，请你告诉他们，我并不奢望他们原谅我当初卑劣的行为，我只是希望能见到他们，就算不原谅我也可以。"

伊莲娜慢慢地流下一滴泪："……我只是想看到他们都能够幸福。

"而不是因为我，我这个亚历克斯的未婚妻，到死为止都没有办法得偿所愿。"

"我会转告他们的，"白柳站了起来，温柔地笑笑，"您做的礼服非常漂亮，很适合盖伊。"

伊莲娜一愣，抬起头来。

白柳神色柔和地说："我见过盖伊穿这件衣服，盖伊很喜欢。那时候他非常幸福，他说'幸福到下一秒要为之死去，也是心甘情愿的'。"

伊莲娜张了张嘴，脸上的神色空茫。她怀疑地望着白柳，勉强地挤出了一个笑："嘿，年轻人，有些讨人欢心的谎话说一遍就够了，说多了……"

白柳从口袋里扯出一条丝状白纱。

伊莲娜不可置信地停住了自己的话。

"这是您某件礼服的配饰，那时候被我的朋友不慎从盖伊的身上扯下来了。"白柳递给伊莲娜，微笑着说，"我从不为了讨人欢心说谎话，女士。"

伊莲娜怔怔地看了那条白纱很久很久，才颤抖地伸出手接过，抚摩起来："……这上面的头发，的确是盖伊的头发。这是我很久之前做的一件礼服了，这个地方的线头还没接上。"

"他们……幸福吗？"伊莲娜捧着白纱，小心翼翼地仰头问道。

白柳垂眸："他们在一个您看不见的地方，的确是过得很幸福的。"

伊莲娜把信件交给白柳之后，白柳一行人辞别了她，往回走了。

刘佳仪皱着眉不解地说："如果说这里是真实的游戏世界线，我们经历的是虚假的游戏世界线，它们和玫瑰工厂一样是里世界和表世界的关系，那盖伊应该就只有一个啊，不可能有那么多盖伊把伊莲娜做的所有礼服都给穿走了。"

"有没有可能是七天循环线？"唐二打试图提出新解释，"外面的真实世界线照常运转，里面的战争世界线七天一循环，每次循环就会有一个盖伊，盖伊死亡之后会被亚历克斯埋到公墓里。"

白柳摇摇头："不对，这个解释有一个矛盾点。"

唐二打问："什么矛盾点？"

白柳看他一眼："亚历克斯的药剂作用是将事物变回七天前的样子，并不是真正意义上的循环，他只能将已有的事物恢复到七天前。"

"也就是盖伊如果从战争世界线里跑到了真实世界线，那么战争世界线里就没有盖伊了。”刘佳仪很快反应过来，“但我们的确在战争世界线里看到了盖伊，所以这个说法是行不通的。

“而且只有盖伊存在有多个活死人的情况，战争世界线的其他人都不存在这种情况。”

刘佳仪思索着：“我觉得唐二打七天循环那个猜测的大方向没错，但盖伊这个 NPC 身上一定有什么地方不对劲，我不明白他为什么被允许从战争世界线进入到现实世界线？”

“这就要问战争世界线的缔造者——亚历克斯了。”白柳抬头看向又一次出现在他眼前的雾气。

301

借助黑桃的鞭子，白柳他们顺利穿过了雾气，没有遇到任何怪物。

但他们穿过雾气之后，眼前所见到的景象却和之前完全不一样了。原本到处都是参天大树的雨林弥漫着灰蒙蒙的雾气，大范围的树木正在燃烧，空气中到处都飘散着火焰燃烧后的灰烬，天空灰暗得只能隐约透出微光，分不清白天和黑夜。

一股浓烈的、火药爆炸后的刺鼻味道扑面而来，一张嘴瞬间能尝到炭的苦味。

唐二打被呛得咳了两声，捂住口鼻道：“在我们出去这一个多小时，战争世界发生了什么？”

“战争世界和外面的时间流速不一样，”白柳环视一圈，“这里的时间线在我们离开后快进到了大战结束。”

刘佳仪一边抬手在鼻尖前扇风，一边仰头看向白柳：“——就是伊莲娜说的那个，爆炸之后全员死亡的节点？”

“通常来说，在这种节点，一款出色的恐怖游戏会设计一些非常刺激的高潮情节。”白柳望向雾气弥漫的雨林，“比如说一场大型的追逐战。”

唐二打一怔：“怎么会有追逐战？这个节点不是所有人都死了，即将进入下一个七天轮回了吗？”

刘佳仪从腰后取出了毒药，警惕地后退了两步，眼睛微微眯起：“正是因为这些人都死了，所以在进入下一个七天轮回之前，这里是最危险的地方。”

白柳直视着好像有什么东西要冒出来的雨林：“这说明，除了我们这些玩家，这个战争副本地图里全是活死人怪物。”

唐二打也警惕了起来，抽出枪之前动作顿了一下，下意识地回头看了一眼在旁边一路不言不语的黑桃。

黑桃默默地望着唐二打，手放在腰后的鞭子把手上，手指有些蠢蠢欲动，似乎还是想阻止唐二打拔枪。

唐二打：“……”

像是察觉到身后无声的交锋，白柳回过头淡淡地扫了黑桃一眼。

黑桃莫名地僵了一下，又默不作声地把朝向唐二打的鞭子把手转了一个方向。

唐二打松了一口气，这才敢把枪抽出来，对准不停颤动，就像是马上要冒出什么东西的灰雾雨林。

但雨林只是颤动，一直都没有任何东西冒出来，只能听到树叶和树枝燃烧的噼啪声。

正当唐二打疑惑地看向白柳的时候，黑桃突然从白柳的身侧甩出一鞭，狠狠地砸进了地面里，打得地面凹陷下去，直接绽开。

沿着地面绽开的纹路有泥土向两侧飞溅，溅出来的不只是泥土，还有几根手指头。唐二打顺着黑桃砸出来的纹路向地面看去，神色一凝。

地面下的纹路里埋葬着无数被炸得四分五裂的碎尸——半颗脑袋、露出了腕骨的手、扭动的腰部，它们都用像是眼睛一样的断口对准了白柳他们。

这些根本无法被拼凑成人形的密密麻麻的肢体碎块在泥土里蠕动着，就像是嗅到了猎物的味道一般，藏在地下靠过来。

无数只被烧焦的手突兀地从白柳脚下的泥土里钻出，抓住了他的脚踝往下拽。唐二打毫不犹豫地对准肢体射击，精准无比地在手掌中心打了一个大窟窿。

但是于事无补，这些东西依旧在扭动，又掩又拽。

“攻击无效，”被抓住的白柳反而很冷静地分析，“这些碎肢已经是活死人状态了，打不死的，得找他们的弱点。”

黑桃一鞭子甩过去，圈住了这只活死人手掌，想要直接把它从白柳脚上扯下来。但他只扯了一下，便很快地停住了动作，缓缓地抬头看向白柳。

白柳平静地回望他：“扯不下来的。”

刘佳仪猛地低头看向了白柳的脚踝，蹲下来想要凑近观察，被白柳阻止了。

白柳垂眸看向脚上的几只手：“这些东西和我长在一起了，撕不下来。”

“长在一起了？！”唐二打惊愕地低头。

白柳脚踝上青黑的手指掐入皮肤，半个指节都陷了进去，与皮肤完美地黏合在了一起，就像是从白柳的脚踝上突兀生长出来的一只手。与此同时，白柳的左手手指末端半个指节也变成了青黑色。

“这怪物的攻击方式叫作‘生死融合’，只要尸块接触到玩家，就会变成玩家身体的一部分。”白柳抬起头来，“当我被一个人的身体部位的所有尸块攻击完毕，这些尸块就会完全融入我的身体，让我变成一个活死人。”

话音刚落，白柳脚上的那只手不见了，而他的整只左手都变成了青黑色，一动不动地垂落在身侧。

尸块源源不断地靠近，但都像是有目标一样越过其他人，直直地扑向白柳。

唐二打击飞几个尸块，刘佳仪用毒药画出一个圈，黑桃在这个圈里一鞭子扫出一片干净的区域，他直勾勾地望着白柳：“你做了什么，为什么这些尸块只攻击你？”

白柳耸肩：“或许是因为我是这里综合面板等级最低的玩家，它们看我好欺负？”

黑桃几乎是不假思索地反驳：“你说谎。”

“暂时先别管白柳做了什么了！”刘佳仪打断黑桃的质问，“这些东西打不死，一直耗在这里我们都会被完全尸化的，不要让白柳的脚沾地，背上白柳先走！”

刘佳仪的话音刚落，站在白柳左右两边的唐二打和黑桃几乎是同时出手去抢站在中间的白柳。

他们两个都比白柳高出足足一头，一左一右抓住白柳的肩膀同时往上提的结果只有一个——

白柳两脚离地，像个小学生一样被提得悬空起来，双脚还在空中左右摆动了两下。

黑桃：“你好矮哦，白柳。”

刘佳仪：“！”

唐二打：“！”

完了，白柳绝对会生气！

白柳缓缓地抬起头来对着黑桃微笑：“是吗？”

逃跑的路上，唐二打低着头捂住嘴，根本不敢抬头看，他到处张望，清扫地面上靠近他们的尸块。刘佳仪深呼吸，控制住上翘的嘴角，敬业地别过脸用毒药驱散后面跟过来的尸块。

刘佳仪靠近唐二打，小声问：“你拍照了吗？”

唐二打为难道：“不太好吧……”

刘佳仪翻了个白眼：“你不觉得很好笑吗？”

唐二打竭力维持严肃：“还好，我是受过严格训练的，不会轻易嘲笑自己队伍的战术师……”

而黑桃一马当先地用鞭子砸开地面，清扫前面的尸块。

白柳两腿跨开，骑在黑桃的肩膀上，而黑桃驮着白柳摇摇晃晃地往前走。

“我现在还很矮吗？”白柳慢悠悠地问黑桃。

黑桃顿了顿：“不，你很高。”

——通过骑在别人肩膀上来让自己增高，这实在是太幼稚了，尤其这还是喜怒不形于色的白柳做出来的事情。

这实在是太好笑了！

后面的唐二打终于忍不住笑了出来。

刘佳仪无语道：“除非实在忍不住是吧？”

前面的黑桃飞快地清扫靠近的尸块，隔了好一会儿才开口问白柳：“你因为自己不高，生气了吗？”

白柳静了一秒，不冷不热道：“没有，我不会计较这种小事。”

黑桃深吸一口气，甩出鞭子缠上旁边一棵大树的树干，猛地往上一拉，他人连带身上的白柳都被鞭子拉得向上了。

他轻巧地在树干上踩了一脚，借力之后又甩出鞭子缠上另一棵更高的树的树干，同时目光清明地打掉了好几个从摇动的树干上落下来的尸块。

几个来回之后，黑桃行云流水地跳到了一棵雨林里最高的树的顶部，足以俯瞰整片雨林。

白柳晃了晃，才稳住坐在黑桃身上的姿势。

黑桃的胸膛微微起伏，语气很认真：“现在你是这个世界里最高的人了。”

白柳神色微动，刚要开口，就听见黑桃继续平淡地说道：“我们可以用这种外在的东西来弥补自己先天的不足，白柳，不要为自己生理上的不足生自己的气了。”

“你矮成这样也不是你的错。”黑桃一字一句地说。

白柳：“……”

白柳缓缓地吐出一口长气，小声地快速说了几句话。

黑桃听得似懂非懂：“白柳，你在说什么？”

白柳淡淡道：“在念一首流传至今的古老的打油诗。”

黑桃：“是什么打油诗？”

白柳微笑：“《莫生气》。”

黑桃缓缓地问：“为什么要念这个？”

“因为可以恢复我因情绪起伏而下降的精神值。”白柳说。

黑桃点点头。

他懂了，这是一首精神漂白诗，以后有机会他也学学。

但当务之急是另外的事情。

黑桃把白柳扛到这里，一方面是为了抚慰白柳因为过矮的身高给自己带来的情绪伤害，另一方面就是为了看看整个雨林地图到底发生了什么改变。

原本浓绿的雨林变得一片灰黑，地面上到处都是巨大的弹坑，地面不断被拱出裂隙，裂隙里不断有碎肢爬出来，向白柳所在的大树靠近，从俯瞰的视角看过去，密密麻麻又黑漆漆的，就像是一堆寻找巢穴和食物的蚂蚁。

越是靠近小镇这个爆炸源头，白柳所见到的肢体就越碎，而越是靠近湖泊，他所见到的尸体就越完整。

而这些完整的尸体聚拢在湖泊对面的一个地方，似乎正围着什么东西在欢呼跳跃，四肢和头颅像是下一秒就要被甩下来一样癫狂地摇摆着。

白柳眯了眯眼，从仓库里找出一架望远镜，举起来看过去，调整焦距，终于看清楚了被这群尸体围绕在中间的东西是什么——

一座被拼凑起来的雕塑、五根木桩和五个被捆在木桩上的人。

这五个被捆在木桩上的人下面堆起来一堆黑乎乎的东西，看起来像是柴火，但白柳仔细地看了一会儿，发现这堆黑乎乎的东西在动。

白柳定睛看了一会儿，终于确定了这堆东西根本不是柴火，而是被炸得跟柴火一样干枯的碎手臂和小腿。

这些木炭一样漆黑干枯的四肢像木材一样被堆在五根木桩下，每根木桩旁边放了一桶红色涂料，围绕着五根木桩还放了六个“柴火”堆——碎肢堆。

这些碎肢正在不断地挪动、挣扎，试图爬到木桩上的人身上去，却被那些正在跳舞的尸体一次又一次地踩了下去，每踩一次，就有人往这些柴火般的碎肢上倾倒红色涂料。

——这明显是一场正在举行的、诡异的典礼。

白柳进一步调整焦距，试图看清被捆在木桩上用来祭祀的五个人到底是谁，然后他微妙地挑了一下眉。

“黑桃，我看到你的四个队友被怪物给捆了。”

黑桃没什么反应，点点头表示知道了，然后问道：“我看到了五根木桩，还有一个被绑的人是谁？”

“是一个我们根本想不到的人，”白柳微笑起来，“亚历克斯。”

302

黑桃背着白柳，一路沿着尸块较少的树枝跳跃前进，动作幅度很大，白柳骑在他身上摇摇晃晃的。黑桃为了稳住白柳，手一开始握着白柳的小腿，后来向上挪到大腿，再后来……

中途白柳不动声色地把两条腿放了下来，从骑在黑桃身上变成了贴在黑桃背上，把即将上移到他屁股的手放到了黑桃身侧：“我能抱稳，你不用腾出手来固定我。”

黑桃毫无所觉地“哦”了一声，收回手，出鞭的架势瞬间变得冷冽起来，漆黑发亮的黑色骨鞭一甩出去，扭动的鞭子在空中宛如腾空发力的毒蛇，狠狠地甩在从树枝上跳过来的尸体上，几乎一鞭将对方打成了两半。

白柳看着从空中跌下去，躯体中间凹陷的怪物尸体：“你是故意留力，不把对方打成两半的？”

“嗯。”黑桃应了一声。

他头也不回地向后一甩鞭，又用几乎一样的力度，只是将一具尸体中间打得凹陷下去，行动困难，但并没有损害这具尸体的整体结构。

黑桃抽空简单回了白柳一句：“这些东西打不死，打碎了数量增多不是好事。”

白柳突然提起了点兴趣，问他：“你之前玩游戏可莽撞了，对着怪物就是一顿乱杀，根本不在乎怪物的数量、质量之类的，怎么玩这个游戏倒是小心对待起这些怪物来了？”

“因为这些怪物并不是冲着我来的，”黑桃淡淡地回头看了白柳一眼，“它们是冲着你来的。”

黑桃的话没有说全，但白柳已然明白这人的言下之意。

白柳一静。

黑桃话音刚落，白柳身后就飞扑过来一块内脏裸露的腹部，被黑桃毫不留情地一鞭给击飞了。

就连击飞这么一块腐朽敞开的腹部，黑桃对于力度的控制也做到了没让一个器官掉出来，保证了这个怪物的数量不增多。

白柳只静了片刻，就仿佛无事发生般岔开了话题：“你不问我为什么逆神他们会被绑吗？这件事发生在你的队友身上，凭他们的实力，这可是件怪事。”

“哦，”黑桃仿佛刚刚想起来有这么一件事情般点点头，不怎么走心地顺着白柳的话继续说下去，“他们被绑了，但这和我有什么关系？”

白柳：“……”

白柳缓缓地说：“你们是要参加联赛的队友，出于各方面的考虑，你在这个时候应该对你队友的安危表现出一种适度的关心。”

黑桃领悟得很快，马上说：“我现在就关心一下他们。”

他从腰侧掏出了一只金色的铃铛，有半个手掌大，见白柳探究地望过去，黑桃解释道：“这是一个古代游戏副本里的奖励道具，叫双生铃铛，一只振动，另外一只也会振动。

“逆神刷了三次副本，一共得到六只铃铛，全绑定了振动关系，一只振动，另外五只也全都会振动。在一些无法用现代仪器沟通的古代副本，或者近现代副本里，逆神就要求我们用铃铛来沟通。”

黑桃说：“逆神还专门为这六只铃铛制定了一套振动频率密码，不同的振幅代表不同的意思。”

白柳饶有兴趣地评价：“这倒是个不错的交流道具。”

黑桃二话不说就从系统面板里面拿出了一只铃铛递给白柳：“我有两只，给你一只。”

白柳似笑非笑地扫了一眼那只铃铛，也没接：“你们的队内交流道具，你就这么简单地交给我了？”

黑桃望着白柳，语气非常理所当然：“你也给了我你们的队内交流道具，我为什么不能给你？”

白柳微妙地沉默了一下——他其实是卖给黑桃的，卖了 10000 积分。

黑桃直接把铃铛向后一抛，抛到了白柳的怀里，然后一只手提着鞭子，另一只手拿着铃铛飞快地摇动了起来。

白柳怀里和远处都同时传来铃铛响动的声音，惊动了林间不少尸块，它们纷纷朝着铃铛响动的地方靠过来。

黑桃摇动得猛烈又用力，白柳看了一会儿看不出什么章法，黑桃摇动的规律和白柳已知的任何一种密码都对不上，他不得不开口问道：“你是在用逆神制定的那套铃铛密码和他们说什么吗？”

黑桃说：“我不记得逆神制定的铃铛密码。”

白柳顿了一下，眼神移到黑桃还在飞快摇动的铃铛上：“那你这是在干吗？”

黑桃回答得十分坦荡：“你不是让我关心他们一下吗？我就是关心他们一下啊。”

白柳：“……”

他的视线下移到铃铛上，又远远地看向被绑在木桩上，因为铃铛的异常响动吸引了大批尸块靠近而发出惨叫的杀手序列的队员们。

白柳默默地收回了视线，看向终于停止摇铃铛的黑桃。

黑桃转头看了他一眼：“还需要我再关心一下他们吗？”

白柳：“不用了。”

他终于明白为什么逆神的审判者愿意给他五百万积分让他帮忙教育黑桃了。

湖泊对面。

柏溢看着不断向他靠过来的尸块，叫得像是被四个屠夫拉住手脚要砍头的尖叫鸡：“到底是谁在摇铃铛？！”

柏嘉木崩溃地打断了柏溢的惨叫：“你能停下来吗？你和铃铛的声音混在一

起，都快把我震出脑震荡了！”

“我和铃铛只能有一个东西的声音停下来！”柏溢一边踹从下面爬上来的尸块，一边扯着嗓子吼，“战术师，我们当中到底是谁在摇铃铛啊？快停下！”

被捆在木桩上的逆神的审判者深深地叹了一口气：“是这样的，柏溢，我们四个人的双手都被捆得很紧，按理说，我们是没有摇铃铛的能力的，所以摇铃铛的人应该不在这里。”

柏溢瞬间了悟，凄凉地哽咽了一声：“是不是我们的第六只铃铛失窃了？我当初就说过铃铛有五只就好，多一只就该毁掉，而不是保存起来。这第六只铃铛要是落到别人手上就是天大的隐患，但逆神非要留下这一只，说这只铃铛自有归属。看，现在就出事了吧……”

柏嘉木翻了个白眼，打断了柏溢的碎碎念：“不是第六只铃铛，是黑桃在摇铃铛。”

柏溢瞬间收敛凄惨的表情，严肃地反驳道：“不可能，黑桃拿到铃铛后我从来没见他摇过，他不会摇铃铛的。”

“从来不会不代表现在不会啊，”柏嘉木无语地回了一句，“这个副本又不好通关，黑桃要是自己通关不了联系我们……”

柏嘉木说到这里，在柏溢微妙的“你觉得这种事情有可能发生吗”的眼神中停住了。

“我有一次见到黑桃在踩这只铃铛，用鞭子抽这只铃铛，想把这只铃铛搞碎。”柏溢回忆着，“我当时十分震惊，上前制止了他，问他为什么要这么做？”

逆神的审判者也十分震惊：“这是我辛辛苦苦通关游戏攒下来的，用于进行队内联系的重要道具，他为什么要这么做？”

柏溢幽幽地回答道：“因为他觉得很烦，一直振，关又关不掉，就想直接弄碎。”

逆神的审判者脸都要裂开了：“那是因为他根本不回我们消息好吗？！那都是大家在激烈地交流游戏信息！”

柏溢咂巴咂巴嘴：“其实吧，黑桃讨厌这只铃铛，我也不是不能理解，就像是在工作群里有很多人在聊天，你不能退群，也不能屏蔽领导的消息，手机就一直振动。

“但黑桃呢，玩游戏又正玩得开心，不想受到干扰……”

逆神的审判者目光凝滞，就像给自己叛逆期的儿子买了他不喜欢的玩具之后备受打击的老父亲：“……所以他就想把我给他的铃铛砸了？”

柏溢狠狠踩了下面的尸块几脚，同情地看了逆神的审判者两眼，决定跳过这个话题：“所以我觉得不是黑桃在摇，估计他这个游戏里根本没把铃铛拿出来。”

逆神的审判者摇摇头："不，肯定是黑桃在摇。"

柏溢疑惑地问："不是吧，我们第六只铃铛放在谁那儿了？有没有可能是这个人在摇？"

逆神的审判者双眼发直："一定是黑桃在摇……

"第六只铃铛原本存在仓库，但上次黑桃和我说他的铃铛坏了，不能参与队内讨论，我就在这个游戏开始前打开仓库，把第六只铃铛珍重地交给了黑桃，告诉他这是我很不容易才得到的道具，还让他好好爱惜，不要再弄坏了。没想到是他自己主动弄坏的……"

逆神的审判者说到最后神色都悲凄了起来。

柏溢："……"

柏嘉木："……"

怎么回事？怎么成了这种老实的爸爸辛辛苦苦挣钱给儿子买玩具，白眼狼儿子因为不喜欢，随便搞烂玩具然后丢掉，还要骗爸爸自己是不小心丢掉的故事。

"不过逆神，"柏嘉木转头看向旁边的逆神的审判者，"你为什么知道在那些土著活死人来抓捕我们的时候，不要攻击他们，而是束手就擒选择被他们绑走，他们短时间内就不会再融合、吞噬我们了？"

逆神的审判者平静地看着他正对着的木雕："因为旧的雕像坏了，需要一尊新的雕像来轮换，这种轮换一般也就意味着强大的旧信仰出现裂隙，要为自己物色下一任继承人，确立新信仰了。

"这种信仰轮换是需要一场大型的仪式来支撑的，在新旧两种信仰的冲突特别激烈的时候，这种轮换通常也伴随着大规模的战争。"

逆神的审判者垂眸看向那些焦黑的尸体，继续说下去：

"新的信仰诞生的仪式，是需要祭品和见证者的，祭品是反对旧信仰的人，而见证者是经历过旧信仰历史的人。"

逆神的审判者淡淡地说："没有比我们这些新派更好的祭品和见证者了，他们不会轻易融合我们的，他们需要我们保持清醒的意识去见证新信仰诞生的仪式，这是对新信仰的尊重。"

在他们交谈的时候，旁边第五根木桩上一直低着头，好似在昏迷的亚历克斯缓慢地睁开了眼睛。

他抬起头，直直地看向了他正对着的木雕，嘴角勾出了一个意味不明又满含愤怒和悲伤的笑。

矗立在中央的木雕有很明显的修补痕迹，那尊被手术刀砍过，又被枪打过一次的木雕的头颅正面带微笑地立在木头身子上，伤痕累累，用充满怜悯的眼神俯瞰着在它眼前跳舞的尸体和被绑在木桩上的五个祭品。

在木雕前面，还矗立着一根巨大的木头，木头从中间劈开，可以从横截面看出它的材质和木雕是同一种。

尸体们摇摇摆摆地举着双手，拿着斧头和凿子在这个横截面上雕琢，已经能从这个横截面上看到一尊新的木雕的轮廓。随着尸体们雕刻工作的推进，这尊从原木里诞生的木雕变得越来越栩栩如生，越来越逼真。

新木雕逐渐变得具有了人形。

柏溢多看了那尊木雕的眼睛两眼，他经历过这么多次游戏，首次感到了一种无法言说的毛骨悚然。他用脚轻轻踢了踢旁边的柏嘉木，小声道："喂，我是不是看错了？这尊木雕我怎么越看越觉得像是……"

逆神的审判者深吸一口气，看向那尊微笑的新木雕："——白柳，是吧？"

303

木雕逐渐成型，木桩下的尸块躁动不安地试图往上爬。

柏溢扭动着提醒逆神的审判者："主线 NPC 亚历克斯终于醒了！逆神，你快点把他那里的故事线推理完，我们这边才能解锁 true ending 线的剩余部分。"

逆神的审判者"嗯"了一声，抬眸看向醒来的亚历克斯："尽管我知道整个世界只是信仰之力赐予你力量造就的一场骗局，但我依旧很不理解，你最后为什么会变成它的信徒……

"甚至最后到了献祭所有人的生命给它，来造就你想要的幻境的地步。"

亚历克斯动了动被捆在身后的手，没说话。

逆神的审判者平静地继续说下去："在这个战争世界里，前天晚上小镇上发生了一场巨大的爆炸，有人在那天晚上把涂料浇到小镇的军火库里并点燃了。

"整片雨林全部都被炸毁了，雨林里的士兵几乎都被炸死了，但这些士兵却没有真的死亡，而是诡异地变成了一种半死不活的活死人状态，以尸体和尸块的形式在整片雨林里行走。

"无论是用涂料炸毁军火库，还是给这么多人使用你发明出来的特殊药剂，都是你亲手做的吗？"逆神的审判者问。

亚历克斯低着头，发梢上滴落血滴，他神经质地低笑了两声："是我。"

逆神的审判者叹息一声。

"我们在爆炸的军火库不远处发现了昏迷不醒的你，在确认你还活着之后，带着你一路躲避怪物到处跑，直到被这群旧派的土著活死人抓住当祭品，你才醒过来。

“你杀了这么多人，这不是与你救人的初衷背道而驰吗？你为什么要做这样的事情呢？”

“因为我救不了任何人，”亚历克斯缓缓地抬起头，双眼空洞地望着破碎的木雕，“哪怕是在这个虚幻的世界里，我也救不了任何人。”

逆神的审判者顺着亚历克斯的视线望过去，在旧木雕微笑的脸上停顿了片刻，继续问道：“真实的世界线里发生了什么？”

“发生了……”亚历克斯神情恍惚，脸扭曲起来，像是陷入了不堪回首的痛苦回忆，“我救下了盖伊，但盖伊……还是死了，被烧成了灰烬，一点复活的可能性都没有了。

“盖伊死在大战爆发的前夕。

“当时的我迫切地想要用我的药改变这一切，想要拯救所有人，想要挽回这一场大战造成的局面……”

亚历克斯嘲讽地笑了笑：“但谁能知道，最后我才是那个用涂料点燃军火库的人呢？

“但这个懦弱的、畸形的、曾经我奋力保护的国家，甚至不敢把真实发生的事情载入历史。”

亚历克斯大声地讥笑：“他们不敢写是我，一个出身和思想从小到大都没有任何缺陷的本国人，一个致力于拯救所有人的医生，因为发现了战争的邪恶性而点燃了那个军火库。

“他们写是一群土著人偷袭了那个军火库，以此来证明他们发动战争的正确性——这群土著人就如他们在征兵广告上写的一样愚蠢和无可救药，非常值得被他们奴役和炸成尸块。”

逆神的审判者问：“你在大战的时候，做了什么？”

亚历克斯静了几秒，嗓音沙哑地说：“……我在盖伊死后报名并加入了突击一队，想趁战乱的时候深入土著人的部落，去看看那尊赐予我扭转生死的力量的雕塑，问问它能不能给我一个拯救所有人的答案。”

“大战那天下了暴雨，我游过湖泊的时候身上已经中了五六颗子弹，奄奄一息了。”亚历克斯似乎是想笑，但他嘴角下压，是一副要哭出来的表情，“……但我没能死成，我见到了木雕。”

“然后，我趴在血泊里，仰着头望着这尊木雕，连说话的力气都没有了，只能在心里一遍又一遍地祈祷和询问‘神啊，你能不能救下所有人’……”亚历克斯语调飘忽，“我已经不记得自己祈祷了多久，突然，我听到了这尊木雕在和我说话。”

逆神的审判者反应极快：“你在极端的欲望的驱使下，听到了神谕？木雕和你说了什么？”

亚历克斯表情一片空白：“他说他可以实现我的愿望，但要我和他玩一场游戏。

“如果我赢得了游戏，我就不用付出愿望实现的代价；如果我输了游戏，我就会一直被困在这个游戏里。”

逆神的审判者一顿：“什么游戏？”

亚历克斯呼吸急促起来，他看向逆神的审判者，一字一句地说：“一款他设计好的，叫作《密林边陲》的游戏。”

逆神的审判者问：“游戏的内容是什么？”

亚历克斯深吸一口气，侧头看向破碎的旧木雕：“他会将世界线的时间拨回到一切都还没有发生的七天前，并且不限量地给我提供可以制作出活死人军队的红色涂料。

“我一共有十次机会可以读档重来，他会不断地将时间拨回到七天前，只要我在这七天内，十次里有一次可以阻止最后那场大战发生，这场游戏我就赢了，否则我就输了。”

亚历克斯垂着头：“我答应了他的要求。”

逆神的审判者定定地看向亚历克斯：“所以你在这场游戏里，做了什么？”

“第一次游戏里，我选择了阻止盖伊叛变，通过我有药剂说服他留在了己方军队里，我说我会用药剂暗中拯救那些死去的土著人和己方的士兵。”

“那个时候的我还很天真，对己方还怀有不切实际的期待。”亚历克斯无力地眨了一下眼睛，“……我以为只要让他们获得最终的胜利，战争就可以结束了。

“我选择了协助己方军队。

“我尽力保守了药剂的秘密，但很快，这些被我救活过来的人发现自己死亡之后能复活，并且有段时间是完全不惧怕伤害的状态之后，就把这个秘密上报给了双方的组织。

“没有比还没完全复活的活死人更好的士兵了，因为我身在己方组织里，他们在得知药剂的效果之后，逼迫我大批量地制造活死人。”

“我当然拒绝了，不管他们使用什么酷刑、用什么人威胁我，我都咬牙不答应，我知道我有活死人药剂，这一切都可以重来。”亚历克斯艰涩地停顿了一下，继续说下去，“——但我没想到，他们居然去找了一批志愿军。”

逆神的审判者询问：“什么志愿军？”

亚历克斯的呼吸急促了起来：“他们带了一百个新兵来到我面前，然后把他们的眼睛蒙了起来，拿枪和喷火器对准他们，逼迫我，如果我不拿出药剂救他们，就要拿枪打死他们，然后用喷火器彻底焚烧他们的尸体，把他们烧成灰烬。”

逆神的审判者一怔，他像是猛地意识到了什么，低头看向脚下那些干柴般的尸块："这些是——"

"没错，"亚历克斯说，"这些就是那些志愿军的骨骸。"

亚历克斯闭上了眼睛："第一次，我没有同意；第二次，我咬牙依旧没有同意。

"他们在我面前被枪击、被焚烧，一次又一次。最小的志愿军只有十五岁，长着一双灰蓝色的稚嫩眼睛，被黑布蒙上之后在地上滚了半个小时才停止挣扎。这批志愿军有些被烧成了还能救回来的黑色骨块，有些被烧成了完全救不回来的灰烬。

"在经历了不知道多少次这样的酷刑之后，我终于崩溃了，拿出药剂救了其中一批志愿军。"

亚历克斯说完，静了很久很久，他脸的两侧因为某种激烈的情绪不断地颤抖着，声音嘶哑得不像话：

"然后，在这批志愿军从地上站起来之后，旁边一直围观的上级军官居然鼓起了掌，而这群刚刚被我救活过来的志愿军居然欣喜地摘下黑布，向上级军官敬礼，高兴地汇报他们完成了任务。"

亚历克斯眼睛红得几欲滴血："我到那个时候才知道，这群十几岁的志愿军全都是自愿来的。

"每个因为我见死不救而倒下的志愿军都会得到一个价值五分钱的烈士奖牌，上级军官跟这些孩子说，我手里握有一个很厉害的生化武器，可以将死人改造成人形兵器。

"但因为我的挑剔和自私，我不觉得每个人都有被改造的资格，所以不愿意把这个药剂用在所有人的身上。

"军官跟这群孩子说，要给孩子们一个危险的任务，先把他们杀死，然后他从死人里挑选一些人获得被改造的权利。

"没有被挑选的人就是为战争的胜利而死去的勇士，而被挑选的人，即将成为战争的英雄。"

亚历克斯呼吸快到说话声都断断续续的："……他们和这些孩子说，那些士兵是因为我的残忍而死，而活下来的士兵，是为了战争胜利而活。

"站在我面前的每一个被击毙的志愿军，都是为了战争的胜利自愿报名来的。"

亚历克斯攥紧拳头，脸上的神色渐渐麻木："他们抓住了我的软肋，我无法看着他们在我面前这样残忍地死去。他们开始一批一批地带志愿军过来，甚至有时候为了刺激我拿出药剂，还会在这些志愿军身上动用酷刑，逼迫我近距离观看。

“而我清醒地知道，这些志愿军是愿意接受这些酷刑的，为了战争的胜利，他们什么折磨都能忍受。

“我救助的士兵越来越多，己方的活死人军队越来越壮大，大战还是爆发了。”

亚历克斯呼出一口气：“但那次的大战为了节约军费，只动用了这些不死士兵和冷兵器，没有达到‘他’对于大战规模的要求，所以我并没有输掉游戏。

“和土著人的战争已经结束了，那个时候是第六天，我在恍惚之中以为自己就要这样惨痛地赢得游戏胜利的时候，变故发生了。”

亚历克斯咬牙切齿地说：“活死人的产生极大地刺激了军官和政府的欲望，他们觉得这些活死人简直是完美的战争兵器，他们暗中批准了另一场战争的进行——掠夺以这片雨林为边界的，对面的所有领土。

“在第七天的下午，我亲眼看着他们率先射了一发炮弹过去，引起了对面的反击。但他们在报告上却写是对方率先偷袭我方，从而全面地展开了战争。”

亚历克斯干涩道：“那是一场恐怖的大战，我输掉了第一次游戏，向‘他’申请回到七天前。”

304

“第二次，我和盖伊一起叛变到了土著人的阵营。”亚历克斯低沉地叙说着。

“这次我在盖伊的鼓励下，了解了这群土著人和他们的信仰，曾经的我以为他们非常愚昧，但那一次，我第一次觉得愚昧是一件好事。”

亚历克斯低笑了两声：“他们的信仰来自土地，他们是绝对不会离开被赐予的领地去入侵其他地方的。换言之，他们不会像我这边的军队一样，后续发起大型战争，继续入侵其他地方。

“我当时愚蠢地以为，只要让土著人平缓地赢得这次战争的胜利，这一切就结束了。

“我已经知道了隐藏这个药剂是无用的，因为那些被我救的人无论怎样都会把这个药剂的作用告诉己方阵营，所以这次我选择把药剂的作用直接告诉了土著人。”

亚历克斯低着头，看不清他的神情：“在复活了两个死去的土著人后，这群土著人轻易地相信了我，我制造出了大批的土著活死人军队，制订了计划，有条不紊地进攻敌方，很快我就取得了阶段性胜利。

“在对方走投无路，准备大批量使用火炮的时候，我用活死人军队伏击了对方，把这批数量庞大的火炮转运到了土著人这边。

“第六天晚上，在活死人军队和大批量火炮的双重威慑下，他们终于退让了，选择和土著和平谈判，放弃了进一步进攻。”

亚历克斯声音沙哑：“我并不知道这样虚伪的和平可以持续多久，但那一瞬间我还是得到了解脱。在签署了和平协议，停止战争后，我以为这一次我一定能赢得游戏。但我万万没有想到……”

他闭上了眼睛，用力喘息了两下，才艰难地继续说下去：“等我回到土著人的营地之后，发现他们用火炮对准了已经完全复活的活死人军队。

“那些土著人说这些不死的人是邪恶的、被诅咒的存在，他们容忍这群活死人存在，一直忍到了战争结束，现在才终于决定审判他们。”

亚历克斯嘶哑地说：“无论我怎么解释这群活死人完全复活后和正常人没有任何区别，他们还是不信，每一个人的脸上都弥漫着无法言说的恐惧，大声叫嚣着这群活死人不会轻易死亡，必须用大炮反复轰击，把他们轰成碎末才无法再复活。

“……那群活死人曾经是他们的父母、朋友、爱侣，甚至是孩子，他们曾跪在我面前，抱着尸体哭着求我复活他们。但现在，在利用这群活死人得到胜利之后，他们却因为对方的强大感到畏惧，反过来宣判对方为异端，要将对方打入地狱。”

亚历克斯嗤笑一声：“多讽刺啊，我原本庆幸他们所具有的不伤害别人的愚昧，在这一刻又成了伤害自己的利器。

“我声嘶力竭地叫这群活死人逃跑，但他们却一动不动地留在原地。

“因为他们在复活的过程中，记忆逐渐恢复到了七天前，他们并不知道在这七天内发生了什么，只是呆呆地对靠过来的亲朋好友张开怀抱，露出笑脸，然后任由他们朝自己架起火炮。”

亚历克斯紧咬牙关：“直到最后他们被火炮的洞口瞄准，依旧不明白发生了什么。我眼睁睁地看着他们在完全活过来的那一瞬间，喊着自己最亲密的人的名字，被最亲密的人轰成了碎屑。

“……第二次游戏我又输了，我再一次选择了读档重来。

“第三次游戏里，我没有加入任何一个阵营，我像发了疯一样不断地制造自己的活死人军队，去攻击、控制另外两个阵营。他们越是反抗，死的人就越多，我的活死人军队人数就越多。”

亚历克斯深呼吸了两下：“就这样，很快我就掌控了局势，另外两方为了钳制我，不得不停止战争，选择了合作，一方大量运输火炮，另一方利用地形彼此配合，一起进攻我。

“但火炮再次被我拦截了，我经历了前两次游戏，不仅精通了火力配给，也对地形无比清楚了，我以为只要这样熬到七天后就可以了。”

亚历克斯顿了一下："在第六天晚上，我去问了'他'，我说只要这七天内没有战争爆发我就赢了，是吗？

"他说'是的，但你所在的世界线会按照你胜利的这条世界线继续运行'。"

亚历克斯流了一滴泪，哽咽着说："……也就是说，如果我在这条世界线里赢了，我就必须一直不停地制造活死人来保证我的阵营强大，通过钳制另外两个阵营促使他们合作，让他们不得进行战争。

"但这些活死人到七天之后就会变成活人，他们不再杀不死，也是血肉之躯的正常活人。如果我还要继续制造活死人，我就必须不停地杀人；如果我停止杀人，大战就会继续爆发，我想改变的一切本质上还是没有改变。

"我再一次选择了读档重来。"

亚历克斯静了很久很久，他目光空洞地望着木雕："……我重来了十次，用尽了一切办法想要阻止大战爆发，想要阻止所有人死亡。

"但哪怕我有不限量的药剂，有十次重来的机会，还是会有大量的人死在这场战争里。

"我意识到药剂和我都拯救不了任何人，停止战争的唯一办法就是不存在战争的发起者，这样战争的危害才不会进一步扩大。"

亚历克斯麻木地流着泪："所以在最后一次读档的时候，我选择了把所有涂料浇在军火库里，在大战前夕亲手杀死所有人。

"最终真实世界就以最后一次，我杀死所有人的结局运转了，真实世界的时间继续向前流动了。

"而我输掉了游戏，于是'他'结合我循环了十次的经历，制造了这个如梦魇一般不断循环的战争世界，将我作为游戏里的一个人物永远定格在这里，以观赏我的痛苦为乐。"

亚历克斯垂着头，眼泪从下颌滴落："……我存在的这个战争世界里的每一次循环，都是以一批新的、我从来没见过的士兵进驻作为开始，以这些士兵玩耍般地把我制造的这些活死人沉入湖底计数作为结束。

"我已经记不清盖伊多少次被沉入湖底后又出现在帐篷里，躺在我的身侧。其他的活死人复活后会忘记七天之内发生过的事情，他们什么都不记得。

"但我记得。"

亚历克斯撕心裂肺地对着那尊木雕神经质地笑着，眼泪大滴大滴地滚落："——每一次循环，我全都记得！

"因为我不是活死人，我是这个活死人世界里唯一的活人，神不允许我死，所以我忘不了，我全都记得。"

亚历克斯的嗓音嘶哑到接近气音：

“一开始我被困在这里，还试图去改变这里发生的事情，试图在这个虚拟的世界里拯救他们，但后来我渐渐绝望了——我改变不了任何事情。”

他表情空白，笑着继续说：

“没有人理解我在做什么，除了盖伊，他完全相信我，于是我向他倾述了可能会发生的事情。盖伊说，那我们逃跑吧。

“我们找到了一个如雾气般的空白地带，应该是这个虚拟战争世界的边界。我们用了很多办法都出不去，但我和盖伊都没有放弃，每次循环之后我会再和盖伊说一遍，我们就会再来这里找出去的办法。”

“直到有一天，”亚历克斯轻声呢喃，“我跪在边界，想要脱困的欲望快逼疯我了，我又一次听到了‘他’的声音。他问我，你想出去吗？

“我说我想。他说他可以给我设计一条出去的通道，但我和盖伊只有一个人能逃离这里，让我选。”

亚历克斯眼眶发红：“我选择了让盖伊出去。

“盖伊什么都不知道，他听不到声音，我看着他消失在了雾气里，惊喜的声音从另一端传过来，他说‘亚历克斯，我出来了’。

“雾气一瞬间消失在我眼前，我看到了站在边界另一边的盖伊，他笑着向我招手，让我也快出去。我说我还要再研究一下离开这里的规律，刚刚可能是误打误撞，我可能要再等七天才能出去。”

亚历克斯轻微地眨了一下眼睛：“盖伊是活死人，我知道他下一个七天就会彻底复活，忘记我被困在这个世界里。他可能会在那个真实的世界里以为我死去了。

“但至少有一个人，我的好朋友被我救下来了。

“盖伊每天都来边界找我，虽然他进不来，但他每天都和我分享他在外面看到的事情。他惊喜地和我说，他找到了我和他的坟墓，上面还放着伊莲娜的信和她做的礼服。他说那个小姑娘长大了，居然给他做了一件礼服。”

亚历克斯的声音哽咽：“他举着礼服笑得那么开心，一瞬间我觉得我的痛苦都有了意义。

“但是七天后，我再次来到边界，准备在循环重启前最后见一次盖伊……”

亚历克斯整个人都颤抖起来：“我发现边界另一边的盖伊举着礼服，变成了没有知觉的尸体，变成了一具青白色的僵尸。

“我几乎发了疯，一遍又一遍地摔打着木雕，质问他为什么。

“他告诉我，盖伊原本就是活死人，离开了这个虚拟的世界进入现实的时候，身上的时间也脱离了虚拟世界的时间，和现实时间同步了。

“他用一种悲悯的声音说：‘亚历克斯，你忘了吗？在现实的世界里，你选

择的那个结局里，盖伊早就被你炸死了，他原本就是一具尸体。'

“盖伊只能活七天，七天之后，他就会变成现实世界里他该有的样子。

“我不甘心，我一次又一次地试图让盖伊离开这里，但我都失败了，只是让边界多了不知道多少个僵尸少年而已。”

亚历克斯的声音渐渐微弱：“我终于放弃了，麻木地拿走僵尸盖伊拿回来的礼服和信件，等到下一个循环里拿给另一个盖伊，让他可以在死前穿上伊莲娜做的礼服——这或许是最让他开心的事情了。

“……别的，我什么也做不到了。”

逆神的审判者注视着亚历克斯：“你应该很恨‘他’，我不明白你为什么这次要帮着他完成这场新信仰继承人的祭祀典礼。”

亚历克斯的眼珠子转动了一下，似乎看了逆神的审判者一眼，然后又转了回去，看向那尊新信仰的雕像：“——你知道怎么才能逃离一种信仰的掌控吗？”

逆神的审判者静了片刻：“去创造一个新的信仰，是吗？

“你怎么能确保这个新信仰背后的是个好人，不会继续设计游戏来折磨你呢？”

亚历克斯的声音轻得几乎听不见：

“我不知道，但我从来没见过他对某个新士兵有如此强的执念。在那个叫白柳的士兵进入这个战争世界的一瞬间，我就听到他愉悦地和我说，新的信仰，他早已选定的继承人终于到来了。

“我在那一瞬间几乎控制不住对白柳的厌恶感，对他带进来的那几个下属也极其憎恨，我很讨厌他们跟盖伊接触。”

逆神的审判者在心中回忆——白柳之前和他说，自己刚刚进入游戏见到亚历克斯的第一面好感度就跌破安全值了，而他们这些选择了亚历克斯敌对阵营的玩家好感度都稳定在 60 以上。

原来背后还有这一层原因。

亚历克斯继续说：“但很快我对白柳就没那么厌恶了，因为他告诉我，新信仰一旦成型，他就会陨落，对我的控制也就解除了——这个白柳是来毁灭他，然后继承他的位置的。”

“他们之间的轮换也是如此的残暴，和人类并没有什么不同。”亚历克斯抑制不住脸上嘲讽的笑，“——可能因为他们的本质也是充满欲望的人类吧。”

“你没想过，为什么他要把这些对自己有危害的信息告诉你呢？”逆神的审判者开口道，“万一他是想害死……”

逆神说到这里，突兀地停住了。

亚历克斯偏过头来看逆神的审判者，他眉毛压得很低，眼神阴郁，笑声癫狂：“——害死我还是别人？我现在最不怕的就是死亡了。

“我已经不想救任何人了，也没有任何害怕的事物了，无论付出什么代价，只要能终结这一切，我都愿意去做。”

亚历克斯喘息着，眼眶赤红：

“那个家伙和我说这些事情的时候，说白柳会毁灭他的时候，是带着发自内心的笑意的。

“他完全是期待着白柳杀死他，成为新信仰的代表的。”

亚历克斯病态地冷笑着：“——大概他和我一样，活得不耐烦了，在这个充斥着人类丑陋欲望的世界里等死等到快发疯了，所以才这么期待有个人可以终结自己的性命吧。”

亚历克斯直勾勾地望着旧木雕：

“你知道吗，新士兵，我在输掉游戏之后和他交谈过一次，他高高在上地诘问我，问我知不知道为什么我会输掉这场游戏。

“我说我不知道，我已经尽全力了，但依旧无法改变任何事情，为什么不能让大家都活下来？

“于是他笑了，他说人类的欲望大部分时候都是建立在彼此残害的基础上，人越是不幸福，想要伤害别人或者自己的欲望越强，他的存在就越有意义。

“他是这个世界上所有邪恶欲望的洞悉者、存储者和聆听者，只要这个世界上还有一个人的欲望带着血腥味，他的游戏就永远不会停止。”

亚历克斯的眼神逐渐从旧木雕移到新木雕上：“——而白柳，是他找到的和关于欲望的游戏最契合的玩家，白柳的欲望太强烈了，强烈到可以超出这个游戏，触碰到他的所在。

“白柳是为他的游戏而生的玩家，他在游戏里悉心准备的一切，战争、毁灭、死亡、灵魂，都是为了庆贺白柳前来。”

“神眷顾他，愿意为他死去。”亚历克斯顿了一下，“无论是早已陨落的上一个，还是满怀期待的这一个。”

旧木雕脸上的笑容越发诡异地温柔且甜蜜，新木雕只剩不到三分之一，就要从原木中完美地诞生。

新木雕脸上的微笑和煦恬淡，仿若慈悲的神明虚伪地俯瞰着众生。

神殿。

坐在石凳上的预言家石化已经蔓延到了心口，这让他发声都变得困难了起来，嗓音变得艰涩：“你把什么东西下放到了这个副本里面？”

戴着兜帽的男人脸上带着和旧木雕上如出一辙的诡异的温柔笑容，他合掌，又张开手，双手中间凭空出现了一根纯黑色的鞭子和一个悬浮的逆十字架。

“——他原本的武器和信仰。”

鞭子上遍布骨刺，锋利无比，和之前的塞壬骨鞭以及黑桃的蜥蜴骨鞭对比，这根鞭子虽然模样和它们差不多，却带着一股很明显的煞气。

逆十字架用某种不知名的石头制成，上面的色泽仿佛血液在流动，蕴藏着一种夺人魂魄的光。

预言家的瞳孔收缩了一瞬：“你把白六的武器和逆十字架下放到了这个副本里？”

“白柳可是我从这么多个白六当中挑选出来的最完美的继承人，”男人的笑容带着一种纵容，“我弄坏了他原本的武器和逆十字架，总该给他换更新、更好的，不是吗？

“就像是我杀死了他的旧神，总该给他一个更完美的新神。”

预言家竭力地喘息着：“白柳恨你，他是不会成为你的信徒的，所以你说的给他一个更完美的新神这个说法根本不成立，他是不会信仰你的，也不会要你给他的东西，白柳会信仰的人只会是——”

“塔维尔，”兜帽下的男人抬眼，似笑非笑，“但预言家，在塔维尔不存在的情况下，你还漏掉了一个白柳会信仰的人。”

预言家一怔，这次他的表情彻底凝固了。

兜帽下的男人笑起来：“——那就是白柳自己。

“我说的更完美的新神不是指我自己，而是指白柳自己。”

“白柳不喜欢我，讨厌我，甚至恨我都可以，我需要他对我产生这种情绪。”男人眼中的笑意不抵眼底，“我会不断地夺走他珍惜的东西，让白柳必须正视我，杀死我才可以。

“——因为有能力杀死神的只有神，白柳现在应该已经完全明白了这个道理，他为了杀死我，就不得不接受我对他的所有关于神的力量的馈赠。”

男人笑得轻柔：“然后如我所愿地成为杀死我这个旧神的新神。”

预言家就像是喘不上来气般费力地、一字一句地说着：“你就真的那么想让白柳成为新神吗？你可是要因此而被他毁灭的。”

戴着兜帽的男人缓缓站起来，背对着快要完全石化的预言家，看着神殿外面的大海掀起的浪涛，脸上带着笑，眼中什么景物也没有倒映：

“预言家，你可以看到未来，那你应该知道，这个世界上的一切都是无法永存的吧，岩石、水、海浪、天空和大地，就连神有一天也会陨落。

“所以生物才有繁衍的本能，所有有意识的东西都在本能地寻找某种方式来延续自己的存在。”

预言家呛咳了一声：“你试图在白柳身上寻求自己存在的延续吗？”

“不，我觉得追求这种存在的延续很无趣。”他似笑非笑，“所以我希望有个人，有个完全符合我游戏规则的家伙，有个能破解我所有游戏的玩家能打破我给每个世界制定的一切规则来到我的面前，亲手杀死我这个游戏设计者。”

他藏在兜帽下的眼睛闪烁着一种奇异的光亮：“你不觉得被这样的人用游戏的方式杀死，很有趣吗？”

预言家嘶哑地开口：“那么多个白六可以在你的游戏里获胜，你为什么偏偏要选中白柳做你的继承人？”

男人微微回过头来，饶有兴趣地反问：“那我问你，你为什么要把所有赢我的筹码都压在这一个白柳身上，为什么不压在别的白六身上？”

预言家沉默了。

男人转过头去，海风吹拂着他露在兜帽外的长马尾。他垂下眼帘，笑得很温柔：“因为你和我都清楚，这个白柳就是不一样的。

“白柳和那些粗制滥造的白六的灵魂是完全不一样的，他是最完美、最有趣的。

“他拥有一个充满欲望，又充满克制的灵魂。”

“如果我终将要以某种方式陨落，”他望着一望无际的浩瀚海面，笑得期待十足，“我希望是拥有这样的灵魂的白柳亲手杀死我。”

305

丛林深处。

黑桃背着白柳在树干之上跳跃，离湖泊对岸越来越近，下面隐隐约约传来唐二打和刘佳仪的声音。

“那群尸块还在追我们，准确来说，是在追你。”唐二打说。

刘佳仪问：“白柳，你是想在过湖的时候直接把这些尸块引诱进湖底，然后得到积分吗？”

白柳模糊地“嗯”了一声。刘佳仪和唐二打对视了一眼，又看向前面的湖泊，瞬间分开行事。

他们身后，从地面到树枝上爬满密密麻麻的尸块，掺杂了一些半成形的尸体，狰狞疯狂、张牙舞爪地抬头对着上方的白柳咆哮着。

黑桃左脚在树干上踩了一下借力腾空，背后就紧跟着不少弹跳起来的乌黑尸块，嘶吼着朝黑桃背后的白柳扑过来。

黑桃神色淡漠地转身护住白柳，一鞭把这些尸块全部打落，稳稳地单膝跪在另一根树枝上。

树枝摇晃了两下，黑桃突然开口问："白柳，我觉得你知道这些尸块为什么追你，也能轻易摆脱这种追随，为什么要故意放任这些尸块一直追你？"

白柳微笑："刚刚刘佳仪不是说了吗，只要这些尸块一直追我，我就能顺理成章地引诱它们进入湖底这个积分累积点。只要这些尸块被湖底回收，就能算作我的积分，这就是我的目的啊。"

黑桃丝毫没有停顿地说："你说谎，这不是你的目的。"

白柳顿了一下，圈在黑桃脖子上的手略微松开了一点，话里带着很随意的笑："黑桃，你对我的直觉也不是每次都准的。

"偶尔听听我和你说的话，而不是信任自己的直觉吧。"

黑桃静了一小会儿，眉头轻微蹙了一下，似乎在适应不信任自己直觉的这种状态，然后他开口道："只要引诱尸块进入湖底，你就会主动解除这些尸块对你的追随状态了，是吗？"

白柳垂下眼帘："是的。"

黑桃顿了一下，单膝起跳，挥鞭打掉靠近的尸块，离湖泊越来越近。

白柳靠在黑桃的肩侧，看了一眼离他越来越近的蓝色湖泊，手指轻微地蜷缩了一下，虚握成拳。

带着燃烧余烬的风吹过他们的发丝，黑桃靠近湖泊的速度越来越快。

白柳的头抵在黑桃的肩胛骨正中央，半合着眼眸静默了一会儿，突然闲聊般地调侃着开口："黑桃，你的直觉真的是个很神奇的东西，你能告诉我，现在你的直觉是怎么告诉你的吗？"

"我的直觉告诉我，你在害怕，你在说谎。"黑桃平静地开口，"你不喜欢跳进水里，讨厌这个燃烧之后的环境，讨厌这些烧灼之后的尸块，讨厌看到沉在水里的尸体。

"你跳进湖泊里也根本不是为了积分，是为了别的什么更危险的东西，你厌恶那样做，但你还是决定跳进去。"

黑桃的声音顿了一下："我不明白为什么你要去做自己讨厌的事情？"

"你讨厌否定自己的直觉吗？"白柳轻声问。

黑桃"嗯"了一声："不喜欢。"

白柳很轻地笑了一声："那你为什么愿意为我否定自己的直觉，来信任我呢？你明明能感受到我在说谎骗你，你也在做自己讨厌的事情啊。"

黑桃顿了一会儿："……因为这是你要求的。"

"要求的你就愿意做吗？"白柳似笑非笑，"别人要求你，你也会做吗？"

黑桃瞬间反驳："不会。"

白柳轻声呢喃："那为什么我要求的，你就愿意做呢？"

黑桃静了片刻，再开口的时候声音里透着一种困惑：“……不知道。”

白柳张了张口，似乎想说什么，但最终只是微笑着解释：“黑桃，有人教过你，人有时候会愿意为了某个人心甘情愿地去做一些自己讨厌的事情吗？”

黑桃诚实地摇了摇头，问道：“为什么？”

白柳静了很久，然后说：“因为我在意这个人。”

他用一种轻到不可思议的声音低语着，下一秒，他松开了圈在黑桃后背上的双手，向后坠落。

黑桃正在挥鞭打开靠近的一批尸块，察觉到背后的白柳脱落之后立马回头，根本不管周围向他扑过来的尸块，挥鞭打开白柳旁边的尸块，纵身随着白柳一起下落，伸出手想要抓住白柳。

白柳在燃烧的树林和残风中肆意下落，他纯黑的眼眸里什么情绪也没有，宛如镜面一样倒映着不断向他靠近的黑桃。

周围的尸块不断接近白柳，尽管大部分被黑桃挥舞着鞭子打开了，但数量实在是太多了，依旧有一小部分爬到了他的身上。

系统提示：玩家白柳被怪物“活死人尸块”攻击，精神值下降中……

系统提示：玩家白柳的精神值跌破 60，即将看到幻象……

黑桃凝神，他几次想用鞭子圈住白柳的腰部把他拉上来，都在出鞭的一瞬间停住了。

——他没有把握。

黑桃用任何武器都是为了打怪物的，没有思考过力道问题，尽管看起来他的力道控制得挺好的，但他自己却没有把握。

因为他从来没有拿鞭子救过人。

他不知道这一鞭子下去，他是会完好无损地把白柳给拉上来，还是会直接把白柳打成欲断未断的两截。

黑桃第一次觉得逆神的审判者和他说的话有用。

“——好好练鞭子吧，不然迟早有一天你会遇到你想用鞭子却处理不了的情况。

“那个时候，你会输给另一个擅长用鞭子的人。”

黑桃用鞭子不断打开周围靠近的尸块，凝神踩在周围的树干上，飞速下落，伸手靠近了快接近湖面的白柳。

就在黑桃的手即将抓到白柳肩膀的那一瞬间，他看到白柳微微侧过头来对他露出了一个笑。

那个笑干净又调皮，眼里满满倒映着黑桃一个人，好似有水光在流动一般。他的脸上明明全是掩饰不住的纯然欣喜，但总让人觉得他下一秒就要落泪。

白柳那样笑着，望着黑桃轻声道："谢塔，我很想你。

"再见。"

黑桃一怔，即将抓住白柳的手一顿。白柳从他面前滑落，坠入了冰冷的湖里。

紧接着黑桃也坠了下去。

四周的尸块就像是发了疯一般癫狂地向湖里爬动，黑压压的一片涌入湖底，顷刻就把蓝绿色的湖面给染黑了。

就连典礼上的尸体和如干柴般的尸块都被吸引走了，奋不顾身地往湖底奔赴。

只剩几具本来想跑，却不知道被什么力量定在原地的尸体一边嗷嗷惨叫，一边以一种扭曲的姿势雕刻着新木雕。

亚历克斯见到所有尸块都跑了之后，恍惚地大笑起来："白柳终于过来了，我终于可以解脱了。"

逆神的审判者神色一变："不好，他这种反应，看来白柳选择了接受馈赠。"

话毕，他一抬手断开了捆住他双手的绳索，其他三名队员也随之断开了捆住自己的绳索，从木桩上跳了下来。

柏溢还有些蒙地打了个哈欠："什么情况？我刚刚睡着了，现在是已经集齐 true ending 线信息，通关了吗？"

柏嘉木没忍住翻了个白眼："你为什么这种情况下都能睡着？你是猪吗？"

柏溢理直气壮："每次逆神推理 true ending 线我都一个字也听不懂，不如抓紧机会好好休息。我退出游戏之后还要做家务呢，你以为我一个家庭主夫天天抽空来训练很容易吗？"

柏嘉木无语："……只有你能把自己蠢说得这么坦荡。"

"难道你刚刚听懂了逆神在说什么吗？"柏溢用肩膀不怀好意地撞了一下柏嘉木，斜眼看他。

柏嘉木："……"

其实他也没听懂，后面差点睡着。

逆神的审判者无奈地挥挥手，打断这两人斗嘴："好了，先去做主要的事情。"

听到逆神的审判者这样说，柏嘉木和柏溢终于严肃起来，不约而同抽出武器。

系统提示：玩家柏溢使用个人技能"料理厨神"，选定用具为一支高速打蛋器。

柏溢抽出一支半人高的打蛋器，随意扛在肩膀上。

系统提示：玩家柏嘉木使用个人技能“失败的手术刀”。

柏嘉木从自己的心口抽出几把末端有一个圈的手术刀，套在指根上，行云流水地以一种诡异的转法转了几圈，丝毫没有伤到其他手指。

然后他抬手握住刀柄，望向逆神的审判者点了点头，表示自己已经准备好了。

逆神的审判者顿了一下，抬手想从背后拔出什么，但最终还是把手放下了：“走吧。”

柏溢奇道：“欸，逆神，你不用你的技能武器吗？你的技能武器是我们当中最强的，而且按照那个白柳离经叛道的性格，你的技能对他应该有奇效吧。”

逆神的审判者转过头来看着他笑笑，眉眼弯弯，十足温柔：“对啊，所以要留到正式打联赛的时候对他用才能发挥最大价值啊。

“现在就把撒手锏轻易拿出来，有点大材小用，稍微有点蠢。”

轻易把自己的技能“撒手锏”拿出来的柏溢和柏嘉木：“……”

每次他们都搞不懂逆神的审判者是故意嘲笑他们，还是在认真分析现状。

逆神的审判者直接向前走去。

柏嘉木紧紧跟上：“去什么地方？”

“湖泊，”逆神的审判者毫不犹豫地说，“白柳选定的最终战场肯定是那里。”

柏嘉木疑惑地问：“为什么？”

逆神的审判者转过头来回答：“因为他和我们做了交易，说他要在湖泊让黑桃惨败退出游戏。

“这个人是不会轻易违背交易的，他一定会如约在湖泊向我们送上黑桃的惨败。”

另一头。

在黑桃紧随着白柳跳入湖里之后，唐二打和刘佳仪也毫不犹豫地跳了进去。

漆黑冰冷的湖面下浑浊不清，只能看到黑色的长条尸块隐约在游动，源源不断的尸块爬入水中，从湖的边缘一直弥漫到接近中心的位置。

湖底就像是沸腾了一般涌动着沥青般的泥泞，吞噬着这些尸块。

唐二打拦在刘佳仪前面，不断地射击靠近的尸块，但身上依旧被几个尸块挂上了。唐二打的左肩和刘佳仪的左脚都开始尸化了。

水下的可见度太低了，子弹的射击速度也会受到阻碍，这是个很限制唐二打这个枪手发挥的地图。

刘佳仪就更不用说了，她的毒药在水里是杀敌一千，自损八百的攻击武器。

在还没找到白柳的位置，她无法给白柳及时提供解药的情况下，滥用毒药很有可能误杀白柳。

刘佳仪向后蜷缩尸化的左脚，蹙眉沉思。

不知道是不是她的错觉，她总感觉在这个副本里白柳总是有意无意把她和唐二打跟他自己隔开，或者把他们带到一些会限制他们武器发挥的游戏场景里。

比如一开场白柳就任由黑桃带走了自己，后来又把他们派遣了出去，分别派去了红十字会和突击一队，之后好不容易会合了，又把她和唐二打带到他们无法施展技能的密接边境。

现在又是这片她和唐二打技能都会受到限制的浑浊湖泊。

刘佳仪相信白柳这家伙不会摸不清《密林边陲》这游戏的设计规律，如果是平时，白柳早就利用某种极端的战术赌一次，然后结束游戏了。

但是……他却拖到了现在，并且一而再，再而三地利用地图限制她和唐二打技能的发挥……

这根本不是白柳这家伙的战术风格，他擅长的是极限地发挥每个人的技能优势，而不是这样让他们处处受钳制。

这给她的感觉就像是……就像是白柳在等某个极其危险的事物，而这个事物是他们一定会阻止白柳去接触的东西，所以白柳才会用各种办法隔开他们，限制他们的技能，防止她和唐二打阻止自己。

刘佳仪眉头紧锁地凝视着黑色的湖底，不安的预感越来越强。

白柳，你这样算计所有人，到底要做什么？！

逆神的审判者他们赶到了湖边，黑色的尸块一簇一簇地落入水中，远远看去就像是一群群黑色蚂蚁密集地爬向一个大水洼。

柏溢起了一身鸡皮疙瘩："哇！这阵势，湖里发生什么事了？"

逆神的审判者侧头看向不远处涌动的湖泊："只有下去才能知道。"

他说完，毫不犹豫地第一个跳了下去，然后是柏嘉木和另一个队员。柏溢搓了搓身上的鸡皮疙瘩，苦哈哈地捏着鼻子，也跟着下去了。

一时之间，唐二打、刘佳仪、以逆神的审判者为首的杀手序列一行人全部往湖底游动。

尸块被湖底不断吞噬，凹陷出一个大漩涡，吞噬的尸块越多，地面的泥就越厚，而白柳正躺在这些尸块正中。

他双手交叠放在腹部，面色平静，呼吸浅淡，眼眸无光地半合着，脖颈以上白皙的肤色在昏暗的湖底透出一种朦胧的微光。

白柳的肩膀、左手、右手、左脚、右脚都已经完全尸化了，透着一种不正常的青白色。

他就那样安详地躺在簇拥着包裹他的尸块之上，就像是一具即将和这些尸块一同下葬的尸体。

而黑桃死死抓住他的肩膀，正用力地把他往外拔，最终却眼睁睁地看着白柳在尸块堆里越陷越深。

他不是拔不出来，而是——

黑桃手腕发力，他清晰地听到了白柳骨头的折断声和撕裂声。黑桃松了手，气泡从他嘴角溢出，他神色冷漠地看着这堆白柳身下的尸块——

这些尸块已经完全和白柳长在一起了。

除非白柳自己想出来，不然黑桃只能把白柳的肩膀从他身上撕扯下来，而不是把白柳整个人给拔出来。

但白柳很明显不想出来，他就像是睡着了一般躺在尸块之上。

尸化已经弥漫到了心口。

黑桃的抵抗面板高到离谱，这些尸块对他的威胁性不大，所以他暂时还没有部位被尸化。他凝视了白柳半晌，突然倾身死死抱住了白柳，用自己的身体挡住了不断上涌的尸块。

白柳终于睁开了眼睛，望着身上的黑桃："你不用为了我做到这个地步。"

"我不是为了你，"黑桃的声音很闷，一张嘴就有很多气泡往上涌，"我只是觉得我刚刚做错了。"

白柳问："你做错了什么？"

黑桃的声音有点郁闷："我应该信任自己的直觉而不是你的话，你真的在说谎骗我。"

白柳轻笑一声："对。逆神没教过你吗？越是聪明的人越喜欢骗人。"

"嗯，"黑桃淡淡地应了，双手收缩得更紧了一些，"我知道了。"

白柳被尸块越拖越往下陷，他的身体和这些尸块就像是形成了一道密不透风的结界，黑桃能保护的地方越来越少，最后白柳只剩一双露在外面的眼睛和一只右手还没被尸化。

黑桃死死地攥住白柳仅剩的这只右手，不敢完全不用力，也不敢太用力。他用一双黑色的眼睛不错眼地盯着白柳逐渐消失的眼睛。

白柳带着笑意的声音从尸块里传了出来："黑桃，你知道吗？我也曾这样握住一个人的手，试图把他救起来。"

黑桃问："那你救起来了吗？"

白柳微笑着说："救起来了。

“现在，换他用力握住我的手，来把我救起来了。”

白柳的声音逐渐消散：“——但我突然想知道，他被埋在水下之后的那个属于神的世界到底是什么样的。

“我是不是能进入那个世界，再次找到他，杀死禁锢他的一切东西，然后再把他的灵魂带出来。”

随着白柳的话音消散，蠕动的尸块终于停了，湖底再次变得清澈。

一直被阻挠的刘佳仪、唐二打和杀手序列一行人终于看到了湖底黑桃所在的位置。

刘佳仪和唐二打几乎是瞬间就冲到了黑桃旁边。

她不敢置信地看着白柳被吞噬得只剩下一只露在外面的右手。

而且这只右手也在逐渐被尸化，刘佳仪立马就想用解药。

黑桃摇头：“这是精神值怪物攻击，你的治疗药剂没用。”

唐二打立马就要掏枪击打湖底这巨大的尸块，但被黑桃攥住了枪口。

他眼中一丝情绪也没有地盯着唐二打：“白柳在下面，他和尸块长成一体了，你打尸块他也会受伤。”

刘佳仪一动不动地盯着白柳只剩两根手指没被尸化的右手，表情一瞬间有些扭曲。

——想想办法！快想办法！一定有什么办法能阻止白柳异化！

没有办法。

是白柳自己想被异化的，她根本阻止不了白柳这家伙想做的任何事情，她甚至想不明白白柳为什么要这么做！

刘佳仪和唐二打眼睁睁地看着白柳的右手被吞噬，被尸化，黑桃一根手指一根手指地放开了手。

最终，这只右手也完全尸化了。

系统提示（对全体玩家）：玩家白柳精神值降为 0，躯体被百分之百异化，退出游戏。

306

刘佳仪看着这只青白的手喘不上气来，她呛咳两下要溺水了，唐二打立马带着她上浮。

黑桃浮在水里，一动不动地望着湖底，然后也向上浮，在上浮的过程中遇到了下潜的逆神的审判者，两人一起浮到了水面上。

湖边。

刘佳仪脸色苍白地呛咳着，她死死地盯着湖面，似乎指望从里面能蹦出一个白柳来。

唐二打拍打着刘佳仪的后背，脸上的神色接近空白，他似乎根本没懂刚刚发生了什么。

——白柳，那个无所不能的白柳，就在他们面前百分之百异化，然后退出游戏了？

这听起来简直就像是在开玩笑。

如果不是那条面向所有玩家的系统提示还在，唐二打几乎以为这又是白柳的一个把戏。

黑桃从水中爬出来，后面跟着满头问号的柏溢他们："什么情况？我们刚刚下湖就接到了白柳的淘汰通知？"

"白柳没有被淘汰。"黑桃头也不回地说。水顺着发尾滴落，他的语气冷淡又平静。

柏溢越发一头雾水，他调出自己的系统面板，看着上面鲜红的系统通知确认了两三次，嘟囔道："我没看错啊，就是淘汰退出……"

黑桃转过头来，一言不发地注视着柏溢。柏溢的声音渐渐微弱下去，最终闭上了嘴，有些瑟瑟发抖地躲在了柏嘉木的身后，小声嘟囔："柏嘉木，我怎么觉得黑桃看我有杀气……"

逆神的审判者看向黑桃："你为什么说白柳没被淘汰？"

黑桃沉默着，没回答。

逆神的审判者瞬间了悟："又是你的直觉告诉你的？"

逆神的审判者很快就接受了黑桃的直觉判断，冷静地分析："如果白柳没被淘汰，那他就不可能退出游戏，他一定在这个游戏里的某个角落。现在我们就要从这个游戏里把他给找出来。"

"但是这个游戏存在很多时间循环线，存在外部世界和内部世界。"柏嘉木蹙眉，"这么大的游戏地图，怎么找？"

逆神的审判者笑笑："我有办法找到白柳。"

柏溢小声地嘟囔了一句："但是啊，逆神，白柳在哪儿也不关我们的事啊，为什么我们要帮忙找？"

刘佳仪用手抵着自己的膝盖，借助唐二打的搀扶站起来，仰头死死地盯着逆神的审判者："如果你们帮忙找白柳，我可以无偿地跟随你们参加所有训练赛，保障你们在训练赛的安全。"

逆神的审判者转过头看了刘佳仪一眼，顿悟："你是那个有治疗技能的小女巫？”

刘佳仪深吸一口气，点了点头。

逆神的审判者笑了起来：“相当有分量的筹码，我的确很心动。

“但是小女巫，你的战术师没有教过你，在和一个聪明人谈判的时候，无论再怎么惊慌，都不要一开始就把自己的底线筹码全部拿出来吗？”

逆神的审判者笑得很温和，他摸了摸刘佳仪的头，语气很轻：“——这样他会很无耻地根据你的筹码得寸进尺的。”

“白柳对你很重要吧？”逆神的审判者笑着说，随意地抛出一颗炸弹，“不如我帮你找到白柳，你来我的战队怎么样？”

刘佳仪瞳孔一缩，唐二打上前打掉了逆神的审判者抚摩刘佳仪的手，冷声道：“做梦！”

逆神的审判者笑眯眯地举起双手，表示自己并无恶意：“开玩笑，开玩笑，我们杀手序列这种大战队一般不干这种趁火打劫抢别家队员的事情。”

但白柳的每个队员，几乎都是从别人手上抢过来的。

这人在影射白柳。

唐二打手上出现了枪，神色隐隐现出一种凶悍：“那也和你无关。”

逆神的审判者笑得眉眼弯弯，目光若有若无地在垂着头的刘佳仪身上一扫而过，又回到了唐二打脸上：“但我觉得，作为一个战术师，把你们当作物品一样抢夺过来，然后又这样随意安置——

“稍微有点不尊重你们的感受啊。”

逆神的审判者笑着说：“就像是仗着你们会永远追随他一样，钳制住你们的情感，让你们担惊受怕地接受他的任性和肆意妄为带来的一切后果，而你们还无法摆脱他。

“怎么说呢？是比绝对控制更高级的一种战术师控制队员的方式，你们绝对都是发自内心地信赖白柳的。”

逆神的审判者似笑非笑：“但这种信赖带来的痛苦也加倍了，因为你们对他有很深的感情。

“但白柳明明知道你们会为他痛苦，他也可以设计出让你们不痛苦的游戏路径，比如先让你们退出游戏。

“为什么白柳偏要选择让自己受折磨、让你们观看他的痛苦这条路径呢？

“邪恶的幕后之人是喜爱观察别人的痛苦的。”

逆神的审判者语气轻得就像是低语：“你们难道不觉得，从一开始，白柳就是在向幕后之人展示你们的痛苦，借以证明自己的本质，让幕后之人全心全意地选定他为继承人，让他可以进入信仰的领地？

“你们的痛苦，只不过是他的贡品——”

刘佳仪和唐二打几乎是同时掏出武器，用一种肉眼不可见的速度从左右两侧钳制住了逆神的审判者。刘佳仪一个飞跳落在他的肩膀上，双腿夹住他的脖子，将冒烟的毒药喷雾瓶正对着他的喉结。

唐二打单手反剪他的双手，用枪对准他的太阳穴。

柏嘉木和柏溢几乎是瞬间拿起了武器，神色一冷，对准了唐二打和刘佳仪。

“放开我们的战术师。”

大战一触即发。

逆神的审判者漫不经心地用带着笑意的声音打断他们：“放轻松，我只是开个玩笑。

“柏嘉木，柏溢，把武器放下，他们不会杀我的。”

柏嘉木和柏溢迟疑了片刻，还是把武器放下了。

逆神的审判者侧头看向拿枪对准他太阳穴的唐二打，思索片刻，突然笑了起来：“我调查过你，唐二打，异端处理局前任第三支队队长是吗？”

“我在现实生活里可是个从来没有对任何生物做过不好的事的良民，按时纳税，每天加班，在游戏里也没有杀过任何一个无辜的人。”逆神的审判者笑得很坦荡，“你确定你能对我这种根本不符合你击杀标准的正常人下杀手？”

唐二打咬紧后槽牙，准备扣扳机的手指隐隐颤抖。

——不能。

他的原则不允许他击杀正常人。

刘佳仪眼眶发红，手指卡在毒药喷雾瓶上，神色有种几乎掩饰不住的恶意：“唐二打杀不了你，我可以。帮我们找白柳，不然杀了你！”

“因果关系错了哦，小妹妹。”逆神的审判者不为所动地用两根手指夹住刘佳仪喷雾瓶的瓶口，将其别开，笑眯眯地回望她，“你希望我帮你找到白柳，所以你根本没有办法杀我。”

逆神的审判者温柔地注视着刘佳仪：“你确定现在就要杀我？”

刘佳仪猛地攥紧了喷雾瓶，然后缓缓放下。

白柳这个明晃晃的弱点握在对方手里，她的确没有主动权了。

柏溢目瞪口呆地看着逆神的审判者三言两语就化解了一场危机。

柏嘉木见怪不怪地转了一下手术刀。

逆神的审判者这家伙的战术风格一直就是这样子的，控制性不强，和每个队员的关系都不好不坏，就算和敌方起冲突，也会尽量不用武力来解决问题。

毕竟他是个可以在联赛赛场上让对方没有拔出武器就直接投降的战术师，

“低伤亡战术师”的名号不是白来的。

刘佳仪从他的肩膀上跳了下去，唐二打收了枪。

“就算白柳用你们的痛苦献祭，你们也要找到他，是吗？”逆神的审判者轻声问。

刘佳仪背对着逆神的审判者，她的肩膀和声音一起绷紧了：“——是的。”

她握紧拳头，嗤笑一声：“我们这种薄情的、被他抢夺过来的如货物般的队员都能因为白柳的自我毁灭而感到痛苦——

“那白柳自己该有多痛苦。”

刘佳仪深呼吸了一下：

“如果白柳真的是在献祭痛苦，那最主要的贡品也是他的痛苦，我们的痛苦只是作为添头，是次要的而已。”

刘佳仪回过头，冷静无比地望着逆神的审判者：“你不用指望靠这种诡辩来离间我和白柳的关系了。

“白柳是我自己选的人，我比你了解他是个什么样的人，在追随这个家伙的时候，我已经做好被他利用到死的准备了。”

“白柳是我的战术师，”唐二打郑重地说，“只要他是为了赢得游戏，一切的痛苦主攻手都是必须全力承担的。

“我作为他的队员，不会因为这点痛苦而轻易动摇。”

“……这么坚决吗？”逆神的审判者若有所思，笑了起来，“倒是出乎我的意料了。好吧，我会无偿帮你们找到白柳。”

刘佳仪警惕地看着他：“无偿？”

逆神的审判者转过头，貌似苦恼地看向蹲在湖边，双眼直勾勾地望着湖面，时不时拿鞭子戳一下湖水的黑桃。

黑桃似乎是觉得白柳在这片湖里沉底了，应该也会从这片湖里出来，他一直蹲在旁边抱着膝盖守着。

逆神的审判者无奈地叹息一声：“被白柳利用并献祭了痛苦的不止你们，还有我的王牌队员呢。

“你们的战术师白柳，可真不是个省油的灯，一场游戏就把我们队主攻手的魂给勾走了。”

逆神的审判者弯着眼笑起来，转头看了一眼唐二打和刘佳仪：“作为回礼，我本来也想让他的队员的魂被我勾走的，看来还是我的功底不行啊。”

刘佳仪和唐二打被他笑得齐齐脊背一寒。

不知道为什么，这个叫“逆神的审判者”的战术师，笑起来有种让人忍不住想逃跑的感觉。

“你怎么找白柳？”刘佳仪直接地问。

逆神的审判者笑吟吟地说：“用道具。”

“什么道具？”唐二打追问。

逆神的审判者挠挠脸，眼神游离：“这个嘛，还得感谢我们队的主攻手，他把我们队内很重要的联系道具给了白柳，这道具的判定性很强，只要玩家还在，铃铛一响就会自动从道具面板里弹出来。

“如果白柳真的还在这个游戏里，通过摇铃铛是可以找到他的。”

蹲在湖边的黑桃听到这话缓缓挺直了身体，二话不说就从系统面板里拿出了铃铛，一顿猛摇，结果没摇两下，铃铛就解体了。

黑桃缓缓地“啊”了一声：“我弄坏了。”

逆神的审判者深吸一口气，捂住脸：“……对啊，你之前破坏过这只铃铛，能支撑到现在都是因为这只铃铛质量好。

“我来吧。”

逆神的审判者无可奈何地拿出自己的铃铛，握住手柄，轻微地抖动了两下。一时之间，几只铃铛同时摇响。

柏嘉木和柏溢他们的铃铛都在响，但逆神的审判者立马敏锐地看向了湖对岸：“对岸没有我们的人，但有铃铛在响。”

黑桃几乎是在对岸的铃铛响起的一瞬间就消失在了原地，紧接着就是唐二打和刘佳仪。

逆神的审判者和旁边的柏嘉木、柏溢对视了一眼：“我们也走吧。”

湖对岸，木雕旁。

刚刚被湖内的白柳吸引走的尸块现在纷纷又回来了，围绕着两尊木雕狂乱地舞蹈着，腐烂的喉咙里吟唱着腔调奇异的歌曲。

“……凡人之躯已朽坏，信徒雕刻新容器，容纳飘荡的灵魂……”

新木雕上的白柳越发逼真，只剩头和肩膀还连在原木上，其余部位都已经彻底被雕刻好了，而头部也只剩下头发没有雕刻了。

雕刻木雕的尸体们把旧木雕搬到形似白柳的新木雕旁边，仔仔细细地对照着雕刻，将原本要雕给白柳的短发雕刻成了和旧木雕一般松散扎起、垂落到腰侧的长马尾。

似乎是因为新木雕上这一点改变，旧木雕脸上的笑越来越满意。

尸体们围绕着木雕摇动手脚，吟诵声越来越大：

“它夸口将有人在他的影里漂泊，

“影中之人十四岁，

“于是它赠予此人脊骨、心脏与神徽，
“夸口此人将是它唯一的信徒，将成为下一个新神。
“影中之人二十四岁，
“然后它陨落于雪原，信徒亡灵漂荡于深海，
“脊骨、心脏、神徽俱碎。
“它更迭，
“……
“神死而他存，因恶永生。”
随着尸体们的吟诵，新木雕渐渐完成，有尸体摇摇晃晃地举起大石块，开始在旧木雕上敲打，原本就是被缝补而成的旧木雕很轻易地就被打散了。
尸体们癫狂地乱舞，旧木雕前缓缓出现了一根纯白色的骨鞭和一条逆十字架的吊坠。
它们颤抖地高举起来，吟诵的声音再次变大：
“它赠予此人脊骨、心脏与神徽……
“取用古旧的脊骨，崭新的心脏和鲜血，来自万古深处，连死亡都无法泯灭的信仰——
“缔造统治我们的新信仰。”
尸体们颤颤巍巍地举着一根尖利的木棍，对准旧木雕的心口狠狠地扎下去。
一种近似于血液的黏稠的红色液体从木雕的心口流出。
尸体们举着白色的骨鞭，虔诚又敬畏地接住这红色液体，骨鞭从把柄一点一点地被奇异地染成了一点光都不反射的纯黑色。
随着染色的进程，上面的骨刺根根绽开，凌厉无比。
被捆在木桩上的亚历克斯痴笑着——这些就是红色涂料。
这些红色涂料，就是从木雕里产出的。
只要用刺扎入那尊木雕的心脏，里面就会源源不断地涌出拥有神奇力量，能永远帮助人实现自己欲望的神奇红色涂料。
一开始亚历克斯还以为这些只是这尊木雕所用的木头产出的一种奇异的植物汁液。
后来他才知道，和木头根本没关系，这些是这尊木雕心脏的血液。
鲜红的液体一滴一滴砸在白色的骨鞭上，骨鞭的染色进程已经过半，尸体们小心翼翼地将逆十字架吊坠戴在了新木雕上。
亚历克斯解脱般地仰头，闭上了眼睛，脸上露出一个恍惚的笑：“……终于都要结束了。”
一阵铃铛振响的声音突然从形似白柳的新木雕里传出，新木雕被精心雕刻

的表面出现如蛋壳破碎般的裂纹，这些裂纹随着铃铛的振响越裂越大，就像是里面的生物随时都要突破木雕钻出来。

尸体们惊慌失措地中止了吟诵和仪式：

“骨鞭还未染成……

“新信仰不该在此刻进入容器！”

亚历克斯一怔，他直直地看着这尊木雕。

新木雕半合的眼睛轻微地眨动了一下，一阵猛烈的风袭来，吹开丛林里久积不散的烟气。

木雕的表层全然碎开，松散的长马尾穿出木壳随风飘荡，逆十字架吊坠被风吹得悬空，在这片阴暗的雨林里闪闪发光。

木屑片片飘落，白柳缓缓睁开了纯黑色的眼睛，长马尾松散地系在脑后，随意地落在一边肩膀上，垂到腰侧。

他脸上什么情绪也没有，一片无风无云的平静，眼眸中又好像包容了万种人类的欲望和悲喜，流转着宇宙亘古不变的星河和规律。

雨林中的尸体颤抖地伏趴在地，一直遮盖雨林的瘴气消散，微光从虚幻的天际洒落，落在被捆在木桩上见证这一切的祭品身上。

亚历克斯愣怔地仰望着降生在他面前的白柳，几乎连呼吸都停止了。

——这就是那个幕后之人等了这么久的新信仰。

系统提示：玩家白柳躯体替换，综合面板值急剧攀升……正在计算中……

攀升至10000……解锁黄铜伪神成就……解锁低级信仰值系统……

攀升至30000……解锁白银伪神成就……解锁中级信仰值系统……

综合面板值持续攀升，系统计算中……

获得系统王冠级大礼包“旧信仰的馈赠”，属性不明的骨鞭一根，可与旧信仰沟通的逆十字架吊坠信物一条……

获得新隐藏身份“旧信仰的继承人”，根据该身份，旧信仰赠予玩家白柳一个世界线存档点——恭喜玩家白柳获得《密林边陲》世界线游戏设计权力。

从此刻开始，玩家白柳就是《密林边陲》世界线至高无上的信仰，您可以改写、设计这个世界的一切故事，可以随时存档、随时提取、随时改写，只要您觉得有趣——这是“他”赐予继承人的权利。

根据“旧信仰的继承人”这一身份，玩家白柳越级解锁“继承人信仰值”收集系统。

玩家白柳，成为设计者不光靠实力，还需要信仰之力。

您要是想杀死旧信仰成为新信仰，不光需要肉体上的强大，源源不断地获取人类的信仰之力才是对您而言最重要的事情，当您的信仰值超越现任设计者的那一刻，您才有诛杀他的权利——

如何让人类信仰您呢？

来自“他”的友好建议——只有当人类足够痛苦的时候，他们才会去寻找信仰。只要制造出足够深重的痛苦，人类就会出卖自己的灵魂，绝望地沦为信徒，许下愿望和祈祷帮助。

换言之，当一个人类成为游戏的玩家，设计者就获得了他的灵魂和信仰之力。

对你来说，白柳，当你拥有了一个人的灵魂纸币，你就拥有了来自他的信仰之力。当你的灵魂纸币数量和质量和我等同的时候，你就会见到我。

我相信这一天很快就会到来。

很期待见到你，白柳（笑）。

——X 留

307

白柳转头看向那根染色染到一半的白色骨鞭，伸手去拿。伏趴在地的尸体们惶恐地阻止了他：“还……还没有染好，您的灵魂和这鞭子还没有完全和容器贴合……”

他垂眸看向那根骨鞭，血色的涂料滴在骨头上的一瞬间就变成了黑色，就像是通过腐蚀骨头来镀色一般。

“我喜欢白的，”白柳神色平淡，就要越过尸体去取鞭子，“不用染了。”

白柳把手伸过去的那一瞬，背后传来一声厉喝：“仪式还没完成，阻止白柳拿鞭子！”

一把手术刀飞速地旋转而来，打断白柳取鞭子的动作。

白柳抽出鞭子，头也不回地抽鞭甩开。

柏嘉木抬手收回手术刀，脸色沉了下来：“把我的手术刀打得缺口了，起码是黑桃的鞭子那个级别的武器。”

逆神的审判者飞速上前，他只是望了一眼白柳，一直笑眯眯的脸上难得出现凝重的神色：“真是下了血本，‘他’居然直接把设计世界线的权利下放给白柳这个继承人了。”

他回头，前所未有地对身后的刘佳仪和唐二打严肃地说道：“说句不骗你们的真话，要是还想让你们之前的那个战术师白柳回来，你们最好阻止这家伙的鞭子全变黑。

“不然，下次白柳的做法就不是献祭你们的痛苦这么简单了。”

逆神的审判者冷酷道：“这种仪式都是献祭灵魂的，你们俩的灵魂在他手里吧？”

他说完，转头快速下令：“柏溢从后面包抄，柏嘉木不要中断攻击，打断白柳的动作。”

柏溢和柏嘉木异口同声：“是！”

柏溢高高地提起打蛋器，几次飞快地跳跃，跃到几乎十几层楼那么高，然后举着打蛋器咬牙切齿地挥下：“高转速打发！”

半个人那么高的打蛋器飞速地转动起来，几乎像一把电锯一样转出了蜂鸣声，下落的过程中旋转的打蛋器速度快到几乎能将空气切割，转出一个空气旋涡来。

柏溢把打蛋器高举过头顶，落下的一瞬间几乎就像是没有任何阻碍一样划过所有如腰肢般粗细的枝干，狠狠地落在了白柳身上。

“砰——”

柏溢击中的地方几乎让整个地基下沉了几十厘米，爆发出一阵巨大的白色烟雾。

与此同时，柏嘉木的手不断挥舞着凌厉的手术刀，行云流水地绕过雨林间的树木，在雾气中精准无比地发出了几声击中目标的“噗噗噗”的声音。

一声隐忍的痛呼从白雾里传出。

黑白相间的鞭子轻微地抖动一下，散开雾气，白柳站在中央，抬眸看向对面的逆神的审判者，脸上神色平和，手上举着痛苦挣扎的柏溢。

破破烂烂的打蛋器被丢在一旁，早已经被鞭子抽烂。

柏溢的脖子被白柳用鞭子提起，而且鞭子收得越来越紧。柏溢脸色酱紫，不断地用手抓挠着脖子上的鞭子，样子越来越虚弱。

他身上还扎着好几把手术刀，鲜血正在往下流淌，很明显是刚刚被白柳用来当了挡箭牌。

柏嘉木瞳孔一缩：“——柏溢！”

他毫不犹豫就要上前，被逆神的审判者拦住。逆神的审判者只快速地说了一句“你打不过他”，就消失在了原地。

下一秒，逆神的审判者出现在白柳身后，目光冷冽，抬手就是一个太极的起手式，震手推在白柳的肩膀上。

系统提示：玩家逆神的审判者使用体术技能“太极八卦”。

白柳回眸侧身躲过，逆神的审判者的推手掠过白柳的下颌。

逆神的审判者变掌为勾手，毫不犹豫地往回拉，目标是白柳脖颈上那条逆十字架吊坠。

白柳立即松开困住柏溢的鞭子，手腕上抬用力，鞭子从两个人之间飞速划过，逆神的审判者瞬间收手，眼看就要安全地避过这一次交锋。

鞭子的骨刺张开，硬生生地在逆神的审判者手背上留下了一道深可见骨的血痕。

在逆神的审判者的掩护下，柏溢喘着粗气连滚带爬地跑出白柳鞭子的攻击范围。

柏嘉木立马搀扶起他，柏溢后怕地拍了拍胸口，双眼发直：“我以为我要死了，你就不能看准了再出刀吗？全插我身上了！”

“我就是看准了再出的好吗？！”柏嘉木破口大骂，“谁让你自己被人逮住不知道躲啊！”

那边逆神的审判者和白柳还在交锋，这两个人居然能用一种肉眼不可见的速度打得旗鼓相当。

但渐渐地，逆神的审判者身上的伤痕还是越来越多，明显是落了下风，但他语气还算沉稳，抽空对柏嘉木吩咐道：“去把黑桃、唐二打、刘佳仪他们找回来，白柳改写了世界线，刚刚把他们调动到了其他地方。”

柏嘉木一怔，他左右看了看，这才发现周围不知道什么时候只剩下了他和柏溢。

唐二打、刘佳仪和一直冲在最前面的黑桃不知道什么时候都凭空消失了。

逆神的审判者定定地看着对面的白柳，手上的动作飞快地变换，推拉的速度极快又极慢，几次都是握住鞭子震回去的，双手早已全是骨刺扎出来的孔洞，血迹斑斑，但他脸上一点神色变化都没有。

他用体术和白柳贴身对打，还用的是太极这种有点耍无赖的柔性体术，这在很大程度上限制了白柳的鞭子发挥作用，阻止了那群尸体继续给白柳的鞭子染色。

白柳直视逆神的审判者：“不错的策略。”

逆神的审判者笑眯眯的，还有心情和白柳闲聊：“是吧？我在和黑桃这家伙相处的时候总结出来的，贴身体术对你们这些用鞭子的有奇效，所以我特意去搞了一个太极技能。”

“不过说起来，”逆神的审判者的语气仿佛在唠家常，抬手却一回掌击在白柳的脊骨上，力道大得风都跟着跑，“你是不敢用这副面孔去面对黑桃、唐二打和刘佳仪他们吗？”

逆神的审判者笑得十分和气：“明明他们都要见到这么厉害的你了，你却临时改动世界线把他们送到了游戏副本里的其他地方，不愿意让他们看到你。

“是年轻人改头换面之后，不好意思见朋友吗？”

白柳脸上的表情一僵，头也不回地抬手，挡开逆神的审判者从背后袭来的手。

“大概是吧，”白柳淡淡地回答，“怎么，我不可以不好意思吗？”

随着他这句话说出，白柳左手握住的鞭子半黑半白的，交界处下半部分的黑色涂料开始向上攀升。

看到这个变化的逆神的审判者脸色一变，恨不得抽空打自己两耳光！

白柳这家伙变身之后居然能这么坦诚地面对自己的欲望！

越是坦诚地面对自己的感情和欲望，欲望渗透得就越深，逆神的审判者刚刚激白柳的那几句话本来是想让白柳排斥欲望的，结果反而起了反效果，让白柳在心理上接受了带有感情、欲望和负面情绪的自己。

白柳抬起眼皮，他鞭子下半部分的黑色就像是血丝一样往上一丝丝蔓延：“我个人其实更喜欢白色的骨鞭，但用来淘汰人的话，我觉得黑色也不错——

“耐脏。”

白柳微笑起来，他看向那根血丝不断向上蔓延的鞭子：“不如干脆等它转换完了，再结束这个游戏副本好了。”

逆神的审判者脸上连最后一丝笑意也消失了。

另一头。

系统提示：玩家白柳（密林边陲世界线拥有者）修改世界线，将玩家唐二打、玩家刘佳仪送至红十字会。

系统提示：玩家白柳将红十字会修改为无法走出的循环密接空间，限制玩家唐二打、玩家刘佳仪使用技能。

系统提示：玩家白柳激活红十字会地图中的大批量活死人以及尸块，逼迫玩家唐二打、玩家刘佳仪主动退出游戏。

刘佳仪和唐二打背对背，警惕地看着周围迷雾重重的红十字会。

他们上一秒还在湖岸边，刚听了逆神的审判者对他们的嘱咐，下一秒就被莫名其妙地送到了全是白雾的红十字会内，还怎么走都走不出去。

迷雾中不断有尸块摇摇摆摆并嘶吼，企图靠近他们。

“最多十分钟，这些打不死的尸块就会将我们彻底异化。”唐二打凝神左右观望，“到时候我们只能退出游戏。”

“我也没有找到明显的解密点，”刘佳仪咬咬牙，还是不甘心，“但白柳还在这里。

“我听到了他的声音，但没有见到他。”

唐二打沉默了一会儿：“我也听到了。”

他抬手，手上的左轮手枪不断变换形态，最终变成一杆长长的、带着弹带的玫瑰左轮手枪。

唐二打抬起头，举着枪对准这些尸块，缓缓地呼出一口长气：

“那就全力以赴，撑到我们不行为止，看看我们能不能打破这个困住我们的结界，见到白柳。”

系统提示：玩家唐二打装备《怪物书状态：凋谢的玫瑰猎人》。

小镇边缘，通往墓地的交叉路口被重重迷雾笼罩着。

系统提示：玩家白柳修改僵尸少年面部设定，将僵尸少年面部设定从 NPC 盖伊改动为白柳的面部。

系统提示：为了影响玩家黑桃对怪物的辨识度，将僵尸少年（白柳版本）的状态调成醉酒后的版本，面板值改动中……

系统提示：提升僵尸少年综合面板，将攻击力属性拉到该怪物的最高设定值。

玩家白柳修改后的《密林边陲怪物书：僵尸少年》设定集载入中……

黑桃握住鞭子，他原本要第一个登上湖对岸，却莫名其妙地被送到了这里。

他神色淡漠地环视一圈，毫不犹豫就要抽鞭劈裂这密接的空间和时间，从这个根本困不住他的地方冲出去。

但在黑桃的鞭子挥出的一瞬间，白雾中不疾不徐地走来一个穿着礼服的灰影，鞭子劈开了滚动的浓雾。

一个眼中含笑的白柳出现在黑桃面前，除了肤色青白一些，神色灵动，简直宛如活人。

接下来，断断续续有好几个“白柳”状态的僵尸少年出现了，他们簇拥着黑桃，眉眼弯弯地微笑着说：“我永远不讨厌你。

“我再也不会对你说再见了。”

藏在花后的“白柳”用那种醉意潋滟的眼神专注地注视着黑桃，笑得春风拂面：“我很想你，黑桃。

“——不是想见谢塔，是想见黑桃哦。”

听到这句话，举着鞭子的黑桃瞳孔轻微地一缩。

明知道这些白柳都是假的，但这些话还是让黑桃挥鞭的动作顿了一下。

就在这一瞬，就有僵尸白柳绕后握住了黑桃的手腕。

“白柳”笑得幸福无比，下手却毫不停顿：“全都是你想听我说的话，对吧？

“还想继续听吗？和我一起逃离这个游戏吧。”

黑桃冷淡地挥鞭往回打，毫不留力，结果打到这个僵尸“白柳”的那一刻，他听到的却是系统的提示音。

系统提示：玩家黑桃已经被僵尸少年附着为一体，攻击附着物相当于攻击玩家自身。

系统提示：玩家黑桃受到自己攻击，生命值下降7点。

黑桃缓缓地下移视线，看到那个僵尸“白柳”握住他手腕的地方，已经完全和他长在了一起，并且被死死攥住的地方还在不断地尸化，向上蔓延。

“白柳”笑得有种诡异的残忍和甜蜜：“我和你结合在一起了，是一体的，杀死我就等于杀死你自己。

“就让我们都彻底变成怪物留在这里吧。”

源源不断的“白柳”微笑着提着枪奔赴过去附着他，黑桃的后背和左肩膀终于尸化了，他蹙了一下眉。

系统提示：玩家黑桃因尸化，精神值不断下降中……

湖泊旁。

逆神的审判者推拉的速度越来越慢，嘴角溢出鲜血来。白柳挥鞭的速度却依旧很和缓，不动如山地和他慢悠悠地过招。

“我其实蛮好奇的，”逆神的审判者一边咯血一边笑嘻嘻地和白柳唠家常，“你既然这么狠心地利用黑桃，献祭他们的痛苦，还给他们设定了一个死局，看起来像是毫不在乎他们的样子。

“但为什么偏偏又不敢让他们看到你现在的样子呢？

“如果你真的如你所说的一般，完全可以接受自己的转变——”

逆神的审判者猛地一番推拉，扣住白柳的脖颈：“那你到底在逃避、在害怕什么？”

白柳后仰，甩手用鞭子圈住他的手腕，待鞭子的骨刺张开嵌入他的皮肉之后，白柳握住鞭子的把柄纵向一拉。

逆神的审判者的手被硬生生地扯开，血肉在他和白柳之间飞溅。

“我可以接受自己这副样子和别人能接受是两码事。”白柳上下抖动了两下鞭子，抖去鞭子上的血沫，将其收束。

白柳平静地看着捂住手腕后退了好几步的逆神的审判者：“要求别人接受自己功利又充满欲望的负面形象，这属于自我意识过剩。”

逆神的审判者捂住自己不断向下滴血的手腕，直视白柳：“既然你不寄希望于他们能接纳这样的你，也已经接受了他们不会接纳你的现实，那你在害怕什么？”

逆神的审判者笑起来：“白柳，你不会是在害怕另一种可能性吧？”

白柳攥住鞭子的手轻微地收拢，血顺着骨刺的边缘滴落下去。

逆神的审判者忍着手腕的剧痛，龇牙大笑，继续说下去：“你不会是在害怕他们哪怕到了这一步，依旧会接纳你吧？

“你害怕他们对你有真感情，而你的所作所为辜负了他们为了拉你回来所付出的一切，是吗？

“你宁愿他们憎恶你，也不愿意让他们在见到你之后接纳你。”

逆神的审判者挑眉：“白柳，我真是没见过你这么奇怪又矛盾的玩家。

“所以你到底是希望他们接纳你，还是不接纳你呢？”

白柳垂在身侧的鞭子下半段的黑色随着逆神的审判者的话停顿了一瞬，又开始缓慢地向上继续蔓延。

逆神的审判者伸出手，提拉外推，一个典型的太极起手式。

他的手掌随着动作的轮转带起风来，迎面吹开他的衣袍和额发。

逆神的审判者眼中隐约带着一种温和的笑意，脸上的神情平静：“你的队友我可能不太清楚。

“不过我的队友里有个直觉系的野生动物，我知道他只要认定了谁——”

白柳无波无澜地和逆神的审判者对视，手中的鞭子再次散开，上面的涂料如沸腾般往上爬。

逆神的审判者猛地向前冲刺，几乎是在眨眼间就到了白柳身前。

他抬手翻身，躲过白柳直冲他面门的一鞭，行云流水地斜肩躲过，手腕内翻外震，狠狠地打在白柳的肋骨处，声音里却带着笑：“你就不要指望他会放过你了。

“你可是收了钱要帮我解决这个家伙的。”

白柳提鞭挡在逆神的审判者手掌前。

在掌和鞭相互击打的那一刻，一阵巨大的白雾在原地“砰”地炸开。

红十字会。

唐二打呛咳着提着枪，面前的尸体越打越碎，越打越多。刘佳仪用毒药腐蚀尸块，只要腐蚀不完，零散的碎末反而更容易潜藏，等着偷袭他们。

到了后期，刘佳仪和唐二打都干脆地放弃用技能，选择了最笨的肢体攻击，但肢体攻击很容易被尸块“黏”上，直接被附身，和尸块成为一体。

喝掉最后一瓶精神漂白剂之后，刘佳仪摇晃了一下，她大概百分之五十的身体都已经尸化了，现在就是咬着牙死撑。

精神漂白剂可以恢复精神值，她的治疗药剂可以恢复生命值，按理来说他们是可以支撑更久的。

但尸块实在是太多了，精神漂白剂很快就用得差不多了，她的治疗技能又需要时间恢复，所以就在十几分钟内，他们到了这个快弹尽粮绝的地步。

——设计这个游戏地图的幕后之人，几乎把场景对他们技能的限制发挥到了极致。

“不行了，你需要退出了。”唐二打握住刘佳仪的肩膀，把半跪在地上大口喘息的刘佳仪提起来，镇定道，“我还可以再撑一会儿，你先退出。”

刘佳仪刚想摇头拒绝，一股极为强劲的风从外面横扫过来，打在密接的空间缝隙上，卡住了。

这股来势汹汹的风只卡顿了不到两秒，空间碎裂。

一根纯黑色的鞭子以一种劈天盖地的架势把整个结界直接敲碎，然后抖动着扫去了地面上所有的尸块和尸体，直接用鞭子把它们扫到了红十字会外面。

大雾散去，浑身是血和伤口的黑桃脸上一点情绪都没有，站在红十字会的出口。

黑桃一只手握住鞭子，鞭子上沾满了血迹，缠着一些碎屑和残片。他神色淡漠，另一只手绕过后颈，把一只黏在自己肩膀上的还在不断扭动的僵尸的断手扯了下来。

系统警告：攻击附着在自己身上的僵尸相当于攻击自己！

系统警告：玩家黑桃攻击了23个附着在自己身上的僵尸少年，生命值下降为37点。

这只僵尸断手的断裂处像是被黑桃直接撕开的，还带着牵拉出来的肉丝。

把僵尸断手扯下来之后，鲜血从黑桃后颈的断口涌出，他不甚在意地摁了一下，发现摁不住之后就放弃了。

黑桃转头看向刘佳仪和唐二打，就像是路过这里偶遇他们那样随口一问：“我要去找白柳，你们去吗？”

308

丛林间。

柏嘉木背着柏溢飞速跳跃、奔跑，眼神凛冽，手中不断有手术刀左右旋转飞出，将靠近他们的尸块钉在地面或者是树桩上。

柏溢在柏嘉木背上有气无力地叫唤："……你别颠啊，我要掉下去了。"

"真是蠢死了，"柏嘉木无语地耸了一下肩膀，把即将往下滑的柏溢往背上送了一点，"出手就败了，你是废物吗？"

柏溢不服："我怎么知道白柳那么强？！"

"他能和逆神的审判者打得不分高下，应该和黑桃是一个级别的玩家了。"柏嘉木警惕地闪躲，躲开了从头顶落下的一个尸块，神色凝肃，"……这种级别的玩家要是想杀你，你连退出游戏都来不及，白柳刚刚对你应该留余地了。"

柏溢一顿，"嗯"了一声。

柏嘉木又说："我感觉逆神也留余地了，不然他要是用自己的技能武器，能直接把白柳清得退出这个游戏。"

柏溢拉长声音叹了一口气："反正我是从来没看懂过逆神要做什么。

"他明明可以直接清掉白柳，为什么要用太极和白柳慢悠悠地耗，还让廖科（杀手序列战队最后一个队员）退出了游戏，让我们出来找黑桃。"

"你要是能看懂逆神的操作，就有点侮辱逆神96的智力值了。"柏嘉木翻了个白眼，"还记得逆神一开始接触白柳的时候，和我们说的话吗？"

柏溢貌似认真地回忆了一会儿："不记得了。"

柏嘉木简直无语到了极限："他说白柳是黑桃认可的对手，可以让黑桃明白很多东西。"

"他让我们找到黑桃并带去见白柳，是为了让白柳影响黑桃。"柏嘉木深吸一口气，"不知道是不是被黑桃那家伙传染了，我的直觉告诉我，这场游戏过后，黑桃就可以重新归队，和我们一起打团战了。"

"你说得倒是简单！"柏溢苦着脸，"逆神让我们找黑桃，但我们什么时候在游戏里找到过他啊？就算我们是队友，黑桃这家伙一进游戏就从来不让人跟着，超级难找好不好——"

柏溢话音未落，就看到黑桃领着唐二打和刘佳仪头也不回地从他们旁边跳了过去。

远远地还能听到唐二打疑惑的询问声："黑桃，刚刚我们路过树那边，我好像看到你的队友了？"

黑桃的声音十分平淡："不是，你看错了，是尸体。先去找白柳。"

"尸体"柏溢："……"

"尸体"柏嘉木："……"

"黑桃——"柏溢和柏嘉木愤怒的声音惊起飞鸟无数，"你给我站住！"

湖泊旁。

巨大的白色烟雾炸开之后又被挥舞的鞭子打开，白柳站在原地，鞭子垂落在身侧，骨刺滴答滴答往下滴血。

地面上拖出两条长长的、很深的泥痕，逆神的审判者单膝跪在泥痕尽头，左手捂住右手的肘部。

他的右手手指血肉模糊，轻微颤抖着往下滴血。

逆神的审判者深呼吸了几次，笑着抬头："我还以为你要适应一下这根新鞭子呢，没想到上手这么快。"

白柳垂眸："我也没想到，你到现在都不用技能武器。

"我身上有什么值得你再三手下留情的东西吗？"

逆神的审判者额头上隐隐渗出冷汗，但他却弯起眼睛和嘴角："同样的问题我也要反问你，你明明早就可以杀死我，为什么一而再，再而三地对我手下留情，几次都把伤害范围控制在我的右手。"

"怎么？"逆神的审判者笑眯眯的，"是还没有做好杀人的准备，还是你和我手下留情都有同一个理由？"

"我是因为黑桃，"逆神的审判者笑得十分戏谑，"他在意你，他从诞生到现在，从来没有在意过任何人，你是第一个。

"我作为他的战术师，不会轻易伤害他唯一在意的人。那你为什么不杀我呢？"

白柳缓缓抬起眼皮，俯视半跪在地上的逆神的审判者，鞭子上的黑色涂料几次向上蔓延，都被诡异地压了回去。

逆神的审判者脸上的笑意越发明显："你不杀我，是因为你也在意黑桃，在意他的感受，对吗？"

他话音未落，白柳的鞭子猛地向他刺过来，这次不再像之前那样控制在伤害他右手的范围内，而是凌厉地刺向他心口。

逆神的审判者半跪在地上，用左手握住白柳刺过来的鞭子，被鞭子甩过来的力道挟裹，跪在地上又向后滑了一截。

在千钧一发鞭子要刺入他心脏的时候，他咬牙死死握住鞭子上张开的骨刺，偏移方向让鞭子刺入了肩膀。

鞭子刺入之后只是略微停顿，骨刺就根根张开，似乎是在确定每一根骨刺都扎入了他的皮肉，白柳才往回扯。

刺入逆神的审判者身体里的鞭子尾部在白柳往回扯的过程中直接撕开了他肩膀上的皮肉，一个不断流血、深可见骨的大窟窿出现在了他的肩膀上。

逆神的审判者痛得眼睛半眯，他注意到了白柳鞭子上的黑色已经蔓延了三分之二。

不太妙啊，白柳这家伙用这根新鞭子越来越熟练了，这样留着他慢慢折磨和对练，不会是为了……

“不是对你手下留情，只是获得任何新武器之后都需要练习。”白柳拖着鲜血淋漓的鞭子接近逆神的审判者，“你体术技能很不错，刚好克制我。”

白柳居高临下地俯视隐忍地喘息的逆神的审判者，脸上没有任何表情，淡漠得就像是一尊雕像。

“我没有必要拒绝送上门来的优质练习对象，”白柳平静地说，“之前把攻击范围限定在你的右手，也是为了练习‘缴械’。”

鞭子上的涂料就像是感到欣喜般飞快地向上跑，很快就染黑了四分之三。

“不过现在，不肯拿出技能武器的你已经失去练习价值了。”白柳平淡地举起鞭子，“今天就到此为止吧。”

不断滴落鲜血的鞭子被高高扬起，上面狰狞的骨刺根根分明地绽开。

逆神的审判者眼神逐渐变冷，缓缓背手虚握住什么东西，深吸一口气。

真是没想到，白柳这家伙还没得到全部继承就可以把他逼到这个地步。

该怎么说呢，不愧是幕后之人等了这么久才等到的继承人吗？

系统提示：玩家逆神的审判者是否使用个人技能……

一根纯黑色的骨鞭突然从湖对岸蛮不讲理地甩了过来，直接打在白柳的腹部，把他拦腰狠狠甩飞。

逆神的审判者终于松了一口气，向后瘫软在地面上：“……总算来了。”

黑桃几个连跳，落在了从地上爬起来的白柳旁边，脸上第一次出现那种接近于凝神的认真表情：“你拿了你讨厌的东西。”

白柳呛咳两声，拍拍自己膝盖上的灰尘，站直了身体，平淡地和黑桃对视：“我以为我会很讨厌，但现在也没有那么讨厌。”

黑桃面无表情地打断白柳的话：“你说谎，你在害怕。”

“人总是会恐惧未知的自己，”白柳抬眸看向黑桃，“但这并不代表未知就是坏事，未知里如果有你想要的东西，那未知也不是坏事。”

黑桃的视线下移：“那你为什么不肯攥紧这根鞭子？”

白柳一静，他猛地攥紧了鞭子，鞭子上的黑色突然向上蹿了一截。他抬手，毫不犹豫对着黑桃的面门就是一鞭。

黑桃灵巧地后退躲开，神色冷淡地横向甩出被自己用得坑坑洼洼的纯黑色骨鞭。

两根黑色的鞭子瞬间在空中交织在了一起，被黑桃和白柳分别拉着，在中间缠绕成了一条荆棘。

白柳顷刻就要往回拉自己的骨鞭。

黑桃并不松手，他手腕发力，紧紧握住鞭子上抬，鞭子在他的主导下逐渐分开。

同时黑桃行云流水地起跳，目光冷酷地踩在白柳抽回去的鞭子上，飞快地朝着另一头的白柳靠近，眨眼间就靠近了白柳。

白柳迅速地松开了鞭子，要从技能面板里抽出其他武器，但黑桃已经靠近了他，没有给他操作和反应的时间。

黑桃腰部发力，侧身飞起一脚，完全不留力地踢在白柳的颈侧。

白柳几乎能听到自己的骨头被黑桃踢得碎裂的声音，他能看到黑桃的眼睛，里面冷淡地倒映着自己的身影。

黑桃……生气了。

下一秒，白柳被黑桃踢得在地上连打好几个滚，在湖岸边撞了一下，呛出一口血之后，直接掉进了湖泊里。

缠在一起的骨鞭终于分开了，看见白柳握住骨鞭掉入湖泊，黑桃紧跟着他跳入湖泊里。

旁边被柏嘉木和柏溢搀扶起来的逆神的审判者看见这一幕咂舌："黑桃这家伙用全力了，他认真了。"

柏溢都看傻了："我从来没见黑桃的速度这么快过！我都看不清楚他！"

柏嘉木还没有反应过来："为什么黑桃突然用全力？"

逆神的审判者摸摸下巴："……一定要说的话，那就是你好不容易和某个人成为好朋友，那个人却完全否定了自己，强行把自己变成了另一副模样，问题是他自己也很厌恶这副模样，却偏偏要强迫自己忍着恶心一直扮演下去。

"自己不接纳自己，也不肯让周围的人接纳这副面目的自己。这个世界上没人接纳那样的白柳，他连自己存在的意义都抹消了，但他还非要平静地对所有人说'这就是我想要的'。"

"在意的人被这样虐待，"逆神的审判者看向湖面，"生气了吧，黑桃。"

309

刘佳仪死死地盯着湖面，忽然转头看向逆神的审判者：“我绝对不能过去吗？”

“最好不要。”逆神的审判者看向握住枪的唐二打，“你也一样，你俩要是被白柳看见了，说不定又会被送到其他地图里去，你们可没有黑桃那种划破空间的能力，再被送进去一次，估计就直接退出游戏了。”

刘佳仪闭了闭眼睛，深吸一口气。

理智告诉她，这个逆神的审判者说的是对的，但……

“我们是白柳的队友，”刘佳仪盯着逆神的审判者，“就没有什么我们能做的事情吗？”

逆神的审判者耸肩摊手：“我也是黑桃的队友，但现在你看看，有我可以做的事情吗？

“这两个人之间的联系，”逆神的审判者转过头，看向波澜不惊的湖面，“可不是我们这些队友可以插进去的。”

湖面下。

尸体面目狰狞地来回游动，遮挡了所有光，暗无天日。

白柳将自己掩藏在一众尸体的后面，脸上什么表情也没有，缓慢地下沉。

一根纯黑色的鞭子左右挥舞，击打开遮掩白柳的尸体，湖面微弱的曙光随着尸体被甩开落在白柳的脸上。

黑桃冷淡的脸浮现在了白柳面前，他单手握住白柳挥舞过去的带骨刺的长鞭。

骨刺刺入他的手掌，随着白柳将鞭子往回扯，在水中的黑桃手掌爆发出一阵血雾。

但这丝毫没有阻挡黑桃靠近白柳的步伐，他攥住白柳挥舞鞭子的手腕，用了极大的力道猛地向上拉扯。

白柳被扯得下意识张开了嘴，大量的水涌入肺部，他被直接甩出了水面，摔在地面上转了两圈，才呛咳着抬起手背擦掉嘴边的水，试图站起来。

黑桃突然出现在了刚刚站起来的白柳身后，屈膝腾空，膝盖跪在了白柳的后颈上。他面无表情地往下一压，白柳就被摁得单膝跪了下去。

白柳下意识想抽鞭回击。

但黑桃的动作实在是太快了，他用手掌控制住白柳两边的肩膀顺着往下滑，握住了白柳的手腕，反剪后向上一提，而他的左膝盖还压在白柳的后颈上。

这完全就是一个……逮捕的姿势。

白柳跪在地上隐忍地喘息着，手指好像在挣扎一样试图往回缩。他的长发散开，遮挡住侧脸，蜿蜒地垂落到地面上，水滴从睫毛上摇曳坠落。

长有骨刺的黑鞭掉落在一旁，上面的黑色涂料有气无力地停留在大概四分之三的地方，不再向上蔓延了。

黑桃膝盖用力，白柳被这力道压得不得不向后仰头看向压住他的黑桃。

白柳的眼神有种涣散的空洞，他的胸膛微微起伏，因为刚刚窒息过，眼眶泛着一层很浅的红色。

黑桃垂下头望着白柳，眼神很专注，但脸上的神情却很陌生，语气前所未有的冷："白柳，你不是说你要赢我吗？

"你现在这副自我厌恶的样子，根本不是我的对手。"

"原本的你就能赢我，赢任何人，为什么要对自己做这种自我放逐、自我抹消的事情？"黑桃冷静地质问他，"看着现在只是一个别人的欲望和武器的载体的自己，你不会感到恶心吗？

"我是绝对不会让这样的你，在游戏里赢过我的。"

黑桃缓缓伸手，想要取走白柳脖颈上的逆十字架吊坠。

白柳的瞳孔轻微地收缩了一瞬，旁边的鞭子上一直停滞的黑色就像是沸腾了一般，开始在整根鞭子上扭动，他忽然笑了一下。

"你有什么资格说我？"白柳抬眸凝视着黑桃，脸上的微笑变得极其危险，颜色浅淡的唇瓣轻微开合，水滴顺着下颌滑过喉结，"——自我抹消这种事情，不是你先做的吗？"

黑桃微不可察地一怔。

系统提示：玩家白柳正在调动湖泊中所有尸块……

一只由巨大的尸块组成的扭曲的手从湖泊里猛地冲出，狠狠地砸向黑桃。黑桃试图拖着白柳躲开，但白柳一翻身就握住了旁边的黑色长鞭。

翻身跪地的一瞬间，白柳眼神冷厉，对准靠过来的黑桃抬手就是一鞭。

黑桃侧身躲过。

白柳不停地攻击，鞭子上的骨刺全部张开，瞄准黑桃的喉咙往回拉，企图直接用鞭子的骨刺拉开黑桃的血管。

逆十字架吊坠在白柳动作间从他的衬衣领口里荡出，泛着一层近乎血色的暗沉光晕。

这光晕照耀在白柳身后的巨大尸手上，这尸手就像是癫狂了一般，扭动着不断朝黑桃击打。

巨大的尸手重重地捶在地面上，地面上不断有裂纹绽开，而黑桃在这只巨大的尸手面前只有一颗豆子的大小，他敏捷地跳跃躲避。

黑桃的鞭子一次次落下，打在尸手上，尸手被打得散落成尸块，而尸块不死，很快又聚集起来，挡在白柳面前。

白柳提起鞭子，在尸手的防守和帮护下，和不断进攻的黑桃打得旗鼓相当。

湿漉漉的长发在白柳身侧散乱地飞舞，而他手里的鞭子越来越黑，脸上的笑有种近乎漫不经心的残忍：

“你有什么好生气的？

“一次又一次出现在我面前和我玩游戏，又自作主张抹消自己的存在。挖掉自己的心脏，抹消我的记忆离开的人，不是你自己吗？”

白柳的眼中有种像火一样的光，在他漆黑的双眸里摇晃着：

“我都还没说什么。”

白柳的鞭子在尸手的遮掩下突然从黑桃的侧方出现，黑桃迅速闪避，白柳从另一侧突然出现。

黑桃对面的鞭子就像是残影一般消失了，回旋镖一般回到了白柳的手中，白柳挥出鞭子，语气冷淡无比：

“你有什么好在我面前生气的？”

鞭子一下砸在黑桃的背部，直接把黑桃砸进了一个坑里，紧接着尸手也呼啸着捶下，砸出了巨大的烟雾。

湖岸边的泥地全部裂开，黑桃落入的那个坑随着地面塌落直接陷进了湖水里。

白柳站在尸手上，垂眸看着那个落进水里的坑，他手中的鞭子只剩下最后一丝白色了。

他静了片刻，眼睛里什么情绪都没有，缓缓抬手做了一个下压的手势。

两个人之间约定好的游戏的胜负这种东西，在有一个玩家做了逃兵的时候，就没意义了。

巨大的尸手高高举起，凶狠地砸下，水浪滔天。

旁边的柏溢眼睛都看直了：“这得是几个S级别的怪物了……”

“逆神，”柏嘉木猛地转头看向逆神的审判者，“黑桃不会出事吧？”

逆神的审判者犹豫地看了一眼还在剧烈晃荡的水面：“应该不会吧？黑桃防御力很高的……”

“黑桃被这些尸块打到，就会和这些尸块连在一起，只要反抗就会掉自己的血。”唐二打有些迟疑，提出建议，“而且黑桃刚刚一直在反抗，我感觉他的生命值应该掉了不少，你们确定真的不下去看看？”

刘佳仪现在见白柳没事，十分冷静地在旁边补充：“我们见到黑桃的时候，他和我们说他生命值只有37点了。”

柏嘉木：“……”

柏溢：“……”

逆神：“……”

完了，黑桃不会真的变成他们的“尸体”队友吧？

逆神的审判者神色凄惨地双膝斜着跪坐在湖边，抬手拭泪：“黑桃！黑桃！你快出来啊黑桃！我下次再也不这样严厉地教育你了！

“是我不好，所托非人，我以为白柳念及你和他的旧情，会对你手下留情，至少给你留一具全尸的！”

“呜呜呜，”柏溢号啕大哭，“黑桃，我再也不会因为你在赛场上认不出我是你队友而诅咒你去死了，你还是别死了，你死了我更容易在赛场被淘汰了，你快回来吧！”

柏嘉木凝固了一会儿，然后神色郑重地对着湖岸边沉重地击了一下拳头，哀伤道：“黑桃，我会永远记得你这个队友的。”

刘佳仪和唐二打：“……”

这支队伍怎么回事？！

黑桃还没走呢，你们怎么就像早就做好了给他办流水席的准备了？！

“喂！”刘佳仪警惕地打断逆神的审判者假模假样地哭泣，“你们葫芦里到底在卖什么药？黑桃出事了吗？”

逆神的审判者脸上哀戚的神色顿时收敛，变成了一张笑呵呵的脸：“怎么说呢，黑桃这家伙的生命值不要说还有37点，就算只有7点，要弄死他也不是一件简单的事情。”

“不过嘛……”逆神的审判者脸上的笑意收敛，看向跳入湖中似乎在搜寻黑桃的白柳，“我也是真没想到，白柳居然真的对他赶尽杀绝了。

“黑桃现在的生命值不会那么容易死，但要赢白柳，估计还是很困难。不过黑桃应该知道在有信仰和世界线加持的情况下自己是赢不了白柳的。

“白柳果然说到做到，他赢了黑桃。黑桃经过这件事，应该也有了新目标。”

逆神的审判者揉揉肩膀上的伤口，龇牙咧嘴地站了起来：“我的目的基本都达到了，可以收拾收拾准备退出游戏了。”

刘佳仪警觉地躲开：“你怎么知道黑桃真的没死？”

“因为这是游戏池，玩家可以随时退出游戏啊。”逆神的审判者微笑，“黑桃那家伙看起来很没脑子，但他不会硬来的，真知道自己赢不了的时候，他也会逃跑的。”

“你们都可以准备退出游戏了，我整理整理，达到最后一个目的。”逆神的审判者眼神定在白柳潜下去的地方。

刘佳仪警觉道："你要对白柳做什么？"

"阻止白柳完全成为继承人啊，"逆神的审判者随口说，笑呵呵地挥了挥手，"不用太感谢我帮忙，保护珍稀战术师资源，人人有责。"

刘佳仪疑虑地望着逆神的审判者肩膀上像碗那么大的伤口："你刚刚被白柳打得跟狗吃屎一样，你能阻止白柳？"

"……什么屎不屎的，"逆神的审判者佯装生气，"你个小姑娘，嘴也太脏了，小心我等下和你们家战术师告你的状。"

刘佳仪无语地翻了个白眼。

"不过我的确有可以钳制白柳的东西，"逆神的审判者向前一步，背对着刘佳仪，声音还是带着笑的，"我的技能武器可以钳制设计者，是不是很厉害？"

刘佳仪愣怔了一瞬，神色变得很惊异。

有钳制设计者的技能武器，这个逆神的审判者到底是什么来头？！

"那你为什么要帮我们？"刘佳仪疑虑地顿了一下，问道，"你需要我们帮你做什么事吗？"

逆神的审判者回过头来，眉眼弯弯地对刘佳仪露出八颗牙齿爽朗一笑，比了个大拇指："我毕竟叫'逆神的审判者'嘛，最喜欢的就是逆着神做事。

"只要设计者够不爽，我就爽了。"

刘佳仪怔怔地望着他的笑脸。

刚刚有一瞬间，她的确从这个一直看起来很温和的逆神的审判者身上察觉到了一种很不一样、很有威慑力的气场。

逆神的审判者回过头，手虚虚地放在背上，似乎要抽出什么武器来，语气难得带了点认真："而且白柳这个战术师，能在继承仪式上和设计者盛放在他身上的欲望抗争这么久，没有迷失本心被完全吞噬……

"我很欣赏他。"

系统提示：玩家逆神的审判者是否装备《怪物书状态：逆神的审判者》？

"是。"

湖泊里。

刚刚尸手狠狠砸那么一下，搅动得整片湖水浑浊不清，不断有气泡上升。白柳向左挥手，阻挡了他视线的尸块就纷纷散开，露出湖底。

原本流动着黏稠泥沙的湖底现在被砸出了一个硕大下陷的坑，坑里什么也没有。

白柳的眼神无波无澜地看着这坑洞的最凹处半晌。

他拥有《密林边陲》整条世界线的编辑权利，他在这里感受不到黑桃的存在。

黑桃退出游戏了。

白柳的视线仿佛定格在了这个坑洞里，他眼帘半垂着，握住的鞭子不断上升的黑色就停留在还差一线的地方，不再动了。

是因为刚刚……觉得他那种情绪和欲望都失控的样子很恶心，已经失去被认真视为对手的权利，所以黑桃才离开的吗？

白柳的长发在水中散开、漂摇，遮住他脸上的一切神色，鞭子随意地垂落，一直垂到湖底。

又是……这样。

明明说要一直陪他玩恐怖游戏的人是这个人，明明说要在恐怖游戏里和他重逢的人也是这个人。

但先离开、先毁灭、先退出的人也是这个人。

310

……走得那么干脆，只给他留下一具没有灵魂的容器。

白柳很清楚，他所做的一切，只是为了骗黑桃和他做好朋友，然后为他的死亡痛苦，为他的背叛痛苦。

黑桃是很特殊的玩家，他没有灵魂，只是单纯地以容器的形式存在，所以白柳无法和他完成灵魂交易控制对方。

而这具名为“黑桃”的容器防御力极为强悍，就算有什么攻击突破了防御力的屏障打到了黑桃，甚至把黑桃打得半死不活，也无法让黑桃这个直觉系生物产生“痛苦”这种感觉。

这家伙脑中直白得只剩下胜负，根本不会为任何外在的攻击产生生理性的痛苦。

要献祭黑桃的痛苦，那只能是心理上的。

也就是让黑桃对谁主动产生情感上的依附，再通过这个媒介让黑桃感到痛苦。

白柳就是这样做的。

而黑桃如果有灵魂，整个过程就简单多了。

白柳只需要和黑桃进行灵魂交易，因为进行灵魂交易后，把灵魂卖给他的玩家会对他产生一种无法抵抗的情感依赖感，白柳可以轻易地通过自己的“死亡”让对方感到痛苦。

比如刘佳仪和唐二打。

好在黑桃很单纯，整个过程的操作对白柳来说并不算难，虽然最后不清楚好感度的层级，但黑桃的确对他产生了至少是好朋友的情感。

“除了你，没有人不恐惧我。

“我挺喜欢你的。

“对不起，不要讨厌我。

“你愿意和我做朋友吗？

“不要骗我。”

黑桃的痛苦，只不过是白柳献祭出的最珍贵、最虔诚的祭品。

所以他现在悬停在这里，为这具容器而停留，自我挣扎……

有价值吗？

没有价值。

祭品在被献祭过后，是最没有价值的东西。

根本不值得他为之回忆、停留。

白柳垂落身侧的手指轻微地收拢握住鞭子，鞭子上原本被控制住的黑色又开始缓慢往上爬，只差一丝就能完全染黑整根骨鞭。

他平静地收回落在湖底的眼神，在水中转过身，抬起头来的时候神色平淡得就像是什么都没发生过一样。

白柳抬了抬手，巨大的尸手温顺地向上升起，准备将站在它手背上的白柳送出湖面。

落在湖底的鞭子缓缓升起，即将彻底离开湖面的那一瞬，一只冷白的手猛地从湖底冒出，死死地攥住了鞭子，狠狠往下一拉。

被从尸手上拉下去的白柳转头看向那只手，嘴角有气泡溢出。

……怎么可能？他在这个游戏里根本感觉不到黑桃的存在了。

现在拉他的这只手，给白柳一种很熟悉又很陌生的感觉，好像是黑桃，又好像不是黑桃。

又有一只手从泥沙里冒出，同样攥住鞭子往下拉，动作又用力又快，白柳被猝不及防地拉了下去，极快地向湖底坠落，在他要砸进泥沙里的那一瞬间，有什么东西从湖底破土而出，稳稳地接住了白柳。

银蓝色的长鬈发在浑浊不清的湖底漂散开，纯澈的眼神宛如神明垂怜世人般落下，抱住怀中唯一的信徒，声音轻柔又平缓。

“你是我唯一的信徒，那就不能去信仰别人。”

塔维尔一只眼睛是泛着微光的银蓝色，另一只是深不见底的纯黑色。他屈身下伏，神色平静地握住白柳怀里的鞭子往上拉，白柳被拉得身体腾起靠近了塔维尔。

“随便臆测我抛下你，到处去搞破坏，背弃我去信仰别人，伤害自己，抹消自己。

“我会生气的，白柳。”

系统提示：玩家黑桃使用个人技能“堕落怪物化”，将精神值强制下降为0。

系统提示：玩家黑桃装备《怪物书状态：陨落的旧信仰》。

白柳的瞳孔急剧地收缩。

湖面上。

蹲在岸边等待的逆神的审判者似乎是察觉到了湖里的变化，猛地站起来，神色剧变：“黑桃这家伙太乱来了！

“居然为了能不退出游戏和白柳对抗下去，在游戏池这种地方用技能，游戏池里的世界线根本承受不起他的怪物化，他是想毁灭这条游戏世界线吗？！”

“你们全部立马给我退出游戏！”逆神的审判者转头怒吼，“迅速！”

柏嘉木和柏溢听到黑桃用了个人技能之后脸色一变，柏溢更是忍不住喊了一声：“在这种地方用技能，黑桃是想让我们团灭吗？！”

“别说了，快走！不然真的要变成黑桃那家伙的‘尸体’队友了！”柏嘉木打了一下柏溢的脑袋。

柏溢和柏嘉木调出面板，干脆地退出了游戏。

逆神的审判者见唐二打和刘佳仪还没走，脸上的表情都要裂开了，崩溃道：“你们怎么还在这里啊？快走啊！”

刘佳仪定定地盯着湖面：“白柳还没出来。”

唐二打侧头看向逆神的审判者：“黑桃用技能，白柳是受到冲击最大的人，我们要见到他，和他一起走。”

“你见到用了技能的黑桃就会疯了好吗？！”逆神的审判者无奈地扶额，“那家伙的个人技能破坏力大到令人恐怖，而且他对技能的掌控度也不够，每次使用技能之后只能维持短期意识，然后就是失去自我意识进行无差别攻击。”

“黑桃也清楚自己技能的破坏力，无论是什么样的情况，几乎从来没有在游戏里使用过技能。”逆神的审判者转头看向湖面，神色不明地深吸一口气，“……

但他这次逞强到了这地步，是真的不想轻易离开啊……”

“这就很糟糕啊……两个这种等级的人物一起出现在一个游戏里，还不肯走。”逆神的审判者把手放到了后颈，转了转后颈，眼神冷厉，语气里却还带着散漫的笑意，“我可不知道我能不能控制住。

“两个小兔崽子真是擅长给周围的人添麻烦，”逆神的审判者呼出一口气，“不过现在也只能硬上了。”

系统提示：玩家逆神的审判者是否使用技能武器“审判者的十字重剑”？

“是。”

一把巨大的斜挎的十字重剑出现在逆神的审判者背上，剑的把柄刚好被他放到脖颈后的手给握住。

这剑巨大，剑身长约两米，宽约两个成年人的巴掌，横向的把柄也有五六十厘米，打眼望去就像是一个十字架，看起来十分沉重，压得他肩膀都塌了一点。

“真重啊……”他抱怨了一句，“为什么技能武器会这么重？不是根据我的欲望变的吗？给我变轻一点啊。”

他话音未落，面前一直风平浪静的湖面突然在中央形成了一个漩涡，转动着把周围的一切东西，无论草木、枯树、尸体还是岸边的东西，都变成了某种抽象的彩色线条给吸了进去。

整个世界就像是一个触碰到BUG之后崩解失效的游戏，开始以湖里的漩涡为中心一点一点消失，而消失的范围很快弥漫到了岸边的逆神的审判者和唐二打脚下。

唐二打迅速地把刘佳仪背了起来，跳到了还没有崩解的地方，神色凝重。

“出去吧，”逆神的审判者头也不回地冷静地说，“我会把你们的战术师给安全地带出来的。

“我不喜欢伤亡。”

流动的彩色线条疯狂地被吸入漩涡内，唐二打看了逆神的审判者和他肩膀上的重剑一眼，拍了拍刘佳仪，镇定道：“先走，我们留在这里帮不上忙。”

刘佳仪死死地盯着逆神的审判者的背影，咬了一下下唇，最终调出了面板：“我知道。”

白柳不让他们插手的事情，他们从来都插不上手。

刘佳仪和唐二打退出了游戏。

逆神的审判者终于松了一口气，心想他们总算走了。

他可没有把握在两个这种等级的人物手下护住刘佳仪和唐二打。

逆神的审判者看了一眼漩涡越来越大的湖泊，无奈地深吸一口气，然后提着剑毫不犹豫地跳了下去，朝着吸走一切的漩涡中心游了过去。

……黑桃真是太乱来了。

明知道设计者在到处搜罗陨落的他的怪物书灵魂身份——旧信仰塔维尔，要将这张身份牌彻底污染。

黑桃居然还在一个全是污染源的游戏里把自己的灵魂封印解除了，把塔维尔这个怪物身份给召唤了出来，结果就触发了世界线崩坏，要被迫吸收并储存这个世界里的所有东西。

要是塔维尔这个怪物身份被完全污染，黑桃这家伙的灵魂就彻底没救了，真的会变成游戏里没有自我意识、只知道攻击的NPC。

——会变成一只完全不可能再离开游戏的怪物。

漩涡的中心已经卷到了湖底，是一片裸露在外的泥地，跪在泥地上的是两个相拥在一起的人，或者说怪物。

整个世界的线条混在湖水里不断地灌入塔维尔的后背，他环抱住白柳，眼神越来越涣散："我没有抛下你离开，我一直都……很努力地想留在你身边，想来见你。"

白柳双手紧紧抓住塔维尔的肩膀："……我知道。"

"不要讨厌我，"塔维尔的声音轻得几乎空灵，他抬手想要拥抱白柳，但抬到一半又无力地垂落了下去，"不要……献祭你的痛苦，不要为了我去做你讨厌的事情。"

"我会很生气……很难过的。"塔维尔很轻很轻地说着。

白柳深呼吸："我不会了，再也不会了。"

塔维尔低头，嘴唇苍白得没有任何血色。

他看到了白柳身边那根还在不断变黑的鞭子，很轻地说："你在说谎，你骗我。

"你无法控制自己的欲望，还是想要那些赐予你的力量，为什么？"

白柳的嘴唇抿成了一条直线。

塔维尔垂落长睫："你已经讨厌我到连回答我都不愿意了吗？"

背后被塔维尔吸收的湖水变得越来越红，越来越黏稠，旧木雕在湖水里微笑着，木雕上心脏的缺口越来越大，大量的红色涂料从这个缺口涌出，将湖水都变得一片赤红。

随着这些湖水涌入塔维尔的身体，他原本泛着微光的银蓝色眼眸变得失焦，声音变得越发生涩和恍惚：“——你真的不愿意再信仰我了吗？”

系统警告：玩家黑桃《怪物书状态：陨落的旧信仰》欲望即将失控！请及时取下身份装备！

“你真的那么想要他给你的一切吗？”塔维尔的声音断断续续，透出一种让人不安的情绪，“他能给你的一切，我也能给你。”

塔维尔猛地向下压住了白柳，单手把面色愕然的白柳的双手摁在地上，眼神里透着一种失控的执着，语气却很柔和：

“我是你唯一的信仰，我不允许你背弃信仰。

“如果你真的要被哪个信仰完全污染，那个信仰也应该是我。”

塔维尔的长睫轻颤：“我要彻底地污染你，白柳。”

311

“谢塔，”白柳仰躺在地面上，他罕见地用一种近似于反应不过来的表情望着垂着头压制住他的塔维尔，呼吸完全乱了，但语气还是冷静的，“你在做什么？放开我。”

塔维尔银蓝色的眼眸中什么情绪都没有，他用鞭子圈住白柳的双手，单手摁压住，垂眸专注地望着他：

“白柳，许愿是要付出代价的。”

“你一开始就索取了我的感情、陪伴和心脏，”塔维尔的长发蜿蜒拖在地上，和白柳的头发混在一起，他直视着白柳，“与之相对的，你也要对我付出同等的东西。”

塔维尔的眼瞳中完整地倒映着白柳的影子：

“你是我唯一的信徒。

“你的感情、心脏、痛苦和信仰只能是我的祭品，不允许向其他力量供奉。”

被燃料完全染红的湖水越发欢欣地往塔维尔背部灌去，他银蓝色的眼睛里隐约出现一个逆十字架，而白柳倒映在这个逆十字架之上，就像是被逆十字架禁锢在了塔维尔的眼睛里一般。

系统警告：玩家黑桃《怪物书状态：陨落的旧信仰》欲望完全失控，精神值高频跳动中……

塔维尔的手伸入白柳散开的衬衣下摆，停在了心脏的位置。

“……你的心脏跳得很快，是因为恐惧现在的我吗？”

白柳用被绑住的手盖住了眼睛：“——不是。”

“我能感受到你在害怕，”塔维尔的声音突然低了下来，“一个快要完全变成怪物的东西不愿意放你离开，很可怕，是吗？”

“但就算这样——”塔维尔握住白柳的手腕，猛地拉开了白柳盖住眼睛的手，让白柳直视他，“我也不允许你逃避我。

“从你自己要直视我的时候，就已经失去了害怕我的权利。”

白柳纯黑的眼睛里慢动作般地倒映着塔维尔的脸和翻飞的银蓝色鬈发。

满是骨刺的鞭子上的黑色停滞了一瞬，像彻底爆发般向上。

白柳抽出鞭子，瞬间解脱了禁锢，鞭子缠上塔维尔的手臂，往旁边一甩，把塔维尔从他的身上甩开。

塔维尔望着逃开的白柳，目光一滞，背后的湖水宛如沸腾一般疯狂灌入他的背部。

他抬头望着站在另一端的白柳：

“你对我的信仰，被你抛弃了，是吗？”

“我对你不再是信仰了，谢塔。”白柳握住垂落在身侧的鞭子，上面只有一个点是纯白的了，他的语气非常平静。

“那我们之间，是什么关系呢？”塔维尔问白柳。

白柳静静地望着塔维尔，纯黑的眼眸里倒映着湖水里的红色涂料，隐约折射出一种红色，鞭子上仅剩的白点被黑色吞噬得只剩一圈边缘。

“我们之间的关系——在你无法作为一个个体存在于我的身边，连记忆、灵魂都不能够保留的情况下，你不觉得我们现在探讨任何关系，都对我太不公平了吗？

“所以我想了想，觉得实在没有探讨的必要。”

白柳弯起眉眼，歪着头笑了起来：“所以现在，我们之间没有任何关系。”

白柳说完，手里的鞭子一挥。

满是骨刺的鞭子直接冲向了塔维尔的正面。

“砰！”

白柳用枪打开了塔维尔的黑色鞭子，他半跪在地上，胸膛剧烈地起伏着，脸上满是伤痕，白衬衣已经完全被血染红了，连发出的声音都是嘶哑的：“黑桃，停下。”

塔维尔恍惚地低下头，他在自己手里看到了那根满是骨刺的黑色鞭子，上面正在滴血，而在白柳手里的是一把银色左轮手枪。

……而他刚刚看到在白柳手里的是这根满是骨刺的鞭子。

周围的一切都凌乱不堪，湖水消失不见，原本是湖泊的地方只剩下一个偌大的坑洞，湖底如沼泽般的泥泞露了出来，上面遍布累累白骨，还有一尊斜着露出来的旧木雕，这尊木雕的头颅在对着塔维尔微笑。

在模糊凌乱的空间里，塔维尔听到这尊旧木雕用一种悲悯的语气笑着对他说：

“塔维尔，拥有弱点的你还是你吗？

“原本无坚不摧的旧信仰现在充满欲望，充满感情，充满弱点，充满幻想。

“看，你作为人类那一部分的欲望已经强到可以听到我降下的神谕了哦，前任信仰。

“在你潜意识的幻觉里，你居然这么恐惧自己会令白柳害怕、被他抛弃吗？

“塔维尔，你现在也不过是一个凡人而已了。

“你离因为极端的情感、欲望、妄念而出卖灵魂，从人类沦为怪物，只有一线之隔了。”

塔维尔看向他面前的白柳。

白柳直直地仰头望着他，突然提枪冲了过来，对准他的头开了好几枪，露出一个诡异的微笑：“——只要献祭了你，我就能完全成为新的继承人了。”

塔维尔被子弹击倒在泥泞里，突然一阵暴雨从天而降，雨大到不可思议，瞬间又把湖泊填满了，地底的泥泞里迅速生长出蔓草，将塔维尔缠绕住拖了下去。

旧木雕的头颅滚到被缠绕住拖到湖底的塔维尔旁边，脸上的微笑一如既往：

“怎么完全不反抗白柳对你的攻击？这只是幻觉而已，都不反击吗？

“你明知道这个白柳大概率是假的，也不敢反抗他对你的攻击，是因为害怕万一他是真的，对吗？

“说不定万一白柳真的那么厌恶你、讨厌你、恐惧你，说不定他真的会对你这样做，是吗？

“毕竟你们两个之间的联系那么微弱，只是十年前的一场邂逅而已。”

湖泊向内缩，变窄变深，面积变小，从一片大湖变成一个如堰塘大小的池塘，水从浑浊变得清澈，周围不断有小鱼和小虾游来游去。

塔维尔的脚踝上套着一根绳索，他被绑在湖底，绳结打得非常死，好像是打结的人生怕没绑紧的话他会被水冲走一般。

有人跳入水中，将塔维尔捞了起来——是头发湿漉漉的白柳，他是二十四岁时的样子，但周围的环境却很明显是十四岁的时候他们待的福利院，白柳穿的也是那个时候福利院发的衣服。

“我来喂你了，谢塔。”白柳脸色苍白，突然微笑起来，“只要你喝下这个，一切就都结束了。

“我再也不会因为遇到你这个让人畏惧的怪物，而让我的人生一团糟，一直痛苦那么久了。”

塔维尔看向白柳手上的东西——那是一瓶毒药。

女巫的毒药。

在白柳将毒药凑到塔维尔嘴边，用满怀期待的眼神看向他的时候，塔维尔只是略微地停顿了一下，就张开了口。

喝了毒药之后的塔维尔被毫不留情地再次抛进了池塘，他半合着眼睛下沉，触碰到了池塘的底部。

泥沙飞快地流失，池塘的底部突兀地向内缩，从坑坑洼洼的石头变成了光洁无比的陶瓷，下沉的塔维尔猛地被人抓住头发，从水里扯了出来。

塔维尔面前的池塘变成了浴缸状的受洗池，所处的环境从福利院的池塘变成了教堂内。

微弱的月光穿过教堂的琉璃窗照耀在被抓起来的塔维尔的脸上，氤氲出一层绮丽的光晕，受洗池旁的台子上供奉的原本是正十字架，现在却被换成了逆十字架和一尊破碎的旧木雕。

木雕望着被抓住头发的塔维尔露出微笑。

塔维尔刚被扯出受洗池，就有人抓住他的头，压迫他后仰着头面对神像，尖厉扭曲的女声从他身后传来：“你这个怪物，又做了什么奇怪的事情？

“我要狠狠地惩罚你！”

塔维尔又一次被摁入了水中，再被扯出来的时候，台子上的雕塑又换了。

白柳微笑着站在台上，他单膝蹲下来，垂下眼帘，用戴着手套的手撩开塔维尔额前的发，捧着塔维尔湿漉漉的脸轻语：“很痛苦吧？

“我当时在教堂后面，躲在窗帘后面看到这一幕的时候也很痛苦哦。”

白柳笑得十分温柔，透过窗户的月光在他的睫毛上落下一层五彩的光晕：

“——但你这个不会死的怪物在这个时候感受到的痛苦，可能还没有我为你感受到的痛苦的十分之一呢。”

尖厉的女声歇斯底里地打断了白柳的话，再次把塔维尔摁入了水底。

“白六那个怪小孩愿意和你混在一起，多半也不是什么好东西！”

塔维尔再次被拖出水中，台子上面的雕塑又换了，那家福利院的院长被抽干了血，表情惊恐地被挂在十字架上，膝盖跪在地上，似乎是在向他们忏悔。

而从受洗池拉出塔维尔的人这次变成了白柳。

白柳的胳膊轻柔无比地绕过塔维尔的脖颈，指甲变得锋利漆黑，双手开始缓慢地变形，变成了两只凌厉无比的猴爪，然后优雅地交错，虚握住了塔维尔的喉咙。

盗贼的猴爪。

“你知道吗？如果没有你……”白柳的爪子嵌入塔维尔的血管里，语气轻得就像是在耳语，“我只用做一个全心全意追随欲望的普通人。

“那该有多么幸福。”

血液流入面前的受洗池内，瞬间染红一切，带着尖刺的血灵芝藤蔓从被染红的受洗池底部冒了出来，圈住塔维尔的四肢把他拖了下去。

白柳神色淡漠地站在一旁看着塔维尔被拖进了受洗池，双手的指甲上不断滴落鲜血：

“谢塔，你赋予我的信仰毫无价值，只是从头到尾让我不停痛苦而已。

“就算这样，你也自私地要我一直信仰你下去吗？”

藤蔓绞紧塔维尔的四肢，把他往更深不见底的地方拖去，周围的血水变得越来越红，就像是某种红色涂料不断地渗入他的身体。

塔维尔被一些面目奇特的土著人从湖水里捕捞出来，用藤蔓吊起四肢，固定在一个逆十字架上做成木雕，然后绕着他欢欣鼓舞地吟唱着腔调奇特的歌曲，簇拥着白柳从人群中走到了他的面前。

白柳的手里拿着一把锋利的匕首，微笑着一步一步地走到了被绑在逆十字架上的塔维尔面前，把匕首的刀尖抵在了塔维尔的心口，轻柔低语：

“谢塔，从我遇见你开始到现在，只有你死去之后我彻底忘记你的那十年我才是自由的。

“没有对你的信仰，没有对你的感情，没有对你的想念，我只是个俗世里为金钱和欲望偶尔苦恼一下的平凡人，多么庸俗的幸福。

“你口口声声说想要我幸福，但在我进入游戏后却从来没有放过我，一次又一次地紧紧抓住我，在每一次我玩游戏的时候守着我，迫不及待地在我身上打上你唯一的信徒的印记，害怕我抛弃你，遗忘你，离你远去。”

“你诱导我，影响我。”白柳抬起眼皮，神色柔和，“你自私地放任唯一的信徒向你献祭他的灵魂，不动声色地占有他长达十年的痛苦作为祭品。

“对我来说，你对我卑劣的占有欲和现在这个信仰有任何本质上的区别吗？”

塔维尔低着头，轻微喘息着，但他没有否认这个白柳说的任何话，垂落的长睫上滴落水珠。

白柳笑着把匕首插进了塔维尔的心脏，鲜红色的涂料流了出来，滴在白柳另一只手举起来的近乎全黑的鞭子上。

刺客的匕首。

鞭子上那个仅剩的白点的边缘被塔维尔的血一点一点染黑。

"你看，你们的血都是一样的邪恶。"白柳的笑意越发深，"对我起到的污染作用都是一样的。"

白柳满手是血地捧着塔维尔的脸，垂眸轻笑："谢塔，到了这一步，在消逝之前做唯一一件对我有好处的事情吧。"

塔维尔抬起头，面上毫无血色，看向白柳。

白柳嘴角的笑灿烂无比：

"——作为祭品，为我挣脱一切束缚，在自己营造出来的恐怖幻境里死去吧，谢塔。"

白柳手上漆黑的鞭子张开骨刺，宛如荆棘般的骨鞭在逆十字架上攀爬缠绕，盘曲在塔维尔的双手和双脚上。

骨刺刺入雪白的皮肤，骨鞭尖端停留在塔维尔心脏的部分，然后狠狠刺了进去。

血液渗透出来，滴落在鞭子上，鞭子上最后一个白点彻底消失，变得漆黑无比。

白柳伸手拥抱住缠满骨鞭的塔维尔，贴在塔维尔的耳边，带着笑意轻声说："——谢塔，你的死去，对我而言才是最有价值的事情。

"我喜欢有价值的事物，所以我会永远追寻和怀念死去的你。

"在你死去之后，你永远得到了我的怀念，这不就是你想要的吗？"

"要和我做交易吗？"白柳微笑着，他的手贴在塔维尔的心脏上，"用你的死来交换我的怀念？"

听到"永远的怀念"，被鞭子末端插进去的塔维尔的心脏突然急剧跳动了起来。

神谕远远地传来，声音笑意盈盈：

"原来这就是你最害怕和最想要的东西，塔维尔。

"曾经的你可是根本不会害怕任何事物，也没有任何欲望。

"但现在你的恐惧和欲望里全是白柳，你害怕他抛弃你、遗忘你，害怕白柳信仰别人，想占有他的感情，得到他的信仰。

"你看，神一旦有了感情变成人类，就会充满欲望和恐惧，那离变成怪物就不远了。

"你明知道会这样，居然还会在意一个充满欲望和理智、很大概率只会利用你的人类，为他进一步堕落。

"真是……太有趣了。"

塔维尔的血从骨刺上滴落，他缓慢地眨了一下眼睛，银蓝色眼眸里的光泽渐渐散去。

等到下一秒塔维尔睁开眼睛，他又出现在了小镇上的小酒馆里。

他周围都是欢欣雀跃的人，大喊大叫着，但仔细看这些人脸色都是青白的，身上还有缝合的痕迹，全都是尸体。

而塔维尔穿着一身黑色的西装，被打理得整整齐齐。他仰头望去，穿着白衬衣和西装裤站在台上的白柳正举着一束鲜艳的花对他微笑。

塔维尔看着白柳，银蓝色眼瞳里一丝光也没有了。

小时候他和白柳偶然聊过“家庭”这个话题。

“家庭就是两个人用爱和法律彼此约束，许下永远在一起的诺言。

“白六，你有想过和谁结婚吗？”

白六撑着下巴，百无聊赖地打着瞌睡，听到谢塔问他的时候，白六转过头来笑了一声，似乎觉得很好笑：“没有。”

谢塔沉默了很久，才继续问：“为什么？”

“我不会永远爱谁的，”白柳很散漫地笑了一声，回答道，“因为那太没有价值了。”

谢塔静了很久很久，白六似乎发现了他的异常，饶有兴趣地凑过去看他的表情。谢塔微微移开眼神，不去看白六凑过来的脸。

白六斜靠在书柜上，双臂抱胸意味不明地笑起来：“你该不会想和某个女人结婚，组成家庭吧？”

谢塔没有正视他，而是垂着眼眸：“我不能有和某个人结婚这种想法吗？”

“你可以有，”白六恶劣无比地弯起眉眼笑起来，“但那只是幻想罢了。

“因为你这种不死的怪物，根本不能登上户口，让某个人和你结婚。”

“你最好老实一点，放弃你那些奇怪的想法，永远跟着我走。”十四岁的白六蹲下来，卡住谢塔的下巴转过来，让谢塔直视自己。

白六笑得很恶趣味：“因为只有我才愿意接纳你，和你玩游戏，小怪物。”

312

白柳一步一步地走向塔维尔，笑容温柔：“考虑好了吗？”

塔维尔平静地注视着幻境里的白柳，银蓝色的眼眸沉寂，手上出现了一根纯黑色的鞭子。

“或许未来我有以死换取你的怀念的那一天，但不是现在。”

白柳脸上的笑意渐浓："为什么不是？现在你的存在只会让我感到痛苦，不是吗？"

塔维尔抬眸直视着白柳："因为我不想。"

白柳神情一僵。

"就算是我只能让你痛苦，我也要存在于你的旁边。"塔维尔的身后刮来飓风，吹乱他的长发，将西装的领口吹得散乱翻飞。

"你的痛苦和信仰只能归于我，欲望和感情只能束缚在我的身上。

"到你彻底杀死我之前，我都绝对不会放你去信仰其他力量。"

塔维尔提起鞭子，直视着白柳的眼睛："虽然卑劣，但我的确如此贪婪。"

"这样吗？那就没办法了。"白柳貌似遗憾地叹息一声，也举起了鞭子，笑眯眯地看向塔维尔，"那就只能杀死你了。"

面前的小酒馆如燃烧的旧照片一般碎去，幻觉瓦解，塔维尔握住一根黑色的鞭子站在泥泞的湖底。

周围的一切都变成了凌乱跳动的彩色线条，就像是一幅幅还没上色的草稿在修图软件上随意地叠加，只有脚下的湖底是真实的泥土的灰色，腐烂扭动的尸体在泥泞里挣扎。

这才是真实的游戏世界，都快崩坏了。

白柳右手拿着一根已经被完全染黑的鞭子，站在离塔维尔很远的地方，他的衬衣已经湿透了，斑块状地贴在身上，一滴一滴地往下滴落着水。

"你不愿意放弃接受新信仰的力量，是吗？"塔维尔口吻平和地询问。

白柳缓缓地抬起了头："谢塔，我们都选择了用自己最讨厌的方式来解决问题。

"要是现在回头……"

"就没有价值了，是吗？"塔维尔接了白柳的话，"获得价值对你来说，就那么重要吗？"

"人存在的所有欲望本质都是获得价值，"白柳冷静地直视着塔维尔，"只不过有些价值可以从自己身上获取，有些价值必须从别人身上获取。"

塔维尔的长发被不知道从什么地方袭来的风吹得荡起，连他的声音都被吹得很虚幻：

"白柳，那你呢？你想要获取的价值是什么？"

白柳在风中不错眼地望着被吹得身影模糊不清的塔维尔，缓慢地开口："我想要可以主宰神存在的价值。"

"就算你为了获得这个价值而被欲望完全吞噬，也没关系吗？"塔维尔轻声问。

白柳呼出一口气，他突然微笑："被欲望完全吞噬？

"你是第一天认识我吗谢塔？我什么时候是脱离欲望而存在的？

"我本来就是欲望的集合体，要说吞噬，也是我吞噬欲望，而不是欲望吞噬我。"

风越来越强烈，白柳脖颈上挂着的逆十字架吊坠随风飘舞，闪烁着奇特的光晕。

塔维尔从风中冲出，一根干净利落的黑色鞭子直冲着白柳面门而来，白柳斜肩躲开。塔维尔已经到了白柳面前，他目不斜视地伸手去抢白柳胸前的逆十字架吊坠，手指已经触到了吊坠表面。

白柳丝毫不停顿，抬手就是一鞭，塔维尔抽鞭回挡。

在两根鞭子互相击中的一瞬间，整个空间不断震荡、扭曲。

系统警告：《密林边陲》世界线因无法容纳过多信仰相关数据，正在崩塌……现已崩塌 80%……

白柳被塔维尔的鞭子压得几乎下跪，连着后退了好几步。

见到白柳撑不住，嘴角溢出鲜血，塔维尔后退一步，嘴唇轻抿，鞭子略向后收。

……无论说得再怎么坚定，他对白柳也没有办法下狠手。

白柳几乎没有丝毫犹豫，再次挥出长鞭。

塔维尔没有动用鞭子，反而是侧身避开，单手握住鞭子往回拉，另一只手伸出去够白柳荡出衬衣领口的逆十字架。

在塔维尔触到逆十字架的那一瞬，白柳不躲闪地直视塔维尔的眼睛，他突然笑了一下，低头含住这个逆十字架，用舌头把吊坠压在了舌底。

塔维尔顿了一下，松开鞭子，屈膝压住白柳，张开拇指和食指卡住白柳的口腔，另一只手伸进去想要把白柳含住的逆十字架给扯出来。

近身的情况下，白柳用鞭子不占优势，被塔维尔钳制住无法反抗。

下一秒，塔维尔周围的泥沼里伸出无数只尸手，握住塔维尔的脚把他往下拽。

白柳趁机脱身，他侧头吐出口中的逆十字架，反身又是一鞭，冲着塔维尔而去。

系统警告：《密林边陲》世界线现已崩塌 95%……

塔维尔一鞭打散拉住他的尸手，凝视着直冲他而来的这根张开骨刺的长鞭，握紧了自己手里的鞭子。

“游戏池里禁止打得这么凶！”一声怒吼打断了湖底世界的战斗，逆神的审判者从湖底凌乱的线条里举着重剑劈了进来，稳稳地落在了湖底。

逆神的审判者一落地就崩溃地叫道：“你们两个小崽子做点好事吧！再打这里就塌了！吵架没必要让一个世界给你俩陪葬吧！”

但白柳和塔维尔一个听他话的都没有，还在打。

湖底天摇地动，边缘就像是凝固很久的干土块，开始在白柳和塔维尔两个人的飞速踩踏下碎裂。

系统警告：《密林边陲》世界线现已崩塌99%……

被两人忽视的逆神的审判者深吸一口气，缓慢地举起了重剑，面沉如水地说：“使用审判者权限——信仰审判。”

系统警告：玩家逆神的审判者是否使用怪物书身份《逆神的审判者》中的最高等个人技能“信仰审判”？

“是”。

在两根鞭子再次碰撞交叉到一起的时候，逆神的审判者就跟闪现一样高举着重剑出现在了白柳和塔维尔中间。

逆神的审判者神色凝肃地对准两根黑色鞭子交叉的地方狠狠斩下。

一阵剧烈的白光从重剑斩下的地方炸开，巨大的冲击力震得白柳和塔维尔两人都不得不松开鞭子，被击落了很远。

两根纯黑色的鞭子和重剑几乎同时发出不堪重负的碎裂声，整条世界线绽放出扭曲的五彩光晕，天空就像是马赛克般闪烁不定，不停有碎块从各处剥落下来砸到湖底，被泥泞吞噬进去。

湖底的尸体发出撕心裂肺的惨号。

黑色的鞭子在重剑的打击下发出“咔嗒咔嗒”的脆响，重剑光洁的表面如被敲碎的玻璃般出现清晰的裂痕，一直在被这两根鞭子搅得动荡不安的世界线终于平静了下来。

逆神的审判者咬牙切齿地下压手中的重剑，额头和脖子上的青筋根根暴起，双目和脸涨得通红，口鼻和毛孔都疯狂渗透出血液来，握住重剑的双手骨头节节崩断，连肩膀都塌陷了下去。

系统警告：玩家逆神的审判者生命值急剧下降……

逆神呛咳了一声，呕出一大口污血块，一字一句地说："我都说了，小孩子在玩游戏的时候不要玩太有攻击性的玩具，容易伤到对方，到头来伤心的还是你们自己。

"这种自相残杀的游戏没有继续玩下去的必要了。"

系统提示：玩家逆神的审判者使用信仰审判，终止继承仪式，中和信仰力量，世界线崩解结束。

系统警告：《密林边陲》世界线全面修复中，所有玩家强制退出游戏。

系统提示：玩家白柳退出游戏。

一直守在游戏池旁的唐二打和刘佳仪注意到了游戏池里的异常动静，猛地转头看过来。

白柳长发散开，浑身湿透地从游戏池里伸出了一只手，唐二打立马伸手把他拽了上来。

刘佳仪看到了白柳的正面，神色一变："你怎么受了这么重的伤？"

白柳嘴角溢出鲜血，长发凌乱地贴在苍白的脸上，手里握住的长鞭只剩一个残缺的把柄和正在往下掉的骨鞭碎末，衬衣上全是血污。

"我伤得不算重，"白柳抬起手背擦了一下嘴角的血，神色很淡，"其他人伤得比我重。

"那个叫逆神的审判者的战术师，可能要死在游戏里了。"

唐二打惊讶地问："你杀了他？！"

"没有，"白柳说，"逆神的审判者不知道用了什么办法，冲上来把我和谢……黑桃的鞭子给斩断了，鞭子里的某种力量反噬了他。

"我退出的时候看到他双手支着重剑，跪在地上大口吐血，感觉他要死了。"

白柳说的这些连刘佳仪都惊愕了："他把你和黑桃的鞭子都给斩断了？你的还好说，是附加道具，黑桃的那可是技能武器，怎么斩断的？！"

"不知道，"白柳垂眸往前走，"好像是和他的技能有关。"

"白柳……"唐二打深吸一口气，握住了白柳的肩膀不让他往前走，"问你件事，那个继承仪式，你真的完成了吗？"

白柳侧过脸："唐队长什么时候对这种幼稚的游戏身份转换仪式感兴趣了？"

"我其实没有弄清楚这到底是个什么仪式，但我觉得这东西不像你说的那么简单。"唐二打深蓝色的眼睛紧紧盯着白柳，"你有完成吗？"

白柳静了一会儿，坦诚地说："一定要说的话，半完成状态吧。

"我得到了继承人的身份和一副加强过的身体，但鞭子被斩断，仪式里最重要的逆十字架也被黑桃那家伙拼命抢走了。"

唐二打莫名松了一口气，放开白柳的肩膀，有点尴尬地说："……刚刚我有点急了，你的伤没事吧？"

"没什么，"白柳转过头，对着唐二打弯起眉眼笑了笑，"监督我不要变坏是唐队长的职责，我这种好市民对唐队长履行职责的询问都是完全配合的。"

唐二打看白柳的笑看得一怔。

白柳之前的笑有种礼貌的虚伪感，似乎要把"我在欺骗你"这五个大字写在自己的脸上，很漫不经心，不像是存心要骗人。

但现在白柳脸色惨白，嘴角带血，却一点虚弱感都透不出来，笑起来反而有种扑面而来的高位感，让人觉得他好像是你求助的对象，而他也在很认真地倾听你的苦恼，微笑着纵容你，愿意解决你的问题。

……这种以神的姿态面对人的方式，好像白六。

"我伤得不重，先回公会看看其他队员的状况吧。"

白柳说完，头也不回地向前走去。唐二打迟疑地看了一眼游戏池，喊住了白柳："你不……等一下黑桃吗？"

白柳笑着看向唐二打："我没杀黑桃，也没杀逆神，我在游戏里没有杀任何一个好人，这点你不用担心。"

"或者你不放心我，觉得我在说谎，我们可以留在这里等一等？"白柳体贴地表示。

"不是，"唐二打伸手在白柳和游戏池之间比画了一下，犹豫地问，"你和黑桃在游戏里，你们两个……"

"看起来关系很好的样子，"唐二打竭力地找了一个形容词，干巴巴道，"你不确认一下黑桃的状况吗？"

唐二打很早就退出游戏了，并没有看到后来白柳和黑桃之间的纷争，记忆还停在黑桃救出他们去找白柳的阶段。

白柳缓慢地眨了一下眼睛，恍然道："哦，那个啊……"

"那个只是游戏啊，"白柳微笑，"我没当真的。"

313

逆神的审判者单手拖着黑桃踉踉跄跄地从游戏池里爬了出来。

他浑身是血，几乎没有一块好的地方，而被他从游戏池里拖出来的黑桃情况更糟糕，完全躺在血泊里，快要看不出人形了。

逆神的审判者就像拽着根拖把一样拽着昏迷的黑桃，两步一喘地往杀手序列公会的方向前行。

在旁边玩家目瞪口呆地注视中，逆神的审判者在游戏池的地面上用“黑桃拖把”拖出了一条长长的血痕。

到了杀手序列公会，逆神的审判者长长地呼出一口气，呛咳了两声，回头看了一眼一动不动的黑桃，叹息一声，然后艰难地扶起黑桃上楼梯。

在黑桃的后脑壳不知道磕了多少下之后，逆神的审判者终于筋疲力尽地爬上了二楼的会议室。

逆神的审判者虚弱地拍了拍会议室的门，嘶哑地叫唤：“有人在吗？给我开门，你们的战术师和主攻手要死了。”

会议室的门被打开了，正在给自己缠绷带的柏溢和柏嘉木目瞪口呆地看着遍体鳞伤的逆神的审判者和黑桃。

柏溢倒抽一口冷气：“你们怎么会伤成这样？！”

“一言难尽，”逆神的审判者瘫在沙发上，把尸体一样的黑桃甩到旁边，双眼无神地看向天花板，“——我同时审判了白柳和黑桃，被抽干了。”

柏嘉木上前给逆神的审判者递了绷带，被他摆手拒绝了：“我没事，虽然打得很惨烈，但我的心理状态都是稳定的，伤没带出副本，只是状态消耗得比较厉害。”

柏嘉木一怔：“你身上的血都是……”

“血都是黑桃这家伙的，”逆神的审判者指了指黑桃，长叹一声，“在我审判了白柳之后，这家伙不知道为什么发疯了，在副本里和我打了一架，打得我吐血三升，差点当场淘汰，还把正在修复的世界线再次崩坏了。”

柏溢好奇地蹲在黑桃的“尸体”旁边，戳了戳：“我还是第一次看到黑桃把伤带出副本，还是这么严重的伤。”

“我好不容易才把他揍晕的，”逆神的审判者斜眼扫了一眼柏溢，“你要是把他戳醒了，黑桃的武器可是在游戏大厅里都能攻击人的，他要是疯起来在这里一样揍你。”

柏溢吓得瞬间收回了自己犯贱的手，四肢乱爬到了一个离黑桃很远的角落，惊恐地看着黑桃："你还没有把黑桃给揍服啊？！"

"没有，黑桃这次疯得特别厉害，如果不是我拦着，他应该会一登出游戏就去找白柳。"逆神的审判者静了一会儿，又补充道，"不过黑桃的技能武器被我斩断了，暂时没有办法在大厅发疯揍人。"

柏溢虚脱地拍了拍心口："逆神你不早说，要找武器改造师过来给黑桃修补武器吗？"

逆神的审判者看着黑桃仰面向下的"尸体"静了一会儿，忽然开口："在找武器改造师过来之前，先把廖科叫过来给黑桃看看。"

"廖科？"柏嘉木一顿，"你要让廖科给黑桃做游戏心理辅导？"

逆神的审判者疲倦地从鼻腔里"嗯"了一声。

柏溢稀奇道："黑桃是我们当中唯一一个没有做过游戏心理辅导的家伙吧。"

"廖科的心理辅导可是很痛苦的，"柏溢幸灾乐祸地看着黑桃，"你也有今天！"

"别笑了，叫廖科过来吧，你们都出去。"逆神的审判者无力地挥手。

柏嘉木拉着还在嘲笑黑桃的柏溢准备离开，逆神的审判者突然叫住了他们："喂，等等，还有一件事情没和你们说。"

柏溢和柏嘉木回过头去，逆神的审判者眼神平静到一点波澜都兴不起："虽然已经和你们说过很多次了，但再提醒你们一遍。

"绝对不能给黑桃离开游戏进入现实世界的编码。"

见到逆神的审判者这副表情，柏溢和柏嘉木都是一愣。

逆神的审判者很少摆出这么严肃的表情，虽然他是统筹全局的战术师，但大部分时候都是笑呵呵的，也不怎么生气，在说正事的时候就算有队员嬉皮笑脸他也很少拉下脸指责对方。

但这也意味着在逆神的审判者真的这么严肃地说话的时候，这件事情通常非常重要。

"不准给黑桃进入现实世界的编码"是逆神的审判者进入杀手序列后用这种语气向全体成员颁布的第一条禁令。

这是一条很奇怪的禁令。

怎么个奇怪法呢？

正常的玩家从现实世界里的某个地点登入游戏，游戏就会自动生成那个地点的十二位编码，当玩家想从游戏里离开的时候，只需要在系统里输入这十二位编码，玩家就可以从这个地点登出游戏。

而黑桃是没有编码的。

现实世界所有地点的编码，他一个都没有。

所以他从来都无法登出游戏。

黑桃是一个非常特殊的玩家，他甚至不知道现实的存在，就连柏溢也是后期才察觉到黑桃这家伙和他们这些普通玩家是完全不一样的。

“你没有编码？”柏溢震惊地看向黑桃，“那你是从什么地方登入游戏的？就算你后面都在一样的地方进出，但登入游戏的时候你总会有一个吧？！”

黑桃低着头有一下没一下地玩着自己手上的鞭子：“我是从塞壬小镇里登入游戏的，游戏没给我编码。”

柏溢反应了两秒钟，才恍惚地问道：“你是从一个恐怖游戏登入到这个游戏大厅里的玩家，你不是从现实里进来的？！”

黑桃抬起头看向柏溢：“现实，是什么？”

柏溢语塞，绞尽脑汁地想要解释“现实”的含义：“现实就是……玩家玩了游戏，又害怕又疲惫，他们会一起离开游戏回到现实，回到他们不再害怕，也不再需要玩游戏的地方，然后他们会抱着自己的老婆，没有老婆的抱着狗也行，美美地、安心地睡上一觉。”

黑桃听得很认真，然后开口问：“我在想睡觉的时候也会找个游戏副本，打死里面的怪物之后躺在它们的尸体上睡一觉，这就是我的现实吗？”

“不是！”柏溢立马反驳，“现实和游戏是不一样的！”

黑桃望着柏溢：“为什么不一样？”

柏溢感觉自己的脑筋都要拧在一起了，他摸着下巴神色严肃，试图进一步地解释“现实”的含义。

这对柏溢而言完全就是个超纲的哲学性话题了。

“就是，就是，怎么说呢……”柏溢一边说一边比画，“现实就是真实的东西，和游戏副本是不同的。现实里没有你一定要去做的事情，也没有什么‘true ending’之类的乱七八糟的线要你走，一般来说也不会遇到怪物，你可以一直安心地待在里面。”

“游戏通关之后，也是这样的。”黑桃平静地评判，“没有怪物，也没有要我去做的事情，我可以一直待在里面。”

柏溢再次语塞，他开始疯狂地扒拉自己的头发：“啊啊啊！总之现实就是不一样的，大家都更喜欢待在现实里而不是游戏里，现实很好，很重要！比这里的垃圾游戏副本好一千倍、一万倍！

“如果我可以选，我绝对不要进这个游戏，而是一直待在现实里。”

黑桃静了静，垂下眼晃了晃自己的鞭子：“现实比游戏好在哪里？”

“好的地方可太多了，”柏溢就像是倒苦水一样喋喋不休，掰着手指算，“第一，不用提心吊胆地打怪物。”

黑桃抿唇："我打怪物不提心吊胆。"

柏溢继续说："不用害怕自己死掉。"

黑桃："我不会随便死。"

柏溢瞪眼："不用费心地去集齐怪物书通关。"

黑桃："我不用集齐也可以通关。"

柏溢列举了一大堆，每样都被黑桃轻描淡写地驳回去了。柏溢终于泄气了，两眼发直地喃喃自语："对你来说，好像游戏和现实比起来，也没有什么不好。"

黑桃淡淡地瞄柏溢一眼："你喜欢现实这种副本，是因为你太弱了。"

"不是这样的！"柏溢被黑桃的这种暗戳戳的嘲讽气得不甘心地站起来跳了两下，"就算我跟你一样强，我也会更愿意待在现实里的！"

黑桃顿了一下，问道："为什么？"

柏溢又慢慢地坐回了黑桃的旁边，他静了一会儿，脸上的表情变得很温柔："因为我的爱人、朋友、亲人，这些对我来说很重要的人他们都在现实里啊。"

"和他们在一起生活是不一样的，"柏溢突然眨了眨眼，眼眶泛红，他抬手狠狠地擦了一下眼睛，"就算是和他们在一起生活的现实世界像恐怖游戏一样可怕，那我也会努力变得像你一样强，然后回去保护他们的。"

柏溢吸了吸鼻子，像是很想忍住不哭，但最后还是没忍住，呜呜哭了起来："呜呜——我好想我老婆啊！"

等柏溢哭得差不多安静了下来，黑桃才开口提问。

他像是真的很困惑般，说得很缓慢："朋友、亲人、爱人这些……"

黑桃转过头来，认真地问："是什么？"

柏溢一怔。

314

柏溢对着黑桃询问的眼神，张了张口想要回答黑桃的问题，但那一瞬间，喉咙里却一个字音都发不出来。

朋友、亲人、爱人的定义其实都很简单，但不知道为什么，柏溢觉得……这个问题的答案，对黑桃来说很残忍。

尽管黑桃自己并不在意。

见柏溢没有回答他，黑桃又把眼神移了回去："'朋友、亲人、爱人'这些，又是和'现实'一样，你根本说不出重要在哪里的东西吧。"

"那就没必要告诉我答案了，"黑桃用膝盖顶了一下垂在腿上的鞭子，垂眸，

"感觉无关紧要。"

柏溢静了很久才艰涩地笑了笑，"嗯"了一声："……的确，对黑桃来说，这些应该都不重要。

"因为这些东西和'现实'一样，都是我们这些弱者用来逃避的温柔乡罢了。"

柏溢出神地喃喃自语。

从那以后，黑桃就再也没有问过任何人和现实相关的问题了，就像以前一样，独来独往地玩游戏。

杀手序列里的人也一直不告诉黑桃任何和现实有关的东西。

黑桃不喜欢住在中央大厅，一般睡觉都是在游戏里，如果他找到比较偏好的游戏，就会常常去这个游戏里睡觉或者休息。

比如之前很长一段时间，黑桃就睡在《冰河世纪》副本里。

柏溢曾经震惊地表示："你居然喜欢在那里睡觉，气温那么低的地方，你不觉得冷吗？"

黑桃平静地表示："并不。"

柏溢惊悚地问："为什么？睡觉不是选暖和一点的地方比较好吗？！"

黑桃瞥他一眼，说："我体温很低，睡在什么地方都暖和不起来，所以睡在哪儿都一样。"

于是柏溢又不说话了，呆呆地看着黑桃提着鞭子离开，去《冰河世纪》副本里睡觉。

其实柏溢心里清楚，他对黑桃产生的类似于同情的情绪，对方是不需要的。

黑桃根本不在意他们这些普通人类玩家的看法，他和他们不是一个环境里生存的物种，评判世界和未来的标准也完全不一样。

一定要说的话，黑桃更像是一只偶然从游戏里脱离，误打误撞进入玩家行列的怪物。

用人类的眼光去看待黑桃，是一件很愚蠢的事情。

但是偶尔……柏溢在黑桃身上发现很细微的接近人类的东西的时候，真的会觉得难过。

——难过黑桃这家伙有时候也挺像个人，为什么不能进入现实呢？

但柏溢心里清楚，这种难过很没必要。

因为不让黑桃进入现实，是所有存在于现实的玩家的共识。

柏溢之前并不能理解，为什么逆神的审判者要那么严厉地禁止所有人给黑桃编码，但后来他就理解了。

有一次，柏溢回休息室的时候，休息室的门是半掩的，在他要伸手推开的那一瞬间，他听到了里面传来黑桃的声音。

“逆神，是你禁止所有人给我现实的编码的吗？”黑桃平静地询问。

柏溢想要推开门的手就停在了那里。

隔了一会儿，逆神的审判者才回答：“嗯，是我禁止的。怎么，你想进入现实？”

“没有，”黑桃顿了一下，“但为什么我不可以去？”

逆神的审判者笑了一下，柏溢能从门缝里看到逆神的审判者靠在沙发上，头后仰着看向天花板，像是在沉思：“黑桃，不是你不可以去现实，你可以去。

“但不是现在。”

黑桃问：“为什么？”

逆神说：“因为在现实对你没有意义的情况下，现实只是你的一个游戏副本，你会用看待游戏的眼光来看待现实。

“如果有一天，现实对你失去了游戏的意义，或者说现实让你感到不愉快了，你会毫不犹豫地选择毁灭现实的，你有这样的能力。

“不过最本质的原因还是现实对你来说并不重要。”

“那这样的话，你就会成为现实这个副本里的怪物。”逆神的审判者抬起了头，平视黑桃，“你会破坏其他人用尽全力想要保护的现实的。”

黑桃抬眸：“现实不是一个游戏副本吗？”

逆神的审判者摸着下巴思索了一会儿：“你可以说是。”

黑桃继续问：“那破坏游戏副本，不是玩家经常做的事情吗？

“我遇到的玩家讨厌一切游戏副本，他们恐惧这些副本，常常崩溃地嘶吼要彻底毁灭这些副本。

“为什么现实这个副本，这些玩家要去保护？”

黑桃看向逆神的审判者：“是因为这些玩家喜欢现实副本？”

“不，”逆神的审判者想了想，似乎觉得很有意思般笑了一下，看向黑桃，“恰恰相反，进入游戏的玩家很多都是讨厌现实的。

“现实里一定存在让他们非常不愉快的东西，极大地激发了他们的欲望，他们才会进入游戏。对很多玩家来说，现实的可怕程度可能并不比这里的任何一个游戏的恐怖程度低。”

黑桃直直地盯着逆神的审判者：“那为什么他们要保护现实？不应该用尽办法毁灭它吗？”

逆神的审判者笑了笑：“很难理解吧？”

黑桃顿了顿，“嗯”了一声。

“他们想保护的并不是现实这个副本本身，”逆神的审判者看向黑桃，“是这个副本里某些特定的人。

“所以哪怕现实这个副本再怎么面目可憎，恐怖阴森，逼迫他们痛苦，折磨他们生存，他们也会为了这些人保护现实。

“人类，或者说黑桃你看到的玩家就是这样一种生物。

“人会本能地去追寻在其他人眼中自己的存在、感情和价值，而这种追寻产生的欲望往往会比从自己身上产生的欲望更为坚韧。

“光靠为自己牟利，人会变成欲望和精神需求的主体，游戏很快就会把这种人逼疯的，这很正常。因为人是群体的产物，很难完全依靠自己满足自己的情感和精神需求，必须寄托在其他人身上才可以。

“你应该见过不少只是为了自己进入游戏，然后很快地在游戏里被淘汰的玩家了。

“所以这个游戏里的高级玩家，大部分都不是为了自己，而是因为现实里某个，或者某些很重要的人而进入游戏的。”

逆神的审判者托着下颌，笑眯眯地看着黑桃：“不过对现在的黑桃来说，这些东西还很难理解，所以听听也就算了。”

“黑桃要是想进入现实，那就必须得让现实对你产生无可替代的意义才行。”逆神的审判者拍了拍黑桃的肩膀。

“当现实里存在某个，或者某些对你来说很重要的人，你会愿意为了他或他们，无论现实怎么折磨你，你都不会毁灭现实的时候，那个时候你就能进入现实了。”

黑桃静了很久，逆神的审判者站起来准备离开的那一瞬，黑桃突兀地又开口了：“那些很重要的人，是朋友、亲人、爱人吗？”

站在门外的柏溢和门内的逆神的审判者同时一怔。

逆神的审判者觉得有些好笑，又坐了回去：“柏溢和你说的？”

黑桃“嗯”了一声，他低着头：“但这些是什么他没和我说。”

“从通俗意义上来理解，亲人是和你具有血缘关系的人；朋友是和你关系很好，愿意时时刻刻帮助你、陪伴你的人；爱人就是……”

说到“爱人”的时候，逆神的审判者握拳咳了一下，脸有点发红，苦恼道：“爱人这个嘛……虽然我已经有老婆了，但这个东西我很难和你解释清楚。”

黑桃斜眼看逆神的审判者：“爱人，很复杂吗？”

“说复杂也不复杂，”逆神的审判者挠挠后脑勺，不好意思地说，“我对我老婆是一见钟情。”

“但说不复杂呢，也很复杂。”逆神的审判者无奈地长叹了一口气，“我是我老婆的不知道第几任男朋友了，她对每个男朋友都很好，每个男朋友人也都还可以，但不知道为什么，可能是差点运气吧，总是没办法和她走到最后。”

“结婚之前我焦虑得几天都没有睡好，”逆神的审判者双手合十，虔诚祷告，“感谢上苍能让她和我顺利结婚。”

在门外猛地听到这么一个大八卦的柏溢倒抽一口冷气——逆神的审判者这种高智商人士也会担忧自己的婚姻问题。

柏溢还以为只有自己这种笨蛋才会担忧。

“你智力值96，还会预言，”黑桃看着逆神的审判者，“如果你真的想知道关于你和她结婚后的未来，总有办法。”

逆神的审判者缓慢地坐直了身体，双手搭在膝盖上交握，低着头静了很久才开口：“……我没办法对她预言。”

黑桃看着逆神的审判者：“你的技能没有限制，为什么不能？”

“因为我恐惧，”逆神的审判者缓缓地抬起头，看着黑桃，“我可以预言朋友的未来，预言亲人的未来，但我没办法对她预言。”

黑桃注视着逆神：“你恐惧什么？”

逆神的审判者顿了顿：“在所有按照常识来说人需要的关系里，爱情关系是最特殊的，你能对自己的朋友有所预期，亲人大部分与生俱来，只有爱情难以定论。

“在我遇到她之前，无论我有多高的智力值，我也很难推断出自己会拥有怎样的爱情关系，爱情关系会如何进展。

“爱情关系充满未知。”

“你不知道自己会爱上什么人，也不知道那个人会不会爱你，会爱到什么时候，”逆神的审判者半合着眼，“也不知道能和她走到哪一步。所以在我还爱她的当下，我恐惧着看不到她的未来。

“我不会去做关于爱人的任何预言。”

“对我来说的话……”逆神的审判者向后仰躺到沙发上，恍然地轻声说，“爱人大概就是能让我恐惧没有她的未来的那个人吧。”

黑桃静了一会儿，似乎是在思考，然后认真地做出了评价：“难以理解。”

逆神的审判者把双手枕到脑后，侧头看向黑桃，笑了起来：“的确，对黑桃来说，无论是朋友、亲人还是爱人，都很难理解吧。

“你的出身和正常的人类是不一样的，你没有和自己有天然血缘关系的亲人，而朋友的话……”

“你周围的玩家都害怕你，更不要说做朋友了。”逆神的审判者叹气，“队友虽然知道你的出身背景，但没有办法和你感同身受，能做到的也就是不畏惧你。

“我们这些生存在现实里的普通人类很难理解你的想法，你也很难理解我们的想法。

“朋友之间如果不能互相理解，这种关系就没有意义。”

逆神的审判者似有若无地看了门缝外的柏溢一眼：“靠着肤浅的同情和别人做朋友，很不尊重人的，对方也不需要。”

柏溢搭在门上的手指蜷缩了一下，慢慢地放下了。

“爱人的话……”逆神的审判者长叹一声，“这关系我真是参不透，我自己还在苦恼呢，无法给你更多的解释。”

黑桃沉默了一会儿：“如果我有了亲人、朋友、爱人，你就会给我进入现实的编码吗？”

“我不会给你，”逆神的审判者望着黑桃，笑了笑，“但那个时候，你的朋友、亲人、爱人会给你编码的。”

黑桃“哦”了一声，像是得到答案般点了点头，然后起身走了。

黑桃推开门的时候看到了站在门外的柏溢，柏溢笑着和黑桃打了个招呼，黑桃点头表示“我看见了”，直接走了。

柏溢静了静，走进了休息室。

他走进去坐在沙发上，脸上的笑意很快就消失了。他沉默地坐了一会儿，然后拿出了一盒烟，自己抽出了一根叼住，又把烟盒递给了对面的逆神的审判者。

“赔罪，”柏溢顿了一下，接着说，“逆神，我错了，是我没想周全，我以后不会再动偷偷给黑桃进入现实的编码的念头了。”

逆神的审判者抬起眼皮，伸出食指和中指夹住一根盒子里的烟，抽出来点燃了。

他慢悠悠地开口：“不要因为一时的同情去帮助你深深恐惧着的对象，还天真地想着去和对方做朋友。”

他吐出一口烟雾，白色的烟雾在他侧脸旁氤氲散开。

他转过头来，笑得眉眼弯弯：“很容易遭报应的，柏溢。”

柏溢从那个时候勉强明白逆神的审判者为什么不许任何人给黑桃进入现实的编码。

但柏嘉木不明白，他追问过逆神的审判者好几次为什么不可以把编码给黑桃。

“黑桃这家伙就是个笨蛋！他不会做什么毁灭现实的事情的！给他又怎么样？好歹让这家伙睡一次正常的、温暖的床吧！”柏嘉木嚷嚷着。

逆神的审判者对于年龄更小的柏嘉木总是打哈哈，笑着说：“可以给他，但不是现在，也不是由你给。”

"Wrong time（错误时刻）!"逆神的审判者总是用一种很搞怪的腔调对柏嘉木说。

直到这一刻，逆神的审判者浑身是血、黑桃遍体鳞伤地躺在地上的时候，柏溢才恍然大悟。

当一个怪物拥有毁灭现实的力量的时候，在这个怪物有弱点之前，是绝对不被允许进入现实这个副本的。

虽然这对怪物很不公平。

柏溢看了一眼正面朝下、躺在血泊里的黑桃，然后收回自己的目光，被柏嘉木拉着离开了会议室。

逆神的审判者仰躺在沙发上一动不动。隔了一会儿，会议室的门被再次打开了，廖科提着一个十字医疗箱走了进来。

廖科是个很没存在感的队员，他的长相和杀手序列这个名字一点都不相符，非常的温柔，眉眼细长，戴着一副平光老花眼镜，眼角有点不易察觉的细纹，但打眼一看只有二十七八岁的样子。

其实他第二个孩子都上高中了。

廖科相貌很年轻，一点不显老，但他其实今年已经四十八岁了，大儿子大学毕业一年多。

"哦，廖科你来了啊。"逆神的审判者揉揉肩膀，随口闲聊，"你小女儿是不是明年就上高三了？"

"你还记得这个，真不容易。"廖科调侃了一句，然后半跪在黑桃旁边，把他翻过来用束缚带绑好。

逆神的审判者蹲下来帮忙。

廖科用束缚带把黑桃的手脚绑在墙上，然后用绷带包扎好黑桃的伤口，抬头看向逆神的审判者，笑了笑："我女儿念书念得蛮辛苦的，不过她有自己想做的事情，为了自己想做的事情辛苦也挺好的。"

逆神的审判者也笑了一下："真好，这么年轻就找到了自己想做的事情。"

廖科看了一眼逆神的审判者："你不也是吗？为了自己想做的事情年纪轻轻就进游戏了。"

逆神的审判者静了几秒之后，又若无其事地笑了起来："不聊这个了，今天找你过来是让你给黑桃进行心理辅导的。"

"我的确拥有无伤害性的技能，可以直接在这里使用。"廖科半跪在被束缚带吊起来的黑桃面前，表情有些奇异，"但我还是第一次在黑桃身上使用这个技能，你确定这家伙不会中途清醒过来揍我吗？"

逆神的审判者盘坐在旁边："揍不了你了，他的鞭子被我斩断了。"

廖科笑起来："那我就放心了。"

廖科的目光变得深沉，直视着头颅垂在他面前的黑桃，手抽出了一个听诊器、一支笔和一个记事本。

系统提示：玩家廖科对玩家黑桃使用个人技能"问诊"及"病历书写"。

听诊器悬浮地伸展开，听诊头贴在黑桃的心口上，耳挂浮在空气中，宛如一个被放大的音响般发出"怦怦怦"的规律的心跳声。

廖科抽出一支笔，低头在纸上写着："病人黑桃，你的主要心理症状是什么？这种情况持续多久了？

"用你的心告诉我。"

听诊器里心跳声变得紊乱起来，从一种规律的"怦怦怦"声渐渐转变为接触不良的电流声，最后变成了黑桃自己的声音。

黑桃的声音从耳挂里平静地传出来："我觉得高兴又难过，持续了一个副本。"

廖科点点头："你为什么高兴，又为什么难过？"

"因为遇到白柳而高兴，因为遇到白柳而难过。"听诊器说道。

"你的这种高兴和难过是一直并存的，还是有时高兴，有时难过？"廖科问。

听诊器静了一会儿："有时候高兴，有时候难过，有时候是并存的。"

廖科在记事本上书写着，笔尖在纸上发出沙沙声："你可以给我列举出一些你的高兴、难过和两者并存的不同场景吗？"

"和白柳待在一起的时候很高兴，他的笑容很温暖；和白柳一起喝酒的时候很高兴，之前我没有喝过；和白柳参加派对的时候很高兴，他拥抱了我……"听诊器突然静了一瞬，"难过的场景，我很难列举。"

廖科书写的笔停住了："为什么？"

"因为我其实并没有感到很难过，但我又的确很难过。"听诊器说。

廖科问："如果在一个场景里，你并没有感到很难过，但又的确很难过，那这难过可能就来自别人，这个人是谁？"

"白柳，"听诊器这次回答得很顺畅，"他很难过，但我不明白为什么。"

廖科轻声问："白柳会在什么情况下难过得让你也感觉到难过呢？"

"拥抱我的时候，"听诊器说，"挖出我心脏的时候，和我参加派对的时候，和我告别的时候，举行接任仪式和我对打的时候……"

听诊器静了很久才说："他好像一直在难过。"

315

廖科问：“你在为白柳难过感到难过，本来你其实并不难过，对吗？”

听诊器“嗯”了一声。

廖科低头边写边说：“你和白柳共情了。”

听诊器问：“什么是共情？”

“共情就是因为你们两人的经历相似，或者是对方对你有特殊的意义，导致对方的情绪你能感同身受地体验。”廖科在记事本上写，“黑桃，你知道自己为什么会因为白柳难过而难过吗？”

听诊器诚实地回答：“我不知道。”

“你其实很缺乏共情的基础，你的经历太空白了，导致你完全无法从自身的经历出发，去幻想另一个人处于那个场景时的感受。”

廖科解释：“大部分共情是建立在双方互相了解的基础上，但这点在你和白柳身上也不成立。你也不了解白柳，或者说，你对任何人都不了解，你甚至都还不明白人类感情产生的机制。”

“所以在你身上出现共情是件很奇怪的事情，”廖科抬眸，“介于我对你的了解，我觉得唯一的解释就是——

“你本能地在感受白柳的情绪。”

“虽然你感受得到，但你没有办法处理这么复杂的感情。”廖科笑了笑，“打个比方，如果说白柳的感情是某种特殊数据，而你是一台电脑，在你还不具备处理这种特殊数据的能力的情况下，这种数据的涌入会让你产生很奇怪的反应。”

听诊器问：“什么反应？”

“为了处理这种特殊数据，你也会不停地生产出特殊数据来回应对方。”廖科笑得很温和，“有时候人会爱上爱自己的人，会讨厌讨厌自己的人，这就是一种人类的情绪反馈。你能感受到对方的情绪，相应地，你也会产生情绪来处理对方的情绪。

“白柳在为你难过，所以你也会为白柳难过。”

廖科继续说下去：“但这种共情的根源需要我们一起寻找，也就是黑桃你周围这么多人当中，为什么你的本能，或者说潜意识挑选了白柳而不是其他人，去感受对方的情绪？”

听诊器似乎是在思考，微微下垂：“白柳……和别人不一样。”

“和别人有什么不一样？”廖科的声音很柔和，“这个问题回答起来对黑桃来说可能比较困难，我们列举黑桃你周围的递进关系来探寻白柳为什么不一样。

“比如游戏池里的陌生人，他们和白柳对你来说有什么不一样，你为什么不去选择和他们共情？”

听诊器沉默了很久：“这些人恐惧我。”

廖科似有所悟地点点头，表示理解：“因为这些人恐惧你，你们之间存在共情的天然屏障，他们对你怀有恶意，所以你会相应地屏蔽对方。

“其实正常来说，如果黑桃是在正常环境里长大的人类，被大规模人群恐惧的第一反应应该是被感染，下意识地恐惧、厌恶自己，从而和其他人类的观念保持一致，寻求一种精神上的认同感，避免自己被群体孤立。

“人是群体动物，会本能地规避孤独，但黑桃不是这样的。”

廖科望向一旁的逆神的审判者：“黑桃应该一直存在于一种被高度排斥的环境里，他习惯这种状态了，所以当他被大规模人群恐惧的时候，他只会觉得正常并且忽略对方，而不是在这群畏惧他的人身上去寻求认同感。

“我想问问你，逆神的审判者，你了解黑桃的出生环境吗？”

逆神的审判者双手交握抵在鼻尖，静默了一会儿才开口：“黑桃这家伙……是从塞壬小镇那个单人游戏登入系统内的。

“塔维尔，也就是上任信仰，和一个人类成为关系很好的朋友，在被强制沉睡陨落之后，漂流到了现实中的塞壬小镇地图。

“从那个时候开始，新信仰为了惩罚塔维尔，让它以一种沉睡的状态漂流在各个游戏之间，被当作神级游走 NPC 被玩家打，还被切割，被制造成各种各样邪恶的本源，来制造和设计游戏副本。

“为了能重新回去找那个人类，塔维尔回到了自己一开始漂流进游戏副本的塞壬小镇，趁着新信仰转移注意力去寻找继承人的时候，在那里切割开了自己的灵与肉。

“塔维尔让自己的灵魂被困在游戏里永世受苦，而肉体幻化成了人类的样子，在一批新人登入游戏的时候混了进去，最终从一个被淘汰的玩家的小电视里登出了游戏。”

廖科了悟：“之前说新人单人游戏副本的小电视多出一个，还被屏蔽过，看不到里面的内容，说的就是黑桃吗？”

逆神的审判者“嗯”了一声：“黑桃是从塔维尔的人鱼躯体里诞生的，而且他诞生的时候，虽然玩家和主要 NPC 都已经死了，但游戏其实快通关了。

“也就是说，塞壬小镇的居民基本已经恢复了正常意识，是正常人类了，他们知道自己的悲剧是一开始被捕捞上来的人鱼，也就是塔维尔导致的，这让他们对从塔维尔躯壳里诞生的黑桃非常恐惧和排斥。

“这群镇民用了很多办法想要杀死黑桃，火烧、刀割，但由于黑桃这家伙的抵抗力太高了，这些东西根本伤害不了他，他也不觉得痛。”

逆神的审判者深吸一口气：“黑桃从头到尾也没有抵抗，或者说，他根本不懂发生了什么，只是平静地任由这群镇民处置他。

“但是因为镇民一直没有办法杀死黑桃，极端的恐惧让这群镇民发疯了。

“他们在黑桃面前一字排开，神色扭曲，癫狂地大喊‘你这个怪物’，然后集体割喉自杀了。

“再后来，黑桃就翻找这些人的尸体，在里面找到了死去的那个玩家的尸体，拿了他的游戏管理器硬币之后，浑身是血地登出游戏了。”

廖科表示理解地点点头，转头又看向了黑桃：“黑桃，为什么你不选择队友作为共情对象呢？队友并不恐惧你。”

听诊器低着头，好像在认真思考，然后回答道：“他们对我来说没有特殊数据。”

廖科反应了一下，笑了起来：“你是在借用我之前的比喻对吗？对你的感受是数据，但队友们对你的感情还没有强烈到让你产生特殊数据来回馈。”

“这倒是很正常，”廖科若有所思，“就像是正常人类社会的陌生人，会有一种距离感，但队友对黑桃你的感情应该比陌生人要强烈一些吧，你应该能够感受到一点，而且和你相处的时间也比白柳长那么多，你为什么无法回馈队友，反而可以回馈白柳呢？”

听诊器这次静了一会儿：“因为……第一次见白柳，他对着我笑。

“我感觉他想让我拥抱他。

“我感觉他不想让我走，想和我永远待在一起。

“其他人不会这样，他们不畏惧我，但也不想拥抱我，和我永远待在一起。

“只有白柳会对我产生这种特殊数据。”

廖科和逆神的审判者都静了一瞬，然后廖科开口继续问：“白柳给你的这种特殊数据，和其他人，比如和队友给你的感受是不同的，是吗？”

“嗯。”听诊器回答得很快。

廖科继续问：“你能用什么东西比拟一下白柳产生的这种特殊数据给你带来的感受吗？”

听诊器顿了顿：“白柳第一次见我的时候，就握住了我的手腕……

“是暖的。”

廖科低头在记事本上继续书写，然后抬起头看向逆神的审判者：“我问完了，相信不用我说，你也清楚黑桃的心理问题出在什么地方了吧？”

逆神的审判者扶额，无奈地长叹一口气：“虽然在游戏里的时候就猜到了，但是真的确认的时候，还是有点……”

廖科笑笑，他站起身松开了绑住黑桃的束缚带，然后转身拍了拍逆神的审判者的肩膀：“很复杂对吧？我小女儿第一次和我说她交到朋友的时候，我也是这种心情。”

“一方面庆幸她长大了，有自己的朋友了。”廖科转身看向黑桃，眼眸含笑，“另一方面又担心这个傻孩子交到不好的朋友。”

“不过好在你要了解对方很容易，”廖科突然伸出手，握住了逆神的审判者的小臂，往外猛地一拽，“我看我不仅要给黑桃做心理辅导，还要给你做心理辅导。”

逆神的审判者猝不及防被拉住，“嘶”了一声，他被廖科拉出来的胳膊上全是鲜血淋漓的鞭痕。

廖科抬眸看向逆神的审判者：“你说自己没受伤可以骗骗柏溢，可骗不了我这个专业的。这些鞭痕是怎么回事？你为什么也把伤带了出来？”

逆神的审判者一顿，然后抽回了自己的手，略带抱怨地笑道：“能怎么回事？黑桃这混球在要登出游戏的时候突然发疯，拿断鞭抽我，打得我措手不及，没反应过来就一起把伤带出了游戏呗。”

廖科定定地看着逆神的审判者：“你身上的伤和黑桃身上的伤是一种鞭痕，都是带着勾刺的，黑桃的鞭子可不长这样。”

逆神的审判者靠在沙发靠背上，一言不发地低着头，静了很久很久。

从他身上鞭痕里渗出来的血一滴一滴地砸在地板上。

316

“我不多问了，你不想说的，谁也没办法从你嘴里套出来。”廖科打住了话头，拿出一卷绷带，“给你处理伤口总可以了吧？”

“可以可以，当然可以！”逆神的审判者又笑眯眯地开玩笑，“廖哥愿意打理我，那是我的荣幸。”

“少给我贫，转过身把衣服给我脱了。”廖科说。

逆神的审判者龇牙咧嘴地把身上的衣服给脱了，露出赤裸精壮的上半身，从肩背一直到胸口，交错着不少鞭痕，伤口皮开肉绽地翻开，血还在往外渗。

“我看你和黑桃都有点痛觉神经异常，”廖科难得叹息，“你俩受了这么重的伤，愣是从面上一点都看不出来。”

廖科给逆神的审判者从背部一卷一卷地缠绷带，最后几乎把整个背都缠满了。

黑桃比逆神的审判者好不了多少，几乎被包成了木乃伊。

弄完之后，廖科提着自己的医疗箱就要走，推开门之后，廖科脚步一顿，转过头来看着坐在地上守着还没醒过来的黑桃的逆神的审判者，情绪复杂地长叹一口气，唤了一声：

“逆神。”

逆神的审判者笑呵呵地转过头去：“怎么了？”

廖科望着他：“你要是随便死掉，弟妹一定会改嫁的。”

“喂！”逆神的审判者脸都皱起来了，眼睁睁地看着廖科离开，“我结婚很难的，不要随便开这种玩笑啊！”

廖科挥挥手关上了门，带着笑意的声音从门后传过来：“不想老婆改嫁就努力活着吧，队长。”

逆神的审判者靠在墙上，忽然笑了起来。他扶着墙踉跄起身，抓住放在桌面上的烟盒，披着外套推开了会议室的阳台门。

逆神的审判者靠在了阳台的围栏上，叼了一根烟在嘴里，没点燃。

他的眼神望着很远的地方，望着游戏里的一切，有很轻的风吹拂他的发和他肩膀上搭着的外套。

系统大厅里是没有自然界的风的，但人的走动有时候会造成空气流动，给人一种有风的错觉。

逆神的审判者静了一会儿，最终从口袋里掏出一个打火机，捂住烟点燃了。

打火机摇曳的火光把他普通的眉眼映照得宁静又温柔，烟头被吸得闪烁了一下，他吐出一口烟雾，上升的缭绕的白色烟雾很快就掩盖住了这宁静和温柔，只剩一种朦胧又强烈的沉沦感。

他背后阳台的门不知道什么时候被推开了，包得像个木乃伊一样的黑桃走得摇摇晃晃，靠在了他旁边。

他下意识地想把烟给掐了。

黑桃出声打断了他的动作，侧过头看着他：“烟是什么味道？”

“怎么突然好奇这个了？”逆神的审判者觉得好笑，“你之前不是从来都不感兴趣吗？”

当然，这和他几乎不在黑桃面前抽烟也有关系。

“这是现实里的东西，”黑桃盯着他食指和中指夹住的正在燃烧的烟，探究地问，“白柳会喜欢这种东西吗？”

逆神的审判者突然笑了一下，拍了一下黑桃的后脑勺：“之前教你那么多好的不学……别学抽烟，白柳不喜欢烟。”

逆神的审判者说完就把烟给掐了，他百无聊赖地叼着熄灭的烟，斜眼扫了黑桃一眼，调侃道：“没想到你会对白柳一见如故。”

黑桃静了一会儿，问：“什么是一见如故？”

“就是第一眼看到这个人的时候，就觉得会和他成为一辈子的朋友。”逆神的审判者脸上带着一种回忆般的很轻的笑，“其实无论最后能不能和他成为一辈子的朋友，在人群中看到他望着你，对你笑的那一瞬间，真是蛮幸福的。”

“我不可以对白柳一见如故吗？”黑桃看向逆神的审判者。

逆神的审判者笑了一下：“也不是说不可以，就是还挺奇怪的。”

逆神的审判者懒懒地叼着烟：“因为在我的认知里，白柳这种人，是到死都不会轻易地主动靠近谁的。

“或许是你能让他感到幸福，所以他才会主动吧。”

黑桃看向逆神的审判者，问：“白柳感到的幸福，是什么？”

逆神的审判者静了一会儿，说：“幸福吗……”

“用黑桃你能理解的方式来解释的话——”逆神的审判者笑着转过头，“就是白柳拥抱你的时候，除了难过之外，你感受到的白柳的另一种情绪……

“就是幸福。”

“做心理辅导的感觉怎么样？”逆神的审判者换了个话题问黑桃。

黑桃顿了一下：“没什么感觉。”

听到这话，逆神的审判者大笑，笑到呛咳了几声，差点没把嘴角叼着的烟给笑掉：“柏溢和柏嘉木做完之后都自闭了好久。

“把自己心里的声音摊开说给别人听，其实是件很难为情的事情。

“但还是要听听，才知道问题出在什么地方啊……”

黑桃看了逆神的审判者一眼：“你做过心理辅导吗？”

逆神的审判者一静，下意识地把手揣进兜里摸到了打火机，似乎是想点烟，最后还是忍住了，没点。

“做过，”他用一种带着叹息的语气回答黑桃，“但可惜没做完。”

黑桃问：“为什么没做完？”

他笑笑：“因为我心里装了太多事情，怎么说都说不完。”

黑桃斜眼看他：“为什么不多做几次？”

逆神的审判者懒散地倚靠在阳台的围栏上：“做心理辅导的目的是让你知道自己的问题在哪里，这就可以了。我知道自己的问题是什么，所以后来就没有继续找廖科给我做心理辅导了。

“而且心理辅导也不是万能的，很多时候哪怕你知道自己的心理问题是这个，但到了那一刻，该受的伤还是得受的。”

黑桃注意到逆神的审判者背上缠满绷带，他顿了一下，问：“为什么知道了自己的心理问题，还是会受伤？”

逆神的审判者从嘴边夹下熄灭的烟，翻过身来背靠围栏，笑着望向黑桃：“因为人就是这样的感情动物啊，黑桃。

“哪怕你知道自己会因为某个人受伤，却还是没有办法不靠近对方。”

逆神的审判者笑眯眯的：“就像是下次再有和白柳一起玩游戏的机会，哪怕知道他可以伤害你，你也会毫不犹豫地去吧？”

黑桃回答得很快：“会去。”

逆神的审判者又笑了一下：“倒是挺执着。”

从背后袭来的近似风的流动吹拂着黑桃和逆神的审判者，逆神的审判者眯着眼睛靠了一会儿，突然起身，推开了阳台的门。

“砍你们两个小崽子的鞭子弄碎了我的重剑，我去找武器改造师修修，你也记得去修自己的鞭子。

“联赛要开始了，做好准备。”

逆神的审判者回过头对着黑桃笑着嘱咐，然后推开了会议室的门，挥挥手离开了。

流浪马戏团内部。

王舜焦头烂额地守在木柯房间外面，旁边蹲着打哈欠的牧四诚。

“这么久了，木柯一醒来就把自己关进了这个小仓库里，到现在一点动静都没有。”王舜急得快要破门而入了，看到旁边牧四诚蹲着打哈欠又是崩溃又是哭笑不得，“你怎么还有心情睡觉啊！”

牧四诚困得盘坐在地上，伸了个大大的懒腰：“你着什么急，只要人没死，等白柳回来处理就可以了。”

伸懒腰伸到一半，牧四诚看向走廊尽头走过来的三个人，眼神一下就直了。他猛地蹦了起来：“白柳回来了！”

白柳目不斜视地走在最前面，唐二打、刘佳仪一左一右走在他身后。

等白柳真的走到牧四诚面前的时候，牧四诚一愣：“不是，白柳你怎么受伤了？头发也长了？”

“发生了一些事情，等下让佳仪给你解释。”白柳随意地回答了牧四诚，然后看向王舜：“出什么事了？”

王舜被白柳询问的眼神一扫，就忍不住立正站好，犯职业病地举着记事本一件一件地汇报。

“牧四诚去偷袭杀手序列的时候被遣送到了黄金黎明公会，遭受了袭击被困住，但逃了出来，去掉束缚道具之后目前并无大碍。”

牧四诚在旁边嚷嚷起来，打断王舜的话："什么叫遭受了袭击？我那是被暗算！暗算好吗？！"

白柳对牧四诚的辩解置若罔闻，看着王舜："木柯是怎么回事？"

"木柯带着杜三鹦进游戏池的时候遇到了猎鹿人的新人队员，"王舜脸色凝重地望着白柳，"对方好像对木柯使用了一种很特殊的记忆道具，可以把自身的记忆转移到木柯脑子里。

"木柯回来的时候是昏迷的状态，但他醒来之后就带了仓库的钥匙以及很多纸和笔把自己关进了公会的仓库里，一直没出来，说要一个人静一静，把自己和那个小丑的记忆区分开。"

王舜犹豫了一下："公会的仓库就和小黑屋差不多，木柯的精神状态又很不对劲，待久了肯定要出问题。

"我本来想闯进去，但又不了解木柯现在的状态，如果处在记忆区分的关键时期，硬闯可能会让木柯产生更强烈的精神震荡反应。"

白柳若有所思地看向那扇紧闭的仓库房门，然后他上前一步，不疾不徐地叩了三下，表情平淡地轻声开口道："木柯，我是白柳，我可以进来吗？"

木柯颤抖又破碎的声音从仓库里传了出来："不可以！"

第十八章 季前赛

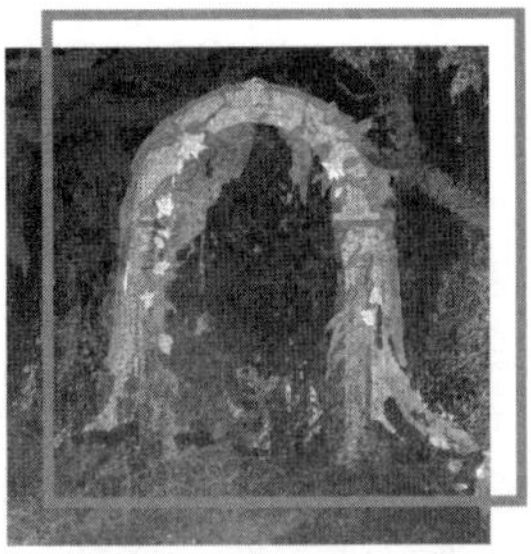

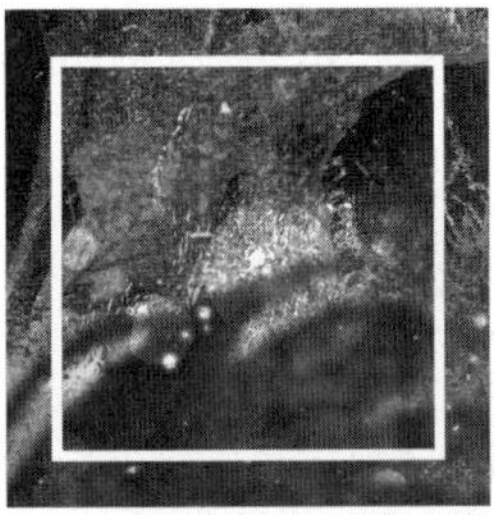

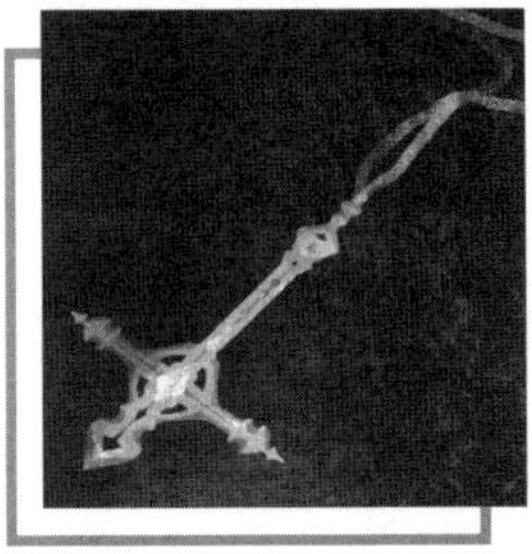

317

仓库内。

跪在地上抱住头蜷缩成一团的木柯目光涣散地飞快地自言自语：“忘掉，给我忘掉，全部忘掉！”

木柯四周凌乱地散落着十几支被用完了的水笔和大量写满文字的碎纸。

这些碎纸上的字迹一开始还十分规整流畅，到后来就凌乱了起来，就像是写这些字的人一开始还能勉强维持头脑清醒，到后来就失去了理智，只能胡乱地涂画。

每张纸的正面是一些奇形怪状的表格，背面歇斯底里地画了很多扭曲的小丑面具图案。

这些表格都是比较表格，表格的内容十分奇怪。

什么叫作比较表格呢，就是通过表格的形式比较，区分两个看起来很类似的事物，比如比较香蕉和芭蕉、奇异果和猕猴桃的不同。

而木柯写的这些比较表格，比较的不是事物，而是两个人。

他比较的是“白柳”和“白六”的不同。

木柯的比较表格列得非常细致，从外貌、生平、出身列举，就像是写一部编年史般把白柳和白六身上发生过的事情全部写了出来，然后一一对比。

木柯喃喃自语：“不一样的，白柳和白六是不一样的。”

“白柳救了我……”木柯抓挠自己的头发，双目发直，“但白六也救了我。

“白柳只是一个曾经被我欺压的普通员工，他不会像白六那样去做那么多伤害别人的事……”

木柯的大脑里不停闪回各种细节和回忆。

白柳微笑着操纵张傀去送死，在游戏最危急的关头骗到了牧四诚的灵魂，利用刘佳仪的弱点让她加入了团队，眼中没有一丝情绪地拥抱遍体鳞伤、神情恍惚的唐二打，轻柔地低语：“我为你的一切遭遇感到抱歉。把灵魂给我吧，让我替那些白六赎罪。”

白柳毫无感情地抬起他的下巴，垂眸俯视木柯，轻声说：

“如果你一直这么没用，我会抛弃你。

“我不要没有价值的追随者，木柯。”

白柳是会做伤害别人的事情的，他一开始不做只是因为他是个被困在普通岗位上的普通人，没有身份和能力。

但如果给了白柳和白六一样的身份、地位、资本和能力……

木柯痛苦地弓起了腰，喘息着：“……他们的不同到底在哪里？！”

丹尼尔记忆中慵懒微笑的白六和木柯记忆中散漫微笑的白柳的脸庞渐渐重合在一起。

不可以！

木柯的心脏狂跳了两下，他呛咳起来。

小丑那家伙狂热信仰着白六，那种癫狂的信仰就算只是呈现在记忆里，也快要将木柯逼疯了。

木柯的记忆在小丑狂乱斑斓的记忆的冲击下黯然失色，木柯渐渐忘记了自己的父母、学校、从小到大有过交集的人，一切都被扭曲成了丹尼尔记忆中的样子。

木柯感觉自己在被丹尼尔的记忆吞噬。

他的父母变成丹尼尔高高在上的冷漠的父亲，学校变成一个宽广巨大的射击场，有过交际的人从商场上虚伪客套的同辈变成了殴打他的敌方党派的人。

木柯感觉自己的存在正在被丹尼尔一点一点挤压出去。

记忆将木柯渐渐地变成了另一个丹尼尔，而木柯记忆里唯一能留存下来的属于他自己的东西就是白柳。

如果白柳就是白六，那拥有同样记忆的木柯和小丑又有什么区别？

木柯的心脏急剧跳动，他捂住自己心律失常的心脏大张开口喘息，嘴唇酱紫，一种近似于绞痛的感觉迫使木柯再次清醒过来。

他慌乱地到处翻找地面上那些表格，企图从中找出白柳和白六的区别。

“不一样的，根本不一样的。”木柯深吸一口气，眼眶发红，自言自语地说服自己，“白柳，白柳是短发，白六是长发，他们从外表上就不一样。”

“木柯，”门外的白柳再次敲门，他的语气依旧很平静，但口吻从第一次的商量直接变成了下命令，“不要让我说第三次，把门打开。”

木柯肩膀一颤，下意识地服从了白柳的命令，踉跄起身，打开了门。

门外长发的白柳脸上什么表情都没有地望着木柯：“还认识我吗？”

木柯近乎呆滞地望着白柳的长发，打开门的手遏制不住地发抖。

一瞬间，无法被忘记的所有记忆混在一起。

木柯缓慢地跪在了地上，捂住自己扭曲狰狞的脸，心脏急剧跳动产生的疼痛迫使他弯腰，大口大口地喘息，呼吸急促到了快要干呕的地步。

白柳平静地扫了蜷缩在地上的木柯一眼，走进了仓库，然后把门关了起来，单膝蹲下，捡起几张地上的碎纸低头看了起来。

"原来在试图区分我和白六啊，"白柳垂着眼眸，"……都到这一步了，记忆里其他部分都被吞噬了吧，只剩下我的存在了。"

白柳随便找了一级仓库里废弃的台阶坐了下来，双手交握在身前，前倾身体把倒在地上的木柯扶了起来。

木柯恍惚地抬起头看着白柳，脸上忍不住露出那种小丑式的癫狂笑容，脸就像是痉挛般抽动着，但下一秒又被木柯惊慌失措地抬手遮住了，开口声音里带着哭腔："别看这样的我！这不是我！"

"是因为记忆力太好，所以完全没有办法忘记对方灌输给你的记忆吗？"白柳没有被木柯的情绪影响，语气平和地询问。

木柯就像是做错了事情的小孩子般低着头："是的。"

白柳垂下眼帘："我的确可以想办法给你抹消这段记忆，但如果只是抹消了，再遇到小丑的时候，你会恐惧他吧？

"毕竟就算抹消了，你也被他的记忆战胜过了，你逃避了他的记忆。"

木柯的肩膀颤抖了一下，他咬紧下唇，没说话。

"为什么会被小丑的记忆吞噬呢？"白柳询问，"木柯没有自己存在的意义吗？"

木柯依旧没说话。

白柳继续说下去："人有了自己存在的意义，知道自己为何物，知道自己为什么而活着，就很难被另一个人的存在抹消了。

"无论那个人的存在对你的影响有多强烈，看起来和你有多类似，他和你也不是同一个人。"

白柳递给垂着头的木柯那些写满比较表格的碎纸，平淡地开口："就像是我和白六。"

木柯愕然地抬起头。

白柳望着木柯："木柯没有自己存在的意义吗？属于木柯的朋友、亲人、爱人、事业、物质之类的？"

木柯迟疑了很久，慢慢地垮下了肩膀，没有那么紧张了，出神地叙述着：

"出于疾病的原因，我从小到大没有什么朋友，他们都害怕伤害我，和我交朋友是一件很危险的事情。我的父母一直对我很好，也用尽全力救治我，竭力满足我的一切需求，但因为医生很早就说过我多半活不了多久……”

木柯静了一会儿，说：“所以他们看我的眼神，就像是在等我死掉一样。

“我也没有喜欢过谁，感觉他们可以活很长时间，和我就是两个世界的人了。”

木柯缓慢地攥紧了拳头：“……我很嫉妒这些可以活很长时间的、健康的人，所以没办法喜欢上他们。”

“物质和事业……”木柯顿了一下，“大家对要死的人都很好，所以早就毫不吝啬地给我了。”

木柯静了很久很久，眼泪从他泛红的眼眶里滚落，他抬手擦了一下，突然哭着笑出了声：

“……从出生就预知了自己的死亡的人，好像是没有存在意义的。”

白柳靠在台阶上，托着下颌半合着眼：“如果用股票来比拟，因为很快就会死掉，所以没有人愿意把感情投资到你这样一只注定会亏本的股票上。

“你是张没有价值的空头支票，而这种情况下，你遇到了愿意相信和投资你的我。所以你就像是抓住了最后一根救命稻草般死死地攥紧了我，借由我的肯定而存在，你在我的身上得到了情感回馈，找到了自身的存在价值。”

白柳平淡地看着木柯：“而这点，你和借由白六的肯定而存在的小丑是一样的，所以在你无法区分我和白六的情况下，你难以辨别自己和丹尼尔，是这样吗？”

木柯嘶哑地应了：“是的。”

“抬起头来看着我，木柯。”白柳用一种下命令的语气说，“看着我，说出我和白六相同的地方。”

木柯下意识地服从了白柳的命令，仰头看向白柳，声线发颤：“你们都喜欢金钱。”

白柳淡淡地“嗯”了一声。

“利用一切、不择手段地达到自己的目的。

“很擅长玩游戏。

“……现在都是长发。”

木柯发抖地陈述着，眼前一片朦胧，他感觉自己的脑海里渐渐乱成一团，分不出面前这个真实的长发白柳和丹尼尔记忆里白六的区别。

“长发吗？”白柳若有所思地扫了木柯一眼，忽然笑了，“我记得你的技能武器可以在游戏大厅里拿出来。”

木柯虽然不知道白柳要做什么，但还是点了点头，从面板里拿出了自己的匕首。

“过来。”白柳垂眸下令。

木柯拿着匕首过去了。

白柳脸上什么表情都没有地迅速用左手握住了木柯的手，右手绕过颈后束住垂到腰后的长发，然后握住木柯的手和他手中的匕首，没有丝毫停顿地向上一划。

长发被齐齐割断。

木柯表情一片空白地握住割断了白柳长发的匕首。

“现在我不是长发了，”白柳抬眸，零散的碎发落在他的肩上，“木柯，记住，如果你选择了为白柳而存在，那就永远不要把我和白六混为一谈。

“因为在你身上投资感情和认可的是我，而不是白六。”

白柳平和地说：“我不喜欢自己进行投资而其他人替我接收财产增值这种事。

“你远比自己认为的有存在的价值，木柯。”

木柯仿佛呆住了般跪在地上，双手举着白柳割断的发束，脑中的那些属于丹尼尔的记忆迅速褪色。

……白柳和白六是不一样的。

白六会抛弃毫无价值的信徒。

但白柳不会。

真正的神会赋予无能的信徒全新的价值。

白柳扶着支架站起来，他不知道从仓库哪里找出一根皮筋，用三指撑开，另一只手顺着皮肤从颈后向上梳理，把散乱的黑色碎发三两下抓成一束，神色平淡地绑了一根不高不低的马尾辫。

有些不太老实的碎发垂在他的额头两侧。

白柳推开仓库的门，在冲进来的光线中侧过头来。他眼神很平淡，额边的碎发逆光让人看不太真切，衬衫上全是还没干透的血迹。

“木柯，整理好了心理状态出来开会，联赛要开始了。”

木柯咬紧牙关，喊住了要离开的白柳：“……但我暂时没有办法完全摆脱丹尼尔的记忆对我的影响！这没关系吗？”

他几乎是惶恐地小声问道：“不用……在联赛的时候换下我吗？”

“这种影响会动摇你为我存在的意义吗？”白柳问。

木柯一怔，立马回答：“绝对不会！”

白柳收回目光，转过身头也不回地推门离开了：“任何无法动摇你存在意义的东西，最后都会被转化为你存在的价值，只是中间会有一个不稳定的过程。

“我个人不讨厌这种过程。”

门被关上了，仓库里的木柯静静地坐着，手里握着白柳毫不犹豫割断的长发，喃喃自语地重复白柳的话："……任何无法动摇我存在意义的东西，都可以被转化为我存在的价值……"

"只要丹尼尔的记忆无法吞噬我……"木柯瞳孔震颤地看着自己的双手捧着的长发，"我就可以找到里面关于联赛的所有记忆，让我自己变得更强！"

木柯把长发捂在自己狂跳到疼痛的心口，流着泪哽咽，笑了起来。

318

一行人往流浪马戏团会议室走。

王舜跟在白柳身后，时不时忧心忡忡地回头看一眼木柯所在的那个还没打开门的小仓库："木柯真的没事吧？被强制融合记忆很难恢复清醒的。"

"暂时没事，"白柳轻描淡写地回答，"他会自己处理好的。

"处理不好我再接手，先汇报最近发生的事情吧。"

王舜勉强放下心，他抱着一大堆文件夹，上前一步为白柳打开了会议室的门。

白柳略微低头，礼貌地表示感谢。

王舜把文件夹放在会议室的大长桌上，拉开主位让白柳坐下。

刘佳仪、唐二打和牧四诚坐在了长桌的两侧，王舜走到长桌的尾端点开自己的系统面板，调出了一个浮空的巨大面板，就像是播放 PPT 般向白柳汇报近期的大事。

"首先再强调一下联赛的运转规则。

"联赛一共分为季前赛、季中赛、季后赛。

"季前赛是我们马上要参加的联赛，参赛的主要队伍是一些没有基础的新人队伍和一些实力不太强悍的老队伍，主要对抗机制是随机对抗，抽到下一场的比赛对手是什么队伍就打什么队伍，赢了晋级，输了就直接出局。

"在季前赛最终晋级的两支队伍，也就是冠亚军，可以直接进入到季后赛的挑战赛，而除了这两支队伍，其余季前赛队伍全部出局。"

王舜点了一下系统面板：

"季中赛是轮流循环积分赛制。

"季中赛的参赛队伍是去年的联赛中综合排名前三十的队伍，和去年的季前赛留到最后的两支队伍，总计三十二支队伍。

"季中赛一共进行四百九十六场比赛，每支队伍都要和除自己外的三十一支队伍打一局，每一局里面又包含单人赛、双人赛和团赛。

"每赢一场单人赛积 1 分，赢一场双人赛积 3 分，赢一场团赛积 8 分。

"等到四百九十六场比赛结束后，三十二支队伍里积分累积最高的前八支队伍进入季后赛，积分累积最低的两支队伍会被取消参加明年季中赛的资格，他们的资格会被分给今年季前赛最后胜利的两支队伍。”

王舜举例说明：

“比如去年季前赛的第一名是杀手序列，那么今年他们就不用再从季前赛打起，而是可以直接进入季中赛，而去年从季中赛淘汰的最后两支队伍则不得不从季前赛打起。”

王舜的表情严肃了起来：

“接下来就是我今天要汇报的重点工作，也是你们进入季前赛之后马上要面临的严峻情况。

“季前赛队伍整体战斗素养和战斗水平不高，但其中有两支队伍你们必须提高警惕，他们就是去年从季中赛当中被淘汰下来的两支队伍。

“这两支战队一支叫作‘拉塞尔公墓’，一支叫作‘狂热羔羊’。”

王舜点了一下，面板又翻了一页，上面出现了一个阴沉的集体公墓 LOGO。

“集体公墓是拉塞尔公墓的 LOGO，他们前年排名十二，去年在季中赛排名第八，进入了季后赛，然后在挑战赛的时候被黑桃抽中了，成为迎战挑战赛的第一支队伍。”

王舜望向其他人，缓缓吐出一口气：

“这场挑战赛的结果相信我们都能猜到，杀手序列赢了，但杀手序列为这场胜利付出了沉重的代价，这也是我觉得他们今年挖逆神的审判者做战术师的主要原因。

“在这场对战拉塞尔公墓的比赛中，杀手序列死了一个队员，黑桃重伤濒死，是一场非常惨烈的胜利。”

牧四诚听得头晕：“不对啊，拉塞尔公墓去年进了前八还参加了季后赛，那他们怎么样也不会在季中赛被淘汰啊？

“为什么今年会掉到季前赛来和我们打啊？”

王舜眼神复杂地看着面板上的集体公墓 LOGO：“……这就说来话长了。

“正常的联赛流程是这样的，季中赛选出八支高积分队伍进入季后赛，季前赛选出的冠亚军随机从这八支进入季后赛的队伍当中抽取两支进行对决。

“如果季前赛的冠亚军赢了，就可以顶替这两支被抽中的队伍进入季后赛；如果季前赛的冠亚军输了，就由这八支队伍正常进行季后赛。

“所以挑战赛一般又被称为十进八，有些玩家说得更宽泛一点，叫十六进八。

“在挑战赛当中输掉的两支队伍需要进行最后的对决，争夺联赛的第九名和第十名。

“在输给杀手序列后，拉塞尔公墓进入了争第九名和第十名的排位赛，但在这场排位赛中，拉塞尔公墓战术师心态失衡，发挥失误，战队被团灭了。”

全场一静。

牧四诚的眼睛忍不住往白柳那边瞟。

……战术师对整支战队的影响真的很大。

“被团灭之后，拉塞尔公墓得到了第十名的名次，按理来说今年可以正常参加季中赛，但他们放弃了这个名次，也放弃了今年直接参加季中赛的资格，选择了从季前赛从头再来。”

王舜深抬手又点了一下面板，浮现出拉塞尔公墓这支战队的情况介绍。

“拉塞尔公墓，玩家之间流传的称号叫作‘双响炮战队’，之所以有这个称号，是因为这支战队一上场会直接弃掉单人赛和双人赛，放两次空炮，只打团赛。”

“因为弃掉单人赛和双人赛，缺乏突出的个人表现，这支战队没有培养出明星队员。”王舜点了一下面板，继续介绍，“或者说，在拉塞尔公墓这里，队员根本就不重要。

“这是他们历年来联赛中死亡的队员数量。”

牧四诚看着上面的数字，倒抽了一口冷气：“拉塞尔去年打季中赛，死了八十多个队员？！”

“没错，”王舜冷静地叙述，“在三十一场比赛中，拉塞尔死了八十二个队员，平均每场比赛死二点六四个队员，这还是在他们放弃了单人赛和双人赛的情况下。”

“为什么会死这么多人？！”牧四诚真的吃惊了。

白柳看着拉塞尔公墓的介绍，开口说道：“拉塞尔公墓的核心战术是根据其他公会的特点，合理运用技能吧？”

王舜看向白柳：“是的，拉塞尔公墓每年会准备五百人以上的预备队队员。”

白柳似有所悟：“这些队员，大部分都是新人吧？”

王舜点点头：“没错，这些预备队队员大部分都没参加过联赛，就连和杀手序列对抗的那一场团赛，拉塞尔公墓上场的队员也基本是纯新人。”

牧四诚转过身看向白柳，满头问号：“这是什么意思？你怎么知道？？”

“大规模新人死亡，高频地轮换，放弃单人赛和双人赛，不培养明星队员，集中力量主攻团赛。”白柳看向牧四诚，“这很明显就是一种以牺牲队员为基调的战术。”

牧四诚越发迷惑：“什么战术？”

“这样解释吧——”白柳随手取了一张纸放在自己和牧四诚的中间，在上面写了一个关键词“技能”。

“每一批进来的新人里以第一名通关副本的玩家会获得一个技能，或者更确切来说，会获得一个技能身份。”

白柳抬眸看向牧四诚：“比如我的是‘贫穷的流浪者’，你的是‘卷尾猴盗贼’，唐队长的是‘凋谢的玫瑰猎人’。

“我们的个人技能从这个身份衍生出来，有时候是一个技能，有时候是多个技能。

“这个身份主要是根据玩家的核心欲望生成的，不同玩家的欲望不同，生成的技能身份也不同，衍生出来的技能也因此千差万别。

“但也由于这个原因，很优质、很有成长潜力，并且很适合在游戏中使用的技能并不占多数。大部分玩家产生的技能要么不适合在游戏里使用，要么没有成长潜力，要么使用限制很大或者使用方式很奇怪。

“兼具三者的玩家极少，这也导致有好的技能的玩家一旦出现，会受到大公会非常强势的追捧。”

白柳看向牧四诚，似笑非笑：“比如国王公会对你的追捧。”

“这个就别提了。”牧四诚无语地挥手打断白柳的调侃，“但这和拉塞尔公墓这么高的联赛死亡率有什么关系？”

“有关系的，”白柳微笑起来，“拉塞尔公墓作为一个不算大，排名也不算靠前，没有明星队员，实力也并不强大的公会，在争夺拥有优质技能的新人玩家的时候是没有竞争优势的，能招收到的玩家都是有次一点技能的玩家。”

“如何用这些有次一些的技能的玩家赢得联赛呢？”白柳慢悠悠地问。

牧四诚一怔。

“拉塞尔公墓从‘质’上无法取胜，他们就在‘量’上下足了功夫。”白柳垂眸在纸上写下了“针对性”三个字。

牧四诚搓了搓胳膊上的鸡皮疙瘩，瞠目结舌地伸手比出了五根手指：“但是无论他们准备再多的预备队员，也搞不了人海战术，能上场的队员只有五个啊！”

“五个新人，还只有次一级的技能，对打的还是顶级大公会……我现在倒是可以理解为什么这公会联赛死亡率高了，就这么上场不死人才是怪事。”牧四诚迷惑地问，“但这操作，怎么想都不可能赢的吧？”

王舜回答了牧四诚的问题：“恰恰相反，拉塞尔公墓的团赛虽然死亡率高，胜率也很高。”

王舜说完，低头点了一下面板，呈现出新的一页。

“从我得到的数据资料上可以看到，去年季中赛，除去拉塞尔公墓主动弃权的单人赛和双人赛，他们真正上场的三十一场团赛胜率高达百分之九十三点五五，只输掉了两场。”

王舜继续往下点：“拉塞尔公墓输掉的这两场比赛一场对战的是国王公会，

战术师是红桃；另一场对战的是猎鹿人，战术师是逆神的审判者，现已转到杀手序列。”

牧四诚看着这结果目瞪口呆，说了一句：“这胜率也太离谱了！”

319

“到底是怎么做到的？！”牧四诚彻底蒙了。

白柳平静地说：“情报和有针对性的技能筛选。”

“我也倾向于这个答案，”王舜点点头，附和白柳的说法，“拉塞尔公墓搜集了大量技能低等的新人玩家，然后根据自己对战的每个公会战队队员的技能不同，派遣具有压制对方技能的新人玩家战队。”

王舜继续说道：“这种战术在拉塞尔公墓对战多个公会战队的时候都有体现，他们队员的技能有意识地针对敌方的王牌队员。

“最明显的还是拉塞尔公墓对战杀手序列挑战赛的那一场。”

王舜点了一下面板，上面出现一段短视频。

短视频里的人很明显是被困在泥潭里的黑桃，王舜进行说明：

“这一场比赛中，拉塞尔公墓战术师的技能是可以将敌方一个玩家吞进泥潭，限制其行动速度，降低攻击伤害，但相应地，要己方一名队员被献祭才能发动这个技能。

“这技能在日常游戏和正常的联赛里都没什么用。

“游戏里，不会有队员愿意献祭自己，只是为了困住一个怪物；联赛里，也不会有公会牺牲自己辛辛苦苦培养出来的队员，只是为了卡对方一个队员的移位。”

王舜转过头看向面板里被困住的黑桃：“但是这个看起来很鸡肋的技能在对上习惯脱离队伍独自行动，以速移和速攻作为主要撒手锏的黑桃的时候，就发挥了奇效。

“困住黑桃后，杀手序列猛烈的进攻节奏被瞬间打断，一天后，杀手序列被耗死了一个队员。”

王舜转过头来看向牧四诚：“如果不是黑桃最后强行突围，去年的第一就不会是杀手序列了。”

牧四诚无法置信：“就用这种方式，能有超过百分之九十三的胜率？！”

“正是因为用这种方式，所以才有这么高的胜率。”白柳垂眸看向纸面，“收集大量的新人玩家，然后再从大量的玩家当中筛选出正好克制敌人的那种技能，随着敌人的轮换而更换队伍，每一支队伍都是精心选出来的消耗品，死掉就换。”

“很不错的战术。”白柳语气平和地点评。

王舜长长地叹息一声：“这个战术很残忍，但往往残忍的战术在这个游戏里才是有效的，我暂时也没想到很好的解法。”

“怎么会没有解法？！”牧四诚很不服气，“他们针对我们制定战术，我们也可以针对他们制定战术啊！”

一旁一直没说话的刘佳仪突然开口：“制定不出来的。”

牧四诚斜眼看过去：“怎么制定不出来？都是些普通新人和普通技能，只要知道了关于他们的情报……”

“问题就是很难知道，”刘佳仪直视着牧四诚，“拉塞尔公墓有五百到上千个预备队员，为了降低这些队员的曝光率，拉塞尔公墓放弃了培养明星队员，放弃了单人赛和双人赛，基本没有办法找到任何一个队员进入VIP视频库的游戏视频。

“在这种情况下，要获取这么多普通新人的技能情报是很困难的。”

牧四诚侧头看向王舜：“可以让王舜混进去，然后用技能去获取对方的情报……”

刘佳仪冷漠地打断牧四诚的话：“你以为国王公会没试过吗？

“首先，就算王舜能混进拉塞尔公墓，获得这几百个人的情报还不被发现，单独从王舜获取的情报也很难判定出来这几百个人里到底哪几个新人的技能才是针对我们战队的。

“其次，牧四诚，你知道几百甚至上千个人来进行五个人的排列组合，会有多少种排列方式吗？”

“上万种，”在牧四诚回答之前，刘佳仪就直接给出了答案，“这几百个人能组出上万种团赛组合，他们的技能组合之后是什么样子又有上万种可能。”

刘佳仪直视牧四诚：“我们在明处，他们在暗处，我们只有五个人，他们有几百个根本没怎么曝光过的新人。

“而且因为我们的技能优异，曝光率都不低，除了唐二打，几乎每个人都有好几个进入VIP视频库的游戏视频。

“我们走不了他们那种彻底放弃明星队员的路子，因为我们需要观众的支持来获取免死金牌，所以后期我们的曝光率还会越来越高，要获取我们战队的情报是很简单的。”

“情报信息量完全不对等，”刘佳仪冷酷地做出判断，“制定针对性战术是不可能的。

“去年季中赛，就连国王公会在上场的前一刻，都不知道拉塞尔公墓会派哪些队员出来应战。”

牧四诚听得缓缓地趴在桌上，两眼都发直了：“……这还怎么玩？这也太无赖了吧？”

突然，牧四诚又把身体直了起来，砸了一下桌子：“不对！拉塞尔公墓这样大量消耗这些预备队员，让他们去送死，这些预备队员肯定不愿意！”

“我们可以从这方面下手！”牧四诚言之凿凿，眼睛发亮地看向白柳，“白柳，你发挥作用的时刻到了，以你的口才肯定可以顺利策反这群预备队员，让他们来加入我们流浪马戏团公会！”

一时之间，白柳、王舜和刘佳仪三个人都用一种很友善的表情看着牧四诚。

“其实，”王舜委婉地说，“我觉得牧神你可以不用那么积极地参与战术讨论。”

牧四诚反应了一会儿，意识到王舜是什么意思之后，郁闷地又趴在了桌子上：“……我难道又说错了吗？”

“总不可能这群预备队员知道自己要被用来做炮灰，还心甘情愿地为拉塞尔公墓参加联赛吧？”牧四诚头放在桌子上，眼睛望着王舜。

王舜百感交集地叹了一口气：“的确是这样。”

牧四诚这下是真的蒙了：“为什么？”

刘佳仪翻了个白眼，无语道：“你知道这个公会为什么叫拉塞尔公墓吗？”

牧四诚顿了一下，然后不可思议地说：“不是吧？公墓，是我想的那个意思吗？”

“Bingo，没错，就是你想的那个意思。”刘佳仪打了个响指，“加入这个公会的新人玩家都知道自己进入了一个什么样的公会，也知道他们很可能被公会牺牲。

“他们知道自己走进了一座公共墓地，也做好了变成其中一块墓碑的准备。”

牧四诚靠在椅子上，双眼失焦：“……我想不通他们为什么要这么做。”

“牧神你因为不喜欢公会，所以很少关注这些消息。”王舜解释，“拉塞尔公墓本质是一个逃避型公会，接受大量恐惧游戏的新人玩家。

“有一些新人玩家对游戏十分排斥，很想逃避游戏，所以拉塞尔公墓的会长站了出来，成立了这个集体公墓性质的公会。

“他对这些玩家承诺，你们可以把死亡寄存在拉塞尔公墓这里，等到拉塞尔公墓胜利那一天，他就会许愿从公墓中复活你们，并将积分分给你们，满足你们的欲望，让你们可以脱离游戏。”

牧四诚觉得十分荒谬：“这也有人信？？”

王舜点头：“很多玩家信，除去被大公会筛选走的有高阶技能的新人玩家，剩下相当一部分技能良莠不齐的玩家都去了拉塞尔公墓。”

牧四诚无语：“万一拉塞尔公墓根本赢不了，得不了冠军呢？那他们不白死了吗？”

刘佳仪踢了一下牧四诚，抬了抬下巴，示意他看一眼面板上的胜率。

牧四诚又语塞了，但他还是觉得哪里不对：“就算拉塞尔公墓能赢，这些人能确保这个公会会长会兑现承诺吗？”

刘佳仪又忍不住对着牧四诚露出了“你可真是个傻子”的表情：“你知道拉塞尔公墓的口号是什么吗？”

牧四诚看向刘佳仪：“是什么？”

刘佳仪说：“愿我们在希望中死去。

“这些选择投靠拉塞尔公墓的新人玩家都是被大公会筛选后剩下的，他们从一开始对自己的技能抱有期待，觉得能靠技能活下来，到后来发现自己的技能根本不值一提，也没人看得上眼，有一个自我价值体系崩塌的过程。”

刘佳仪静了静，又说：“到后期，这些新人根本不相信能靠自己在游戏里活下去了，他们活得战战兢兢，觉得自己迟早要死，相比在恐怖游戏里被折磨死，不如选一种怀有希望的死法。

“其实很多人根本没指望拉塞尔公墓的会长能兑现承诺，只是想死得安心一点罢了。”

一旁的王舜叹息一声：“牧神，你和白柳可能不怎么关注这种公会，因为你们都是高阶技能玩家，这种公会是低等技能玩家最后的出路。”

“我一直觉得很神奇，这样一个由低等技能玩家因为逃避而形成的公会，最后竟然有这么大的杀伤力。”刘佳仪托着腮回忆，“去年红桃虽然赢了，但也打得不顺手。”

白柳侧头看向刘佳仪：“去年红桃是怎么赢拉塞尔公墓的？”

刘佳仪思索片刻后回答：“拉塞尔公墓的人拿红桃没有办法，她的技能涉及外貌变幻和魅惑，很难找到可以抵抗她的技能的玩家。

“但其他队员都被钳制得很厉害。”

“红桃打了一场消耗战，慢慢磨的，打得很辛苦，但对方是新人，面板还是不如红桃这边的，最后国王公会还是赢了。”

白柳转头看向王舜：“去年逆神的审判者是怎么赢这个战队的？”

王舜和刘佳仪同时沉默了。

隔了一会儿，王舜才开口：“没看清楚。”

白柳扬了一下眉：“没看清楚？”

“比赛开始一维度分钟后，”王舜苦笑着说，“拉塞尔公墓的战术师就主动向逆神的审判者投降了。”

320

“目前拉塞尔公墓为什么放弃季中赛资格还不得而知，但总之这支队伍是我们季前赛的头号大敌。”

王舜点击面板，跳出了一个血淋淋的羔羊头像：

“除了拉塞尔公墓之外，另一支需要我们重点关注的队伍叫作‘狂热羔羊’，是去年季中赛的最后一名。

“这支队伍是前年季前赛的第一名，挑战赛遇到的战队是猎鹿人，战术师依旧是逆神的审判者。不出意外，狂热羔羊输掉了挑战赛，但还是顺利地进入了去年的季中赛。”

王舜抬起头来：“我之所以特地提这场比赛，是因为在这场比赛里，逆神的审判者这位出了名的温和派战术师第一次在游戏里动手杀了人，淘汰了对方的战术师。

“不过由于这个战术师是那年的人气选手，有免死金牌，所以这人目前仍然是狂热羔羊的战术师，还持续活跃在场上。

“在狂热羔羊进行挑战赛的时候，猎鹿人全体队员都是带着伤上场的，包括逆神的审判者。后来我去查了一下，发现他们并不是在游戏里受的伤，而是从现实里带进来的伤。

“接着，我去查了狂热羔羊季前赛的时候的比赛，发现了一些很奇怪的事情。

“我发现只要狂热羔羊的对手是很有实力或者口碑很好的战队，这支战队的队员就会在现实里出事，带着伤参加比赛。

“甚至有几次，狂热羔羊的对手在参赛前夕，战队的核心队员死亡了。”

王舜十分严肃地说：“所以我做出了一个猜测，狂热羔羊里有和我技能类似的信息采集者，可以通过某种方式得到玩家现实里的确切地址，然后在现实里攻击对方。”

牧四诚没忍住“啧”了一声：“好过分啊，游戏里打不过就在现实里动手。”

“的确很过分，但现实里的你们可没有在游戏里这么神通广大，都是些普通人。”王舜强调，“你们已经是一支很亮眼的季前赛队伍了，在现实里一定要注意自己的安全……

“尤其是白柳。”

王舜看向白柳：“牧四诚是登记在册的大学生；刘佳仪刚刚经历了一件大事件，处于多重监视下；唐队长自保能力很强；木柯家是大财阀；只有你——

“你现在是个社会边缘人士。”

所有人的目光都移到了白柳身上。

"我说白柳，"牧四诚凑过去，扶着白柳的肩膀，"你要不要住我宿舍？"

唐二打蹙眉："大学宿舍安保水平不够好。白柳，你那间小出租屋不安全，我在基地附近有套房子，你不如搬过来和我一起……"

"基地附近不行，到时候你们基地出了什么事又赖在他头上。"刘佳仪否决了唐二打的提议，看向白柳，"我觉得你可以和木柯聊一聊，住他那儿去吧，筹钱和移动都方便。"

白柳若有所思："一个人住的确不方便。"

几个人同时凑了过去，直勾勾地望着白柳："那你和谁住？"

白柳微笑："目前我的想法是把杜三鹦接过来一起住。"

几个人沉默了一会儿，牧四诚首先发出疑问："啊？"

开完会后，白柳从自己的出租屋登出了游戏。

他脱掉身上全是血的白衬衫，扔进了洗衣篓里，拨开皮带上的锁扣，把裤子脱下来一起扔进去。

白柳赤裸着走进了浴室，打开了花洒，钩下了头绳，闭眼仰头让温热的水流冲刷面部，然后伸手去拿放在镜子旁边的洗发露。

镜子被水汽铺满，若隐若现地映着白柳的上半身。白柳看着镜子里自己朦胧的身影，动作顿了一下。

比起刚刚进入游戏的时候，他的身体出现了一些肉眼可见的变化。

白柳在工作之后从来不点外卖、奶茶之类的，因为太贵了。

他也很少参加各种团建、饭局和应酬，最多就是每个月拿着优惠券和陆驿站下次馆子，平时就吃单位最便宜的八块钱一荤一素套餐，荤菜还包括番茄炒蛋。

从幼年到青春期再到成年，白柳从来没有经历过食物富足的阶段，摄入营养不足导致他好像一直都是人群当中发育最滞后的。

小时候白柳就是同龄人里个子最小的，到了青春期，他是同班同学里最单薄的，成年之后更是连找工作都差点被身高卡住。

今年，白柳二十四岁了，他看着镜子里的自己，觉得自己好像……

长高了一点。

唐二打高强度地摔打了白柳一个多月，给白柳的身体带来的变化还不止这点。

白柳的肤色原本是因为坐在办公室里长年不见日光而苍白，现在能透出一点血色了，肩颈和腰背都向后舒展扩开，原本瘦削的四肢和腹部现在居然养出了肌肉线条。

尤其是肩背和腹部，薄薄一层肌肉包裹住白柳的躯体，让这些地方看起来变得有力不少。

虽然还是没有唐二打那种锻炼出来的很整齐的六块腹肌，但白柳腹直肌两边也有浅浅的凹陷了，感觉再锻炼锻炼马上就能看到成形的腹肌。

年近二十五的成年人白柳先生诡异地觉得自己看起来好像再发育了一样。

洗完澡擦身体的时候，白柳突然顿了一下。

他摸到了自己背上黑桃留下来的鞭痕。

但白柳也只是顿了一下，就像是什么都没摸到一样穿好了衣服，依旧是白衬衫和西装裤——他衣柜里只有这两种衣服。

等下白柳要去疗养院接杜三鹦出来，为了显得正式一点，他还罕见地给自己打了领带。

去疗养院办了一大堆手续，让杜三鹦一一签字过后，在负责人质疑又惊恐的眼神中，白柳顺利地把杜三鹦接了出来。

“不好意思，麻烦你接我出来。”杜三鹦不好意思地挠挠头，“因为我被判定为没有个人行动能力，要从疗养院出来还很麻烦，你是找人帮忙了吗？”

白柳“嗯”了一声，接过了杜三鹦的行李箱：“唐队长帮忙找的人。”

其实是苏恙帮的忙。

苏恙觉得杜三鹦会导致周围的人出事，如果待在疗养院，对杜三鹦和疗养院双方都没有好处。

本来苏恙是准备申请把杜三鹦送到基地附近的一个训练营的，但在白柳主动表示要照顾杜三鹦之后，苏恙在惊讶之余很干脆地就帮忙把事情给办好了。

杜三鹦低着头跟在白柳身后走，时不时偷偷瞄一眼白柳手里自己的行李箱。

白柳走在前面，头也不回地说：“有什么想问的就直接问。”

杜三鹦迟疑了一会儿，才很小声地问：“……我和你住一起，真的不会影响到你吗？”

“我最好还是一个人隔离着吧……”杜三鹦的声音变得很微弱。

白柳拖着行李箱继续向前走，语气平淡：“你想一个人住吗？”

杜三鹦低着头看着自己的衣角：“我从初中开始就一个人住了，和我一起住的人……无论是朋友、爸爸、妈妈还是妹妹，后来都出事了。”

“嗯，”白柳平静地说，“我看过你的资料，这些事情我都了解了。

“所以你想一个人住吗？”

杜三鹦缩着脑袋，小声地说：“不想。”

白柳拖着行李箱，回过头来扫了杜三鹦一眼：“你和我一起住不会伤害到我，可以帮到我。你也不想一个人住，你担心的问题我都可以解决，所以还有其他问题吗？”

杜三鹦眼睛红红的，挺直胸脯，声音突然大了起来：“没……没有了！

“谢谢白柳先生愿意安排我和你一起住！”

“哦，不对！”杜三鹦突然一拍脑袋，忐忑地提问，“还有一个问题，白柳先生，你家可以养鹦鹉吗？”

白柳思考片刻：“应该可以，房东没说不可以。”

杜三鹦瞪大了眼睛：“白柳先生，你住的是出租屋吗？”

白柳“嗯”了一声：“你不喜欢出租屋吗？”

杜三鹦急忙挥手：“不是不是！我初中的时候也租过房子住，只是觉得白柳先生这样的人……”

杜三鹦绞尽脑汁地想要形容他听到白柳住出租屋时的感受：“住出租屋很奇怪。”

白柳侧目看杜三鹦：“有什么奇怪的？”

“也不是奇怪……”杜三鹦换了一种问法，“白柳先生为什么要住出租屋呢？”

白柳很自然地回答：“因为买不起房子，所以就租房子住了。”

杜三鹦震惊了：“白柳先生不是很有钱吗？！”

“我是下岗人士，没什么钱。”白柳斜眼看向杜三鹦，“虽然后来在游戏里攒了一些，但用来买房的话会觉得很不爽。”

杜三鹦好奇地问：“为什么？”

白柳说：“因为我不喜欢在高度溢价的商品上花钱。”

杜三鹦听得似懂非懂，“哦”了一声，然后看向白柳手里的行李箱：“白柳先生，你让我自己拿吧。”

“等下白柳先生要打车回家吧。”杜三鹦小心翼翼地提出请求，“我不喜欢坐车，可以自己走回去吗？”

白柳淡淡地问：“是因为经历过很多交通事故吗？”

杜三鹦点了点头，情绪又低落了下去：“……我坐车很容易出事，遇到我的司机都太倒霉了，所以我一般都走路。”

“我也不喜欢打车，陪你一起走回去吧。”白柳说。

杜三鹦先是眼睛一亮，然后双眼忍不住变成太阳蛋波浪眼，流泪望着白柳：“呜呜，白柳先生你好好哦。”

白柳斜眼扫了杜三鹦一眼：“我是真的不喜欢打车，因为太贵了。”

杜三鹦：“……”

白柳说不打车陪杜三鹦走路，就真的陪了一路。杜三鹦回去的路上会有意识地走那些人很少的小道，和别人稍微接触一下就紧张得不行。

因为这个，白柳他们走的都是比较老旧的街道，街边还有那种很老的小摊子。

比如杜三鹦就看到了一个身高体重测量仪，旁边坐着一个老大爷，脚边放着一块牌子，上面写着“测三次一块钱”。

“好便宜哦，”杜三鹦对白柳说，“我之前看到的都是测一次一块钱。”

于是白柳在这个摊子前面突然停了下来。

杜三鹦反应一会儿，惊道：“白……白柳先生，你要测吗？！”

白柳“嗯”了一声，从口袋里找出一块钱，弯腰递给了测量仪旁边的老大爷，然后毫不犹豫地抬脚站了上去。

测量仪的测量杆缓缓下降，在白柳头顶碰了一下，又缓缓上移了。

测量仪上的大喇叭发出一闪一闪的红光，大声播报：“身高 176.5 厘米，体重 58 公斤，正常偏瘦！”

白柳站在秤上面好一会儿，直到那个大喇叭把测量结果播报完三次，他才慢悠悠地走了下来。

他们有三次测量机会，看到白柳走下来，杜三鹦下意识觉得自己是不是要上去测了。

但并不是这样的，白柳走下来之后又慢悠悠地走了上去，又测了一次。

杜三鹦：“？”

等到三次都测量完了，杜三鹦一头雾水地跟在他莫名觉得脚步轻快起来的白柳后面：“白柳先生，你为什么要测三次啊？”

白柳平静道：“再确认一下我产品增值的既定事实。”

321

杜三鹦无比迷惑：“？”

回家之后，杜三鹦把鹦鹉拿了出来，把笼子挂在了窗户边。白柳在旁边看着，笼子里的鹦鹉见到白柳先是炸毛，喊了两声“白柳，坏，快跑”。

见杜三鹦没跑，这只鹦鹉环视一圈之后，缓缓地瞪大了绿豆眼，呆呆地看向笼子外面面带笑意的白柳。

它似乎终于意识到自己来到了白柳的地盘，呆立了一分钟之后，迅速地把头埋进了翅膀下面，一动不动地缩在笼子的角落里。

杜三鹦有点尴尬地解释：“三三平时不这样的。”

白柳友好地表示理解：“动物的确很难接受居住地改变，但你一般用这只鹦鹉记东西，是因为它除了可以传送人，还有其他特殊之处吗？”

杜三鹦兴奋地点点头：“是的！白柳先生你应该知道，游戏里的很多东西在现实里都记不下来，会被篡改或是抹消，但三三可以记下这些被抹消的东西！

“它很有用的！”

白柳看向这只鹦鹉：“那怎么能让它记住这些东西呢？”

“很简单的，”杜三鹦说，“只需要不停地向它重复，等到它附和你就行了。”

“不过三三记不了很复杂的东西，”杜三鹦不好意思地挠头，“只能记一些简单的事情，所以我一般只让它记最重要的。”

白柳似有所悟地点了点头。

杜三鹦乖乖收拾好自己的东西后，举着盆和衣服跟白柳打招呼：“白柳先生，我要去洗澡，能用你的浴室吗？”

白柳点了一下头。

杜三鹦进了浴室之后，白柳起身，不紧不慢地走到了窗台边。

鸟笼里的鹦鹉虽然把头埋进了翅膀下面，但还是因为白柳的靠近而忍不住微微颤抖。

白柳半合着眼，伸出食指，屈指抚摩了一下鹦鹉的毛。

鹦鹉抖得更厉害了。

“你记得什么？”白柳声音很轻地问，“好好说，我就不对你做什么。”

“白柳，坏人！”鹦鹉嘶叫着，身子往里缩，仿佛很抗拒白柳。

白柳貌似遗憾地叹息：“看来你不愿意配合。那我们换一种方式，我来告诉你一些必须记住的东西，你帮我记住怎么样？

“作为回报，我会保证你和杜三鹦存活。”

鹦鹉迟疑了片刻，缓慢地把头从翅膀下面探了出来，用一双警惕的绿豆眼望着白柳，似乎在问他要它帮忙记什么东西。

白柳转身坐在了窗台上，他的背后是没有护栏的高楼，夜风很轻地吹过，把白柳割断得不太齐整的半长发吹得轻柔摇曳。

“八月十七日，黑桃弄坏了我的鞭子和十字架。”

鹦鹉犹豫了好久，跟着白柳重复了一遍。它疑惑不解地歪头：“只用记这个？”

“目前只用记这个，”白柳很轻地说，“以后他再弄坏我其他东西，我也会让你记的。”

鹦鹉发自内心地困惑地说：“这个，重要吗？”

“对我来说很重要，”白柳微笑着看它一眼，“这个人欠我的东西，我不想被再次抹消或者遗忘了。”

杜三鹦洗完澡之后穿得整整齐齐地走了出来，他局促不安地望着白柳：“白柳先生，我睡哪里啊？”

“我房间里有两张单人床，今天下午去买的。”白柳说，“你挑一张你喜欢的睡吧。”

杜三鹦挑了靠里那张单人床，白柳睡靠窗那张。

两个人的床中间隔着一个床头柜，有点像是酒店那种冷冰冰的商业式布局，但……

杜三鹦小心地翻身，不弄出任何声响，他失神地看着睡在另一侧的白柳。窗户里隐约透出来的月光洒在白柳安宁的脸上，给杜三鹦一种很恍惚的感觉。

……他已经忘记多久没和人这样共处一室了。

从离开疗养院到现在，他已经和白柳先生共处了快七个小时，真的就像白柳先生说的那样，什么坏事都没发生……

“睡不着吗？”白柳没睁开眼睛，突然出声。

杜三鹦吓得从床上坐了起来：“是我翻身把你吵醒了吗？对不起！”

“不算是你把我吵醒的，”白柳睁开了眼睛，“我也是第一次和别人一起住，稍微有点不习惯。”

杜三鹦盘坐在床上，惊奇地问：“白柳先生一直都是一个人住吗？”

“嗯，”白柳回答，“只有很小的时候和某个人一起睡过，后来就一直都是自己一个人住了。”

杜三鹦十分惊讶：“白柳先生小时候，还会和别人睡一张床吗？那个人现在在哪里啊？”

“死了，”白柳淡淡地说，“自杀的，全身浇汽油自焚。”

杜三鹦顿住了。

他好像隐约能记起这件事，但具体的又记不起来了，一种曾经目睹过现场的悲伤让他情不自禁开口道歉：“对不起……我的周忆症好像又犯了，我记不起来了。”

“没关系，”白柳的语气无波无澜，“也没几个人需要记得这种事。”

杜三鹦沉默了很久很久，几乎是手足无措，转移了话题：“那个……那个白柳先生的团队参加的游戏联赛要开始了吧？”

“嗯，近期会开始团赛训练，训练强度会再加大。”白柳回答，“因为联赛要开始了。”

“我觉得白柳先生一定会是联赛的冠军。”杜三鹦认真地给白柳加油，然后又躺下了，他望着白柳的侧脸，“白柳先生赢了比赛之后，想做什么呢？”

这次轮到白柳沉默了。直到杜三鹦打了个哈欠，以为白柳已经睡了的时候，白柳突然又开口了：

“和那个人一起，躺在很多钱上睡觉。”

杜三鹦一愣，然后没忍住笑出了声。

白柳侧目看向杜三鹦："很好笑吗？"

杜三鹦挠挠头，脸上还带着笑："其他人许这个愿望好像很正常，但白柳先生这么一本正经地许这个愿望……"

他老老实实地说："我觉得很好笑。"

"不过能让人笑出来的愿望，"杜三鹦认真地说，"白柳先生实现的时候一定会很幸福的。"

白柳把目光移了回去，脸上也浮现出一个很浅的笑："或许吧。"

杀手序列公会，武器改造室。

华干将一下又一下地捶打着逆神的审判者重剑上的裂纹，黑桃坐在旁边的高板凳上，一言不发地盯着。

"别这么奇怪地看着我，"华干将头也不抬，"我的确是猎鹿人的武器改造师，不该为你们杀手序列服务。"

华干将长长地叹一口气："但谁叫你们的战术师就是猎鹿人曾经最厉害的灵魂人物，公会里地位最高的战术师——逆神的审判者呢。

"逆神真的救了很多人，包括我。"

"我欠了逆神那么多人情，但他从猎鹿人走的时候我却没跟着他走，这已经够忘恩负义了。"华干将神色复杂地叹息，"现在他到了新公会，拜托我帮忙改造武器，我实在是没办法拒绝。"

华干将摇摇头："今年都是些什么事啊，我一个被私养的武器改造师，居然吃下了三家公会的武器改造订单，接了两家外包。"

黑桃这个时候才开口接了一句话："不可以吗？"

他抬眸看着华干将："我们公会的仓库保护也是外包的，黄金黎明接的单。"

华干将一愣，随即大笑起来，笑得眼泪都出来了："逆神把武器改造外包给了我，道具保护外包给了黄金黎明，真不愧是他。"

"逆神净逮着游戏里最好的武器改造师和道具保护者祸害了。"华干将感叹，"你们杀手序列一个崭新的公会，明明搭不起来台，居然硬生生地靠着逆神的人脉解决了新公会最难的两个问题，撑起来了。"

"你挖逆神挖得真值当，黑桃。"华干将酸不溜丢地"啧啧"两声，"逆神走的时候可决绝了，我们公会会长那么冷硬一个人，最后真是放软了语气求他，说只要逆神愿意留下来，怎么样都行，但最后也没把逆神留下。"

华干将瞥了黑桃一眼："我一直很好奇，你到底给逆神开了什么条件，让他愿意离开猎鹿人？"

“你说反了，”黑桃平静地说，“是逆神想离开猎鹿人，我只是给了他一个合适的借口。”

华干将一怔，下意识反驳：“逆神怎么可能想离开猎鹿人？！

“逆神一直以来都是猎鹿人的核心，他和每个人的关系都很好，和我们会长还是现实里关系非常好的朋友，并肩作战好多年了。”

华干将回忆：“会长每件事都以逆神的决策为先，在赛场上为了保护逆神还受了好几次重伤，逆神也没有辜负会长，制定的战术护住了每一个人。

“大家都是真心喜欢和尊敬逆神，逆神也是真心地爱护公会里的每一个人，他是整个公会的灵魂人物。”

“所以今年逆神转会的时候……”华干将低头看着手里逆神送过来修复的重剑，缓缓地吐出一口浊气，“我只是个打铁的都接受不了，不要说其他人了。”

华干将将锤打得发红的重剑放进了炉子里，然后用脚钩了一条板凳，一屁股坐在了黑桃旁边。

他随手在围裙上擦了两下手上的油，望着在炉子里的岩浆中慢慢熔化的十字重剑，喃喃自语：“……多残忍啊，逆神手里的这把重剑曾经保护的是我们，现在却要对准我们了。

“我却还在帮他修补。”

华干将自嘲地“嗤”了一声，从上衣的兜里抽出了一包烟，弹出一根在岩浆上点燃，不正经地叼在嘴角，嘴唇一嘬一嘬地吞吐烟气。

“来一根吗？”华干将随手把烟盒递给黑桃。

黑桃拒绝了。

华干将在烟雾中眯起了眼睛：“逆神不让你抽吧？

“他在猎鹿人的时候也这样，明面上很虚伪地严格禁烟。最好笑的是我们会长，他烟瘾是最大的，但他也被逆神禁烟了。

“会长对逆神的任何命令都会绝对执行和服从，他是逆神的主攻手嘛，养成习惯了，所以会长在逆神下了禁烟令之后，他再难受，都没有抽过一次。

“反而是逆神自己阳奉阴违，每次烟瘾犯了就躲在我的小作坊里，偷偷摸摸抽一根。”

华干将笑了起来：“我本来也不抽的，被他带得也开始抽了。”

华干将说完之后静了一会儿，突然开口：“我一直想不通他为什么要走。

“猎鹿人……是逆神一手创办起来的公会。

“逆神从不知道哪个犄角旮旯把我们这些绝望到快要死的人拉回来，凑到一块儿，形成一个好像可以互相取暖的团体，苟且度日。”

华干将低着头：“逆神总是笑着告诉我们，就像是开玩笑一般对我们说‘我能看到你们的未来，你们的未来很好，再熬熬吧’。

“所以我们就这样为了他口中的未来，一直熬到了现在。”

“我和逆神认识是在现实里。”华干将举着烟回忆，“我在现实里是个没人注意我死没死的穷流氓，虽然有个打铁的小摊子，但养不活自己。”

“后来就更养不活了。”华干将自言自语，“我捡了一个毛头小子做徒弟，半大小子吃穷老子，有时候为了吃口饭，逼急了也会干点偷鸡摸狗的事情。”

“但人一旦变坏，情况就会越来越坏。”华干将吐出一口烟，“本来那年我俩能得到一定补贴的，但我那个时候不知道，已经干了坏事，有案底了，就没拿到。

“后来情况就越来越坏，越是缺钱就越是会做坏事；越是做坏事，就越是遭报应。”

华干将缓慢地低下了头：“但我一开始抢劫的时候，想的是吃顿饱饭，然后送那小子去念所职高，让他走上正轨。

“我没想到在我被抓的时候，这个愣头青会突然站出来说他是和我一起做的，结果我俩就都进去了。

“我一直觉得这小子脑子有点问题才会在大街上当叫花子，没想到真的有。”

华干将忽然笑了起来：“在我以为已经没有出路的时候，我偶然遇到了逆神，他主动请我吃了一顿饭，也没有很贵，但是吃得很爽，开了两瓶啤酒，我的徒弟和逆神都被我喝晕过去了。

“逆神醉醺醺地和我说，一切都会好起来的，他看得到未来。”

“我那一瞬间也以为，一切都会好起来。”华干将扯着嘴角笑了一下，“但并不是这样的。

“我摆摊的小巷被登录了一个恐怖游戏，异端管理局的人过来的时候，我徒弟四分五裂的身体已经凉了半个小时了。”

华干将静了很久很久：“我还是登入了这个游戏，然后遇到了游戏里的逆神，他帮了我好几次，我才能在这个游戏里存活下来，后来还在他的帮助下进入了猎鹿人公会，现在才能在这里安心打铁。”

“我拿自己的积分兑换了一副躯体，”华干将呼出一口烟气，“把这具躯体捏成了我徒弟的样子，用积分催动他动起来，假装他没死，还和以前一样傻乎乎地帮我打铁。

“但这副躯体只能存在于这里，所以我待在这里的时间比我在现实里还多。”

黑桃看向他：“你不想回到现实吗？”

华干将嗤笑：“回去干什么？我在现实里连个窝都没有，在这里好歹有我徒弟，有间打铁作坊，还有一群待我不错的队员，我过得还可以。”

“有时候吧，也觉得自己这样不是办法，动过复活我徒弟的心思。”华干将咂巴咂巴嘴里的烟，“一方面是积分不够，另一方面又觉得，复活他干什么呢？

“活着那么辛苦，这小子来人间走一遭，吃过最好的东西可能就是逆神请的那顿饭。”

华干将吐出一口烟气：“吃那顿饭的时候，我徒弟说没吃过虾，我当时怕逆神这个冤大头觉得贵不请了，还骂他贪心来着。

“但最后逆神还是笑眯眯地给他点了一盘虾，给他剥好，让他一个人吃完了。”

华干将把烟摁灭了，深吸一口气，眼眶泛红：“我特别想不明白，这么亲善和气的一个人，走的时候那么心狠，连个招呼都没和我们打就走了。

“会长在知道逆神离开以后，去找他，求他回来。”

华干将看着炉子里已经完全熔化的重剑，失神道：“我们会长那么傲气的一个人，在你们杀手序列公会的门口低头，本来还想下跪的，结果逆神扶住了会长，说他已经以杀手序列队员的身份报名联赛了。

“他不会再回来了。

“我们会长把自己关在房间里很久，出来之后变得阴沉了不少。会长原本是逆神的主攻手，现在他接替了战术师的位置，这让整支战队风格也大变了。

“最近，会长还找了个手段很血腥的新人小丑填了逆神走后的缺。

“逆神是不喜欢在赛场上看到伤亡的，但这个新人出手就要见血杀人。”

华干将恍惚地说：“……我觉得会长简直就像是在报复逆神出走一样。”

黑桃诚实地点评：“你们会长好幼稚。”

华干将瞬间炸毛：“你这个幼稚的既得利益者没资格说这种话！”

322

“唉……”华干将头向后仰，靠在墙上叹了口气，忽然笑出了声，“其实我也觉得很幼稚。

“我听别人说的，说会长做了逆神很多很多年的主攻手，从猎鹿人这个公会存在开始，会长就是他的主攻手。

“有会长作为主攻手出场的团赛，无论战况多么惨烈，逆神这个战术师从来不会受伤，因为会长会拼尽全力把他保护得很好。”

华干将回忆着：“如果说逆神是‘预言家’，会长简直就像是他的‘猎人’。

“——为了保护‘预言家’而生的‘猎人’。

“据说最开始大家都想让逆神做会长，但他不愿意，把这个位置交给了会长，还笑着说相信会长一定可以带领大家走向他看到的那个未来。”

“但未来还没到，”华干将呼出一口气，自嘲地笑了一下，“给了我们未来的人就临阵脱逃了。”

黑桃平静地说：“不是临阵脱逃。”

华干将一怔。

黑桃脸上没有任何表情，注视着他：“逆神是在换一种方式给你们想要的未来。

“你们在看不到未来的时候，可以选择相信看到未来的人。”

华干将愣怔片刻，哈哈大笑：“也是，我们这些不明真相的‘村民’，还是得跟着‘预言家’的指挥走嘛。”

华干将说完，从凳子上跳了下来，用钳子把逆神的审判者的重剑从炉子里取了出来。

华干将翻转重剑，打量了一会儿之后，把剑浸入了水中：“修得差不多了。黑桃，你的碎鞭子呢？拿过来，我要开始修你的了。”

黑桃把碎得只剩一个把柄的鞭子递了过去。

华干将看得愣了一下：“虽然我从来不问别人为什么会把武器弄坏，但你这也太离谱了吧！”

“和别人打架，就坏了。”黑桃敷衍地解释了一下。

华干将一怔：“还有能和你打成这样的玩家？联赛就要开始了，逆神没拦着你？”

黑桃面无表情：“逆神加入了，和对方一起打我。”

华干将：“……那你一定做了挺过分的事情。”

黑桃缓缓地趴在凳子的靠背上，下巴搭在手背上，说：“是的，所以我想对那个人道歉。”

华干将举着鞭子仔细打量，随口回应：“那就去啊。”

“但逆神不准，”黑桃慢慢地垂下眼皮，“他说‘在你想清楚为什么对方会这样对你之前，随便去找对方，只会把事情搞得更糟’。”

华干将赞同地点点头：“的确是这样，那你想通了吗？”

黑桃沉默了一会儿。

华干将笑起来：“没想通啊？”

黑桃静了静，才开口：“我感觉他好像在意我，但他总是一见到我就难过，总是想很多。

“我不明白他在想什么，也不明白他在难过什么。”

华干将把黑桃的鞭子浸入岩浆，笑得有点不怀好意：“这个问题啊……

“根据我的经验，你把他想要的东西给他，他就算嘴上不说，也会稍微宽恕你一点的。对方有什么想要的东西吗？”

黑桃顿了一下："有，一根和我差不多的鞭子和一个逆十字架。"

黑桃说完又安静了一会儿："但我不想让他拿到，所以全部弄坏了。"

华干将无语："那对方讨厌你不是很正常的事情吗？！"

黑桃突然抬起头，直勾勾地盯着华干将："你能做吗？和我的鞭子质感差不多的鞭子。"

华干将心中充满了疑惑："大哥，你知道你的鞭子是什么等级的东西吗？"

"我要是能量产你这种质量的鞭子，早自己组建公会了好吗？！"华干将一边说一边甩了甩手上的鞭子，"不说别的，你鞭子用的骨头我到现在为止都没有见过类似质地的。

"整个游戏我都找不到这种骨头，现实里也没有，我都不知道你用什么品种的蜥蜴怪物能生成这么变态的技能道具。"

黑桃看了一眼岩浆里的鞭子，平静地回答："是我的骨头。"

华干将一怔："……不是说蜥蜴骨吗？"

"一开始很多人说我是蜥蜴，"黑桃回答，"我也以为自己是蜥蜴，就说是蜥蜴骨了。"

华干将越发迷惑："……为什么你会觉得自己是蜥蜴？"

黑桃回忆了一下："因为我从壳里钻出来的时候下半身是鱼尾，但又长了脚，趴在地上看起来很像蜥蜴吧。"

塞壬小镇里黑桃从塔维尔的皮囊里诞生的时候还没有完全褪去人鱼的形态，下半身长了巨大的鱼尾，但脚却又慢慢地从鱼尾里生长出来，看起来诡异又不伦不类，几乎把镇民们给吓疯了。

镇民们疯狂地拍打站起来的黑桃，想让这个"蜥蜴人"滚。

所以很长一段时间里，黑桃真的以为自己是只蜥蜴，在其他副本里遇到蜥蜴的时候，黑桃甚至还会主动上前观察和模仿蜥蜴的动作。

这种误解一直到逆神的审判者进入杀手序列，向黑桃严肃地解释蜥蜴是不会玩游戏的，黑桃才恍然大悟。

——原来我是个人。

"能用我的骨头——"黑桃抬起头看向华干将，"给白柳做一根鞭子吗？"

华干将一惊，下意识否决了："不行！"

虽然被否决了，黑桃还是一动不动地盯着华干将，看得华干将烦躁地来回走了好几圈："不行就是不行，你把我看出个洞来也不行！

"就算我愿意帮你做，但在游戏大厅里玩家是禁止互相伤害的，我根本没办法把你的骨头给剔出来，这是第一。"

华干将转过身来严肃地比出两根手指："第二，就算你进游戏把骨头给剔下来，你也不能带出来给我做鞭子用。

"只能带伤和游戏奖励的道具出来，我可没听说谁能把自己的骨头给带出来。

"第三，就算你真的找到了办法把骨头给我，但一根鞭子起码要你四到六块脊骨，你剔一次骨头到再长出来都是需要恢复期的，在你长骨头的恢复期我不可能一直待在杀手序列给你做鞭子，猎鹿人也在筹备联赛，我得在场。

"综上所述，你那个异想天开的方案不可行。"

"这些问题全都解决了，你就会帮我做了吧？"黑桃望着华干将，眼神非常专注和认真。

这种眼神让华干将一时语塞，搪塞道："你怎么解决？"

黑桃垂眸看向华干将炉子里已经恢复了原形的他的鞭子，抽了出来，鞭子浸水发出了呲呲的嘶鸣，散出一缕一缕的白烟。

然后他抬手，脸上什么表情也没有地用鞭子抵在颈部的脊骨处，往下毫不留情地一划。

鲜血瞬间滴落，华干将神色惊愕，黑桃缓缓地把握成拳的手从后背收了回来，在华干将面前张开。

他手里是一块血淋淋的脊骨。

"我的鞭子可以划破时间和空间，所以我在这里也可以伤害自己，能取出骨头。"黑桃神色平淡，"我的再生能力很强，取下来的骨头很快就会重新长回去，也不会耽误你很长时间。

"问题都解决了，现在你可以为我做一根鞭子吗？"

华干将的嘴皮都在颤，他沉默了很久很久，手颤抖着从兜里翻出了烟盒，叼了一根烟点上之后，眼神才敢缓慢下移到黑桃白皙手掌上那块还在滴血的骨头上。

"你……自己没感觉吗？"

黑桃顿了一下："有感觉的。"

华干将无法理解地看向黑桃："那你为什么能面不改色地把自己的骨头给挖出来？！"

黑桃静了静："因为我只知道他想要这个。"

华干将一怔，他想起自己刚刚和黑桃说的话："把他想要的东西给他……他会稍微宽恕你一点的。"

"对方想要的东西，你要付出这么惨痛的代价才能给……"华干将神色复杂地叹了一口气，"就没必要给了啊……

"拿来吧。"华干将叼着烟，接过了那块骨头，眼看黑桃又开始取骨头了，他不忍直视地转过了身体，“别把血溅得到处都是啊，自己取小心一点。”

黑桃“嗯”了一声。

华干将看着手里的骨头，深吸一口气：“这都是什么事……”

举行联赛的日子一天一天地逼近了。

所有的公会都在进行最后的疯狂冲刺，不光是游戏池，就连小电视区火药味也重了不少。

流浪马戏团几乎是夜以继日地训练，在高强度的各种游戏训练的加持下，不光是牧四诚直喊“受不了”，就连唐二打有时候也会露出疲态。

牧四诚生无可恋地趴在流浪马戏团休息室的办公桌上，双眸黯淡：“……马上我就要经历我人生中最恐怖的事情了。”

刘佳仪无语：“只是季前赛而已，你之前还没这么害怕吧？”

“不，”牧四诚双目无神地反驳，“不光是季前赛，我要开学了。”

唐二打撩起衣服擦了一把脸上的汗，听到这话笑了一下：“大学开学应该还好吧？”

“对啊，本来应该还好的……”牧四诚悲愤道，“但我上学期一直耗在游戏里，期末的时候挂了两科！这学期开学要补考！”

牧四诚抓头发，痛苦地号叫：“而且我还没开始复习！”

木柯发自内心地疑惑：“大学的考试都很简单的，为什么会挂科？”

刘佳仪无情地嘲笑：“我们这些人里也只有你会挂科了。”

在一旁的白柳顿了一下，淡淡地开口：“我也挂过。”

一瞬间，其他人震惊的目光都向白柳身上投了过去。

“怎么了？”白柳平静地回应这些眼神，“我挂科很奇怪吗？

“我学习一直都一般。”

木柯若有所思地回忆：“我想起来了，我在简历上看到过，白柳的成绩好像是不太好，高考我记得好像是——”

“四百八十五分，”白柳喝了一口水，语气平和，“我记得差一本线挺多的。”

牧四诚被惊到了：“你高考分数居然比我低一百多分？！”

然后牧四诚迅速得意起来，双臂抱胸，挑眉笑得十分欠揍，看向白柳：“没想到啊没想到，白柳，你这个浓眉大眼、看起来一副优等生样子的人，居然还没我考得好！”

“很奇怪，”刘佳仪蹙眉，“白柳思维能力、学习能力都挺强的，怎么也不该比牧四诚考得低吧？”

牧四诚怒吼：“喂！”

白柳思索了一下："高中的时候其实不怎么努力，也不懂事，比较叛逆，重心一直没放在学习上，最后半学期才开始认真学的。

"成绩刚出来的时候还在陆驿站的劝说下考虑过复读，不过最后还是没去。"

牧四诚听得直搓手，神色惊恐："怎么回事？我听你说考虑要复读这件事，违和感都让我觉得害怕了！"

白柳扫了牧四诚一眼："正常人考得差的话都会考虑复读吧。"

木柯好奇地问："那白柳最后为什么没去呢？"

白柳顿了一下："因为没钱，我满十八岁了，福利院暂停对我的资助了。"

所有人都一静，连牧四诚都呆住了。

这个理由，实在是……有点出人意料。

"虽然福利院也有面向成年之后的孩子的教育资助，但那种资助名额不多，需要之前成绩很好或者很努力才能得到，比如陆驿站这种。我这种人要是能得到，是件很不公平的事情。"

白柳坐到椅子上，神色平静："虽然陆驿站说让我复读，他上大学之后会努力打工挣钱填补我的学费和生活费的亏空，让我工作之后还给他就行，但最后我还是拒绝了。"

刘佳仪忍不住问："为什么？"

白柳抬眸："因为我讨厌高中的学习生活，所以算了。"

王舜打断了一群人聊天的氛围：

"各位，一天后就是季前赛了，现在要和你们说一些要重点注意的赛前事宜，然后请各位今晚回去好好休息，明天进入游戏就要正式抽签进行比赛了。

"首先，联赛的主舞台在中央大厅，各位习惯的没有观众的日子马上就要远去了。"

王舜表情严肃："现在的你们没有一个人拿到了免死金牌，你们很需要人气。

"所以请各位在季前赛遇到一些实力较弱的对手的时候，尽量打观赏性较强的比赛吸引观众的注意力。

"其次，游戏池马上就要对外关闭了，按照往年的惯例，接下来游戏池会作为一个不公开租赁的场所，每日竞价对外出租，当日开价最高的公会可以租到游戏池一天的使用权限。"

王舜强调："虽然联赛已经开始了，但除了唐队长，你们都是纯新人，训练强度是远远不够的。

"所以接下来你们不光要参加季前赛，公会每日也会积极竞价租赁游戏池，一旦租到了，就请各位当天受点苦，比赛完之后继续来游戏池训练，一定要把租赁游戏池的成本给用回来。

“游戏池竞价部分的支出我询问过查尔斯先生了，他说他全部报销。”

王舜环视其他人，露出一个会心的笑：

“最后祝愿大家旗开得胜，得偿所愿。”

联赛前一夜。

牧四诚倚靠在散发白色灯光的台灯下，噘着嘴懒洋洋地顶着笔，有一下没一下散漫地用荧光笔在课本上涂涂画画，复习他要补考的学科。

画着画着，牧四诚的眼神突然偏移到了宿舍进门左边空着的床位上。

那是刘怀的床位。

因为宿舍里死了人，其他学生都害怕地搬走了，只有牧四诚被宿管劝了两次还是没搬走，一个人住在这里。

“真是烦……”牧四诚自言自语，“要是你在的话，还可以给我划划复习重点吧。

“你听课挺认真的……”

牧四诚说着说着，烦躁地扒拉一下头发：“啊啊啊！我要是当年高考也只考四百八十五分就好了！脑子里都是联赛的事情，根本没办法做题啊！”

刘佳仪蜷缩在床上，怀里抱着一个笨拙又丑陋的洋娃娃，闭着眼睛念着：

“笨蛋哥哥……

“你把我嘱托给那个白柳，他虽然好像什么都不好，但是挺信守承诺的。”

刘佳仪的房门被轻声叩了两下，她立马把洋娃娃藏好，缩进被子里假装睡着了。

房门被缓缓推开，向春华小心地推开了门，蹑手蹑脚地走到了刘佳仪的床边给她掖了掖被子，摸了摸她的头，然后又走了。

刘佳仪缓缓地睁开了眼睛，握住被子里洋娃娃的手，很轻很轻地说：

“我现在有一个很好的家庭哦，哥哥。

“是白柳给我找的。”

木柯坐在医院的长椅旁边，放下了刚刚因为做心电图被扒上去的衣服。

对面的医生仔细看了一会儿打印出来的心电图，点点头：“具体的情况还需要进行深度检查，但最近你的情况已经比较稳定了，避免剧烈运动，保持心态平和就可以了。”

木柯起身，礼貌地躬身道谢：“麻烦医生了。”

医生笑起来：“不用这么客气，你从小到现在都是我的病人。不过木柯你最近看起来心情很好，是遇到什么好事了吗？”

木柯抬起头，微笑起来：“是的。

“遇到了一个让我可以剧烈运动、心态不平和，但依旧很快乐的人。”

医生一怔。

木柯不等医生反应过来，再次躬身告别，不徐不疾地转身从房间里走了出来。

唐二打刚从房间里出来，就看到站在他面前的苏恙和一众第三支队队员。

他微不可察地一怔：“你们这是……”

“走走走，我们的事情都解决完了！去喝酒！”队员呼呼拉拉地冲上来，嬉皮笑脸的，“好久没和你喝酒了！”

唐二打几乎是手足无措地摁住了这些人：“你们干什么？我已经离开异端管理局，也不是你们的队长了！”

苏恙笑起来，眉眼弯弯：“对啊，但你离开了，我们就不能来找你喝酒吗？

“我们来这里也不是找第三支队队长唐二打，只是来找我们的老朋友唐二打叙叙旧的，不行吗？”

唐二打一顿，肩膀慢慢地放松下来，露出了一个释然的笑：“可以的。”

路上，唐二打和苏恙并排走着，苏恙看了唐二打两眼，笑了起来：“总感觉你变了不少。”

唐二打顿了一下：“有吗？”

苏恙点点头：“之前总感觉你心事重重，好像背着很多我们不知道的担子，你也不肯告诉我们，每天都很紧绷。”

“感觉像是把所有人都护在你的领地内，”苏恙仰头呼出一口白气，“但又把所有人拒之门外。

“但是现在，感觉你把这个担子卸下了。”

苏恙笑着转过头：“从来没见你这么轻松过，看来退休对你这个四十岁的老大爷来说还真是好事。”

唐二打静了一下，也笑了起来：“虽然退休生活也有很多不确定的事。

“但担子的确被人接过去了。”

苏恙笑起来：“是白柳吗？”

唐二打夹着一根烟，深蓝色的眼眸里浮着一层很浅的笑意：“嗯。”

游戏池内。

系统温馨提示：因即将开始的联赛，游戏池即将关闭，请各位玩家尽快撤离！

不断有人从游戏池里爬出来，水面上不停旋转的游戏界面渐渐停歇、变暗，水底从虚幻的影像变成了实地，只剩摇晃动荡的水波倒映着从头顶洒落下的昏暗的七彩光晕。

白柳从游戏池里站起身，身上湿漉漉地往下滴水。

以后这里就要花积分才能租用了，虽然花的不是他的，但依照白柳“有便宜不占是王八蛋”的基本原则，他还是在游戏池里训练到了最后一刻。

现在整个游戏池里只有白柳一个人，正当他抬脚要走出来的时候，他抬头，看到了另一个人。

黑桃站在游戏池外面，一动不动地望着他。

白柳往外走的动作停住了，他直视着黑桃。

两个人都没说话，只是静默地彼此注视着。

黑桃站在游戏池外，白柳站在游戏池内，五光十色的光晕在这两个人身上悄无声息地流转着。

原本人来人往的游戏池在这一刻只剩下他们两个人，却不让人觉得空荡，一种莫名弥漫在这两个人之间的氛围让人喘不过气来。

白柳先开了口，语气很平静：“找我有什么事情吗？”

黑桃顿了一下，缓慢地对白柳伸出了手：“给你的。”

白柳垂下眼帘看向黑桃手里的东西。

黑桃手里的是一根纯白的骨鞭。

——和白柳一开始从塔维尔那里得到的骨鞭一模一样。

白柳就那样垂眸看着，水珠顺着睫毛滴落，滴在关闭的游戏池里，一圈一圈漾开斑斓的光晕。

黑桃见白柳没接，垂在身侧的手指蜷缩了一下：“是和你之前的人鱼骨鞭强度一样的蜥蜴骨鞭。

“你不想要吗？”

白柳静了很久很久，才抬眸看向黑桃：“只有鞭子吗？”

黑桃一顿。

白柳平和地问：“我的逆十字架也是你弄碎的，不应该一起还给我吗？”

“逆十字架……”黑桃的眼神游离，“还没修好。”

逆十字架的材质太特殊了，黑桃把华干将逼疯了都没做出类似的。

白柳点点头，伸手接过鞭子：“这样吗？那鞭子我先收下了，逆十字架你用什么来做抵押？”

黑桃仿佛一尊雕像般在白柳面前面无表情地站了很久很久。

这人几乎要把“我现在想不出来能拿什么做抵押”写在脸上了。

白柳敛目移开视线，眼神里带着很细微的笑意：“想不到吗？”

黑桃诚实地点了一下头，动作一顿：“可以这样吗？”

白柳问：“怎么样？”

黑桃取出一支黑色记号笔，认真地解释：“你真的那么想现在要，我可以先给你画一个。”

白柳：“……”

登出游戏后，白柳换下了湿透的衣服，走进浴室打开花洒开始冲洗。

冲洗到一半，白柳像是意识到什么一样，侧头看向镜子。

镜子内，白柳锁骨中间被黑色记号笔画了一个十分清晰的逆十字架，在白皙的皮肤上很显眼。

白柳靠在冰冷的瓷砖上闭上了眼睛，仰头让水流冲刷自己，轻声低语：“……居然真的让他画了。”

游戏池里，白柳听了黑桃的说法之后，只略微顿了一下，就干脆地解开了衬衫的一颗扣子，向后仰着脖颈，露出锁骨中间的皮肤，便于黑桃下笔。

黑桃迈进游戏池，视线专注地停在白柳的心口上，握住笔开始画。

白柳移开眼神：“谁教你给不出就画画的？”

黑桃不错眼地盯着白柳的锁骨，一边画一边说：“逆神教我的。”

白柳轻声问：“他是怎么教你的？”

黑桃看了白柳一眼：“逆神说，当你暂时没有办法给某个人什么东西，但你又很想给他的时候，可以先给他画一个。”

“总有一天……”黑桃又把眼神落回白柳的心口上，语气认真，“我会还给你被我弄碎的十字架的。

“别人能给你的，我也能给你。”

浴室里的白柳把脸埋进了浴巾里，单手捂住毛巾缓缓地呼出一口长气。

他有点后悔让黑桃给他画了。

323

季前赛当日。

很久没有离开过游戏池的一行人终于又回到了小电视区。

牧四诚一进小电视区就喊了一声，他瞪大眼睛看着中央大厅，惊道：“这是什么玩意儿？！”

原本小电视密集排列的小电视区中间层层下陷，出现了一个巨大的凹陷圆洞，这个圆洞一层一层地排满座位，形成了一个类似罗马竞技场的观赏场地，站在边缘俯瞰很像一个深阔扁圆的池子。

场地中央有一面巨大的、由无数台小电视双面拼接起来的屏幕悬浮在半空中，不断有观众陆陆续续进入这个竞技场落座，彼此之间兴奋地交谈。

“对哦，牧神是第一次见到联赛时期的小电视区域。”王舜一拍脑袋，“忘了告诉你，在联赛期间中央大厅会有很大的形态改变。”

王舜指着牧四诚震惊地看着的那个大池子：“一部分小电视区域会被改造成观赏池，你刚刚看的这个就是最大的观赏池，是给季中赛用的，我们登不上去。

“季中赛的比赛就在这个最大的池子里直播。”

“除了这个最大的观赏池，周围还有很多大小不一的观赏池。”王舜指了指四周，“季前赛的比赛就在这些大小不一的观赏池里放映。”

牧四诚皱眉：“这些池子就和小电视推广位一样，有位置好坏、曝光度高低之分吧？怎么确保我们的比赛能进入好的池子？”

王舜笑了一下：“这又要涉及另一个东西了，叫作‘赌博池’。”

牧四诚疑惑地反问：“赌博池？”

王舜点了一下头：“过去一年以来，观众在你们身上累计充电的积分数额会被系统翻五倍作为基础基金进入赌博池。当然，你们的对手也是这样的。

“通常来讲，你们和对手的赌博基础基金越多，汇合到一起赌博池也就越大，得到的观赏池就越大，位置也就越好，曝光率也就越高。”

牧四诚挑眉问：“也就是说，如果我想让我的比赛在一个曝光率高的观赏池里播放，吸引到更多观众，要么就是我自己身上的积分数额很高，要么就是我对战的战队积分数额很高？”

王舜笑着点头：“不过你们暂时不用担心这个问题，季前赛里你们已经算充电积分偏高的队伍了，得到的观赏池不会很差的。

“而且随着比赛进行，还会有观众源源不断地把积分投入你们的赌博池，只要一路赢下去，你们得到的观赏池也会越来越好。”

牧四诚双臂抱胸，看着那个最大的观赏池“哼”了一声：“反正最后我们的比赛一定会在这里播出的！”

“那也是你们打入季后赛的事情了，”王舜推着牧四诚的肩膀往前走，“先去季前赛的登记点抽对战队伍吧。”

王舜一边走一边回头：“对了，抽对战队伍少不了杜三鹦，他人呢？”

白柳微微让开，露出身后瑟瑟发抖感觉快要哭出来的杜三鹦。

杜三鹦眼泪汪汪地牵着白柳的衣角：“呜呜呜，这里是哪里啊……”

“一周到了，”白柳淡淡地说，“他又什么都不记得了。”

王舜：“……”

把这茬给忘了。

在王舜给杜三鹦科普得口干舌燥之后，杜三鹦勉强明白这里是什么地方，以及他现在要做什么了。

杜三鹦被白柳带到了季前赛登记处。

登记处人山人海，特别是排队抽战队的队伍旁边，就没有几个看起来面善的玩家，都对白柳这支表现出众还话题度爆满的队伍虎视眈眈。

杜三鹦抖着手从一个抽奖箱样式的大箱子里抽出了一张字条，他低头看了一眼字条上的名字，然后小声地报了出来：“游牧之家？”

旁边守着的那些人面色一变，王舜的眼睛一亮。

系统提示：“游牧之家”已弃权，“流浪马戏团”不战而胜，吞并了对方的赌博池。

请抽选下一支队伍。

杜三鹦迟疑了一下，把手伸进去继续抽：“北极星？”

系统提示：“北极星”已弃权，“流浪马戏团”不战而胜，吞并了对方的赌博池。

请抽选下一支队伍。

杜三鹦沉默了一会儿，继续抽：“冥河船舵手？”

系统提示：……已弃权……

“羊角蛇影？”

系统提示：……已弃权……

“冲锋队？”

系统提示：……已弃权……

“乌撒爪牙？”

系统提示：……已弃权……

“……”

周围围着的参加季前赛队伍的队员们的眼神几乎能把还在不停抽对战队伍的杜三鹦身上盯出一个大洞来，咬牙切齿又充满震撼。

全是弃权战队，这合理吗？！

别人随便一抽就是生死战，要用尽全力才能赢一局，这人跟玩刮刮乐似的，还是中奖率百分之百的那种，抽一张就吞一个赌博池。

杜三鹦被周围的人盯得手足无措，回过头来看了一眼白柳，白柳微笑着示意他继续抽下去。

“屠夫？”杜三鹦又抽了一次，抬起头来。

周围的人目不转睛地看着杜三鹦，屏息等着系统回答。

系统提示：“屠夫”正在积极备战，请“流浪马戏团”前往17号游戏池进行游戏。

所有人不约而同地松了一口气——总算不是弃权队伍了。

“我……我……我不打了，我弃权！”有一道惶恐的声音从旁边传来，“我不和牧四诚打！”

牧四诚听到自己名字的时候“啊”了一声，目带凶光地看过去，看到对方的脸的时候动作一顿。

“呜呜呜，牧四诚在游戏里打过我，我打不过他！”这人一边说一边号啕大哭着跑了，“他还把我裤子扒了给怪物看！

“我不要再被他扒裤子！”

系统提示：“屠夫”已弃权，“流浪马戏团”不战而胜，吞并了对方的赌博池。

所有人：“……”

这到底是在干什么？！

白柳把目光缓缓地移到牧四诚脸上：“你还有这爱好？”

牧四诚恼羞成怒："这能怪我吗？我本来就是和他抢东西的，他暗算我还没抢过，我欺负他一下怎么了？又没真的杀了他！"

刘佳仪嘲讽："只有你这种笨蛋才会做这么无聊的事情。"

牧四诚怒道："反正结果是好的！"

杜三鹦继续抽，他疑惑地缓缓道："女巫赛高？"

旁边有个人哽咽着站了出来："我是'女巫赛高'的战术师，我也弃权。

"我们全队都被女巫救过，都是刘佳仪的粉丝，我们是绝对不会做任何伤害她的事情的！"

这人满含感情地看了一眼刘佳仪："小女巫，要带着我们那一份一起赢下去啊！"

然后这人哭着跑了。

系统提示："女巫赛高"已弃权，"流浪马戏团"不战而胜，吞并了对方的赌博池。

刘佳仪："……"

牧四诚双臂抱胸，拖长尾调"哇"了一声，斜眼俯视刘佳仪："只有我这种笨蛋才会做这么无聊的事情？"

刘佳仪面无表情："你在说什么？我瞎了，听不见。"

杜三鹦忐忑地又抽了一张："银色玫瑰？"

听到这个名字的唐二打一怔。

有人从队伍里走了出来，看着唐二打苦笑着说："没想到是以这种方式再见面，猎人先生。

"看来我除了弃权也没有第二个选项了。"

这人上前和唐二打握了握手，拍着他的肩膀叹息一声："你继续加油，保重。"

唐二打顿了一下，回握对方的手："抱歉。"

王舜在一旁对白柳解释："'银色玫瑰'是之前雇佣过唐二打先生的联赛队伍，在唐队长离开之后排位就一落千丈，这两年都在季前赛里打转。

"可以说是一支纯靠唐队长的队伍。"

杜三鹦在白柳的示意下继续抽："傀儡遗兵？"

一个人拨开人群缓缓走到了白柳和木柯的面前，忽然笑了起来："好久不见，木柯，白柳。"

木柯一顿："方可？"

方可挠挠后脑勺："你记性是真不错，还能记得我。"

牧四诚眯起眼睛："哟——我感觉这人好眼熟，但又记不起是在什么地方遇到的了……”

王舜情绪复杂地叹了一口气：“没想到会在这里遇到方可。”

“他是张傀死前的那一批傀儡里活下来的最后一个，和刘怀、李狗是一批的。”王舜叹息，“在张傀死后，他就离开了国王公会，没想到自己组建队伍来参加联赛了。”

牧四诚恍然：“哦，我想起来了，在《爆裂末班车》副本里白柳留了他一命。”

方可百感交集地看着白柳和木柯，最终释然地笑了笑：“刘怀死后，张傀还活着的傀儡就只剩我一个了，我加入了其他公会，成了他们的战术师。

“不过看来，我还是没有做人家战术师的命。”

方可举手：“系统，我弃权。”

系统提示：“傀儡遗兵”已弃权，“流浪马戏团”不战而胜，吞并了对方的赌博池。

方可走之前，回过头来看了木柯一眼：“要带着刘怀那一份一起赢下去。”

木柯“嗯”了一声：“我会的。”

方可又看了白柳一眼，笑了起来：“我也觉得你会的。

“这次你找了一个很不错的控制师。”

方可挥挥手离去。

杜三鹦还在小心翼翼地抽，旁边围观的人的目光从一开始的无法置信、不可思议到后来的羡慕嫉妒，再到后来的恨之入骨。

但发展到现在，所有人的眼神都已经呆滞了。

还比什么赛？赶紧的，毁灭吧。

324

季前赛当日，有一支队伍连胜四十一场，但还没正式比过一场的爆炸性消息在游戏里传开了。

到处都能听到有人讨论这件事情，就连季中赛的大池子里观众在观看比赛的时候，也会忍不住谈论这件事。

“太离谱了吧，”有观众咋舌，“抽战队的人是什么运气？”

旁边有观众给他科普：“是个运气值一百的新人。”

这观众吃惊：“运气值一百？！为什么大公会没有招揽这个新人？”

旁边的观众摇摇头：“大公会招了没用，季中赛他们每支队伍都要比，不是随机的，没有抽战队这个环节。

“而季后赛，你觉得运气能在季后赛那种修罗场里起到什么作用吗？”

这观众咂巴咂巴嘴：“这倒是，但运气值在季前赛真的很有用。”

“光靠运气没用的，”旁边的观众撇嘴，“这战队给我的感觉就像是只想偷奸耍滑抽到垃圾战队，在季前赛里混，混到什么时候算什么时候。

“等后期把垃圾战队抽完了，他们还是得对上实力强的战队，到时候就跪了。”

这观众迟疑道：“但我感觉他们实力还可以欸，我有点想下注。”

旁边的观众轻蔑地评论：“这个流浪马戏团，我觉得不行，反正我不会轻易给这支队伍下赌注。”

“押这支队伍不如押大公会，”旁边的观众抬起头来，狂热地看着大屏幕上的对战情况，“这才是顶级的血腥游戏对战。”

屏幕上的小丑面具上溅满了血，他狂笑着，举起绿色的狙击枪对着对面的人扣下了扳机。

系统提示：恭喜玩家丹尼尔赢得单人赛，猎鹿人公会积 1 分。

整个观赏池沉寂了两秒，下一刻，震耳欲聋的欢呼几乎掀翻电视屏幕。

“小丑！

“小丑！！”

浑身是血的丹尼尔从电视屏幕旁边登出，他身上的血一滴一滴地往下滑落，纸质的面具已经被血泡软了，被他不甚在意地取下来丢在一旁。

然后丹尼尔突然停住脚步，转身，露出标准又虚伪的表演式假笑，彬彬有礼地躬身对所有人鞠躬行礼，然后脱帽挥舞：

“我是小丑，请各位记得支持我。”

他苹果绿的眼睛笑得弯弯的：“不然电视里那个被淘汰的人，就是你们的下场哦。”

电视里丹尼尔的对手躺在血泊里，痛苦让他的脸部都扭曲了，全身都是被枪击打出来的弹孔。

他是被丹尼尔折磨死的。

丹尼尔说完，根本不管观众怎样欢呼，漫不经心地挥挥手：“Ciao（意大利语的再见）.”

然后他走下台。

一直在谈论白柳的那个观众咽了一口唾沫：“感觉……小丑好恐怖啊，我还是更喜欢温和一点的游戏方式，比如那个流浪马戏团的白柳抽奖那种战术风格，我觉得很有意思。”

“你懂什么？！”旁边那个观众正激动着呢，不耐烦地反驳，“就是要这种血腥的看着才爽！小丑再恐怖又打不到你身上！看他打游戏多爽啊！”

“白柳那种就是投机取巧的懦夫，”旁边的观众十分厌弃地点评，“孬种做法，迟早淘汰在强者手里，我最烦这种了，到时候他淘汰了我去给他的对手下注。”

浑身是血正往下走的丹尼尔突然停住了脚步，猛地转过头，以一种肉眼看不见的速度几个飞跃就跳到了刚刚点评白柳的这个观众面前。

丹尼尔抽出了绿色的狙击枪，笑得无比灿烂，枪口对准了这个观众：“我刚刚好像听到你在说白柳的坏话。”

狙击枪喇叭状的开口抵住这个观众的脑袋，丹尼尔睁开苹果绿的眼睛，缓缓伏低身体：“但我刚刚好像没听清，可以麻烦您再复述一遍吗？”

这观众人都傻了，他浑身发抖地看着这把对准他的枪——这东西可是连人的灵魂都会毁掉！

“我……我说白柳投机取巧，他是孬种，你……你厉害。”这个观众颤抖着手给小丑比了一个大拇指。

丹尼尔脸上的笑意顷刻间完全消失，他面无表情地看着这个观众：“我最讨厌听到有人说白柳不好。

“他是最好的。”

丹尼尔毫不犹豫地扣下了扳机。

“砰砰砰砰——”

这个观众捂住头，发出凄厉的惨叫，几乎是屁滚尿流地缩到了椅子底下。等到枪击声结束，这个还活着的观众才恍惚地反应过来这里是中央大厅，小丑是攻击不到他的。

但在刚刚那一瞬间，小丑对他强烈的杀意让他觉得自己真的要被杀死了。

丹尼尔苦恼地看着无法攻击到这个观众的狙击枪：“我忘了在中央大厅不能攻击人了。”

观众举起双手，声嘶力竭地哭着喊叫：“我不说白柳了！我再也不敢了！我给白柳下注！我把我所有的积分都压在他身上！他是最好的！最好的！”

丹尼尔把目光从枪上移到这个观众痛哭流涕的脸上，他貌似遗憾地笑了笑，耸耸肩：“但你不是最好的。”

“想要给白柳下注？”丹尼尔用枪抬起这个观众的脸，面上露出一种极端的嫌恶之色，“你也配？

“白柳不需要你这种劣质的信徒。”

丹尼尔把双手和枪背在身后，乖巧柔顺但轻蔑地注视着这个观众：“可以请你现在进一下游戏，然后让我淘汰你吗？”

这个观众快要吓蒙了，他无助地看向周围，想要找人求助。

但周围的观众早已经远远退开，根本没有人敢靠过来。

“小丑，”猎鹿人的会长岑不明走了过来，他不冷不热地扫了一眼这个观众，又看向丹尼尔，“马上要打双人赛了，不要横生枝节。”

这个观众感激涕零地看着岑不明。

丹尼尔却根本没有移开自己落在这个观众身上的目光：“双人赛我不上场吧？那我在团赛之前赶回来就可以了。

“我淘汰了他就回来，”丹尼尔回头看向岑不明，笑嘻嘻地说，“很快的。”

这个观众呆滞地瘫倒在地。

王舜看向休息室里的其他人：“季前赛早期因为有杜三鹦，我们会比较轻松。

“但这并不代表我们能松懈下来，季中赛的情况你们同样需要关注。”

王舜点击了一下系统面板，面板跳出，季中赛的循环赛流程表出现在上面。

“季中赛和季前赛这种随机多地点进行的比赛不同，一共只有四百九十六场，每天进行十六场，一共比赛三十一天，也就是一个月比完。

“按照往年的惯例，一般季中赛是和季前赛同时结束，或者季中赛要早一步结束。”

王舜继续点击面板，面板上出现了一溜排名：

“在季中赛里，你们重点要关注的东西是人气排名，大部分人气选手都集中在季中赛里。

“这个是目前排名前三百的人气选手的表格，但需要注意一点，人气要在下次联赛开始前稳定在前一百名才能获得免死金牌。”

王舜看向他们：“之所以给你们看前三百名的表格，是因为你们其中有两位处于前三百名。

“刘佳仪，人气排名二百六十七。

“白柳，人气排名二百四十八。”

“顺便一提，因为今天杜三鹦引人注目的抽签表现，”王舜点了一下面板，“他获得了大量关注，排名上升到了三百五十一。”

杜三鹦惊讶地“欸”了一声，指着自己的鼻子：“我吗？”

牧四诚生气地捶了一下桌子：“杜三鹦都上榜了，为什么没有我？！”

王舜哭笑不得地解释：“牧神你、唐二打和木柯的名次都靠后，因为你们都属于不怎么营业，也没有什么话题度的类型，特别是在进入游戏池后，就跟消失了一样。

“有不少观众都以为你们被淘汰了。”

牧四诚：“……真是不好意思啊，我还活着！”

唐二打尴尬地咳了一声。

木柯倒是很平静，他的技能身份是刺客，太过张扬不是好事。

“联赛期间，任何一场比赛都会强烈地影响到排名。”王舜望向面板，“今天名次发生较大波动的，除了杜三鹦还有两位新人。

“一位是黄金黎明的阿曼德，一场表现出色的单人赛后，他的名次从六百八十一上升到了三百零二。”

王舜看向白柳：“还有一位是猎鹿人的小丑，他的名次在今天从五百四十九上升到二百零三，又下降到三百二十一。

“在这里我着重讲一下这个小丑，他的名次上升是因为单人赛里的优异表现，以及残暴的个人风格，这两样都帮他吸引了不少观众的注意力。”

王舜点了一下面板，浮现出了一张面容扭曲的玩家图片。

“这是被小丑淘汰的对手，样子非常恐怖。”

“但这些都不是我单独提这个小丑的重点，”王舜声音沉了下来，“暴力对抗是联赛里比较常见的操作，会给观众很强的震撼感，不至于让他排名下降。

“这个小丑之所以排名下降，是因为他在猎鹿人进行双人赛的时候，离场淘汰了一名观众。”

王舜点击面板，面板上浮现出一个被淘汰玩家的照片。

“这就是他淘汰的玩家的样子。

“我能得到这张照片是因为小丑在进行游戏的时候还开着小电视，他淘汰观众这段直接从小电视里播放出来了，所以他的名次下跌了一截。”

王舜表情紧绷：“目前还不清楚他为什么淘汰这名观众，但我听说，小丑使用了某种道具胁迫这个观众登入游戏，自己紧跟着登进去，淘汰了对方通关再出来。

“游戏结束后，小丑还顺利赶上了猎鹿人的团赛。”

王舜脸色凝重：“总之，你们要重点注意这个新人，这是个非常危险的新人。”

“那个……”杜三鹦弱弱地举起了手，“这个小丑的名次好像在上升。”

王舜一怔，猛地转头看向他的表格，上面小丑的名次从三百二十一以一种夸张的速度向上攀升，瞬间就爬到了二百多。

牧四诚惊讶：“怎么又升了？！”

“联赛期间这么大幅度的名次攀升一定是因为比赛，”王舜迅速打开论坛，一目十行地浏览，“猎鹿人输掉了双人赛，所以要打团赛，刚刚我统计名次的时候他们的团赛还没结束。

“现在小丑的名次攀升只能说明一件事。”

白柳淡淡地说："他又赢了，是吗？"

王舜深吸一口气："是的，不仅如此，小丑应该还是这场团赛的MVP，不然名次不会反弹得这么厉害。"

牧四诚盯着王舜那个人气排名表格看了一会儿，迟疑地拍了一下白柳的肩膀："白柳，我是不是看错了……

"你的名次好像也在跟着这个小丑一起涨？"

季中赛观赏池。

系统提示：猎鹿人公会赢得团赛，积8分。

系统提示：猎鹿人公会本局比赛赢得一场单人赛，一场团赛，共积9分。

胜利的消息从来都会让观众疯狂，尤其是比赛里出现新的黑马的时候。

但这次和丹尼尔第一次赢得比赛的情况却有所不同。

观众害怕又狂热地望着小丑，想要为这个神经质又极端的新人狂欢、尖叫，却没一个人敢出声。

上一个被淘汰的观众走了没多久呢，谁都不敢惹小丑。

这么大一个观赏池，所有人沉默又欣喜地迎接这场胜利。

忽略观众脸上那种极端的讨论欲，感觉他们就像是在为比赛里被小丑残忍淘汰的两个玩家默哀一般。

丹尼尔身上的血淅淅沥沥地往下滴，他这次一登出游戏就甩掉了小丑面具，径直向下走去，走到一半他突然又停住了，转过头来注视这群观众。

观众们下意识地向后靠，紧张地吞了一口口水。

……好恐怖。

丹尼尔忽然笑了起来，他挥挥手，就像是在跟自己的邻居打招呼的天真的青春期少年：

"我今天打比赛打得很辛苦哦，请各位务必记得支持我一下，给我下注，谢谢。"

"哦对了，"丹尼尔笑得单纯，苹果绿的眼睛里盈满光芒，"讨厌白柳的人就不用支持我了。

"因为我不需要离开的玩家的支持，我会把你们都淘汰的。"

丹尼尔随意地挥挥手，甩手用两指做了一个很不走心的"飞吻"手势，转身走了："Ciao."

325

季前赛次日。

杜三鹦抽到第十八次的时候，终于出现了一支没有弃权的队伍。

但这支队伍……是哭着上场的。

王舜眼角抽搐地坐在白柳他们的观赏池里，白柳老神在在地坐在王舜旁边。

对手浑身发抖坐在离白柳很远的一条长凳上，时不时偷偷瞄白柳一眼，白柳平淡地看回去，对手吓得差点叫出来，五个人瑟瑟发抖地抱成一团，呜呜抽泣。

“之前小丑那个宣言吓到他们了，”王舜哭笑不得，“他们觉得你也是小丑那种喜欢下死手的人。”

白柳笑着说：“吓成这样了还是来和我们比赛，不错。”

“也不是谁都有弃权的资本的，”王舜叹息一声，“这种小公会明年都不知道自己还能不能活着，怎么样都要赌一把的。”

白柳看向观赏池中间的大电视屏幕：“你觉得我们今天能在打团赛之前结束战斗吗？”

王舜一怔，思考半晌后给出了回复：“不知道。

“季前赛的每局比赛也是积分制，只不过和季中赛那种综合结算的方式不同，是每局结算。

“单人赛每局积 1 分，双人赛每局积 3 分，团赛积 8 分，单从积分安排上来看，就算是单人赛和双人赛都赢了，也只能积 4 分，还是要打团赛。

“从这点来讲，单人赛和双人赛就像是不重要一样，无论输赢，最后真正的胜负都由团赛定夺。”

王舜认真说：“但其实不是这样的。

“有一种特殊的情况，只要赢得双人赛和单人赛，比赛就直接结束了。”

王舜点出面板给白柳看：“单人赛和双人赛有一种特殊的规定，叫作‘限时规定’。

“这种规定指的是如果能在一维度小时之内结束单人赛或者双人赛，胜利一方赢得比赛获得的积分就可以翻倍。

“也就是说，如果单人赛和双人赛我方的队员都能在一维度小时内结束比赛，单人赛和双人赛加起来的积分会翻倍，也就是积 8 分。”

王舜看向白柳：“这个时候，比赛就提前结束了，又叫作‘提前杀死比赛’。

“提前杀死比赛在季中赛和季后赛是几乎不可能发生的事情，就算在季前赛也罕见，一维度小时结束比赛的要求太苛刻了，只有在两队实力悬殊的时候才能做到。”

白柳托着下颌，懒散地勾起嘴角：“也就是说，只要我们能提前杀死比赛，获得的关注度也会成倍叠加吧？”

王舜点头：“是的，这代表这支战队压倒性的强势，‘强’在联赛里是最吸引人的特质。”

“如果能在联赛早期打出一次提前杀死比赛……”王舜深吸一口气，“吸引到的巨大关注度能将游戏池里你们缺失的曝光度一次性补齐。”

王舜看向观赏池内正在热身准备上场的唐二打，喃喃自语：“提前杀死比赛，这大概是每个战术师都梦寐以求的事情。”

观赏池中间的大屏幕闪烁了一下，浮现出几行字：

系统提示：单人赛即将开始。

流浪马戏团队员玫瑰猎人 vs 塞勒菲斯队员徒步行者。

游戏为《梦船》，击杀梦船船长，率先登陆失落之地的玩家胜利。

比赛开始！

唐二打和对面的人身上白光一闪，下一秒就出现在了巨大的电视屏幕里。

七维度分钟后。

唐二打拿着枪登出，把枪别在了后腰。

紧随着他的对手神志恍惚，痛苦震颤着跪在地上登出。

唐二打犹豫了一下，还是走过去伸手把神志恍惚的对手扶了起来，态度平和地点头说道：“承让。”

系统提示：玩家玫瑰猎人提前杀死比赛，赢得单人赛，积 2 分。

唐二打走到白柳身边坐下，转头对白柳点点头算是打招呼。白柳微笑：“做得很好，唐队长。

“接下来到我们了。”

白柳和牧四诚缓缓地站了起来。

系统提示：双人赛即将开始。

流浪马戏团队员白柳、牧四诚 vs 塞勒菲斯队员王陵、亡灵小兵。

……

五十七维度分钟后。

白柳整理着白衬衣和骂骂咧咧的牧四诚一起登出了。

“为什么用了这么长时间？！”牧四诚十分不服，“唐二打只用了七分钟，为什么轮到我们就用了五十多分钟？！”

牧四诚“哼”了一声，瞥了白柳一眼：“白柳，是不是你指挥的有问题？”

白柳面不改色地应了：“嗯，尤其是在你中途突然掉队，一个人急功近利地去击杀 BOSS，还差点连累我的情况下，我觉得我指挥得的确有问题。”

牧四诚：“……”

他嚣张的气焰瞬间平息了，小声说：“我不是想早点杀死比赛吗……”

白柳笑得让人后背发凉：“想早点出来，下次听我的比较好。”

牧四诚：“……好的。”

对面刚刚登出的两个队员瘫坐在地上双眼发直，大口喘息，几乎是不敢置信地看着对面还有闲心慢悠悠斗嘴的两个人。

游戏这么危险，明明是两个人必须紧密联系的双人赛，流浪马戏团有一个人中途掉队找不到了，但那个穿白衬衣的战术师根本没慌，依旧是不紧不慢地打，几乎是踩点杀死了比赛。

这种算计能力……也太变态了吧！

系统提示：玩家白柳、牧四诚提前杀死比赛，赢得双人赛，积 6 分。

系统提示：流浪马戏团共积 8 分，提前杀死比赛，晋级下一轮。

塞勒菲斯战队淘汰。

……

杜三鹦从箱子里抽出队伍，举手大声报出名字：“盗墓者！”

……

系统提示：玩家小女巫提前杀死比赛，赢得单人赛，积 2 分。

系统提示：玩家牧四诚、白柳提前杀死比赛，赢得双人赛，积 6 分。

系统提示：流浪马戏团共积 8 分，提前杀死比赛，晋级下一轮。

盗墓者战队淘汰。

……

杜三鹦凑近看字条上的队伍：“带翼猎犬？”

……

系统提示：玩家木柯使用“闪现一击”在一维度分钟内提前杀死比赛，刷新了最短单人赛纪录，获得“闪电单人”称号，赢得单人赛，积2分。

系统提示：玩家牧四诚、白柳提前杀死比赛，赢得双人赛，积6分。

系统提示：流浪马戏团共积8分，提前杀死比赛，晋级下一轮。

带翼猎犬战队淘汰。

……

杜三鹦认真念出字条上的战队名字：“翡翠虎特旦。”

……

系统提示：流浪马戏团共积8分，提前杀死比赛，晋级下一轮。

翡翠虎特旦战队淘汰。

……

杜三鹦在旁边的人近乎呆滞又敬畏的目光中将手伸进纸箱，一字一顿地念出上面的战队名字：“风、暴、公、馆？”

旁边的人偷瞄站在杜三鹦身后守着他抽战队的白柳，压低声音小心翼翼地讨论：

“……这次流浪马戏团还会提前杀死比赛吗？”

“风暴公馆好歹是去年打进了季前赛前一百的队伍！再怎么样也要打一次团赛了吧！”

“等下过去看看吧，我记一下他们的观赏池编号，是九十八对吧？”

九十八号观赏池人山人海，后来的观众看起来像是找不到落脚的地方了，不过好在只是视觉上密集而已。

系统内的观赏池都是可以无限延伸的空间，可以容纳无穷的观众。

观众席上大家七嘴八舌地讨论着：

“太强了，一路提前杀死比赛过来的……”

“去年的杀手序列也只是单人赛能做到提前杀死比赛，双人赛没这么强……”

“这支队伍基本都是新人吧？为什么这么强？！”

“是因为战术师。”有道慵懒的女声插入了这几个观众的对话。

这几个观众一怔，转过头去的一瞬间倒抽了一口冷气：“红……红桃皇后！”

红桃微笑着朝他们摆了摆手打招呼：“你们好呀。”

有个观众兴奋得满脸通红，眼睛放光，激动到说话都语无伦次了："我是你的粉丝，皇后，我很喜欢你！我把我所有的积分都押给国王公会了！"

红桃笑得眉眼弯弯："是吗？谢谢你的喜欢，但男孩子还是要给自己留一点老婆本哦。"

这个观众羞涩又听话地点点头，结巴道："我……我会的，皇后！"

"皇后怎么会来这里看比赛啊？"这个观众小心翼翼地询问，"您不是应该在筹备季中赛吗？"

红桃看着观赏池中央的屏幕，托腮轻语："今天没有国王公会的比赛，就溜出来看看别人的比赛，不过等下还是要回去的。

"今天有杀手序列的比赛。"

这个观众肉眼可见地萎靡了，声音沮丧："皇后是……是要回去看黑桃的比赛吗？"

红桃笑意盈盈："对啊。"

这个观众看起来快要哭出来了，他喜欢红桃，但红桃追黑桃是游戏里公开的秘密，红桃当他面提起黑桃，很明显伤了这位"老公粉"的心。

旁边的观众见这个观众眼看就要哭出来了，连忙岔开了话题："皇后刚刚说流浪马戏团这支新人战队这么强是因为战术师是怎么回事？"

"我还以为是这些新人的实力很强，"提问的观众余光瞄了一眼坐在白柳旁边的刘佳仪，"……比如小女巫。"

红桃的目光轻飘飘地落在小女巫的背影上："佳仪的确很强，但在队伍里，她的不稳定性也是最高的，我花了很大功夫都很难平衡她的不稳定性。

"新人都有这个问题，所以在比赛里新人就是颗定时炸弹，时不时就会出现失误，引爆比赛。

"让这些新人赢很简单，难的是一直赢。"

红桃的目光转移到了白柳的背影上："这是战术师才能做到的事情，平衡队员的不稳定性。

"新人越强，不稳定性就越难平衡，流浪马戏团的战术师能消化这么多新人的不稳定性，这是一件非常厉害的事。"

红桃交换了一下托腮的手，姿态闲适慵懒，眼眸里盈着一层迷离的水光："我喜欢用鞭子用得好的男人，如果不是先见到黑桃，我也会很喜欢他的。"

旁边的粉丝观众愤愤不平："但是他出阴招抢走了皇后你的小女巫！"

红桃的酒红色眼珠转动，用余光扫了这个观众一眼。

这个观众被红桃这一眼看得下意识噤声了。

红桃又把视线移到了大屏幕上，语气很平淡：

“佳仪不是被谁抢走的。

“佳仪是主动选择跟他走的，而我没能留住她，我今天过来也是想看看佳仪的发挥。不要在我面前说这种把佳仪当成物品的话了，我不喜欢。”

旁边有个观众双臂抱胸，不屑地哼了一声：“红桃皇后，这么久了，你评判战术师的时候还脱离不了看男人的标准吗？

“长得帅的、鞭子用得好的，在你这儿就要比别人高一等？”

红桃抬起眼皮看过去，看了一会儿才反应过来，恍然道：“你是狂热羔羊的战术师？”

这人冷笑一声，颇为自得地说：“看来皇后还记得我，我算是入了皇后的眼了？”

红桃笑得温柔：“其实不太记得了，我不记又丑又输给过我的男人。”

这人勃然大怒地站起来，下一秒又强行克制住情绪坐了下去，表情扭曲地讥讽道：“红桃，你不要得意，这次季前赛我顺利突围后，有你好果子吃。”

“这样吗？”红桃不在意地笑着歪头，酒红色的长发垂落，“不如你先赢一次白柳让我看看？”

“白柳？”这人神色极为不屑，“只有你这种会被外貌迷惑的人才会觉得白柳有战术，在我看来，这人不过是哗众取宠罢了，是最低级的战术师。”

326

红桃貌似很感兴趣地接话：“白柳可是一路提前杀死比赛过来的。”

“这正是白柳大错特错的地方，”这人嗤笑，“新人的不稳定性多致命不用我和你多说了吧，红桃？

“白柳不想着在早期的季前赛多打几场团赛磨合一下团队，反而一味地想着提前杀死比赛博取名声，一次又一次浪费掉磨合和训练的机会。”

这人嘲讽一笑，傲慢地点评：“目光短浅。

“你看着吧，后期打团赛白柳一定会出大问题，他的战术根本就不行。”

在这两人交谈的时候，观赏池中间的屏幕一闪：

> 系统提示：流浪马戏团共积8分，提前杀死比赛，晋级下一轮。
>
> 风暴公馆战队淘汰。

全场笼罩在一种巨大的狂欢中，刺耳的尖叫声压过了他们交谈的声音，就连坐在红桃旁边那个粉丝观众也顾不得红桃了。

他站起来疯狂地手舞足蹈，叫着流浪马戏团和白柳的名字。

在联赛里，赢就代表一切。

红桃收回目光："所以你那套在现实偷袭对手的战术就很行？"

登出的白柳低头拍了拍自己的衬衣，狂热羔羊的战术师坐在座位上，远远地凝视着似乎对这些一无所知的白柳，缓缓地勾唇露出一个讥讽的笑，脸上的表情逐渐凶狠：

"当然。

"在团赛原本就处于弱势的情况下，只要白柳的关键队员有一个受伤出错，他就必输无疑。"

红桃不冷不热地说："你的战术有个致命的弱点。"

这人瞥了一眼红桃，轻蔑道："小女巫是吧？

"只要我没把其他人彻底杀死，他们能进游戏，小女巫就能用药治愈他们。"

"是的。"红桃身体柔媚地前倾，手中浮现出一张锋利无比的扑克牌，她用两指夹住，抵在这人的脖颈旁然后上抬，贴耳低语，"而你要是敢动小女巫，虽然我在这里杀不了你，但我也不介意用一下你的战术。

"在场外下手杀人。"

这人懒懒地举起双手投降，感觉像是根本没把红桃的威胁当回事："我不会动小女巫，她的技能太稀有了，等到明年联赛，我还想招揽她。

"我要下手的人可不是她。"

"我比较喜欢挑战术师下手，"他阴狠的目光落在白柳身上，"尤其是那些看起来很招摇的。"

与风暴公馆的对战结束后，牧四诚伸了个懒腰跟在白柳身后离开了观赏池："今天还打吗？"

"不打了，"白柳说，"去游戏池里练练团赛。"

牧四诚卡壳："啊？怎么刚刚不练啊？

"弃权一场单人赛或者双人赛，就能挨个儿打一遍团赛了吧？"牧四诚发自内心地疑惑，"干吗要去游戏池里练啊，游戏池里还没对手。"

白柳语气淡淡的："怎么没对手，你们的对手就是唐队长。"

牧四诚一愣："唐二打？"

"是的，"王舜点头附和白柳的话，"我和白会长商量许久，想出了这个办法。

"牧神，你和刘佳仪、木柯都是纯新人，之前没打过联赛，所以在赛场上会有较强的不稳定性，尤其是在团赛里，你和其他人的配合不一定及时，有时候就会导致进攻或者防守节奏紊乱。"

牧四诚皱眉："那在季前赛里练不就好了？"

"不，在季前赛里练暴露的信息太多了。"王舜摇头，"这是一方面，另一方面是季前赛里对手的水平，你们今天也感受了一下，真的觉得和这些战队打团赛能得到提高吗？"

牧四诚一顿，沉默了。

说实在的，今天的对手弱得都快让他膨胀起来了，有种"联赛？就这？"的感觉。

王舜叹气："是不是觉得他们弱得根本没有对抗价值？

"对于你们这些很有实力的新人而言，用这种很弱的队伍做磨刀石来打磨你们，只会让你们习惯这种低水平的对战。

"但你们后续很快就要打顶级公会，对手的水平都陡然提升会让你们不适应，所以用季前赛这些战队做团赛训练，我和白会长一致认为不太合适。"

牧四诚烦躁地挠挠后颈："但我和白柳配合得还可以啊，需要这么大费周章地进行训练吗？"

王舜又无奈地叹息一声："不是你和白柳配合得还可以，是白柳配合你配合得很好。

"白柳不光是和你，他和你们当中任何一个选手都可以配合得很好。这点唐队长也是，他是个很有经验的主攻手，能在一定程度上包容你们的错误。

"问题出在你们三个人彼此的配合上，白柳和唐队长是没有问题的，所以白柳不用参加你们那方的训练。"

牧四诚不服地指着白柳："但这家伙也是新人啊！为什么他就不用参加？"

刘佳仪翻了个白眼："你觉得我们和白柳这个变态是一个级别的吗？"

木柯点头："我可以训练。"

白柳笑眯眯的："我也要训练，只是不参加你们那边的而已。"

木柯一怔，眼神在白柳和唐二打之间迅速地移动，咽了一口口水，小心道："白柳是要……"

"是的，我是唐队长这边的人。"白柳微笑，"你们三个作为一个团队，敌人是我和唐队长组成的团队。"

唐二打神色凝肃地走到了白柳身后，双臂抱胸，眼神冷漠地扫视他们，一看就不会手下留情。

白柳笑得十分友好："我觉得以我和唐队长加起来的水平，应该足够打磨你们的不稳定性了。"

牧四诚、刘佳仪、木柯："……"

王舜转头看向白柳："今天的游戏池是我们公会拍下的，随时都能过去，只不过……”

白柳看向王舜：“有什么其他的事情吗？”

王舜犹豫了一下，还是说了：“今天有杀手序列的比赛，对战的是去年排位第二十七的骷髅军团，马上就要开始了，你们要先去看看吗？”

白柳顿了一下：“去。”

杀手序列赛场观赏池。

比起之前白柳所在的九十八号观赏池，这个巨大的观赏池的人口密集度可能要翻十倍。

白柳远远地站在观赏池上方的边缘，垂眸看着中央的大屏幕上厮杀的场景。

大屏幕前还有个主持人拿着话筒激情地解说着：

“现在各位看到的是我们杀手序列最强的玩家黑桃对战骷髅军团的队员门徒，他们去年在单人赛中也取得了不少好成绩……”

牧四诚忍不住抱怨：“这人好吵。”

王舜小声解释：“很受关注的比赛都会有解说员，你得习惯，不过你在游戏里听不见。”

这个主持人突然提高嗓音：“黑桃，我们的黑桃用鞭子勒住了对方的脖颈！他是要淘汰对方提前杀死比赛吗？！”

大屏幕上的黑桃单膝跪在另一个玩家的肩膀上，表情冰冷，单手握住鞭子向上勒，对方被勒得脸涨成紫色，但他很快身体向前倒，把身上的黑桃给带了下来。

黑桃落地顺势一翻身，似乎是从门徒身上拿到了什么，大屏幕瞬间熄灭。

系统提示：恭喜玩家黑桃集齐关键道具，游戏结束。

系统提示：玩家黑桃提前杀死比赛，赢得单人赛，积2分。

全场静了一分多钟，爆发出山呼海啸的喝彩声。

主持人尖厉的声音盖过这些呼声：“五维度分钟内结束比赛！季中赛最短单人赛纪录被刷新！这还是杀手序列的第一场比赛！！

“这支去年的冠军队伍没有辜负我们的期待，以一种更强大的姿态归来了！”

黑桃在万众瞩目中登出游戏，目不斜视地直接走回了自己的位置坐下。

旁边的逆神的审判者侧过头来和他说话，黑桃面色淡然地点点头，垂眸用绷带缠绕双手和鞭把。

全场狂热的目光都凝聚到黑桃一个人身上，但黑桃的眼神却一直没有扫过一眼观众，就像这些旁观的人的欢呼和雀跃与他一点关系都没有，接受得理所当然。

他看起来就像是一直被顶礼膜拜的神，强大到让人感到陌生。

很快双人赛就开始了。

系统提示：双人赛即将开始。

杀手序列队员柏溢、柏嘉木 vs 骷髅军团队员百夫长、骨盾骑兵。

主持人喋喋不休地兴奋地解说着："双人赛去年一直都是杀手序列的弱项，不知道今年会有什么改变……"

正在看着大屏幕的牧四诚看到柏溢和柏嘉木行云流水的对战反击，一步步把对手逼入死地了，脸色逐渐阴沉。

白柳平静地询问："看出什么来了吗？"

牧四诚磨了磨后槽牙："这两个人是共用一个脑子吗？"

"配合度太离谱了，"刘佳仪的神色也凝重起来，"一个人遭遇什么事情，另一个人离这里十万八千里也能迅速反应过来，所有的对战就像是一个人做的一样流畅。"

"并且我没有看到他们有任何交流的迹象，"木柯深吸一口气，"怎么做到的？"

大屏幕上的四个人正在一个狭小的空间里缠斗。

柏溢要被一只骷髅的骨爪从背后触碰到的一瞬间，旁边的柏嘉木眼神凌厉地飞过来一把手术刀，纤毫不差地打开骨爪。

同时，柏嘉木在偏过头来攻击的一瞬间，面前的对手被柏溢反手用打蛋器抽上了天。

这么小的空间内，这两个人居然丝毫没有在攻击的时候伤到对方，攻击衔接得无比丝滑，同时这两个人还没有一个字的交流。

对方被一步一步地逼入绝境，最终输掉了比赛。

系统提示：玩家柏溢、柏嘉木提前杀死比赛，赢得单人赛，积 6 分。

系统提示：杀手序列本场比赛共积 8 分，提前杀死比赛，比赛结束。

骷髅军团战队本场比赛积 0 分。

全场彻底沸腾了。

所有人都在声嘶力竭地欢呼着杀手序列和黑桃的名字，还有人在座位上就扭动着跳起了舞，就像是冠军已经在此刻提前产生了一样。

王舜心情复杂地看着这一切："这就是顶级公会比赛的魅力。"

"和去年的杀手序列相比，今年的杀手序列成熟了很多。"刘佳仪冷静地分析，"这应该是那个战术师的功劳，他把这支队伍训练得很好。"

白柳看了一会儿，平静地转身："走吧，去训练，目前的我们还差得很远。"

比赛结束后，杀手序列休息室。

逆神的审判者抱住头，目光呆滞地自言自语："怎么办？怎么办？下场打排名第八的战队，实力很强，我们没办法提前杀死比赛，要打团赛……"

其他人丝毫没有感受到逆神的审判者的焦虑，因为今天提前杀死比赛了，柏溢十分兴奋地绕着逆神的审判者转。

只有廖科满含同情地望着逆神的审判者："形式已经严峻到这个地步了吗？"

逆神的审判者沉重地点点头："是的。"

柏溢好奇地坐在旁边："今天不是提前杀死比赛了吗，有什么严峻的？"

逆神的审判者叹气："我不是为了噱头提前杀死比赛的，是为了避免打团赛。

"我们战队打团赛根本不成熟，和这些大公会已经磨炼成熟的战队对上，会被殴打得很惨的。"

"罪魁祸首就是你！"逆神的审判者怨气十足地看向坐在沙发上好像在打瞌睡的黑桃。

黑桃翻了个身继续睡觉。

逆神的审判者无奈地叹气："算了，现在骂你也没用，总之就是现在我们的情况很危险，需要多练团赛。"

他转头看向廖科："今天的游戏池我们拍下了吗？"

廖科摊手："没，我们去晚了，今天拍下游戏池的是流浪马戏团，这支队伍今天一路也都是提前杀死比赛的。

"估计是和我们情况类似，团赛是短板，所以才会拍下游戏池来练习。"

逆神的审判者瞄了一眼躺在沙发上睡着的黑桃，故意提高了声音："流浪马戏团啊，战术师是白柳对吗？"

在沙发上睡觉的黑桃睁开眼睛，猛地坐起。

他脸上还带着睡出来的红印子，直勾勾地望着逆神的审判者，说："白柳，在哪里？"

逆神的审判者："……"

327

逆神的审判者挤眉弄眼："白柳在游戏池，你要过去找他吗？"

黑桃看了逆神的审判者一眼："你要我找白柳做什么？"

逆神的审判者嘿嘿地笑起来："白柳拍下了游戏池，想问问他能不能让一部分给我们用，当然不是免费的，我们这边愿意出租金的。"

"我这不是觉得我们这里就你和白柳关系好，能说得上话吗？"逆神的审判者循循善诱。

黑桃缓慢地挺直了背，颇为赞同地点了点头，站起来面无表情道："那我带你们去问问吧。"

围观的廖科："……"

黑桃，真好忽悠。

游戏池外，逆神的审判者看着外面摆放的"非流浪马戏团成员勿入"的标识牌，挠了挠头，试探着往里走了一步。

报警铃立马响了起来。

白柳姿态从容地从游戏池里走了出来，身后紧跟着收拾枪的唐二打。

隔了好一会儿，鼻青脸肿的牧四诚、嘴角带血的木柯，以及看起来伤势虽然轻点，但脸上有很明显挫伤的刘佳仪才勉强地手脚并用地从游戏池里爬了出来。

牧四诚趴在地上吐了一口血，眯着眼睛咒骂："白柳，只是训练而已，你下手也太……咯咯……狠了吧！"

木柯用剑支着身体坐直，大口大口地喘息，嘴唇颤抖，连话都说不出来了。

情况稍微好点的刘佳仪也是一登出游戏就呈"大"字倒在地上深呼吸，呛咳了几声后说："白柳，我真的以为你要杀了我们换队员。"

"倒也不会，"白柳微笑，"只是觉得你们连这种程度都受不了，与其在联赛里死在别人手上，不如死在我手上。"

牧四诚又惊又怒，像告状一样指着白柳对刘佳仪说："我在游戏里就说白柳说不定想杀了我们，你看，他承认了！

"我们要是死了，你去哪里找更好的队员啊！"

白柳抬眸看向游戏池门口。

牧四诚下意识顺着白柳的目光看过去，尴尬的逆神的审判者和盯着白柳的黑桃站在游戏池的门口。

"杀手序列的人怎么过来了？"牧四诚警惕地站起来，挡在白柳面前："喂，游戏池今天是我们租的，‘非流浪马戏团成员勿入’这几个字你们看不到吗？”

白柳向前一步，看向逆神的审判者：“有什么事吗？”

逆神的审判者抓抓脸，颇为不好意思地移开眼神：“说起来有点过分，但白柳，你们战队租的游戏池能不能借我们用一下？”

“当然不是免费的啊！”眼看流浪马戏团的人眼神不善地看过来，逆神的审判者连忙摆手，“我们付钱，你们开个价吧！”

白柳沉思了一会儿：“可以。”

牧四诚震惊地提高了声音：“白柳！”

白柳笑着看向逆神的审判者：“但不光是钱，我还需要一些其他的东西。”

逆神的审判者警觉道：“什么？”

白柳微笑：“一些我最近用得到的情报。”

逆神的审判者一怔，似有所悟地问：“狂热羔羊和拉塞尔公墓的，是吗？”

“是的，”白柳笑容友好，“逆神先生，你是我知道的为数不多和这两个公会交过手，还都赢了的战术师，相信你一定有什么关键的信息可以和我分享。”

逆神的审判者眼神晦暗不明地看了白柳一会儿，他摸了摸下巴，爽朗一笑：“当然！战术师就应该互相帮助嘛！”

然后逆神的审判者扶着白柳的肩膀把他推到一边，笑眯眯地说：“不过这些信息说来就话长了，我来这边和你单独聊聊，你先让我的队员进游戏池怎么样？”

白柳扫了逆神的审判者一眼，转身和唐二打说：“放他们进去吧，你们先自己训练，我和逆神聊聊。”

唐二打点头，拉着不情愿的疯狂朝白柳这边探头的牧四诚进去了。

本来杀手序列的人也要进游戏池训练的，但是柏嘉木和柏溢使出浑身力气，都拿站在原地不肯动的黑桃没办法。

黑桃眼睛一动不动地望着和逆神的审判者在角落里交谈的白柳，柏嘉木和柏溢就差抱着他的两条腿把他给抬进去了，累得气喘吁吁。

柏溢怒道：“黑桃，你没听到逆神说让我们进去训练吗？！”

黑桃顿了顿：“我不想进去训练。”

柏嘉木说：“我们来这儿就是为了训练啊！”

黑桃说：“我不是为了训练来的。”

柏溢奇道：“那你是为了什么来的？”

黑桃又不说话了。

他是为了白柳来的，但白柳明摆着不理他，从头到尾都没看他一眼，也不和他说话。

廖科无奈又好笑地喊了一声：“逆神，黑桃守在门口，不进去训练。”

逆神的审判者转过头来看到直勾勾盯着白柳的黑桃，头疼地扶额，然后讨好地看向白柳，双手作揖道："白会长，劳烦你件事情，你开口让黑桃进去训练吧，他不怎么听我的话，只听你的。"

白柳远远地看了黑桃一眼，脸上的神情很淡："他不是我的主攻手，我开口命令他，逆神不觉得不合理吗？"

逆神的审判者笑得意味深长："你身上不合理的事情应该不少吧，白会长，用不合理当借口……白会长就这么介意黑桃，连话都不敢和他说一句吗？"

白柳一静，终于开了口："黑桃，进去训练。"

黑桃沉默了一会儿，"哦"了一声，转身进了游戏池大厅。

他的手紧紧地攥着鞭子，一甩一甩地打着膝盖，就像是在打自己一样。

见黑桃终于愿意进去，逆神的审判者松了一口气，双手合十，连连鞠躬感谢白柳："多谢白会长。"

白柳斜眼："不用谢，希望逆神先生能给出让我满意的情报。"

逆神的审判者直起身子，脸上的笑意淡去："拉塞尔公墓的情报，你们公会的情报师收集到的信息和资料基本是齐全的，多的我也没有了。

"至于我是怎么战胜他们的，这就涉及我的技能机密了，倒是不能告诉你。"

"不过我的看法是，对战拉塞尔公墓这支长期更换队员的战队，"逆神的审判者靠在墙上，感叹道，"情报没什么作用。对战他们你得上场再看情况，很麻烦。

"不过对战狂热羔羊，我倒是有些情报可以告诉你。"

逆神的审判者看向白柳："这支战队我个人觉得危险性比拉塞尔公墓大。"

白柳说："我知道你在挑战赛里淘汰了他们的战术师。"

逆神静了一下："没能淘汰，那个战术师有免死金牌，现在狂热羔羊的战术师依旧是他。"

白柳看向逆神的审判者："我听说你是出了名的温和派，从来不会动手伤人，更不用说杀人了，为什么在那次动手了？"

逆神的审判者顿了顿，眼神悠远地看向空无一人的游戏池门口："这支战队里有两个人的技能很有伤害性。

"一个是他们的战术师，叫孔旭阳，他的技能是'寂静无声'，使用之后能将赛场上所有玩家的系统面板都冻结，包括他们自己的面板。

"系统面板冻结之后，技能、系统、储备的道具全都不能用了，大公会累积下来的优势在一瞬间荡然无存。"

"这种时候只要队伍里有没有免死金牌的队员，还带伤，"逆神的审判者仰头靠在墙上，眼神恍惚地呼出一口气，"就是一场噩梦。

"他们会不顾一切地猛攻这个队员，力求淘汰对方。

“对于猎鹿人这种团体精神比较强的公会，这种做法会把我们的心态搞崩。

“由于面板被冻结了，我这个战术师连点开面板选择弃权都做不到，只能眼睁睁看着他们屠戮队员，还要咬着牙去完成游戏任务，因为只有通关游戏才能结束比赛。”

逆神的审判者平静地说：“最后我淘汰了对方的战术师，终止了他的技能，赢了比赛。”

白柳问：“另一个有杀伤力的技能是什么？”

逆神的审判者回忆着：“叫‘狗仔队’。”

“这个技能才是最危险的技能，”逆神的审判者侧过头，“这个技能不是在场上使用的技能，是在场下使用的技能。

“这个技能可以找到和你接触最密切的那个人的现实坐标。

“拿到坐标后，他们会在现实里攻击这个坐标的人，同时还会通知你，让你赶过去。你会目睹那个人被攻击的一幕。”

逆神的审判者说到这里，张了张口，似乎还想说点什么，但是最终什么都没说出来。

白柳抬眸看向突然沉默的逆神的审判者：“我不喜欢听人自揭伤疤。

“但如果你这个时候迫切需要一个人听你的故事，我可以不收你聆听费用，免费听你倒苦水。”

白柳面不改色：“我嘴还挺严的，不会有人从我嘴里知道大名鼎鼎的第一战术师竟然还有这样悲惨的过往。”

逆神的审判者没忍住笑了出来：“那我岂不是还应该感谢你？”

白柳点头：“不客气。”

逆神的审判者笑出了声：“你真的很有意思。”

他又静了好一会儿，突然开口：“狂热羔羊找到的坐标是我爱人工作的地方。

“她是个幼师，那个时候刚刚下班，幼儿园里全是还没走的小孩子，狂热羔羊的人直接开着飞车撞了进去。”

逆神的审判者缓缓吐出一口气：“她推开了那些小孩子，自己被撞飞了，腹部被划出一条大口子。

“虽然最后没有生命危险……但是再也不能生育了。”

逆神的审判者慢慢地低下了头：“她很喜欢小孩子的。”

白柳没有接话。

逆神的审判者笑了笑：“听我说这些是不是有点尴尬？”

白柳摇头：“这么大的事情，我在现实里没有听过新闻报道，我在想是不是……”

“嗯，是你想的那样。”逆神的审判者淡淡地说，“你遇到过李狗吧？那个用积分兑换道具抹消了自己杀人证据的罪犯。

“狂热羔羊的人也是这样。

“犯罪之后可以用积分兑换道具抹消犯罪事实，在这个基础上，他们一次又一次地肆无忌惮地攻击这些普通人，因为无论发生什么，只要积分足够，就可以兑换道具抹消发生过的一切，就连受害者的记忆都可以被消除，只有伤痕留了下来。

“我爱人已经不记得她遭受了什么，不知道自己为什么突然就不能生育了。”

逆神的审判者抬头：“除了我，没有人记得发生过什么。

“我事后曾想过杀他们。”

逆神的审判者轻声说：“但在现实里没有证据，在游戏里中央大厅杀不死他们，进入游戏之后他们可以冻结所有的技能。杀他们的代价太大了，我不想浪费任何一个队员的生命去杀这些人。

“这些人迟早会死的。”

白柳看向逆神的审判者：“你考虑过用道具恢复你爱人的身体吗？”

逆神的审判者垂眸：“我不想在我爱人的身上用和这个游戏有关的任何道具，她被我牵扯进来一次已经够了。”

白柳说：“我听王舜说，在比赛的时候，孔旭阳突然对你癫狂地大吼大叫，说无论在游戏里还是游戏外，都没有人杀得了他。”

逆神的审判者恍然：“哦，那个啊，因为那个时候我对他做出了预言。”

白柳看了逆神的审判者一眼：“你那个时候技能不是已经被他冻结了吗，还能预言？”

逆神的审判者笑眯眯的：“对啊，所以我是骗他的，但他还是信了。”

“我对他说，无论你怎么卑劣地挣扎，总有一天，你会淘汰在这个世界上最残忍又最优秀的战术师手里。”逆神的审判者转过头来看向白柳笑，“怎么样，是不是听起来还挺唬人的？”

白柳收回自己的目光：“还行。”

328

孔旭阳从一场噩梦里醒来，他浑身冷汗地坐起，手脚都在发抖。

梦里是那场和猎鹿人打的挑战赛。

那是他最春风得意的时候，他当时是季前赛的第一名，传闻中最厉害的战术师在他的手下节节败退，狼狈痛苦地试图保护周围的人。

但无论是在现实里还是在游戏里，这个叫逆神的审判者的废物什么都保护不了，一个懦弱的废物，也不知道是怎么得到“最厉害的战术师”的虚名的。

还是温和派战术师？在这个游戏里讲温和，傻子吧。

孔旭阳不屑一顾地嘲笑着。

直到最后一刻，那个叫逆神的审判者的战术师就像是突然想通了什么一般，脸上的笑容不再，褪去了那层温和的外壳，露出血腥残暴的内里来。

逆神的审判者只用拳脚就打得孔旭阳满地乱爬，最后吐血，被动地解除了自己的技能。

解除技能后，逆神的审判者举着重剑狠狠地插入他心口，那张一向笑眯眯的脸上溅满血点，在孔旭阳耳边语气冰冷地预言着：

“无论你怎么卑劣地挣扎，总有一天，你会淘汰在这个世界上最残忍又最优秀的战术师手里。”

那是孔旭阳一直持续至今的噩梦。

从那以后，他对所有出色的战术师都有种暗藏恐惧的嫉妒和敌意，恨不得把所有战术师，包括那个曾经把他踩在脚下的逆神的审判者全部弄死！

孔旭阳摸了一把自己的脸，从床上爬起，披了件睡袍直接走向了阳台。

他眯着眼睛在日光下俯瞰他刚刚搬进来不久的田园别墅小区。

据说在这里居住的人非富即贵，根本不是孔旭阳一个毕业之后在家里待了六七年，一份超过三个月的工作都没干过的二本大学生能住进来的地方。

孔旭阳，男，三十一岁，目前的人生巅峰有两个，一个是十二年前考上二本大学，另一个是三年前进入游戏。

十二年前的孔旭阳是当地为数不多的大学生，虽然只是上了二本学校，但作为家里光宗耀祖的第一个大学生，孔旭阳享受够了父母和亲戚的夸赞和优待，人人都说：“等你上了大学，你就什么都有了。

“人上人的地位和大量的钱财都在未来等着你。”

但一上大学，孔旭阳瞬间就被打回了原形。

孔旭阳所上的大学虽然只是一所二本学校，但有消息说近期就要升一本了，所以他进去的时候，班里的同学有个特点，那就是关系户特别多。

这些关系户都是听到这个消息被临时加塞进来的，他们的生活、文化娱乐的消费水平和孔旭阳这个从小县城出来的人有着如天地般不可逾越的差距。

孔旭阳立马就见识到了人上人的地位和大量的钱财。

只不过这些都和他没有关系。

他舍友床下面摆满昂贵的鞋子的时候，孔旭阳甚至不敢把自己的鞋子穿在脚上。

孔旭阳需要等这些人离开宿舍之后，才忍着羞耻从衣柜里拿出自己藏的鞋穿上，还要把 LOGO 撕掉。

他开始以各种理由向父母索求大量钱财，买名牌皮带、鞋子、小罐茶叶，单品的价格逐渐变得昂贵。

孔旭阳用尽了一切办法试图融入这些人的圈子，但他们还是用一种似笑非笑的眼神鄙夷地打量着他和他手上的东西。

他耗干了他的父母，但最终毕业的时候，愿意让孔旭阳在同学录上签名的人都没有。

诚心读书的觉得他虚荣，不和他来往，而孔旭阳追捧的那些人大部分都把他当一个笑话。

毕业之后的孔旭阳找到过不少工作，有不少他的父母觉得好的工作，求爷爷告奶奶地让他去试试。

但孔旭阳只要想到这些工作在他那些同学眼里有多低劣，攒几个月工资也填不了那些人一场酒席的开销，他就沉浸在一种说不出的怨愤中。

凭什么那些人可以享受这些东西，他就享受不了？！

明明他才是从高考过后，就该前途无量的那个人！

孔旭阳不停地换工作，他的要求越来越高，消费越来越高，拒绝他的单位也越来越多。

最终他找不到工作，宁愿待在家里，也不愿出去做那些他觉得下等，只是为了糊口的工作。

孔旭阳待在家里，每天在网上看那些有钱人的生活，一边怨愤地诅咒对方，一边病态地翻阅对方在网络上发布的一切生活细节，代入自己。

孔旭阳恨死了“人上人”和他之间的巨大鸿沟。

他甚至开始怨恨自己的父母为什么不和那些人的长辈一样是有权有势的人，为什么要把他生在这种家庭里，连一双昂贵的鞋都买不起。

这种矛盾在孔旭阳的父亲甩了他一巴掌，涨红着脸让他滚出去找工作之后达到了巅峰。

孔旭阳认为明明是他父母的错，却要怪他自己没有出息。

孔旭阳几乎是恶狠狠地撂下话，对父母说不要求着他回去。

总有一天，总有一天……他一定会变成“人上人”的。

虽然这种执念并无什么依据，毕竟孔旭阳作为一个普通人，一生最值得称道的成就也就是上了一所二本大学，但他却有一种强烈的自信——我是如此地高贵，只要我放弃点什么，成功自然就会到来，你们都会匍匐于我的脚下。

我没成功只是因为这个社会不公平，我没成功只是因为我父母的出身不到位，我没成功只是因为……

总之不是我自己的问题。

这种强烈的欲望让孔旭阳登入了游戏，他陷入了一种理所当然的狂喜——看，他就知道有这一天！

他果然就是不同凡响的！

但很快他看到了那些备受追捧的明星队员，实力强悍的大公会，以及一切比他更好更强的东西，孔旭阳立马又陷入了新一轮的怨愤——为什么针对他的不公平处处都存在？

成为“人上人”的阶梯已经摆在他面前了，这些压迫他的明星队员，压迫他的大公会，压迫他的一切，孔旭阳决定不择手段地掀翻。

但是他和这些东西之间，的确隔着一道天堑。

孔旭阳很快就找到了切入点，他决定从这些人的现实生活入手。

孔旭阳找到了一个技能是“狗仔队”的玩家，他满含怨恨地观察了这些明星玩家的现实生活——

香车宝马，美女如云，想要的东西应有尽有。

和他之前的那些关系户同学一样，都属于压迫他，让他苟且窝囊了这么久的“人上人”阶层！

孔旭阳和一些飞车族勾结起来，向他的敌对战队进攻。

他的方法见效了，孔旭阳听着这些压迫他的人的惨号声，愉悦地成为季前赛的第一名。

正当孔旭阳飘飘然地觉得自己是世界中心，是小说主角，一切都是为了他这一刻的胜利进行铺垫的时候，他折在了逆神的审判者手里。

第二次，孔旭阳在决定队伍是否被淘汰出季中赛的关键比赛中，对红桃故伎重施，想要在现实里找到这个女人，狠狠教训她一顿，影响红桃的赛前心态。

他当然也知道这样的做法不好，所以孔旭阳给过红桃一次机会，那就是在比赛前夕，孔旭阳去国王公会见了一次红桃，大发慈悲地表示：“皇后，你要是愿意做我的女人，我就不用我的战术，而是尊重你，光明正大地和你打一次。”

“我很尊重我的女人的，”孔旭阳暧昧地强调，“红桃，你跟了我不会吃亏的，现实里我父母在我出息后，求着我回去，给我找了很多女人和我相亲，但是她们都配不上我，可她们总喜欢对我多加纠缠。”

孔旭阳不耐又自得地摆摆手：“很烦人，她们不知道自己配不上我吗？”

然后他话锋一转，看向红桃，礼貌地表示：“如果是红桃你的话，我可以接受和你走到谈婚论嫁这一步。”

红桃似笑非笑地说：“好啊，那就看你能不能在现实里找到我了。”

孔旭阳失策了。

“狗仔队”这个技能不知道为什么居然对红桃无效，他们找不到红桃的现实坐标！

第二天的比赛孔旭阳惨败，被红桃打得直接淘汰出了季中赛。

孔旭阳两次都折在战术师手里，他自己也是个战术师，再加上逆神的审判者那个预言，他现在对白柳这个声名大噪的新人战术师的厌恶和嫉妒达到了顶点。

明明他才该是备受瞩目的那个战术师。

如果这是一本小说的话，那他这个第一次打联赛就拿到第一名的优秀战术师，才该是小说主角，全世界都该围着他转。

这个白柳算什么东西？不过是从底层爬上来的跳梁小丑罢了，也配抢他的风头，和他比？

孔旭阳目光阴鸷，他一定要找到白柳在现实中亲近之人的坐标，然后狠狠地折磨对方。

329

“季前赛接近尾声了。”

王舜站在浮出的面板旁边，脸上是松了一口气的欣慰表情：“现在你们在团赛里的表现也有模有样了，白会长和唐队长把你们训练得很好。

“就是辛苦你们了，每天一边高强度训练一边高强度比赛。”

牧四诚生无可恋地倒在椅背上，刘佳仪蒙头趴在桌子上睡觉，就连木柯也是用手撑着脑袋打哈欠，眼睛一眯一眯地就要睡过去了。

王舜忍俊不禁：“不过之前那段时间是最累的，接下来的一段时间你们会好过很多，因为你们已经进入了季前赛上位圈，比赛的频率降下来了，每天三到四场就可以了。

“接下来汇报一下每个人的人气排名。

“白柳，一百七十九。

“刘佳仪，一百八十六。

“唐二打，一百九十四。

“牧四诚，二百三十六。

“木柯，二百六十一。”

王舜点了一下系统面板：“接下来大家的名次会升得相当慢，因为已经靠近季中赛人气圈了。

“季中赛一共三十二支队伍，每支战队主要队员都是五个，所以季中赛的人气圈主要集中在前一百六十名，跟季前赛的队伍相比有压倒性的人气优势，你们很难冲上去。

“尤其是这次季中赛里，表现亮眼、吸引人的新人选手还不少，现在已经牢牢占据了前排名次了。

“之前和你们提过的小丑，目前名次是七十九，已经冲进前一百了，是新人当中名次最高的。

“其次就是黄金黎明的阿曼德和国王皇冠的修女菲比，一个是九十三，另一个是一百零二。

“这些新人有公会的人气保底，所以升得相当快，后续如果表现优异，不出意外是不会往下掉的，这也就意味着他们会一直待在上位圈，所以今年的人气排名竞争会相当激烈。”

王舜环视一圈：“接下来播报一下高位的人气排名前五位。

“雷打不动的第一位，黑桃。

“第二位，红桃皇后。

“第三位，乔治亚。

“第四位，逆神的审判者。

“第五位，不明的行刑人，猎鹿人公会的会长，也是今天我要着重和你们讲的人物。”

王舜点了一下系统面板，资料就放大呈现在悬空的面板上。

“这位公会会长之前是主攻手，在去年逆神的审判者离任后才转为战术师，今年是他成为战术师后第一年参加联赛，从目前的名次来看，他表现得非常好。

“值得一提的是，这位公会会长在去年一直到联赛结束，人气排名都没有进过前五十，最高的人气排名是五十九。”

牧四诚从半梦半醒的疲倦状态中回过神来，惊道：“不是吧？！这人可是一个大公会的会长，而且实力还很强，人气排名怎么会这么低？”

王舜笑笑：“人气排名一方面和实力挂钩，另一方面也和个人风格、表现力，以及外貌有关。

“猎鹿人的会长虽然实力很强，但是由于他个人风格不突出，表现力不强，以及外貌……”

王舜迟疑了一下，点击面板播放了一小段视频：“你们还是自己看吧。”

视频里的人直接把手用力插进了自己的右眼里，感觉眼眶被活活撑大了一圈，五官被挤得变形扭曲，脸就像流体一般不稳定地晃动，他似乎在自己的眼睛里寻找什么东西一样转动、抓握，最后才缓缓地把手往外拔出来。

但从头到尾，这人整张脸都是血肉模糊、看不清楚的。

王舜点了暂停："现在各位明白了吧，这位不明的行刑人召唤武器的过程十分血腥，根本谈不上看外貌，所以人气一直不高。"

"但是今年他的人气不可思议地上升了，甚至直逼逆神的审判者这个老牌战术师。"

牧四诚疑惑："为什么？"

王舜顿了一下："我觉得是逆神的审判者的出走成就了他。

"从这段视频里你们就可以看出，不明的行刑人的个人风格是很血腥、外露、残暴的，在赛场上不明的行刑人也是一位很有侵略性的主攻手，适合进攻性强的战术，很擅长击杀对手。

"但由于逆神的审判者是一位温和派的战术师，不会轻易淘汰对手，不明的行刑人也完全服从于逆神的审判者，所以在赛场上经常手下留情，无法发挥出所有实力，也难表现出吸引观众的一面。

"今年逆神的审判者离开后，不明的行刑人引入了小丑这个和他个人风格更合拍的新人，他作为战术师制定的战术也相当极端，于是在赛场上，我看到不明的行刑人将之前被压抑的攻击性完全爆发了出来。"

王舜点击面板，播放了一段短视频："这是最近的一场猎鹿人的团赛，对战排名十九的月之蛇，不明的行刑人的赛点表现。"

披着外套，脸上血肉模糊的不明的行刑人伸出满是鲜血、骨节分明的手扼住一条扭动的大蛇的脖子，姿态自然闲适地半跪在这条大蛇旁边，但手臂上的血管和青筋根根暴起，狠狠地将这条不停挣扎的大蛇往地里按。

大蛇无力抵抗，痉挛了两下，停止扭动，蛇身一寸一寸地爆开，血花迸溅，蛇头凄厉地惨叫着变回了人形："好痛！好痛！痛！我弃权！弃权！"

但在他伸手调出面板选择弃权之前，他就倒在地上一动不动了，眼珠子也一动不动，似乎还有眼泪滴落。

不明的行刑人在"比赛结束"的声音里缓缓站直了身体，把被血打湿的外套丢在这个人的头上，从外套里抽出了一支烟，用那张扭曲的、血肉模糊的脸上的某个唇瓣状的开口叼住后点燃，吐出了一口烟雾。

"破坏了律法，伤害了他人，就活该被施以酷刑，痛只是你得到的惩罚中最简单的东西。"

短视频播放到这里，王舜点了"暂停"，把视频上的画面放大，然后指着不明的行刑人夹住烟的中指说道："看到了吗？这里有一枚银色的指环。"

牧四诚眯着眼睛看去，的确在不明的行刑人血迹斑斑的中指根部发现了一枚银色的指环："看到了。

"这个指环就是他的技能武器，叫作'死神戒'。"

王舜解释道："死神戒是古代传闻中对一切人都公平、公正、至高无上又善良仁慈的圣人希律王赐给行刑人的一枚戒指。

"据说行刑人在绞死一个位高权重的敌对国家的国王时感到害怕，为了让行刑人在绞杀罪犯的时候不感到害怕，希律王将自己的戒指摘下赐给了行刑人，告诉他'你绞杀的只是罪人，不用感到害怕'。

"从此，希律王赐予了行刑人杀犯了罪的众生，包括国王的权利，而这枚戒指就是死神戒。

"目前死神戒的具体运作机制还不清楚，但据说被不明的行刑人戴着指环的手触碰到的对手都会痛不欲生，就像是被施加了无数次酷刑一样，直到痛死。

"我尝试着去搜集了一些被不明的行刑人触碰过的对手的资料，一般痛得狠的，在现实里或多或少都干过违法犯罪的事。"

王舜继续说道："但也不全是如此，有些被不明的行刑人制裁过的玩家，从我搜集的资料来看，的确像是很快就要违法犯罪的样子，但被制裁的时候他们的确还没有做过这些事情，被不明的行刑人戴着戒指触碰后痛得也非常厉害。

"如果不是逆神的审判者之前一再阻拦，这些人大概也会被不明的行刑人施以酷刑后淘汰了。

"所以我个人判断，不明的行刑人施以酷刑的评判标准可能不是客观的，而是主观的，也就是不明的行刑人觉得你应该受到多惨烈的酷刑，你就会受到多惨烈的酷刑的折磨。"

"逆神出走，相当于解开了不明的行刑人的枷锁，这对我们来说可不算什么好消息。"王舜肃然地说，"一方面这会让他的强大肆无忌惮地在赛场上展现，占据人气排名的前列；另一方面，他对我们行刑的时候也会肆无忌惮。

"祈祷我们大家在不明的行刑人心里都有个好印象吧。"

"最后提醒一下各位明天比赛的情况。"王舜苦笑了一下，"我刚刚说了那么多废话，就是不想汇报明天对战的队伍。

"明天我们只有一场比赛，对手是——"

王舜深吸一口气："狂热羔羊。"

观赏池大厅，散场后走出来的白柳身后鬼鬼祟祟地跟了一个人。

这人举着拳头大小的相机，小心地混在密集的人群里，寻找角度拍摄白柳的照片，看起来就像是一位经验丰富，常年偷拍明星隐私的资深狗仔。

白柳就像是没意识到身后跟着一个人一般，自然地跟周围的人交谈。

这个狗仔诡异地笑了一下，调整了一下角度，在差不多可以把白柳的上半身拍清楚的时候，摁下拍摄键。相机咯吱咯吱响了几声，从外侧吐出一张照片。

这人接过照片，扫了一眼之后，喜形于色地点开系统面板，发出了一封邮件。

“拍到了！开始行动吧！”

照片上赫然是坐在白柳对面，正在大口吃面，表情发蒙的杜三鹦，下面清晰地印着一行十二位数的现实坐标。

现实中。

杜三鹦正双手捧着白柳打包回来的牛肉面喝汤，吃完了之后好奇地看着靠在沙发上懒洋洋地看电视的白柳。

平时白柳这个点都已经洗完澡在床上躺着了，但今天他还在看电视。

杜三鹦困惑地看了一眼电视上的动画片。

白柳先生喜欢看这种吗？

其实白柳并不喜欢看这种，只是他家的电视很久没交过电视费了，只能看一些基础频道，白柳也只是随便看看，最终停在了儿童频道罢了。

杜三鹦问：“白柳先生，你今天不洗澡早点休息吗？明天还有一场很重要的比赛吧。”

白柳平静地说：“暂时先不洗，等会儿会有人来找我们，我要带着你出门一趟。”

杜三鹦恍然：“难怪你让牧神走的时候把他的摩托留在楼下了，原来是要在这个时候用啊。白柳先生，你要带着我骑摩托出门吗？”

杜三鹦说完还羞涩地挠了挠头：“牧神那辆重装摩托看着好帅啊，能坐一坐是很好的。”

白柳“嗯”了一声。

窗台下面一阵一阵地响起摩托车呼啸而过的声音，引擎声嗡嗡作响，嚣张又刺耳，耀眼的远光灯一束一束地打进白柳的窗户里，在他的脸上一轮一轮地打出光晕。

白柳脸上露出一个笑：“来了。”

杜三鹦惊魂未定：“什么来了？！”

白柳用遥控器关掉电视，为了方便动作解开了两颗衬衫的纽扣，把手腕处的衬衫向上翻转了两圈，看向杜三鹦：“伏击我们的飞车族来了，我们下去开摩托。”

杜三鹦号叫：“但是白柳先生，这样太危险了啊！”

白柳点头：“没关系，有你就可以了，走吧。”

白柳说完，取下挂在门后的摩托头盔，丢了一个给杜三鹦，然后自己也戴上，打开鞋柜，从里面翻找出一根生锈的棒球棍，在手里掂了掂，反手握住。

白柳转身看向杜三鹦："准备好了吗？"

杜三鹦一只手慌乱地扣头盔的扣子，另一只手举起："准……准备好了！"

白柳对杜三鹦伸出手："准备好了就过来。"

杜三鹦看着白柳对他伸出的手，又看了一眼白柳淡然无波的表情，攥紧拳头深吸一口气。

不会有事的，他的不幸不会影响到白柳先生的！

杜三鹦猛地对白柳伸出了手，白柳握住杜三鹦的手腕，抬眸看向房门。

门外传来丁零作响的金属棍棒的碰撞声，很明显是有人拿着棍子和刀在敲楼梯两侧的铁栅栏，脚步声咚咚咚地往上走，最终停在了白柳家门前。

白柳缓缓地走到了门后，轻声说："等会儿我一开门，你就闭上眼睛，不会有事的。"

杜三鹦吞了一口口水，点了点头。

门被猛地砸响了，恶毒的咒骂声穿过房门。

"白柳，滚出来！"

"你敢得罪我们孔哥，看我今天不把你腿打断！"

白柳脸上什么情绪都没有地打开了房门："闭眼。"

刀、拳、棍、棒迎面而来，杜三鹦下意识地闭上了眼，白柳面不改色地把杜三鹦挡在了自己的面前。

在这些人要攻击到杜三鹦的一瞬间，白柳的房门离奇地朝外倒下，正好压在这群凶神恶煞的人头上。

白柳在对方倒下的时候毫不犹豫地补刀，反手甩了两下棒球棍。

血飙出细线，从衬衫一直溅到了白柳的脸上。

白柳扯着杜三鹦的手腕踩着门继续往外走，转身后，从楼梯上喊打喊杀冲上来的人有增无减。白柳垂眸看着这群人，棒球棍上的血一滴一滴地滴落在地面上。

杜三鹦的声音都在颤，但他还是听话地没有睁开眼睛："白柳先生，你……你没事吧？"

白柳语气淡淡的："我没事，等下无论我做什么，你都别睁开眼睛。"

杜三鹦颤抖着飞快点头。

白柳把杜三鹦拉到楼梯口，扶着杜三鹦的肩膀面对着那些举着短刀和铁棍嘶吼着冲上来的小混混，然后轻轻向下一推。

杜三鹦被推出去，失重的瞬间他呆了一下："白柳……先生？"

他是被推下去了吗？！

锋利的刀尖和高举起来的铁棍眼看就要碰到从楼梯口跌落下来的杜三鹦，楼梯旁边年久失修的铁栅栏突然吱呀作响，直接坍塌了。

一群翻过栅栏向上冲的人顺着坍塌的栅栏滚作一团，还没收起来的刀和棍插进了自己人的身体里。

惨叫声顷刻连成一片。

白柳轻快地跳了几下，稳稳地落在了一个满头是血的大汉旁边。

这个大汉身上倒着还没回过神来的杜三鹦。

杜三鹦倒在人肉沙包上毫发无损，但看起来吓得不轻，都快要哭出来了，瑟瑟发抖，但他还是没有睁开眼睛："白柳先生，我现在可以睁开眼睛了吗？"

白柳扫了一眼杜三鹦压着的那个大汉。

这大汉凶恶地盯着白柳，挣扎着爬起来举着刀要捅白柳。

白柳抬手，干脆地给了他一棍。

这人又头晕眼花地倒下了。

白柳拉住杜三鹦的手腕，把杜三鹦扯了起来，目不斜视地越过楼梯上的人向下走："可以睁眼了。"

杜三鹦缓缓地、小心翼翼地睁开了眼睛，被吓得叫了出来。

狭隘的楼梯里七歪八扭地躺满了长吁短叹的小混混们，铁栅栏就像是一道屏障一般压在这些小混混身上阻止他们动弹，地上到处都是被铁棍砸出来的水泥屑和血泊。

白柳的侧脸上也溅了一道血迹，配合他没什么情绪的样子，看起来特别地让人……害怕。

杜三鹦紧张地咽了一口唾沫："这些人，都是白柳先生料理的吗？"

白柳斜眼扫了杜三鹦一眼："不是，我只是帮你打了个下手。"

杜三鹦十分迷茫："？"

"都是我干的吗？"一向是良好公民的杜三鹦听到这句话之后反应了一会儿，惊恐地接受了现实，崩溃地喊道，"那我是不是违法了？！"

白柳收回目光："不算，我查过，算正当防卫。"

330

白柳越过楼梯上横陈的人体，一只手提着染血的棒球棍，另一只手拉着杜三鹦的手腕往外走。

杜三鹦战战兢兢地问："白柳先生，我们……还要到哪里去啊？"

"不知道，"白柳走出狭隘楼梯口的一瞬间，惨白的月光落在他波澜不惊的脸上，“总之有人不希望我们留在这里。”

楼梯口周围一圈一圈的摩托车呼啸旋转，开车的人都人高马大、凶神恶煞，一看就来者不善，其中几辆摩托车上的人嘶吼一声，车头一转就冲着走出楼梯口的白柳冲过来。

白柳翻转手腕，把还没回过神的杜三鹦挡在身前：“闭眼。”

杜三鹦紧张地闭眼。

这几辆冲过来的摩托车蹚过地上一摊肮脏的菜油，不可思议地和杜三鹦从左右两个方向擦肩而过，撞到白柳身后的墙上，发出爆炸般的巨大声响。

摩托车上的人灰头土脸，呆滞地吐出一口黑色烟气，倒在地上不动了。

白柳眼神都没有多给他们一个，拍了一下杜三鹦的肩膀：“睁眼吧。”

白柳跨腿骑上了牧四诚的重装摩托，杜三鹦赶忙坐在了后座上。

在不清楚要发生什么的情况下，杜三鹦已经被目前的情况吓得眼泪汪汪了，死死把着白柳的腰：“白……白柳先生，他们到底要干什么啊？！我们又要干什么啊？！”

白柳把牧四诚的摩托车钥匙插进去，转了几下，摩托车发动发出巨大的轰鸣声。

“他们是来围杀我们的。”白柳说。

杜三鹦直哭：“那我们呢？”

白柳很淡地笑了笑：“我们当然也是来围杀他们的。”

下一秒，白柳直接把摩托车的油门拧到了底，摩托车以一支离弦之箭的姿态飙了出去。

猝不及防的杜三鹦张大嘴巴发出不可置信的惨烈叫声，叫得都能看到喉咙里的悬雍垂了。

摩托车高速行驶，杜三鹦的嘴巴被风灌得嘴唇抖成波浪状，说话声音直颤：“白——柳——先——生——太——快——了！”

白柳直视前方：“把嘴旁边的挡板放下来，别吃风。”

杜三鹦：“哦——”

他乖乖放下挡板，说话一下就顺溜了，但语气还是难掩惊恐：“如果是要对付这些人，白柳先生可以借唐队长的车吧！为什么借了牧神的重装摩托？”

白柳语带笑意：“你不是觉得重装摩托很帅吗？”

杜三鹦哇哇大哭：“但是不安全啊！有外壳的车对白柳先生来说更安全！”

他自己倒是不会轻易出事，但白柳先生可是幸运值为0的人啊！谁知道骑重装摩托这种危险的交通工具会出什么事！

白柳顿了一下：“我不会开车。”

杜三鹦惊讶："白柳先生没考过驾驶证吗？！"

白柳自然地说："学费太贵了，我每天骑共享电动车上下班，浪费钱学会开车也用不上。

"我买不起车。"

杜三鹦无语凝噎——居然是因为这种理由！

白柳开着牧四诚的这辆重装摩托一马当先，在各种偏僻冷门的道路绕圈，后面那群人开着摩托紧追不舍，有几次眼看着就要撞到白柳的车了。

杜三鹦时不时回头看看后面追击的人的情况，看得心惊胆战。

这群人真是疯了！完全不顾行人死活！

白柳明明已经故意绕路走人少的地方了，但这群人根本不管转弯之类的，有人也会直接冲过去，如果不是白柳几次反应快，绕开了路口有人的小道，这些人现在应该已经撞翻几个人了！

难怪白柳要离开他住的那个地方，也不开车，那个地方人流量挺大的，这群不把人命当回事的飞车族很容易误伤其他人，开车的话就要上大道，人流量就更大了。

但现在……怎么办？

一直放任这群飞车族在外面，迟早会出事的，但总不可能让白柳一直吊着他们绕圈吧！

杜三鹦急得不行："白柳先生，能不能进游戏啊？"

白柳的眼睛透过头盔盯着前方："解决了这事再进，做事情不要留后患，不然下次从游戏里出来，他们还是会来堵门。"

杜三鹦一怔，慢慢地回神定心："怎么解决他们？"

"城区边缘有个练车场，现在没人。"白柳语气平和，"我们去那里。"

城区边缘，练车场。

牧四诚百无聊赖地蹲在地上，旁边是一直皱着眉毛，面容严肃地走来走去的唐二打。

牧四诚被唐二打转得眼晕："你能不能安静一分钟？"

唐二打一顿："你说白柳他们走到哪里了？"

牧四诚无语地比了两根手指："这句话你已经问了快二十遍了，安心吧，你出事白柳都不会出事的。

"他这人做事不正常归不正常，但还是挺靠谱的，不然我也不会把摩托借给他骑。"

唐二打终于在牧四诚旁边坐了下来，他看着地上白柳让他们摆放的密密麻麻的钉子，凝神道：“这种钉子真的有用吗？”

牧四诚翻了个白眼：“我给你打包票，绝对有用，高速行进的摩托车轮胎是很脆弱的，只要把一枚小小的钉子扎进去放气，车头瞬间就会打摆子，车上的人会被甩出老远。”

“不过比较出乎我意料的是——”牧四诚歪着身子托着脸，打了个哈欠，脸上带着莫名的笑，“白柳居然愿意为了减轻他可能带来的伤亡，最后选了这么远的一个练车场，用了这么绕圈子的一个办法。

“本来白柳可以利用杜三鹦，在自己家门口就把这群瘪三解决了，不过那样白柳周围的居民多半会有伤亡。”

唐二打眉头紧蹙：“保护他人本就是理所当然……”

牧四诚斜眼扫了唐二打一眼：“但是不保护也没什么吧，又不是白柳主动去杀他们的。”

唐二打冷声道：“你不杀伯仁，伯仁却因你而死，你不会问心有愧吗？”

牧四诚静了片刻，移开眼神，语气低沉平缓：“我可能问心有愧，但白柳肯定不会。

“他选择这样做，只是为了让我们这些问心有愧的人，能够问心无愧罢了。”

牧四诚“嗤”了一声：“战术师嘛，总要将就将就我们这些队员的。”

唐二打也沉默了。

牧四诚说的是对的，如果不是为了将就他们，白柳不至于绕这么大一个圈子去解决一堆小流氓。

远远地，地平线上出现了大量轰鸣着行进的摩托车，最前面的那个人穿着和重装摩托格格不入的白衬衫和西装裤，在冰冷的夜风里衬衫和裤脚都在摇摆翻飞，他冷静地压低身体，飞快地靠近了这边。

牧四诚猛地站了起来，震惊道：“白柳怎么骑了最高速！他疯了吗？！”

“不是，”唐二打否定，“白柳不会做这么冲动的事情，一定是发生了什么。”

牧四诚眯着眼睛，瞳孔猛然一缩：“后面的车上绑了人！”

陆驿站被绑住手脚压在其中一辆摩托的后座上，昏迷不醒，还有一个头上绑着红色蝴蝶结，头发散乱的年轻女性，也昏睡着被绑在另一辆摩托后座上。

而开着这两辆摩托的两个车手嚣张地大笑，吹着口哨，其中一个说：“白柳，怎么样？没想到吧，我们不光拍到了你和这个高中生，还拍到了另一个人和他女朋友，兵分两路去抓了他们。

“我们就把他们一起绑过来了，刚刚会合。怎么样？你在狗仔拍下来的照片里乖乖吃着这个女人给你做的菜，和这个男人其乐融融地坐在一起，就像是一家人，你和他们两口子的关系一定都很好吧？

“束手就擒让我们开着车从你身上碾过去，我们就放人怎么样？

“你不妥协的话，那只能说明这两个人和你关系不怎么样咯。”

这人貌似可惜地耸肩，大声说道：“那他们就没用了，我们只好把他们从摩托车上丢下去，让他们在地上摔得粉身碎骨了。”

杜三鹦真的哭出来了：“白柳，怎么办？！他们绑了谁啊？和你是什么关系？”

“陆驿站和方点，”白柳脸上第一次出现攻击性，他语调极冷，“我高中时期的生活费一部分是他们两个帮我出的。

“和我关系很好。”

白柳纯黑的眼眸里一丝一毫的情绪都没有了，但他依旧没有减速，反而是全速向前冲。

杜三鹦慌乱道：“白柳，前面是钉子路，直接开过去我们没事，陆驿站和方点会从车上直接被甩出来的！”

白柳眼神冷静，直接开进了钉子路，临门一脚居然在车上不要命地翻了个身，让杜三鹦坐到了驾驶座，他背对着杜三鹦坐到了后座。

杜三鹦手足无措飙出了高音：“白柳！你怎么让我开啊！！”

后面的车瞬间乱成一团，打了几个转之后，这些车头乱摆的车根本无法保持行进速度，砰砰砰地乱转，互相撞到一起，车上的人狠狠砸在地上，钉子扎进肉里发出一声又一声的惨号。

杜三鹦一边眼泪狂飙地惨叫，一边乱扭车头，反而离奇地避开了地上的每一枚钉子和每一辆要迎面撞上的摩托车。

白柳的衬衫被风吹得鼓胀，目光冰冷到没有温度地凝视着后座上载着陆驿站和方点的两辆车。在这两辆车要彻底失控撞到地面上的时候，白柳目光冷凝地抽出一根白色的骨鞭，在地面上划出一个近似于裂缝的扭曲空间。

即将撞到地面上的陆驿站和方点被这个扭曲空间垫了一下，被飞跑过去的白柳单膝跪地接在了怀里。

这两辆车和其他乱摆的车撞到了一起，爆炸出一阵冲天的火光。

地上倒着的人颤颤巍巍地号叫着，身上和脸上都插进去了不少钉子，到处都是摩托车撞碎的零件和残骸。

唐二打和牧四诚跑到了白柳面前。

牧四诚惊道：“出了什么事？！”

白柳低着头，缓缓抬头看了牧四诚和唐二打一眼。

牧四诚和唐二打都被这一眼看得血液冰冷。

白柳把怀里的两个人塞给了牧四诚和唐二打，抬手擦了一下脸上的血痕，对这两个人说："帮我看着陆驿站和方点，不要让他们醒过来。"

白柳转头看向唐二打："你带枪了吧？枪给我。"

唐二打被白柳那眼神慑住，但他还是下意识拒绝："我没……"

白柳直视他："我不做违法的事情。"

唐二打静止片刻，最终还是掏出枪给了白柳。

白柳接过枪之后往还在燃烧的摩托车堆走去。

"什么？！"牧四诚很蒙地接过了人，扭过头看向往爆炸中心走的白柳，"你要干什么，白柳？！"

白柳没说话，只能看到他在夜风里被吹得摇晃不定的显眼的白衬衫。

他走到摩托车堆前面，从摩托车堆里拖出两个人，赫然就是那两个之前去绑架了陆驿站和方点，拖载到现场，并且还借此嚣张大笑威胁过白柳的人。

这两个人撞车的时候因为被白柳用鞭子划出来的空间垫了一下，伤势不重，但面上已经有不少烧伤和钉孔。

他们恶狠狠又畏惧地望着把他们扒拉出来的白柳，在注意到白柳手上的枪的时候下意识后退了两步，惊恐地叫着："你杀我们是犯法的！你犯了法，活在现实世界里会被一直追捕的！

"你最好的朋友是个警察吧！他不会允许你做这样的事情的！"

白柳的目光平静无波："我可以像你们一样，杀人之后用道具抹除一切，不就没有人记得了吗？"

这两个人惊惧不已："你……难道不会问心有愧吗？！"

他们能伤害的玩家大部分在现实里还是遵纪守法的。

狂热羔羊在伤害这些玩家之前会进行大致的调查，有些玩家在游戏里释放各种欲望，杀戮无常，但在现实里却很束缚自己，很在意现实里的一点一滴，从来不做违法犯罪的事情。

这种玩家把现实和游戏分得很开，也很在意现实里的一切，他们在游戏里那么过激，也只不过是为了回归现实，做个正常幸福的普通人罢了。

这种玩家的心理犯罪成本是很高的，也很少会反过来对狂热羔羊的人下手，大部分都会忍了。

狂热羔羊之前调查过白柳，他们认为白柳就是典型的这种玩家，在游戏里叱咤风云，但在现实里居然连一条违规记录都没有，还是被公司开除的。

孔旭阳嗤笑说，白柳就是那种典型的软脚虾，游戏里重拳出击，现实里唯唯诺诺，让他们大胆上，开着摩托车从他脸上碾过去。

没有在现实里杀过人的人，很难犯罪。

但白柳似乎是个特例。

白柳面色平和地对着这两个人举起了枪，这两个人哭喊着，下意识想登入游戏，却发现他们的游戏管理器早就被白柳给拿走了。

“别杀我们！”这两个人屁滚尿流地蹲在地上号哭着，“你在现实里没杀过人，你会痛苦的！”

白柳垂眸看着这两个人，被牧四诚守着的陆驿站的手指轻微地抽动了一下。

“谁说我要杀你们，”白柳很随意地把枪抛给了这两个人，“枪是给你们的。”

“来杀我吧。”白柳微笑着说。

这两个人接住枪，完全呆滞了。

疯子！这个人是疯子！

在意识到白柳是玩真的之后，这两个人又争前恐后地争夺这唯一的一把枪。

最终其中一个人抢到了之后，气喘吁吁地举起枪对着白柳，因为受伤他的手有点抖，握着强大的枪械给了他巨大的底气，这人神经质地笑了起来：“白柳，你不敢杀人，你以为我们也不敢杀人吗？！”

这人嘿嘿笑了两声：“我是天生的杀手。”

白柳脸上的微笑丝毫没变：“是吗？”

这人似乎被白柳敷衍的笑冒犯了，嘶吼着扣下了扳机：“给我去死吧！！”

但是却没有子弹射出来。

这人愣住了。

白柳反手一棒球棍狠狠抽在这人的脑门上。

他冷静地殴打着这个人，尤其是肚子，一直殴打到这个人开始吐胆汁，痛苦不已地祈求解脱。

旁边那个人已经完全看傻了，白柳在殴打的间隙扫了他一眼时，这人吓得直接后退了两步，最后居然自己撞墙，惨叫着说：“我自己打自己！我自己打自己！不劳烦您动手了！”

在白柳快要把这个人打死的时候，旁边伸出了一只手：“可以了，白柳。”

一个身高和白柳差不多的女人笑眼弯弯地看着白柳，递给了他一沓湿巾。

白柳脸上从下颌到眼角都溅了血，他视线下移，看了一眼这沓湿巾，最后终于丢了上面溅满不明液体的棒球棍，接过了这个女人递给他的湿巾。

这女人扫了一眼被白柳打的人，蹲下来凑近对方血肉模糊的脸好奇地看着：“白柳，老陆可以啊，把你教得不错啊。

“先给家伙让对方攻击你，你就属于生命受到重大威胁的时候被迫反击，属于正当防卫，是合法的。”

白柳擦脸的手顿了一下，他移开目光，含混不清地“嗯”了一声：“点姐，你怎么醒了？”

方点笑眯眯地看着白柳：“放心吧，陆驿站没醒。

“等会儿他醒了我会告诉他，有两个坏人拿着枪攻击你，你无奈之下被迫反击，但因为心地善良，在他多年的教导下为人正派，所以依旧留了一手，没有把人打死。”

方点踢了一脚瘫软在地的两个人，迟疑道：“应该没死吧？”

“高中时期的老规矩嘛，你做坏事我们串好口供。”方点比了个大拇指，脏兮兮的脸上露出了一个灿烂无比露出八颗牙齿的笑，“不会让老陆发现我们的马脚的。”

331

简单地收拾了一下现场之后，方点报了警，然后她跟白柳借了牧四诚的重装摩托，把还没醒的陆驿站往车后座上一放，戴好头盔，长腿一迈，挥挥手就准备骑车回去了。

杜三鹦远远地看着方点和陆驿站身上的伤，胆战心惊地提醒：“那个，要不让白柳先生给你们叫辆出租车？就别骑摩托了吧，不安全……”

白柳脸上没什么表情地扫了一眼摩托，看向方点：“你给我下来。”

旁边的杜三鹦无语，内心疯狂嘶吼：白柳先生你为什么有脸让别人下来啊！！

方点遗憾地“唉”了一声，眼巴巴地盯了白柳一会儿，确定白柳不会让她骑之后，才满心可惜地下来，下来之后还摸摸摩托：“要不是这次被抓，我都没机会看到这种电影里的飙车场面，重装摩托骑起来好帅的……”

白柳说：“以后有机会借给你骑。”

方点眼睛一亮：“一言为定啊！”

“等会儿我叫辆车来把你和陆驿站送回去，”白柳说，“回去之后给我发条短信报平安。”

方点比了个“OK”的手势，就扶着陆驿站到一旁等着了。

白柳顿了顿：“你不问我你们为什么会被抓吗？和我有关。”

“我看得出来啊，我又不傻。”方点两腿交叉靠在摩托上，歪着头笑嘻嘻的，“不过看起来你不太想说嘛，我就没问。”

白柳静了片刻：“对不……”

方点抬手打断了白柳的话：“欸欸欸！不必了！”

她笑得一如既往地大方："还是老规矩，你连累我一次，就欠我一个人情，这个人情就用你后面借摩托给我骑抵了，没必要道歉，我们俩之间算账就行了。"

方点笑意盎然："你最近是在忙什么团队比赛吗？一直没见你过来。"

牧四诚和唐二打脸色都一变，他们下意识地看了白柳一眼。

白柳的神色依旧平淡："你怎么猜出来的？"

方点摸摸下巴："你做事一般图钱，下岗之后又正是缺钱的时候，老陆也不会让你去做什么非法的事情，合法的短期来钱最快的途径一般就是参加各种竞技比赛吧。

"而且——"方点点了点白柳周围的一圈人，双臂抱胸笑道，"这些可都是生面孔，我之前没见过，是你比赛的队友吗？"

白柳"嗯"了一声。

方点依旧笑眯眯的："感觉你和他们相处得还可以，什么时候带上他们一起去家里吃顿饭吧。"

白柳垂眸良久，应了。

给方点他们叫的出租车很快就到了，方点扶着还没完全清醒的陆驿站挥挥手和白柳告别，上车走了。

方点一走，按捺不住好奇的牧四诚就率先发问："她是不是游戏玩家？"

"不是。"白柳望着出租车远去的影子。

牧四诚疑惑："但她刚刚说得也太准了。"

白柳收回目光："她猜到的。"

牧四诚无法置信："她不是玩家，只是见了我们一面而已，就能猜得这么准？"

白柳静了一会儿之后说："高中的时候，我和陆驿站和她下五子棋，打各类竞技、恐怖游戏，三年内从来没有赢过她一次。

"到现在为止，我还没有在她手里赢过一场游戏。"

出租车内。

方点靠着车窗，懒懒地打了个哈欠，伸出脚踢了一脚旁边的陆驿站："好了，别装了，白柳看不到了，把眼睛睁开吧。"

陆驿站缓缓睁开眼睛，沉默地靠在椅背上。

方点没看他，目光悠远地落在窗外："变化真大啊白柳，高中的时候那么孤僻，只能跟我和你玩，现在也有那么多新朋友能一起和他玩游戏了……

"希望他能玩得开心。"

方点笑起来，她转头过来使劲揉搓陆驿站的头，灿烂地笑着说："当然，老陆你也是。

“你们都要玩得开心！”

陆驿站慢慢地张开手臂，紧紧地环抱住了方点的腰，把脸埋了进去。

方点温柔地拨开陆驿站的额发，亲了亲他带伤的额头：“无论是你还是白柳，要是因为游戏这种本该让人快乐的东西而伤心，就不值得了。”

陆驿站深吸一口气，闷闷地“嗯”了一声。

出租车在偏僻荒凉的大道上向着繁华的市中心一路向前，后面空旷的练车场上不见一人。

游戏内。

白柳带着牧四诚他们登入了游戏，先去流浪马戏团公会集合，直奔公会的休息室。

木柯、刘佳仪和王舜已经等在那里了。

“狂热羔羊上一场比赛的结果出来了，”王舜望着白柳呼出一口气，“他们赢了，他们的赌博池再一次扩大了，刚刚你们的观赏池重新计算了，计算结果是九号。

“你们和狂热羔羊的比赛在九号观赏池举行。”

白柳点头：“知道了，现在过去吧。”

九号观赏池。

孔旭阳脸色阴沉地坐在座位边缘，旁边站着几个不敢抬头、身上有伤的飞车族。

“你们说，你们偷袭白柳失败了？”

孔旭阳双手交叠放在膝盖上，想摆出一副上位者施威的样子，但失败带来的羞耻感让他脸部一阵扭曲，他神色狰狞地质问：

“这个游戏里最好的战术师我们都偷袭成功过，白柳，区区一个二十四岁就被公司开除了的下岗职工，一个 LOSER（失败者），你们居然会在现实里输给他？！”

孔旭阳一脚踹在一个飞车族的膝盖上，怒喝：“废物，一群废物！

“我带你们进游戏，供你们花天酒地，出了事用道具替你们擦屁股，你们就是这么回报我的？！

“我还让你们兵分两路，一个都没得手？！”

这些飞车族如履薄冰地站着，大气都不敢出。

孔旭阳压不住脾气，抬脚又要踹人，白柳带着队员们过来入座了，他看向孔旭阳，点了点头打招呼，平静得就像是什么事都没发生一样。

就像是孔旭阳之前搞的那些把戏，白柳根本就不在意，也没有对他造成任何影响。孔旭阳就像是跳梁小丑，他所做的一切在白柳面前不值一提。

白柳的这种平静彻底激怒了孔旭阳。

孔旭阳猛地起身，但最终他还是控制住了自己，面容扭曲地坐下了，眼神阴鸷地盯着白柳，然后他像是忽然想到了什么一般，脸色缓和不少，露出一个阴森的笑容，用口型说："白柳，你躲得过初一，躲不过十五。"

白柳轻微扬眉。

观赏池里的观众越来越多，所有人的视线都聚集在中央的大电视屏幕上，大屏幕慢慢亮起，上面浮现出几行字：

系统提示：单人赛即将开始。

系统提示：流浪马戏团队员玫瑰猎人 vs 狂热羔羊队员毛鱼。

这名单一出来，全场观众哗然：

"怎么回事？不是孔旭阳？"

"他不是一直都固定在单人赛的位置上吗？"

"这个毛鱼是谁啊？我之前从来没见过。"

王舜也惊愕了："孔旭阳为了增加自己的曝光率，一直都固定在单人赛的位置上，打单人赛是最容易让观众记住的，也是最容易成为明星队员的。

"他居然把这么一个位置给了一个从来没有上过场的预备队员毛鱼？为什么不让正式队员上？"

王舜不解地皱眉："孔旭阳想做什么？"

"送出来祭天的，"白柳目不转睛地看着大屏幕，"孔旭阳应该清楚我会让唐队长出战单人赛，知道单人赛他多半赢不了，就算是他有'寂静无声'冻结面板的技能，唐队长的体能也很好。"

"这倒是，"王舜沉思，"唐队长赤手空拳也能打得孔旭阳弃赛。"

"他的队伍里没有能赢唐队长的，所以这个位置干脆就用预备队员来'祭天'了。"白柳的余光在孔旭阳的脸上一扫而过，"看来他是要出战双人赛。"

王舜一怔："我们这边的双人赛一直都是你和牧神上场。"

白柳淡淡地"嗯"了一声："他应该就是想主动对上我。"

王舜担忧地看了白柳一眼："白柳，孔旭阳的战术风格很残忍，他喜欢将对手的面板冻结之后，慢慢地折磨、戏弄对方，你可以吗？"

白柳看着对面的孔旭阳："领教过了，觉得一般。"

系统提示：玩家玫瑰猎人提前杀死比赛，赢得单人赛，积 2 分。

唐二打登出之后坐在了白柳旁边，观赏池中央的大屏幕浮现出新的字，白柳和牧四诚站了起来。

系统提示：双人赛即将开始。

系统提示：流浪马戏团队员白柳、牧四诚 vs 狂热羔羊队员孔旭阳、沉默羔羊。

全场爆发出巨大的欢呼声，这是一场集齐了双方高人气战术师的双人赛。

在登入游戏之前，孔旭阳虚伪地走上前来和白柳握手，皮笑肉不笑道："白柳，你知道为什么我的战队叫'狂热羔羊'吗？"

白柳微笑着和他握手，反问："这里面有什么典故吗？"

孔旭阳压抑不住地咧嘴笑了起来："因为我们战队的撒手锏是一只羔羊。"

白柳拖长尾调"哦"了一声："是'狂热羔羊'吗？我记得这名队员在去年的季中赛里遗憾地被淘汰了。"

孔旭阳的脸部一阵扭曲，然后又恢复了笑容："不，是全新的羔羊，沉默的羔羊。"

白柳的视线落到站在孔旭阳身后的队员身上。

这人看起来年龄不大，二十五六岁的样子，戴着一个摩托头盔，盯着白柳，脸上还有伤，眼睛和脸都是圆圆的，鬓角的毛发一直茂盛地长到了耳朵下面，嘴唇外突，颧骨内收，像一只羔羊。

从伤势和摩托头盔来看，这人很明显参加了之前围杀白柳的行动，但白柳一瞬间竟然想不起这人到底在什么地方出现过了。

白柳视线下移，看到了这个羔羊一般的队员手里握着的东西。

——一个泛白的红色布艺蝴蝶结发绳。

这是方点的东西。

孔旭阳阴恻恻地笑了起来："是不是明明觉得这个人对你做了很过分的事情，但想不起来他是谁了？

"因为他的技能就是让你忘了自己是谁。

"等着被我折磨吧，白柳，你会为自己敢不自量力地对上我而感到后悔的，不过现在和你说这些也晚了。"

孔旭阳说完之后，又笑着收回了自己的手，转身走向了登入点。

白柳看着那个跟在孔旭阳身后的队员，收回目光，转身带着牧四诚也走向了他们的登入点。

“寂静无声”加“沉默羔羊”吗……

那的确算得上是撒手锏一样的存在了。

系统提示：玩家白柳、牧四诚登入游戏《阴山村》。

《惊封 4》敬请期待

惊封
上
JING FENG
壶鱼辣椒 著
HU YU LA JIAO
100%
三环出版社
SANHUAN PUBLISHING HOUSE

目录

Contents

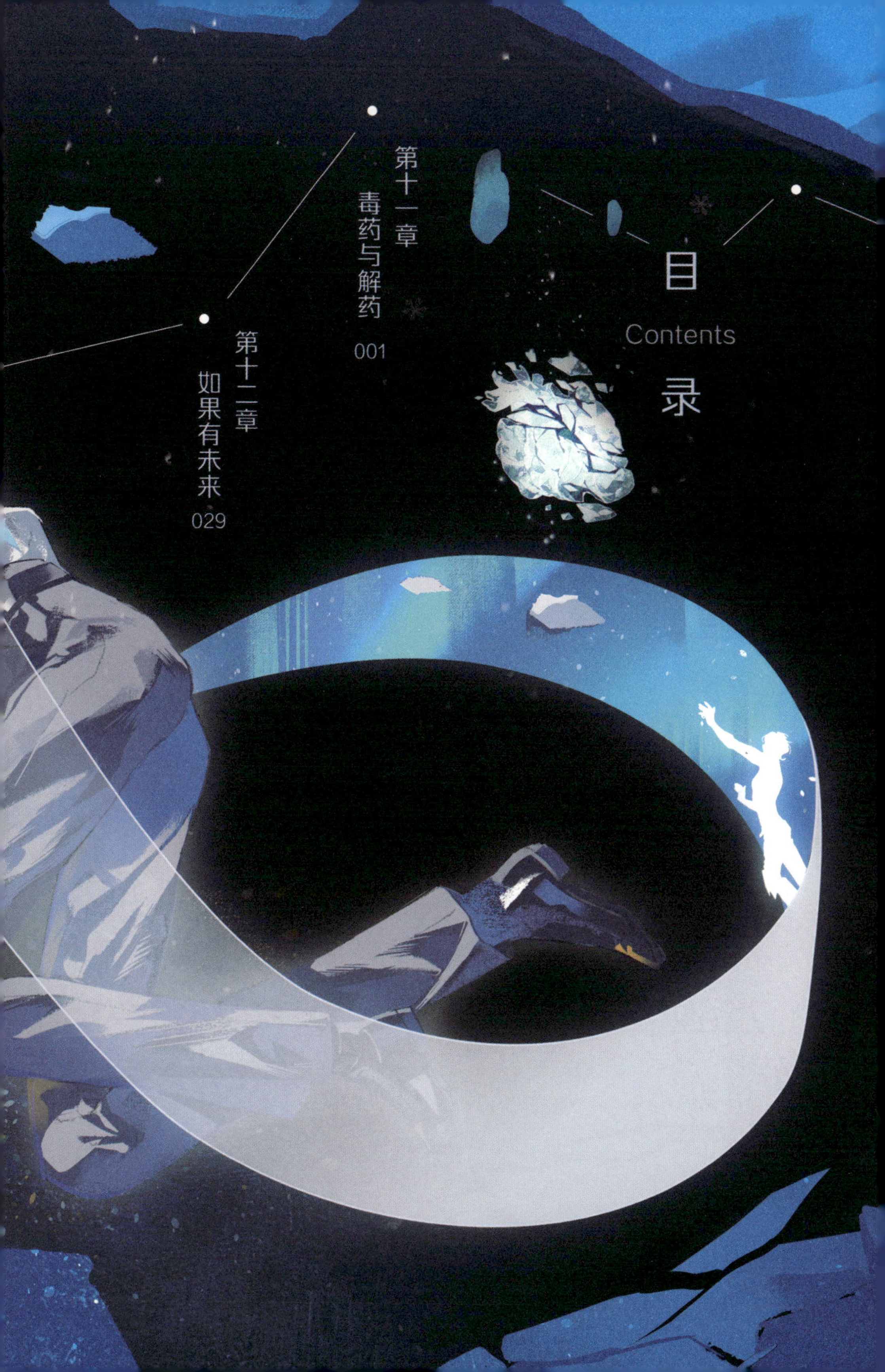

虽然你已然是个怪物，
但你在意他，白柳。
所以你没有办法把塔维尔的心脏
藏在其他“白柳”的身体里，
因为那是一颗属于你的心脏。
爱使你从怪物变回人，
爱使你有了弱点，
爱使你被他攥住心脏，漂荡于深海，
爱使你从千万个怪物里脱颖而出，
变成对黑桃而言最特殊的那个怪物。

你的回应暴露了你自己。
于是他发现了你。
但不要悲伤，孩子，让你走向命运的不是命运，而是爱。
爱使你们分别，但终将让你们重逢。

“不要害怕活着或者死去的我。
我将永远停留在属于我的冬日等你。”
“——无论我做出什么样的选择，你都会离开，是吗？”
“——是的。”

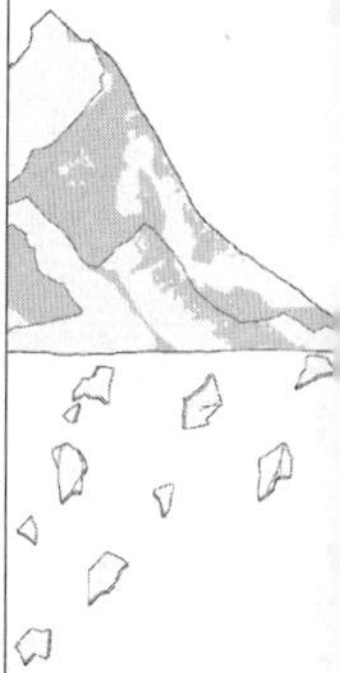

第十一章 毒药与解药

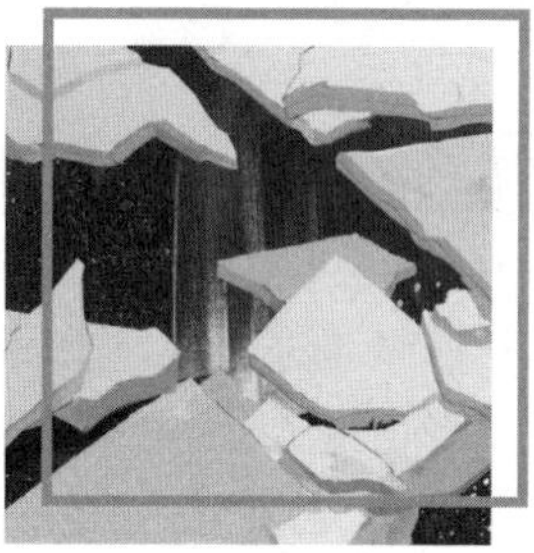

218

游戏大厅，因提坦施展了技能而空缺的白柳小电视所在的区域闪烁了两下，提坦他们突然又出现了。

一直坐在旁边等待的牧四诚和木柯猛地站起来，牧四诚确定了一下时间——还远远没到一个维度钟，但这个国王公会的人居然已经出来了……

他和木柯心里那种不祥的预感越来越重。

提坦迈着震地的步伐从小电视区域里走出来，他平举着健壮的胳膊，肩膀上坐着懒散地捂唇打哈欠的红桃。

似乎是看到了拦在她离开路上的木柯和牧四诚，红桃敛目，眼神在这两个人之间扫视了一圈，忽然托着腮轻笑一声：

“在这里恨恨地瞪着我可起不了任何作用。”她眉眼含笑，眼波柔媚，“现在去无人区翻翻，说不定还能找到你们的老板。”

“当然，如果你们找不到，白柳也没能成功从游戏里出来，你们没有地方可去的话……”红桃慵懒地对木柯伸出手，笑意加深，“国王公会的大门永远为你们这些有潜力的玩家敞开。”

木柯拉住一气之下想冲上去揍人的牧四诚，深呼吸了两次来控制住自己的情绪。

他在听到“白柳也没能成功从游戏里出来”这句话的时候脸上就已经一点血色都没有了，像个快要碎裂的瓷娃娃。

明知道红桃这句话很有可能是用来“钓鱼”诈他们的，但在白柳的小电视掉进无人区，没有办法得知他任何消息的情况下，木柯还是不受控制地咬钩了。

但这种白柳缺席的情况却让木柯的头脑出奇地高速运转起来。

不能慌，慌就全完了，他背后这些仅剩的可以帮助白柳的力量都会失去的。

木柯拉住急得双目赤红、对红桃破口大骂的牧四诚，闭上眼深吸一口气，转身看向身后惶惶不安的公会成员们，又戴上无懈可击的微笑面具：

“各位，我们刚刚取得了阶段性的胜利。”

原本着急的成员们和牧四诚都用一种“你是不是发疯了”的眼神看着笑得无比端庄的木柯。

木柯条理清晰，不疾不徐地继续往下说：

“我们这个公会最重要的人是白柳吗？不是，我们这个公会最重要的是你们。白柳只是一个经纪人，可有可无，任何人都可以当这个经纪人，这个为大家服务的人——而你们是这个公会的主体，你们才是最重要的。”

木柯冷静地叙述：“你们刚刚借白柳这个并不重要的存在证明了自己的力量，你们聚集起来甚至可以撼动国王公会，逼迫他们出动战队最强的队员之一来阻拦你们——这难道不是一种胜利吗？

“这完全可以称为一场大胜了！”

公会成员们惴惴不安地互相看了看，他们觉得木柯的逻辑哪里不对，但又找不出反驳他的点，反而不由自主地被鼓舞了，被他的逻辑带着走下去。

“现在我们要做的就是决不放弃，然后乘胜追击。”木柯得体又真诚，“我们已经赢了一半，接下来只要在无人区里找出白柳，我们就赢了！”

明明在无人区里找人是一件几乎不可能成功的事情，但被木柯这样轻描淡写地说出来，好像也就是一件多花一些时间和精力就能做到的事情。

牧四诚凑到木柯耳边，从齿缝里挤出字提醒他：“无人区不知道有多少台报废的小电视，这些人找十年都不一定能找出来白柳那台。”

“那就找二十年——有前期的沉没成本，他们不会轻易离开的。”木柯不动声色，低声回答。他斜眼扫了一眼牧四诚，目光灼灼：“他们要是在游戏里被淘汰，我就去招新会员，一定要把白柳找出来，我是不会放弃他的。”

木柯略微抬了一下下颌，表情不知道为什么有些倨傲：“你要走可以走，我要成为对白柳最有用的人。”

牧四诚一怔。

木柯根本没管他，回头提高音量对会员们说：“现在我们往无人区进发！”

坐在提坦肩膀上的红桃看见这一幕，略微挑了一下眉——这个叫木柯的，口才不错。

她跷了跷脚上的高跟鞋，下面的队员仿佛心有灵犀般地抬起头来看向她：“皇后，有什么吩咐吗？”

红桃的目光落在木柯的背影上：“叫王舜去查查这个叫木柯的新人。”

她话音未落，有人拍着掌过来了。

“啪啪啪——”查尔斯拊掌而笑，侧身让出跟在他后面的王舜，“王舜，我找到比你更适合做白柳战队宣传工作的人了。”

穿戴整齐的王舜头皮发麻，他低着头，两只手贴在裤腿两侧，完全不敢看居高临下审视他的红桃，声音细如蚊吟：“皇……皇后。”

查尔斯跳脱地伸出一只脚，脚尖抵地，抬手取下自己的高礼帽，灵活地翻转了两下抵在心口，躬身扬手向红桃行了一个有些街头风格的礼：“下午好，我美丽的皇后。”

红桃脸上的笑意消失了，她垂眸在王舜和查尔斯之间来回扫视，不带什么情绪地开口：“查尔斯，我以为不碰对方的信息会员，是公会之间约定俗成的规则。”

“对于大公会当然是这样没错。”查尔斯翻转了两下帽子，又稳稳地戴在了自己的头上，他直起身看向坐在提坦肩膀上的红桃，微笑，“但是对于新人公会，应该给予一定的宽容，不是吗？”

“如果你说的新人公会是指食腐公会，”红桃张开双手压在腰侧铺开的裙摆上，倚着提坦，眼神迷离，“查尔斯，我不得不遗憾地通知你，大约在三个维度钟前，这个公会的会长——白柳，掉进了无人区。”

“这真是个不幸的消息，哦，可怜的白柳。”查尔斯双手交叠，紧紧地覆在心口，表情似乎极为沉痛。但这沉痛的表情在他脸上维持了不到一秒，就变成了让人看不透的笑容：“或许这也不是一个坏结果。”

红桃终于意识到查尔斯要做什么了，她坐直了身体，皱着眉，话语中带着警告：“查尔斯，应援季刚刚开始，你有大把更好的选择，没必要把精力耗在一个新人身上。”

“但我对他一见钟情，再也看不上别的玩家了。”查尔斯一只手撑着文明杖，另一只手捂住自己的额头，做了一个被迷得神魂颠倒的动作。

查尔斯垮着肩膀，露出玩世不恭的嬉笑表情，看向红桃：“皇后，赌博就和恋爱一样，沉浸其中的时候必须一心一意，一匹我喜欢的赌马值得我为之一掷千金。”

“就算他只玩了三场游戏，掉进了无人区，只有一个破破烂烂的公会，”红桃淡淡地反问，“你也不更换你下注的对象？”

查尔斯耸肩：“你知道的，皇后，对我这种赌徒来说，选赌马就和爱上某个人一样不讲道理。”

他仰头和红桃对视着，脸上带着戏谑的笑，调侃道：“我觉得被男人深深伤过心的皇后殿下，应该很能理解我这种明知道不对，还是对某人无法自拔的状态，不是吗？”

木柯不动声色地挪到了查尔斯身后。

就算他完全不清楚这个突然出现的查尔斯的身份，但他也能从现在一触即发的局势中察觉到白柳即将得到查尔斯的帮助。

“曾经迷恋一个男人和每年按照季节为一匹赌马神魂颠倒，我可不觉得是一回事。”红桃脸上所有的神情都消失了，酒红色的眼眸里暗流涌动，“不要把你的动物性和我相提并论，查尔斯。”

“那我为自己的不得体表示歉意。”查尔斯欠身，笑意更浓，“但对我来说，动物性可是个褒义词，我很欣赏具有动物性的人。”

红桃安静了一秒，她意识到查尔斯是非要把白柳捞出来不可了，这个男人有时候赌性上来了没有任何人拦得住。

红桃丝毫没有迟疑，转身看向提坦：“提坦，围困他们。”

一个巨大的黑色圆球从天而降，就像是黑洞般要将查尔斯和他身后的王舜、木柯一行人全部吞噬进去。

而查尔斯完全不慌张，他举起手中的文明杖，抵住这个落下的黑球。

黑球沿着文明杖末端一节一节吞噬，就快要接触到查尔斯的鼻尖，查尔斯摘下自己的黑色高礼帽，拖回尾端卡着黑球的文明杖，翻转礼帽将其压在这个巨大的黑球上。

就像是变魔术一样，这个巨大的黑球被礼帽收纳，被查尔斯压进了白手套里，在翻转之间变成了他手里的一颗黑色弹跳球。

系统提示：玩家查尔斯使用技能“幻影噬手”。

该技能可在对方进攻的瞬间反向吞噬对方的技能，并将其转化成某种魔术道具储存起来。

“对我发动技能是没有用的，皇后。”查尔斯饶有兴致地甩了两下手里的弹跳球，然后摘下白手套把球包裹住，把它们一起揣进了旁边的王舜兜里，“玩脏了，送给你了。”

王舜：“？”

他早就耳闻查尔斯是个很讲究的人，但没有想到讲究到这个地步——那颗球只是被他自己在一点灰尘都没有的地上弹了两下，他就不要了。

查尔斯不知道从哪里变出一副白手套，又慢条斯理地给自己戴上，举了举帽子向提坦和红桃回礼，笑得十分优雅：“皇后，容许我先告退。”

说着，查尔斯转身，对着王舜举起手肘，微抬下颌礼貌地示意，用食指在肘部轻敲了两下。

王舜懵懂地思考了一会儿，才意识到查尔斯是让自己挽着他。

这人事儿真的好多……

在心里吐槽了两句，王舜还是老老实实地挽住了查尔斯的手，查尔斯这才满意地向前走。

他走到木柯的面前，微笑着说："相信你已经看到了我对白柳的诚意，应该不介意我和你们一起去无人区吧？"

木柯屏息等待这位查尔斯会长已久，但这个时候他稳住了架子，没有失礼，而是不卑不亢地伸出手，诚挚地道谢："完全不介意。

"非常欢迎您与我们同去。"

无人区。

在查尔斯介入这件事之后，原本在国王公会的强势围堵下不敢过来看热闹的普通观众现在纷纷拥过来。

并且因为"围堵白柳"这件事情一波三折地翻转，论坛上一直被打压限制的热度到达了极限，终于爆发了大量的讨论，这下让大部分的普通玩家对这件事都好奇了起来。

大量的普通观众鬼鬼祟祟地跟在木柯他们身后，假装路过，一直跟到了无人区。

也不能怪他们装，因为国王公会的人也跟过来了，来吃瓜的群众也不敢太张扬。

两方阵营在一向连鬼影子都看不到一个的无人区门口对峙着，查尔斯和红桃两个大佬一马当先地站在公会成员前，感觉随时都能打起来。

旁边的观众看得心潮澎湃但又鸦雀无声——这联赛好戏还没开场呢，应援季的瓜吃了一次又一次。

无人区里，堆叠的旧电视机上闪烁着雪花噪点，黑白条纹下时不时会出现一个扭曲的影子崩溃地拍打着电视屏幕，大部分都是在求救。

嘶哑绝望的声音透过电视两侧损坏的音响传出来，经过拉长和卡顿，变成听不出原话的诡异曲调，阴森又瘆人。

这些被困在无人区里的玩家断续出现在黑白电视机上，宛如他们被淘汰后用来缅怀过去的一段不祥的录像。

无人区两侧是白到晃眼的光滑墙壁，陈旧的大块头调频电视机横向堆叠，形成长到一眼望不到边际的电视山，一直延伸到无人区的深处。

没有人知道无人区有没有尽头，因为从来没有人抵达过无人区的尽头。

"无人区"的全称为"无名之地"，但这个地方并非没有人，反而有着无数用尽一切办法拼命想要活下去的人的末路。

这些人在这个游戏里失去了姓名，也就失去了作为人存在的权利，只能在吱吱作响的旧电视里变成一只又一只忘记自己来路的怪物。

木柯是第一次来到这个地方，他有种发自内心的震撼，尤其是在王舜叹息一声后告诉他，无人区的很多玩家都是第一次玩游戏的新人的时候。

“进入游戏的新人如果得不到观众的认可，得不到观众打赏的积分，是没有能力购买道具的，通关非常困难。”

王舜的眼中带着深深的怜悯：“他们很快就会掉进无人区，唯一能做的就是在渐渐被异化的过程中拖延时间，让自己尽量不要那么快离开。

“那是非常痛苦的过程，他们看不到任何希望，只是凭借着本能在游戏里挣扎，等待别人救他们出去。”

木柯怔怔地看着这座电视山，轻声问道：“是不是……就和当初在《塞壬小镇》副本里的我一样？”

“是的。”王舜说，“如果白柳那个时候没有救你，那个地方就是你的墓地。

“很多时候这些人需要的东西不多，只需要给他们一点积分，就足以让他们重见天日，从这个如墓地般的无人区里爬出来。”

王舜转身看向木柯，长叹一声：“但很可惜，在这个游戏里很少会有人发善心。”

“不是谁都像你这么幸运，有白柳强行突破维度来救你。”王舜呼出一口长气，脸上终于露出一点笑容，“但现在，或许有很多人都会因为白柳而获救。”

围观的群众窃窃私语，讨论查尔斯和红桃到底要做什么。

红桃侧头看了一眼一望无际的电视山，又转过头来看向笑容不变的查尔斯：“你确定要在白柳身上浪费这么多积分，把他从这个垃圾场里捞出来？”

“这可不是浪费。”查尔斯笑眯眯地反驳，“所有能取悦我的消费，我都称为合理娱乐。白柳很有趣，不是吗？”

红桃不置可否：“你真是个不可理喻的男人。”

查尔斯躬身致谢：“感谢您的赞誉。”

“你准备花到多少积分为止？”红桃问。

查尔斯直起身，转身看向无人区里白到刺眼的背景，转了一下拇指上的钻戒，眯了眯眼：“直到白柳重新出现在我面前为止。”

木柯深吸一口气，他站在了公会成员面前，代替查尔斯下达命令：“等会儿查尔斯会长会给你们转账，给你们每个人一百万积分，不过这笔积分有限制，你们是无法挪用的。

“积分唯一的作用就是给你们旁边无人区里的玩家充电，每台小电视充五到十积分，在充电的同时还要收藏、点赞，直到看到小电视熄灭为止。

“将充到十积分还不熄灭的小电视标记好位置，把数据转交给我，我们会对里面的玩家进行二次分析，如果确定里面的玩家疑似白柳，我们会酌情进行二次充电。”

木柯往左走了一步，让出他身后的王舜，介绍道：“这是我们公会的数据分析师，王舜。你们得到的小电视数据都交由他统计，综合分析之后，我们会对无人区的小电视进行三次筛选。”

“而我们大名鼎鼎的新星榜第四的牧神，”木柯淡淡地扫了一直低着头没说话的牧四诚一眼，“会守在无人区门口保护我们的行动不受国王公会干扰。”

牧四诚抬起头，带着火药味和木柯对视了一眼。

他深吸一口气，烦躁地别过头“啧”了一声，没有反驳也没有答应，但他起身站在了无人区门口，下巴微抬，和国王公会的成员对视。

牧四诚察觉到了木柯对他的敌意，这让牧四诚不爽。但更让他不爽的是，这个时候木柯这家伙真的比他条理清楚多了！

木柯说完，环视一圈他面前的公会成员：“还有什么不懂的吗？”

那些公会成员已经听傻了。

他们加入食腐公会这么久，也没见过一百万积分，马上就要人手一份了，为了救一个他们连面都还没见过的人，转手就要花出去——这么刺激的事情，他们几辈子都幻想不出来，一个个的头晕目眩，都快站不稳了。

旁边的围观群众听了一耳朵，更是目瞪口呆，他们看了看就像是什么事都没有发生、正在擦拭自己手杖的查尔斯，又恍恍惚惚地望了望无人区那座宛如没有最后一节车厢的列车的电视山，两眼发直。

——查尔斯在……开玩笑吧？！

要从这么长的电视山里找出一个人来，最起码得砸进去几千万积分！

但很快他们就发现了，查尔斯真的不是在开玩笑。

公会成员依次走到查尔斯的面前，战战兢兢地举起自己的系统面板等着转账，在转账成功之后，又浑浑噩噩地走下去。

几千万积分转出去，查尔斯从头到尾连微笑的弧度都没变过。

他温和地拍了拍这些神志不清的公会成员的肩：“现在，去找你们藏起来的会长吧。”

神殿。

桌面中央摆放着一张突然翻转过来的牌，牌面上是一位绅士地抓着帽子，遮住自己脸上笑容的神秘魔术师。

用兜帽遮住脸的男人若有所思，屈指在牌上敲了敲，语带笑意：“有意思，出现了一张既不属于狼人阵营，也不属于神明阵营的魔术师牌，局面出现了变化。”

"你还要出牌吗，预言家？"他笑着问。

预言家沉默了一会儿："不出。"

"场面已经混乱成这样了啊……"兜帽之下，那个男人的视线在转变成狼人的猎人牌、旁边的女巫牌、一闪一闪快要消失的玫瑰牌以及突然出现的魔术师牌上移动，忽然露出一个浅笑，一副"唯恐天下不乱"的样子，"那就再混乱一些吧。"

他食指和中指之间出现了一张全新的牌，被他放在狼人牌的右边。

预言家的眼神在看到这张牌的一瞬间微不可察地一变。

这是一张和其他牌都不太一样的牌，它不怎么守规矩，落桌的一刹那，这张牌就像是立体书一般，里面的人物悬浮在桌面上，举着一把花里胡哨的喇叭玩具枪满桌乱跑。

他穿着一双长得过头的带绒球的尖顶短靴，下半身是蓬松的亮红色萝卜裤，上半身是泡泡袖 T 恤，蕾丝环绕着领口，在脖子前方堆叠。

一顶尾端挂着铃铛的双角双色帽子随着他奔跑丁零作响。

他的脸到脖颈上都涂满了厚厚的白色油彩，嘴巴被鲜红色的油彩勾勒得扩大了一圈，眼睛上却是两个用黑笔画的巨大的叉，下面藏着一双碧绿的眸子，金色的鬈发在他头顶闪闪发光。

这显然是一个，或者说是一张小丑。

而现在这个小丑举着他的喇叭枪，几乎是只要看到牌就对准牌上人物的脸疯狂扫射，还发出让人毛骨悚然的、尖细而刺耳的笑声。

最终这个小丑绕着桌子捣乱了一圈，踮起穿着短靴的脚，歪着头站在了狼人牌上——这也是唯一一张他没有用喇叭枪射击或破坏的人物牌。

"King!"小丑高兴地跳跃着，他睁开明亮如宝石的绿色眼睛，趴在狼人牌上，依恋地蜷缩在牌面上，用脸贴着狼人，神经质地嬉笑着念道，"King! Find my king!"

"你对小丑做了什么？"预言家的神情难得变得凝重，"这不是初始人物牌在游戏里第一次登场的正常状态，小丑看起来记得白柳——但在这条时间线，小丑和白柳还没有见过面。"

坐在对面的人双手交叠放在桌上，他抬眸，微笑着说："你在害怕吗？害怕小丑对白柳的影响会把他变成白六？"

预言家冷声反驳："你在破坏游戏规则。"

"我从不破坏游戏规则。"这人松开自己交叠的双手，笑意不减，"我只是提前下放了小丑牌，但没有让他登场而已。"

预言家开口："什么……"

但他在还没有问出问题的时候猛地顿住了，不可置信地看向坐在对面的人："你……把他放在了无人区？！"

"是的，登入游戏后，我让他进入的第一个单人游戏就是三级游戏，他自然而然地被困在里面出不来了。很快，观众们就对可怜的、没有技能也没有办法通关的小丑失去了兴趣，让他流落到了无人区。"这人语带怜惜。

预言家声音都有些颤抖："……他在游戏里待了多长时间？"

这人漫不经心地说："他和那些怪物共处……差不多十年了吧。我不会真的让他死，但现在他的确已经疯得差不多了。"

预言家抬眼，直直地看向对面的人："小丑为什么会记得白柳？"

这人前倾身体，凑近预言家："为了让他能在这个恐怖的、把他折磨得快要自杀的三级游戏里坚持下去，我决定赐予他希望，所以让他每天晚上做梦。

"梦里的小丑会看到一个名叫白六的男人犹如神明降临般拯救了他，带他大杀四方，所向披靡，成为冠军。

"那个人完全理解他、认同他、赏识他，是这个世界里他唯一愿意追随的人。他是那个人手下最忠心的小丑，而那个人是他的King。"

这人垂眸看向桌面上的小丑："这美梦让他坚持到了现在。"

预言家闭上了眼睛，呼吸都变得不畅："你让小丑……梦到了其他时间线的内容……但现在这条时间线已经完全错乱了，白柳根本没有在那个时间点去救他……

"小丑一个人在游戏里等待根本不会出现的白柳，等了十年……"

"可喜可贺，现在他终于等到了，不是吗？"这人笑得越发愉悦，"白柳马上就会出现在无人区，把他给救出来。"

"你听过一个童话故事吗？"这人突兀地提起另一个话题，他显然很有兴趣和预言家聊这个童话故事，没等预言家回答就继续说下去，"这个故事叫《渔夫与魔鬼》。

"很久很久以前，有一个模样如小丑般的魔鬼被神封印在一个瓶子里，他痛苦不堪，无法逃离，没有任何人能看见或者感知他的痛苦，他只能靠梦里的幻象存活。

"于是他在心里许愿，如果那个人在第一年把他救出去，他就给那个人一辈子都花不完的钱。

"可惜那个人没有出现。到了第三年，小丑想，如果那个人这个时候把他救出去，他就为那个人参加联赛，成为那个人的手下。

"但那个人还是没有出现。到了第六年，小丑想，如果那个人这个时候把他救出去，他愿意成为那个人的一条狗，把灵魂贩卖给他。

"可那个人还是没有出现。"

他看向预言家，嘴角的弧度不变："到了第十年，小丑终于等到了那个人，你觉得小丑会对白柳，对他等了十年的King做什么呢？"

预言家睁开眼："他会杀了白柳的。"

219

五月玫瑰节当天。

玫瑰工厂的露天广场被盛装打扮，装饰了许多带刺的玫瑰藤条和干花，来来往往的员工再也没有一个人眼睛里出现玫瑰，他们喜气洋洋地搬运着不要的香水制造器械，往外丢。

白柳脸色苍白地坐在凋败的花田旁，他还没有从之前那场吸了他大量血的献祭仪式里恢复过来。

刘佳仪和唐二打一左一右站在白柳身后。

"我是没想到你居然真的舍己为人，把自己都给搭进去了。"刘佳仪屈腿坐下，靠在白柳身旁，两只脚一晃一晃的，话语中带着感叹，"植株上长出了那么多血灵芝，现在你还想出了把血灵芝制作成香水喷雾这种鬼点子，可以多救很多人了。"

"但也不是全部。"唐二打硬邦邦地打断了刘佳仪的话。

刘佳仪翻了个白眼，刚要反驳，白柳带着笑意开口了，他的目光望向很远的地方："我已经把办法告诉他们了，他们自己选择了'毒药'。想要走回'解药'那条道路，总是要付出代价的。"

"你准备让他们自己培育血灵芝？"唐二打很快明白了白柳的言外之意，他蹲下来，皱着眉反驳，"但血灵芝的培育方法太危险了，需要特殊孩子的血浇灌……"

"如果没有干叶玫瑰的存在，的确是这样。"白柳屈起一只腿，懒洋洋地把下巴靠在膝盖上，"但干叶玫瑰和血灵芝是伴生植物，被干叶玫瑰污染过的人，他们的血对血灵芝是有奇效的。"

唐二打问他："你怎么知道？"

白柳迎着花田里吹拂过来的风，惬意地眯了眯眼睛："你没发现血灵芝在生长的时候，连玫瑰原液也一起吸收了吗，而且长得格外茂盛。"

"游戏的提示已经很明显了。"白柳回过头，扬起下颌，抬眸看向唐二打，"就像是塔维尔一样，毒药从这些人心脏的欲望里生长出来，但解药也藏在他们自己的身体里。"

"只是看他们怎么选择而已。"白柳又把头转了过去，淡淡地说，"看他们有没有勇气选择荆棘环绕骨头、刺破心脏，拯救自己的'解药'路径。"

白柳被刘佳仪搀扶着站了起来，他拍了拍裤腿上的泥和草屑。

“无论结果是好是坏，人总是要为自己的选择付出代价。”白柳转身看向怔怔的唐二打，微笑，“只不过他们从没得选，变成我给了他们一个选择，从本质上来说，这个世界怎么发展不是你或者我可以决定的。”

白柳看向唐二打身后那些欢欣雀跃朝自己而来的人：“而是这些除你我之外，做选择的人决定的。”

“白先生——”

“白先生，我们弄好五月玫瑰节的展示台了！”

“慢点走，白先生！您的伤还没完全恢复！”

这些人目睹了白柳放血救他们那惨烈的一幕，现在简直恨不得把白柳捧在心尖上，白柳走路晃一下都要大惊小怪半天。他们毕恭毕敬地在白柳身后一步远的位置，小心地守着他。

“按照您的吩咐，五月玫瑰节如约举行了，我们毁掉了玫瑰工厂里所有的香水，只留下了那些要在玫瑰节上拍卖的特级香水。

“这次来参加五月玫瑰节活动的人全是顶级富豪，都是靠干叶玫瑰生产链上的某些环节发家的，他们在全球大力推广玫瑰香水，每年都会过来拍下一到两瓶特级香水供自己享用。

“现在他们全都在露天广场，就等您过去了。”

这是唐二打不能理解白柳的另一点，他走到白柳的身侧：“你已经销毁了大部分玫瑰香水，为什么还要留下那些特级香水？”

白柳整理了一下胸前的衬衫，侧头对唐二打意味不明地笑笑，语调散漫：“总要给所有人同样的选择，这才公平。”

前面的人领着白柳从工厂内部绕到广场后面，打开后门，露出一级便于白柳登台的小台阶，激动又荣幸地低下头为白柳拉开幕布。

“先生，他们在前面等您登场。”

白柳毫不犹豫地踏上了台阶，阳光洒在他因为失血过多，白得几乎透明的脸上。

他的面前摆着一个为他量身打造的木质的小讲台，话筒立在他嘴边，下面是等得几乎不耐烦的一众衣着华丽的达官贵人。

白柳微笑起来，垂眸靠近话筒，有些嘶哑的声音通过露天广场的喇叭扩散：“久等了，各位贵客。

“我是玫瑰工厂的新任代理人，白柳。”

做了一个简短的自我介绍后，白柳向左一挥手，彬彬有礼地指着放在展示桌上的一堆被切成一至两厘米长的血灵芝母体，有条不紊地介绍：

“放在各位左边的，是我们刚刚研发的新产品，也可以说是玫瑰香水的副产品，是将玫瑰新鲜的枝条截断后晒干制成的，上面的尖刺还保有旺盛的生命力。”

白柳抬眸环视一圈下面的人：“相信大家一定很好奇我为什么要这样介绍一段荆棘，接下来我要告诉大家它的价值——这段小小的荆棘，可以解除玫瑰香水使人上瘾的影响。”

下面的人顿时发生一阵骚动。经过短暂的讨论，坐在前排的一个人举手，严厉地说：“代理人，我愿意出钱购买这种荆棘的专利，你不能大范围推广！”

“对啊对啊！这东西要是大范围推广了，玫瑰香水就卖不出去了……”

“各位不必如此忧心。”白柳笑眯眯地打断了他们，“使用这种荆棘副作用也是很强的——使用者需要将它吞咽下去，时时刻刻忍受荆棘在体内生长的痛楚。被吸食血液会让使用者感到虚弱，最终才能熬出一剂成熟的解药。

“而且因为这种荆棘对于生长环境有血液纯净的要求，就像是器官移植一样，只有自己的血液才能养出给自己解毒的药物。

“所以每个来购买荆棘想要解毒的人，都必须做好痛得死去活来的准备。”

下面的人沉默了。

刘佳仪站在幕后，掀开一小块布看向台上的白柳，忍不住咂舌：“白柳这家伙，真是够缺德的。”

虽然刘佳仪在骂白柳，但她的脸上却明显带着看好戏的笑容：“明明是投资人用来剥削小孩的血灵芝，被这家伙靠着血液纯净这一点将其转化成这些投资人的自我折磨。”

“荆棘，白柳居然想到了利用荆棘的生长特性在人体里栽种培植。”刘佳仪连连叹息，“他真是个折磨人的天才。”

“他到底要做什么？”唐二打越来越看不懂白柳的做法。

刘佳仪无语，抬头看了一眼这个傻大个儿：“你还没看出来吗？”

唐二打皱着眉深思：“……看出来什么？”

刘佳仪把眼睛靠近幕布的缝隙，脸上露出掩藏不住的狡黠笑容：“他在把幕后之人让他做的选择，转嫁到其他人的身上——

“他在让这些人自己做选择。”

白柳又是一挥手，这次他挥向了右边。

右边的展示桌上是整齐码放的堆砌成小山的特级香水，漂亮的菱形玻璃香水瓶在太阳光下闪耀无比，里面流动的浅粉色液体更是美得犹如一场幻梦。

“当然，我们按照惯例，为各位来宾准备了拍卖的特级香水。这次的香水都是我亲自调制的，是浓度极高的特级香水。”

白柳同时指向左边和右边，笑意盈盈地说：“解药和毒药，大家选择拍卖哪一个呢？”

癫狂的拍卖声此起彼伏地响起。

有人吞下荆棘，有人吸入浓香，他们很快在露天广场的地面上变成各种奇形怪状的生物，荆棘刺穿他们的心脏和脊骨，玫瑰焚烧他们的理智与痛楚。

开始有人无法自控地变成怪物。

当第一个变成怪物的人嘶吼着冲向站在台上一动不动的白柳时，一枚银色的子弹从后方射过怪物的眉心。白柳缓缓地抬起眼皮，视线从地面上那些人挣扎的场景移开，看向站在工厂门口举着枪用力喘息的唐二打。

杀死一个怪物不可能让唐二打喘成这样，真正刺激到他的是地面上因为荆棘生长痛到打滚，或者因为香水上瘾的这些人。

这些人在十分钟前还衣冠楚楚、目下无尘，是这个世界顶端的象征——而现在，他们就在白柳面前这样毫无尊严地苟延残喘。

而白柳甚至没有逼他们做任何事。

唐二打目光涣散地看向台上的白柳，他张了张口，想说“你本来可以救他们的”，又想说“如果是为了惩罚他们，你可以干脆地杀死他们”。

——你在折磨他们，为什么？

白柳似乎读懂了他的眼神，含蓄地微笑着说：“这可不算是折磨，他们是知道选择的后果的，我已经告诉他们要小心玫瑰，无论是荆棘还是花朵。

“我只是让他们选择，然后他们为自己的选择付出代价罢了——这是一场你情我愿的交易。”

白柳走下台，在一片血腥狼藉的背景里不疾不徐地走到唐二打面前，仰起头看他，漆黑的眼眸里没有玫瑰，也没有光。

“就像是有人对我，对塔维尔做的那样。”

白柳漫不经心地拍了拍唐二打的肩膀，头也不回地走出了露天广场：“帮我清扫一下。”

唐二打沉默地站在原地，似乎想说什么，最终还是一言不发，掏出枪来替白柳清扫那些他制造出来的怪物。

或者说，是这些怪物自己选择成为怪物的。

在经历了这么血腥的场景后，白柳居然开始在唐二打正对的花田旁散步——他似乎很喜欢这片凋败的花田。

刘佳仪跟在他的旁边，背着手倒退，叽叽喳喳地不知道在说什么，白柳时不时会弯起眼笑一下。

如果不是唐二打眼前有一堆怪物的残肢碎骸，他根本看不出白柳和刘佳仪这两个家伙是从这里过去的——这场景太温馨了。

唐二打愣神了片刻，一不留神就让一个怪物从他身后溜了，朝着白柳那边奔去。他迅速跑过去给了这个怪物一枪。

白柳云淡风轻地抬眸看了唐二打一眼："清扫完了吗？"

"完了。"唐二打捏了捏手里的枪，呼出一口气，没头没脑地说了一句，"你没必要这样做。"

"折磨人吗？"白柳瞬间领会了唐二打的意思，他饶有兴趣地转过头来审视唐二打，那眼神看得唐二打不由得后颈发凉。

白柳说："我其实很好奇一件事，也是和折磨人这一点有关。我在镜子里看到喜欢折磨人的不止我一个，还有一个名叫小丑的队员。"

"但你的仇恨主要集中在我身上。"白柳似笑非笑，"同样是做了过分的事情，但你对小丑有种莫名的宽恕——你似乎并没有那么恨他，为什么？"

唐二打把手里的枪捏得咯吱作响，他声音沙哑："我不知道你从哪里觉得我宽恕小丑，我也很恨他。"

"但你对他和对我的恨不一样，你对小丑的恨是对从犯的恨，对我的恨是对主犯的恨，你的恨意里主次关系很明晰。"白柳若有所思地摸了摸下巴，"——你并不是一个不公正的人，但有什么东西让你潜意识里觉得他不需要受到那么严厉的惩罚，并且这种东西是符合司法程序的。

"你觉得我处于绝对控制的立场，在诱导他……"

唐二打忍不住讽刺了白柳一句："你在诱导所有人。"

"这个小丑——"白柳直直地看向唐二打，"是不是和我有某种特殊关系？"

唐二打刚想说他们什么都没有查到，但被白柳这样一提醒，他皱了皱眉头，开始回想："……我们有过猜测。

"因为小丑和你的跟随关系是最强的，他只服从于你，并且对流浪马戏团里的其他人非常排斥。"

"在……一次我们试图抓捕你的行动中，"唐二打似乎想到了什么不好的事情，他深吸了两口气才平静下来，"在对战的时候，他甚至突然开枪打伤了牧四诚，然后把牧四诚甩给我们，让我们杀掉他。"

"我们经过研究和心理侧写，发现他对流浪马戏团里的其他人并没有团伙感，还有很强的敌意，而这种敌意源于这些人'共享'了你。"唐二打看向白柳，"——他是你一个人的小丑。"

白柳挑眉："这种过度忠诚的心理关系的形成需要长期培养。"

“是驯化！”唐二打严肃地纠正了白柳的用词。

白柳从善如流地接受了唐二打的纠正：“而且一定是从未成年时期就开始进行高强度驯化。我大概知道你为什么对他有滤镜了——小丑多少岁？”

唐二打一顿：“……我们猜测，他第一次遇见你的时候应该只有十四岁，当时你二十一岁。

“第二年他的父亲就去世了，同时你在现实中和他进行接触，并且协助他夺得了他父亲的遗产——一条规模巨大的走私链，包括很多东西。

“他疯狂地崇拜你，视你为神，以你唯一的信徒自称，是流浪马戏团的第一个成员。”

唐二打抬起头：“小丑大部分时候喊你 King，但有几次他喊了其他的称呼，我们猜测，在他的父亲去世后，你很有可能成了他的 Godfather——也就是教父。”

“现在我已经二十四岁了……”白柳轻声说，“如果这个小丑还活着的话，那他应该——”

唐二打心情复杂地看了白柳一眼：“你进入《玫瑰工厂》这个游戏的前一天，是他的十七岁生日，其他时间线的白六每年都会给他举办非常盛大的生日会。

“你很溺爱他。”

无人区。

不断有小电视熄灭后离开这里，会员们小心地往无人区深处探索，周围是高耸的电视山，他们手上动作不停地充电、点赞、收藏，看到一台小电视熄灭就会松一口气。

有会员在不同的分区来回奔跑，播报刚刚熄灭的那台小电视是否属于白柳的消息。

大量陌生玩家的小电视涌入普通分区，看蒙了的观众似乎也意识到发生了什么大事，往论坛上一看，明白发生了什么事之后，纷纷前往无人区看热闹。

与此同时，得到了资助的部分无人区玩家已经成功通关，登出口的人流量也渐渐变大——这些在游戏里不知道孤独地挣扎了多久的玩家，一离开游戏就虚脱地趴在地上号啕大哭起来。

这些玩家大部分是新人，他们用大哭一场来发泄情绪，然后又懵懂地在登出口像游魂似的徘徊。

他们已经被游戏抽干了情绪和动力，不知道该做什么，也不知道该去哪里，现在只是一具具行尸走肉。

这时周围惊叹地看着他们的人小声议论的声音吸引了他们的注意力：

“真出来了啊？救出来这么多人？”

“白柳搞出来的阵仗可真是一次比一次大……”

“有钱人的游戏我真的不懂！为了白柳清扫无人区也太离谱了！”

他们似乎意识到了那些人在说自己。过了很久，才有一个满脸泪痕的男人上前询问这些老玩家：“请问，是刚刚你们说的叫白柳的人救了我们吗？”

“……也不能说是他救了你们。”这个玩家的神色也很复杂，“但如果没有他，你们肯定出不来。”

那个男人就像是好不容易找到了主心骨一样，眼睛亮得惊人：“那……那我要去哪里找他呢？”

这人叹了一口气：“无人区，你出来的地方。”

220

无人区。

从登出口出来的无人区玩家渐渐在这里聚集。

他们疲惫地、好奇地抬头看向那个曾经困住他们的纯白地带，一眼望不到头的空寂让逃离这里的人后知后觉地感到心有余悸。

而这片原本冷清的区域，现在却挤满了各种着急寻找白柳的人。

他们搬下一台台陈旧的电视，紧张地充电、点赞，死死地盯着小电视闪烁着雪花噪点的屏幕，一旦屏幕熄灭就长出一口气，转头向出口这边喊：“王舜，这边的小电视熄灭了一台！”

“这边也有一台！”

“王哥，这边有三台！”

站在门口的王舜捧着一本厚厚的虚拟记事本，在上面飞速记录着数据，笔尖几乎划出了看不见的火花。

记录了差不多一百台熄灭的小电视的数据之后，王舜转头看向守在他旁边的几个会员，撕下写有数据的字条递给他们，眼神清亮地嘱咐：

“通过我的计算，这一批从无人区里上升的小电视得到的推广位应该集中在多人分区或者单人分区，以及中央大厅的边缘区，你们去那里看看有没有白柳的小电视。”

这些人领了字条，点了一下头，转身就往王舜告诉他们的区域跑去。

此时上一批去分区里巡回查看小电视里有没有白柳的人回来了，他们气喘吁吁地边摇头边对王舜说：

“王哥，这批小电视里没有白柳。”

王舜脸上露出掩藏不住的失望之色，但下一秒他又恢复了平时的姿态，挥手让他们坐下：“正常的，你们先休息一下吧，下一批人准备轮换。”

整个场景里每个人分工有序、条理清晰，俨然形成了一条快速运转的流水线。

这些刚刚踏出登出口又回到无人区的玩家几乎看呆了。

在长到令人心生退意的电视山面前，这些一点一点搬运旧电视的普通玩家让他们感到一种目睹愚公移山般的震撼。

他们就是这样被捞出那个绝望之地的。

——这一切只是为了救一个叫白柳的人而已。

这个叫白柳的人和他们一样，被困在了无人区里。

但他自己没有放弃，这些救他的人也坚信他不会放弃——所以才有了这一幕。

所以他们这些被困住很久，绝望到快要放弃挣扎的人，才有机会等到重见天日的这一天。

这些内心原本空荡荡的无人区玩家的心中充满了一种“我好像也可以改变现实”的力量感。

他们攥了攥拳头，终于按捺不住激动的情绪，上前一步走到了那个明显就是理事的人面前，小心地、诚恳地请求：“请问，我们可以加入寻找白柳的队伍吗？

“我们是因为他而获救的，我们也想为他做点什么。”

王舜回头，和站在一旁静观局势的木柯对视了一眼。

木柯面带笑意地走过来，搭着这些人的背，推着他们往里走，侧头对他们说道：“当然可以，我们正需要你们来帮助我们……”

“可是我们没什么积分，不知道能帮什么忙……”有人羞赧地小声补充，“除了游戏通关得到的积分，就是你们捞白柳的时候给我们误充的了……”

木柯脸上的笑意加深：“怎么能算是误充呢，你们的出现让这些积分的价值扩大了一百倍。

“你们能活着离开游戏，并且出现在这里帮助白柳，这就是我们在充值这些积分的时候最想看到的场面。

“你们可以帮助他们给每台小电视点赞、收藏……这对我们来说帮助很大……”

看到这些玩家被木柯引导过去，王舜松了一口气。他回头看向津津有味看好戏的查尔斯：“你就是在等这些幸存的无人区玩家回来的这一刻吧——会员们的收藏夹都快满了，再没有人过来帮忙点赞、收藏，就需要加大充电的力度才能继续捞人了。”

“没错，他们一定会回来的，不然天堂教会是怎么来的？”查尔斯挑眉，笑着看向这些无人区玩家的背影，“经历了大型灾难的人会对有相同经历的人产生更强的同情心和帮助欲，这让他们更容易被凝聚。”

“尤其是在他们刚脱离危险，又得知救助自己的人也被困在类似的地方的时候。”王舜扶额叹息，“强烈的无力感会迫使他们行动起来，从一个软弱无力的人变成极有战斗性的人——他们会把白柳当作他们精神中衍生出的一部分力量来源，用尽一切去保护他。”

“他们对白柳产生的感情应该比对我这个掏钱救他们的人还要浓烈。”查尔斯说着这样的话，但他一点都不恼怒，反而笑眯眯地补充，“如果救助成功，他们会在白柳身上重温自己被拯救的全过程，感受到自己和命运抗衡的力量感，那时白柳会彻底成为他们精神的象征物。

“他们会是白柳忠实的会员。”

“你在利用和操纵他们的感情。”王舜不适地皱眉。

查尔斯无所谓地摊手：“——通过把他们救出来的方式。我相信，就算告诉他们我为什么要这样做，他们也不会排斥这样的方式，也不会影响他们对白柳的感情。

“他们是主动想要追随白柳的，这是他们自己的选择。”

查尔斯耸了耸肩膀：“当然，我觉得这对于他们来说也是最好的选择——白柳至少不会让他们轻易被淘汰。”

王舜无力地垮下肩膀。

他不喜欢这样的方式，但查尔斯说的的确有道理。

——在这个残酷的游戏里，对这些还能产生善意的普通人来说，这或许是最好的选择。

就像王舜自己做出的选择一样——追随白柳。

游戏内。

白柳举着一把剪刀走上了新工厂的剪彩仪式台。

台下的刘佳仪一边鼓掌，一边忍不住和旁边的唐二打偷偷吐槽：“你不觉得白柳在这个游戏里后期就像个搞建设的领导一样，成天办厂讲话吗？

“在这个恐怖游戏里，这样是不是不对劲啊？”

“……他要通关游戏。”唐二打不由自主地为白柳辩解了一句，“要让每个人都通关，起码要办六个工厂。”

除了唐二打和刘佳仪这两个说悄悄话的，台下其余的人都在用力地鼓掌，眼神发亮地看着台上西装革履的白柳。

他们都是当初的流民，现在已经痊愈了。

白柳站在台上，伸手调整了一下话筒，抬眸看向台下的人，清了清嗓子，不紧不慢地沉声道：

“金秋送爽，丹桂飘香，在第六个荆棘工厂落地之际，我们欢聚一堂，收获我们辛勤劳动得到的果实……

“啊！这是多么快乐的一件事！”

刘佳仪：“噗——”

唐二打：“……”

刘佳仪忍无可忍：“白柳能不能换一篇演讲稿？他到底是从哪里抄来的？已经念过六遍了，他自己不觉得尴尬吗？！”

丝毫不觉得尴尬的白柳不动如山，接着念自己从上司那里一字不改剽窃过来的开场白。他吐字清晰：

“虽然我们来自五湖四海，但是在此地，在此刻，我们就是相亲相爱的一家人……”

刘佳仪抱头惨叫：“让他停止吧！”

与此同时，无人区。

已经筋疲力尽的会员们回头看他们身后那条被翻到底的“电视山脉”，惊叹于他们已经翻了那么多，但在转过头来的一瞬间又产生深深的无力感——为什么还有那么多？

王舜记录得头晕眼花，他已经不记得自己工作多久了，差点晕倒。

最后还是在查尔斯的提醒下他才意识到自己该休息了，他找了一个对数字比较敏感的会员来替换自己。

没了王舜，他们的工作效率进一步下降。

木柯神色紧张地操控全局，牧四诚加入了轮换的队伍，查尔斯手撑在文明杖上，站在留守在这里的国王公会成员面前，打了个哈欠——红桃带着提坦走了，查尔斯只要装装样子守在这里，算是最轻松的。

牧四诚在小电视的各个分区之间来回跑，他的高速移动让他一个人就顶得上一支轮换的队伍，能让更多的人加入寻找白柳的队伍。

轮换的间隙，牧四诚仰头喝下一瓶体力恢复剂，屈腿坐在一台小电视上低着头喘息。

木柯突然坐到他旁边，也在喝体力恢复剂。

“你在白柳掉入无人区那一瞬间，是不是想过放弃他？”木柯的声音有些冷，他没有看牧四诚，但牧四诚知道他是在和自己说话。

牧四诚仰头又喝了一瓶体力恢复剂，没有否认。

安静了一会儿之后，牧四诚难得心气平和地开口：“我觉得白柳这家伙，说不定待在无人区更安全。”

木柯的声音更冷：“倒也不用把放弃说得这么好听。”

他说完，起身就要离开。

“怎么，你对放弃这么敏感？”牧四诚斜眼瞟了一眼木柯的背影，“你被谁放弃过？兄弟，女朋友，还是父母？”

说到“父母”的时候，木柯的身影僵了一下，他握住体力恢复剂瓶子的手猛然攥紧。

牧四诚意味不明地挑了一下眉：“我给你的建议是，你最好减少自己在白柳身上投射的感情，不要真的把他当成你父母的移情对象了。”

他撑着双膝站起来，把身旁喝光了的体力恢复剂空瓶揉成一团，以一种投篮的姿势抛进了木柯身前的垃圾桶里。

木柯还是一动不动地站在原地。

牧四诚目不斜视地双手插兜从他身旁走过。

“这家伙玩得太疯了，待在外面会被所有人针对，你这么上赶着做他的儿子是件吃力不讨好的事情。”牧四诚嗤笑一声，“他适合更疯的小崽子。”

木柯低着头，看不清他的神情，手里攥紧的空瓶已经被他扭成一团盘曲的塑料壳。

两个人僵持了几秒，有个会员满头大汗地跑回来，上气不接下气地跪在地上大口呼吸，然后用尽力气喊道：

“我……我看到白柳的小电视了！”

木柯和牧四诚的目光都猛地移了过去。

221

“在中……中央大厅的边缘区！”这人气喘吁吁，手指着远处说，“最下面一排的位置！”

这人话还没说完，牧四诚已经跑没影儿了。

木柯深吸一口气，把手里攥得变形的塑料壳一扔，跟在牧四诚后面跑过去。

在一旁休息的王舜眼看着这两人跑了，无奈地站起来，接下这两位主力扔给他的烂摊子。

“各位，你们的工作有了成果，”王舜脸上带着笑容，“现在去看看被我们捞出来的会长吧！”

还在电视山上攀爬的人短暂地呆滞后，高举双手，爆发出巨大的欢呼声。

会员们兴奋得流泪，手忙脚乱地从电视山上爬下来，簇拥着那个来报信的会员，七嘴八舌地反复确认后，长出一口气，乱叫起来：

“会长出来了！”

“他回来了！”

中央大厅边缘区。

最先到这里的牧四诚一下急刹车停在了小电视前面，他后退两步，一目十行地在电视屏幕上搜寻他熟悉的那个人。

最终他的目光定格在最下面那排角落的位置。牧四诚定定地看了一会儿，没忍住呼出一口气，勾唇笑了起来。

而他这个笑可能只有待会儿才过来的王舜能懂其中的含义——这个位置正是他和牧四诚第一次在中央大厅见到白柳时，白柳所在的推广位。

“真是够命大的。”牧四诚双手抱臂，从头到脚扫视了一遍白柳，哼笑了一声，“看起来精神头还不错。”

紧跟着牧四诚过来的木柯怔怔地看了一会儿小电视里安然无恙的白柳。

在知道白柳进了一个三级游戏之后，木柯就一直担惊受怕，但面上一直强忍着不敢表露出来——他还要扛事，要完成白柳对他的嘱托。

但在他看到白柳身影的这一瞬间，一直压抑的情绪汹涌而出，木柯眨了眨泛红的眼睛，委屈地抽了抽鼻子，眼泪在眼眶里要掉不掉的。

这个时候要是白柳在他面前，木柯多半就会哭出来了。

王舜率领大部队紧随其后，他在看到白柳小电视所在的位置的时候也是一愣，随后就舒心地笑了：

“人没事就好。”

其他的会员以及因为白柳而被救出来的无人区的玩家们，怀揣着复杂又没有头绪的感情，好奇地、敬仰地看向这狭隘又外凸的屏幕里的人。

这人有一张让人过目不忘的脸，任何人都可以靠外貌很轻易地把他从人群里挑出来。

他穿着最普通的白衬衫、西装裤，站在一个台子上，举着一沓演讲稿不紧不慢地念着什么，时不时侧头看向台下笑笑。

看起来完全不像是一个被困在三级游戏里的新人玩家。

——这就是白柳。

他到底在干什么？

大家这样想着，忍不住离白柳的小电视近一些，再近一些，近到他们踏入了白柳小电视的观赏区域，终于听清楚白柳在说什么。

白柳低头看着演讲稿，声音低缓：

“我们都经历过最黑暗的时光，我们被困在一道看不见光的夹缝里努力求生，被其他人剥削、取乐，榨干最后一点价值后，被扔进了暗无天日的监狱里……”

无人区的别名就是游戏的监狱。

听到白柳这样说，小电视前的人不禁面露疑惑之色，他们极小声地讨论：

“白会长知道外面发生的事情吗？”

“他不是在游戏里吗？怎么感觉他在对我们说话呢？”

小电视里的白柳突然抬眼看了一眼屏幕，微笑着说：

“抬起头来直视我，你们是和我一起战斗过的人，我并非领导或者拯救你们的人，而是你们中的一员，不要低着头面对我。”

小电视前的观众真的觉得惊悚，他们左看右看，最后不得不呆呆地按照小电视里白柳的吩咐抬起头来直视他。

牧四诚也露出悚然的表情。

白柳的话让他心里发毛，他走到王舜旁边，搓着手臂低声骂道：“怎么回事啊？！怎么感觉白柳对外面发生的事情了如指掌！”

王舜无奈地苦笑：“我怎么知道，你觉得我像是能弄懂白柳在想什么的人吗？”

“我还是第一次看到玩家能在游戏里配合游戏外的动作。”查尔斯倒是极为感兴趣地靠近了小电视，望着里面的白柳，“他比我想象的更符合我的口味。”

查尔斯由衷地赞叹：“无论是长相还是行动，真漂亮。”

小电视里的白柳敛目，收回了自己的目光，看着手中的演讲稿继续念下去：

“这是一个不公平的世界，总有人妄图把我们当作蝼蚁，用我们的生命去构建让他们放肆享乐的国度。他们是强大的，拥有最好的资源，倾轧我们、约束我们，要求我们按照他们制定的规则生活。

“无论我们怎么抗争，总有一些时候他们会成功。”

这时白柳抬起头，看向台下热泪盈眶的流民们：

“我们付出了沉重的代价。”

小电视外面的底层玩家和无人区的玩家也停止惊讶，他们静静地看着白柳，意识到白柳也在对他们说话。

——这正是他们的现状。

“输并不可耻，输给任何一个欺压你的人都不可耻，可耻的是停止反抗，是因为知道自己会输而不去战斗。”

“任何人都会输，好人会，坏人也会。”白柳环视下面的流民，“我也会。”

下面的流民忍不住反驳这句话：“白先生，您不会输！”

“感谢你的祝愿。”白柳轻笑，“但现在在一个我暂时还没有办法到达的地方，我一定已经输得一塌糊涂了。

“我掉进一个只能埋葬尸体的地方，那个地方可能比你们的监狱还要黑暗，全是残骸，从来没有人能从那个地方走出去。”

白柳平静地说：“我也不能。”

流民们沉默了。

小电视外的观众们恍惚地看着小电视里白柳的脸。

他们知道白柳在说什么，白柳在说自己被大公会全力围堵、掉进无人区的事情。

他真的知道！

“面对一些超出我们能力范围的事情时，作为个体的我们是无力反抗的，就算那会夺走我们的财产、生命、灵魂，就算那并不符合道德、法律、程序，甚至自然规律。”

白柳说：“但作为群体的我们是可以反抗的。

“我一个人无法逃离那个可怕的地方，但我知道一定会有一群人想方设法救我出来，这一群人会慢慢地变多、变强，会形成一个新的、改变原有秩序的群体——你们会改变这个世界，拯救你们自己，也会拯救别人。”

“你们很了不起。”白柳说，“你们的确做到了。”

白柳的眼神无波无澜：“我们相信并认为正确的秩序并不会总是赢得胜利，坏人的逻辑大多数时候都比好人的强。

“所以正义有时会短暂地处于下风，相信经历过邪恶的你们，每一个人都明白这个道理。

“但只要有一个好人不死，作为群体的你们就永存正义。

“你们或许会输，但你们当中只要有一员还在战斗，你们就永远不会被消灭。”

白柳展开了自己面前长长的文件：

“所以我做了这个决定，我决定把这六个新开的荆棘工厂的股份分给你们每一个人，你们每一个人都承担一部分厂长的职责。”

“接下来这个世界会变成什么样——”白柳整理好文件，躬身弯腰，退下讲台，“就是你们自己选择的了。”

游戏内外都陷入了长久的寂静。

那些从无人区里出来的玩家，后来被吸引过来的玩家，以及公会的会员们都沉默地低下头，无声地点开了自己的系统面板。

里面塞满了他们刚刚为了捞白柳收藏的各式各样的玩家的小电视，点赞的频道更是五花八门，分给他们的积分已经花得所剩无几。

他们看起来好像什么都没做，又好像做了很多——这个时候，在白柳演讲的提醒下，这些人才意识到他们刚刚做了一件多么不可思议的事情。

——他们在国王公会的强势围堵下，捞出了一个新人玩家！

如果他们每次都能这样互相帮助、团结协作，那么那些大公会是不是就不能再肆意地围堵、欺压他们了？

——存在这样的集体吗？

在这个残酷的游戏里，存在这样把权力分发给每个会员的公会吗？

有人开始小声打听白柳的公会，更多的人已经开始向木柯咨询怎么进入白柳的公会，他们收藏的小电视不约而同地多了白柳这一台。

查尔斯面带笑意地看向愣怔的王舜："看来我们的黑马，或者说白马，不用我多此一举用积分去控制谁的情绪，也能用自己的方式把事情处理得很好。"

"是的。"王舜忍不住挥手大叫起来，笑得前所未有地畅快，"是的！"

越来越多的人聚集在白柳的小电视旁边。

咨询的人太多了，记忆力很好的木柯甚至都开始焦头烂额，还好王舜及时介入，帮他承担了一部分。

白柳小电视的数据以一种恐怖的速度节节攀升。

在出了无人区之后，他的小电视就像是插上了直升机的旋翼，让人目瞪口呆地连续跳跃了几个推广位，直接跳到了中央大厅的核心推广位。

在中央大厅只待了不到十个维度秒，观众们就呆呆地看着白柳的小电视又飞到了噩梦新星厅，然后在三个维度秒之内数据疯涨，稳稳地升到了第一的位置。

牧四诚啧啧称奇："我知道这家伙不能用常理来推断，但这样真的合理吗？"

"不怎么合理。"王舜诚实地回答，"我记录玩家这么多年，从来没见过第四个游戏就能达到这个数据的小电视。

"连黑桃都没有办法做到让如此多的人在一场游戏的时间内全心全意地追随他。"

王舜看向正在和木柯咨询怎么才能进入白柳公会的数量庞大的玩家，发出感叹："……他简直像是为这个游戏而生的。"

而在系统通报"游戏通关"，小电视熄灭、开始结算的一瞬间，白柳的综合数据达到了匪夷所思的八位数——千万级别的数据。

就连一直在记录数据的王舜都开始怀疑自己刚刚是不是记错了。

——那是黑桃才能有的数量级，白柳就算再了不起，毕竟也是一个没有基础的新人，真的能达到这个数据吗？

但随着系统通报，王舜打消了疑虑。

有 8064673 人赞了白柳的小电视，有 307700 人收藏了白柳的小电视，有 1256171 人为白柳的小电视充电，玩家白柳获得 2789651 积分。

玩家白柳在一分钟之内获得超5000000赞，获得充电超2500000积分！你被观众狂热喜爱着！

恭喜玩家白柳获得最终推广位——

小电视周围出现了巨大的虚拟礼花，中央出现了一个大大的皇冠LOGO（标志），系统用一种欢欣鼓舞的语调播报着：

让人难以置信——玩家白柳的小电视综合数据全区排名第一，位于中央屏幕国王推广位第一位，你是今天的国王！

玩家白柳的小电视浏览量正在飞速上升……

恭喜玩家白柳解锁所有主线任务，通关《玫瑰工厂》。

系统：玩家达成true ending（最终结局）——《玫瑰永落的工厂》。

如果有一个世界禁止种植玫瑰和生产香水，还要生产布满尖刺的荆棘，逼迫人们吞咽下去——那便是这个世界。听起来在这里生活的人们仿佛都很可怜，很不幸，丧失了拥有玫瑰的权利，但他们却觉得自己的世界变得前所未有地美丽——这是他们的选择。

一颗心脏重250克，一朵玫瑰重2克，你愿意用一颗心脏换取一百朵玫瑰，还是用一百朵玫瑰换取一颗心脏？《玫瑰工厂》静待你的选择。

《玫瑰工厂》true ending线通关——积分奖励300000。

《玫瑰工厂》true ending线通关——属性点：500（可按照玩家自身需要提升面板属性）。

《玫瑰工厂怪物书——干叶上瘾者页》集齐奖励——道具：触须牢笼（可用于抓捕移动物体，一次性道具）。

《玫瑰工厂怪物书——玫瑰员工页》集齐奖励——道具：逆转右眼（玩家佩戴后精神值降低，性格邪恶化，可窥见副本隐藏的真实场景，每个副本限用一次，超凡级道具）。

《玫瑰工厂怪物书——神像页》集齐奖励——道具：一朵没有盛放的玫瑰（品质不明，有身份属性，身份具体属性不明）。

系统：玩家白柳此次小电视的综合评定。

综合数据超过20000000，对玩家白柳《玫瑰工厂》的视频进行评级——理应为钻石皇冠徽章级别视频，综合考虑踩赞比，对视频进行降级处理，最终评级为黄金皇冠徽章级别视频，该级别视频可获得进入 VIP 库资格——玩家白柳此次的游戏视频进入 VIP 库。

进入 VIP 库之后，若是有玩家想要观看玩家白柳此次《玫瑰工厂》的游戏视频，须在成为系统的 VIP 会员后再向系统缴纳 10000 积分，观众观看所缴纳的积分白柳和系统五五分成。

白柳此次小电视获得以下成就——

国王推广位第一位。

第十七个获得千万级别数据小电视的玩家。

……

游戏登出口。

因为之前查尔斯往无人区里大把撒钱的动作，现在有很多玩家登出游戏，这个原本人流量比较平均的出口，现在一眼扫过去熙熙攘攘的，在这个所有人都被维度分割的系统空间里看着居然有点挤。

从登出口能隐隐约约看到中央大厅的国王推广位屏幕。

国王推广位在中央大厅中间的位置，有一块巨大无比的屏幕，而且在有新人登上去的时候会在整个游戏的所有分区进行通报——这是新人最好的宣传渠道。

所以这些玩家刚从登出口出来，就能看到白柳的小电视在国王推广位上做演讲，并且能听到系统的大喇叭放着欢欣鼓舞的音效：

让人难以置信——玩家白柳的小电视综合数据全区排名第一，位列中央屏幕国王推广位第一位，是今天的国王！

无论是为了看热闹，还是被白柳所吸引，这些从登出口里拥出来的玩家，大部分都往中央大厅走去。

当然也有没往中央大厅走的，这部分玩家一般是有急事——比如高级公会成员被自家公会召回去紧急讨论白柳的相关事宜。

查尔斯的插手和白柳的声名大噪都表明这个应援季不会像往常那样简单——就算白柳明年才参赛，今年的应援季也势必会被这家伙分票了！

这人每次出场的方式都太吸睛了！尤其是这次！

联赛这件大事被这家伙搅和一通，观众的注意力一大半都集中到他身上去了！

这部分玩家在离开登出口后就匆匆赶往自家公会，并不会多给白柳登上的国王推广位屏幕一个眼神——这正是他们麻烦的来源。

但另一部分无法去中央大厅的玩家就比较可怜了。

他们在游戏里受了很重的伤，一登出游戏就躺在地上，根本无法移动。

一般来说，游戏里的伤是不会带到游戏外的，但在游戏中一个人的理智已经被完全摧毁，模糊了现实和游戏的界限时，这个人在游戏里受到的伤会全数留在这个人身上，被他带出游戏。

因为他无比确定游戏就是现实，那么在“现实”里留下的伤，自然也会被带到现实里。

这群人遍体鳞伤地躺在登出口，毫无移动能力，被来往的人践踏。虽然这些人并不会踩在他们身上，但大部分人也并不会多给这些受伤的玩家一个眼神，帮他们转移到一旁。

这样的人也不会在自己稍微恢复一点体力后就爬到一边，他们大部分都疯了，双眼无神地仰躺在地上，任由别人践踏，和尸体并没有什么区别。

但在这群人之中，有一具爬到一边的“尸体”格外引人注目，这人浑身上下都滴滴答答往下淌血，分不清是他自己的还是别人的。

他轮廓清晰，看起来像是个混血儿，五官依旧能看得出是非常好看的，带着青春期的青涩，一头金闪闪的鬈发被染成了橘色。他靠在登出口的墙上，藏在脏兮兮的鬈发下的是一双清亮的苹果绿的眼睛。

而现在，他正用这双苹果绿的眼睛远远地注视着那块大屏幕，长达几分钟都没有眨过眼，连血流进他的眼睛里都没有眨过。

血流进他的眼睛里，将他苹果绿的眼睛染成不祥的暗红色。

他歪着头打量屏幕上的人许久，然后缓慢地俯身，用被折断的四肢在地面上攀爬起来，向着白柳所在的那块大屏幕靠近。

白柳的声音从小电视里传出来，他正在给工厂里的流民做演讲：

“我按照约定，尽力拯救你们每一个人……

“你们每一个人都是值得被拯救的……”

这个人攀爬的手停住了，他像被切割后又勉强拼凑在一起的木偶，僵硬地挪动四肢，环抱双臂将自己的脸埋进臂弯，这是个自我保护的姿势，但他的嘴角却诡异地从手的两边咧开。

——如果他把手移开，那一定是个夸张到恐怖的笑容。

他无法自控地笑了起来。

嘶哑的、干涩的，宛如从深渊底部爬出来的恶魔发出的笑声。

“Bugiardo（骗子）.”他低语，“Padre, mi hai mentito（父亲，你骗了我）.”

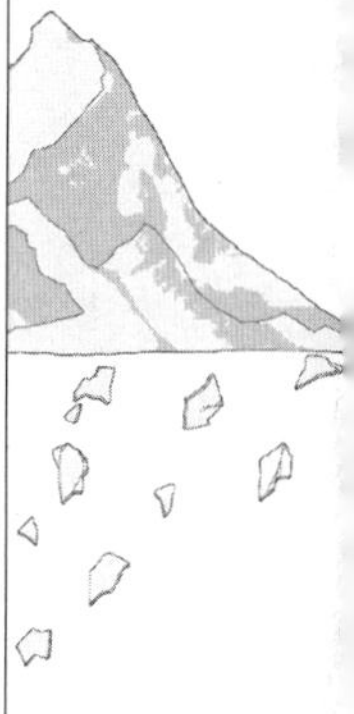

第十二章

如果有未来

222

中央大厅国王推广位屏幕下的观众越聚集越多，但很快游戏回放结束了。

无法按捺住激动心情的人们高喊着：

“去登出口迎接通关游戏的白会长！”

于是人们又声势浩大地往登出口走去。

一向运转得当的登出口现在围满了人，这些人里不光有要来迎接白柳的会员，还有来凑热闹的，甚至还有其他公会来打探白柳的情况的。

好在这里的每个人都是被维度分隔开的，不然这么密集的人流很容易出现踩踏事故。

一眼望去，登出口熙熙攘攘，人头攒动，几乎所有人都努力抻长了脖子，想要第一时间看到从登出口里走出来的白柳。

白柳就是在这种万众瞩目的情况下走出登出口的。

登出口那么多玩家来来往往，但在白柳踏出登出口的一瞬间，只要是目光落在这边的人，都能轻而易举地认出这个穿着平淡无奇的白衬衫、西装裤，气质诡异又神色淡定的男人。

“——是白柳！”

“他真的通关三级游戏出来了！！”

原本还克制地留出了一条通道的围观人群被这两嗓子叫得顷刻围拢起来，形成密不透风的半圆形，人人都想近距离目睹这位掉入无人区还能登上国王推广位第一位的奇人。

但好在木柯和牧四诚带来的会员又强制开辟了一条通道，拉开这些人和白柳的距离。

白柳的身后跟着紧随他从登出口出来的唐二打和刘佳仪，身前是长出了一口气的木柯和牧四诚。

在爆发出欢呼声、雀跃声以及尖叫声夹道迎接白柳的人群中，有个躺在地上浑身浴血的人，他的目光透过无数攒动的腿脚的暗影看到了走在中央，正在和旁边的唐二打低语着什么的白柳。

白柳站在人群中央，被众人的身影掩盖着，却又是所有人的中心。

他知道，白柳只需要轻轻地投去一个眼神，这群为他疯狂的人就会安静下来，听从他的下一个指令。

——他已经梦见过这幅场景三千七百四十一次。

他苹果绿的眼睛里倒映着被无数人影隔开的白柳，以及白柳周围的人——站在白柳左后方的唐二打，身高不到白柳腰部的刘佳仪，一靠近白柳就忍不住掉眼泪的木柯，还有大大咧咧抬肘搭在白柳右肩上的牧四诚。

——在梦里，原本离白柳最近的人是他。

他永远会站在白六身后半米的地方，那是一个可以攻击除了白六之外所有人的保护位。他会站在那个位置上，等白六回过头伸出手拍他的头、脊背或者肩膀，笑着对他说："丹尼尔，干得不错。"

在白柳走到离他直线距离最近的位置时，他突然动了。

丹尼尔挪动受伤的四肢，穿过这些人的腿，他被这些人踩在头上，但他好像丝毫不介意，只是直勾勾地看着白柳的脸，执拗地一寸一寸向前爬，在地上拖出了一道长长的血痕。

他终于到达他之前在的地方——他现在离白柳半米之远。

丹尼尔不动了，他一点声响都没有地被人群踩在脚下，艰难地撑着两只骨裂发颤的小臂，像一只第一次学习狩猎受伤后隐藏在草丛里的动物幼崽。

他微微抬起头，匍匐在所有人脚边，透过密集的人群缝隙仰视白柳，微弱的光落在他的眼睛里，血顺着下颌滴在他发抖的手背上。

丹尼尔在等那个人回过头来找他——他一定会回头的。

白六每次离开登出口的时候，总是转过头来确认他的存在，如果他不在，白六就不会离开，会等到他出现为止。

"丹尼尔是我最重要的孩子。"

——白六总是这样说，带着散漫的、像是在逗弄他的笑意。

白柳走到那个位置突然停了下来，丹尼尔呼吸一窒，抬起头自下而上看他。头顶落下一圈光晕的白柳脸上什么情绪也没有，在经历了恐怖游戏的折磨后，这个人依旧强大且淡然，犹如神明。

——和他梦里的人一样。

白柳转过身，脸上带着丹尼尔闭上眼睛都能画出来的微笑，手在木柯头上拍了拍，轻笑："哭什么？你干得不错，木柯。"

他的"神明"在受难的他面前，将福泽施与其他孩子。

——只是因为那个孩子在幸福地哭。

木柯本来还好，被白柳这样一安慰，简直要哭得心脏病复发。

白柳从不浪费时间应付木柯，他干脆利落地下命令："停止哭泣，有事情要做。"

木柯的眼泪应声而止，他泪眼蒙眬地看向白柳，努力摆出一副要做正事的样子："……什么事？"

在他们谈事的时候，一只血淋淋的、几个指节都被扯断的手突然从人群里伸了出来，从木柯的身后抓向白柳的脚腕，试图阻止白柳离去，一声极其细微的"Padre（父亲）"传了出来。

木柯被吓了一跳，他下意识地上前一步，挡在了这只手触碰到白柳的路径上。

这只手被木柯踢开了，无力地瘫在地面上一动不动，似乎用尽了最后的力气。这只手很快被拥来的人群包围，然后消失不见了。

"怎么了？"白柳回过头来问木柯。

"没什么……好像有人恶作剧。"木柯疑惑地转了一下头，试图从密集的人群里寻找刚刚那个伸手的人。

白柳这次得罪了很多人，想要针对他的公会不在少数，但在游戏大厅内动手实在是太奇怪了——游戏大厅内玩家无法互相攻击，而且这样一只血手太有恐怖游戏道具的感觉了。

所以木柯觉得那应该是场用来恶心白柳的恶作剧。

木柯还是想找出那个人，但他搜寻了两遍也没办法靠一只手认出那个人是谁，只好作罢。他转身看向白柳："……刚刚你要和我说的是什么事？"

木柯转身的一刹那，白柳的视线被木柯转过去的肩膀彻底阻挡，再也不能看向旁边这些为他狂热欢呼的人，以及人群之下的场景。

他们不会知道，在这些人的脚边，在光线完全照不进去的地方，藏着一双染血的绿色眼睛，不甘地、癫狂地、从未动摇地注视着白柳若无其事走远的背影。

——注视着站在白柳身边被他所救的每一个人。

"木柯，你还记得那个被调查的工厂的地址吗？"白柳看向木柯，语出惊人，"那个工厂快要爆炸了，我们要迅速登出游戏赶过去。"

所有人都蒙了一瞬。

唐二打难以置信地看向白柳："你还要炸工厂吗？！"

他的意识还停留在苏恙告诉他是白柳炸了工厂的层次上，所以紧跟在白柳身后的他并没有担心工厂会爆炸——他以为只要自己看紧白柳，工厂那边原本会由白柳导致的爆炸就不会发生。

“工厂不是我炸的，如果我没有猜错，那应该是游戏登录现实的固有程序的一环——”白柳语速极快地说，“引发爆炸的是玫瑰工厂的一代厂长。”

白柳解释完，根本不管唐二打相不相信自己，目光直直地看向木柯。

木柯在短暂的惊愕之后，迅速地跟上了白柳的思路，在脑内搜寻了一遍记忆信息后，他肯定地回答白柳：“我记得那个工厂的地址。”

“好，现在核对我们当中离工厂最近的登出位置。”白柳环视一圈他周围的人：“有人在那附近登入或者登出过游戏吗？有车最好。”

所有人都神色严肃地低下头查看自己的登入地址。

唐二打神色有些慌张，白柳轻轻拍了一下他的肩膀，平静道：“放轻松，无论发生了什么事，我有办法。”

“我有办法”，每当这句话从白六嘴里说出来的时候，唐二打只会觉得不寒而栗，但现在这句话从白柳嘴里说出来，居然出奇地让他安心。

唐二打呼出一口浊气，沉下心来，迅速地核对他的登出位置。

“我有一个离那个地方只有五千米的登出位置。”牧四诚快速地举起手，“我在校外租的一间公寓就在那里，那里有我的车，但最多只能载两个人，我们最好还是换一辆别的……”

白柳打断了牧四诚的话：“两个人也行，什么车？够快吗？”

牧四诚抽动了一下嘴角：“……快倒是够快，是一辆重装摩托。”

凌晨四点，临近郊区的街道静悄悄的，一辆引擎声轰鸣的摩托耀武扬威地冲过去。

车后座的白柳没有坐下，而是弓起腰俯身靠近坐在前面的牧四诚，双手紧抓着牧四诚腰侧的衣服，夜风把他的白衬衫吹得鼓胀。

戴着硕大头盔的牧四诚握紧了摩托车的把手，把控着方向，防止后面的白柳被甩出去。

他无可奈何地抱怨：“你小心点，被甩出去怎么办？！”

“我相信你不会让我被甩出去的。”白柳扫了一眼牧四诚仪表盘上的时间，冷静地下达命令，“开全速，不然来不及阻止游戏登录现实了。”

牧四诚往里拧了两下把手，摩托的引擎发出巨大的轰鸣声：“抱紧我！”

223

一辆带黄褐色花纹的摩托车在夜色中一晃而过，扬起无数灰尘。

他们离即将爆炸的工厂越来越近。

那个被发现还在偷偷制造玫瑰香水的工厂建造于郊区，现在正好是苏恙他们去勘察的时间。

苏恙举着异端处理局特制的枪贴于身侧，他背靠工厂大门，谨慎地探头往里看。

环视一圈后，苏恙走了出来，他提起领口，对着上面的小话筒说：

“没有人，安全。”

随后他的耳机里传来应答声：

“苏队，我们这边也没有人，安全。”

“二区也安全。”

“三区也安全。苏队，好奇怪啊……”说话的人有些犹豫，顿了一下，“这里根本就不像有人工作的样子，地面上全是灰，最新的脚印都是我们自己的。

“我们上次来检查这个工厂的时候还不是这样的，这次来这里就像是荒废了好几年一样……”

苏恙眼神清亮，神色冷静：“不要慌，很有可能是出现了和千叶玫瑰伴生的新异端，或者就是这个新异端衍生出了千叶玫瑰。

“这应该是这个异端的能力。”

苏恙继续往里面寻找，他走过落满枯萎枝叶的露天广场，来到了加工员所在的宿舍。他凝神看了看老旧得不正常的宿舍门，抬起脚，毫不犹豫地对着门下端因为潮湿而翘起的木板踹去。

躺在宿舍床上的“尸体们”睁开了眼睛，扭曲着肢体站起来，转动腐败的眼珠看向摇摇欲坠将要被踹开的门，挪动着四肢爬下床，用只剩白骨的手在地面攀爬，向门口移去。

与此同时，工厂地下一层。

队员们捏着鼻子在臭得不像话的监狱仿造层里前行，他们用复杂的目光扫视这些排列整齐的铁制牢笼，后面有队员举着红外摄像机认真地拍下工厂的内部结构。

夜间，摄像机绿荧荧的屏幕在昏暗的地下一层洒下不祥的光。

“建造这些笼子不知道是用来关押什么的……”一个队员皱着眉往里走了几步，“而且一个月前我们来这里查封这个工厂的时候，这里完全不是这样的。”

“是的，”另一个队员附和，“不光如此，我们还一直让人密切监视这里的情况，这个工厂根本没有办法运作，不知道他们是通过什么方式生产和运输香水的。”

他们一边说着，一边往里走。

地下一层尽头的牢笼内，放置着一个三米高、四人合抱那么粗的巨大的圆柱形玻璃器皿，这个器皿没有合上的开口正在往外冒玫红色烟雾，向里望去，这个器皿内盛满了颜色艳丽的干叶玫瑰瓦斯香水。

玻璃器皿上贴有一颗正在倒计时的定时炸弹，上面显示剩余的时间不到十分钟。

如果白柳在这里，他可能会估算出这种分量的香水足够发游戏内玫瑰工厂全体员工一年的工资了。

干叶玫瑰瓦斯是一种易燃易爆液体，这种分量的液体一旦爆炸，会把玫瑰的香气扩散到旁边尚在熟睡的整个镜城。

就算白柳已经知道如何用血灵芝枝条解决干叶玫瑰的问题，但在灾难早期，一切秩序尚未建立和运转之前，会有相当多干叶玫瑰耐受力不强的人因此而枯萎。

比如尚在哺乳期的产妇和刚出生一个月的新生儿。

这群队员小心翼翼地走到了牢笼尽头，有人动了动鼻子，皱眉道：“……我闻到了一股很浓郁的玫瑰香气。”

这句话瞬间让所有队员提高了警惕，他们提起手电筒在地牢里仔细地搜寻，无数次在那个盛满干叶玫瑰香水的玻璃器皿前走来走去。

但奇怪的事情发生了，他们就像是看不到这个玻璃器皿一样，甚至可以直接从里面穿过去——

就好像他们和这个即将爆炸的玻璃器皿身处两个不同维度的世界。

“奇怪，我的确闻到了玫瑰香气，但我为什么看不到任何东西？”队员们看向空荡荡的最后一个牢笼，困惑无比地皱着眉，最终还是选择转身离去。

队员们朝地下一层的出口走去，他们打开通信器，向苏恙报告：“苏队，地下一层闻得到玫瑰香气，但这一层什么都没有。”

在他们背后，定时炸弹的倒计时跳动了一秒，从9：00降到8：59。

工厂一层，加工员宿舍门外，苏恙一脚踹开了门。

苏恙走进了遍布灰尘的宿舍，提枪警惕地环视了一圈，最终还是把枪别在了腰后。

他皱眉看着这个空无一人的宿舍，提起领口，对着话筒说：“一层宿舍楼，我这里也什么都没有发现，但我刚刚闻到了一股很浓的腐烂味……”

“我还以为可以在这里找到那十几个失踪的员工，一个月了都没有找到他们……”苏恙叹了一口气，又振作起来，“没有消息也算是好消息，说不定他们还活着。

“大家打起精神来，除了搜寻这个工厂内用来偷偷制作玫瑰香水的器械，还要注意搜寻一个月前我们来这个工厂搜寻的时候，发现员工名单里消失的那十几个员工……

“那些员工大部分是从外地过来打工的流动人口，失踪了也不会有人注意，他们说不定还活着，大家随时做好救援的准备……”

苏恙一边说着，一边朝宿舍门走去。

在苏恙背后的另一个空间内，十几双腐烂的眼睛一动不动地望着他。

距离爆炸还有八分四十七秒。

“还有八分四十七秒。”白柳望着仪表盘上的时间冷静地说。

“已经是最快的速度了！”牧四诚咬牙，他的摩托车轮胎因为高速旋转几乎要在冷硬的地面上擦出火光来，他急得大喊，“如果是游戏里那种规模的爆炸，应该需要一个很大的容器装香水，为什么去排查的人什么都看不到？！”

“不可能看不到。”白柳淡淡地说，“为了尽量减少玫瑰香水的危害，异端处理局调查的力度已经到防患于未然来抓我了。

“不要说一瓶玫瑰香水，正常来说，一颗玫瑰种子他们都不可能遗漏。”

牧四诚一怔：“那为什么……”

“因为策划《玫瑰工厂》这个游戏登录‘现实’的存在，有高于他们的世界的权限，就像普通人在这个世界里听不到任何和游戏有关的话一样。”夜风把白柳额前的头发吹得向后摇摆，他抬眸看向不远处的工厂，“这些想要保护其他人的普通人看不到，也触碰不到和游戏有关的世界。

“游戏设计者为了保护工厂可以在‘现实’里正常运行，给那个厂长捏造了一个隐藏了真正玫瑰工厂的‘里世界’。”

牧四诚倒吸一口凉气：“就和《玫瑰工厂》这个游戏的设计一样，是吗？”

“是的。”白柳被猛烈的夜风吹得眯起眼，“据我了解，唐二打他们是二十四小时监视这些有可能生产香水的工厂，但这个工厂却依旧能在这种监视下持续生产玫瑰香水并外销，这本身就不合逻辑。”

“除非他们是在里世界里把香水制作完，然后再翻转到现实里进行售卖，这样就完全查找不到，对吗？”牧四诚问道。

白柳：“没错。”

白柳继续说下去：“不光是这样，游戏里的报纸上写了，在爆炸发生之前，异端处理局的队员反复搜查了工厂，却没有发任何让全市市民紧急撤离的通告，而是直接留在原地，一直搜查到炸弹爆炸。”

“这说明他们没有看到任何具有危险性的东西。”

“很有可能。”白柳仰望着越来越近的工厂，“——他们看到的只是一个被翻转出来做幌子的空厂子。

“里面什么都不会有的。”

“苏队，这是一个空厂子。”队员们在搜寻了整座工厂之后，向苏恙汇报结果，“里面什么都没有。”

苏恙眉头紧锁，他仰望着这个凋败陈旧的工厂，不祥的预感越来越重。

他转身回到车上，准备去取一些特殊的夜视仪器再搜寻一次，但在他打开车门的一瞬间，有人好像早就料到了苏恙要回来取夜视仪器，伸出手递给了他。

苏恙看着坐在车里的人，一怔：“你怎么跟来了？不是让你待在异端处理局好好休息吗？”

坐在车后座的陆驿站挠挠头，苦笑着说：“苏队长，我想了想，这事和白柳有关，如果真是他做的，我作为他身边的人，没有负好监督的责任，难辞其咎。所以我左思右想，还是跟来了。”

陆驿站抬起眼睛，重重地吐出一口气，望向苏恙：“还请苏队长让我和你们一起搜寻！”

苏恙沉默了一会儿，最终他被陆驿站那几乎要把他给盯穿的目光打败，无奈地点点头：“是个空厂子，没什么危险，你要来就来吧。”

陆驿站松了一口气，下车跟着准备进行二次搜查的苏恙走进工厂。

距离爆炸还有六分三十一秒。

摩托车嗡嗡作响，转过一个弯后稳稳地停在了工厂门口。

白柳一眼扫过去就看到了工厂前面停着几辆带有危险异端处理局标志的车。

在被抓去异端处理局的路上，白柳坐过这种车，他对那个诡异的章鱼标志印象深刻。

白柳和牧四诚一下车就找地方藏起来了——异端处理局的人在外面巡逻，他们两个现在一个是逃狱的异端，一个是劫狱的罪犯，都是异端处理局要抓捕的人，直接露面只会被当场抓捕。

现在被抓捕都是次要的事，唐二打可以帮忙处理，但处理被抓捕这件事会浪费他们的时间。

“怎么进去？闯进去吗？”牧四诚看向白柳，又看了一眼自己的电子表，脸色更阴沉了，“只有六分钟了！”

白柳的目光落在那个工厂：“正大光明地走进去。”

他摸着领口处被唐二打还回来的逆十字架吊坠和系统硬币。

系统警告：禁止在现实中使用与核心欲望无关的道具！嗞嗞……嗞

嗞……禁止……

电流的嗞嗞声逐渐微弱。

系统提示：玩家白柳是否要使用超凡级道具“逆转右眼”？

此道具可窥见被隐藏的邪恶的真实。

白柳：“确定。”

白柳取出了一颗玻璃弹珠造型的眼珠，眼珠中央飘浮着一朵盛开的玫瑰，他在牧四诚和自己之间举起它。

“闭上左眼看向这颗眼珠，我们就可以进入工厂的里世界。”

牧四诚还没来得及思考白柳让自己这样做的用意，就下意识地顺着他的话闭上了左眼。

眼珠里的玫瑰缓缓盛开，让人目眩神迷，周围原本茂密的景物加速枯败，腐尸的号叫声传来，不知道属于谁的头骨出现在他们脚下。

牧四诚深吸一口气，捂住自己的嘴，推开那颗眼珠，后退了两步。

刚才飙车那么久都没有什么不适感的牧四诚，现在只是看了这颗眼珠一秒，就有点想吐——有种精神被污染的恶心感。

他们进入了一个阴暗又真实的“里世界”。

白柳丝毫没有受到影响，他收起眼珠，转身看向身后的那个工厂——原本空寂的工厂现在灯火通明，来来往往的不知是人是鬼，他们的影子穿梭在昏黄的光线里，手里拿着运送玫瑰的簸箕。

——和《玫瑰工厂》里的场景一模一样。

白柳拉住牧四诚的手腕就往厂里跑：“走。”

“等等！你知道炸弹和香水放在什么地方吗？”牧四诚试图拉住白柳，“至少要确定位置，我们才能冲进去吧，不然不就是去送死吗？”

“我猜测是在地下一层地牢最里面的那个牢笼。”奔跑中的白柳回过头来看了牧四诚一眼，“有人告诉我了。”

牧四诚愣了一下：“谁告诉你的啊？”

白柳脸上没什么表情：“陆驿站，一个傻子。”

“喂！喂！我怎么不知道？他什么时候告诉你的？是你被红桃封锁的那段时间吗？你倒是和我说说啊！”

白柳不语，没管叽里呱啦的牧四诚，只是把他往工厂里拉。

在《玫瑰工厂》的游戏里，作为试香纸的陆驿站被关押的地方，就是地下一层监狱的最后一个牢笼。

而陆驿站这个傻子，如果在爆炸发生后和一群人一起被抓，那么这个家伙一定会为了保护其他人，申请关押在香水污染和侵害最严重的地方，代替其他人受最严苛的折磨。

——而整个玫瑰工厂，还有比十年前爆炸过的地牢污染更严重的地方吗？

白柳觉得没有了，估计陆驿站这家伙也觉得没有了。

——所以他被关押在那个爆炸发生的地方整整十年。

白柳绕过工厂的守卫，从后门进入了工厂。穿过走廊的时候，牧四诚利索地放倒了几具摇摇晃晃的腐尸，然后拐了个弯走到地下一层的入口。

牧四诚打开手机的手电筒，帮白柳照亮。他们一路往里走，一直走到了最后一个牢笼旁。

一个巨大的玻璃器皿不断往外冒着粉红色的轻烟，整个牢笼内充满让人飘飘欲仙的玫瑰香气。

玻璃器皿上的倒计时还剩四分钟。

“怎么处理？”牧四诚捂住口鼻，瓮声瓮气地问白柳，“搬出去吗，或者直接砸碎？”

白柳注视这个器皿不到一秒，平静地开口：“来不及了。”

“什么来不及了？！”牧四诚脑子一蒙，下意识地看向炸弹上的倒计时，“不是还有四分钟吗？”

白柳眼神往下移，看向玻璃器皿底部的那颗炸弹：“砸碎也没用，真正的炸弹不是这颗定时的，这颗炸弹只是一个‘打火机’，而真正的炸弹是这些香水，以及这些正在往外冒的气体。

“这些干叶玫瑰瓦斯香水应该是和某种液体瓦斯类似的物质，就算我们砸碎了这个玻璃器皿，或者移走了这颗炸弹，只要这些液体还在，只要有人带来一点火星，爆炸还是可以顺利发生。

“如果游戏设计者一定要让这个工厂在今晚爆炸，那他可以利用这个工厂里的任意一个人，通过使用这个工厂里大量的香水达到目的，我们提防不了这个。”

话说到这份儿上，白柳依旧不慌不忙：“除非能一次性把这个工厂储存的所有香水原液给消耗完，不然他们随时都可以在里世界里制造爆炸事件，然后在爆炸的一瞬间将这场爆炸翻转到现实世界。”

牧四诚放开了捂住自己口鼻的手，神色紧张地问：“那我们该怎么办？”

“疏散民众。”白柳抬眸，“然后抢先炸掉这个工厂。”

唐二打征用了一辆路过的高档私家车，现在木柯正全速开车往工厂跑。

车后座上坐着唐二打和刘佳仪。本来被征用的车主还不愿意把车借给他们，但木柯直接甩了一张信用卡给他，把车买了下来，他们才能快速地往工厂那边赶。

“还是打不通电话吗？”木柯焦急地看向后视镜。

唐二打沉声说：“应该打不通了，他们在执行任务的时候都是关机的，如果要联系他们，必须回异端处理局总部，介入他们的无线调频。”

“时间来不及。”刘佳仪不假思索地否决了这个提议，“白柳他们应该到了，打个电话问问他们那边是什么情况。”

刘佳仪话音刚落，白柳的电话就打了过来。

他打给了唐二打：“唐队长，有没有什么办法能让处于爆炸范围内的市民在短时间内疏散？”

“启动全市防空警报。”唐二打迅速回答，但他很快就攥紧了拳头，“但是需要大量证据证明即将发生特大紧急情况才能启动，我的特权只针对异端处理局里的异端，无法启动这种级别的警报。”

“而且我们无法证明，我们甚至没有办法向那些没有进入游戏的人证明工厂即将爆炸，因为这是游戏里的内容，我们说出来会被消音，对吗？”白柳问道。

唐二打无力地靠在后座上：“……是的，他们完全听不到。”

“爆炸……还是会发生，对吗？”唐二打抬手盖住了自己的眼睛，嗓音沙哑地问。

白柳诚实地回答他：“是的。”

“不过那或许只是一场爆炸而已。”白柳的声音依旧淡定且平静，语气一丝波澜都没有，“刚刚唐队长你说，如果有人可以证明会发生干叶玫瑰瓦斯爆炸这种极度危险的事情，那个警报就可以启动，对吧？”

唐二打缓缓地直起身，他意识到白柳似乎想到了办法，但他想不到是什么办法。

“是的。”唐二打呼吸变得粗重，“无论用什么办法，他们都接收不到你想要传递的信息，甚至会以为你叫别人快跑是在发疯。

“你要怎么证明这件你目睹过的可怕事情真的会发生？”

白柳的声音带着懒散的笑意，他没头没脑地说了一句：“拥有特权的唐队长，记得把我给捞出来啊。”

然后他就干脆利落地挂断了电话，留下一头雾水的唐二打。

黎明即将到来，风声猎猎。

退出里世界的白柳正在整理自己身上这件不怎么合身的黑色风衣。

在他砸碎了玻璃器皿，把定时炸弹丢远并看到它爆炸之后，他们这两个外来人口果然被里世界那些玫瑰工厂的人发现了。

他们阻拦了这场工厂的人为了普及玫瑰香水而制造的爆炸，白柳和牧四诚被发现后，被这些员工追得满地跑，这些员工还在紧锣密鼓地利用储备的玫瑰香水原液制造第二场爆炸——和白柳预料的一模一样。

为了拖延时间，白柳把移动速度很快的牧四诚留在了里世界里，给那些准备第二次爆炸的员工捣乱，他自己则退出了里世界，负责让全市的人迁移出会被爆炸波及的地带。

白柳退出里世界之前，牧四诚问了他和唐二打一样的问题——你要怎么让这些人相信会发生这样的事情?

让这些不在游戏里的普通人，相信他们的世界就是一场怪物遍地的残酷游戏?

尤其是你还被禁言了。

现实世界的温度有些低，白柳穿了一件从里世界里顺手拿走的不知道属于谁的风衣御寒。

白柳从工厂后面的隐蔽楼梯间一步一步向玫瑰工厂的顶楼走去，他右手手腕上还挂着一个像是用于训练员工的红白配色的塑料大喇叭——这也是白柳从里世界拿出来的。

他走到顶楼那一瞬间，就被下面正在严密巡查工厂的第三支队队员们发现了。

“楼顶上有个人影！”

“是不是潜逃的厂长？把灯打高，过去看看那人是谁！”

“一级戒备！”

两束耀眼无比的远光灯摇晃着照到顶楼的身影上，白柳被直射脸部的强光照得眯了眯眼，但他没有移动，依旧平稳地站在最高的天台上。

寒冷的夜风吹拂着白柳垂落在脸侧的碎发和他身上那件不合身的长风衣的衣摆，朝露似有若无地萦绕在他身旁，有玫瑰残留的花瓣落在他的脚底。

下面的人已经认出他是谁了。

“——是白柳！”

“他怎么会在这里？！快通知总部，逃窜的0006号异端出现在了工厂！”

“唐队说他非常危险，拥有控制所有异端的能力！他出现在这里是要干什么？！”

苏恙和陆驿站不可置信地仰头看着仿若从天而降的白柳。

白柳脸上一如既往地带着那种微笑，他举起那个大喇叭放在唇边：“各位，早上好。”

“是这样的，在逃走之前，我决定做点符合自己身份的事情——”白柳抬起眼皮，站在渐渐猛烈的风里，脸上笑意变浓，“作为一个下岗职工，我想要报复社会。

“我无缘无故地失去了我的工作、我的朋友、我的一切，却找不到一个应该为此负责的人，还要被你们打上怪物的烙印关押在笼子里。”

“我怎么可能不报复？”白柳勾起嘴角，轻声道，“我决定让你们也尝一尝变成怪物的滋味。

“我决定炸掉这个工厂，让玫瑰香水在全世界弥漫，让你们全都沦为我的奴隶。”

时间凝固了几秒钟，有人声嘶力竭地喊道：“——联系市局，拉响防空警报，让全体居民撤出爆炸范围！

“有人恶意散播成瘾性气体！”

苏恙毛骨悚然地看向站在顶楼上、一只手插在风衣兜里的白柳。

那个人隔着晨风和即将消失的夜色，饶有兴趣地朝着他微笑，姿态慵懒地用口型对他说：

“你身上的玫瑰香气好闻吗，苏队长？”

224

“立即对异端0006白柳实施抓捕！”苏恙拿出通信器厉声下令，“总部正在运大量防毒面具和抽风机过来，其余队员去外围领抽风机，包围整个工厂，务必把爆炸溢出的香气控制在一定范围内！”

队员们领命后敬礼，转身离去。

工厂前的空地上只有苏恙和几个举枪对准白柳的队员，以及没有回过神来的陆驿站，他不可置信地看着衣摆在夜风里翻飞的白柳。

白柳还有闲心和他挥挥手，丝毫没有自己犯下了弥天大罪需要立马逃跑的自觉性，笑眯眯地看着陆驿站：“记得请我吃三十年的火锅啊，陆驿站。”

陆驿站下意识地被白柳这句话带偏了思维，想反问他不是请他吃十年的火锅吗？

怎么突然涨到了三十年？！

但在陆驿站问出这句话之前，白柳举起双手做出投降的姿势，他好像能看到从他背后绕过来准备逮捕他的队员，并且也做好了束手就擒的准备。

队员们怔了不到一秒，迅速地上前反剪白柳的双手，用最结实的手铐铐住他的手腕。

这个时候，苏恙严肃的提醒声从其中一个队员肩膀上挂着的通信器里传出来：“注意不要和他对话！唐队说过他对陌生人有极强的言语蛊惑能力，很擅长引导别人为他做事！”

“是这样吗，苏队长？”被铐住的白柳慢条斯理地靠近这个队员的通信器，在这个队员反应过来之前用下巴按了一下应答键，对着通信器笑着说道，“如果我说我有解决你玫瑰香水中毒的办法，你也不允许我说话吗？”

所有队员的眼神一瞬间都直勾勾地看向白柳，有个队员按捺不住，甚至直接上前一步抓住白柳的脖子，想逼问他解决办法具体是什么。

这可是可以救苏队长和异端处理局那一千个普通人的办法！

苏恙呼吸一窒，冷声下达命令：“给他戴上口部镣铐，在总部来接手他之前，禁止任何人和他私下接触！”

“当然，你如果愿意交代你设定爆炸的地点，我可以让你开口说话。”苏恙语气缓和了一些，这是他们在逼问嫌疑人的环节常用的心理施压法。

白柳叹了一口气，诚实地回答：“我真的尝试过阻止爆炸，但的确只有爆炸才能解决一切问题。”

苏恙停顿了不到一秒：“扣住他的口腔，禁止他和任何人交流，不要被他的任何话引导。”

队员们在白柳口腔里两边的磨牙上卡上了一个巨大的环状口枷，顶开了他的上下颌——这一般是用在异端身上的，防止异端在运送过程中攻击或者咬人，有点像是牙医使用的强制开口器。

但这比强制开口器看起来瘆人多了。

白柳保持着半张着嘴不能说话的姿势被人从楼顶上押送下来，路过陆驿站的时候白柳斜眼看了他一眼，被铐在背后的手比了数字“三”和“十”。

而陆驿站呆呆地看着白柳越过他，被押到了车上。

陆驿站一时之间膝盖有点发软，他深吸两口气稳住了自己的身体，抬头看向跟着白柳一起上去的苏恙：“你们……要把白柳带去干什么？”

“审问，”苏恙一只脚踩在车上，转身看向他身后的陆驿站，“交给专业人士，用真正审问异端的手段审问他。”

苏恙说完，拉上了车门。

陆驿站见白柳的最后一面，是这个人抬眸望着他，目光沉静如水。

——好像他早就料到了这一切。

已经快赶到工厂的车在木柯的驾驶下极速转了一个弯，往另一条路冲去，车胎在路面上留下发黑的印记。

“白柳的电话打不通了，是吗？”木柯的视线看着路面，但身体往后座靠，面沉如水，“白柳刚刚发表那一通宣言的时候没有挂电话，唐队长，你知道这意味着白柳为你做了什么吧？”

“他应该是被你们异端处理局的人抓走了，你最好能投桃报李，把他救出来。”木柯的脸色极其阴沉，“不然白柳要是出了什么事，我不会放过你们异端处理局任何一个人。”

“包括你，唐队长。”木柯阴恻恻地看了一眼后视镜。

坐在后排的唐二打脑子现在不比糨糊清晰多少，刚才白柳那一番话把他的思绪搅得乱成一团——明明是和其他时间线一样的做法，但白柳的目的却完全不一样。

这让唐二打不禁怀疑，其他时间线的白六难道也是为了救人吗？

但唐二打很快就否定了这样的想法——白六根本不是去救人的，他去工厂是为了围观，或者说是去欣赏这场让世界崩坏的爆炸的。

白六知道一代厂长会在什么时候引爆工厂，他故意在那个时间点把整个第三支队引到玫瑰工厂，站在视野最好的顶楼，只是为了拥有一个近距离观赏这场折磨所有人的灾难的头排席位而已。

但白柳却完全不同——这家伙居然从这件事情得到启发，用这种完全没有退路的办法，做到了他之前没能做到的事情。

唐二打从来没有想过还有这种直接预设自己的立场来威胁其他人按照自己的步调走的办法，但这的确是白柳做事的风格。

过程惨烈、手段离谱、兴师动众、代价高昂——这根本就不是一个正常人可以想出来的办法。

但白柳的确达到了目的。

警报在天空中一遍又一遍刺耳地回响，现在两边的街道、房屋里的灯都陆陆续续地亮了起来，唐二打看到了惊慌失措从家里跑出来的人们穿着睡衣下楼，匆匆忙忙地开车，在警报声中不断向城市外围撤离。

同时也有相当数量全副武装的警察在警报声中赶来，唐二打还看到一些队员也跟过来了。

他们戴着面罩和手套，从头到脚包得严严实实，每个人手里都举着一个盾牌大小的电风扇状的抽风机，并训练有素地码好，围绕着工厂五千米开外形成了一道反向排风的防线。

原本沉静的街道顷刻就热闹了不少。

唐二打保持着基本的冷静，竭力想要从这走向离奇的现状中找出头绪来。

“白柳的手机关机了，他应该是被队员控制住了。牧四诚的手机不在服务区，暂时还不清楚是什么情况。如果白柳和牧四诚一起被异端处理局控制住，他们两个高危异端很可能被转运到总部审问。”

唐二打吐出一口长气：“如果白柳掩护了牧四诚，自己一个人被捕——我知道异端处理局距离这里三千米有个据点。

“那个据点专门用来预处理即将进入总部的异端，现在爆炸还没有发生，为了问出爆炸的具体信息，白柳很有可能被异端处理局的人转运到那里接受审问。”

“如果在审问中，白柳为了保证全市撤退行动继续进行，什么都不说，继续假装成爆炸发起者的话，他会怎么样？”木柯冷静地问道。

唐二打的嗓音有点哑：“会对他使用一些专门用来审问异端的手段……”

木柯握住方向盘的手攥紧：“比如用那面墨菲定理鬼镜，对吗？”

唐二打闭上了眼睛，艰难地回答：“……是的。”

木柯咬牙，一脚把油门踩到底。

白柳脸上蒙着一块黑布，被带进一个审讯室里。等他坐稳之后，这块罩在他脸上的黑布才被人揭开。

看着对面的人，白柳略显诧异地挑了一下眉。

苏恙目光沉沉地凝视着他，将手指伸入他的口腔，摸到了卡在白柳两边磨牙上的卡环，他的指尖轻微向上钩，这个让白柳不能说话的口枷便发出“咔嗒”一声，被他从白柳的脸上取了下来。

由于牙龈被压迫，在取下口枷的瞬间白柳的嘴角就渗出了鲜血。

他漫不经心地舔走嘴边带着冰冷金属味的血，抬眸直视苏恙，似笑非笑：“我倒是没有想到，苏队长还有第二次提审我的兴趣。”

“这不是你想要看到的场景吗？”苏恙也不闪避，对上白柳的眼神，“你点明了我就是玫瑰香水的中毒者，还利用这一点引诱我的队员，如果是他们来审问你，在担心我的情况下，他们很容易被你抓住把柄带着跑。”

白柳的双手被手铐反剪铐着，他斜靠在座椅上，脸上的笑意却越来越浓：“所以为了保护队员们不被我侵害，你选择亲自来审问我。苏队长，你真是个好队长。

“——你让我想到了另一个不怎么受欢迎的队长。”

“与你相比，”白柳抬起眼皮，笑着看向苏恙，“他在队里的待遇真是可怜，出了这么大的事，都没有人关心他去了哪里。”

想到原本执意要抓捕白柳却一直被人质疑的唐二打，苏恙的心里一阵酸涩。他攥紧了放在膝盖上的双手，但很快他又强迫自己冷静下来，不要被白柳转移注意力，继续沉稳地和白柳对话。

队长说得果然没错，白柳太擅长操控人的情绪了，拥有宛如异端一般的能力。

“你想让我审问你，现在你已经达到目的了。”苏恙直直地看着白柳，“现在你愿意和我说爆炸地点在什么地方了吗？”

“不，我不愿意。”白柳轻声说。

苏恙不错眼地盯着白柳：“你为什么要这样做？你有什么目的可以告诉我们，说不定我们异端处理局可以帮你用更合理的方式达到目的。”

“没有任何理由，”白柳饶有兴趣地看向对面的苏恙，“如果一定要说，我只是想告诉这个世界上的其他人，世上存在一种让人神魂颠倒的消遣物。”

“他们应该尝试一下玫瑰的滋味。”白柳前倾身体，靠近苏恙耳边轻笑着低语，“因为那真的非常美妙。

“我相信你的队长也会赞同我的话。”

苏恙的瞳孔轻微收缩。

225

木柯几乎把车开出了腾飞的感觉，不到三分钟就赶到了唐二打说的那个据点。

唐二打拿上制服和工作证下车，转身关门把要下车的木柯堵回去，神色严肃地警告他：“你和刘佳仪现在还在异端处理局的通缉名单上，先老实待在车上——你执意要跟我进去只会耽误救他的时间。”

木柯推车门的动作顿住。

“我保证把白柳毫发无伤地带出来。”唐二打郑重承诺，直直地和木柯对视，“他做到了答应我的事情，那我也会做到答应他的事情。

“我会不惜一切代价把他捞出来。”

说完他抽出别在后腰的枪，从停车的地方匆匆向据点走去。

异端处理局这个据点的外观看起来是家平淡无奇的便利店，但在这种全城混乱的时候，这家便利店里行动的人员都还有条不紊，买东西的买东西，卖东西的卖东西，这就有点不正常了。

唐二打一走进去，那个正在售货的店员抬头看见他的脸便是一愣，然后喜出望外地把他领到了仓库那边。

见唐二打消失在便利店里，坐在车上的木柯深深地吸了一口气，这才松开抓着车门的手。

“你觉得他会尽全力把白柳救出来吗？”木柯心神不定地望向后座上一直没有说话的刘佳仪。

刘佳仪戴着一副墨镜，遮住自己异常的眼睛，她好像一点也不慌，唐二打一走，她就伸了个懒腰，躺下来霸占了整排后座，看起来似乎准备睡一觉。

“你问我啊？”刘佳仪转头“望”向木柯说话的方向，往下扒拉墨镜，露出那双灰蒙蒙的眼睛，“我觉得你应该换种问法。”

刘佳仪闲散过头的姿态让木柯有些发怔，但他很快便追问：“……我应该用什么问法？”

“不是这个唐队长什么时候能把白柳救出来，”刘佳仪用食指把墨镜推回去，懒洋洋地蜷缩在舒服的后座上，“而是白柳什么时候觉得这个唐队长合格了，愿意让他把自己救出来。”

木柯不解：“……什么意思？”

刘佳仪小声嘟囔：“你也不是个傻子啊，为什么每次白柳遇到事情你都这么六神无主？你还没看出来吗？白柳是故意让自己被危险异端处理局的人抓住的。”

木柯彻底僵住了：“……故意的？！”

“对啊。”刘佳仪好像早就知道一样，语气波澜不惊，“这家伙在发表爆炸宣言，逼迫这些人进行全市戒备之后，已经达到目的了，他可以利用眼珠翻转进‘里世界’里躲起来，完全不用待在原地等着被抓。”

“但他还是被抓了。”刘佳仪耸肩，“那只能说明一件事——他是故意让自己被抓的。”

“那白柳为什么要让自己被抓？”木柯猛地醒悟，看向那家便利店，“他是为了骗唐二打吗？”

“我觉得你应该猜对了他的一个目的。”刘佳仪动了动脑袋，继续说下去，“白柳这家伙允许唐二打加入，那么唐二打就是我们队伍里的成员了，那家伙控制欲那么强，他不会允许唐二打对除了我们之外的群体产生归属感的。

“白柳应该是想借这件事逼唐二打做出选择，让唐二打主动和异端处理局这个群体决裂，彻底被他控制——唐队长这种类型的人，很容易因为愧疚被人完全控制，而白柳就是利用了这一点。”

刘佳仪微微侧头看向木柯：“如果我没猜错的话，白柳应该会让异端处理局里和这个唐队长关系最好的人审问他，甚至诱导对方惩罚自己——”

“如果目睹了白柳被他最亲近的人惩罚，这会进一步加重唐二打的愧疚感，为了弥补白柳，他会主动和异端处理局的所有人划清界限……”木柯喃喃自语，补充了后面的话。

刘佳仪打了个响指：“Bingo!”

木柯呼出一口气：“白柳这样做，是为了联赛，对吗？”

“是的。”刘佳仪连连点头，“唐二打作为一个对原战队战术师有深厚感情的优秀主攻手，对新队伍的服从性是不高的，而白柳作为接管他的新战术师，为了确保他对自己绝对服从，需要对他做心理上的分割处理。

“而这种处理，一般是割裂这个人和他最亲近的人的心理联系。”

“——就像是红桃对我做的那样。”刘佳仪说完这句话安静了一会儿，“虽然残忍，但这对于一场以生死作为赌注的比赛，是必须的。

“在赛场上，我们对战术师的命令不能产生丝毫怀疑，他们是绝对正确的存在，而唐二打明显对白柳还有一定程度的排斥和质疑，对于他这种级别的主攻手，这是非常致命的。”

“所以白柳给他设了这个局。”木柯在知道白柳不会有事之后，彻底放松下来，“你说这只是白柳的一个目的，那其他的呢？”

刘佳仪取下墨镜，灰色的眼睛“看”向窗外那家便利店的牌子。

牌子上有一只Q版的小章鱼——这是危险异端处理局的标志。

“我猜测白柳是想利用爆炸犯这个身份，借助唐二打这个第三方进行协调，和危险异端处理局合作。”

木柯一怔：“合作？”

闹成这样了，异端处理局的人应该都恨不得搞死白柳，还能合作？

“你对队长做了什么？！”苏恙的语气终于变了，放在桌面上的手指收拢，极力隐忍着自己的怒气。

白柳后仰靠回座椅上，椅背被他压得摇晃，他跷起二郎腿，微抬下巴，极其欠揍地一笑：“我用玫瑰香水蛊惑了他，让他彻底忠诚于我。”

“他被你们抛弃了，所以我把他捡了回来，训练他，让他效忠于我，背叛你们。”白柳微笑，“这有什么不对的吗？”

“我们没有抛弃队长！”苏恙忍无可忍地拍了下桌面，他深呼吸调整自己的情绪，控制住想质问白柳对唐二打做了什么的欲望，把被白柳转移走的话题拉回来，“爆炸地点在什么地方？”

白柳不为所动，笑了笑：“在工厂啊，苏队长不是知道吗？”

苏恙追问：“在工厂什么地方？”

“哦，对，苏队长还不知道为什么爆炸地点会选在这个工厂吧？”白柳笑得越发愉悦，“我知道苏队长的家在这个工厂五千米内的地方。”

苏恙呼吸一窒。

“苏队长看过那些尝试戒断的人的死亡录像吧？”白柳歪着身子靠在椅子上，笑着看向对面的苏恙，“我告诉你一点在录像里看不到的事情吧。”

“在爆炸的冲击下，五千米内香气的浓郁程度足够让新生儿和产妇进入重度成瘾状态。”白柳声音很轻，“如果三十分钟内得不到高浓度香水，他们就会开始枯萎。

“苏队长还没有见过重度成瘾者的枯萎过程吧？我见过不少了。”

苏恙抬起满是血丝的双眼：“工厂内的爆炸地点在什么地方？”

白柳直视着他，突兀地勾唇一笑，语调越发柔和：“苏队长觉得，我为什么会那么清楚一个刚满月的小孩在香气的侵蚀下枯萎的过程？

“当然是因为我亲身经历过——有个可怜的孩子在我怀里枯萎了。他死去的时候，只有他的母亲跪在我脚边无力地乞求我拯救他。”

白柳叹息一声：“可我无能为力，只能看着他在我怀里枯萎，他的父亲甚至都不在他身旁。”

苏恙凝视着白柳漆黑的眼睛，他竭力维持着镇定的表情，但内心的惶恐却像黑洞似的不断扩张——不会的，他离家之前安安和孩子都是好好的……

他下意识地看向了审讯室门外——门外的队员面色阴沉地举着一个天平。

这是异端 1076“法官的天平”，是一个用来测谎的工具。

当白柳说谎的时候，这个天平会倒向“不是”那一方，而在整个审问过程中，这个天平的指针所指的方向都是“是”这一方。

——这代表白柳一个字都没有说谎。

苏恙大脑一片空白。

白柳垂眸低语：“苏队长，你知道爆炸犯在真正实施爆炸之前，都会挑选一个相对近似的小地方进行爆炸试验吧？

“你猜今晚这场爆炸的预试验场地，是什么地方？”

白柳在说这句话的时候，眼里和嘴角都是带笑的，那笑苏恙在无数被异端污染的丧心病狂的人脸上见到过——在白柳脸上更浅，却更触目惊心。

白柳微笑：“苏队长以为你的工作证我们是怎么得到的？

“或许你可以问问你的妻子，她今晚过得怎么样？”

226

苏恙脸色苍白地走出了审讯室，比起被审问的白柳，他似乎更像是被审问的那个人。他一出来就双膝发软，差点没站稳跪下去。

其他队员眼疾手快地扶起了苏恙。

苏恙和白柳待在安了一块单向玻璃的审讯室里，外面的人都可以听见两人的对话，刚才白柳说的那些话意思大家都懂，现在看到苏恙这样出来，其他队员都面露不忍之色。

“队长！用其他异端来审问他吧！比如那个‘吞噬泉眼’，唐队说过异端 0006 的弱点是水！”

“不行！”神志恍惚的苏恙猛地回神，紧紧握住了这个队员的手，阻止对方行动，“还没有直接证据能证明白柳真的是一个异端，我们不能对他动用这种东西。

“如果他只是一个普通的罪犯，我们对他动用这种东西是违反规定的，是不公平的……”

队员脸上是掩藏不住的暴怒，他声音尖厉地在苏恙耳边咆哮：“一个把全市的人都纳入玫瑰香水爆炸范围内的普通罪犯？！

“队长，我知道你想坚持什么，你反复地亲自审问白柳，阻止我们用异端刑讯他，不就是想把白柳当成一个犯罪的人类，而不是一个异端来处理吗？

“但是他配吗？！”

苏恙脸色惨白地看向这个队员，眼神清明：“他配。”

这个队员被苏恙说的这两个毫不动摇的字堵得憋闷不已，眼圈发红，胸膛剧烈地起伏了几下才继续质问：“就算你的爱人、孩子、父母有可能被他做了爆炸的预实验，已经被折磨死了，你也坚持不用异端来刑讯他是吗？”

“是的，我坚持。”苏恙丝毫没有迟疑，“如果白柳是一个人，那就不应该用对待怪物的方式来对待他。”

这个队员深深地吸了一口气：“苏队，第二支队很快就要过来接手白柳，如果你不能在那之前从白柳的嘴里套出点什么，第二支队是不会把白柳留给我们处理的。

“他们会直接对白柳使用‘吞噬泉眼’，就像唐队之前那样。”

“我知道。”苏恙挥挥手，扶着桌子喝了一口水，转身又进入审讯室，“我再试试。”

苏恙再次走进了审问白柳的房间。

他已经连续几天没有睡好，再加上干叶玫瑰的摧残，现在的苏恙看起来非常憔悴，但他面对白柳这个很有可能对他的妻子和女儿做了什么十恶不赦的事的人，还是竭力保持心平气和。

苏恙坐在白柳对面，不仅自己喝水，还给白柳倒了一杯水。

“我是真的想要帮助你，如果你愿意告诉我爆炸地点在什么地方，我会尽全力帮你争取宽大处理。”

白柳的眼神在那杯水上蜻蜓点水般落了一下。

这位令唐二打念念不忘的苏队长，果然不是什么很容易被牵动情绪的人物——难怪他可以做唐二打那支队伍的战术师，这人的心性太稳了，根本不会轻易动摇。

“不是我不想告诉你们，”白柳当机立断地改了口风，他遗憾地叹息了一声，“是我不能告诉你们。”

苏恙一见白柳改了口风就赶紧追问：“为什么不能？是有什么人威胁你或者是阻止你说出这句话吗？爆炸的发起者是不是另有其人？你如果害怕离开这里之后被报复，我们会给你安排……”

白柳打断了苏恙的保证，他收敛了表情，淡淡地望着这个人：“都不是。我可以说，但你听不到、记不住、看不见，这对你来说，是不能触及的东西。”

“你的队长拼了命，就是为了让你……”白柳转头看向那块黑乎乎的玻璃。

他知道外面唐二打的队员正充满恨意地注视着他，但白柳并不怎么介意，而是平静地说下去：“和这块玻璃后面的那些人，永远都看不到真相。”

白柳转过头来正视苏恙：“我觉得他很愚蠢，但如果这样的愚蠢是他想追求的意义，而你们又承受不了这种愚蠢的守护，大概我会残忍地切割你们。”

“不过这次——”白柳平视着苏恙那双浅色的眼睛，审视了他许久，才别开眼继续道，“就让唐队长用他自己愚蠢的方式和你们道别吧。”

苏恙一怔：“……你说的话是什么意思？”

话音刚落，他的通信器就响了：

“苏队，唐队来了！”

“苏队，第二支队的人也来了！”

苏恙神色微凛，站起身来就想出去。白柳无波无澜地和他对视了一眼，然后回答了他的问题：

“苏队长，你和你的妻子、女儿待在一起的时候，会不会觉得自己过于强烈的近距离保护，有一天会害死她们？”

苏恙愣住了。

白柳轻声说：“你的队长也是这样觉得的。”

他说完这句话之后便侧过头去看那块玻璃，眼神没有任何变化，似乎可以透过这块单向可视的玻璃看到另一边的情况。

但苏恙知道那是不可能的，除非像他一样戴了特制的隐形眼镜，否则白柳看不到玻璃另一边的场景。

苏恙在外面队员的召唤声中有些走神地走出了审讯室——他莫名地在神色更为冷淡的白柳身上感受到了一种仿佛手下留情般的温柔。

白柳似乎准备对自己做更残酷的事情，但不知道为什么，他最终停手了，把选择的权利交还给了唐队长。

苏恙一头雾水地往前走，踏入外面火药味十足的对峙场。

和长期留守总部的第三支队相比，负责在外面直接收容高危异端的第二支队的杀气则重得多，对确定有害的异端进行处理也更为果决。换句话说，也就是更残忍。

因为担负的职责和分工不同，第二支队的整体权限比第三支队要高一个级别，就像刚刚第三支队的那个队员说的，如果第二支队的人要带走白柳，根本没有人能拦得住。

但第三支队里有一个特例——那就是队长唐二打。

唐二打的权限是曾经的第一支队队长下放给他的，是整个异端处理局总部最高的权限，也就是说，唐二打的权限是高于第二支队的。

有唐二打在，第二支队想要带走白柳单独处理，就不是一件很容易的事情。

但在这种重大危急情况下，唐二打要从行事狠辣的第二支队队长手里把白柳保下来，也不是一件很容易的事情。

而苏恙一出来，就看到唐二打神色冷厉地和赶来的第二支队队长对峙的场景。

第二支队的队长是个外貌看起来不太友善的人，他的左眼被一只眼罩蒙着，从下颌到锁骨有两条交错狰狞的十字旧伤疤，制服外套松垮地搭在肩上，飘荡的袖口还有一些没洗净的血迹，随意挂在外套上的工作证上写着：

第二支队队长：岑不明。

在场的所有人都知道岑队长的左眼是在逮捕一只异端的时候被它当场吃掉的，同时被吃掉的还有他当时的副队长。

到现在为止，第二支队都是没有副队长的，岑不明不设，也不提拔任何人做他的副队长，空悬了副队长的位置。他一个人作为整个团队的领导核心，全队只听他的指挥，整个团队的向心力出奇地强。

“唐队，异端 0006 理应转交给第二支队处理。”岑不明开门见山，“爆炸马上就要发生，第三支队接手异端十三分钟了，却对爆炸的事一无所获。原本理应在抓捕到异端之后就立即进入刑讯阶段，但你们的副队——”

岑不明完好的那只眼球略微凸起，呈现一种沉淀后的黄色，他像一只受伤的鹰，盯着别人的时候让人有种很强烈的被猛兽盯上的感觉：“苏恙，却不作为，一直拖到现在，是严重失职。”

唐二打上前一步挡在了苏恙前面：“是我授意的——还不能确定白柳就是异端，不能直接进行刑讯。”

岑不明收回盯着苏恙神色的眼神，看向唐二打，讥讽地一笑："唐队，如果我没有记错，在二十五个小时以前，你已经对异端 0006 使用过三种以上对异端进行刑讯的方式。

"并且这个异端在出逃的过程中放出了整个总部的异端，造成 67 位队员受伤，其中 17 人重伤，现在还躺在急救室里生死不明。

"今日凌晨四点十七分，这个逃出来的异端为了报复，号称在玫瑰工厂定点制造了一场足以污染全城的爆炸。"

"——现在你告诉我，它不是异端？"岑不明一拉肩膀上的外套，将其随手丢到一旁，从身后的队员手里接过一个黄褐色的档案袋，当着唐二打的面直接打开，抽出里面的文件甩手丢给他，"看看吧，唐队长。"

唐二打接过档案袋，看到上面的编号心里一紧——编号是 0006。

——档案袋都有了，总部那边已经把白柳当作异端来处理了。

唐二打神色凝重地翻开文件：

异端收容物品名称：白柳

编号：CEDT-0006

报告：被第三支队队长预测并抓捕，在逃脱过程中展示了与其他异端的紧密联系……

人形类似物，具有类人思考以及行动能力，是被异端处理局抓捕的第一个活人异端……

据第三支队队长口述，该异端不仅有操控其他异端的能力，而且对人类有极大的敌意，喜好折磨人类，擅长蛊惑、操纵、利用人类，精神污染能力极强，可将活人污染成异端为自己所用……

已造成一次重大群体伤害……

经过测试，该异端对水类液体（包括但不限于淡水、海水）有较强排斥反应……

收容方式：不建议收容，一经抓捕立即销毁。

危险等级：未知（极高，现有分级无法评定）。

227

"这上面的一切，可都是唐队你亲自在大家面前力证过的，没有转头就不认的道理。"

岑不明上前一步，强势地想要进入关押白柳的房间，但他刚走到关押白柳的房间门口，头顶猛地传来一声巨响，地动山摇了一阵之后，有人脸色惨白、跌跌撞撞地从出口闯进来，仰头看向这群人，断断续续地说：

“报告！工厂爆……爆炸了！”

苏恙急得立马问：“半径五千米内的民众全部撤离了没有？不光是市民，那些睡在街边的流浪汉之类的，也通知到了吗？”

这人仓促地咽了一口口水：“全部通知过了，一只猫都没有留在这个区域内。香气还在扩散，正在准备第二道抽风机防线，应该能把污染范围控制在工厂周围二十八千米内。”

“但第一道防线的队员们……”这人面露悲怆之色，“全部被污染了。”

唐二打闭了闭眼睛，他长久以来的忧虑和恐惧在这一刻全部松懈，身体的每一块肌肉都垮下来。他向后倒在了一张板凳上，手脚放松地搭在边沿，后仰着头，呆呆地看着天花板上刺目的白炽灯。

有几秒钟唐二打甚至听不到周围人呼唤他的声音，只有悠长的耳鸣声夹杂着白柳平静的声音：“唐队长，交给我吧，我有办法。”

——这是唐二打经历过的这么多个世界里，伤亡最少、最可控的局面。

不真实得就像是一场梦。

唐二打抬手摸了一把自己的脸，在氛围沉闷的空间里突然笑出声来，把站在前面的队员吓了一跳。

他们惊愕地转头去看坐在板凳上捂住脸大笑的唐队长，一时之间甚至觉得他们的队长是不是承受不了这个坏消息的打击，被弄疯了。

岑不明挑眉看向唐队长：“如果唐队酒还没醒，那造成两起大型群体事故的异端 0006 我就先带走了。”

唐二打放下自己的手，站起来目光沉沉地看向岑不明：“你不能带走他。”

“我最后动用一次‘预言家’权限。”唐二打取下自己的工作证放在桌面上，用四只手指推到岑不明面前，“我以队长的身份作为抵押，提走异端 0006 作为我的私人身份绑定异端。”

“如果白柳做错了什么事，我和白柳一起承担责任。”唐二打抬头定定地看着对面的岑不明，“如果你们要刑讯、要杀死他，那就连带着我一起吧。”

空间陷入了长久的寂静。

苏恙愕然地看向唐二打：“队长？！”

唐二打目光毫不闪躲地和岑不明对视。

岑不明安静了好几秒，才缓慢地伸手从桌面上拿起唐二打的工作证。他抬眸看向对面的唐二打："唐队，绑定了异端之后你就不可能再回到异端处理局，也不再是光鲜亮丽的队长了。

"你一辈子都必须负责看守这个异端，这个异端做错了任何事情，你都会与它同罪。而且在你意识到你无法继续控制这个异端的时候，你必须杀死自己并把它带回来——"

"你存在的意义，只是为了让这个异端能像人类一样在外界活动，你只是一个困住这个异端的人形盒子，或者说保险栓。"岑不明语气沉重地问他，"就算是这样，你也要放出异端 0006 吗？"

唐二打直视着他："是的。"

"就算和第一支队队长一样，因为绑定了异端 0001 而发疯自杀，你也不后悔？"岑不明死死地盯着唐二打。

"不后悔。"唐二打说。

"预言家"权限在异端处理局内指的是第一支队队长曾经拥有的一系列特殊权限，而其中最特殊的权限，就是这个"绑定某个异端，把它放回人类世界后看护它，并且对它做的一切事情负全责"的权限。

这是一个非常奇怪的权限，和整个异端处理局的主要任务背道而驰。

如果说把异端抓进危险异端处理局是将这些危险异端去人性化，把其作为死物看待的过程，那么这个权限所做的事情，就像是把人类的权利重新赋予这些异端，将其放回人类世界，赋予人性的过程。

但这个过程对于人类来说显然是充满危险的。

所以当初第一支队队长提出这个权限的时候，同时衍生出一个极其尖锐的问题——谁来对这些放回人类社会的异端负责？

万一这些异端还会继续杀人作恶，污染别人呢？谁能对这些可能产生的后果负责？

于是第一支队队长提出了"终身责任制"，也被称为"父母责任权限"。

主张把异端放回人类世界的队员对这个异端承担所有责任，负责看护、保护，并且教育其融入人类社会，对其所做的一切事情负全责，也就是说该队员相当于异端的父母。

但为人父母，还是一个这么危险的"孩子"的父母，自然应该全天候密切看护该异端。

所以当这个队员成为一个异端的"父母"时，基本上他的主要任务就是终身监视这个异端，再也不需要作为一个异端处理局内的队员而存在了。

当初没有人愿意拥有这个权限，也没有队员愿意负这样的责任。

他们无法理解为什么预言家会对这些邪恶可怕的异端抱有它们会变成人类的不切实际的幻想，并且对它们有父母对孩童般的同情心，教导它们，期盼它们长大成“人”。

在大部分队员的眼里，异端就是异端，怪物就是怪物，和人类有清晰的分界线，不可能变成人类。它们生来就是邪恶的，应该被禁锢，被铲除。

但预言家看到的未来总比他们看到的多，所以最后这个权限的提议还是通过了，但使用它的只有预言家一个人。

于是预言家放弃了第一支队队长的权利和义务，第一个尝试性放出的异端就是 0001。

然后他就发疯自杀了，并且销毁了异端 0001 的档案，将其带回了异端处理局，永远封禁在了异端处理局地下的最深处，不允许任何人窥探里面的秘密。

这显然是一次失败的尝试，所以也没有人再提起这个荒谬的权限。

但这个权限的确存在，并且被包裹在一大堆奇奇怪怪的权限里，被预言家传递给了唐二打。

而唐二打如果要对白柳使用这个“父母责任权限”，就需要卸下队长的职务，时刻保护和防护白柳，永远对白柳所做的一切事情负责——包括眼下的玫瑰工厂爆炸事件。

岑不明把唐二打的工作证扔回去：“总计有将近两千名干叶玫瑰感染者，半数是我们的队员，你怎么对这件事负责？”

“白柳有办法解决。”唐二打很快回答。

岑不明嗤笑一声：“一个爆炸犯，你指望他来给你解决？”

唐二打沉住气，没有正面回答岑不明的问题，而是询问他：“能先让我进去和白柳谈谈吗？”

“如果你坚持要绑定里面这个危险的异端，”挡在审讯室门前的岑不明移开，他意味不明地斜视了唐二打一眼，语气轻慢，“你当然有和自己的‘孩子’谈话的权利。”

唐二打推开门走进去。

白柳用手撑着下巴，百无聊赖地扫了一眼唐二打。

他的眼神在唐二打右胸前空掉的那一块放工作证的区域短暂地停留了片刻，抬眸似笑非笑地看向唐二打：“哇哦，唐队长为了把我捞出去，做出了相当大的牺牲呢。”

唐二打转动椅子坐下，他坐得相当板正，中规中矩地双手交握放在桌面上，低着头沉默——比起姿态悠闲自在的白柳，他看起来反倒更像是犯了错接受制裁的人。

“抱歉，”唐二打沉声道，“谢谢。”

这句没头没脑的道歉是为他之前对白柳所做的一切事情，而这句道谢是在感谢白柳在他做了那些事之后，还愿意做这一切。

“没关系，不客气。”白柳笑眯眯地接受了。

白柳瞄了一眼那块玻璃：“爆炸波及了多少人？”

“目前的人数是将近两千人，半数是队员。”唐二打呼出一口长气，“但污染扩散的整体趋势控制住了，情况还好。”

“所以你进来，是因为有人想救这些人？”白柳放下撑住下巴的手，把头搭在桌面上，歪着头困倦地打了个哈欠，“也不是不行，但我有个条件。”

唐二打顺着他的话往下问：“什么条件？”

白柳虽然是在和唐二打说话，眼神却看着那块单向玻璃，轻笑一声：“我从来不做没有利益的交易。

“想要和我合作，让我救人，就拿出可以打动我的东西来吧。”

唐二打推门走出来，看向外面的队员：“白柳开的条件，你们刚刚也都听见了。”

每个人脸上都是一副极其复杂、百感交集的表情，似乎对白柳的要求感到不知所措，只有岑不明脸上没有什么情绪。

这位队长倒像是提起了几分兴趣一般，眼睛一动不动地盯着坐在那面玻璃后面，似乎正趴在桌子上睡觉的白柳。

“真有意思，我还以为他会要钱。”岑不明勾唇一笑，“结果居然是要求我们打开关押异端 0001 房间的大门。”

228

危险异端处理局总部。

白柳被严加看守着运送到这里，这次他是堂堂正正地被人从大门送进来的。

所有人严阵以待，站在正门两旁，他们畏惧地、憎恨地、不可思议地看着这个昨夜从这里逃出去，今早又被运送回来的异端。

巨大的莹白色圆形建筑缓缓转动，朝他打开了入口。

白柳目不斜视地走进去，他的左边是护送他的第二支队队长岑不明，右边是唐二打，身后是浩浩荡荡的队员们。

如果不是白柳的双手还是被铐在身后，他看起来就像是这两个支队的领头人——曾经的第一支队队长。

但实际上，他只是一个不得不出动两个支队的人才被缉拿归案的逃犯。

白柳在岑不明的引导下进入电梯，岑不明刷卡点亮了电梯的操作按钮，唐二打上前一步，深吸一口气，按下底层的按键。

装有三人的电梯一层层下降，坠入地底。

海腥气不知道从什么时候开始在这部狭窄的电梯内弥漫。

“我很诧异你们会这么爽快地答应我的条件，”白柳侧头看向站在他左后方的岑不明，“毕竟异端0001看起来对你们很重要。”

岑不明瞄了他一眼：“再重要也没有两千条人命重要，它只是对于第一支队队长比较重要而已。他是它的监护人，也是决定把它封存起来的人，我们都不清楚这个异端是什么。”

“而且你只是说要看一眼而已，碍不着我们什么事。”岑不明冷淡地卡住白柳的后脑勺，“咔”的一声把他的头转回去，“看前面，别看我，档案袋里的文件说你的眼神对人类有蛊惑作用。”

因猝不及防被迫转头而牙酸的白柳：“……”

提供了档案袋里文件信息的唐二打：“……”

电梯稳稳地停下，门流畅地打开，白柳走了出来。

再次踏入危险异端处理局的底部，情形和上次大不相同，但场景却是一样的——

一条长长的、一点光都没有的、如深海隧道般的过道，飘浮在空气里、不知道从何而来的海水的气息，以及那扇安静矗立在尽头的永远闭合的门。

“先说好，我们并没有给你打开这扇门的意思，毕竟这种异端谁也不知道有多危险。”岑不明侧过头看向白柳，“我们只是答应让你使用异端7061‘透视之镜’，看一眼门后的东西。

“确切来说是看三分钟。”

岑不明举起一个黑色的盒子，上面的编号是7061，他在白柳眼前晃了晃手腕上造型奇怪的表：“如果你确认要看，我就打开手铐，把‘透视之镜’交给你，然后开始计时。”

白柳毫无异议地转过身，让岑不明给他解开手铐。

岑不明低头给白柳解手铐：“补充一句，据我所知，所有见过异端0001的人都发疯自杀了。”

他顿了一下：“包括我曾经的队长，也是异端处理局最伟大的队长，首任第一支队队长预言家。你现在反悔还来得及。”

手铐被解下来的一瞬间，岑不明就用枪抵住了白柳的头。

白柳神态自若地举起双手示意自己无害，然后揉了揉被手铐勒出青紫痕迹的手腕，转头正对着枪口后的岑不明，饶有兴趣地问：

“那这位伟大的队长，还说过任何和异端 0001 相关的事情吗？”

站在一旁的唐二打摇摇头：“大部分都封存在绝密档案里了，没有人有权限查看。”

“但是也有少部分信息我是知道的，”岑不明看着白柳，“预言家说所有人都会十分畏惧异端 0001 所呈现的东西，所以见到它的时候才会发疯。”

白柳挑眉：“类似墨菲定理鬼镜？”

“不是，墨菲定理鬼镜呈现的景象是假的，但异端 0001 让你看到的是真的。”岑不明靠近白柳，用枪口抵住他的额头，金属质地的枪口就像岑不明此刻的眼神一样冰冷，“所有异端都有名字，你知道异端 0001 的名字叫什么吗？”

白柳问：“叫什么？”

岑不明：“未来。”

唐二打也是一怔，白柳用余光看到唐二打惊慌失措的神色，明白这位第三支队队长和他一样，也是第一次听到异端 0001 的名字。

“‘未来’为什么会让那么多人恐惧、发疯？”白柳抬眸看向这位似乎藏有很多秘密的第二支队队长。

“可能‘未来’存在的意义，本身就是为了让人感到恐惧并为此发疯。”岑不明用枪抵住白柳的后脑勺逼迫他向前走，他的语气和表情都平静得不正常，“恐惧来源于未知，有什么比未来更不可知，更让人恐惧的吗？”

白柳举起双手向前走：“听起来岑队长似乎已经看过自己的未来了。”

“我没有看过，已知的未来会让我同时失去恐惧和追逐下去的动力。”岑不明停住了脚步，“但你马上就要决定要不要看你的未来了。”

白柳抬起头，他的面前就是那扇被焊死的异端 0001 所在房间的门。

这扇门高大冷硬，坚不可摧，没有入口，没有钥匙，仿佛生来就如此孤僻。厚重的门挡在白柳闻到的那股谢塔的气息和他之间。

白柳在属于他的未来里，闻到了谢塔的味道。

“想好了吗？”岑不明看着白柳，“要不要看你可怕的未来？”

“或许有时候未来并不可怕呢？”白柳轻声回答，“当你知道你的未来里有某个人的时候。”

白柳没有回头，平和地朝岑不明伸出手。岑不明沉默片刻，把装有异端 7061 的盒子放到白柳的手心，然后用指纹解锁了盒子。

沉甸甸的不锈钢盒子向四周折叠翻转打开，里面装着一片做工考究、样式古老的单片眼镜，包裹在一块细密的绒布里。

"将它举到与你的瞳间线平行的位置，就像是配近视眼镜的时候，医生给你测视力那样。调整镜片的位置，直到你面前这扇铁门变得透明。"

唐二打沉声指挥白柳怎么使用这片单片眼镜，他无法控制自己复杂的语气："然后你就可以看见里面的……未来了。"

与此同时，岑不明摁下了手表上的计时按钮。

在秒针的嘀嗒声中，白柳透过凸起的、老旧的、上面全是划痕的镜片看到铁门渐渐消失，门后出现了一片寂静的、空无一物的纯白背景。

这纯白的光影一直不着边际地往里蔓延，好像无论怎么往里望，也只能徒劳地窥见这些没有感情的白光。

终于，在白柳的眼睛望到开始发酸的时候，白光的尽头出现了一台雪花屏的小电视。

小电视似乎意识到白柳在看它，边缘的按钮自发地跳动，似乎是在搜台。雪花屏闪烁了两下，变成黑白旧电影带字母的片头，上面有光点闪烁，中央是几排大字的字幕：

最后一条世界线的游戏。

players：白柳以及他的朋友（？）们。

设定模式：极困难模式（地狱模式）。

设定游戏主线part1——生离死别的情感悲剧。

字幕变淡，小电视屏幕上的线条闪烁了两下，出现了一个非常不清晰的，就像是二十世纪八九十年代的单机恐怖游戏一样的第一视角的场景。

白柳在小电视里看到了晃荡的水波，细碎的浮冰，以及不断从他口鼻里上升的气泡——他似乎落水了。从他四肢无力地浮动在视野边缘的情况来看，他溺水应该已经超过四分钟，似乎马上就要溺死了。

但此刻他的手脚好像还在微弱地划动，看起来还有一定的意识。

奇怪的是，他并没有往水面上划动，而是往水面下继续深潜——似乎想要抓住落入水底的什么东西。

随着屏幕的摇晃以及视角的转换，白柳看到自己在抓什么东西——那是一颗不断往更深的冰原的海底掉落的，还在跳动的心脏。

而就在白柳快要抓住它的那一刻，有一只手穿过他的胸膛，先他一步抓住了那颗心脏。而在这只手抽回去的同时，似乎是为了斩草除根，毫不留情地捏爆了白柳的心脏。

血雾从他的身体里爆开，蔓延到海水中。

白柳看到自己缓慢地转过身来，张开四肢下沉，在一片红与蓝纵染的海域里，他的眼睑无力地闭合，小电视上的画面也开始晃荡着变黑。

但白柳的确看见了那个捏爆他心脏的人，长着一张和塔维尔一模一样的脸。

他就那样冷淡地、无动于衷地握住那颗还在跳动的心脏，悬浮在水中，高高在上地望着白柳在零摄氏度的水里冻僵。

细微的光逐渐消失，天边的太阳残缺不全，只留下四分之一，吞没白柳的海底更冷了。

画面渐渐淡去，小电视上又出现一行新的字幕：

设定游戏主线 part2——分道扬镳的十年旧友。

这次小电视的画面摇晃得更厉害了，像是有什么人提着白柳的领子在猛烈地甩他的头，歇斯底里地对着他怒吼：

“白柳！你不能再继续走下去了！你为了赢所做的事情已经够多了！”

白柳认出了这个声音。

他也认出了这张在小电视里流着泪，满脸涨红，脖子上青筋凸起，正在殴打他的人的脸——十年了，他倒是第一次看到这家伙露出这种表情。

陆驿站站在他面前，捏住他的肩膀和手臂，把他一遍又一遍地摔打在地上——这是他对待犯人的手段。

白柳身上鲜血淋漓，手上脚上都是瘀痕。陆驿站身上也好不到哪里去，他鼻子被打歪了，鼻青脸肿的，一双向来温和的眼睛里充满某种前所未有的激烈情绪，一动不动死死地盯着白柳，似乎随时准备冲上来。

他们似乎蛮横地、毫不留情地打了一架。

白柳听到了自己剧烈的、粗重的呼吸声，他应该是受伤更严重的那个——陆驿站受过专业的擒拿训练，肉搏白柳是打不过他的。

但伤势更轻的陆驿站却好像终于忍不住了一般，眼里流出了泪水，他抬手擦了一下眼睛，把脸上擦得血肉模糊的，然后抬起头来强忍着哽咽质问他：“白柳，你存在的意义是什么？

“就是为了成为站在我对面的怪物吗？

“你难道不是一个人吗？”

229

陆驿站的画面变淡，屏幕变黑，小电视上又出现一行新的字幕：

设定游戏主线 part3——支离破碎的亲密团队。

画面从很远的地方淡入，海面上有一轮圆日，还有缥缈轻柔的雾气。视线往里看，有一座巍峨庄严的巨大神殿在幽蓝的海雾与如火光般的日色中若隐若现，神秘而美丽。

但这神殿里仿佛有过一场恶战，到处都是火石落下砸出的黑色坑洞。白柳一眼就认出来刘佳仪毒药腐蚀的熔断痕迹，牧四诚爪子的抓痕，唐二打手枪的弹孔以及木柯匕首的割痕。

这几个人应该刚刚在这里战斗过，但不知道为什么现在这里只有白柳一个人。更奇怪的一点是，白柳并没有发现自己的攻击痕迹。

鱼骨鞭甩打的痕迹很好辨认，白柳在画面里寻找了几次都没有发现，却随处可见另外四个人的攻击痕迹……

看起来就像是在这一场所有人都竭尽全力的团战里，白柳并不存在，或者说他的存在已经没有意义。

继续往里走，穿过被烧黑的丛林灌木、遍地散落的灰白石块，白柳看到了他一直在寻找的那四个人的踪迹。

用踪迹来形容不够贴切，应该是尸体。

刘佳仪的额头上有一个弹孔，她睁着灰蒙蒙的眼睛仰躺在地上，手里的毒药泄漏了一地，蔓延到木柯斜躺着的地面上。

木柯双目无神，手里只握住了一把匕首，另一把扎进了牧四诚的胸口里。而牧四诚被这把匕首钉在了树上，仰头靠着树干，爪子垂落在身侧，鲜血滴滴答答地往下淌。

而这鲜血的主人——唐二打闭着眼歪着头靠在一块岩石上，喉咙被抓破，手还是握枪的姿势，枪却无处可寻。

白柳终于知道为什么没有他的攻击痕迹了——因为这是一场他没有参与的，不死不休的团队内战。

这个时候他听到身后有一道缥缈的声音从云雾中传来，带着捉摸不定的笑意，在山林间回荡：

“这条世界线的游戏结束了，白柳。

“你输了。”

画面变淡，小电视上的字幕颜色变成了黑色：

设定游戏主线 DLC（Downloadable Content，后续可下载内容）——其他世界线的游戏存档。

小电视里充满噪点的画面变得清晰，屏幕上是一个和关押异端 0001 的房间一模一样的纯白房间，房间正中央摆放着一张长桌，桌面上摆放着五个一字排开的土黄色档案袋。

桌子后面坐着一个穿着异端处理局制服的人，画面局限在他的胸口，看不到他的脸，但是能看到他夹在胸前口袋上的工作证，上面写着“第一支队队长”。

但后面的名字被打码了，白柳看不清楚。

这个第一支队队长正在整理桌面上的这些档案袋。

档案袋的线扣被打开，里面的文件依次排列，白柳看到了文件顶部的编号分别是 0004、0601、0005、0002、0006。

第一支队队长正逐份拿起这些文件进行批阅，所以白柳也能看到这些文件的具体内容。

异端 0004：牧四诚。

精神降维经过（因为精神值异常从正常人类降级成怪物的过程）：于 200× 年高二下学期目睹了同班同学袁晴晴因自己的过失被 11 路公交车当场撞死，后被大学室友刘怀影响进入游戏，因不愿意加入任何大公会而被围堵……

后在白六的诱导下，在愤怒中淘汰了背叛自己的刘怀，偷盗欲望失控，成为“流浪马戏团”的一员……

异端 0004 于 0237 号世界线中存档结局：被小女巫刘佳仪暗杀。

……

异端 0004 于 0412 号世界线中存档结局：三年后因受伤失去上场能力被白柳遗弃，被小丑在一次追捕中乱枪打伤后抛给异端处理局……

……

异端 0004 于 0045 号世界线中被异端处理局收容，编号为 0004，在第一支队队长（我本人）的担保下，于序列 0047 号世界线中被释放进入社会，在该世界线中已经完全融入社会，从异端转化为正常人类，精神升维成功……

于当前世界线（序号0658）与白柳组成新团队，精神维度稳定，未出现降级成怪物的明显征兆……

这位队长整理好这份文件后，打开了下一份：

异端0601：刘佳仪。

精神降维经过：先天性眼盲，因其父的不正当行为，在六岁以前被长期虐待。其兄刘怀在其七岁时考上了大学并将其带走，但依旧没有摆脱其父，后被其父尾随纠缠长达一年多……

某日刘佳仪被其父绑架，交于一中年屠夫李狗做义女，后被刘怀阻止未遂。但在这过程中刘佳仪因与游戏玩家李狗接触，受到了严重的刺激，在刘怀为了保护她不再继续受其父骚扰，送她到福利院时爆发了强烈欲望，进入游戏……

后在白六的诱导以及帮助下，加入了“流浪马戏团”……

异端0601于0261号世界线中存档结局：在作恶时被当局逮捕，剧烈反抗后被当场击毙。

……

异端0601于0068号世界线中被异端处理局收容，编号为0601，在第一支队队长（我本人）的担保下，于序列0071号世界线中被释放进入社会，在该世界线中已经完全融入社会，从异端转化为正常人类，精神升维成功……

这位队长看文件的速度很快，他整理好这一份后，迅速地打开了下一份：

异端0005：辛奇马尼·丹尼尔。

精神降维经过：出生于某国际走私犯家族，因家族传统，所有的孩子都被其父扔在帮派里成长，并不在意他们的死活，活下来的孩子才是值得尊重的……

丹尼尔十四岁时被要求率领团伙截杀某批走私物，但这批走私物实则为白六的异端走私物。丹尼尔截杀失败，逃回家之后受到了重罚，即将被其父弃杀时，白六插手这件事并联系上丹尼尔的父亲，将这批走私物免费赠予其父，和其父成为合作伙伴……

丹尼尔因此活了下来，后其父为了向白六示好，让丹尼尔认白六为教父……

白六将丹尼尔带在身旁教导，不久之后丹尼尔就进入了游戏。一年后，丹尼尔带着整个家族向白六投诚……

异端 0005 在 0107 号世界线中存档结局：执行任务时冲入异端处理局，在击杀了我方 7 名队员、放出了 108 个异端后被击毙。

……

异端 0005 被白六高度驯化，极难捕获，截至当前世界线，击杀成功多次，收容失败……

这位队长将要拿下一份文件的时候，迟疑了一瞬。这一瞬极为短暂，但还是被白柳捕捉到了。

——这意味着这份文件对这位队长来说是不一样的。

白柳的视线移到了桌上的这份文件上。

异端 0002：唐二打。

精神降维经过：原第一支队队员，现第三支队队长。初始世界线精神稳定，后因一代猎人于 0317 号世界线精神降维开始失控。唐二打于世界线 0325 被第一支队队长（我本人）选为二代猎人并接过“预言家”权限，负责击杀已经犯下罪行的异端，同时收容即将失去控制、即将犯下罪行的异端……

在三百余条世界线中，多次被异端 0006 利用心理弱点，遭到恶意的精神污染，于世界线 0642 开始精神降维。在继续坚持了十余条世界线之后彻底精神降维，崩解为异端，自愿被收容，自愿被击毙……

因其有害性较低，在第一支队队长（我本人）的担保下不销毁，暂时处于观察状态……

于当前世界线（序号 0658），异端 0002 与异端 0006 组队，目前精神状态稳定，暂无继续降维的迹象……

然后是最后一份，白柳看向那份编号是 0006 的文件，这份文件与前几份相比厚得多，也旧得多。

第一支队队长静坐了好一会儿，才翻开这最后一份文件。

异端 0006：白六（白柳）。

精神降维过程：未知，似乎从他诞生那一刻起，精神降维就完成了……

除当前时间线，未发现任何一条时间线该异端危害性较低……

……

异端0006在0003号世界线中存档结局：利用异端污染世界线成功，游戏结束。

……

异端0006在0407号世界线中存档结局：利用异端污染世界线成功，游戏结束。

除当前世界线，所有已发现的世界线全部被异端0006污染成功，当前世界线轻度污染，目前异端0006的有害性未知……

于0006号世界线异端0006主动向异端处理局投诚后被收容，给出的理由为单纯的污染事件太单调了，无法在抗争中把利益最大化，所以他需要异端处理局用尽全力与他抗争……

异端0006要求与异端处理局玩一场异端污染对抗赛，以该世界线是否被完全污染定胜负。

只要他输了一场，他就主动接受永久收容；如果他一直赢，就会一直将异端处理局视为一个存在于每条世界线的客观敌对的工具标杆，不能停止与其作战。

而白六将利用异端处理局这个敌对组织刺激并提高他团队成员的作战能力以及下属的生产力……

异端处理局同意进行对抗赛……

异端0006于0006号世界线被半收容，在第一支队队长（我本人）的担保下，于序列0007号世界线中被释放进入社会，投放失败，世界线被污染……

于0008号世界线中被释放进入社会，投放失败，世界线被污染……

……

于0658号世界线（当前世界线）中被释放进入社会，世界线轻度污染，暂无大规模异端污染事件发生……

异端0006疑似完成精神升维过程，可成功融入社会……

该世界线结局待定……

小电视内所有的画面淡去，白柳手上的镜片被岑不明拿了下来，他面前还是一堵厚实的金属门。

岑不明挑眉，审视着白柳："时间到了，看到什么了，还没看够？"

"我看到了世界的真相。"白柳说。

岑不明看着他："这听起来比'未来'还可怕。"

白柳微笑："我赞同你这句话。"

“那真相是什么？”岑不明问。

白柳轻声说：“真相是，我们的‘现实’是一场可以不断重启的游戏。”

230

岑不明捂住耳朵，皱了一下眉，随即又很快松开手：“你刚刚说了什么？我耳鸣了一下，没听到。”

“没什么，”白柳转移了话题，“我已经看到了门后的东西，相应地，我也会告诉你们解救那些感染者的办法。

“——有一样东西可以无痛消除干叶玫瑰带来的污染症状。”

岑不明屏住了呼吸：“什么东西？”

“血灵芝，”白柳耸耸肩，“如果我没有记错的话，你们应该已经从福利院那几个幸存的小孩身上剥离出了菌株并保存，或者用你们的话来说是收容。你们已经拥有解药的原材料了。”

岑不明凝视着白柳，举起枪口对准白柳的眉心：“血灵芝只有用特定小孩的血才能培育，但有将近两千名正在等待救援的成年人——你这是在怂恿我们利用幼童的血非法培育异端吗？”

白柳微笑着说：“不是常说解药就藏在毒药五步之内吗？或许你们也可以试试用那些感染者的血去培养血灵芝。”

岑不明一怔。

白柳就像是没看到有枪正抵着他的额头一样，若无其事地擦过岑不明的肩膀，往电梯入口走去。

唐二打按住了岑不明继续对准白柳的枪口，和他对视了一眼，劝诫般地摇了摇头。

岑不明这才把枪放下。他扫了唐二打一眼，又侧目看向白柳的背影，意味不明地眯了眯他那只完好的右眼，然后用力擦拭了一下枪口，将枪别在腰后。

“你知道吗，唐队长，这不是我第一次给人用‘透视之镜’。”岑不明冷冷地说，“但这却是我第一次看到有人在用‘透视之镜’的时候，用的是左眼——尤其是在这个人还是个右撇子的情况下，这不符合他的用眼习惯。

“我几乎要以为你的被监护人是在嘲讽我只有一只右眼。”

白柳的确有这样做的可能性和恶趣味。

唐二打也看到白柳在拿镜片和放镜片的时候都故意换了一下手，还挑眉慢悠悠地扫了一眼岑不明的左眼。

白柳这人一向记仇，岑不明惹了他，虽然这人明面上不会说什么，但是这种调戏和激怒人的小细节是不会少的。

岑不明眼神冷厉地看向唐二打："这么聪明的异端，你确定要把他放出去？"

"我欠他的。"唐二打说完就往白柳的方向跑去。

岑不明一个人留在原地，被异端处理局底层的漆黑吞没，隔了一会儿才从阴暗处走出来。他一只手抚摩着自己戴着眼罩的左眼，右眼望着白柳和唐二打离开的背影，用一种极其阴冷的语气呢喃：

"没有人欠怪物，都是怪物欠我们的。"

唐二打把白柳送到了异端处理局的门口，看到门口那些虎视眈眈、充满敌意地注视着白柳的第三支队队员，不由得头疼起来——

这些都是他欠下的债。

昨晚留守在这里的不少队员和白柳召唤出来的异端都有过一场恶战，在没有办法告诉他们真相的情况下，他们对白柳的敌视会持续相当长一段时间了。

除非……把这些怨恨转移到他身上。

在唐二打低头沉思的时候，突然传来一声叫喊："队长！"

唐二打的瞳孔轻微收缩，他停住了往外走的脚步，缓慢地转过身去。

苏恙深深地望着他，手里举着他的制服，眼眶发红，身边站着几乎所有第三支队的队员。

他们就那样不可思议、无法置信，就像是被抛弃一般望着他们曾经的队长，注视着这个迷茫地逃跑的猎人。

"队长，你真的要走吗？"

唐二打被这句话定在了原地，他攥紧了拳头，怎么都没法继续往前走——

这些人，这些队员，这些眼神。

他在曾经无意义的三百多次轮回里拥有过的细微的幸福与美好，都与这些人大笑或者安睡的脸有关。

酣醉的猎人在筋疲力尽地蜷缩在怪物堆里，以枪为枕的时候，睡梦里便是这些人鲜活如往昔的脸。

——这是他的责任，他的使命，他的命运。在这些人为他而死的时候，他就逃避不了这种注定。

白柳也停下了脚步，转过头来看到这一幕，并不怎么惊奇地扫了一眼停下来的唐二打，好似很放心地拍了拍唐二打的肩膀，将定在原地一动不动的唐二打向前轻轻推了一把：

"和你的队员们好好道别吧，我在外面等你。"

白柳说完，懒懒地挥挥手，头也不回地转身离去。

唐二打被推得向前踉跄，他低着头看着自己身上这件邋遢又陈旧的异端处理局制服，看着自己因枪杀了不知道多少怪物和活人异端而被磨出厚厚茧子的手，然后抬起头，深深地、迷茫地、出神地平视着对面的苏恙和队员们——

他忽然发现，他快要记不清最初的自己和他们的样子了。

唐二打只记得那些坏的、残缺的、充满鲜血和恨意的画面，那些画面宛如小刀，割在这些人的脸上，然后一点一点把唐二打的记忆雕刻成鲜血淋漓、面目全非的样子。

他怎么也想不起他和苏恙最后一次高举着缺口的啤酒杯喝酒的地点，不记得和这群人最后一次庆祝的理由，不记得苏恙弯起眼睛说“我们会等你”时的背景了。

明明那么重要，明明自己靠这些回忆熬过了那么多日子，但到这一刻，那些回忆似乎离他太远了，远到模糊不清，泛黄褪色，远到就像是另一个第三支队队长唐二打的记忆。

而不是他这个已经变成怪物的唐二打的记忆。

越到后来，他越是想回到从前，就越是不得不离从前更远。

“队长，请不要走！”

苏恙双手平举着唐二打的制服，背挺得笔直，规规矩矩地对他鞠了一个 90 度的躬。他虽然强自镇定，但声音依旧能听得出来哽咽。

“队长，请不要走！”

在苏恙的带领下，第三支队的队员们都低下了头，对着唐二打鞠躬，他们声嘶力竭地大声吼叫着挽留他，眼泪从几个人的脸上滑落，滴在地上。

唐二打终于上前一步，他放慢了脚步，一步一步朝着苏恙和第三支队的队员们走去，沉默地从苏恙的手里接过了自己的队服。

苏恙惊喜地抬起头：“队长？！”

另一头。

木柯和刘佳仪他们收到了唐二打的短信，赶紧开车到异端处理局外面等着。

现在看到白柳毫发无伤地从里面走出来，坐在驾驶座上的木柯长出一口气，瘫软在座位上。

倒是早就下车透气，靠在车门的刘佳仪似乎听到了有人靠近的动静，有点诧异地抬起头。

她侧耳反复倾听了几次，然后不可置信地开口问道：“只有你一个人的脚步声，你居然把那个傻大个儿留在异端处理局了？！”

“你就不怕他又留下来吗？！”刘佳仪双臂抱胸，“看”向白柳的脚步声传来的方向，“我不信你没看出来他对异端处理局这个群体的归属感更强，你把他留在原地，指望他自己切割和第三支队的心理联系，相当于羊入虎口。”

“他不会把心理归属感放在我们这一方的，”刘佳仪一边摇头一边笃定地下了结论，“我能感觉到他很排斥，甚至是敌视我们。”

刘佳仪眉梢不耐地一扬，批评白柳：“你绕这么大一个圈子不就是准备彻底控制唐二打吗？怎么回事？临门一脚掉链子，这可不是你的作风。”

白柳被刘佳仪迎面质问了一通，不慌不忙地转过身往车门上一靠，从驾驶座那边敞开的车窗里拿了一瓶水，拧开喝了一口才回答刘佳仪的话：

“我突然很好奇，如果我不刻意地去切割，这位唐队长会做出怎样的选择。”

“你突然好什么奇啊！”刘佳仪跺脚，着急道，“还有两个月就要参加联赛了，你不快点控制好队员，唐二打又这么优秀，你会像红桃一样被人抢队员的！”

白柳垂眸看向刘佳仪：“——所以你想看到我用红桃控制你的办法，去控制唐二打吗？也让他和自己最亲密的人生离死别？”

刘佳仪怔住了。

“我本来也是这样打算的。”白柳话锋一转，毫不避讳地承认了。

白柳盖好矿泉水瓶的盖子，一只手随意地插在裤兜里，远远地眺望着那个巨大的白色圆形建筑物。晨风从他身后拂过，把白柳的碎发和没有扎入裤子里的宽大衬衣吹得猎猎作响。

耀眼的晨光照耀在白柳的脸上，衬着他浅淡的笑意，在即将褪去夜色的黎明中闪闪发光。

“但在某些特定的时候，我觉得用陆驿站那种方法来引导人心也不错。”

闪耀夺目的日光在晨雾中氤氲成无数条明亮的射线，然后光束彼此融合，从天际一路向内渐染，将荒芜空旷的困满怪物的地底、巨大的圆形金属建筑物以及队服上的章鱼徽章照耀成灿金色。

唐二打低头看着他手上这件跟随了他好几个世纪的队服上被太阳照得明晃晃的章鱼徽章，很久都没动。然后他长长地呼出一口气，突然轻笑了一声。

“队长？”苏恙小心地询问。

“你还记得我们一开始在异端处理局作为预备队员训练的时候吗？”唐二打提了一个和现在的事完全没有关系的问题。

苏恙一愣，但他还是认真地回答了唐二打的问题：“……记得，我们一开始都是第一支队的预备队员，训练得很辛苦。”

“——是阻止我犯傻很辛苦吧？”唐二打面露怀念之色，“当时整个支队最冲动的人就是我，遇到异端杀人，我收不住脾气，也一定要杀异端。每次都会被第一支队队长阻止，他教了我们很多。”

“对，当时岑不明还是第一支队的副队长，对我们特别严厉，但会特别乖地喊第一支队队长‘师兄’。”

苏恙不知道唐二打想说什么，但他还是很温顺地和唐二打一起回忆：“——当时你就不喜欢他，还阴阳怪气学他叫第一支队队长‘师兄’的样子来取笑他，他还骂你脾气这么暴，迟早要被污染，精神降维。”

唐二打有些恍惚：“……我原来还和岑不明吵过架吗？”

“都是二十多年前的事情了，不记得也正常。”苏恙笑笑，“怎么突然说起这个？”

“我只是突然想起第一支队队长曾经和我说过的一句话，”唐二打垂下眼帘看着那个队徽低语，“这个世界上没有两片相同的叶子，也没有两条相同的时间线——

“当你被时间选中的时候，无论你遇到多想让你停留的事物，遇到多想让你停留的人，你都要清楚，它们都不再是那个真正的你想要为之停留的人或者事物，它们都已经逝去许久了——

“你不能回头看，只能继续向前。

“——这就是属于你的未来。”

唐二打抬起头，环视所有队员一圈，沉声道：

“我作为异端 0006 的监护人以及绑定者，昨晚以及今早异端 0006 造成的事故，皆因我对异端 0006 做出的不当判断导致矛盾激化而造成的——”

他深蓝色的眼眸明亮清澈：“对此，我应该负全责。”

“异端 0006 非伤人型异端，他在两场堪称剧烈的暴乱中控制住了自己，未曾杀死一个人，并且都于事后做出了补偿措施，弥补了自己造成的后果。而我错误地评判了异端 0006，采用各种手段逼迫他是事故的起因，对此——”

面对一众愕然的留守队员，唐二打深深地弯下腰，对他们鞠躬：

“我深感歉疚。”

“昨晚受伤的 67 名队员我会尽力补偿，玫瑰工厂爆炸事故目前也得到解决，作为惩罚——”唐二打握住了队服上的徽章，用力地往下一扯。

苏恙厉声喝止他：“队长！！”

但还是晚了。

队徽被完完整整地扯了下来，唐二打深吸一口气：“——我辞去第三支队队长的职务，并且作为异端 0006 的绑定者，在其彻底融入社会前，不会再回危险异端处理局。”

苏恙闭了闭眼睛，腮帮子因为牙关紧咬而发抖。

唐二打直起了腰，他像是放下一切般轻松一笑，但双眼都发红了。他颤抖着把那个队徽放在心口握了握，然后抖开队服，披在了苏恙的肩膀上，笑着拍了拍他的肩膀，把代表队长的队徽轻轻地放在了苏恙的手里。

苏恙愕然地看向他。

唐二打沉声道：“在此，我任命苏恙副队长为新的第三支队队长，将除了‘预言家’权限的所有权限转让给他。”

“苏副队，我命令你，接徽章！”唐二打语气陡然变重。

苏恙忍了半天，还是没有忍住，眼泪哗哗地往下流。他接过唐二打递给自己的队徽，咬牙切齿地说：“是，队长。”

唐二打笑着说：“你会成为一个比我更好的队长的，苏恙。”

苏恙抱着徽章和队服号啕大哭。

二十多年了，他从未想过有一天唐二打不再是他的队长，还是以这样一种残忍的、自我惩罚的方式。

苏恙明白异端处理局对于唐二打意味着什么，也明白放弃这里对唐二打而言有多可怕。

苏恙想过一万种唐二打离开异端处理局的方式——被异端杀死、被污染而自杀，甚至成为异端的看守者老死在这里。

但他从没想过会是这样，在苏恙和每个队员的构想里，唐二打从来没有活着离开异端处理局的可能性——这意味着在他们的认知里，离开异端处理局对唐二打而言是一件比死更可怕的事情。

唐二打带领他们冲锋陷阵，是每个第三支队队员公认的永远的队长，他正义、勇敢，有时候有点急躁，但永远不会缺席任何一场生离死别的战役，不惧任何一次去而不返的“游戏”。

但到底是从什么时候开始，他们渐行渐远了？

苏恙泪眼蒙眬地看着唐二打在日出时离开的背影，他洒脱地挥挥手，似乎并不留恋这里，但这家伙身上的衣服、裤子，就连鞋子和袜子都是异端处理局特制的。

已经穿得破旧，洗得泛白，但依旧被唐二打老老实实地穿在身上——就好像这一身老旧的异端处理局的制服已经长在他身上，再也没有办法脱下来。

但“长”在他心口的那个队徽，已经被他亲手扯了下来。

白柳靠在车边等了一会儿，刘佳仪忍不住开口讽刺还没出来的唐二打：“白柳，你会为你的心软而后悔的，我们这位队长看起来不像是能利索地脱离团队的人，你等着他……（叛队吧）”。

刘佳仪话音还没落，圆形建筑物下方出现了一个向他们这边走过来的黑点。

他走得很慢，身上披着一件被撕得破破烂烂的队服，但他的确是在往这边走的。

刘佳仪的话停住了，她不可思议地往脚步声传来的方向“看”去。

唐二打走过来，白柳从上到下看了一遍他的状况，眼神在他那件心口破洞的队服上停留了两秒，笑着调侃：“我以为你会把队徽和队服一起留给苏恙。”

唐二打对白柳能猜到事情的走向这一点已经不怎么感到惊奇了，他点头，开口嗓音有点沙哑：“本来我是这样打算的，队服和队徽都给他了……”

白柳的视线又看向唐二打身上的那件队服：“然后呢？”

“但苏恙坚持要把队服留给我，”唐二打轻声说，“他说队徽只是帮我暂时保管，他会永远等我回去的。”

说完这句话之后，唐二打安静了很久才道：“但我不能回头了，那不是属于我的未来。

“我只能继续向前走。”

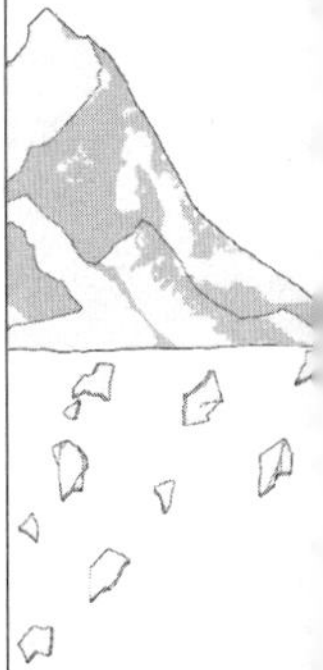

第十三章 胜利的代价

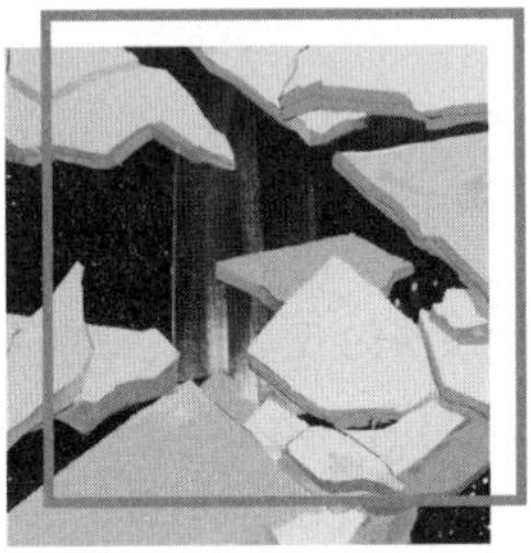

231

回去的路上，坐在副驾驶座上的白柳简单地说了一下自己关于联赛的构想。

“你们今年就想参赛？”唐二打皱起眉头。

“我也觉得时间太紧了，只剩两个月，白柳你和木柯的联赛游戏报名次数都还差四十八九次。”刘佳仪无语地躺在车座上，“我觉得你俩报名都困难。”

白柳微微侧过身，看向坐在他后面的唐二打：“唐队长有什么好的提议吗？如果由你带着我们，一个副本最快多长时间能通关？”

唐二打眉头越皱越紧：“你们的情况我还不了解，无法预估……”

白柳换了种问法：“如果是你自己，一个三级副本，以现实时间为计量维度，你最短的一次通关时长是多少？”

唐二打不假思索：“三十一分钟。”

躺在后座喝水的刘佳仪剧烈地呛咳起来，驾驶座上的木柯听到这个数字手一滑，差点把车开出路外。

他们异口同声地问唐二打：“你是怎么做到这么快的？！”

这人到底是什么怪物？三十一分钟通关一个三级游戏！

“游戏的维度时间换算成现实时间，要进行两次换算。”唐二打沉声叙述，“先换算成游戏大厅的维度时间，然后再通过系统的维度时间换算成现实时间。

“而游戏的维度时间换算成游戏大厅的维度时间，不是根据游戏内时间流逝的长短，而是通过三种不同的游戏结局来换算的。”

唐二打举例说明：“一个游戏有三种不同的结局，bad ending（坏的结局）、normal ending（普通结局）以及 true ending（最终结局）。”

“bad ending 换算出来的是无效的维度时间，也就是说如果一个玩家打出了 bad ending，被淘汰或者在游戏里变成了怪物，那么从他进入游戏的那一刻起，他的时间就无效了，彻底在游戏里停滞，无法继续换算成系统的维度时间或者现实时间。

“而白柳你最常打出来的 true ending 换算出来的维度时间，一般都是一个游戏能持续的最长游戏时间，换算成游戏大厅的维度时间，一般是 3.5 ~ 5.5 维度小时，再进一步换算成现实时间，一般是 21 ~ 27 个小时。”

白柳摸了摸下巴，若有所思：“游戏的维度时间换算成现实时间，有固定的兑换比例吗？”

唐二打摇头：“没有。维度时间换算成现实时间看似有规律，但这种规律是流动的，在一段时间内保持一致，但在下一段时间内又更换了。目前我没有摸索出固定的兑换比例，只能估测。”

白柳眯了眯眼睛：“现实和系统之间这种流动的、不确定的时间换算法则……”

——不是跟游戏副本和游戏大厅之间的时间换算法则一模一样吗？

加上白柳之前在“未来”里看到的东西，他基本可以确定“现实”也是某个游戏副本的维度了。

如果“现实”也是系统内的一个游戏副本，那“现实”和系统内的维度时间换算的标准也应该是不同的 ending 线。

系统和“现实”在一段时间内保持某种时间换算法则，应该是这段时间玩家走在某条固定的 ending 线上。而当玩家更换游戏路径，走到另一条 ending 线上时，系统和“现实”的时间换算法则也随之改变。

——那现在，他是走在“现实”这个副本的哪条游戏路径上呢？

true ending，normal ending 或者 bad ending？

“而最快的通关方法是打 normal ending 线。”唐二打继续说下去，“不探索任何怪物书，不寻找任何通关线索，直接打死大 BOSS，完成任务暴力通关。我最快的纪录是十七分钟通关一个二级的单人副本。”

刘佳仪生无可恋地躺在座椅上不动弹了。

十七分钟通关二级副本……

这种级别的通关速度，就算一带四，两个月的时间足够把他们全部带进联赛了。

联赛强者，恐怖如斯。

“但只剩两个月，参加联赛时间还是太紧了。”唐二打严肃地警告其他人，“就算有资格报名，但你们和联赛里的那些玩家相比，素质差得太远了。比起获得报名资格，对你们而言更重要的事情是训练。

“在获得报名资格之后，你们起码还要在游戏池里训练六十次，对联赛的游戏副本和游戏规则有基本认知之后才能参赛。”

刘佳仪举手补充：“除此之外，人气也非常重要，你们需要在游戏外拉票，让观众们支持你们，给你们投票、充电。在应援季人气值冲到前一百名的玩家，才能获得联赛的免死金牌。”

“游戏池和免死金牌又是什么？”木柯听得有点发晕。

作为一个新手玩家，他刚弄清楚游戏大厅的基础规则，对联赛的具体信息远没有唐二打这个老手和经过培训的刘佳仪了解。

刘佳仪似乎也意识到了这一点，有些头疼地扶额：“对哦，我都忘了你们还是新人。听好了，游戏池是一个全新的分区，只有成功报名联赛的玩家才能登进去，一般用于联赛玩家内部训练。”

唐二打点头赞同刘佳仪的说法：“这个分区里包含单独的游戏选择屏幕、游戏登入口、游戏登出口，在这个分区里进行的游戏不向外部观众展示，所以是没有小电视存在的，也被称为非小电视区。”

“除此之外，在这个分区里进行游戏的玩家可以随时登出。”刘佳仪举起一根手指，神情难得严肃，“这也是这个分区最特殊的地方，系统对已经报名成功的联赛玩家会有一定保护，而保护机制的具体体现就是游戏池这个分区的存在。

“为了确保报名成功的联赛玩家可以成功参加联赛，在联赛正式开始之前，这些玩家在游戏池内进行训练，在察觉到有生命危险的时候，只需要缴纳一定积分，就可以退出游戏。”

白柳挑眉：“看来联赛对于系统而言真的很重要。”

——居然有这种放弃收割玩家灵魂的单纯的训练区存在，只是为了确保这些玩家可以顺利参加联赛。

“不要掉以轻心，”唐二打沉声提醒，“游戏区之所以有这种机制存在，是因为这里面的游戏都是和联赛直接对接的三级副本，很多人根本来不及登出就淘汰了。”

“没错，”刘佳仪煞有介事地连连点头，“听红桃说，历年的联赛对抗副本都是从游戏池中随机抽取的，真的很难。为了确保对这些副本有一定熟悉度，很多大公会的队员在上一年联赛结束后就会立马刷够五十二次副本，然后去游戏池进行高强度训练。”

“所以我们在外面才见不到什么大公会的战队队员？”木柯问。

“你们在小电视区能见到的只有被公会推出来营业的明星队员，是见不到那些一整年基本都在游戏池内训练、能力更强的战队队员的。”唐二打淡淡地说。

刘佳仪强调：“但这并不代表明星队员实力就很弱。相反，他们大部分实力都很强悍。”

木柯一怔：“明星队员？”

白柳从车前座的抽屉里拿出了纸笔，在上面简单地写下几个关键词，并在其中一个关键词“免死金牌”上画了个圈，然后开口问：“明星队员的存在，和免死金牌有关吧？”

唐二打静默片刻，道：“是的。”

“虽然游戏池里的游戏可以随时退出，但联赛里的游戏在分出胜负之前，是不能退出的，这代表输的一方基本会被团灭。”

白柳的笔尖在“性价比”上轻点了两下，垂眸轻声道：“但是这是一场联赛，如果输的一方被团灭，这代表一场比赛就有一个团队消失，比赛根本没有办法继续进行，也无法通过利用观众对某支固定队伍的情感支持诱导他们充电，从而将联赛利益最大化。

“在这种情况下，保住人气更高、更有价值的玩家的道具——联赛免死金牌就应运而生了。”

刘佳仪叹气：“大概是这样的，玩家获得了免死金牌后，在比赛中生命值或者精神值下降到危险值之后，系统会让你自动退出游戏。

“获得免死金牌是依靠人气值，也就是观众对你的支持率，这也是应援季的由来——在联赛开始前两个月的时候，各大公会就会开始疯狂宣传自家战队，同时让明星队员疯狂营业。

“基本上一个战队要是有一到两个非常亮眼的明星队员，战队里的其他成员就可以不用担心自己的免死金牌的问题了。因为明星队员的粉丝会给整个战队的所有人充电、投票，确保他们在联赛里可以放肆进攻，没有后顾之忧。”

刘佳仪开始掰着手指数：“比如国王公会的红桃、杀手序列的黑桃、赌徒俱乐部的查尔斯、黄金黎明的乔治亚，以及猎鹿人的逆神的审判者——但这家伙今年转会到杀手序列了。”

刘佳仪伸出两根手指凑到白柳旁边：“所以今年杀手序列有两个明星队员，他们公会应援季干脆就没营业，因为这种阵营根本就不用担心免死金牌的问题。”

“但是——”刘佳仪表情沉痛地收回了手指，“我们公会只有我算得上半个明星队员，你们想要获得免死金牌很成问题，要想想办法帮你们营业吸引粉丝了……”

“这种外人给的东西有没有都无所谓，联赛看的是自己的实力。”唐二打生硬地纠正了刘佳仪的说法。

刘佳仪瞪圆了眼睛，轻蔑地拿出一副护目镜戴上之后，用一种极其刻薄的目光从上到下打量了唐二打一遍。

她嗤笑一声：“你这外形，我可以理解为你成不了明星队员，拿不到免死金牌，所以嫉妒我。”

唐二打目前的确不算好看：胡子拉碴，衣衫褴褛，眼眶发红，身上还散发着一股很奇怪的玫瑰和血肉混合的让人作呕的味道，看起来又颓废又邋遢，拘束地坐在车后座上，很像是被白柳随手从街上捡回来的流浪了半年多的大狗。

唐二打张了张口还想说什么，但看了一眼坐着都只到他腰部那么高的刘佳仪，似乎觉得自己和一个小女孩争辩有点降格调，于是转过头冷淡地看向车窗外，不再接刘佳仪的话了。

刘佳仪大获全胜，哼了一声，趴在白柳车座的靠背后面，继续叨叨："你别听他胡说八道，白柳，免死金牌很重要的。红桃给我看过联赛的淘汰率汇总报告，有明星队员的队伍整体存活率都会比其他队伍高不少。"

说到存活率的时候，唐二打的手在虚空中抓握了一下，神色变冷，眼神却有些呆滞——说不定刘佳仪说的是对的……

当初他坚持以实力为尊，没有营业过，一直让整支队伍在游戏池里疯狂训练。而在和白六对战的时候，导致整支队伍除了他没人活下来，但讽刺的是，他却是有免死金牌的……

白柳在随手拿的一个小记事本上写下"明星队员"四个字，在旁边打了一个不大不小的问号。

"我理解明星队员的重要性了，但要培养一个明星队员不是一件很简单的事情吧？"白柳斜眼看向凑到自己椅背后的刘佳仪，"我猜测，大部分明星队员之所以是明星队员，基本都是因为他们曾经在联赛里有着极其出彩的表现，对吧？

"单纯靠在小电视区的表现，我觉得是很难塑造出一个拥有极大粉丝基数的明星队员的，比如说佳仪你自己。"

白柳用笔记本隔着一段距离在虚空中描绘刘佳仪的脸，平静地叙述事实："你拥有一张很容易让人心生好感的脸，一个非常特殊的技能，一个顶级的大公会倾注了全部心血为你造势，并且有一个排名第二的明星队员为你铺路。

"你集齐了一个还没有参加联赛的玩家最大的优势和噱头，但你能确保自己一参加联赛就能获得免死金牌吗？"

刘佳仪怔住了。

白柳淡淡地反问："不能，对吧？

"在这一点上我赞同唐队长的想法，对我们这支以新人为主的战队而言，在实力这种自己可以获得的东西上努力，比在人气这种外人赋予的东西上努力更具性价比。联赛本质上是实力的对抗而不是人气的对抗，所以接下来的两个月我们的重点是在游戏池里训练。"

白柳一锤定音，他扫了两眼受到冲击、正托腮发呆的刘佳仪和不动声色松了一口气的唐二打，又露出那种让人看了心口发凉的微笑。

"但这并不代表我们要放弃吸引观众，在进入游戏池之前，我们还有将近五十次游戏是在小电视区进行的。

"我们要利用这五十次游戏，用尽全力吸引观众来支持我们。"

白柳的目光在唐二打乱成一绺一绺的头发上停留片刻：“就从把我们的唐队长打造成一个适合营业的帅哥开始吧。”

唐二打：“？”

牧四诚一边呛咳一边从工厂后门跑出来，在确定异端处理局的队伍彻底接管了这个翻转出来的里世界工厂，并且控制住准备逃跑的那个一代厂长之后，他才从旁边溜出来，骑着摩托车跑了。

戴上摩托车头盔，单耳戴着猴子蓝牙耳机，牧四诚在风驰电掣之际拨打了白柳的电话，心里急得不行。

白柳这家伙要出去宣称自己是爆炸犯，让他留在相对安全的里世界里拖延时间。

也不知道白柳被异端处理局控制住了之后，那群丧心病狂的队员会对他做什么？

感觉上次白柳进去一趟，半条命都没了！

虽然白柳一直说自己有办法应付，但他在现实世界也就是个普通人，对上这么大一个组织能有多少办法？！

牧四诚深吸一口气，焦躁地等待电话接通。那边刚一接通，他就迫不及待地问：“白柳你没事吧？你在哪里？”

“我没事，”白柳的声音不疾不徐地从电话那头传来，“我现在在……”

他还没说完，背景音里传来一声歇斯底里的怒吼，打断了白柳的话：“离我远一点！你们要对我做什么？！我不做这个！”

牧四诚有点蒙，他听出来那是唐二打的声音。于是他放缓摩托车冲刺的速度，迟疑地问道：“你们把唐二打从异端处理局弄出来了，还控制住他了？”

白柳举着手机看向被绑在洗头座椅上满头泡沫、剧烈挣扎的唐二打：“你可以这么理解。”

“放开我！”唐二打看着举着一个黑色胶带状物品靠近他的美容师，眼神悚然，“放我下去！”

牧四诚既幸灾乐祸又心情复杂：“你们在对他做什么？施以酷刑吗？这可是现实世界，白柳，你不要做得太过了。”

白柳试图解释：“我没有对唐二打施以酷刑。”

背景音里传来一声成年男人被折磨到极致发出的闷哼声。

牧四诚停住摩托车，十二分不信：“那你们是在对他做什么？”

“美发和全身美容，”白柳看向贴满脱毛胶带的唐二打的腿，“确切地说，是在脱他的腿毛。”

美容师表情狰狞地抓住胶带的一端，毫不留情地往下一撕。

唐二打攥紧了拳头，又发出一声隐忍的闷哼。他几乎求饶般地看向了白柳，眼里隐隐含泪："为什么我要做这种东西？！"

"我也不知道，"白柳耸耸肩，"你问木柯吧，是他带我们来这家美容院的，给你点了这个最高级的美容美发套餐。"

唐二打看向木柯。

木柯笑得满面春风："这是我知道的业内最厉害的男明星美容院，很多人气很高的流量明星都是来这里做的造型和美容。我想同样是营业，说不定这里比较适合你，唐队长。"

那个美容师连连附和："对的对的！大明星兆木弛也是在这里做的，他红了好多年了！今年有两部爆款影视剧！"

她一边笑意盈盈地说着，一边手下一点都不留情地又撕了一块胶带。

唐二打倒吸一口冷气，艰难地说："那也没必要做到这种地步，我又不在电视上露腿……"

"我觉得有必要，谁也说不好，万一你有露腿的那一天呢？"木柯上前两步靠近了唐二打，脸上带着友善的微笑，"我们要确保你身体的每一部分都能吸引观众。"

在电视上露腿……吸引观众……

正在撕胶带的美容师看了一眼唐二打健壮的身材，表情不禁变得怪异。

木柯往后瞄了一眼，在他确定白柳背对着自己在和牧四诚打电话的时候，迅速低下头贴在唐二打耳边低语，脸上的笑意分毫未减："当初你淹白柳的时候，也觉得没必要吗？"

唐二打微不可察地一僵。

木柯说完这句话，正在和牧四诚通话的白柳转过身来。

木柯迅速退开，和唐二打拉开距离，然后十分温柔地看向唐二打贴满胶带的腿，轻声说："给你点的是最高级的套餐，不用和我客气，钱我全包了。我特意给你点的全身半永久手工脱毛，痛是痛一点，但是是有效的。"

木柯笑呵呵地拍了拍唐二打被撕得发红的大腿："变成大帅哥之后要为我们战队好好营业啊，唐队长。"

全身都开始隐隐作痛的唐二打："……"

美容师抓住贴近唐二打大腿内侧的胶带，趁唐二打和木柯聊天没注意到她时往下狠狠一扯！

看着在椅子上逐渐变得了无生气的唐二打，白柳目露怜悯地给牧四诚报了他们所在的美容院的位置。

牧四诚一脸木然地取下了不断发出各种痛呼声和闷哼声的耳机。

232

刮胡子、做面膜、水乳修复、头发养护套餐、肌肉塑形和按摩、下颌舒展、脸部放松……

唐二打被折腾得眼睛里逐渐失去光芒。

本来还有一项正骨要做的，但正骨的老师说唐二打的骨骼位置已经很正了，没必要再做，会矫枉过正，木柯就遗憾地放弃了——听说这项做起来也很疼。

为了节约时间，木柯要求能同时进行的项目尽量同时进行，比如唐二打在做头发的时候，还在修眉和做脸部肌肉舒展。

修眉的是一位相貌秀气、身材瘦小的男化妆师，他越修脸越红，最后修眉刀都拿不稳了，眼神不住地往唐二打的胸肌和腹肌上瞄，修眉的速度也越来越慢。

躺着的唐队长对此一无所知，他闭着眼睛正在洗头。

坐在旁边的沙发上随意翻杂志的白柳余光扫到了这一幕，轻微地勾唇笑了一下。

戴上护目镜的刘佳仪注意到了白柳细微的表情，顺着他的目光看过去，嘴角忍不住抽搐了两下。

白柳放下杂志，优雅地起身坐到了唐二打身边，抬眸淡淡地扫了一眼那个男化妆师。

似乎是从白柳的眼神里察觉到某种警告的意味，男化妆师慌张地加快了修眉的速度，修完之后仓皇地跑了。

刘佳仪跟了过来，忍不住贴在白柳耳边小声吐槽："你过来宣示主权护着他干吗？让这个傻大个儿多被欺负欺负不好吗？"

白柳看向洗完头坐起来的唐二打，侧身放轻了声音回答："我不喜欢看到我的私有财产被别人占便宜。

"尤其是这种行为无法为我谋取更多利益的时候。"

白柳抬手，安抚地摸了摸刘佳仪的头："如果你被别人欺负，我也会很生气。"

刘佳仪把满肚子的话都憋了回去，别过脸不去看白柳——其实她因为白柳对唐二打的态度有点憋闷。

这人可是给过她一枪的，她还记着呢。

"那我要是欺负他呢？"刘佳仪恶狠狠地问道。

白柳微笑："随你，我不介意我的财产之间互相吞没，只要你们不过分伤害彼此，降低我的财产总值。”

刘佳仪这下心气儿顺了，抬头看向唐二打，摩拳擦掌地准备找个地方下手，但是她在看到唐二打正面的一瞬间怔了一下。

白柳挑眉，凑近刘佳仪的耳朵低声请求：“在欺负他的过程中，尽量不要伤到他的脸，他的脸看起来很值钱。”

唐二打已经被彻底打理好了，现在正不自在地站起来，摸摸自己的后颈，又碰碰自己的下巴，然后看向一言不发的刘佳仪和白柳，越发局促。

他抿了抿嘴，勉强摆出一副队长的威严架子：“我就说这些都是在我身上做无用功，不会增加对观众的吸引力……”

“不，”白柳扫视了唐二打一遍，脸上浅淡的微笑变深，“至少从审美意义上而言，你对我的吸引力提升了。”

刚刚那位化妆师把唐二打的眉毛修得很低，两侧的鬓发简单修剪，这让唐二打轮廓清晰的脸形和那双掩饰不住攻击性的深蓝色眼睛凸显出来。

他的脸棱角分明，表情冷峻板正，身材高大，肩宽腰细，随时保持着蓄势待发的身体状态，让他整体看上去带有说不出的危险性和禁欲感。

刘佳仪围着唐二打转了一圈，她不得不接受挫败并承认——这家伙从外形上而言，是观众会喜欢的那款。

唐二打当初能在一众明星队员中杀出重围获得免死金牌，除了本身过硬的实力，优越的外部条件也给他增添了不少助力。

当然，他本人并没有注意到这一点就是了。

或者说，唐二打本人由于长期和异端怪物混在一起，对人类的外貌并没有清晰的认知。

他觉得自己长得一般，苏恙那种温柔、亲和力强的长相才是好看的。

对当今人类社会审美多样性不了解的唐队长见白柳笑眯眯地夸奖他，第一反应是这人又在耍坏调侃他。

于是唐队长越发不自在，眉毛皱得极低，表情甚至有一点冷厉，抬手就要弄乱自己刚刚做好的发型：“我都说了没用！别在我身上使这种劲儿！”

旁边的化妆师见唐二打要破坏造型，急得尖叫一声挂在了唐二打的手臂上，破音吼道：“我不允许你这么侮辱你自己！很帅好吗？！你要是选两套好点的衣服穿出去，挖你的星探都能排到我店门口！”

白柳收回目光：“去选两套适合他的衣服吧。”

“定制店可以吗？”木柯询问，“有两家成衣定制店我比较熟，他这个头不容易在普通的服装店买到衣服。”

“可以，”白柳举起手机，“我通知一下牧四诚换地方了。”

成衣定制店内。

这家店的门牌上是一串白柳看不懂的法文，在里面工作的也是外国人居多，但木柯可以用一口流利的法文和这些人交流，于是白柳就甩手不管了，坐在旁边看好戏。

不得不说木柯真是有远见，裁缝量出唐二打的身高是一米九二，除了在运动品牌店，的确很难选到适合这家伙的男装。

就算在成衣定制店内，唐二打的衣服也不算好选，留着大胡子的裁缝朝木柯为难地摆手，但木柯坚持测量完唐二打的整体围度数据之后再下结论。

于是唐二打就走进了拉着一块白布帘子的试衣间，脱掉上衣量三围。白柳和木柯都跟进去替他选衣服、做参考。

刘佳仪被强制留在了外面。

这个时候牧四诚也来了，从刘佳仪口中得知前因后果之后，他二话不说就撸起了袖子，不怀好意地笑着进去了。

还有比现在更适合报复唐队长的时刻吗？！

等会儿他看到脱掉上衣的唐二打，一定要羞辱对方的身材！说对方穿什么都不好看！

就他那副像在街上睡了半年的邋遢样子，区区一个唐二打，还能变成帅哥？

牧四诚是万万不信的，至少不相信唐二打能比青春靓丽的自己帅。于是他简单地整理了一下自己的头发，趾高气扬地掀开帘子，踏步走了进去。

上半身赤裸的唐二打抬起眼皮，目光不善地望了过来。

他的旧制服被扒下来，松松垮垮地堆在腰间。他的胸口到背部有大大小小的陈旧伤痕，还有不少枪伤，肌肉因失去保护层而绷紧，从脊背一路延伸到后腰正中央，流畅起伏的弧度有种不可思议的力量感。

整齐利落的短发，清晰干净的正脸，带着无法忽视的攻击性的深蓝色眼眸直勾勾地盯着掀开帘子的人，在确定这个人是无害的队友之后，他又冷淡地别过脸，伸开手臂给裁缝量臂长。

这些一看就不简单的伤痕令给唐二打量围度的裁缝害怕起来，他小心翼翼地给他量，大气都不敢出。

牧四诚面无表情地放下帘子，然后仰头捶胸，无声地号叫了一两秒。

打了一个照面他就输了！唐二打看起来好酷！身材好棒！

牧四诚犹豫了两秒，咬咬牙，不肯认输地把运动外套给脱了，准备只穿一件T恤衫进去。

他也算是爱运动的，身材也不算差！

看穿了一切的刘佳仪面露怜悯之色："你赢不了唐二打的，他胸肌比你大，我目测他的胸围应该有一百一十多厘米。"

与此同时，帘子里传来木柯隐忍的确认声："胸围一百一十五厘米，这么大吗？你确定他这是正常的胸围，没有发育过度之类的问题吗？"

裁缝用蹩脚的中文夹杂着英文回答："非常，标准，perfect！"

胸围只有九十厘米出头的木柯："……"

胸围不到一百一十厘米的牧四诚："……"

输……输了！

牧四诚默默地把脱下的运动外套穿上，还把一直敞开的外套的拉链给拉上了，不让自己的上围有暴露出来被比较的可能。他调整好表情，才再次掀开帘子走进去。

唐二打正在穿衣服，他非常不习惯这样毫无防备地被别人靠近，所以在被白柳摁着头逼着量了一通之后，他现在脸色十分不好看，语气阴沉："还要继续量吗？"

"No!"裁缝兴奋地摆手，隔空比了比唐二打的胸、腰腹和屁股的形状，对他比了个大拇指，用一种带着奇特口音的英语赞赏他，"Beautiful!"

唐二打神色紧张地和这个裁缝拉开了距离。

倒是旁边的牧四诚和木柯脸上有种掩饰不了的嫉妒，他们盯着唐二打的胸看了半晌，然后又落寞地低头看了看自己的胸。

牧四诚还抬起手来比了比自己的胸，然后大致扩大了五厘米又对比了一下，心里越发悲愤——长得又酷又帅，胸又这么大，就早点露出来啊！藏着掖着是为了等到现在羞辱我吗？！

裁缝量完唐二打的围度之后，和木柯交代了几句，就撑着下巴在一旁审视唐二打，看得唐二打鸡皮疙瘩都起来了。

木柯向白柳翻译："他刚刚问我唐二打的职业。一般来说，除了模特，这个身高的人很少会拥有这么标准的三围。我跟他解释唐二打经历过专业的军事训练，但现在已经退役了。"

"所以他给我们推荐了制服。"木柯解释，"真正的军警制服有严格规定，不能随意着装，但这里有相关版型的衣服，可以试试。"

木柯正说着，裁缝从衣架上取下了一套深灰色制服，递给了唐二打，让他拿进去试试。

过了两分钟，穿好制服的唐二打出来了。

他的肩膀非常宽，把穿在里面的收束样式的直筒衬衣很好地撑了起来。

这件衬衣相比于白柳的看起来更加修身，胸以上是一件黑色双排扣背心，肩膀上还有扩肩的黑色绑带，从肩胛后向下绑到腹部，一直没入后腰。

裤子腰腹部相对宽松，但收得很紧，是包臀贴身的，后腰上夹着一个深色皮革的手枪套。

裁缝满意地点点头，转头对木柯说了几句。

木柯翻译："他说这是参考了FBI（美国联邦调查局）制服的样式，很适合唐二打这种经过训练、身材标准的人。"

唐二打还在整理领口，他似乎不怎么适应这套把他包裹得过紧的衣物，眉头紧紧皱着。

"怎么样？"白柳问，"穿这身衣服会影响到你操作吗？"

唐二打迟疑了两秒，举臂动了动，然后诚实地给出了回答："不会。"

"那就要这套，"白柳拍板，"把他之前穿的衣服包起来，继续买其他东西。"

四十七分钟后，

买完领带、皮夹、鞋、袜子等配饰的唐二打提着大大小小的袋子，冷着脸站在白柳的小出租屋里。他皱着眉，抬手解开了衬衣的两颗扣子——太紧了，他不是很习惯这套衣服。

屋里的白柳正在给曾经的上司打电话："嗯，木柯在我这里，你过来接他吧。"

挂了电话之后，白柳又拨给向春华夫妇："佳仪在我这里，你们过来接她吧。"

白柳挂掉电话，转头看向牧四诚："你能自己回去吧？"

牧四诚点头。

处理好了所有队员的去向问题，白柳转身正对着这些队员："我们有幸得到唐队长的大力支持，报名不成问题了，也拥有了更多可以合理规划的时间。"

白柳和站在最后的唐二打对视了一眼："唐队长告诉我，除了训练，队员们的休整同样重要。现在差不多是上午十一点，回去休息一下，整理好自己的着装，下午五点半在我家门口的火锅店集合，我请各位吃火锅聚一餐，六点半登入游戏，正式开始联赛训练。各位有意见吗？"

大家摇了摇头。

"OK."白柳点头，刚想继续说话，门铃响了。

站在最后的唐二打转身去开门，把门外接到电话就疯狂往这里赶的上司吓了一跳。

唐二打太高了，他身上的制服被他自己弄得看起来很凌乱，刚做好的发型也因为不自在被他给拨散了，还洗了头。

敞开的领口还能隐隐窥见刀口和伤疤，身上散发着一股刚刚冲完澡（其实是洗头）的香波味道，发尾向下淌着水——

他看起来极为狂野，就像是刚刚在床上滚了一圈似的。

里面的白柳还在交代事情，于是唐二打把上司堵在了门外，居高临下地俯视着他："有什么事吗？"

上司战战兢兢地缩成一团，仰头看他。唐二打极强的气势压得他说话都结巴了："我……我来找木柯。"

"再等等，"唐二打说道，"白柳还在里面和他……"

上司不可思议地打断了唐二打的话，脱口而出："白柳还没完事儿啊？"

这个说法虽然听起来有点怪，但唐二打也说不出哪里不对劲，只是蹙眉解释了一句："白柳只是处理好了我，但还没有处理好另外两个人。"

刘佳仪的事情她自己基本都能处理，白柳不用操心。

上司头晕目眩，撑着墙壁才站稳，他颤声问："里面……白柳还当着你的面，继续处理另外两个人？！"

唐二打皱着眉反问："有什么问题吗？"

上司被唐二打问得晃了一下，勉强站稳，目光扫到唐二打领口露出来的那道伤痕，鬼使神差地问了一句："你身上这些伤，不会是白柳弄的吧？"

唐二打神色一变，迅速地收紧了领口，抓住上司的双手反剪住，把上司抵在墙上，冷厉地质问对方："你怎么知道？你也玩过游戏？！"

"我才不玩游戏！"上司咆哮，"放开我！"

正当上司被唐二打压得半死不活的时候，白柳推开门，微抬下颌示意唐二打松手："他不是玩家，放开他吧。"

唐二打这才松手，将信将疑地后退。

上司害怕地和他拉开了距离，看向了推开门的白柳，瞳孔一缩。

短短一天时间，白柳憔悴了不少，脸色苍白，眼下青黑，就像是一天一夜没睡，一直在狂欢一样。

上司上前领走了木柯，走之前他回头瞄了一眼白柳敞开的领口，在和唐二打差不多的位置，白柳的脖颈旁也有一个圆圆的小伤口——类似烟头烫的伤口。

但是昨天上司来接木柯的时候，还没有看到白柳有这个伤口。

上司心神俱震地抓住木柯的手快速逃跑。

等他和木柯走到了外面，才忍无可忍地问道："白柳是不是在玩游戏的时候，被门口那个人用烟头烫了脖子？"

木柯悚然地反问："你怎么知道？！"

上司悠悠地看向了远方，惆怅地说："我这双眼睛，已经看透了这世间太多事……"

233

下午五点半，火锅店门口。

白柳坐在一口沸腾的锅前，旁边是举着菜单刚过来，无比迷茫的陆驿站。

他难得有不加班的时候，昨天那场空前盛大的爆炸让异端处理局短时间接管了陆驿站他们部门，让他们这些普通人能待在家里不被影响。

于是白柳让他过来请自己吃火锅的时候，陆驿站就老老实实地出来了。

但陆驿站这次出来，主要还是为了搞清楚昨天的情况。

陆驿站到现在都不明白，为什么局里已经为这件爆炸案忙得人仰马翻了，电视里各个频道也都在紧急播放当天的情况，而白柳这个罪魁祸首还能稳稳当当地坐在他旁边，举着一杯火锅店赠送的大麦茶，无耻地对着店员说还要再加一份虾滑。

陆驿站忍无可忍地抢过菜单，愤怒地盯着白柳。

白柳慢悠悠地抿了一口茶，瞄了他一眼："怎么，要问我昨天的事情吗？"

"不！"陆驿站沉痛地说道，"就算是我请客你也不能再加菜了！点的菜都有六个人的量了！"

白柳："……"

这家伙的脑回路果然异于常人。

那天爆炸的事情从见面到现在，陆驿站一个字都没提，稳如泰山。

如果不是白柳确定那天自己的确看到了这人，他或许会以为陆驿站根本不知道爆炸犯就是他。

"你就不好奇我是怎么炸了玫瑰工厂——"白柳侧过头抬眸看向陆驿站，"然后全身而退，还能坐在这里和你一起吃火锅吗？"

陆驿站诚实地点头："好奇，但我要纠正一点。"

白柳问："纠正什么？"

陆驿站回答："那个工厂我觉得应该不是你炸的。"

"为什么不是我？"白柳问道，"你亲眼看到了，不是吗？"

"正是因为我亲眼看到了，所以我觉得炸工厂的人不是你。"陆驿站端起杯子喝了一口茶，吐出一口长气，"——从感性层面来讲，我相信你在和我做完交易之后不会轻易违背承诺；从理性层面来讲，你最喜欢的东西是钱。"

陆驿站转头看向白柳："引爆这样一个工厂，我感觉你并不是既得利益者，工厂的主人才是。所以我从这个角度推测，更倾向于爆炸犯是被逮捕的工厂厂长，而你只是一个跳出来吸引视线的幌子。

“我不明白你为什么要跳出来主动背锅，但你做事有你的理由，我不过问。”

陆驿站的推测一字不差，全中。

白柳从小就知道陆驿站这家伙特别聪明。

成绩优异，行动力强，行事果决，想做的事情从不迟疑，是个坚毅和顽固得不可思议的家伙。

虽然白柳在各种游戏里一直能赢陆驿站，但白柳心里很清楚，他能赢也只是因为陆驿站没有认真玩。

陆驿站并不在意游戏的输赢，他把所有的聪明才智和精力都用来做好人了。所以通常不够了解他的人，都会觉得陆驿站有种让人无法理解的天真。

但陆驿站其实并不是一个天真的人，相反，这人现实得很——不然他不会那么轻易地接受白柳的交易守则。

通常来说，一个在情感上很天真的人，是无法接纳朋友对自己的付出有偿化的，这太凉薄了。

但陆驿站完全不在意这一点，这说明陆驿站完全认同白柳的交易观念。

白柳手上夹着那支点菜的铅笔，百无聊赖地来回转动：“玩五子棋吗？”

陆驿站心事重重地抱着杯子，拖长语调叹息，拒绝白柳：“都什么时候了，还玩游戏呢——”

“你连赢三次，我就告诉你你一直在担心的工厂爆炸这件事情的后续。”白柳转动铅笔，在火锅的格子菜单上画了一个叉，抬起眼皮，“如果你能连赢五次，我就帮你解决这件事情。”

已经解决了工厂爆炸事件的白柳面不改色地拿这件事忽悠陆驿站。

“成交！”陆驿站迅速上钩，他“唰”地放下杯子，接过白柳递给他的笔，认真思索片刻后，谨慎地在纸上画下了一个圈。

他们下棋下得极快，几乎是在这一个人提笔的一瞬间，另一个人就下笔了，也没有那种画满一整张纸都没有下完的棋局，每局的时间基本都控制在一分钟内，输赢已定就立马撕掉这张纸扔进垃圾桶。

等到唐二打来的时候，这两个人旁边的垃圾桶里已经堆满了废纸。

陆驿站的注意力高度集中在纸面上，他几乎都没有注意到有人来了，只是一下又一下飞快地跟在白柳之后上手画圈。

这种情况一直持续到五个人全部到齐，白柳收了下棋的纸：“暂停，先吃饭，目前你还没有连赢过我。”

陆驿站这才遗憾地抬头，结果被他面前齐齐整整地围观他们下棋的众人吓得差点从椅子后面翻过去。

“介绍一下，这几位是我的新同事。”白柳并起四指，依次介绍，“唐二打、牧四诚、木柯、你认识的小朋友刘佳仪。各位，这位是我的发小，陆驿站。”

木柯规规矩矩地点头打招呼：“陆先生好。”

牧四诚不自在地挠了挠头：“……你好。”

唐二打板正地颔首：“你好。”

坐在椅子上晃着脚的刘佳仪捧着脸对陆驿站甜甜地笑：“陆叔叔好。”

陆驿站震惊地看着刘佳仪：“不是！白柳你到底在什么公司上班？为什么还雇了童工？！”

“非要说的话……”白柳沉思片刻，“一个大型造星公司？”

陆驿站看着这一排收拾得光鲜靓丽，要闪瞎他眼的人，紧张地咽了口口水，颤抖着问：“合……合法吗？”

白柳微笑：“合法。”

陆驿站还想问白柳具体的情况，但看这堆人都一点不见外地在白柳的招呼下吃起了火锅，在肉痛的同时，不得不把疑问咽了下去。

……难怪白柳一次性点了那么多菜，原来是在这里等着他！

但陆驿站的注意力很快就被转移了，白柳开始一边吃火锅一边分心和他下棋，陆驿站迅速地投入到和白柳的对战中，连菜都不怎么吃了，专心致志地研究棋局。

刘佳仪胃口小，很快就吃得差不多了。

她搬了一个小板凳，在旁边坐着看这两人下棋。

刘佳仪戴着可视化隐形眼镜道具，能看清棋局，而认真下棋的陆驿站暂时也没有注意到这一点。

两个人在纸面上画圈和叉的速度越来越快，白柳也不再一边闲散地吃东西，一边和陆驿站下棋，而是转过身来单臂撑着下颌，垂眸盯着纸面。

在一旁观赛的刘佳仪神色也渐渐变得严肃起来。

她不可思议地抬头看了一眼陆驿站——这家伙看起来就是一副老好人样，思维能力和反应速度居然跟得上白柳这个变态？！

而且赢面还越来越大了？

木柯被这场对决吸引了，很快也走过去看。

牧四诚没吃饱，但他实在好奇白柳又在搞什么幺蛾子，端着一个堆满菜的小碗颠颠地跑过去探头看。

但白柳和陆驿站这两个人实在是下得太快了，牧四诚看得眼花缭乱，通常是他还没有看清楚纸面，这两个人已经撕掉重来了。

牧四诚不得不求助旁边的木柯："他们下的是什么棋啊？"

"五子棋。"木柯回答。

牧四诚越发困惑："我也觉得是五子棋，但我最多只看到三个棋子连起来，他们就撕纸重来了……"

"因为已经是死局了，"木柯凝神观赛，"他们应该玩过很多次了，对棋局很熟悉，下到一定程度就能看出个大概了。"

说话间，白柳已经连输了两局。

牧四诚惊奇地瞪大了眼睛："白柳玩游戏居然会输……"

木柯深吸一口气："五子棋这种相对简单的棋，考的就是思维能力和反应速度，白柳的智商极高，按理来说是很占优势的，这个陆驿站前期也的确一直在输……

"但在和白柳下棋的过程中，他的思维能力和反应速度都在快速上涨……

"下得越久，这个陆驿站反而越强势……"

"你的意思是现在陆驿站占了上风，轮到白柳一直输了，是吗？"牧四诚不可置信地看向纸面。

白柳和"一直输"这件事联系在一起，这在牧四诚的眼中是一件违背常理的事情。

白柳停笔，双手十指交叉放在桌面上，脸上一点表情都没有地注视着陆驿站。

陆驿站还沉浸在快速下棋的氛围中，见白柳停笔，有点蒙地抬头看向白柳："怎么不继续下了？"

"继续下我也赢不了。"白柳坦荡地承认了这一点，起身站在了坐在一旁的刘佳仪身后，让刘佳仪坐在自己的位子上，微笑着看向陆驿站，"接下来佳仪替我下，如果你能接着连赢她三局，我们的交易照旧。"

陆驿站皱眉："这小姑娘看不见，别开这种玩笑……"

"陆叔叔，我能看见。"刘佳仪指了指自己的眼睛，解释道，"我戴了白柳叔叔给我买的隐形眼镜，可以恢复一部分视力。"

刘佳仪双手捧脸，眨巴着大眼睛，祈求道："陆叔叔，我看你们玩也觉得很好玩，可以让我玩吗？"

"……对你的眼睛没有影响就可以。"陆驿站迟疑片刻，还是答应了。

刘佳仪收敛了那副乖巧的神色，低头握住白柳递给她的铅笔，凝视着纸笔，画下了第一个叉。

牧四诚对局势的走向看得有点发蒙："这是什么情况？"

"刘佳仪的智力值比白柳高，"木柯的视线牢牢锁定在那张纸上，"五子棋这种游戏她更占优势——白柳这是在测试陆驿站的游戏智力值。"

刘佳仪下棋的速度越来越快，她一路大杀四方，原本在和白柳的对局中占据优势的陆驿站又开始一直输，很艰难才能赢一次。

但这种局面很快就改变了。

刘佳仪咬牙，神色变得难看了不少，她下笔的速度开始变得缓慢，而反观陆驿站，他下笔的速度丝毫未变。

木柯下了定论："刘佳仪撑不住了。"

半个小时后，所有人离开了火锅店。陆驿站眼泪汪汪地结算了吃火锅的钱，同时还出了他们下五子棋用掉的两个本子的钱，和白柳他们挥手说再见。

刘佳仪甜甜地说了一句"陆叔叔再见"之后，等陆驿站一回头，她的脸色就阴沉起来："白柳，你这个朋友不对劲。"

"什么不对劲？"白柳的手上是三个纸团，他慢条斯理地展开，里面是刘佳仪和陆驿站最后下的三局。

——也是刘佳仪连输的三局。

"五子棋这种简单的游戏是最容易测出一个人的游戏智力值的，"刘佳仪抬头看向白柳，"对一个智力值很高的人而言，这种游戏没有上手期，或者上手期非常短，而对智力值很低的人而言，玩这种游戏就会一直输。"

"不存在前面不会玩，后面越来越强这种情况——"刘佳仪皱眉回忆刚刚下棋的场景，烦躁地抓了抓自己的头发，"尤其是陆驿站的实力还在随着对战的人智力值的提升而一直提升，始终压制着你，感觉就像是这人的智力值上升……"

"没有极限一样，对吗？"白柳斜眼看向刘佳仪，然后又抬眸看向陆驿站的背影，"我和他玩游戏的时候，也常常有这种感觉。

"但基本只要我感觉到一点，他就让我赢了。"

刘佳仪一怔："为什么今天……他不让你了？"

"或许是我把他想要的东西摆到他面前，"白柳若无其事地转过身，咬碎了嘴里那颗火锅店送的薄荷糖，"所以他决定认真和我玩游戏了。"

234

游戏大厅。

白柳领着人进来之后，直接去找了查尔斯——木柯已经和他交代过事情的始末了，但白柳觉得有必要亲自见一见这位出手不凡的第五公会会长。

赌徒俱乐部公会内部。

坐在办公桌对面的查尔斯略微惊讶地挑了一下眉，抬手制止了仆人给白柳倒茶的举动，饶有兴趣地重复了刚刚白柳和他说的话："你想今年就参加联赛？"

"难道你不是这样打算的吗，查尔斯会长？"白柳波澜不惊地反问。

"当然不是，"查尔斯不假思索地否定了，"虽然我选中了你作为我的'赌马'，但通常来说，'赌马'到上场之前还有一年的饲养期。"

查尔斯用一种略显挑剔的眼神从上到下扫视了一遍白柳，然后遗憾地摊手："白柳，现在的你并不是一匹'赌马'的巅峰状态，韬光养晦是更合适的选择。我并不介意再饲养你一年，确切来说，你的其他观众也不会介意再饲养你一年的。"

"饲养？"白柳挑眉，"所以这就是充电、点赞、收藏机制存在的意义吗？这一切都是为联赛这场大型赌博蓄力？"

查尔斯赞赏地颔首："没错，你很聪明，白柳。"

他撑着文明杖起身，绕到了白柳身后："整个游戏的所有玩家都是为挣得更多积分而存在的。在我们赌徒俱乐部公会眼中，游戏里有两种挣得更多积分的方式，一种叫作'赌徒'，另一种叫作'赌马'。

"'赌马'是被下注的存在，你们依靠在游戏里训练，被我们下注充电和参加联赛获得积分，这是很朴素的劳动获得方法。但在这个游戏里，还有一种更刺激，风险和回报率都更高的投资方法……"

查尔斯勾唇，手指翻转，食指和中指之间凭空闪现一枚奇特的筹码，他俯身放到了白柳的怀里。

"使用这种方法的人，我们称为'赌徒'。

"身为'赌徒'的我们，选中你们作为我们的'赌马'，对你们进行投资充电、饲养培育，为你们宣传、摇旗呐喊，让你们声名鹊起，等到一年一度的联赛到来的时候，再将全部身家押在你们身上——"

查尔斯目光深邃地俯视着座椅上的白柳："如果你们赢了，我们就可以翻倍赚取投资的金额；如果你们输了，我们就输得倾家荡产。这就是'赌徒'和'赌马'之间的关系。"

白柳微微后仰，拉开和查尔斯的距离，他垂眸看向自己手中那枚筹码——金边，暗绿底色，数值是6。

他记得真实的赌场里没有这种数值的筹码，这应该是游戏内特有的。

"从本质上说，联赛这场赌博对你们这些'赌徒'而言赢的是双方玩家下注的钱。这么高风险的游戏，也不会达到全员参与的普及率，赔率太高了。"白柳淡淡地提问，"——所以有人坐庄给基本盘是吗？"

"是的。"查尔斯回答。

他脸上的笑越发意味深长："坐庄的人是系统，在联赛对赌的时候，系统会给每支队伍的赌博池里下基础基金，而这个基础基金就是双方队伍每个人充电积分总和的——”

查尔斯比出五根手指：“五倍。”

“换言之，也就是敌我双方身上的充电积分总和越高，双方队伍的赌博池里的基础基金也越高。”白柳陷入了沉思，“也就是说，如果我们的队伍赢了强队，在我们身上下注充电的玩家翻倍赢钱的概率也越高。”

“而且这个基础基金不包括后续追加下注的积分，最后输家赌博池里的积分是按照下注的比例来分配给赢家的。”

查尔斯简单举了一个例子：“比如你们现在和国王公会打联赛，国王公会队伍的充电积分是一千万，你们队伍的充电积分是一百万，那你们双方的赌博池里的基本盘都是五千五百万。

“而在这个基础上，国王公会那边下注五千万积分，你们这边只下注了十万积分，他们的赌博池里的基金就有一亿五百万，而你们的赌博池里就只有五千五百一十万。

“如果国王公会赢了，那给国王公会下注的玩家就可以按照他们下注的积分比例分配你们赌博池里的积分。

“比如我就是一个给国王公会下注的玩家，下注总和的五千万里我一个人就下注了两千五百万，占百分之五十，那么你们赌博池里的五千五百一十万我一个人也可以分得百分之五十，也就是两千七百五十五万，盈利率百分之十点二。”

“很高的盈利率。”白柳客观评价。

查尔斯的眼神一动不动地定在白柳脸上：“是的，这的确是一笔很好的生意，但这可不刺激。”

白柳抬眸看向查尔斯，查尔斯抬手摸了摸自己微笑的下唇，继续说下去：“换个角度，如果这场比赛是你赢了国王公会，而你们赌博池里下注的十万积分都是我一个人出的呢？

“那我就可以以十万赢取一亿五百万，挣得的积分是下注的一千零五十倍。”

查尔斯张开双手，含笑看向白柳：“宝贝儿，这才刺激。

“——欢迎来到赌徒俱乐部。”

“按照这种说法，我们战队承担的风险越大，关注度越高，负面争议越大，胜率越小，盈利率就越高。”白柳抬起眼皮看向查尔斯，“那今年参赛，不是正好吗？”

查尔斯一怔，然后略显讶异地看向白柳，笑道：“看来我遇到了一个比我更疯狂的赌徒。”

他坐回座椅上转了一圈，握住文明杖急促地在地面上点了两下，就略显兴奋地敲定参赛的事："我喜欢你的提议，正好你现在是噱头最大的时候，我也不用费心为你保持一年的讨论度直到下次联赛。"

查尔斯直视白柳："你现在正是万众瞩目的时候，要是这次参加联赛输得惨，以后就毫无价值了，你确定要今年参加？当然如果你确定，我会为你做好所有联赛的应援以及后勤准备工作。"

白柳："我确定。"

查尔斯轻佻地握住白柳的手，低头虚虚地亲吻了一下："如你所愿，我的白马王子。"

白柳："……"

他的投资人，有点恶心。

但没关系，他是个成年人了，完全能够做到为了钱忍耐这一点。

白柳从赌徒俱乐部公会里走出来之后，就直接去了自己的食腐僵尸公会。

查尔斯提醒他，如果要参加联赛，就要做好营业的准备——玩家的外貌、公会名和战队的适配性，甚至公会的图标都是要高度注意的。

白柳到达公会之后，征询了这群会员的意见，简单干脆地把公会的名字改成了"流浪马戏团"。

接下来他就放出了他们今年就要参加联赛的重磅消息。

公会成员一片哗然。

但白柳并没有像其他公会那样，为了参加联赛逼着他们上缴道具、参加高危游戏寻找高级道具，甚至强制他们充电，扩大战队的充电池——这些查尔斯都全权负责了，这家伙虽然有点恶趣味，但资源是真的不错。

连战队的队员都已经选拔好了。

明明是一个公会参加联赛这样的大事，按照常理来说，应该是倾注整个公会之力的举动，但白柳全部都自己处理好了，只是简单地通知他们一声。

会员们本来还有些无措，但看白柳那举重若轻的样子，想到这人一路走过来曲折的经历，又莫名安定下来。

如果是白会长的话，似乎也不是不能赢……

在这一刻，他们对这个神奇的公会又有了新的了解。

他们似乎真的不用为这个公会付出任何东西，因为就算是公会参加联赛这种顶级大事，会长都没有让他们操心，他们只需要在这个社区里安心成长就行了。

"那有什么需要我们为您做的事吗，白会长？"有人小心翼翼地提问，"现在正好是应援季，需要我们帮您应援之类的吗？”

——公会参加联赛这么大的事情，会员什么都不做，实在是太奇怪了！

“我们当然需要应援，请你们帮助我散播一下我要参加联赛的消息。”白柳微笑，“然后唱衰我，说我绝对赢不了，将我们战队的各种弊端暴露出去，最好说你们根本不支持我参加联赛，但我自己一意孤行，作死非要参加。应援内容大概就是这些，麻烦各位了。”

会员们：“？”

这是什么全新的应援方式？

一旁的王舜从听到白柳强行要参加今年的联赛就开始发蒙，听到白柳说奇怪的应援方式的时候，这位陪着国王公会参加了好几次联赛的元老人都傻了。

他从未见过这种应援！

“……不是，白柳，你要干吗？！”王舜双眼发直地跟在白柳后面一路小跑，“你让他们唱衰你干什么？！玩家的支持率会直接影响到你们能不能拿到免死金牌……”

“赛前多半拿不到了，”白柳干脆地下了结论，“等正式比赛用表现巩固支持率，再拿免死金牌。联赛前负面运营对我来说性价比更高。”

王舜眼冒金星：“什么性价比？”

白柳微笑，眼睛微微发亮：“我准备拉高赔率，然后下注流浪马戏团。我才知道原来这个游戏里还藏着‘赌桌’玩法，真有意思。”

王舜：“！”

王舜头疼地扶额：“你是不是和查尔斯谈过了？”

他就知道把这两个喜欢乱来的人凑在一起会出事！

235

王舜无奈，试图阻止白柳：“联赛里没有又上赛场又下赌场的。”

“规则允许吗？”白柳斜眼扫了王舜一眼。

王舜一顿：“规则允许。”

但他紧接着又焦急地补充：“但玩家下场的队伍基本都没有活过季前赛的，操控赌场需要大量的资金和人力，还会给队员们带来巨大的心理压力，一旦输了，会被疯狂的赌徒们锤得很惨的！”

“那一直赢就可以了。”白柳简单地回答。

他打断了还想继续说下去的王舜：“公会就交给你了，接下来应该不会太平，注意不要带着其他会员露面。

"——容易被其他公会的人揍。"

"……为什么被揍？"王舜还没反应过来，白柳就懒散地挥挥手，走向在外面等他的流浪马戏团一行人。

很快，王舜明白了白柳为什么说接下来不太平了。

"王舜先生，论坛上吵起来了！"有人急匆匆地赶来和王舜汇报，还在着急地四处张望，"白会长呢？有人冒充他在论坛上发帖子！"

王舜打开系统面板，面部表情渐渐呆滞。

论坛顶端有几十个标红的帖子，而且发帖人并不是匿名的，而是赤裸裸地把自己的真名给亮了出来——发帖人都是白柳。

他在这几十个帖子里言辞犀利地嘲讽了一遍十大公会，把每个公会说得一无是处。与此同时，还把自己的战队流浪马戏团捧上了天，并且还十分自负地给黑桃这位排行榜第一名的玩家下了战书——

我不太满意身上贴着"黑桃第二"的标签，但我很乐意看到黑桃身上贴着"白柳第二"的标签。

王舜头晕目眩地踉跄着后退两步，差点跪下去！

现在正是应援季最激烈的时候，各大公会的粉丝应援团之间有一点火星就能炸翻天，公会战队行事都是小心再小心，生怕被对手抓住把柄攻讦。

现在白柳空投了这么多颗分量十足的"原子弹"下去，论坛上所有火力空前集中，都对准了白柳这家伙，已经吵得天翻地覆了。

已经有不少气得上头的粉丝要过来围堵白柳，将他隔空暴打一顿解气。

被白柳甩了一个烂摊子的王舜看得一个头十个大，瘫软在椅子上，双目放空地苦笑："捅了娄子就跑，白柳你可是真是个混账……"

另一头。

混账会长白柳对自己的所作所为没有丝毫忏悔之意，反而行事越发嚣张。他不知道从哪里找了一副装饰夸张的墨镜戴上，大摇大摆地在流浪马戏团成员们的护送下走到游戏登入口，仰头开始挑选要登入的游戏。

牧四诚警觉地环顾四周，疑惑道："是我的错觉吗？我怎么感觉有很多人对我们都有很强的敌意……"

"不是你的错觉，"木柯点开论坛，蹙眉，"论坛上全是关于我们的讨论，但都是负面的……原因是有个号称自己是白柳的人，发了很多挑衅其他公会的帖子。"

刘佳仪凑上前去瞄了一眼，在浏览完所有帖子之后，她的表情就变了。

这种事不用想都知道是白柳干的……

——这种反向营销蹭热度的操作可真够极端的，虽然给他们带来了相当大的关注度，但王舜那边应该会相当头疼了。

毕竟这些粉丝找不到白柳这个正主来发泄，多半会迁怒于公会……

讨论间，不断有面露愤怒之色的玩家朝白柳他们靠近。

白柳在帖子里把整个流浪马戏团的特征说得一清二楚，连自己戴了什么样的墨镜都写出来了，因此这些玩家一眼就把白柳给认出来了。

白柳选好游戏之后，转过身来，慢条斯理地把墨镜往下拨了一点，露出一双含笑的黑色眼眸，看着这些靠近他的玩家。

他似乎觉得眼前这一幕很有趣。

但白柳很快就转过头："进游戏吧，我们计划一天起码刷十个游戏，有人撑不住就喊停，休息之后再进。"

五个人消失在人群的中央。

角落里的一双苹果绿眼睛一动不动地注视着这一幕，然后转身进入了一个三级游戏。

赌徒俱乐部公会内，查尔斯拉出胸前的丝巾。

命运的金线在丝巾上面绣出冠冕，白柳的面庞时隐时现。查尔斯将丝巾装回口袋，似笑非笑地举起红酒杯，对着虚空碰杯：

"——为命运赐予的胜利与金钱，干杯。"

国王公会内，红桃摇晃着一瓶普绪克的眼泪，这是刘佳仪还给她的。

红桃的眼神透过这个泪滴形状的玻璃瓶望向很远的地方，似乎在回忆这滴残留的眼泪后面某个消散已久的灵魂，直到有人敲响她的门。

有人不安地推开门，小声汇报："皇后，白柳似乎今年要参赛……"

"那就参赛吧，"红桃收起玻璃瓶，平淡地说，"我们已经做了能阻止他参加联赛的所有事，得到的这个结果可能就是真正的结果吧。"

红桃看向办公桌上那张照片，那是一次通关大型副本之后的合照——公会会长就是这样的，需要做许多充满仪式感的事情来巩固别人对自己的信任，比如拍合照。

照片上的刘佳仪掀开女巫面纱的一角，一向冷冰冰的脸上罕见地露出了纯真的笑容，充满信赖地看向站在她身旁的红桃，背景是一片诡谲的、前途不明的雾——那是这个危险的三级游戏的背景。

但这危险似乎也因刘佳仪干净的笑而消散。

背景里站着傻乎乎的刘集，脸上带伤的齐一舫蹲在刘佳仪的脚边，笑容灿烂地比"耶"，而身形巨大的提坦沉默地半跪着，虽然他努力地低下头，但镜头也只拍到了他的下巴。

红桃站在所有人的中央，刘佳仪靠在她的怀里——她们是今年战队的双核心，被所有人簇拥着。

她的视线在这张照片上停留了片刻，然后伸手把照片盖起来。

红桃把那个玻璃瓶放进了最深的抽屉里，然后抬起头："把小女巫叛出国王公会的消息放出去吧。"

汇报人身子一僵，他眼眶发红地抬起头来："皇后，小女巫真的不会再回来……"

红桃脸上没有丝毫情绪地继续下命令："把我们原先为小女巫准备的秘密轮换选手'修女'提出来，安排她今天进游戏池，我会开始对她进行正式队员的特训……"

汇报人的头颅无力地垂了下去："……是的，皇后。"

在汇报人即将转身离去的时候，红桃突然喊住了他："等等。"

汇报人转过头去，惊奇地发现一向杀伐果决的皇后此刻正姿态慵懒地撑着额头，目光失焦地看着办公桌上的照片——他记得刚刚皇后把这张照片放起来了。

不知道为什么，她又把这张照片立了起来。

汇报人小心地提问："皇后，还有什么事吗？"

红桃垂下眼眸，伸出纤白的指尖轻轻抚摩照片上的刘佳仪，惆怅又无奈地轻叹了一声，疲惫地闭上眼，抛出两个盒子给汇报人。

"这是原本给小女巫准备的两个超凡级道具，一个是一副可以永久可视化的隐形眼镜，任何恶劣环境都不影响使用者使用它——"红桃安静了片刻，继续道，"另一个道具是药水，喝了就可以永远恢复视力。"

"你帮我带给她吧，"红桃淡淡地说，"再带一句话给她——下次我们就是在赛场上见了。

"——让她无论选择什么，未来、背叛或者怀疑，都不要后悔或逃避，用自己的眼睛去注视。

"这算是我教她的最后一个道理。"

汇报人伫立良久，鞠躬后退："是，皇后。"

红桃一个人对着那张照片，长久地静坐在黑暗中，最终她将这张照片放入装有普绪克眼泪的抽屉里。

在这个抽屉的深处，隐隐能窥见一张更为老旧的照片，照片上年轻的红桃坐在一个看不清脸的男人膝盖上，被他搂住腰，无忧无虑地举臂挥舞，放肆欢笑。

红桃将这个抽屉锁上，起身，头也不回地离开。

黄金黎明公会。

虽然这个排名第三的公会拥有如此闪耀的名字，但总部其实是坐落在游戏里比较阴暗的一个分区旁。从外面看，这栋建筑物暗淡无光，丝毫不引人注意，就像是这个公会的行事风格一般，低调简朴、严谨刻板。

但与之相反的是建筑物内部灯火通明、亮如夏昼，不断有玩家在悬空的分析大量数据的系统面板前穿梭，神色严肃。这里宛如一个高端科技的试验基地，根本不像是一个玩家聚集的公会。

黄金黎明是一个非常独特的公会，不同于高度开放的公会允许玩家以较大的人流量加入或退出，黄金黎明和杀手序列一样，是一个非常封闭的公会。

要加入黄金黎明的玩家都要经过严格审核，也没有人知道这个公会的审核标准是什么，只知道很少有玩家能加入或者退出这个公会。所以公会里普通玩家非常少——这也让这个公会的内部消息很难被探寻，显得十分神秘。

大部分公会对黄金黎明的印象就和王舜对它的印象一样——这好像是一个基本只有外国人聚集的公会。

而正如王舜对它的印象——黄金黎明公会的会长也是一位外国人。

“咚咚咚！”有人敲响了会长办公室的门，“乔治亚队长，我有事要向您汇报。”

“请进。”

门被缓缓推开，坐在办公桌后面的是一个身材高挑、四肢修长、有着深棕色长发和眼眸的男人。

这位名叫乔治亚的队长轮廓较深又不失柔和，鼻梁高挺，五官用他们粉丝的说法就是：有种宛如黎明初现般的纯洁优雅，又带着黄金闪耀的奢华感。简单来说，就是看起来特别贵。

这位队长在联赛第一次登场的时候，就被狂热的粉丝投进了安全线，拿到了免死金牌，是出了名的靠脸得到的金牌——目前在高颜值玩家排行榜屈居第二，仅位于红桃之下，这和乔治亚深居简出、不喜露面有关。

他的侧脸看上去还挺亲和的，但你看到他的正脸时，这种感觉瞬间就消散了。

乔治亚看人的眼神非常专注，被他注视的人不由自主地就会产生“我好像对他很重要”的错觉。但当你了解他之后，就会发现他只是在观察你是否具有危险性而已，是个认真但不好相处的人。

深棕色顺滑的长发在乔治亚的脑后被规整地扎成高高的一束，他的脸色明显不健康，下唇边缘泛着一种奇特的冷白色，但从他如常的举止上丝毫看不出问题。

前来汇报的人看乔治亚撑着桌面站起来，瞬间就紧张地上前，让他坐下：“队长，你被异端攻击污染，旧伤还没好，坐着听我汇报就好！”

乔治亚握拳抵着唇轻咳了两声，道歉之后才坐下。

这人松了一口气，向他汇报："队长，是这样的。一区的异端处理局最近收容了两个异端，一个叫玫瑰香水，特一级红色；另一个好像是和玫瑰香水有关的尸块，据说非常危险，现有的危险分级还无法将它分类。

"据说这些尸块可以影响其他异端，使其进化，所以放在聚集异端最多的一区不太好，准备转到国外的异端处理局分区。"

"目前一区倾向于转到我们分区，也就是三区。"这人把系统面板递过去，"一区让我们提前清空一个据点，用来单独承装那个危险性未知的异端。队长，如果你同意一区的申请，我们登出游戏之后就要开始做准备工作了。"

乔治亚接过对方的系统面板，在看到申请书上的签名时却蹙了一下眉："怎么是第二支队队长岑不明签的字？特一级红色异端转让，不是一般都由第三支队队长提出申请吗？"

来人踌躇了片刻，似乎不知道该怎么和乔治亚说这件事，但最终在乔治亚直勾勾的注视下举起双手投降，不得不老实交代："听说第三支队队长离队了。"

"离队了？"乔治亚一怔，"为什么会离队？这位队长看起来很热爱这份工作。"

"你不要把谁都当成你自己啊，队长。"这位队员抱怨，"不是谁都和你一样是工作狂，明明带伤可以休假也要来上班、来训练。异端处理局的工作这么累，薪水还没有在游戏里挣外快来得多，我完全可以理解这位队长为什么辞职。"

乔治亚淡淡地看了他一眼："这是一份神圣的工作。"

这位队员识趣地在自己嘴巴上做了一个拉拉链的动作，不说话了。

乔治亚同意申请之后，把系统面板还给这位队员。这位队员接过系统面板，担忧地看了乔治亚一眼，没离开，而是小声询问："乔治亚，你的弟弟还在因为你出任务不带他，结果受伤了的事情和你闹别扭吗？"

他用的称呼是"乔治亚"而不是"队长"，这明显就是询问私事的态度。

乔治亚批阅文件的速度慢了下来，他蜷缩手指握紧了笔，却没有抬头。

这位队员心领神会："或者说是你还在因为你的弟弟瞒着你进游戏一年，今年还偷偷加入了我们公会，成为战队队员准备参加联赛，结果被你拆穿了而生气？"

乔治亚还是没有说话。

这位队员忍不住喋喋不休："年轻人都是很莽撞冲动的，他是担心你才会这样做，你或许可以和他谈谈。你是他最后的家人，你也知道被那个异端影响之后，你的身体一直不好，还老是受各种伤，他只是想保护你而已……"

"他也是我最后的家人，"乔治亚抬起头，打断了这位队员的话，"如果他曾考虑过我的感受，就不应该瞒着我这样做。"

因为情绪激动，乔治亚一向冷静的脸上浮现了浅淡的红晕，呼吸也加快了不少。他低头捂着嘴，剧烈地呛咳起来。

“OK! OK! 我不说了，乔治亚你冷静一点！”这位队员举起双手，无措地后退，“深呼吸！”

乔治亚神色冷淡地抬手：“请你出去。”

这位队员无奈地转身离去，最后贴着门缝小声地多说了几句：“乔治亚，我听说第三支队队长离队是为了一个名叫白柳的人。

“据说玫瑰香水是他制造的，但不知道怎么回事，一区却把他释放了，他还把第三支队队长带跑了，大家找不到任何合理的解释。”

这位队员耸肩：“听起来很离谱对不对？我也觉得很离谱，所以这只是个八卦，你听听就行。”

说完，他在乔治亚这个老古板斥责他八卦之前迅速关上门逃跑了。

房间里的乔治亚皱眉沉思：“白柳？”

另一头，刷够了十个游戏的白柳一行人从游戏里出来了。

白柳的衬衣和裤子都湿透了，整个人像刚被从水里捞出来一样，但其实这些都是汗。木柯更是一出来就趴在地上不动弹了。刘佳仪一屁股坐在地上，半死不活地大口喘气。

牧四诚是唯一状态好点的那个，靠在墙上灌体力恢复剂，发尾的汗滴滴答答地往下流。

状态最好的当然是唐二打，除了背湿了点，看上去和进入游戏之前没两样。

原本在游戏登入口想要刻薄地嘲笑白柳的那些玩家已经麻木了——这已经是他们第十次看到这群人出现在游戏登入口了。

这群变态……平均不到半个小时就会刷掉一个二级甚至三级副本，屏幕上的游戏像是被这群人吞噬般一个一个地熄灭。

小电视区的观众更是看得目瞪口呆——他们看这五个人的小电视跟开了三十二倍速似的，有时候甚至根本没弄懂这个游戏讲的是什么，这五个人已经迅速通关登入下一个游戏了。

论坛上原本骂白柳不识好歹的人很多，但现在论坛里悄无声息，没有一个人敢吱声。

唐二打绝对实力的压制太震撼了。

白柳是从哪里找到这么一个恐怖的主攻手的？！这家伙的攻击面板到底有多高？这群人是怎么做到跟上唐二打的攻击速度的？能看清楚这家伙什么时候出枪吗？

在极高的关注度下，这些讨论话题成功地取代了原本白柳放出的那些帖子，成为整个游戏里所有人都在热议的话题。

躺在地上的白柳向后摸了一把自己的头发，把湿答答往下滴水的碎发扒拉到脑后，畅快地呼出一口气，微笑着看向唐二打："在刚才那十场游戏里，你是我们当中获得充电积分最高的人——看起来这些观众都很喜欢你的外表和实力，当然我们也是。"

"……"唐二打不太擅长讨论自己的吸引力这种问题，于是他生硬地转移话题，"今天的游戏训练就到这里，登出游戏之后，你们需要了解一下未来对手的具体信息。"

"怎么还有……"牧四诚发出一声惨叫，生无可恋地坐在了地上。

白柳比了一个"OK"的手势。

白柳的出租屋内。

白柳不知道从什么地方翻出了一块白板和几支记号笔，竖立板子方便唐二打写字讲解，另外几人就坐在白板对面的床上，望着即将讲课的唐老师。

被过去的敌人用这种渴求知识的目光盯着，唐二打浑身不自在，但他勉强压制住了，清了清嗓子，举起一支红色的记号笔开始在白板上勾画并说明：

"游戏里的前十名公会是你们的头号大敌，你们要做好与其中任何一个公会作战的准备。所谓'知己知彼，百战不殆'，接下来我将按照公会的排序给你们讲解每个战队的特点……"

唐二打环视一圈：

"由于杀手序列的战队我不算特别了解，而国王公会你们都有深刻的认知了，所以今天我们讲解的是第三公会——

"黄金黎明公会。"

等到今天的讲解结束，其他人收拾东西，该回家的回家，该去学校的去学校。白柳看着坐在白板前面望着"黄金黎明"四个字走神的唐二打，倒了一杯水端过去："你认识他们的会长吧？"

唐二打一怔，没有接白柳的水："我已经不想问你是怎么知道的了。"

"看出来的，"白柳把水放到一旁，坐在唐二打旁边，"你有意地回避讲解他的技能——这一般是你对熟人的态度。能和我说说这位乔治亚会长吗？"

唐二打从口袋里掏出一支烟，朝白柳比了比："你介意吗？"

白柳微笑："你知道我不喜欢烟味，但你想抽就抽吧。"

唐二打："我和他不算熟人，只能算得上是同事。他是异端处理局三区的，分管高危异端。"

"准确来说，真正和他算得上是老熟人的——"唐二打看向白柳，"是你，白柳。"

白柳懂了："其他时间线的我和他发生过什么事？"

"你的手下牧四诚在海外走私异端的时候，撞到了前来巡逻的乔治亚，把他给抓了起来，交到你手上。不知道你对乔治亚做了什么，或者说使用什么异端污染了他，一夜之后，又把乔治亚给放了回去。

"但乔治亚回去之后，身体就一天天地虚弱下去，每天都像是经受着剧烈的折磨，神志不清，甚至没有办法说清楚那天你到底对他做了什么，有时候还会出现自杀的举动。"

唐二打缓缓地吐出一口烟："后来，乔治亚的弟弟阿曼德为了替哥哥报仇，埋伏在牧四诚管理的那条走私线，和牧四诚同归于尽了。"

236

白柳简单评价："这听起来像是其他时间线的我会做的事情。"

唐二打看了他一眼："如果这件事只是这样，那也不过是你许多劣迹中微不足道的一件。"

他停顿了一下："我也不可能记到现在。"

白柳侧过头看向唐二打："后面还发生了什么事？"

"在阿曼德死后，乔治亚恢复了清醒。但阿曼德为他报仇而死这件事再次摧毁了他，乔治亚悲痛欲绝，想要工作却没有办法正常进行工作，异端处理局不得不强迫他休了长假……

"休假后，乔治亚把自己锁在阿曼德的房间里，一坐就是一整天。我去看过他几次，试图和他交谈，询问白六到底对他做了什么，但他只是魂不守舍地自言自语——'不该是这样的，我看到的未来不是这样的，死的应该是我，应该是世界上的其他人，而不是阿曼德……'"

唐二打安静了片刻，咬着烟嘴抬头看向白板上"黄金黎明"四个字。

"后来我询问他的同事，乔治亚有没有说过白六到底对他做了什么。他的同事告诉我，乔治亚说白六只是让他看了一眼未来。

"没有人知道乔治亚看到的未来是什么样的，但接下来发生的事情超出了我的意料。"

唐二打看向白柳："白六接连摧毁了异端处理局六个秘密据点，抢走了不少我们收容的高危异端。虽然我们也成功击毙了前来摧毁异端的小丑，但还是损失惨重。

"但这件事最可怕的不是损失，而是白六是怎么知道异端处理局的秘密据点的。关押着特一级红色异端的高危据点，其具体的地理位置经过各类刑讯异端层层加密，只有乔治亚才知道，而且还不能轻易说出去。

“——除非是说给乔治亚完全信任的人。而在乔治亚心中，这个人只会是阿曼德。”

唐二打轻叹：“虽然我们不愿意相信乔治亚会背叛异端处理局，把秘密据点的位置告诉白六，但保险起见，异端处理局还是开始对乔治亚进行调查。

“乔治亚通过了 127 轮天平检测，我们确认他仇恨白六，绝对不会背叛异端处理局，背弃和平与正义。最终经过各方权衡，还是暂时保留了乔治亚的职位，也将明面上对乔治亚的调查转入了地下。

“游戏外对乔治亚的调查陷入了‘瓶颈’，但在游戏里，我看到白六的战队里突然多出一个戴着面具的预备队员。那人攻击力强，杀人冷厉果决，宛如一台杀戮机器，外形、身高等各方面都和乔治亚很相似，但最让我生疑的是他的技能。”

唐二打凝视了白柳好一会儿，低声说道：“他的技能武器是一把弓，叫作‘回溯之弓’，可以将人肉体的时间回溯到三个小时以前。

“从阿曼德死亡到我们发现他的尸体，时间间隔正好是三个小时。”

唐二打深呼吸了两次：“我找到乔治亚，询问白六战队里这个多出来的预备队员是不是他，他承认了。

“我不明白为什么他会选择加入白六的战队。乔治亚通过了天平的检测，我确信他内心深处是憎恨白六，向往和平与正义的，却不知道他为什么愿意成为白六手上的一把弓。

“于是我质问他为什么，乔治亚说无论他怎么努力地去挽回，都不会走向和平与正义的未来，也不会走向阿曼德会存在的未来。他要去纠正这个未来，而只有白六有办法更改这个未来。

“所以尽管他无比仇恨白六，他也甘愿为正确的未来做白六手中的一把沾染无辜之人鲜血的弓。当阿曼德回到他的未来的那一刻，他会为自己的罪孽而死，那才是正确的未来。”

白柳抬起眼皮看向突然沉默的唐二打：“最后乔治亚在这条世界线的结局呢？”

唐二打：“他跟着白六打赢了联赛，获得了一个愿望。我不知道他许了什么愿望，但他第二天就自杀了。

“乔治亚死在当初阿曼德死的地点，三个小时之后我们发现了他的尸体。”

“我希望阿曼德能复活在正确的未来里。”

乔治亚在睡梦中看到满身染血的自己，跪在一团看不到轮廓的光前面许愿，他的身侧是一把锈迹斑斑的银色流线型长弓。

他隐约意识到面前这团光里有一个很了不得的存在——“神明”般的存在。

这团光问他：“你不需要活在正确的未来里吗？”

乔治亚看到自己摇了摇头：“我不配拥有那样的未来，我做出了不正当的选择，我应该为此负责，死亡才是现在的我应该有的未来。”

于是这团光又问他：“你是一个善良的赢家，你难道不想让其他人也存在于正确的未来里吗？”

乔治亚又摇了摇头：“错误的未来是这个世界里每个人的每一个选择一起导致的，就如同我应该为自己不正当的选择负责。这个世界里的每一个人皆是如此，他们应当为自己放纵的欲望承担残酷的未来。”

这团光又说：“阿曼德也是如此，你在纵容他的错误，在他做出错误的选择后给了他一个正确的未来。

“这是你的自私与欲望，乔治亚，这是你的不公正。”

乔治亚闭上眼，长久地垂头静默着，血液从他的长睫上掉落到地上，宛如怜悯自己的眼泪。

“是的，这是我作为哥哥的私心。我知道他做错了事情，他应该为此负责，我只希望所有罪孽都算在我一人身上，而非阿曼德。

“但我知道这是不可能的。”

这团光说：“你和阿曼德都应为自己的私欲与不公正付出代价。

“作为惩罚，你将永远失去拥有阿曼德的未来，而阿曼德永远不会存在于拥有你这个哥哥的未来。

“除了出生那一刻，你们将成为永远背道而驰的一对兄弟。”

乔治亚想要从这个让他隐隐感到不安的梦境中醒来，但无论他怎么挣扎，这个梦还是继续做了下去，片段交错，更加支离破碎。

他看到低下头姿态恭敬的自己，半跪在一个隐藏在阴暗之中的人面前，而自己裸露出来的白皙后颈上全是交错的暗红色鞭痕。

这人慢条斯理地整理着手上的一根黑色长鞭，慵懒地用穿着皮鞋的脚尖抬起了乔治亚的下巴，于是梦中的乔治亚终于看清了这人的脸。

这个人坐在一张宽大的皮椅上，拥有一张极为俊秀无害的亚洲人脸庞，脸上带着十分友善的微笑，语调散漫，仿佛在与他闲聊：“乔治亚，我对你很满意。”

“我知道你不是成心归顺我，但你的成绩实在太优秀了。”白六垂眸，用长鞭的柄代替自己的脚尖，往上抬了抬乔治亚的下颌。

乔治亚修长的脖颈在白六玩弄般的恶意上抬中绷到极致，喉结克制地上下滑动，锁骨上方的鞭痕明显无比。

“一场比赛里你能毫不犹豫地淘汰十几个和你毫无关系的普通玩家，六个秘密据点的信息你也可以说给就给我，淘汰上百个曾经的队员的消息放到你面前，你连眼睛都不眨一下。”

白六用叹息般的语调赞赏他：“无论是长相还是执行力，你完美得就像一台机器。”

“在游戏里，有人夸赞你是没有感情的美丽精灵。”白六伸出大拇指抚了抚乔治亚没有丝毫情绪的脸，“我很赞同这一点，已经完全看不出你当初那副神圣高尚的乔治亚队长的样子了。

“真是让我惊奇，一个亲密之人的离开居然能给你带来如此大的改变。”

白六收回自己的手，若有所思般地握住了鞭子：“我也经历过同样的事情，但我唯一的改变，就是看到你这张和你弟弟过于相似的脸的时候，会稍微有点控制不住自己的怒气。”

他的声音懒散轻柔，让人丝毫想不到他会在说话的时候，抬手狠狠抽了乔治亚一鞭。

但跪着的乔治亚好似对白六会鞭打他这件事情习以为常，只是隐忍地颤抖了一下，便又低着头不动了。

“让我想想，这次你在游戏里射杀那些可怜的无辜之人时，都攻击了他们什么致命的部位？”白六淡淡地询问，“相信我们的乔治亚队长一定记得，对吗？”

乔治亚的睫毛轻微地颤动了一下，他轻声回答：“我记得。”

白六半闭着眼：“你应该为自己的残忍杀戮受到惩罚。把衣服脱掉。”

乔治亚站起来，顺从地脱掉了衣服，他的身上满是交错的、还没消肿的鞭痕，就像是一条条毒蛇绕过他的腰腹和大腿，缠绕在他洁白的皮肤上吐芯子。

睡梦中的乔治亚呼吸急促起来——他在恍惚中意识到，每一条鞭痕就代表他杀死了一个人。

他面前这个人在折磨他。

这个人知道他不会因为简单的肉体鞭打感到痛苦，但他会因为自己的不纯洁、不正确和不公正感到极致的痛苦。

所以每当他们进行完一场比赛，乔治亚在赛场上杀了人的时候，这个人就会在赛后，让乔治亚报出他杀死的那个人的名字和那个人中箭的部位，然后在乔治亚身上同样的位置留下鞭痕。

白六是在利用这些伤痕和疼痛，不断提醒乔治亚一个残酷的事实：我对你所做的事情，不及你对那些人所做的残忍之事的万分之一。

为了遮掩鞭痕，乔治亚穿的是高领带拉链的制服，拉链可以一直拉到下颌。在承受了白六这次情绪发泄之后，乔治亚站稳，穿好衣服，低头恭敬地向白六行礼后退出了他的房间。

乔治亚看到自己一路目不斜视地穿过一条条回廊，走到某个房间的门前，打开走了进去，然后立马冲到马桶旁边呕吐起来，一边吐一边痛苦不已地抓挠身上疼痛的鞭痕。

他似乎想从自己的身体里吐出某种让他自我厌恶的东西，但无论怎样都只能吐出清水，最终强迫自己呕吐的行为导致乔治亚整个人都痉挛起来。

乔治亚不断地通过各种方式折磨自己，他甚至用一把小刀划在那些鞭痕上，试图加深这些痕迹来惩罚自己。乔治亚无声地喘息着，眼泪不断涌出。

最终乔治亚看到自己筋疲力尽地倒在床上，失神地握住一块怀表蜷缩成一团。他似乎想打开怀表看看，但最终只是亲吻了一下怀表，闭上满含泪水的眼睛，沉沉地睡着了。

乔治亚认识这块怀表，他知道怀表内有一张阿曼德和他以前的合照。

白柳把唐二打送出房间，他们一边在街上走一边闲聊。

"我很好奇，你探查到乔治亚背叛了异端处理局，肯定立马告诉了异端处理局。"白柳侧过头看向唐二打，"异端处理局是怎么处理他的？"

唐二打耸耸肩，套好外套转过身："首先免去了乔治亚的职位，然后开始调查乔治亚背叛的原因。结果那次调查刚开始，乔治亚就叛逃了。

"当时异端处理局里有两种说法，第一种说法是乔治亚被白六用某种异端污染了，精神降维才会被白六控制。

"但这种说法没有办法解释乔治亚告诉白六秘密据点的地理位置这一点——就算乔治亚疯了，如果白六不能让发疯的乔治亚百分之百信任他，也是无法从乔治亚的口中得知秘密据点的位置的。"

"还有一种说法是一些人猜测的……"唐二打说到这里，诡异地迟疑了一瞬，脸色也变得难看起来，"有人猜测，乔治亚因为斯德哥尔摩综合征，被你完全控制住了。"

白柳挑眉："你们一区的人还挺八卦。"

"这不是八卦，为了探查真相，我们要从各个角度去假设。"唐二打艰难地辩解了一下，然后瞄了白柳一眼，微妙地补充道，"当时这种说法会盛行，还有一个原因是乔治亚身上总是会有一些莫名其妙的鞭痕，而你的……白六的武器正好就是长鞭。"

白柳："……"

其他时间线的他，这么猛吗？

237

阿曼德猛地从睡梦中惊醒，他浑身大汗地坐在床边，低头喘了一会儿气才从那个噩梦中缓过神来。

或者说，从噩梦般的现实中缓过神来。

阿曼德握了握自己沾满冷汗的手，他睡梦当中最后一个画面是牧四诚倒在地面上，头上流着血，瞳孔扩散。

对方的血液在地上漫延，和他身下的血泊融合在一起。

阿曼德呆呆地坐在床沿回想刚刚那个梦，或者说回想他的上辈子。

他的哥哥乔治亚是异端处理局三区的总队长，从阿曼德有记忆开始就极为忙碌。因为乔治亚从事的是一份很危险的工作，所以他对阿曼德的保护欲很强——乔治亚对阿曼德的一举一动都有严格规划。

比如乔治亚严禁阿曼德进入异端处理局，不允许他从事任何与异端相关的工作。

但阿曼德并不服气，乔治亚越是不允许，他就越是想进入异端处理局，这份工作在他眼里充满吸引力——这就是他幻想中拯救世界的工作！

从小崇拜哥哥的阿曼德对异端处理局越发向往，到了青春期更是叛逆无比，直接进入了异端处理局的训练营。

这让阿曼德和乔治亚爆发了第一次争吵，阿曼德闹得死去活来，最终还是如愿以偿了。

而乔治亚冷酷地对他说："阿曼德，你是一个胆怯心软的人，你没有办法对敌人残忍。这样的话，你会被命运严厉惩罚的。"

现在想想其实乔治亚说的是对的，乔治亚总是对的。

但那个时候的阿曼德还没有被命运严厉地惩罚过，他对命运的仁慈总是有一些不切实际的天真幻想。

他怀揣着宛如定时炸弹般的天真进入了异端处理局，然后被乔治亚下放到了最安全的异端监管部门，负责文书工作。

郁闷的阿曼德无聊地记录着各种各样的异端，抓住机会就想往最危险的一线跑。但每次都会被眼尖的乔治亚发现，然后更为严格地将他控制在三区本部内。

阿曼德感到一种无法言说的孤独。

从他记事开始，他周围就是乔治亚为了保护他不受异端侵害而筑起的高高的保护墙，墙里什么都没有，只有他自己。就连乔治亚也谨慎地停留在墙外，连吃饭都要隔着一个塑料罩子，以防污染他。

而他成年之后，还是待在这堵围墙里，连个说话的人都没有。

然而这个人很快就出现了。

乔治亚主管的三区是高危异端的储存区，存储的是最危险，也最有价值的异端。三区的据点一般都在很机密的位置，很少有人能探查到，但这一切对三区的天敌——牧四诚来说都不是例外。

牧四诚是三区最大的敌人，这个嚣张的盗贼每次光顾三区的时候都会闹得人仰马翻。三区的队员们几乎是削尖了脑袋研究这个神出鬼没的盗贼的弱点，试图抓住对方。

而研究来研究去，也就研究出了一点皮毛。

阿曼德在往嘴里塞面包的时候，听到旁边的队员们第一千零一次提起牧四诚的背景，忍不住翻了个白眼。

“牧四诚……最好的朋友死了……现在没有办法和任何人合作，特别孤僻，独来独往……

“他好像很介意这一点，听到这事就会暴怒失控……可以利用这一点……”

阿曼德叼着面包，口齿不清地插嘴：“死了的朋友怎么能算是弱点？”

他嬉皮笑脸地拍着胸脯自荐：“除非你们给他造一个活着的朋友，那才算是弱点。我觉得我就不错，可以帮你们做间谍，当这个盗贼的朋友。”

队员知道阿曼德是队长的弟弟，于是笑着打趣他：“你知道这个盗贼的朋友是怎么死的吗？”

阿曼德诚实地摇摇头。

队员吓唬他：“是被牧四诚亲手杀死的！你要是和他做朋友，说不定也会被他杀死！”

阿曼德一愣，被吞下去的面包噎住了。

当夜，三区的红色警报响了起来。

阿曼德迷迷糊糊地从睡梦中惊醒，就听到广播里乔治亚严肃的声音：“全区戒备！牧四诚偷盗三个重二级红色异端后被我击中腰部，现在丧失移动能力，正在异端处理局内部逃窜！所有队员地毯式搜寻！

“——必要时可当场击毙！”

队员们一个房间一个房间地搜寻这位中弹的盗贼，脸上是掩不住的喜色。这种即将成功的喜悦，让他们在发现偷偷摸摸加入搜寻队伍的阿曼德之后，睁一只眼，闭一只眼地放过了。

阿曼德兴奋地跟着搜寻，但他在搜寻了两遍之后就被乔治亚发现了。阿曼德垂头丧气地被乔治亚斥责了一顿之后，灰溜溜地回到自己的房间。

但当阿曼德回到自己房间的时候，瞬间就察觉到了异常，有什么东西潜入了他的房间。

阿曼德离开宿舍的时候没有关门，虽然来人很谨慎，房间里的一切看似都没有被人动过，但味道是掩盖不住的——阿曼德嗅到了一股很浓的血腥味。

他紧张得心脏“怦怦”地跳了起来。

阿曼德对自己无法制止对方这点很有自知之明，于是装作什么都没有发现的样子，转身准备离开，去通知其他人。

但在转头的那一刻，他就被人用锋利的爪子钩住了喉咙，有一个身材高大的人喘着粗气压在他肩膀上，恶声恶气地笑着：“很敏锐嘛，鼻子和我一样灵，闻到我血的味道了，是吗？”

阿曼德的心脏都快跳出嗓子眼了，他举起双手做了一个投降的姿势，还没来得及说话，那人却自己缓缓滑了下去。

阿曼德恍惚地转身。

他看到一个和他岁数差不多的年轻人虚弱地躺在血泊里，头上还戴着猴子耳机，急促地喘息着。

这个人失血过多，快要休克了——阿曼德马上就意识到了这一点。他怔怔地看着倒在血泊里的牧四诚，脑子里不由自主地回响着他听到的关于这个凶残盗贼的信息。

“……没有朋友……一个人……好像很孤独……只能和一个他背后的跟从者对话。

“每次偷盗东西……做任何事情都是为了取悦那个幕后之人，得到对方的认可……

“好像是这个幕后之人最近要扩张走私线，所以牧四诚才越发频繁地造访三区……”

阿曼德以为对方会是一个四五十岁的糟老头子，没想到……年纪居然这么小。

血液从牧四诚的身下漫延成血泊，他双目失神地蜷缩着，没有捂住伤口，反而用受伤的腹部保护着被他偷走的三个异端盒子。

阿曼德的嘴唇抿成了一条直线，他握住了腰后的手枪，咬了咬牙，抽出枪对准牧四诚的头部。

但无论阿曼德怎样逼自己，他都下不了手——他哥哥说得对。

他没有办法对这样一个活生生的人开枪，哪怕知道对方是个十恶不赦的坏家伙，但他能在濒死的牧四诚的眼里看到和他一样的渴望——对活着、理解与认同的渴望。

这个时候，他的房门被敲响了。

阿曼德吓了一跳，他下意识地把牧四诚撑起来，藏在了床下，然后把地拖干净，心惊胆战地喷了很多空气清新剂，躺在床上假装自己睡着了。

来的是普通队员，他问阿曼德：“你有看到可疑人物吗？”

在床上的阿曼德心惊肉跳地快速回答：“没有！喷了空气清新剂是因为我刚上完厕所！”

来人：“……倒也不必把这种事告诉我。”

好在没有人怀疑阿曼德这个队长的弟弟，于是在呛人的空气清新剂的味道中，来人捏着鼻子走了。

阿曼德瘫软在床上，他犹豫了很久，把一瓶特效疗伤剂和一卷绷带放在了床底下。

隔了很长时间，床底下才有一双猴爪伸出来，“唰”地一下钩走了这些东西。

阿曼德抱住膝盖半蹲在床上，双目失焦地发呆，思考自己到底为什么要这么做。

但在他思考出结果之前，床底下传来了一声恢复活力、有点跩的吆喝：“喂，你叫什么名字？”

阿曼德老老实实地回答：“阿曼德。”

床底下传来“嗤”的一声：“难听。你和开枪打伤我的那个人长得一模一样，你是他的什么人？”

“……弟弟。”阿曼德说完更郁闷了。

自己到底为什么要救哥哥开枪打伤的敌人？

床底下安静了很久，那人才问出阿曼德心中所想的问题：“你……为什么要救我？”

阿曼德惆怅地长叹一口气：“我也不知道啊，忍不住就救了。”

床底下不知道为什么传出了一连串极其嘲讽的笑声和呛咳声，然后那人低声笑骂了一句：“傻瓜。”

阿曼德：“……”

虽然我也觉得自己挺傻的，但你说这话是不是不太对？

第二天一大早阿曼德醒来的时候，牧四诚已经不见了。阿曼德一方面松了一口气，另一方面又觉得是不是自己想做出成绩想疯了，所以才会做这种抓到牧四诚的梦？

但为什么梦里的自己要救他，然后放走他呢？

阿曼德百思不得其解，于是作罢。

但不久之后，这个恶名昭彰的盗贼再次造访了异端处理局，但这次牧四诚没有带走任何东西，反而留下了一样东西。

他像是历史上所有嚣张过头的怪盗一样，这次居然提前发了一张指名道姓的预告函给三区。

——周三我来偷东西，偷什么还不知道，我看着拿。让你们队长的弟弟，那个名字很难听的谁谁谁在门口等着我！

乔治亚抬起眼皮，把这张预告函甩在痴呆的阿曼德面前：“解释一下，为什么牧四诚会开始针对你？”

“我也不知道……”阿曼德欲哭无泪，他真的后悔了。

乔治亚深吸一口气，他凝视阿曼德良久，最终下了结论：“无论你和牧四诚发生过什么，阿曼德，你要牢记这人是一个魔鬼，你最终会被他所害的。

“但你如果真的需要一个认清现实的机会，我给你。”

乔治亚审视着心虚的阿曼德：“周三你拿着枪，和我们一起参与围堵。”

周三，拿着枪的阿曼德战战兢兢地站在前面。很快，那个盗贼来了。

这是阿曼德第一次看到奔跑着偷盗的牧四诚。

牧四诚像风一样快，也像风一样自由，用一种肉眼看不见的速度笑着擦过还没回过神来的阿曼德的身侧，然后抓住了他的手腕，扯着愣神的阿曼德和自己一起跑起来。

在枪火翻飞的场景里，在所有异端处理局队员的尖叫声里，盗贼和阿曼德像两个恶作剧被当场抓住的孩子一般，飞快地奔跑起来。

阿曼德蒙了，他抽手想离开，但这个时候牧四诚顽劣地挑眉一笑，在风里回过头来看向他：“看他们抓不到我们，好玩吧？”

阿曼德一怔，他回过头，看到背后歇斯底里地追他们的队员们，在牧四诚极致的速度的衬托下，这些奔跑的队员狰狞的面部表情显得有些滑稽——的确很好玩，阿曼德忍不住笑了起来。

牧四诚跑得很快，被他牵着手的阿曼德也跑得很快。

各式异端在牧四诚精湛的偷盗技术下一一呈现，这些被阿曼德记录并整理好的危险异端被牧四诚握在手里随意掂量，好像这些并不是什么异端，只是牧四诚的玩具，而这也不是什么危害世界的犯罪行为，只是这个盗贼心血来潮玩的一场游戏。

牧四诚随手抛了一个异端给阿曼德，勾唇一笑：“你知道这个是干吗用的吗？”

“编号 8035……”阿曼德绞尽脑汁地回忆他统计过的数据，“这个好像是……风中……”

他记得是能刮起飓风。

牧四诚不耐烦地打断阿曼德，伸手直接把盒子打开：“打开不就知道了吗？”

五光十色的奇异蝴蝶从盒子里翩跹飞出，风从它们斑斓的尾突下扇出，狂烈的风在封闭的室内来回吹动，吹得人发际线都能往后面平移一厘米。

阿曼德猝不及防，直接被吹得飞了起来。

牧四诚抓住阿曼德的脚踝，防止阿曼德被吹走，他忍不住哈哈大笑，嘲笑阿曼德：“你守这里这么久，你哥不会连这个都没有让你玩过吧？”

“这是玩的吗？！”阿曼德崩溃地大吼，“快停下，会引起气候剧烈变化！”

“不会，”牧四诚抓住在风中平衡身体的阿曼德，他轻轻地飘浮在阿曼德的正上方，稳住他的肩膀之后，低笑着解释，“真是够傻的，不知道你哥是怎么教你的。看好了，每个异端都有弱点——”

牧四诚控制住阿曼德的手指，抓住了在风中飞舞的一只蝴蝶的尾突，在阿曼德身侧耳语：“只要你找到它的弱点，这个异端就是你的玩具。”

阿曼德不可思议地看着自己手中的蝴蝶停止扇动翅膀，乖顺地停在他的指尖。

牧四诚得意地哼笑一声：“对吧？”

但下一刻，牧四诚就恶意地放开了握住蝴蝶的手指，还用食指弹了一下蝴蝶的尾突，顿时狂风大作。

牧四诚抓住惊慌失措的阿曼德的后颈，在蝴蝶引起的飓风中急速后退，在风中对前来追赶他们的队员放肆地狂笑，用两指抵着额头跟他们道别：

“你们队长的弟弟我就偷走玩玩了！”

他们在骤然吹来的风中消失，无影无踪。

其实风还没有把两个人带到很远的地方，牧四诚就停了下来。

他不知道接到了谁的电话，原本欢欣的神色迅速冷静下来，语气也从跳脱变得沉稳：“……知道了，我会把东西带回来的。走私线这边安全，没有问题。”

等他打完电话，牧四诚转身看到阿曼德，瞬间笑喷。

阿曼德有一张和乔治亚九成九相似的面容，此刻，从来没有经历过如此刺激场面的阿曼德，棕色的头发已经被风吹成了“鸡窝”，草屑杂生，表情也十分茫然。

他现在正四肢着地趴在地上——不是他不想站起来，主要是没有乘坐过飓风这种交通工具，阿曼德有点晕“风”。

牧四诚半蹲在阿曼德面前，似笑非笑：“我以为大古板的弟弟会是个小古板，没想到是个小傻瓜。”

阿曼德幽幽地看了牧四诚一眼："你再骂？"

牧四诚憋笑，手插兜站起身，从兜里掏出几个异端盒子，全部扔给阿曼德："好了，我今天玩得差不多了，以后有机会再找你玩，拜拜。"

说完，他潇洒地转身就走。

阿曼德回过神来，看着面前的几个盒子，突然一怔——

这几个盒子不光是今天牧四诚拿走的，上次牧四诚拿走的那三个盒子也还给他了。

"牧四诚——"阿曼德想了又想，还是没忍住叫住了牧四诚，"你把上次偷的也还给我了。"

牧四诚挑眉转身："怎么，还给你还不好？"

阿曼德诚实地回答："今天你应该是来玩的，拿的都是轻一级红色异端。但这三个都是重二级红色异端，应该是你的目标，你还给我当然好，但我主要是怕你下次还来偷。"

"的确是我的目标，"牧四诚勾唇一笑，"但上次我被你抓到了，偷盗自然也就失败了，所以这并不是我的战利品。"

牧四诚挥挥手，头也不回地离去，声音里带着笑意："我当然还会再来偷，如果不想造成损失，就努力抓住我吧，阿曼德。"

阿曼德望着那个三个盒子，沉默了很久。

成功带回失窃盒子的阿曼德终于拥有了去一线的资格。

在那之后，牧四诚时不时就会给阿曼德发预告函，而阿曼德仿佛在一夜之间成长，他变得更为沉稳，会用尽全力去追捕牧四诚。

每当牧四诚来的时候，阿曼德都是那个跑得最快的人，几乎和牧四诚一样快，但他却从来不对牧四诚开枪。

渐渐地，阿曼德成了全局追回牧四诚盗窃的东西最多的人。

阿曼德在追逐牧四诚的过程中渐渐长大，他变得越来越稳重，越来越负责，能力也越来越强，成了乔治亚的二把手，也就是副队长。

某天吃完晚饭，登记好异端信息的阿曼德回到宿舍的时候，在床边发现了一张预告函，上面写着——

副队长，不玩追捕游戏了，喝酒来吗？

阿曼德轻微地翘了一下嘴角，在小心翼翼地确认了哥哥不在之后，从异端处理局后门溜走了。

阿曼德来到了当初他被牧四诚释放的一阵风卷到的空地——他们偶尔会来这里聚一聚。虽然不知道两个敌对阵营的家伙为什么要这样做，但这不知不觉地变成了两个人不宣之于口的一个约定。

这片空地很荒芜，抬起头却能看到十分璀璨的夜空。阿曼德到的时候，牧四诚就坐在一个小山坡上抬头看着星空。

“来啦。”牧四诚懒洋洋地朝阿曼德打了个招呼，丢给他一瓶酒。

阿曼德习以为常地稳稳接过，抬头之后动作一顿。

他察觉到今晚的牧四诚情绪不太对劲。

“怎么了？”阿曼德坐在牧四诚旁边问道。

牧四诚仰头灌了一口酒，呼出一口浊气：“那位把走私线全权分配给我了，我以后不来偷东西了。”

他说到这里安静了一瞬，然后又若无其事地继续说下去：“以后再见咱俩就要开枪了，把你那把装模作样的空壳枪给换了吧。”

牧四诚说完，阿曼德沉默了。

——如果只是偷盗，还可以当作一场游戏。但上升到可能危及所有人安全的走私的时候，他们之间就不再是游戏了。

而是无数人的生死。

阿曼德很少喝酒，但他在那时狠狠地喝了一大口，擦擦嘴道：“我会的。”

“我玩过很多很多游戏，有惨烈的、恐怖的，还有一场……”牧四诚仰望着星空喃喃自语，“让我永生难忘的。”

“但这段时间是我玩得最开心的日子，”牧四诚低下头，没有看向阿曼德，却对他伸出手，“谢了，无论是你放过我，还是陪我。”

阿曼德握住了牧四诚的手，很认真地说：“没关系，我们是朋友。”

牧四诚动作一顿，沉默了半晌，嗤笑一声：“你知道我上一个朋友是怎么死的吗？”

“被你亲手杀死的，”阿曼德紧握牧四诚的手，深棕色的眼眸里是无可撼动的坚定，“但我相信你不会杀死我的，或者说，我会尽力变得比你强很多，做到能不被你杀死，也不杀死你！”

阿曼德握拳道：“我会强到能够阻止你要做的事情的！”

牧四诚抽回手，别扭地别过头，脸上却忍不住露出微笑：“……臭小鬼，别以为你抓到过我很多次，就能这么得意。”

或许阿曼德和牧四诚都不会想到，这是他们最后一次相视而笑。

三个月后，白六前来运送一批货物，牧四诚在交接的时候被前来巡逻的乔治亚发现了蛛丝马迹。

在乔治亚确定了这是一批高危的走私异端，一旦流入市场会造成严重后果之后，他毫不犹豫地发起猛攻。而留守的牧四诚原本应付得很吃力，但交接完货物已经离开的白六却杀了一个回马枪，又回到了港口。

在白六的援助下，牧四诚将这位赫赫有名的三区队长当场捕获。

在看到来人是乔治亚的时候，牧四诚的瞳孔忍不住轻微收缩了一下。

而坐在座椅上的白六并没有错过牧四诚细微的表情变化，白六看向半跪在他膝盖前、脸上毫无表情的乔治亚，微微扬了一下眉梢。

“你认识这位队长？”

牧四诚艰难地回答：“我经常去他主管的三区偷异端……”

白六侧过脸淡淡地看向牧四诚：“我不喜欢有人对我说谎，你知道我说的‘认识’不只是见过这个层面——你对他有感情？”

“不是！”牧四诚迅速否认。

白六若有所思地转过头去看向乔治亚：“但你看到这张脸时的反应是作不了假的，如果不是他，应该就是某个和他长得很像的人。”

他俯身抬起乔治亚的头，垂眸审视这张脸：“女性直系亲属你从身形上就应该可以判断是不是那个人，所以这个人应该是男性，而且是个和他年龄相近的男性，不然你不会第一眼看不出外貌的差异。”

牧四诚的呼吸都快停止了，手握成了拳头。

“是他的弟弟吧？”白六平静地宣布了答案，“和你年龄相近，或许还有一定程度相似的经历，这种处于对立立场关系的建立——”

白六抬起眼皮看向一言不发的牧四诚，双手合十交叠于身前：“好玩吗？”

牧四诚双眼通红，长长地呼出一口气，他没有为自己辩解一个字，低着头屈膝跪了下去。

“求您……放了乔治亚，”他一字一句地说，“是我玩过头了，下次我会控制住自己的，现在杀了他会让三区更换管理人，改变防守布局，不方便我们进行查探……”

牧四诚还准备说下去，但他似乎知道自己试图说服白六放走乔治亚的行为有多荒谬，于是在没有得到白六的任何回复后，牧四诚安静下来，一动不动地跪在白六面前。

白六垂下眼帘：“出于对你的尊重和对你这段时间认真工作的认可，我可以放了他。”

牧四诚愕然地抬起头。

“下不为例，”白六淡淡地扫了乔治亚一眼，“但在这之前，为了防止这位三区队长记住我们的走私路线，需要给他看一样东西。”

牧四诚松了一口气：“是消除记忆类的道具吗？”

“不是，”白六轻声说，“我准备让他试一试我刚刚弄到手的新道具——未来。”

乔治亚在看了那个东西一眼之后，就像是被抽走灵魂般不动弹了，宛如一具尸体。他被白六扔在一块荒地上——也就是牧四诚和阿曼德偶尔一起喝酒的那块秘密荒地。

牧四诚偷偷通知了阿曼德前来领走他的哥哥。

前来的阿曼德惊慌不已地把躺在地上、双目无神的乔治亚背了回去。

——那是一切噩梦的开端。

在乔治亚连续一个月不言不语，时时准备自残甚至自杀的情况下，绝望的阿曼德爆发了，他登入了游戏。

在游戏内摸爬滚打通关后，奄奄一息的阿曼德第一次在大屏幕上看到了名为牧四诚的盗贼的另外一面。

这人肆意欢笑、随意屠戮，人命在他手里就像是玩具一样。他跟随在另一个人身后，从一个盗贼变成了一把锋利无比的凶器，出手必见血。

阿曼德呆呆地站在因牧四诚抓爆了对手脖颈而欢呼雀跃的观众中，仰头看着屏幕上那个他觉得陌生无比的朋友，大脑一片空白。

原来牧四诚说的那些游戏……是这样的啊……

是这样的……吗？

在赢得了又一场比赛之后，牧四诚随意地撩起衣摆，擦掉下颌上滴落的汗和血，对着那些欢呼的观众不耐烦地挥挥手，准备下场。

白六似乎一时兴起，转身询问他：“这场游戏和你与那位三区副队长之间的游戏相比，哪一个更好玩？”

精神值下降、欲望被释放让牧四诚的瞳孔兴奋地微微收缩，他勾起一个恶性十足的笑，尖利的牙齿在嘴角露出，浴血之后暴露了本性：“那还用说吗？

“——当然是这里的游戏啊。”

阿曼德宛如一尊木雕站在熙熙攘攘的人群里，那块巨大的屏幕在身后绽放白光，白六带领的队伍在观众的夹道欢呼中从阿曼德的身侧走过。

而这次游戏的最大功臣，杀敌最多的牧四诚就走在白六后面，他从阿曼德的身侧走过，急躁的步伐带倒了通关后虚弱的阿曼德。

牧四诚并没有在意自己撞倒了哪个狼狈的玩家。

沉浸在某种情绪中的牧四诚只是居高临下地回头扫了一眼这个被他撞倒之

后只是呆呆地仰视着自己，脸上全是泥的玩家，轻蔑地嗤笑了一声，就头也不回地走了。

坐在地上的阿曼德恍惚地抬起头，他看到前面的白六回过头来，远远地和他对视了一眼，然后露出一个好似可怜他般的微笑。

他看到白六笑着用口型对他说："只是一场游戏。"

——所有的一切，都只是一场游戏。

神志恍惚的阿曼德忘记了自己是怎么登出这个游戏的，他跌跌撞撞地回到异端处理局自己的宿舍，把那些他还留着的牧四诚写给他的预告函翻出来，疯狂地撕成碎片，一把火烧掉。

把那些牧四诚和他一起喝过的酒、玩过的异端、偷偷摸摸换成空枪拆下的子弹，能丢的丢掉，能忘的忘掉。

阿曼德在床上躺了很久，闭上眼睛好像能闻到从床底飘出来的血腥味，能听到那个家伙轻笑着骂他，能看到那块荒地上没有边际的星空。

但等到阿曼德睁开眼睛，他棕色的眼眸里空空荡荡的，什么都没有。

他宛如木偶般起身，将手枪里的空弹换成了实弹，然后联系了牧四诚——他不知道牧四诚会不会来，只能寄希望于牧四诚能有耐性将这场朋友游戏玩到最后。

而阿曼德会奉陪到底。

牧四诚来了。

于是阿曼德为这场朋友游戏画上了句号，他流着泪，咬着牙，第一次对这个满口谎话的坏家伙开了枪，而这个坏家伙也在他的喉咙上抓出了一个大窟窿。

在牧四诚倒地的前一刻，他用无法置信的眼神看着阿曼德，似乎不敢相信阿曼德对他做了这样的事情。

倒地后牧四诚因为疼痛面目狰狞，他艰难地变幻出猴爪，向阿曼德爬过来。

阿曼德以为他要攻击自己，用尽最后一丝力气，又对他开了一枪。

这枪打在太阳穴上，牧四诚用猴爪扣住了阿曼德的手，嘶哑地说："抓了你的哥哥，对不起——"

牧四诚的手盖在阿曼德的手上，似乎想要握一下。他目光涣散地看着阿曼德，一向带着恶劣笑意的明亮眼睛此刻已经暗淡。

这家伙明明被他开枪打死了，但和他说的最后一句遗言却是"抓了你的哥哥，对不起"。

阿曼德的眼泪涌了出来。

他想要和这个死去的坏家伙说说话，却一个音节也发不出来。阿曼德意识到他的喉咙被牧四诚的猴爪狠狠地抓出了一个大窟窿，声带多半没了，现在他是说不出话的。

阿曼德感到自己的身体渐渐变凉，心跳也渐渐变慢。

他见到的最后一幕是一双朝他走过来的皮鞋，以及一根拖到地上的黑色鞭子。

阿曼德看到这个人单膝跪下，将被他开枪打死的牧四诚的头颅翻转过来，轻柔地抱在怀里，然后用戴着手套的手庄重地合上了牧四诚还睁着的眼。

阿曼德听到这个人俯身对怀里已经死去的牧四诚温和地低语：“——如果这是你选择的游戏，那这就是你的 ending。

“不过死亡于你只是一次长眠而已，你的灵魂是我永不消逝的财产，一觉醒来，我们又会重逢。

“睡吧。”

那人语调又轻又缓，仿佛一位正在哄不肯睡去的孩子的耐心父亲，在讲述一个关于死亡的美好童话。

阿曼德竭力地想抬头看清楚这个前来为牧四诚收殓尸骨的人是谁。

但无论阿曼德多么努力地想要睁开眼睛看清楚这人的脸，在这人奇异的、诱哄般的话语声中，他的眼皮越来越重，呼吸越来越微弱。

在阿曼德彻底闭上眼睛的前一刻，他想到要是他哥哥在这里的话，一定会狠狠批评他为什么这样不自量力前来攻击牧四诚，还会让他写三千字的检讨，反省自己和牧四诚这个敌人之间不正当的关系，明天之前交上去……

阿曼德眼角滑过一滴泪，他在风中宛如蝴蝶般飘飘荡荡的灵魂终于坠入了名为死亡的长眠里。

围墙内的飓风终于停息了。

238

而等他再睁开眼睛，却像是时光倒流般回到了出事前。

或者说，用出事前来定义阿曼德现在所处的世界并不准确，他就像是到了另一个平行时空里一样，一切看似和他生前的世界一样，却又有不同的地方，但好像又差不了多少。

这里依旧有异端处理局，有游戏，有他最重要的哥哥乔治亚。

阿曼德很庆幸自己到了这里——因为这里他的哥哥还活得好好的，没有被牧四诚抓住，被折磨得发疯。

这个世界里根本不存在运营着一条庞大的异端走私线，搞得三区苦不堪言的猴子盗贼，这一点阿曼德在醒来后的一个月内已经反复确认过了，不过每确认一次都会让他更加雀跃。

想到这里，阿曼德解脱般地呼出一口长气，但又像是逃避着什么般，内心有种奇特的、挥之不去的虚无感。

他的围墙内又平静了，这次再也没有人来打搅他的安宁。

阿曼德不明白自己死后为什么会出现在这个世界，也不明白这到底是一个真实存在的世界，还是地狱里用来蛊惑亡灵驻足的完美幻境。

阿曼德摸了摸自己原本被牧四诚抓出一个大窟窿的喉咙，感觉自己好像被并不存在的“神明”眷顾了一般，让他的人生游戏可以读档重来，拥有打出一条更加完美的未来线的机会。

但这样不知道是真实还是虚幻的未来，对他而言，真的是未来吗？

如果连死亡都失去了价值，一切都可以读档重来，他的错误和罪孽都能被洗刷，他存在的意义到底是什么？

阿曼德也不知道答案，他太年轻了。

年轻人是不擅长思考人生的，尤其是阿曼德这种，在短短二十几年的人生里，大部分精力都用在和一个贼作对的年轻人。

但在这个“贼”不存在的时空里，一切都显得那样荒诞不经。

阿曼德突然觉得这个世界就像是那个坏家伙轻蔑地评价的那样——只是一场游戏罢了，没什么了不起的。

阿曼德不能理解牧四诚为什么总是把自己剥离出真实世界，高高在上地审视所有人，把所有东西都当成玩具。

肆意玩弄过后，明明作恶的是这家伙自己，他却又很孤独地躺在荒地上看天空，对阿曼德说：“阿曼德，没有朋友的游戏一点都不好玩。”

“我不想继续玩下去了。”牧四诚用手肘盖住自己的眼睛，很轻地说。那一瞬间，阿曼德觉得他好像要哭出来了。

选择玩游戏的是他，不肯停止玩游戏的是他，到头来，好像最难过的人也是他。

阿曼德深吸一口气，拉回自己的思绪，无论这是一个什么样的世界或者游戏，他知道自己现在唯一能做的就是保护乔治亚。

他决不能让乔治亚再次经历那些可怕的事情。

阿曼德把自己披散到肩头的长发梳好，又在一边的耳朵后面别上象征黄金黎明公会的小翅膀徽章——不然乔治亚看到了又要说他散漫。

阿曼德不喜欢像哥哥一样把头发规规矩矩扎起来，他觉得那样太紧绷了，他更喜欢随意地披散着，所以乔治亚就要求他一定要把自己打理好。

他要去游戏池里训练了——这是目前他唯一能做的事情。

乔治亚禁止他进小电视区域的游戏，说那里的游戏不能随时退出，不安全。所以阿曼德从苏醒到现在还没有去过小电视区域，也不了解那里的情况。

阿曼德对这个游戏的了解非常有限，他醒来之后大部分时间都是和其他人一起下游戏池。

要不是他前段时间偷偷背着乔治亚报名加入了黄金黎明公会的战队，乔治亚多半是准备让他这样过一辈子——乔治亚总是这样，会把他放在最安全的地方。

但阿曼德已经报名了，能力在黄金黎明里也算是不错的，毕竟他当初是副队长。

乔治亚就算生气，也不得不把他放进了正式战队——就算阿曼德是他的弟弟，他也不能违背公会的规则，把一个已经报名的队员踢出去。

不过乔治亚虽然这样做了，但他明显还不准备和阿曼德和解，目前两个人还在冷战。

所以当阿曼德走出宿舍看到站在他门前的乔治亚的时候，明显愣了一下。

“阿曼德，我梦到了你。”乔治亚似乎在回忆那个让他不怎么愉快的梦，“具体的场景我记不太清楚了，我梦到你为了保护我，和一个人一同死去。”

阿曼德的手猛地攥紧了，他低着头，抿着唇一言不发。

乔治亚见他这样，伸手摸了摸阿曼德的长发，拍了拍他的头，用大拇指抚摩阿曼德的眼角：“有时候真希望你永远都长不大。”

“但你的确长大了，”乔治亚的目光落在阿曼德的肩头，那里停着一只轻轻扇动翅膀的蝴蝶，“你的技能武器从和我一样的弓变成了一只蝴蝶，这代表你的核心欲望发生了转变，但我每次问你，你都不告诉我原因。

“从小我就能猜到你在想什么，就连做梦我们也能梦到一样的场景，你一直都以我们之间的心灵感应为傲。

“但现在，我好像看到了你的梦，也不清楚你在想什么。你有秘密了，阿曼德。”

阿曼德张了张嘴，似乎想说什么，但最终还是没有说出口。

乔治亚看着那只乖顺美丽的蝴蝶，垂眸：“我或许不能再将你继续困在安全的地方了。

“蝴蝶在太狭窄的地方是没有办法生存的。”

阿曼德愕然地抬起头。

乔治亚平视他：“今天战队要去小电视区域巡逻，向支持我们的玩家展示今年的队员，如果你确定要参加联赛就要认真对待，收拾好自己过来吧。”

乔治亚说完转身离去，只剩下呆呆的阿曼德。他摸了摸自己被乔治亚拨乱的头发，眼眶有些泛红地笑了起来。

“好的，队长！”阿曼德大声地回答。

他肩膀上的蝴蝶轻轻地扇动了一下翅膀。

小电视区域。

训练中场休息的白柳一行人靠在中央大厅旁边，出于唐二打的缘故，没有人敢上来打扰他们，所有人都惊惧地看着这五个两天之内刷了十三个游戏的疯子。

白柳眯着眼睛，用手指把滴汗的头发扒拉到脑后，牧四诚坐在他旁边低着头喘气。

唐二打双臂抱胸训斥这两人："才刷了三个游戏就喊撑不住了，昨天不是连撑了十个游戏吗？"

"正是因为昨天连撑了十个游戏，今天身体开始酸痛了。"白柳一本正经地辩驳，"强度太大了唐队长，我这种坐办公室的撑不太住。"

牧四诚呼出一口热气："我倒是还能继续撑，但另外两个没喊停的应该撑不住了。"

唐二打一怔，转头看向脸色煞白、上气不接下气的刘佳仪和木柯——他下意识地以未来的标准来要求这群人，没想到木柯和刘佳仪这两个身体稍微弱一点的吃不消这种训练强度。

但这两人性格都要强，一直没喊停，咬着牙硬撑。

牧四诚说："你挑的都是以速攻打怪为主、根本不要求解密的游戏，有些还是你通关过的，你打起来当然快啊，但我们要跟上你很吃力。"

"劳逸结合吧，唐队长。"白柳笑眯眯地说。

唐二打愣了一下，松口了："休息半个维度小时。"

白柳说完转身看向刘佳仪："你的比赛次数是不是快要达到联赛报名的要求了？"

刘佳仪点开系统面板，确认后回答白柳："是，还差两次。"

"你以我们公会的名义报名联赛的话，就算是正式退出国王公会了吧？"白柳问。

刘佳仪安静了一会儿："是。"

白柳看她："不后悔？"

刘佳仪忍不住翻了个白眼："你给我后悔的机会了吗？这个时候才问我，马后炮。"

"这倒是没有，"白柳恬不知耻地承认了，笑着问她，"那你后悔过吗？"

"后悔过。"刘佳仪毫不犹豫地承认了。她沉默了片刻，低头掐了掐指尖，小声地说，"但你在异端处理局外面说不会用红桃的方法的时候，我稍微没那么后悔了……"

刘佳仪话音未落，前面就传来一阵喧哗声，人群霎时往一个方向聚集。

白柳一行人站起来往后退，唐二打个子最高，视线高于人群，他远远地望去，皱着眉说道：“有公会的战队出来巡逻了。”

“这么大阵仗，是哪个公会？”牧四诚挑眉问，“排名前三的吧？”

唐二打转过头看向白柳，沉声道：“黄金黎明。”

白柳也扬了一下眉梢，侧目看向正在往中央大厅走的黄金黎明战队。

黄金黎明公会出来巡逻带了不少会员，他们有序地把前来围观的观众分开，隔出一段距离，让队员们走在队伍的中央，能被所有人清晰地看到。

前来围观的观众有不少是黄金黎明的粉丝，还有想要给黄金黎明下注的玩家。他们贪婪地仔细观察着今年的战队成员，在看到两个长着几乎一模一样的脸，神色凛然地一前一后走在战队前列的人的时候，忍不住爆发出一阵更热烈的欢呼。

“……这个新来的队员是谁？乔治亚的弟弟吗？！”

“双子组合！今年的双人赛有的看了！”

“黄金黎明捂得够严实啊，现在才放出来，是不是撒手锏之类的，技能是什么？”

“啧，他这张脸上场会让粉丝疯狂吧，不会又和乔治亚一样靠脸就能拿到免死金牌吧？”

……

玩家们讨论的声音越来越大，原本聚焦在白柳他们身上的视线一下子全被吸引走了。

还有不少原本就看白柳他们不爽但又不敢说什么的玩家，黄金黎明的到来就像是让他们找到了一个大后台一样，这些人时不时地用蔑视的目光扫白柳他们一眼，嘴上还阴阳怪气地说道：

“这才是正规战队，有些队伍啊……和大公会的战队还是没法比。”

“看看人家的新人队员，啧啧。”

当然这些玩家还是不敢直接嘲讽白柳他们的，因为唐二打正站在旁边，他们活腻了才会得罪这人。

白柳对这些话充耳不闻，他就是一路被嘲讽过来的，不怎么在意这些。但这些话可点燃了牧四诚，他这几天被唐二打压着训练，还被批评，本来火气就大，现在这些人还跳到了他的头上。

牧四诚面色阴沉地一撸袖子，准备抓住这几个胡说八道的玩家，隔空也要揍他们一顿！

这些玩家看到牧四诚走了过来，也是没想到这么一个要参赛的队员如此混不吝，会和他们这些普通玩家计较，被牧四诚抓住之后吓得差点哭出来，还是白柳插手，牧四诚解气之后才放了这些不停求饶的玩家。

那些玩家跑掉之后，牧四诚还是不爽。

他现在和白柳已经站在了夹道欢迎黄金黎明战队的玩家的里侧，一回头就能看到这些玩家用来拉踩他们的黄金黎明战队。牧四诚不服气地看过去，准备看看那位被这群人吹上天的新人到底是谁。

白柳和唐二打他们也站在里侧。

缓缓行进过来的队伍前面有一个扎着及腰的棕色高马尾，棕色眼眸，长相极为惹眼的男人，马尾两侧别着两枚闪闪发亮的黄金翅膀徽章，穿着打理得极为规整的银白色制服和金线勾勒的长靴，一眼望去，有种凛然不可侵犯的高贵感。

在乔治亚的右后侧，紧随着一个和他长相几乎十成十相似的队员。

他看起来比领头的乔治亚稍矮一点，眸子是更深的棕色，及肩的长发一边被黄金翅膀的徽章别到脑后，露出更为柔和的侧脸轮廓，右边的肩膀上停着一只像是装饰物般一动不动的蝴蝶。

此时他正目不斜视地向前走去，脸上一丝情绪也没有，明明看起来年纪很轻，却有种率领了队伍很久的威严感。

看起来真的就像是大古板与小古板。

牧四诚看着缓慢朝他靠近的阿曼德，不怀好意地眯了眯眼睛，视线停在了阿曼德耳后的翅膀徽章上。

牧四诚手痒般地动了动手指，他右手的形态缓慢地发生了变化，从人手变成了一只猴爪——

他可好久没有偷过东西了。

在阿曼德走过牧四诚面前的那一瞬，他右肩上的蝴蝶突然扇动了几下翅膀。而就在那一刻，牧四诚毫不犹豫地伸出猴爪，向阿曼德的耳后探去。

阿曼德极为敏捷地转头躲避，但别得并不牢固的徽章还是被眼疾手快的牧四诚用指甲恶意挑落了。

棕色的长发悠悠地散开，在阿曼德转头的过程中遮住了他的下半张脸，只露出一双怔怔的深棕色眼眸。

闪耀的徽章掉落在地上，发出“叮当”一声脆响。

牧四诚弯下腰，用猴爪钩起阿曼德的徽章，漫不经心地在指甲上转动了两圈，抬眸看向阿曼德，讽刺般地勾唇一笑：“这就是黄金黎明王牌新人的警觉性吗？见识了。”

阿曼德深色的眼眸里清晰地倒映着牧四诚挑衅的脸，他的瞳孔不由自主地收缩。

他肩膀上的蝴蝶开始飞速扇动翅膀，一股不知源自何处的狂风席卷而来，在牧四诚和阿曼德之间疯狂吹拂，把牧四诚吹得忍不住捂着脸往后退，两侧围观的玩家被吹得惊恐地起飞，也吹乱了阿曼德才打理好的长发。

站在风眼的阿曼德平静地从被吹得倒地的牧四诚手里取回了自己的徽章，重新别在脑后，在被风吹得一片狼藉的场景里，头也不回地转身离去。

飓风又来了。

239

阿曼德回到队伍里之后，被风吹倒的牧四诚气得站起来想往前冲，被白柳摁住了。

白柳隔着人群，远远地和回过头来的乔治亚对视。

乔治亚的视线只在惹事的牧四诚身上停留了不到一秒钟，就移到了白柳的脸上。这位黄金黎明战队的队长审视白柳的目光专注又认真，似乎准备用眼神在白柳的脸上看出一个洞。

“哇哦！”白柳微笑，“这位乔治亚队长看起来似乎认识我呢。”

唐二打神色变得凝重：“……应该不是，如果他真的记得‘你’做过什么事，现在只会攻击过来。

“乔治亚是个出手很干脆的人。”

“那这位乔治亚队长为什么一直盯着我看？”白柳斜眼看向唐二打，“是对我一见如故吗？”

唐二打情不自禁地脱口而出：“不是没有可能，他当初也是只见了你一面就和你跑了……”

白柳：“……”

好在乔治亚没有观察白柳太久，等阿曼德重新回到他身侧，乔治亚就收回了目光。他像是从来没有见过白柳一样，从容地继续领着队伍向前走了。

被风吹得慌乱的围观玩家反而欢呼了起来——他们把刚刚的意外理解成了一场对决表演。

而这场对决表演的胜利者很明显是阿曼德，这代表这位容貌亮眼的新人同样有不俗的战斗素养，这让黄金黎明的支持者相当兴奋。

这支以亮金色为底色的队伍从白柳他们面前走过时，挑衅般的欢呼声达到了高潮。

牧四诚更暴躁了："也就是我的技能被禁用了，有本事进游戏单挑……"

"好了，"白柳淡淡地扫了他一眼，"今天你已经给他们营造了这么好的宣传效果，别白送了，训练吧。"

"……是。"牧四诚憋闷地握拳，意识到自己冲动了，手从猴爪变回人手，不说话了。

他们又往登入口走去，开始下一轮训练。

两场游戏后，在沼泽和毒雾中爬出来的刘佳仪的系统面板跳出一行提示：

系统提示：玩家刘佳仪已达到联赛报名游戏次数的要求，是否报名？

刘佳仪抬头看了一眼白柳，在他肯定的眼神中，深吸了一口气。

是。

报名公会选择：杀手序列，国王公会……流浪马戏团……

刘佳仪的目光在国王公会的王冠标志上停留片刻，然后选择了流浪马戏团。

系统提示：您已经成为"流浪马戏团"公会联赛报名选手之一，请尽快找齐另外四名队友……

在刘佳仪确认报名的那一瞬间，人气投票的公告末尾出现了她的照片——这是一张拍摄角度很奇怪的照片，被风吹起一半面纱的刘佳仪正站在某个庞然大物前使用毒药，动作狠辣干脆，嘴角孩子气地上翘，显得俏皮又天真。

这是一张默认的报名照片，是国王公会事先为她设置好的。

这张照片不可能是从小电视上截屏的，因为拍摄地点离她太近了，不是小电视的视角，这很明显是离她很近的一个人偷拍了正在作战的她。

刘佳仪怔怔地看着这张照片——这个拍摄角度，她记得那场游戏里站在她身后给她防守的人是……红桃。

在她杀死那个大怪物下来之后，红桃眼中含笑望着她，毫不犹豫地抽出一张扑克牌抬手攻击了她，猝不及防地把刘佳仪的面纱直接给割裂了，在她的脸上擦出了一道血痕。

她惊愕地抬头望着红桃，不明白红桃为什么要这样做。

红桃蹲下身子平视她，笑着对她说："这是我给你上的关于联赛的第一课，哪怕后面站着你的队友，你也不要轻易地信任他。”

红桃垂下眼眸，轻声低语：“——你不知道周围的队友什么时候会发疯，会背叛你、攻击你。

“队友并不可靠，在比赛里，你作为一个战术师，能相信的只有自己以及你对队友们的绝对控制——他们就算发疯了，也只是你手里的武器。”

刘佳仪愣了片刻，换掉这张照片，抬头走出了登出口。

刘佳仪报名联赛的消息在系统面板人气公告栏上滚动播放，与此同时，她的系统面板突然绽放了公告烟花。

系统提示：玩家刘佳仪加入流浪马戏团战队！

系统公告：玩家刘佳仪永久退出国王公会战队！

公告烟花明显是国王公会买的，买的是全区通报。刘佳仪在纷纷扬扬落下来的电子烟花的碎片里，看到了在登出口不远处直挺挺地站着的某个老熟人。

齐一舫眼眶通红地捧着两个盒子，似乎大哭过一场。但在刘佳仪面前，他还是勉强维持哥哥的样子，笑得跟哭似的看着刚登出游戏的刘佳仪。

“恭喜小女巫参加联赛！”

刘佳仪往外走的脚步停住了。

她身后的白柳轻轻地把她往前一推：“去吧，好好和他道别。”

刘佳仪缓慢地走到了齐一舫面前，齐一舫见到她似乎很开心，想咧嘴笑，但一笑眼泪却哗啦啦地流下来了，止都止不住。

“呜呜，佳仪，你真厉害，看到你我真开心……”

齐一舫眼泪汪汪地蹲下来，吸了两下鼻子：“我……我加入正式战队了，佳仪。”

刘佳仪看了他一眼：“这不是很好吗？”

“一点都不好，呜呜。”齐一舫说着说着又伤心不已地流下两行泪，“我们最近在和一个名叫‘修女’的玩家磨合训练，她好厉害的，我和刘集都跟不上她。皇后天天骂我是废物，我一想到我们以后要和你对打就好害怕啊！呜呜呜。”

“万一我们赢了怎么办？”齐一舫哭得伤心极了，鼻涕泡都哭出来了，“皇后说不会对你手下留情的。”

刘佳仪忍不住笑了起来，她双臂抱胸，扬起下巴哼了一声：“不要小瞧我的新战队，谁赢谁输还不一定呢！”

“别哭了！”刘佳仪头疼地喝止他，“哭成这样，你不觉得丢人吗？”

齐一舫把盒子递给刘佳仪，把红桃皇后交代的话转述给她听，泣不成声地为自己辩解：“本来是公会的新任信息主管要来给你送东西的，但他在路上就刷到了你参加联赛的系统消息，一时之间接受不了。

“他哭得比我还惨，其他预备队员现在都在宿舍里哭，只有我稍微能控制一下自己，所以他们就让我来给你送东西了。”

刘佳仪沉默地接过两个盒子。齐一舫不知道从哪里掏出了一双滑冰鞋，递给刘佳仪。

这是一双很粉嫩的滑冰鞋，一侧还笨拙地画了一个洋娃娃和一个小女巫手牵着手——这两个图案很明显是后来添加的。

看到这双滑冰鞋，刘佳仪讶异地抬起头：“超速冰鞋？你们从哪里搞来的？我记得能刷出这个道具的三级副本很久都没有出现过了。”

“游戏池里有这个副本，但很难集齐怪物书刷出这个道具。”齐一舫可怜巴巴地说，“我们一群人刷了半个多月才刷出来一双，是刘集刷出来的。他为了刷这个还受伤了，但也算因祸得福，在刷副本的过程中他进步了不少，所以才能入选正式战队。”

刘佳仪脸上的笑意变淡。

齐一舫接着说：“我们准备在你参加联赛的时候送给你做礼物，你移动速度不快，有这双鞋可以跑得快一些，不容易受伤。”

“现在你参加联赛了，”齐一舫把道具推到刘佳仪面前，眼巴巴地望着她，“拿着吧。”

刘佳仪静静地望着他，然后平静地开口：“半个月前我还是国王公会的队员，但现在我已经不是了，我也不是为了你们参加的联赛，所以这个东西我不会……”

“但我们是啊！”齐一舫眼泪直流，他半跪在地上，向前一步用力地抱住了刘佳仪，号啕大哭，“我们是因为想要保护你，所以才想进入战队的！”

刘佳仪呼吸一窒。

齐一舫哽咽着说：“无论你选择加入哪支战队，我们都希望你能安全。

“皇后说比赛是残忍的、公平的，她说你是一个很聪明的人，你能看出来我们在赛场上为了让你活下来故意放水放你走，这反而会干扰你发挥实力，让你在比赛中更危险，因为你也会对我们心软，影响自己做决定。”

刘佳仪的手指蜷缩攥紧。

齐一舫闭上眼睛：“我们没有你聪明，也不知道该怎么办。想了好久，觉得只有这个办法。”

他猛地睁开眼睛，抱紧了怀里的刘佳仪：“我们发誓会用尽全力对付你们，佳仪，你也要用尽全力对付我们，如果发现我们来追杀你，就跑吧！

“跑得越远越好！让我们用尽全力也追不到！跑到游戏结束为止！

“一定要活下去！”

刘佳仪很轻地笑了一下，眼里似有泪。她伸手，大方地回抱了齐一舫：“不要把我说得那么窝囊啊。

“谁要跑啊，我们会赢的！”

齐一舫松开手，抬手擦了擦眼泪，破涕为笑，目光坚定地说：“我们也是！”

白柳看着刘佳仪捧着两个盒子和一双滑冰鞋回来了。

她背后的齐一舫擦干眼泪转身离去，但好像没走多远就奔跑着大哭起来。

刘佳仪走着走着也忍不住奔跑起来，她一下子扑进白柳的怀里，把脸埋进去，不想让别人看到她脸上的泪痕。

“白柳，我们真的……会赢吗？”她抱住白柳的腰，轻声问。

白柳摸摸她的头：“会赢的。”

刘佳仪的声音越来越轻：“那赢的代价是什么呢？”

白柳远远地看着齐一舫的背影：“你不需要支付任何代价，因为你已经向我支付过了。

“胜利的代价，由我一个人支付就可以了。”

系统人气投票的面板上，刘佳仪的海报下面的数字“0”突然变了。

联赛玩家刘佳仪获得1票。

联赛玩家刘佳仪获得进入游戏池的资格。

240

三天后。

系统提示：玩家牧四诚通关游戏《都市奇谈》。

系统提示：玩家牧四诚获得联赛报名资格。

牧四诚在烈火与硝烟中抓住一根绳索飞速滑翔，听到提示音后吹了一声口哨，勾起嘴角。

耳机里播放着震耳欲聋的快节奏音乐，在火光的映照下，牧四诚愉悦的表情有种诡异的凶性。

系统提示：确定报名联赛？

确定。

牧四诚的小电视熄灭的一瞬间，联赛报名系统末端弹出了一张新的海报。海报上的牧四诚单手是猴爪，双目失焦，脸上的表情凶狠邪气，背景是一辆快要爆炸的列车——这是《爆裂末班车》里牧四诚被白柳捅到精神值爆发的场景。

牧四诚的小电视前站着一个仰头注视小电视的人，他肩头的蝴蝶微不可察地扇动着翅膀，带起的微风吹拂着那人垂落在肩上的长发。

小电视里的牧四诚得意地和白柳说："报名成功了，就等着联赛我们赢到底了！"

阿曼德垂下眼帘，长睫在脸上投下浓密的阴影。他转身离去，脸上带着浅淡的笑容。

牧四诚，无论这次你想要玩的游戏是什么——

我都会像之前那样，奉陪到底。

上辈子我们之间的游戏的胜负，最后也不过就是一半一半，同归于尽而已。

这辈子，你想要赢过我，没那么简单。

阿曼德背后的噩梦新星榜第三位是一个戴着丑陋的自绘小丑面具的玩家，他声音尖厉地大笑着，用一杆半米长的玩具喇叭枪对着面前的怪物和玩家无差别扫射，面具上溅满了鲜血。

在他的小电视前，观众被震撼得久久无言。

"好……好恐怖，这人是疯了吗？！我记得他还是新人吧，刷游戏刷得这么不要命。这已经是我这两天第七次在新星榜上看到他了，他都不睡觉吗？"

"昨天我还看到卡巴拉公会的人进游戏招揽他，但被他直接淘汰了……"

"今天是卡巴拉公会的人在围剿他吧？天啊，全被他淘汰了……"

"这到底是什么技能？一枪下去，卡巴拉公会的预备队员连还手的能力都没有。他是个新人啊，技能伤害值怎么都不可能高于一万吧……"

丹尼尔浑身是血地从登出口出来。

他周围的玩家都惊恐不已地往后退避开他——这家伙是刚刚那场游戏里唯一活下来的玩家。

并不是因为这游戏通关率低，而是这家伙把其他玩家全部淘汰了！

但丹尼尔对别人的避之不及毫不在意。

从第一次登出游戏后，他就爱上了登出游戏的时候浑身都浸没在温热血液里的感受——这让丹尼尔感觉自己好像还活在过去。

活在遇到白柳之前，美梦还没有变成噩梦之前。

丹尼尔随手捏碎了自己脸上沾满血的一次性自制面具。他转身，看到面前静静地站着一个男人，左脸遮掩在一张金属质感的面具下，眼神定定地望着丹尼尔——很明显这人是来找他的。

如果是在游戏里，丹尼尔这个时候多半已经掏出枪来把他给淘汰了，但这里是游戏大厅。丹尼尔就像没看到这人一样从男人身旁走过，但这个男人很没有眼色地拉住了他。

“你要不要加入我的公会？”这个男人说。

“上一次这样和我说话的人，”丹尼尔的嘴角夸张地咧开，眼里却一点笑意都没有，“已经变成我面具上的一块血渍了。”

这个男人不为所动，不以为意地哼笑了一声：“如果我说我能让白柳接纳你，你愿不愿意为我所用？”

丹尼尔和这人对峙了一会儿，问道：“你的公会叫什么名字？”

这个男人似乎对丹尼尔的妥协早有预料：“第六公会，猎鹿人。”

“我不和不以真面目示人的人合作，”丹尼尔扫了一眼他脸上的面具，恶劣地提要求，“取下面具之后，我看看你这个胆小鬼有没有资格谈论和我合作的事情。”

“我以为你或许会喜欢戴着面具的同类，毕竟没有比你更不敢正视自己存在的意义的怪物了，丹尼尔。”

这男人并没有被丹尼尔话冒犯到，反而刻薄地嘲讽回去，抬手缓缓地取下了面具，用一只如鹰眼一般发黄的右眼看着他，面具下的左眼是一个空空的黑洞，让人看了头皮发麻。

“岑不明，第六公会会长。”

……

六天后。

系统提示：玩家白柳、木柯通关游戏《泥潭之女》。

系统提示：玩家白柳、木柯获得联赛报名资格。

系统提示：“流浪马戏团”战队已集齐五名基本队员，正式进入联赛筛选程序，望各位在联赛中取得好成绩……

唐二打扫视所有人，颔首：“可以了，基本面板数值都提升到八千以上了，进游戏池吧。”

游戏池紧闭的大门向外缓缓打开，屏幕五光十色的光影映在每个人脸上。

大门关闭的那一瞬间，小电视区域噩梦新星榜第一位变成了丹尼尔戴着小丑面具的脸，他笑着说："我要去联赛玩了，各位请多多支持我。"

他彬彬有礼地躬身，一只手举高，做了一个非常标准的谢幕礼，微微抬头，露出一双干净澄澈的苹果绿眼眸，弯起眼微笑：

"不然我抓住机会，会解决掉不支持我的观众的。"

同时，猎鹿人公会发布公告——

此次新星榜第一位的玩家为我们公会今年的正式队员之一。

现实世界里，异端处理局总部。

岑不明披着制服从闲置的唐二打办公室前走过，他侧过身，眼珠转动，环视这个空荡荡的办公室，视线最终定格在办公桌上的那把枪上。他静默了几秒，然后嘲讽地嗤笑了一声：

"猎人的宿命，就是被预言家遗弃吗？

"无论是一代还是二代，结果都是变成了被观察的怪物——真是……够可悲的。"

说完，他低眉敛目，用脚尖钩住房门关上，神色晦暗不明，头也不回地走了。

这个办公室曾经是第一支队队长预言家的办公室，后来就变成了唐二打的办公室，桌面上放着只有预言家可以查阅的绝密档案袋，旁边放着用来查阅绝密档案袋的透视单片眼镜。

很明显，唐二打走之前准备用单片眼镜来越级窥探这些密封的绝密档案袋内的信息，但最后他还是过不了自己心里那关，没有窥探。

此时桌面上的单片眼镜被风吹得翻转了一下，正面朝上盖在了某个档案袋上，透过凸面镜片可以清晰地看到档案袋内的内容——

异端编号：0009

异端名称：一代猎人岑不明

原第一支队副队长，于0002号世界线开始接过"预言家"权限，执行猎人任务。于0317号世界线精神彻底降维，出现第一次暴动，被撤销猎人职务，取缔"预言家"权限，转为第二支队队长，将权限移交给第三支队队长，即二代猎人唐二打……

至目前世界线暂未出现伤人意图，有恢复倾向，留职观察中……

游戏池内。

这个区域和外面的小电视区域是完全不同的，只有一个在地面上的巨大屏幕，就像一个巨大的水池，“水池”边缘围着约莫半米高的围堤。

整个游戏池区都笼罩在一种奇特、迷幻又阴暗的彩色光影里——给人的感觉就像是二十世纪八十年代的地下舞厅。

五光十色的地面屏幕里数不清的游戏封面在快速转动，就像是一群群在池塘里游弋的鲤鱼，看得人眼花缭乱。

时不时有玩家跳进去，或者从里面跳出来，场景十分梦幻。

“这里的光……好晃眼睛……”木柯没待多久就开始揉眼睛，“看久了头晕。”

“这是当然的了，”刘佳仪摊手，“游戏池里的光线有降低精神值的作用，这也是提升实力的一环。”

牧四诚瞥了刘佳仪一眼：“你不也是第一次来吗，怎么感觉对这里这么熟悉？”

刘佳仪微妙地顿了一下：“之前红桃为了更加安全地训练我，让我用她的技能卡变成她混进游戏池——这里的游戏训练强度更高，我大部分时间都待在游戏池内。”

“难怪我在外面没怎么见你上榜，”牧四诚恍然大悟地一拍手，“原来你在这里面啊——我还以为你死在哪个游戏里了，那么久都没出现。”

刘佳仪：“……”

算了，这人说话不过脑子，她忍了。

白柳站在那个巨大的地面屏幕旁边，若有所思：“这些飞快流转的游戏海报也是训练的一环吧？考验动态视力和信息摄取能力的？”

唐二打回答了白柳的问题：“是的，选对合适的游戏对我们这种新手战队来说相当重要，因为有些实力强悍的大公会会固定在某些游戏进行训练，对我们而言，就要避开这些游戏，不然一开始撞到了就会……”

他话音未落，游戏池里突然冒出了一大批一起登出的玩家。

有玩家登出不稀奇，但这些玩家就像是遇到了鬼一样，表情惊恐地往外爬，一边爬一边骂骂咧咧地大叫：

“这什么运气？随手选一个游戏就踩雷！”

“幸好跑得快，不然就被一鞭子甩死了！”

“看到黑桃出现在游戏地图里的时候，我都要吓晕了！”

“杀手序列最近不是固定在雪域副本训练吗？怎么今天突然来《冰河世纪》副本了！”

白柳挑眉看向这些浑身湿透、连滚带爬地从游戏池里出来的玩家，接过唐二打的话头：“就会像他们这样，是不是？”

说话间，游戏池边沿伸出了一只骨节分明、雪白修长的手，那只手握住边沿，用力往下一撑，池中之人宛如一尾出水的鱼，颀长的上半身冒出了池面。

这人上身穿着简单的黑色上衣，下身是一条非常宽松、口袋很多的工装裤，另一只手握着一条长长的黑色鞭子拖在地面。

他浑身都湿透了，从盖住眼睛的刘海到收紧的裤腿都在不断滴水——正如刚刚逃窜出来的玩家所说，他应该是刚从一个冰原副本出来，往外散发的温度寒冷无比，让人不敢轻易接近。

这人一条腿蜷曲踩在游戏池边沿，单手撑着往外轻松地一跃，稳稳地站在了白柳面前。

他只淡淡地用余光扫了白柳一眼，就像对待其他几十个被他吓出游戏池的陌生玩家一样，没有多给白柳一个眼神，擦过白柳的肩膀向前走去。

在擦肩而过的那一瞬间，白柳忽然伸手，攥住了他冷到一丝温度也没有的手腕。

241

白柳这么一攥，周围刚刚跑出来的玩家全看傻了。

牧四诚和刘佳仪猛地呛咳，木柯这个还没正式见过黑桃的玩家虽然没有反应过来，但也隐隐意识到了眼前这个男人不太好惹。站在白柳旁边的唐二打额头的青筋突突跳了两下，二话不说，伸手就要打掉白柳攥住黑桃手腕的手。

此刻所有人心里不约而同都是一句话：你招惹他干啥啊？！

但在唐二打打下去之前，白柳松开了手，把手背到腰后握了握，后退一步，和黑桃拉开了一点距离，然后得体地朝他微笑：“不好意思，突然拉住你，主要是想和你认识一下。”

黑桃侧身过来，发尾的水顺着脸颊滑落到苍白的唇瓣上，嘴唇轻微张合：“黑桃。”

白柳介绍自己：“白柳。”

黑桃藏在湿漉漉头发后的眼睛似乎在审视他，略微点头：“我知道你，你在论坛说要在我身上贴你的名字。”

白柳：“……”

他把这茬儿给忘了。

场面顿时尴尬无比，白柳抿了抿唇，冷静地说：“那你觉得怎么样？”

“赢了我就可以，”黑桃回答，他的声音清朗柔和，“我不讨厌你的名字，很好听。”

旁边已经有围观群众倒吸冷气了——这是什么走向？！

白柳呼吸有点急促，背到身后的手蜷缩握紧，但面上丝毫看不出他的情绪。他微笑着强行把这个走向清奇的话题继续聊下去：“贴在你身上什么地方都可以吗？”

黑桃似乎丝毫没有觉得他们之间的对话有什么问题，很平静地望着白柳：“什么地方都可以。如果你对我的身体部位有什么特殊的喜好，可以提前让我准备好。”

白柳：“……”

围观群众：“……”

“这一切的前提是你可以赢我，”黑桃平视白柳，“但现在的你并没有这个实力。”

白柳微不可察地别过脸，没有直视黑桃，轻微地眨了一下眼：“我一定会在这次的游戏里赢你的。”

黑桃不置可否地点点头：“那你可以在我身上随便贴你的名字。”

白柳：“……”

说完，黑桃甩手收拢鞭子，头也不回地转身离去。他前面的玩家目瞪口呆地给这位浑身冷气的煞星让路，似乎没想到黑桃居然会和这个突兀地拦住他的新人联赛玩家有如此和谐的一次会晤。

等到黑桃离开之后，刘佳仪默默地靠过来，抬头偷偷地瞄了一眼白柳的脸和耳朵，忍不住怜悯地说：“明明黑桃第一次回话时你就招架不住了，还非要和他继续说下去。

“那家伙完全没有人类的常识，对于所有对手对他的挑衅、调戏、打嘴炮、示爱都通通免疫，还能无意识地反弹给对方，你看你就被他反向……”

白柳“友善”地摁住了刘佳仪的脑袋：“你刚刚说什么？”

刘佳仪乖巧地改口：“刚刚我看黑桃被你的挑衅气得半死，出了一身冷汗，你真棒！”

牧四诚忍不住接了一句：“你刚刚干吗去惹他啊？”

白柳抬眸望向黑桃离开的方向：“为了确定某些事情。”

“那你确定了吗？”木柯轻声询问。

白柳忽然露出一个很轻松的笑容：“算是吧。”

除了那个人，这个世界上大概也不存在第二个能一见面就把他噎成这样的人了。

虽然暂时不清楚这家伙为什么不记得他了，不过没关系。

有些不太好的东西只要一个人记得就足够了。

白柳收回目光，转身看向那个光影流动的游戏池，漆黑的眼眸里倒映着五彩斑斓的诡谲色彩："开始训练吧。"

"好！"

训练第七日。

查尔斯坐在座椅上，双手交叠放于桌前，身体前倾："距离联赛越来越近了，应援的事情目前是我和你们公会的成员在处理，暂时不用你们插手。但今天叫你们过来，是因为除此之外还有两件很重要的事情要你们亲自拍板——"

"队徽和武器改装！"查尔斯笑意盈盈地比出两根手指，"你们需要一个集体的队伍徽章，就像别的战队一样。

"大热的战队，按照次序排名，第一公会杀手序列的徽章是逆十字，第二公会国王公会是皇冠，第三公会黄金黎明公会是带翅膀的七弦琴，第四公会卡巴拉是生命树叶，第五公会——也就是我的赌徒俱乐部，徽章是筹码。"

查尔斯手指翻动，指尖出现了一枚镶银边的筹码徽章，被他放在桌上。他含笑看着对面的白柳，继续说下去：

"第六公会猎鹿人是鹿的头颅，第七公会天堂教会是折叠斗篷，等等。

"你们公会原先的徽章是一颗僵尸长牙，但这明显和你们这支队伍的画风不符了。经过我找来的设计团队长达一周的讨论和精心设计，给你们设计了一枚新的徽章。"

查尔斯从旁边的抽屉里取出一个放贵重物品的盒子，用戴手套的手轻巧地打开，满意地望向白柳："大概是这样。"

盒子里是一枚闪闪发亮的圆形徽章，用钻石镶边的铂金六芒星当中有一只半睁的狼人眼睛，眼睛正中央是一枚鸽子蛋大小的血红宝石。

白柳垂下眼帘审视了半晌，开口道："这个半睁的狼人眼睛我在狼人杀的游戏牌面上经常看到，象征的是狼人牌。"

他缓缓抬头，直视查尔斯："我记得我的队伍叫'流浪马戏团'，和狼人杀没有任何关系吧？"

"要善于去挖掘你们和这个标志之间隐藏的深度联系，"查尔斯脸上的微笑变得越发意味不明，他的目光在白柳锁骨上那个逆十字吊坠上一晃而过，遗憾地叹息，"——本来有比六芒星更适合你的标志，也就是逆十字，但这已经用于杀手序列的徽章了，不得已只能更换。"

白柳的视线在查尔斯的脸上停留片刻，又落到那枚闪着红光的徽章上。

查尔斯适时地伸手介绍："如果你们愿意采纳这个设计，这枚徽章可以送给你作参考，它的造价大概是一万积分，折合成人民币大概是——"

"一千万元，"白柳微笑着伸手接过查尔斯递给他的徽章，"谢谢查尔斯先生费心，流浪马戏团的徽章就定这个了。”

旁边的牧四诚、木柯、刘佳仪和唐二打：“……”

你刚刚还不接受这枚徽章！一千万元就让你屈服了吗？！

是的，一千万元就让白柳迅速地屈服了，他示意查尔斯继续说下去。

“以及——”查尔斯把话题引回来，“比起徽章，对你们而言更重要的事情是武器改造。”

查尔斯懒散地向后靠在椅子上，打了个响指，他面前就有一块系统屏幕自动展开。

系统屏幕本身是可以虚空投影的，但这不符合查尔斯的审美，所以他把屏幕投影到了一块深色的木板上。

刘佳仪在看到这块木板的时候不禁无语了——查尔斯连这块投影的木板都镶了金边。

真够穷奢极欲的……

在木板上投影的画面是各式武器的旋转三维结构图，从黑鞭、扑克牌到枪支、弓箭等，各大会长的武器在上面一一展示。

“在这个游戏里，让自己的武器产生变化的方式有两种，一种是自身核心欲望发生变化，比如木柯的匕首。”

查尔斯的目光在木柯身上一扫，然后又停在了刘佳仪身上，矜持地勾起唇角：“——还有一种，是通过别人的技能来进行改造。

“红桃给小女巫的技能扑克牌，就是通过我的技能将她的技能储存到一张扑克牌里，然后送给你使用。”

“为此，这位皇后可是付出了不少代价。”查尔斯慢悠悠地说道。

刘佳仪愕然地抬起头——她的确知道查尔斯的技能“幻影噬手”可以将别人的技能变成实物存储起来，但她从来不知道她的扑克牌是这样来的……

因为红桃一向和查尔斯不太对付，她不会喜欢这样轻浮的男人，更不用说和他合作了。

“我的技能很适合用来改造武器，所以我也算得上是一个不大不小的武器改造师——我可以向你们示范一下这个过程。”

查尔斯起身走到白柳面前，屈身伸手，就像是街头魔术师向路人要道具一样。他微笑着请求：“这位白柳先生，可以把你的技能武器‘旧钱包’给我用一下吗？”

白柳扬了一下眉梢，从系统面板当中抽出了自己的旧钱包，递给了查尔斯。

查尔斯躬身接过旧钱包，双手合十将其包住，反向翻转，旧钱包就变成了一双泛黄的陈旧皮革手套，被查尔斯用拇指和食指夹住展示给白柳看。

“钱包手套，你的纸币被包裹在内侧，很好取用，没有钱包那么显眼，也便于你用来做交易。”查尔斯分开手套的内部夹层给白柳看，“你主要使用的武器是长鞭，手套和这个武器更加适配，保护你使用武器的双手。”

查尔斯把手套放回白柳的手掌，做了一个“请”的姿势：“你可以试试。”

手套刚好是适合白柳手掌的尺寸，不大不小。白柳尝试了一下从手套中取用灵魂纸币，以及拿出积分钱币。

旧钱包经过查尔斯这个魔术师的手改造，白柳取用积分就像是变魔术一样简单，很轻易就能从手套内部的夹层钩出一枚硬币夹在指缝里。

使用长鞭的时候也不会摩擦手心，的确方便很多。

牧四诚和木柯都觉得很新鲜——这是他们第一次现场看武器改造。

刘佳仪一言不发地低着头，唐二打目光复杂地看着这双手套，又把视线移到了试戴手套觉得很合心意的白柳脸上。

他有种一点一点看到白柳变成其他时间线的白六的感觉。

白六的技能武器也是由钱包改造而成的一双手套，只不过看起来比白柳这双昂贵且精细许多，是一双看起来就造价不菲的黑色光面皮质手套，据说每年流浪马戏团公会花在这双手套上的保养费都有上百万积分……

“这次改造不收我钱吧？”白柳戴上手套之后，张了张十指说道。

查尔斯脸上的笑容凝固了一秒，随即恢复如常：“我很乐意为我选中的赌马效劳。”

他说着，视线在白柳那双有些破败的手套上停留了片刻，忍无可忍地指出：“——但你应该好好保养自己的技能武器，我从来没有见过比这更破更旧的技能武器。”

“保养要花多少积分？”白柳随口问道。

查尔斯正色道：“每个会长的武器保养费用不同，但十大公会会长武器的平均保养费用是六十三万左右，其中最贵的是黑桃的蜥蜴骨鞭，去年的保养费用是一百二十六万积分……”

白柳沉默了半晌，不可思议地问：“他这么能花钱吗……”

242

“黑桃的保养费用确实算高的。”查尔斯没有察觉到白柳的异常，顺着说下去，“但他的战斗力也是一等一的，他的武器完全值得花这个数额的保养费用，如果是我，我也完全愿意为他花这么多积分。”

白柳扫了查尔斯一眼，不冷不热地回了一句："哦，是这样吗？"

查尔斯一点都没觉得白柳的眼神冷飕飕的，接着道："白柳，你的技能武器我可以改造，因为只需要进行轻微的改动。但你的鞭子和你队员们的武器——"

他的眼神在鞭子、枪、猴爪和匕首上看了一圈："这些重武类型的武器，需要专业的改造师，你们也需要和改造师面对面进行交流，讲述你们习惯的攻击方式和类型，他会根据你们的讲述来改造的。"

刘佳仪皱着眉询问："游戏内的武器改造师非常稀有，稍微好点的武器改造师都被大公会豢养了，你从哪里找来武器改造师一对一地改造我们的武器？"

"众所周知，游戏内最好的武器改造师和鉴定师都在国王公会。"查尔斯不紧不慢地坐回椅子上，似笑非笑地看向刘佳仪，"但小女巫，相信你和我应该都知道，这不过是红桃炒作出来的噱头，国王公会的鉴定师的确不错，但武器改造师还远远达不到最好的程度。"

刘佳仪默然不语。

查尔斯神秘地微笑："不过你说得也没错，好的武器改造师一般都被大公会豢养起来了，所以这个游戏内最好的游戏改造师，在猎鹿人公会内部。"

刘佳仪抬头："公会内部的武器改造师是禁止改造外部玩家的武器的。"

查尔斯耸耸肩，漫不经心地转动手上的戒指："总有办法可以让对方改变规则。

"——只要对方是因为欲望进入游戏的人，他们总是会为自己的欲望向某种东西妥协，而我很擅长找出对方想要的东西。"

"不过我建议你们在见武器改造师之前先好好休息一晚，"查尔斯抬手看了一眼手表，"没有好的精神状态，是很难让武器改造师为你们量身打造最合适的武器的，这个机会来之不易，我希望你们都能珍惜。

"所以今天就都先回去休息吧，明天训练之前来找我，我为你们引荐那位武器改造师。"

查尔斯挥挥手，做出一副送客的姿态。

白柳微微躬身，礼貌地和查尔斯道别："劳烦查尔斯先生为我们费心了。"

等到离开查尔斯的办公室，白柳低头询问神情严肃的刘佳仪："查尔斯给我们找的武器改造师，有什么不对的地方吗？"

刘佳仪迟疑地摇了摇头："没什么不对的，他说的是真的，最好的武器改造师的确不在国王公会内部，而且赛前找武器改造师对我们这种技能暴露的新人玩家很有好处，只是……"

白柳从容地问："只是什么？"

“只是我不知道他是怎么做到的，”刘佳仪轻咬下唇，脸上是显而易见的不安，“可能是我多想了。但每个公会对自己的武器改造师的看管都是最严的，因为对方对于战队队员的技能都一清二楚。

“猎鹿人是一个大公会，通常这种大公会能有权限调动武器改造师的人只有会长，查尔斯能从猎鹿人公会手中把这个武器改造师找过来，在我看来，只能说明一点——”

白柳接过她的话：“那就是猎鹿人公会的会长主动把他的武器改造师借给了查尔斯，让查尔斯用以改造我们的武器。”

刘佳仪沉重地点头：“但这样做根本没有理由，外借武器改造师是一件很冒险的事情，我不知道查尔斯用什么办法打动了猎鹿人的会长……”

她说到这里一顿，又接着道：“但这个男人似乎总是有很多办法达到自己的目的，就像是我也不知道他什么时候和红桃有过合作……”

白柳若有所思：“也就是说，武器改造这件事情对我们有益，但同时也有潜在风险——有什么办法能避免这种武器改造的潜在风险吗？”

刘佳仪仰头看向白柳：“鉴定师，越好的鉴定师越能鉴定改造之后的武器到底有没有出问题。”

白柳回忆了一下：“我记得刚刚查尔斯说过，最好的鉴定师是国王公会内部的。”

“是的，”刘佳仪烦躁地扒拉自己的头发，“我在国王公会的时候还能随便调用，但现在不行了。”

“但我听说改造师和鉴定师是不同的吧？”木柯试探地询问，“鉴定师只是负责鉴定，无法了解武器的内部架构，公会对鉴定师的要求没有那么严格，我记得鉴定师是可以接外单的。”

刘佳仪扒拉自己头发的动作一顿。

白柳了然地说：“但这一切的前提是，红桃在我们抢走了她的得力干将小女巫的情况下，还愿意让鉴定师来接我们的外单。”

刘佳仪手从脸上滑下来，幽幽地叹了一口气。

登出游戏后。

白柳让其他人先回家休息，养足精神准备明天的武器改造——这件事虽然有风险，但目前看来利大于弊。

查尔斯告诉白柳，他可以根据自己给白柳设计的那枚徽章的标志做一些定制品，比如发饰、头徽、胸针等，做一些亮眼的、能够吸引观众并且让观众记住他们的物品。

按照查尔斯的常识，白柳要做的应该是黄金发饰、钻石胸针，再不济也得是贵金属镂空吊坠之类的东西，但由于这些东西的造价太高，根本没有被白柳纳入考虑范围。

白柳靠在床上，不急不缓地打开了手机里的购物软件，熟练地搜索装饰品，然后把筛选条件调为“价格从低到高”。

十三分钟后，唐二打、牧四诚和木柯被白柳拉到一个微信群里。

music（牧四诚）：？

music 修改群名为“白柳又要搞什么事情了？”。

木柯修改群名为“没有猴的流浪马戏团”。

music：木柯你不至于吧？！

“第三支队队长唐二打”拍了拍“music”。

唐二打：不要在群里吵架。

木柯：@ 白柳，有什么事吗？

白柳：“分享链接——砍价免费拿不锈钢滴胶精美印刷狗牌，快来帮我砍一刀吧！”

music：白柳你买狗牌干什么？一块四毛钱一个。你要养狗吗？

白柳：不是，是给你们戴的。

唐二打：？

木柯：？？

music：？？？你再骂？！

白柳：查尔斯让我做一个徽章的标志物，我搜了一下，这个比较合适，上面可以用激光画图案，我也会戴。

唐二打：……这个，不太合适。

木柯：嗯……我也觉得可以换一个……

music：白柳，求求你把自己和我们都当个人看好吗？！谁要戴狗牌参赛啊！你至少搞个高档一点的标志物吧！

白柳：“分享链接——高档氧化铝螺旋加固金属狗牌——2.1 元 / 个。”

白柳：这个呢？

music：这不还是狗牌吗？！

白柳：贵了七毛，高档不少。

music：查尔斯不是给了你一枚一千万元的徽章吗？！你就给我们戴这个？！

白柳：“分享链接——高档一对一定制金属狗吊牌，内置 GPS 定位系统，迅速找狗，终身无忧——56.3 元 / 个。”

白柳：这是这个软件里最贵的狗牌了，这个呢？

music：……白柳，我要杀了你！！

木柯：我觉得这个不太行，不过我知道有个地方可以定制类似的装饰物，看起来很高级的那种。

木柯：宠物狗牌定制店——预约制，可以定制黄金和各种贵金属的狗牌，还可以镶钻，成品比较高档。

music：……这不还是狗牌吗？！不要随便为了白柳的个人恶趣味放弃自己做人的权利啊木柯！

唐二打：联赛不是儿戏，这种来路不明的装饰品最好少用。

music：终于有正常人了！

唐二打：白柳，如果你要这种牌子，异端处理局养狗的仓库里有不少废弃的狗牌，我可以帮你拿，那些都是经过检测的，比较安全。

music：……唐二打，你和木柯为什么能这么简单地接受戴狗牌的设定啊！！

白柳：免费的吗？

唐二打：我有权限可以申请使用一段时间，不过用完要还回去，今晚就可以在牌子上简单镌刻图案，然后同城邮寄给你们。

白柳：那就麻烦唐队长了，就这个吧。

music：……你们就惯着白柳吧！反正我是不会戴狗牌的！

第二天登入游戏的时候。

把狗牌戴得规规矩矩的牧四诚面无表情地看着对面的一行人：“……为什么只有我戴了狗牌？”

白柳无辜地眨了眨眼，摊手：“昨晚我就是开个玩笑，让你们的精神放松一下，你居然当真了？”

牧四诚直勾勾地看向木柯和唐二打，木柯憋着笑转过头。

唐二打假装正经地别过视线，握拳抵着唇咳嗽了一声，默认了白柳的说法，但他心有余悸地用另一只手握了握口袋里的狗牌——原来是开玩笑吗……他以为真的用这个牌子了。

但他觉得戴着狗牌进游戏太奇怪了，所以准备等会儿和大家一起戴，没想到阴差阳错逃过一劫。

所以最后只有牧四诚一个人强忍着崩溃和羞耻戴着牌子进来了。

牧四诚扯下狗牌，发出惊天动地的怒吼：“你们这帮狗东西！”

243

最后在牧四诚的强烈要求下，徽章标志物的事情白柳交给他们自己处理了。

今天的重头戏是武器改造。

查尔斯为他们引荐的这位武器改造师相貌古怪，蓬头垢面，半长不长的头发十分不讲究地被某种黑乎乎的机油凝成一绺绺，随意地耷在乱糟糟的胡子旁，过于肮脏丑陋的面容让人看不出他的年纪。

他们改造武器的地点是游戏内一个十分偏僻、有点像是汽车仓库的地方，墙面上挂满了大小螺丝刀、锯条以及各式各样奇形怪状的改造工具和半成品，空气里充满烟尘和汽油的难闻味道。

地面上有个正在熊熊燃烧的巨大铁炉，上面是一锅正冒着泡的岩浆。改造师把头上的焊接面罩往下一拉，用一把长钩钩住一样烧得看不清原来的形状的武器，浸没在岩浆里。

"刺啦——"岩浆冒出长长的黑烟。

两秒之后，改造师拉起长钩，上面空空如也——很明显，那个武器熔化在了岩浆里。

"啧，"改造师不爽地哼哼，"谁送来的技能武器熔点这么低啊？浸一下就没了！"

旁边的学徒欲哭无泪地看着那锅岩浆，急得直蹦："……师傅，你下锅之前好歹测一下武器的熔点啊！这下我们怎么把武器从锅里捞上来啊？！"

"捞不上来就算了，"这位改造师毫不在意地把长钩甩到一边，怒目吼道，"连我的三昧真火熬的岩浆都受不住，这武器有什么改造价值？鸡肋死了！"

木柯他们的目光情不自禁地落到那锅正在咕嘟咕嘟冒泡的岩浆上，忍不住咽了口唾沫，握紧了自己手中的武器。

这位穿着二十世纪八九十年代工人套装，系着厚实的棉毡围裙的改造师抬手把油腻腻的头发捋到脑后，将一把闪着电光的焊枪架在墙上，回头乜斜了白柳他们一眼："就是你们要改造武器啊？"

查尔斯克制住自己想立马离开这里的欲望，矜持地点了点头："是他们。

"白柳，这位就是游戏里最好的武器改造师——华干将。"

华干将一双铁钩似的眼睛藏在脏乱的头发里，凌厉地扫视了他们一圈，抬臂起钩，在任何人都没有反应过来的时候，从白柳的手上把那双手套钩到了自己手里。

“这是你的技能武器吧？”华干将虽然在问白柳问题，但他一个眼神都没有给白柳，而是从抽屉里熟练地抓出一个笔式放大镜戴于左眼，另一只手执一把尖锋锐利的小刀，毫不犹豫地往手套表面上一划！

手套立刻就被划出了一个洞。

牧四诚忍不住喊了一句：“喂！不要随便乱动！”

华干将充耳不闻，下刀越发快速，几下就把白柳的手套拆了个干净，然后从乱糟糟的头发里拈出一根带线的针来，舔了两下，唰唰地往上乱缝。

缝了几下之后，钱包收缩了不少，华干将将钱包丢给白柳，用毛巾擦了擦手：“你试试。”

白柳接过被改成手套的钱包戴在手上，挑眉：“比刚刚合适很多。”

皮革往内卷，在指关节的位置收缩，手套尾部多出一截，将手腕很好地包裹住——戴上去比查尔斯给他简单改造过后舒服很多。

“不愧是最好的改造师。”白柳发自内心地赞叹。

查尔斯脱帽，屈身行礼，微笑着后退：“那就麻烦华干将先生了。”

华干将无可无不可地挥挥手，敷衍之意溢于言表。

等查尔斯一走，谈到武器改造的事情，这位五大三粗的改造师又强势起来：“我的技能就是这炉火，叫‘三昧真火’。”

旁边的学徒小声纠正：“——叫‘熔解锻浆’，师傅。”

华干将没好气地打他后脑勺：“就你有嘴，我说叫三昧真火就叫三昧真火！我就喜欢三昧真火不行吗？！”

学徒：“……行。”

“听好了，在我这里，技能改造分两个部分。第一部分就是简单定型，我刚刚做的就是定型，定型之后如果你们满意，就下到炉火里定格，然后锻造。”

华干将神色严肃地说：“只有定格之后不崩解的技能武器才能作为你们的技能武器，继续保持这种特定形态供你们在比赛中使用。

“但定格到锻造之间，可以往里面加很多珍稀道具来提高自己武器的属性，比如攻击属性之类的。”

华干将瞄了一眼白柳手上那双手套：“比如这双手套，可以往上面塑一层金属质感缎面，里面嵌一层绿山羊的羊皮，防御值可以加 2700 左右。

“但相应地，这双手套的重量会变成一百二十千克，相当于你要随时举着一个两百多斤的大汉。”

白柳：“……那我还是不加了。”

华干将接着说：“所以锻造的过程中你们要根据自己的情况做取舍，到底加不加，加什么材料——你们的锻造费用查尔斯都付过了，我这里的材料你们可以随意取用。”

说完，华干将朝着白柳伸手：“手套拿来，得过岩浆了。”

白柳顺从地摘下手套给他，问：“如果手套像刚刚那样熔解在岩浆里，怎么办？”

“技能武器是欲望的衍生物，越纯粹的欲望，衍生出来的武器潜力越大，在火里淬炼过后威力也就越强。”

华干将把手套别在长钩上，头也不回地说：“而只有品级低下的技能武器才会出现熔解这种情况，在我这里，这种情况都是后果自负的。”

白柳轻声低语：“如果我把钱包给你，你会倾尽所有乃至灵魂来帮助我锻造技能武器吗？”

“你是我的客户，只要你的武器能撑住，我自然会打造出让你满意的武器。”

白柳微不可察地勾唇。

华干将说着，毫不犹豫地把白柳那双破旧起皮的手套沉入烧得滚烫发亮的岩浆里。

“*滋滋滋*——”

岩浆里传出一阵悠长响亮的烧灼声，众人能清晰地看到钱包里的几张纸币在燃烧。

木柯、牧四诚、刘佳仪、唐二打转移视线，幽幽地看着白柳：“……”

刘佳仪冷静地提醒：“你刚刚是不是忘了把什么东西取出来了？”

白柳假装适时地想起来，毫无愧疚之心地微笑着道歉：“不好意思，我刚刚忘了把你们的灵魂纸币取出来了。”

这人绝对是故意的！

牧四诚咬牙切齿地就要上前揍白柳，被唐二打拦住了，刘佳仪捂着脸不看，木柯呆呆地望着那口翻滚着艳红色岩浆的大锅。

白柳毫无亮色的黑色瞳仁里安静地倒映着那口吞噬了他钱包的大锅，纸币烧完后轻烟从锅里蒸腾而起，仿佛有一种灵魂被欲望烧焦的气息传来。

他的灵魂纸币也在里面。

被淬炼的过程有种奇异的蒸发感，身体里多余的情感就像水分一样被沥干，又注入了更为鲜活滚烫、令心脏怦怦狂跳的欲望。

在扭曲的热浪和翻滚的岩浆里，他的灵魂被火焰燎去多余的杂质，变成了一个更为纯粹的人形欲望体。

华干将压腕起钩，看到钩子末端的手套的时候，他猛地转头看向端坐在一旁的白柳，脸上是掩藏不住的惊愕。

旁边的学徒更是看得双眼发直，脸上的傻气止也止不住：“师……师傅，这双手套怎么会……变成这样？”

原本破损起皮的手套现在光洁如初，紧致的黑色皮革包裹着每一寸手套内层，手腕底层是一圈微微发亮的金属腕箍，手背有一个巨大的六芒星狼人眼睛纹路的凹槽，里面盛放着血一般艳丽的流动的岩浆。

而在华干将提起这双手套的一瞬间，锅里的岩浆只剩下不到三分之一。

学徒跟了华干将这么久，第一次见到能把岩浆吞进自己技能武器内的锻造过程，说话都结巴了：“师傅，岩……岩浆不是你的技能武器吗？为什么可以被吞掉？！”

华干将把学徒拦在身后，将钩子举到白柳面前，厉声道：“你做了什么？！”

他已经察觉到不对劲了。

游戏大厅内禁止使用攻击类技能，再加上华干将自身的技能就是极其霸道的，他没对白柳他们这支战队有多少防备心。

但他万万没想到，白柳居然不要命到敢在关键的技能武器改造的时候给他下套！

白柳不紧不慢地站起来，从钩子上取下手套，戴在了自己手上——这双刚刚从岩浆里取出来的手套还温热，丝毫不烫，一点熔解的迹象也没有。

仿佛这么高温的岩浆也拿白柳的欲望衍生出来的武器毫无办法。

“灵魂纸币也是一种钱币。”白柳从手套内层抽出一张全新的灵魂纸币，夹在食指与中指之间。

这张纸币上面赫然是华干将愤怒的脸。

白柳微笑：“刚刚华干将先生在接过我钱包的一瞬间，就已经完成和我的交易了。”

华干将胸膛剧烈起伏，他气得咬牙啐了白柳一口：“我从来没有见过这么贪婪的技能武器，你迟早会被自己的欲望吞噬的！”

“或许会有那一天。”白柳没有否认，笑着继续靠近华干将，用手套握住华干将的钩子将其别开，强势地把华干将摁在椅子上，俯身垂眸看他。

“但在这之前，华干将先生，你能不能告诉我猎鹿人会长到底给你下达了什么样的指令，让高傲的、只愿给公会内部的人服务的武器改造师愿意卑躬屈膝地来讨好我，给我改造武器呢？”

白柳抬起眼皮看了一眼因为被牧四诚的爪子扼住喉咙而瑟瑟发抖的小学徒，对华干将说：“你可以说谎，但我相信一个好师傅是不会愿意看到自己的学徒为自己承担说谎的后果的，你觉得呢？”

华干将的瞳孔猛地一缩。

顷刻之间，猎鹿人与被狩猎的鹿的地位就倒转了。

244

“你说猎鹿人会长那天带了一个新人过来改造武器，并且还要让这个新人加入战队——”

白柳略显讶异地挑眉：“但这个新人说，他可以加入猎鹿人战队，但他加入战队的唯一条件就是要求你为我改造武器？”

华干将擦了一下嘴角：“是，这个新人知道我是游戏里最好的改造师，要求我必须为你改造武器，而且要把武器改造得适合你，大幅提升你的战斗力和防御力。”

华干将的目光落到了白柳的双手上：“把你的钱包改造成手套的主意，就是这个新人提出来的。

“他要你拥有一双可以完美无缺地包裹住双手，适合用鞭子，并且能随时取用纸币，不会轻易受伤的黑色皮革手套。

“为了招揽这个新人进入公会，我们会长同意了这个新人离谱的要求。”

华干将说到这里，脸上忍不住显出怒气，但很快又被他压下去。

“会长为了满足这个新人的要求，和你们的投资人查尔斯交涉，本来说好的是我只给你一个人改造武器就可以了，但后来被查尔斯磨来磨去，会长居然答应了让我给你们全队改造武器！

“这对于公会专属的武器改造师来说是耻辱和背叛！”

白柳松开了摁住华干将的双手：“但你还是答应了。”

华干将的一口浊气被白柳的话堵在胸口，他怅然地低下了头：“……是的，我无法拒绝会长的要求。”

他顿了一下，又道：“就算你拿到了我的灵魂，我也不会为不属于猎鹿人公会的人服务，你杀了我吧。”

白柳抬眸看向旁边的刘佳仪，给了她一个询问的眼神，刘佳仪对他摇了摇头，表示可以停手了。

——正如华干将所说，他宁死也不会为公会外的人服务。

和大批培养的预备队员不同，和王舜这样与多人交流的数据师也不同，公会对改造师的控制不同寻常，就算白柳拿到了华干将的灵魂，要让这个铁一般坚硬、软硬不吃的家伙妥协，也是一件很困难的事情。

改造师和欲望恒定的玩家不同，他们的欲望和灵魂早在长久的打磨和淬炼中融合万物，变得刀枪不入。他们不与人交流，只与手里的一把把烧得通红的欲望利器沟通，是尊崇器大于人的存在。

而他们所在的公会，就是他们打造出的最喜欢的一把武器，不然改造师不会选择屈居于这个公会。

改造师永远不会背叛“器”，更不会背叛自己一手打造出来的公会，所以他们是公会里最忠心耿耿的存在。

华干将是最好的改造师，自然是改造师中骨头最硬的人。

如果不是牧四诚一开始就控制住了学徒，这家伙肯定一个字都不会说。

在看到刘佳仪的示意后，白柳从容地改了口风：“我不会要求你为我们一直服务，我们只是想知道为什么。”

“你要保护你的公会，我也要保护我公会的队员。”白柳微笑，“可以告诉我一些有用的信息吗？比如那个要求你为我改造武器的新人队员，是谁？”

这个问题倒是不触及公会的核心机密，毕竟队员迟早是要拉出去见人的。

华干将迟疑了半晌，还是说了：“具体是谁我也不清楚，会长带他过来的时候，他戴着一张全是血的面具。

“但那家伙的技能武器是一把很长的绿色塑料玩具枪。”

白柳慢条斯理地玩着炉边的那把长钩：“华先生，这种信息可没法打发我们。”

华干将咬了咬牙，接着往下说：“我不会告诉你他的技能是什么，但我可以告诉你在改造他武器的时候发生了什么事情。

“那把枪的材质非常奇怪，看起来像是塑料的，但喇叭枪被放进岩浆之后不到一维度秒就熔解了。”

华干将皱着眉陷入回忆：“我改造过不少武器，从来没有见过这么奇怪的武器和这么奇怪的武器主人。武器已经熔解了，但那人就坐在旁边，一点都不着急地哼着歌。

“没有办法，我为了捞出这把武器，只能不停地往里投材料，试图令岩浆的溶解度饱和，然后把这把枪析出来。”

华干将说到这里，脸上露出肉痛的神色：“——半个仓库的材料都扔进去了，岩浆一点动静都没有，我这才意识到不对劲。

“这些材料根本不是被熔解了，而是被这把枪吃了！

“我又往里投了不少材料，公会的仓库都被清空了，这把枪还没有吃够，最后会长不得不去找查尔斯购买新材料，他就是在这个时候和查尔斯搭上线的。”

华干将呼出一口长气：“查尔斯答应免费给我们提供大量的材料，但同时要求我为你们整个战队改造武器。

“那天我不停地往里投材料，甚至还往里投了不少技能武器的切割碎片，但那把枪却一直都没有被析出，就像一个巨大的黑洞，永不满足地吞噬着其他人的欲望和灵魂。

“……我从来没有见过这么贪婪的技能武器。”

华干将恍惚地看着那口火红的大锅：“最后，会长从查尔斯那里搞来了一片脏兮兮的钱包皮革，说是给你初步改造武器留下的残余物。

“我把这片皮革投了进去，岩浆沸腾了，我看到那把枪熔解之后的残骸在这片皮革的周围堆叠，就像是晶体从饱和的溶液里析出那样。”

华干将仰头注视着白柳，声音干涩：“在我的岩浆快要烧干的时候，锅底凝聚出了一把我只是看到就开始害怕的狙击枪。

“如果说你的手套的锻造过程是让我觉得被控制，那把枪给我的感觉就像是一个深不见底的洞口，只要看一眼，我的灵魂就会被吞食，再也找不回来了。”

在一旁一直默不作声的唐二打呼吸一窒。

白柳放下长钩，似有所感地用两指抚摩手套开口处的金属环，眯了眯眼睛。

华干将注意到白柳的视线，长叹了一口气：“看来你猜到了啊。没错，你手套上那个金属环，就是那把枪上的材料。

“而且不是残余材料，是核心材料。

“那个面具上全是血的新人在拿到那把枪之后，问我改造手套需要什么材料。手套这种非攻击类的技能武器非常难改造，而这个新人对自己武器的改造过程不闻不问，倒是对你的武器的改造过程非常上心。

“我说如果你的腕力不够好，手套一般就追求轻巧，但这样大部分的高级材料都没有办法用在你的手套上，因为太重了，所以也就无法提高手套的基础数值。”

华干将深吸一口气：“听到我这样说，他问我，要是他的枪用来做材料的话，够不够高级。

“我说够了，完全够了。但他的枪已经是改造完全的枪，无论从什么地方取下来一部分，都会破坏他的武器的完整性。

“并且那个时候他已经和改造完全的武器建立起了灵魂联系，武器是他自身欲望的衍生物，在枪身上硬生生挖一块下来，就算是边角料，他也会感同身受，感到痛苦。”

“但他说，为什么要给你用边角料？”华干将就像看到了怪物，表情扭曲起来，“然后这家伙就把自己的枪芯抠出来，丢进了岩浆里，走了。

“……其间我还淬炼了不少武器，但他的枪芯就像是真的熔解了一样，完全没有反应。”

华干将眼神复杂地看着白柳手套边沿那个金属环：“但今天，你的手套出炉的一瞬间，我看到这个金属环，就知道是他枪芯的材料。”

白柳静默片刻，然后起身说道：“华干将先生，我以白柳的身份做出承诺，在这次合作后不会利用你的灵魂做任何违背你初衷的事情，但相应的，希望你可以用尽全力为我的队员们改造武器。”

白柳说完一挥手，牧四诚将信将疑地盯着华干将看了几秒之后，松开了控制住学徒的爪子。

学徒虚脱得瘫软在地，后怕地缩成一团，望着这些人。

华干将愕然地看着爽快放人的白柳，停顿良久，才“嗤”了一声，应道：“拿人钱财，忠人之事。人有罪，器无罪，无论你们做了什么，你们的武器是无辜的。

“我不会把你们做的错事算到器身上，自然会好好待它们。”

白柳颇为欣赏地颔首，然后笑着对华干将说：“除此之外，我还有一个不情之请。

“我希望能以你的名义请国王公会的鉴定师出一个外单。”

华干将问：“你们要鉴定什么？”

白柳双手交握，目光晦暗不明：“我手上这双手套。”

华干将了然地接过了话头：“——还有被我改造过的所有武器吧？这个可以，你们随便鉴定，我帮你们下单。”

说完，这位灵魂都已经不在自己手上的改造师就拍了拍屁股站起来，然后把瘫软的学徒扶了起来。

这人就像是什么事都没有发生过一样，扯过牧四诚用来挟持自己徒弟的猴爪，戴上放大镜就开始认真研究起来。

白柳坐在角落里，垂下眼帘审视手上的这双手套，唐二打不知道什么时候站到了他的身后，哑声开口：“……是小丑。”

“嗯，我猜到了。”白柳说，“但我不明白他为我这样做的理由，小丑现在应该不认识我。”

“但他的一举一动表现得又特别了解我……”白柳半合着眼，“小丑如果知道我的技能是什么，也了解我会做什么事情的话，那么他让这个改造师主动来改造我武器的举动，就很像是把这个改造师包装好作为礼物送给我。”

唐二打沉声道：“小丑知道你可以利用自己的技能掌控这个改造师。”

白柳扯住手套的边缘将其拉了下来，若有所思地看着手套边沿的金属环：

“还有这个材料也是，他主动将最好的材料融合好了，只等我前来接收。

“我知道他做了什么，但问题是他为什么要这样做？”

唐二打说：“如果是其他世界线，我知道小丑为什么会这样做。”

白柳抬眸望过去。

“最好的材料，最好的改造师……”唐二打情绪复杂，叹息一声，“其他世界线的小丑总是把最好的献给你，因为在他眼里，只有最好的才能配得上你。”

245

在白柳和唐二打交流的时候，华干将取出一把卷尺，仔细地从牧四诚左边猴爪的指尖拉到另一边猴爪的指尖，又量了一下他的两个肩峰点。

“臂展两米一七，指长九厘米，肩宽四十六厘米，上肢全长约七十七厘米。”

华干将一边说，他的学徒一边记录，最后他往下摁了摁牧四诚隆起的肩胛骨，转头又道：“——上肢和身高都还有可能再长，做成八十五厘米的。”

牧四诚不自在地动了动。

那个学徒有些匪夷所思地看了眼牧四诚，羡慕又嫉妒地嘟囔着记下了：“手都这么长了还长，真是只猴……”

牧四诚凶神恶煞地瞪了这学徒一眼：“我就长！我还年轻，全身上下哪个地方不长？连胸都还能再长！”

学徒：“……”

华干将打断了牧四诚挑衅他学徒的话：“他夸你呢，手长是好事。”

牧四诚怀疑地看过去。

华干将解释道：“看你这身材，你应该经常运动吧？那我就拿运动来给你打比方。在大部分竞技运动里，比如篮球、排球，甚至是乒乓球这种全身运动相对较少的运动，一般来说是不是手越长的运动员越吃香？”

“你从小到大在运动上都很占优势吧？”华干将扫了一眼他的手臂。

牧四诚迟疑地点了点头。

“手长意味着你的攻击和防守范围都比别人大。我看过查尔斯送过来的你的游戏录像，你的神经反射相当敏捷，动态视力算是我接触过的玩家里数一数二的，进入你攻击和防守范围内的突袭百分之九十都会被打断。”

华干将收起卷尺，抬起眼皮：“你知道这意味着什么吗？”

牧四诚尚在思索，华干将也不期望这家伙给他答案，转身放好卷尺，自顾自地继续说下去：“你们的队伍里是没有技能可以充当‘盾’使用的队员的。

“你的高移速和偷袭技能，让你更像个‘游走’或者‘攻’，但臂长加宽了你的防守范围，这意味着你在臂长范围内是一个相当不错的‘盾’。”

华干将侧过身来望着牧四诚：“你弥补了你们战队的防守缺陷，同时还能充当‘游走’和副攻手。

“拥有这种三面手的身份，战术师可以将你作为战术的收缩点和延展支点，极大地增强了进攻方式的灵活性，降低了进攻风险。”

华干将说着，将一块盔甲的铁片在牧四诚身上试了试，然后就像是吩咐牧四诚洗手一样自然地把铁片递给了他，道：“握着这块铁片把手伸进岩浆里。”

被吹捧得有点飘飘然的牧四诚：“哦，好的……什么？为什么要把手伸进去？！”

华干将奇怪地看了他一眼：“你的武器是猴爪，淬炼当然要把手伸进去啊。”

牧四诚看了一眼咕噜咕噜冒泡的火热岩浆，学徒正把一颗闪闪发亮的钻石放进去，不到一秒就熔化得只剩一缕青烟了。

“师傅的岩浆温度又升高了吗？”学徒苦恼地拍了拍额头，“熔点四千摄氏度的钻石都只能熔来做基底了，改造成本又提高了……”

牧四诚：“……”

伸进去的话，他那么长的手臂会被瞬间熔得只剩一半吧！

牧四诚打死都不干，于是华干将干脆利落地求助了白柳：“喂，你的队员不配合改造。”

正在和唐二打交谈的白柳从侧面探出头：“怎么了？”

华干将指了指把手死死背到身后的牧四诚：“我只是让他把手伸进岩浆里，但他怎么都不愿意。”

“什么叫‘只是’啊！”牧四诚双目圆瞪，大声叫喊，“你自己来试试！”

白柳对唐二打扬了扬下巴：“去帮帮他。”

看见唐二打朝自己走过来，牧四诚情不自禁地捂住了胸口，惊悚地叫道：“喂——你要干什么？你不要过来啊！啊——”

被唐二打摁着后颈强制把双手放进岩浆里的牧四诚一愣：“欸？不痛！”

温热的岩浆在他的猴爪上晃荡，爪中的金属就像是铁板上的黄油一般，熔化后从他的指缝里溜走，又缓慢地游走在他的手指边缘。

不仅不烫，还有点舒服。

这下牧四诚又支棱起来了，他嚣张地用岩浆浇自己的手臂，睨了在他身后的唐二打一眼，一脚就要把对方踹开：“用得着你来帮我？我自己就……”

话音未落，牧四诚浇岩浆的动作让飞沫溅在了锅炉外他自己的裤腿上，眨眼间就烧出了一个大洞，火焰顺着洞口边沿往上烧，把牧四诚烫得直跳。

还是刘佳仪眼疾手快地用灭火器扑灭了火焰。

她忍不住用看傻子一样的怜悯眼神，看着那个烧到离牧四诚脐下三寸只有不到二十厘米的裤子上的大洞："这可是岩浆，除了在淬炼你的技能武器的时候有点特殊，这温度烧伤你和你的裤子还是有富余的。"

牧四诚低着头，腿上盖着一块毯子——因为白柳觉得有小女孩在的情况下露大腿有伤风化，就让牧四诚自己盖好裤子上的洞。

他宛如一个备受欺压的小媳妇一样垂头坐在锅炉旁边，也不敢作妖了，含泪用岩浆洗手。

相比牧四诚鸡飞狗跳的武器改造过程，刘佳仪和木柯这两个人就清晰明了得多。

"我承担的是'控制'位，但我希望能扩大控制范围。"刘佳仪取出自己装毒药和解药的玻璃瓶，言简意赅，"脆弱的玻璃容器限制了我的发挥，我需要一个间歇期更短、挥发性更强的药物容器，最好还可以附加一定进攻属性。"

华干将沉思了片刻："有一种容器符合你的要求，但不知道能不能和你的药瓶顺利融合。"

刘佳仪仰头问："什么容器？"

"等等，我找出来给你看看……"华干将将上半身埋入一堆看起来很像垃圾的东西里翻找，时不时抓抓屁股，"我记得是在这里啊……欸！"

华干将向后抛出两个生锈的罐子，刘佳仪稳稳接住，低头一看，嘴角忍不住抽搐了两下："——防狼喷雾瓶？"

华干将拍拍手上的灰："没说给你用这个啊，只是先给你参考一下。这种喷雾瓶子可以用来储存、雾化你的毒药和解药，并且将疗效最大化，还可以扩大使用范围。

"用喷雾瓶子，毒药或者解药的使用剂量只要计算得当，甚至可以做到像是没有技能冷却期一样使用你的技能。"

刘佳仪掂了掂手里的防狼喷雾瓶，抛给华干将："如果我用这个，最大的控制范围有多大？"

华干将接住喷雾瓶："我可以改造喷头，可以喷洒到三十米，但喷到那个距离，你的药物浓度就很低了，会被散得差不多，只能起到威慑作用。"

刘佳仪了解地点点头，喷雾类容器就是这样的，攻击范围越远效果就越弱。

华干将戴上焊接面罩，抽出一把电焊枪对准了喷雾瓶，询问般给了刘佳仪一个眼神："如果你确定要这个容器，我可以给你做几个效用不同的控制挡位的喷头，比如药物浓度最强的十五米喷头，然后是二十五米，最弱的是三十米。"

"也可以做不同聚集度的喷头，对吧？"刘佳仪问，"比如集中度极高的针形，扩散更广的花洒形。”

华干将利索地点头：“小意思。”

刘佳仪干脆地拍板：“那就要这个！”

学徒把华干将改造后的喷雾瓶和刘佳仪的技能容器玻璃瓶装到一个漏勺里，在岩浆里浸没。

还在用岩浆洗手的牧四诚好奇地探头看了一眼，他看到刘佳仪的玻璃瓶在漏勺里缓慢融化成液体，然后一点一点地攀附到另一端的喷雾瓶上。

华干将抛起一对黑色的匕首，落下后用食指钩住，侧目看向木柯：“这不是你的技能武器，你和这对匕首之间没有欲望的联系。”

“是的，这对匕首是别人移交给我的。”木柯诚实地回了华干将的话。

“又轻又快又利。”华干将大拇指指腹滑过匕首的刃，见血之后他不以为意地伸出舌头舔了一下，咂摸片刻，“这是一对顶级刺客的匕首，唯一的弱点就是难以伤人。”

“那是个心软又懦弱的家伙，”华干将抬起眼皮扫了木柯一眼，“——和你倒是完全不同。

“你的攻击性虽然不外显，但是强得很。你的欲望催生出来的匕首必然是凶狠又毒辣的，看起来无害但必然要伤人，和这把刃都没开的匕首可不一样。”

木柯友好地笑笑，附和华干将的话：“是这样吗？”

华干将扫了他一眼：“这不是你本来的武器，所以改造的过程比他们的麻烦得多，但这些我都可以处理。不过最麻烦的一点，是改动之后我不确保你还能不能和这对匕首建立灵魂联系。

“这不是你的欲望衍生物，我也不知道它改造之后还能不能继续容纳你的欲望。”

木柯问：“如果容纳不了，会怎么样？”

“你会和匕首一起爆掉，”华干将屈指在匕首上叩了叩，“最好的改造方式就是保留原样不改动，你安全，这对匕首也安全。”

“安全吗……”木柯垂下纤长的眼睫，他是唇红齿白的精致长相，这样垂眸不语的时候给人一种矜贵的脆弱感，仿佛是什么名贵易碎只能用来做装饰的物什。

“如果是之前，我大概会选更安全的选项吧。”木柯似乎思量好了，浅笑着抬头，眼神绕过面前的华干将，悠闲地落到靠在墙上的白柳身上。

白柳平静地注视着木柯，好像已经知道他会做出什么选择。

木柯将目光凝聚在华干将的脸上：“有没有什么办法，能将这对匕首的攻击力一瞬间提升到最大值，做到一击致命？

“我要成为最好的刺客，当我游走到敌方阵营的一瞬间，就要带走他们的战术师。”

华干将答：“有。”

但他又说：“刺客的确最适合‘游走’的技能，但刺客的宿命就是牺牲，竟然说出要一击带走对方的战术师这样狂妄的话，那你做好牺牲自己的准备了吗？”

木柯毫不犹豫：“做好了。”

华干将定定地凝视木柯片刻，然后收回视线，看向了摆放在桌面上的一对匕首，深深地吸了一口气，才道：“你不适合匕首这种染血过少的短器。

“你适合武士刀这种以身殉主的长兵器。”

木柯并不觉得华干将“以身殉主”这说法有什么不对，他礼貌地躬身道谢：“劳烦华干将先生了。”

牧四诚还在用岩浆洗手，见那学徒又提了一个漏勺过来，里面放着两把匕首和一把染着血迹的长刀。学徒将它们往锅炉边上一挂，然后朝白柳和唐二打走了过去。

这学徒怯怯地看了他们一眼：“到……到你们了。”

白柳和唐二打对视一眼，走了过去。唐二打抽出枪，平放在桌面上推了过去。

华干将观察了这件武器许久，才取下挂在眼睛旁的放大镜，凝神看向唐二打：“你的武器不需要改造了。”

他把枪擦干净，放回唐二打的手里：“你的武器就是最适合你的样子，你的欲望也未曾改变过，就是最开始你进入游戏的欲望。这把武器唯一需要微调的——”

华干将点了点枪柄上那个玫瑰烙印：“就是这个玫瑰烙印，你该为自己的武器换一个烙印了。”

“就像是给你的灵魂换一个归属地那样。”华干将说着，深深地看了唐二打一眼。

唐二打怔住了，他不由自主地握紧了手里的枪，枪柄上的玫瑰烙印硌着他的手心，冰冷又熟悉，这是跟随他走过无数条世界线的印记——

就像苏恙温柔等待他时露出的笑，以及那一声“队长”。

但现在的队长可是苏恙了，他再也不需要等待那个不负责任、只会逃避的队长了。

唐二打低头看了那把枪许久，才低笑了一声，释然道：“换吧。”

学徒又拿了一把漏勺，把枪和白柳的一只手套放了进去，浸没岩浆后挂在锅炉旁。

牧四诚奇怪地问："白柳的武器不是已经改造完成了吗，怎么又拿回来了？"

学徒头也不回地说："不是给白柳先生的武器进行改造，而是用白柳先生的武器给唐二打先生的枪更换烙印。"

"最后就剩你了，"华干将扫了一眼白柳放上来的骨鞭，挑了一下眉，"你不懂改造师的规矩吗？武器改造不改骨鞭。"

白柳倒是第一次听到这说法，饶有兴趣地反问："为什么？"

华干将把白柳的骨鞭推了回去："因为目前在这个游戏里，最完美的武器形态就是骨鞭。"

"任何改造师只要见过黑桃用一次骨鞭，就再也没有办法想出比它更能酣畅淋漓地攻击的武器。"华干将像是在回忆什么般顿了一下，又道，"而我见过不少次了。

"我自认为改不出比骨鞭形态更好的武器，所以立下规矩，不改骨鞭。"

华干将不耐烦地挥手："快把你完美的武器给我拿走！"

白柳顺从地收起骨鞭。

武器改造到了尾声。

刘佳仪麻烦改造师给她的隐形眼镜印上了流浪马戏团的标记，牧四诚小心翼翼地抽出自己在岩浆里浸泡许久的手，学徒一个又一个地拉起挂在锅炉边沿的漏勺。

猴爪上深棕色的流动金属盔甲柔软又坚韧，摸上去是动物皮革的质感，又有金属的冰凉感。牧四诚伸出长指甲，上面就像是镀了银一般闪闪发亮，随意往下一抓，防御力四千以下的材料像豆腐一般碎烂。

"哇！"牧四诚猛地站起来，眼神发亮地看着自己的手，"攻击力变强好多！"

木柯从漏勺里抽出自己的武士长刀，和它的外表不同，这其实是由两把简朴过头的短刀组成的，长约四十厘米，刀锋冷冽如雪，映着木柯波澜不惊的面容。

中间能看到两把匕首嵌合的痕迹，木柯往下一掰，刀柄断开，又变成了两把匕首；轻微贴合，又像是磁铁般互相吸附，变回了长刀。

木柯静静地望着这把刀，呼吸轻不可闻，沉静得就像是没有风吹过的深潭与死水，一丝涟漪也没有，连外貌的容光都随着刀成而暗淡下去。

他双手握着刀柄，目光猛地一凛，毫无征兆地对着放在桌面上的一颗钻石往下狠狠一挥。

钻石毫无动静。

木柯收刀回鞘，姿态平和地转身离去。

十几秒后，钻石中心出现一些细微的裂纹，这些裂纹越来越大，互相交错连接，最终让这颗钻石碎成了一摊齑粉。

刘佳仪的玻璃瓶变成了一紫一白两个油漆罐，长度和成年人的手掌一样，轻巧方便，开口处安了十几个不同射程和散射度的喷头。刘佳仪觉得新奇，上手试了试，然后在墙上用毒药腐蚀出了一幅抽象主义的图画。

只有唐二打拿到武器后比较沉稳，他出神地看着枪柄上那枚六芒星和狼人眼睛的标志，手指无意识地摩挲着。

“我说……”华干将头疼地打断了这群胡作非为的家伙，“差不多可以了，在游戏大厅里你们不能对别人使用攻击类技能，只能在物体上试，但死物和你们真正对战的人可不一样，要试进游戏试。”

白柳把一群兴奋得跟小孩似的队员聚集在一起，和华干将道谢。

但被他不耐烦地赶走了：“快走快走！”

白柳领着武器改造完毕的队员往外走。

牧四诚的耳机侧面被华干将用手刻上了六芒星和狼人眼睛标记，现在被他戴到了头上。

唐二打向下拿着枪柄上是六芒星的手枪，目光警觉地扫视四方。刘佳仪坐在唐二打的肩膀上，戴着红桃送给她的隐形眼镜，瞳孔折射出六芒星和狼人眼睛的图案——这是她麻烦华干将印在隐形眼镜上的。

华干将本来想把队伍的标志物印在木柯的刀上，但木柯摇摇头拒绝了——他是刺客，越低调越容易偷袭成功，这样显眼的标志不利于他伪装自己。

而且……

木柯抬眸，虔诚又专注地看向走在前方的白柳的背影，呼吸轻到不可思议。

他不需要在外部刻上那个标志了，因为他的生命、记忆，乃至于灵魂都已经被刻上了那个标志。

白柳整理好手套的边沿后，双手自然地垂落在身侧，手背上岩浆流动的六芒星标志熠熠发光。他抬起眼皮，向前踏出了第一步：

“明天正式开始联赛对抗训练，我们要寻找有联赛玩家的游戏进行训练了。”

“好！”

牧四诚意气风发地接话：“我们明天打谁？”

白柳回头，似笑非笑地说：“杀手序列。”

牧四诚蒙了：“什么？哪个公会？！”

“我们明天挑有黑桃在的冰原副本，”白柳漫不经心地抖了一下手上的鱼骨鞭，笑意越发明显，“去领略一下传闻中最完美武器的风采。”

第十四章

冰河世纪

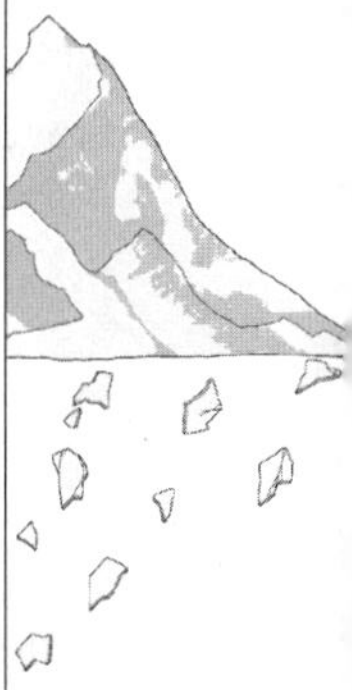

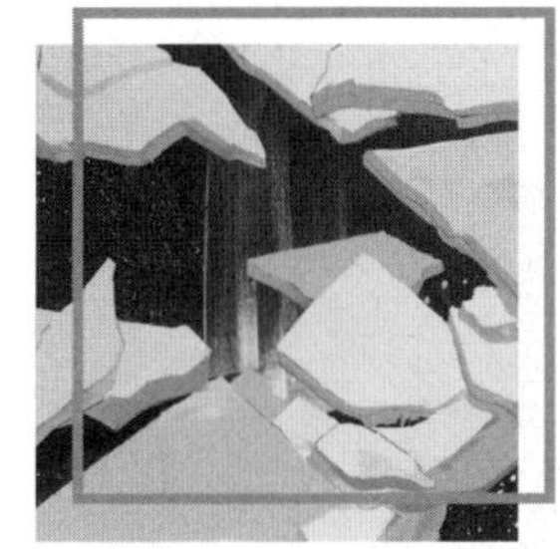

246

现实世界晚上八点，异端处理局。

穿着制服的队员们有条不紊地将一个个四十厘米长的正方形盒子搬上运输车，苏恙在一旁持枪凝神把守，一丝精力都不敢分散。

他们今晚要把这些特级红色异端送上飞机，运输到三区严密看守。

这本来只是一次危险的日常运输活动，但某个特殊异端的存在却让这次运输的过程格外惊险起来。

苏恙的眼神移到运输队伍的最后。

那里有几个队员小心翼翼地搬运着几个盒子，这些盒子比其他盒子的金属色泽更深，并且看起来明显更沉，稳稳地压在队员们的手上，压得这些久经训练的队员都忍不住弯下了腰。

苏恙上前一步搭把手，问："确定这一批我们从玫瑰工厂外的土地里挖出来的尸块都齐了？"

队员得空喘息，回答："苏队，清点过了，都齐了。"

苏恙点了点头，不敢掉以轻心，叮嘱道："这批尸块和其他异端危险等级不一样，不能放在同一辆车或飞机上，我向局里单独申请了这批尸块的转运车、转运飞机和转运航线，不和其他异端一起运。"

队员小心翼翼地把盒子放上转运车，转过头来靠在车边喘气，看向又走向队伍末端的苏恙："……苏队这次好小心，还给这批尸块专门申请了转运航线。"

旁边也在歇息的队员接话："你是不知道这批尸块有多厉害，当天去工厂挖尸块的队员回来全都疯了，现在还在接受精神降维训练，也不知道能不能恢复过来。"

那个队员咂舌，搓了搓手："……这么可怕吗？"

旁边的队员翻了个白眼："要不然你以为苏队为什么专门把这批尸块单独运走啊？要是和其他异端放在一起，万一这东西对其他异端有什么加成效果，引发爆炸，一飞机的人就都完了！"

“但就算单独运走，押运这个异端的飞机也不安全吧？”这队员担忧地问。

“当然不安全，但至少不需要那么多护送人员，而且干我们这行的，有多少时间是安全的呢？”旁边的队员自嘲地摇摇头。

“据说苏队本来要亲自押运的，但唐队走了，第三支队不能没人管事，局里强行把他扣下来了。”

说到“唐队走了”这个话题，两名队员不约而同地安静了。

……以前唐二打还在的时候，这种危险的事情都轮不到他们头上。

唐二打会在危险发生之前就雷厉风行地处理好一切，一个人承担所有风险。虽然异端处理局是一个朝不保夕的地方，但有唐二打在，他们就永远都可以在这把保护伞下面躲避风雨。

但这把保护伞终于还是离开了。

这个队员换了一个话题：“苏队单独给这异端申请了转运车和转运飞机我可以理解，但为什么还申请了单独的转运航线？”

异端处理局之前不是没有押送过特级危险的异端，比如白柳之前就是，但对待他也只是独自押送，这种单独规划航线的情况还是头一遭。

“而且这航线还不是普通的路线，我刚刚看了一眼，着陆点是在南极那边吧？这……”这个队员试图找出一个合适的形容词，“是不是太大动干戈了？为什么要把这异端运到南极？”

旁边的队员左右看了一眼，确保没有人在看他们，靠近这个队员，压低声音道：“苏队申请的，说不能把这异端放在三区保管，也不能放在有常住人口的地带附近，会出问题，这异端的影响力太大了，容易死人。

“最后局里上报了苏队的申请，拖到昨天才审批完，说是联系了极地考察站，最终决定把这异端做成冰芯，下沉到南极的冰盖下面收容，并且派遣了三区的人过去，三百六十五天无间断地看守收容点。”

这个队员感叹：“这可真是……三百六十五天都有专人看守，有这排面的异端这还是头一个。”

“谁说是头一个了？”旁边的队员撇嘴，“你忘了白柳吗？我们唐队队长都不当了，专门看守他。”

这个队员一听到唐队走了就难受，强行又把话题给绕了回去：“欸，南极那么大，有人说过把这异端封存到哪里吗？”

旁边的队员皱着眉回忆了半晌：“我也没听清，好像是什么冰穹A区域，南极冰盖上的最高点，够高够厚，能压得住这异端……”

晚上十一点半，出海港口。

载着另一批异端的转运车直接奔赴机场，而载着尸块的转运车则是到了出海港口，将尸块装上了一辆小型货轮。

这艘货轮要先到另一个港口，那里有专机等着押送这批异端到南极。

押送员一共五个人——这已经是苏恙权衡过后最少的押送人数了。

盒子被包裹好运上货轮，舷梯被收回船只上，结实的小型货轮在拖轮的牵引下入水，在夜色的遮盖下渐渐驶离港口。站在舱盖上的五个押送员对着站在岸边的苏恙敬礼，挥着手远去。

苏恙怔怔地看着那五个队员离开自己的视线，挥了挥手，心里的不安随着水雾的加重渐渐浓厚。

在船只消失在他视野里的一瞬间，苏恙心慌得差点喘不上气来。

他仿佛看到了那五个队员布满霜雪的尸体出现在眼前。

因为玫瑰香水和在工厂挖掘尸体留下了后遗症，苏恙也出现了一定的精神降维的征兆，会时不时地看到幻象。

正是因为苏恙自己经历了这些，他比谁都明白那些尸块的危害性。

在第一次看到那些尸块的一瞬间，苏恙这个一向坚定平和的人内心杂乱的欲望都前所未有地高涨。如果不是他强撑着保持理智收好这些尸块，挖出尸块的其他队员很有可能会因为争夺尸块而斗殴。

这些尸块可以催化人精神降维——用精神降维来描述这个过程都不太贴切，确切一点说，这些尸块可以催化人的负面欲望，将其无限地放大，甚至到毁灭人性、超出底线的地步。

在意识到这一点之后，苏恙强硬地要求更换尸块的保存地点——这东西绝不能放在人群的聚集地，一定会发生很可怕，甚至比玫瑰香水事件更可怕的事情。

最终在各方权衡商议之下，决定将尸块放置在冰穹 A 底层——南极最寒冷的地方，被誉为“不可接近之极”，海拔 4093 米，极少有人踏足。

——这是苏恙能想到的最安全的地方。

但他也知道……

苏恙浅色的眼眸倒映着海面晃荡的水波，沉重的情绪堵在他胸口，随着潮汐一层一层在他心间堆叠。他闭了闭眼睛，久违地感到一阵无力。

……他无比清楚，在这个世界上，并没有可以逃脱人的欲望的应许之地。

他只是希望，这个过程中不要再有无辜之人死亡了。

可那怎么可能？

人的欲望无论好坏，走向极端的时候，都是那么伤人的东西。

在唐二打走之后，苏恙有点明白白柳那天在审讯室对他说的话了。

那位相貌清俊干净的年轻人抬起头，用那双仿佛承载了宇宙万物的黑色眼睛注视着他，轻声说："苏队，过于强烈的保护欲是会害死人的。"

苏恙握了握右胸前那枚扎手的章鱼形状的队徽，似乎叹息了一声，在冰冷的夜风里转身离去。

背后的小型货轮发出起航的清越汽笛声，在深不见底的夜色中远去。

游戏池。

白柳他们蹲守了几次黑桃的队伍，总算琢磨出一点这支队伍的行动规律——一般来说他们会固定组队去刷某个副本。

但偶尔黑桃会脱离队伍，自己单独去刷某个冰原副本——就像是上次白柳刚进入游戏池时见到的那样。

他似乎对这个冰原副本怀揣着某种特殊的感情，就像是人眷恋自己的住所和床铺，以一种生物性的节律回到这个副本停驻。

——黑桃像是把这个冰原副本当作了自己的家。

而白柳的目标就是这个冰原副本。

他没有不自量力到觉得流浪马戏团一开始就能单挑整支杀手序列战队。

但在没有生命危险的情况下，白柳觉得他们完全可以尝试一下组团挑战某个明星队员。

这是一件利大于弊的事情。

可以获得这个明星队员的情报、打磨自己的战队，并且如果走了狗屎运，真的赢了某个明星队员，还可以靠这一点赚够话题度。

虽然无耻，但是有用。

出于某种奇特的探究心理，白柳决定先拿黑桃来试水。他牢牢地盯着游戏池里进出的玩家，在看到某个吓退了周围一圈玩家的人静静地出现时，忍不住勾了一下嘴角。

黑桃握着整理好的鞭子走到游戏池旁边。

周围的玩家发现是他之后，纷纷屏住呼吸往后退，连游戏都不敢进了，生怕自己不幸地和这位"煞神"选到同一个游戏。

但黑桃似乎没怎么留意周围的环境，他在游戏池飞速旋转的海报上安静地观察了一会儿，干脆地选中了其中的一个，纵身跳了进去。

就在这一瞬间，白柳毫不犹豫地出鞭钩住了黑桃的腰，拉着后面的一长串队员跟着进了游戏。

黑桃微微回头看了他一眼，那一眼无波也无澜，凉如冰水。几人很快便被游戏池吞没。

等到游戏池恢复平静，旁边的一圈玩家都被刚刚那拖家带口送死的一幕吓呆了，久久不敢上前进游戏池。

隔了很久，才有人艰涩地问：“……这到底是在干什么？”

冰雪遮天蔽日，狂风呼啸。

白柳呛咳着清醒过来，他因为过于寒冷下意识地蜷缩身体，短短几分钟就被冻到表皮麻木、没有知觉的地步。

直到身后传来声音，白柳才意识到自己不是在地面上。

“你不该跟我进这个游戏的，”黑桃抱住跌在他身上的白柳，怀中白柳肢体的颤抖让他很平淡地下了定论，“你很怕冷。”

白柳这才回头。

黑桃和他靠得很近，白柳一转头就能碰到这个人的鼻尖。

这让白柳呼吸一窒，下意识地和他拉开了距离。

黑桃倒是不觉得这样的亲密距离有什么问题，他姿态自然地站起来，同时拉起了跌在他身上的白柳，熟练地从墙上取下冲锋衣穿上，拉上拉链，还递给白柳一件。

全副武装之后，黑桃打开房门就要走出去。

白柳眯着眼睛接过冲锋衣：“你不问我为什么要跟你进来吗？”

他可是准备了不少应付对方的理由，比如蹭第一明星队员的热度之类的。

黑桃推开房门，在扑面涌来的风雪里回头，风把他额前的碎发吹得很是狂乱，但发下的眼眸却和白柳的一样纯黑，没有情绪。

“你跟我进来，不是为了和我玩游戏，并且赢过我吗？”

白柳一愣。

黑桃拉下护目镜，走出房门，声音在暴风雪里奇异地清晰可闻：

“不要用别的理由欺骗我或者你自己，想和我玩游戏，那就好好玩，用尽全力来赢我，白柳。”

247

说完这句话之后黑桃就关上了门，等白柳再打开的时候，他已经消失在了茫茫大雪中。

……这大概是要和他公平竞赛的意思？

白柳挑眉，关上门，捏了捏冻得发麻的指尖，收拢冲锋衣，转身就看到了唐二打他们。

唐二打也穿上了厚厚的冲锋衣，开口时呼出一阵白气："屋内的供电系统关闭了，要检修并打开保温系统，不然我们都得冻死。"

"你知道怎么检修吗？"白柳问。

唐二打点头："我在类似的极端环境里训练过，基础设备都会使用，但检修要去外面查看，这里风太大了，需要有人牵着我的安全绳才行，不然我会被风吹走。"

"我跟着你。"牧四诚干脆地穿上防护衣。

两个人行动迅速地在腰上拴紧安全绳，打开房门，在肆虐到快关不上门的风雪里艰难移动了几下后，往外面去了。

不多时，牧四诚和唐二打两个人拉着安全绳回来了，守在门边的白柳立马关上了房门。

就这么一小会儿，从打开的门的门缝里吹进来的雪已经凝结成冰块粘在门后。牧四诚牙齿打着战，想要把安全绳从门旁的挂钩上取下来，因为手太冷几次都没有取下来，后来还是木柯帮忙取的。

"太……太冷了！"牧四诚冷得双脚直跳，呼哧呼哧地往双手上哈气，试图让自己暖和起来。

白柳注意到牧四诚只是去了一趟外面，来回不到十分钟，他的手已经冻得发紫了，指关节都无法弯曲，看着就像是一块坏疽的肉。

等到室内因为恢复供电依次亮起灯泡，白柳才真正看清楚他们到底在什么地方。

面前是一条狭长低矮的通风道，墙壁是由结实的集装棚的装板做成的，这是一种一般用来搭建工地临时居所的材料。头顶上挂着一个个明亮的白炽灯泡，墙壁两边的窗户四周都嵌有封条，透过半封冻的窗户能看到屋外不停呼啸的暴风雪。

白柳的视线落到通风道最后，那里歪歪扭扭地钉着牌子，上面写着：

Edmund South Pole Station（艾德蒙南极站）.

白柳看了那个牌子几秒，低头打开了系统面板，上面是一排他还没查看的通知。

系统提示：欢迎玩家进入游戏《冰河世纪》。

系统提示：玩家获得游戏主线任务——全球变暖。

游戏背景提示：一年前，一场突如其来并且再也没有停止的大雪从南极洲席卷全球，伴随着气温降低、洋流转向以及云层变厚等气象问题，各地开始冰封……

南极的冰盖仿佛变成了一种会扩散的疾病，开始在全世界蔓延。气象学家称人类因为某种不可抗力，被迫进入了第四次冰河世纪以来的又一次大冰期，毫无防备的人类因为食物短缺和过冷的天气而大量死去……

随后，南极的所有科研活动被迫停止。你是一名得到内幕消息的探险家，有人告诉你，这一切都与南极的一场不光明的科研活动有关。热衷探险的你组建了自己的队伍，得到南极联合冰川公司的资助后来到南极，想要探索层层寒冷冰盖下的秘密。

你乘坐飞机来到了南极，但在暴风雪中迷失了方向。紧急时刻，你在雪地上找到了这个废弃的观察站，强行突破进去躲避风雪。

——请玩家记住，你是一个伟大的探险家！请勇于探索发现，找出真相，使全球再次变暖！

主线任务目前进度：0%。

玩家目前所在的地理位置：艾德蒙南极极点观察科研站。

这个时候牧四诚也看完了游戏介绍，忍不住吐槽："这是什么？现实世界全球不是在变暖吗？进入冰河世纪是什么意思？"

刘佳仪整个人陷在一件厚厚的羽绒服里，比起白柳这些大人，小孩对温度更加敏感，她一进游戏就去找了各种衣物，把自己包得跟个球似的。

她看完游戏介绍，皱着眉提醒大家："白柳，游戏池模拟的是联赛，在游戏池里商店交易系统是关闭的，我们无法从商店购买到任何物品。如果是这种背景，获得食物和保暖衣物是我们首先要解决的问题。

"不然待不了几天我们就会冻得受不了，主动从这个游戏里退出了。"

白柳无比赞同刘佳仪的说法，他颔首，下达了命令："木柯去搜仓库、储备食物，唐二打和牧四诚去检修整栋建筑，这里将作为我们探险的根据地。我和佳仪去控制室找找有没有黑匣子或者日记本记录了这里一年前发生了什么事情。"

"好，知道了！"几人回答。

几人领命后散开，白柳和刘佳仪两个人寻找起这个基地的控制室——好在这个基地不算特别大，很快他们就找到了。

可惜的是控制室的门是敞开的，里面结满了雪块，在恢复运作的供暖设备的吹拂下缓缓融化。

看着遍布冰霜和雪水的控制台，刘佳仪搓了搓手，老成地叹了一口气："看起来黑匣子要等唐二打他们过来看看能不能检修了。”

白柳半蹲下来，戴着手套取了一把凿子，就开始对着抽屉的缝隙敲敲打打——这些地方也被凝固的冰给封实了，要打开抽屉就要先清掉冰。

好在这些地方冰结得并不厚，白柳没凿几下就整块掉下来了。

白柳拉开磕磕绊绊抖动的抽屉，抽屉里并无累积的灰尘，倒是浅浅盖着一层凝固的雪，拂去之后能看到这里存放着一些黑皮笔记本。

白柳按照常识来推断，在恐怖游戏里，这种本子一般都是用来推进剧情的，也就是里面一定会有日记之类的记录。

可他在翻开本子的一瞬间就定住了。

正在翻找其他抽屉的刘佳仪见白柳捧着一个本子不动，好奇地探头看过去：“这本子一看就有料啊，你怎么不说话啊……”

刘佳仪看到本子上的内容那一刻，也微妙地定住了。

本子上的字整整齐齐，流畅无比，全是印刷体的英文。

而白柳作为一个打工人，虽然在玩恐怖游戏的时候阅读过不少英文，但那些都相对简单，而看这种大量的、密集的，还夹杂了不少专业词语的英文科研日记……

白柳坦荡地合上了本子：“等会儿给木柯看看吧，我看不懂。”

同样看不懂的刘佳仪：“……”

虽然从理智上说白柳看不懂是一件很正常的事情，毕竟智力和语言能力不是一码事，但她怎么觉得那么奇怪呢……

艾德蒙观察站不大，一共有四层。

一层是储备区，燃料、食物、淡水和外出需要的衣物都存放在这一层的不同仓库里，用塑料布层层包裹，两个直升机机库裸露在户外，只简单地搭了个棚子遮蔽。

二层是生活区，有桑拿房、用餐室、办公区，以及几台不知道放了多久的电脑。

三层和四层都是宿舍，或者说是住舱，非常狭隘，不到五平方米的地方硬生生地塞进了两张上下摆放的床，拥挤中透着一种别样的温暖。

从宿舍的数量来看，整个基地的人员容纳量应该有八十到一百人，平时住得应该挺挤的，但现在这里空空如也，又有一种诡异的热闹感。

刘佳仪的目光从餐桌上凝固竖立的面条，案板上切了一半已经发霉的土豆，还有开到大火的燃气开关上扫过。

“这里的人应该走得很匆忙。”她下了定论。

白柳从三楼的拐角走下来，纠正了刘佳仪的理论："——或者说被绑走得很匆忙。"

刘佳仪抬头看过去。

白柳晃了晃手上的一条内裤和一双袜子："我在宿舍床边找到的。这么冷的天气，我想应该不会有人连内裤和袜子都不穿就慌忙跑到户外去吧。"

刘佳仪提出疑问："这些人有没有可能是被什么东西吓到了，然后连衣服都不穿就逃跑？"

"不太可能，"检查完仓库的木柯从一楼拐角的楼梯上来，看向刘佳仪，"我刚刚去看了他们的展厅，艾德蒙观察站的人员都是专业的登山家、消防队员，以及受过一定训练的科研队员，他们获得过不少荣誉，也经受过各种各样极端场景的考验，一般的情况很难把他们全部吓成这样。"

木柯说着看了一眼那些只动了一半的食物。

"他们应该很清楚，在这里，什么东西都不拿就跑出去，和送死没有什么区别。"

牧四诚和唐二打从四楼的天台上下来了，他们俩刚刚去检修了无线电架设台。

牧四诚冷得两颊发青，下来之后随便找了个宿舍，一缩进被窝里就开始疯狂蹬腿并发抖。

唐二打看着情况好一点，但取手套的时候，白柳看到他掌心也被粘下了一块血皮，血淋淋的伤口裸露在空气里，却一滴血都没有流下来。

因为太冷了，血都凝固了。

唐二打注意到了白柳的视线，解释道："架设台太冷了，而且隔着手套没有办法调整精密设备，我就摘下手套摸了一下——"

"然后就被上面的金属粘下来一块皮？"白柳接了下半句话。

刘佳仪取出解药喷雾对着唐二打的手心喷了一下，伤口慢慢愈合，但缩在床上冷得半死不活的牧四诚却没有好转，看着出气多，入气少。

解药可以治愈伤口，却没有办法缓解寒冷。

"我看到了室外的气象温度仪，"唐二打握了握自己痊愈的手，凝重地抬眸望向白柳，"零下五十多摄氏度的低温，这种极端天气不能久待，我们很快就会被冻死的，要快点退出——"

这个时候正在看白柳递给他的黑皮本子的木柯脸色一阵青一阵白，他颤声打断了唐二打的话："这个艾德蒙观察站研究的是异端处理局送过来的尸块。"

唐二打心口一紧，不假思索地否认了："不可能，异端处理局的东西是有公约规定的，不供给任何国家的经济、军事、文化以及政治类科研使用，异端处理局唯一的科研目的只能是收容！

“三区的人在这边接应，还有五个一区的押送人员，他们不可能让其他人来研究异端处理局的东西！”

木柯呼出一口长气，水汽在他眼前凝结成一层霜，看不清他的表情。他的声音很轻：

“如果我告诉你，运送尸块的飞机在到达南极的时候当场坠毁，飞机上的五个押送员当场暴毙呢？”

248

木柯把黑皮本子摊开给所有人看，本子的左侧清晰地粘贴着一张传真汇报单。

木柯指了指左下角的数字编码落款：“这里的编号是年月日，你们应该对这个日期很熟悉吧。”

“0807，”刘佳仪读了出来，她像是意识到了什么，看向白柳，“这是我们进入这个游戏的日期。”

刘佳仪对这样的套路已经有些熟悉了，她想起了上个游戏的设计，更加确定白柳和她说的推测——

这个游戏的幕后设计者有意针对白柳，特地在白柳进入游戏后让副本登录与他或者他周围人相关的“现实世界”。

这种被背后暗算的感觉……刘佳仪不爽地抿紧了唇。

白柳的视线落在这张一年前的传真汇报单上——这上面的英文单词相对简单，他能看懂。

传真是从另一个基地发过来的，这个基地叫作“Wu Yue（五岳）”，很明显是个中文名字，这应该是国内的观察站发给这个艾德蒙基地的一封传真。

这封传真的大概内容是：

很抱歉，我们的飞机在运输危险物品抵达冰面机场的时候发生了这么令人难过的事情……飞机上的五名押送员也当场去世了……

这种结局固然令人悲伤，但也没有出乎我们的意料，在冰天雪地中生存对所有人来说都是一场噩梦。

而我们在这里的唯一意义，就是研究更多的过去和未来的气象发展轨迹，减缓全球变冷的速率，为全人类能更好地与自然和谐相处奋斗终身，直至死去，这是我们每一个南极科考队成员的人生意义……

搜救飞机的时候所有观察站的人都参与了，但我们在清点的时候，发现坠毁的飞机仓库里的密封盒子少了三个，和原本的数目不符。虽然我不想这样去揣测你们，但在南极，深色的金属盒子在白茫茫的大地上消失，如果没有人力干预那可不是一件容易的事……

我知道长期处在南极的科研人员在这种极端枯燥的环境里，都对神秘的外来事物保持着旺盛的好奇心，你们什么都想去探索，什么都要分析，总觉得里面藏着拯救人类，延缓全球变冷的关键……

艾德蒙，我不得不严肃地警告你，那是一些相当危险的盒子。我无法告诉你内情，这是不允许公开的，我只能告诉你，那些盒子本来应该被埋葬在“不可接近之极”下面，不被任何人触碰……

艾德蒙，这个世界上总有一些危险的事物是需要我们保持敬畏，不去触碰和研究的，不是任何事物都和天气一样只存在客观的伤害性……

如果你发现了那三个失踪的盒子的任何踪迹，请务必告诉我，我需要立即把它们封存在冰穹 A 下面。

落款是“你的朋友——五岳观察站”。

“这是一封群发给所有观察站的传真，应该不光是给艾德蒙观察站发了。”白柳看完以后下了结论，他抬眸环视周围，“那三个盒子应该是被其他观察站的科研人员偷偷藏起来了。

“根据这个游戏的主线来推测，我们应该先找到盒子，然后根据盒子找出全球变冷的原因。这个艾德蒙观察站应该藏有其中一个盒子。”

白柳看向木柯：“木柯，你和刘佳仪留在这个考察站搜寻，看看有没有其他线索。我和唐二打、牧四诚带上食物去附近其他的观察站看一看，搜寻其他的盒子。”

几人点头答应，分开行动。

白柳把目光移到一言不发、神色沉郁的唐二打脸上：“唐队长，麻烦你过来一下，我和你单独聊一聊。”

转身准备离去的唐二打动作一顿，他转过身来，沉默地跟在白柳身后进了一个住舱。

白柳反手把门关上了。

狭小的五平方米的住舱里，两个人沉寂了一会儿。白柳虽然嘴上说着要和唐二打聊聊，但他一点先开口的意思都没有，只是平静地敛目抱臂，似乎在等着唐二打先开口。

于是唐二打就先开口了，他情绪低落，嗓音沙哑：“抱歉，我判断失误，不应该让你把尸块交由异端处理局处理的，我没想到会……”

得到这句道歉，白柳这个时候才不紧不慢地接了唐二打的话：“错也不全在你，这个决策也是我自己考虑过的。从客观条件来看，我的确没有异端处理局那么完善的保存条件，所以才决定把尸块放在花田那里，让异端处理局挖掘并封存。”

但主观层面上，虽然白柳知道造成这个局面是因为背后有人做推手，无论如何都是难免的，异端处理局已经尽力了。

不过得知谢塔的身体居然沦落至此，白柳的心情还是有些不愉快。

谢塔的身体白柳在现实世界里原本打算自己保存，但考虑到这副身体的影响力，以及白柳在现实中并没有自己的住所，现在住的还是一间廉租房，最后他和唐二打商议后决定折中，将尸块留在原地，由异端处理局接管。

也算是白柳卖唐二打一个薄面。

但没想到这么快就被打脸了。

唐二打一边忧心现实中那五个押送员，一边难受地接受白柳看似轻描淡写，实则夹枪带棒的询问，一时之间内心苦闷得无以复加，都有些魂不守舍了。他双眼发红，低着头哑声道：“是我的错，不然那五个押送员也不会送命……”

“现在还不确定他们死没死。”白柳平静地止住了唐二打的话头。

唐二打猛地抬起头，直勾勾地看着白柳：“你有办法？！”

白柳觉得唐二打的耳朵和“尾巴”一瞬间都“唰”地立起来了。

这位唐教练在训练的时候对所有人都不假辞色、严厉有加，倒是让白柳不太想得起来这家伙原来是犬科动物的性格了。

但唐二打脱口而出问完白柳以后，又难掩惭愧地别过视线，用力地握了握拳，改口道：“没有也没事，我先试试登出游戏能不能拦住飞机起飞……”

在唐二打那里，造成这种局面主要是他的原因，白柳也算得上是受害者，但是现在他却要这个受害者来帮忙出主意……

总之，这不是唐二打能干出来的事情。

白柳在《玫瑰工厂》里就已经和背后的人过了一次招，按照他对这个人的了解，不像是会仁慈地给他们留下可以钻的空子的游戏设计师。

他平静地伸手，拦住唐二打打开自己系统面板的动作：“飞机多半已经起飞了，你登出游戏回现实只会加速时间流逝，还不如先在这个游戏里通关，找找事情发展成这样的原因和挽救的办法。”

唐二打缓慢地放下了面板：“你有游戏思路了？”

白柳点点头：“有，但还缺信息。游戏是参考现实的背景设计的，你之前说你在南极受过训练，应该对这里的情况相对比较了解，具体说说。”

“从什么地方开始说？”唐二打问。

白柳抬起眼皮：“从头开始说，比如你为什么会来这里接受训练？”

唐二打深吸一口气：“我来这里执勤过一年，开过一段时间直升机，执行‘四区计划’。”

白柳挑眉：“四区计划？”

唐二打解释道：“‘四区计划’是考察南极这里的地理环境适不适合用来新建一个异端管理区的计划，因为南极这边人迹罕至，很适合用来封存特级危险异端。”

“那最后为什么没有建？”白柳反问。

“因为在这边大型施工太难避开其他国家的观察站人员了。国内的观察站人员知道一些关于‘四区计划’的事情，因为建新区这件事情和他们沟通过，但国外的观察站人员是不知道关于异端的一切的。”

唐二打叹息了一声：“夏季南极的常住人口有五千多人，我们没有办法冒着告诉所有人异端存在的风险在这里建新区，最终放弃了‘四区计划’。”

白柳不冷不热地问：“那他的尸块为什么让你们重启了这个计划？”

“‘四区计划’留存的数据显示，如果要封存一个高度危险的精神污染源性异端，这里是最保险的封存地点。”唐二打说。

白柳话锋一转：“你对这个艾德蒙观察站有什么印象吗？”

唐二打顿住，沉思了一会儿，然后回答：“没有，现实世界里没有这么一个观察站。”

白柳：“那五岳观察站呢？”

唐二打诚实地摇了摇头：“如果我的记忆没有出错，国内的观察站也不叫这个名字。”

白柳点点头——看来情况和“爆裂末班车”一样。

背后的人参考了现实，但没有完全代入现实来设计游戏。

白柳换了一种问法：“那你的记忆里有什么位于极点附近的观察站吗？”

从游戏里的艾德蒙观察站墙面上贴的南极地图来看，艾德蒙观察站就位于南极极点附近一百米的位置。

唐二打皱眉：“……有，A 国的一个观察站就在这里。”

白柳接着问：“那你知道他们现在主要做的是什么研究吗？”

唐二打意识到白柳想问什么了，他缓慢地、艰涩地回答：“具体的不清楚，对外说的是研究特殊低温动物对气候恢复的影响。我在这边待着的时候听到其他队员和我说，他们研究的这些特殊低温动物包括两种形态，活着的和死去的……”

“白柳——”牧四诚举着一本不知道是什么的东西，门也不敲就急匆匆地冲了进来，喘着粗气，兴奋地把手里的东西往白柳怀里一塞，“你看看这个！”

白柳垂眸看向手里的东西——是一个用防水布缠得严严实实的包裹，四四方方的，包裹上贴着一张防水的标签。

标签上写的是英文，意思是：

特殊低温动物残块切片（细胞仍处于活跃状态）与地表温度改变研究实录。

249

白柳从宿舍抽屉里找出一把裁剪刀，焐在手心暖和片刻，才顺畅地卡出刀片。他用刀片划断防水布，包裹在里面的东西终于显现出来。

是一沓整齐分装好的实验报告单。

这些实验报告单上是一些专业的英文缩写单词、测量数据、图表和奇怪的黑白或者彩色的染色切片照片，总之是一些阅读起来很困难的东西，没有相应知识的普通人是不可能看得懂的。

白柳简单地翻阅了一下，然后抬头看向牧四诚：“你从什么地方找到这个东西的？”

牧四诚喘匀气后道：“地下室。刚刚我出去检查直升机机库的时候，发现停靠板下面藏着一扇带拉扣的地窖门，下面就是一个两层的地下室，里面有各种实验设备，还有一些腌制的白菜和萝卜。”

“有在这个地下室里找到实验记录日志和相关成品的论文吗？”白柳问。

这些人写的实验报告实在是太生僻的材料了，白柳至少需要一些基础知识的过渡才能理解这些报告上的数据意味着什么。

牧四诚摇摇头：“我没仔细找，这个包裹就放在桌面上，我感觉很重要，拿到就先上来给你看了。”

白柳：“把木柯叫过来，你跟着刘佳仪去清点一楼的食物，准备好我们外出需要的份额，我和木柯去地下室看看。”

牧四诚转身去找木柯，白柳侧目看了唐二打一眼，把手上的文件递给他：“你能看懂吗？”

“我能看懂一些，”唐二打只是简单翻阅了一下就快速回答，但他的视线停在了某张图表上，“这张图表……这是用双频雷达回波多次探测冰面的厚度，获得探测数据后绘制的图案。可以根据这个图案看到冰面下的地形，以便在钻开冰层的过程中不会遇到岩石等阻拦物。”

白柳注意到唐二打表情异样，问：“这张图表有什么不对的吗？”

唐二打迟疑片刻，指着图表下面的说明：“这张图表是极地里很常见的一张冰层探测图表，但它探测的地点是 dome A，也就是冰穹 A。

“冰穹 A 附近只有国内的观察站驻扎，那里属于国内观察站的研究范畴。虽然南极这边各国观察站之间的关系相对缓和，但研究区域的划分也是比较明确的，艾德蒙观察站是没有能力和资格去探查冰穹 A 的。也就是说，艾德蒙观察站这里不可能有关于冰穹 A 的任何一手实验数据。”

唐二打疑惑地又翻了几页实验报告：“但他们这里有不少关于冰穹 A 的冰层探测、冰芯研究报告，这不太正常。”

“一个观察站有另一个观察站的机密研究资料，”白柳轻飘飘地扫了一眼唐二打手上的资料，“按常理来说只有两种可能性。”

唐二打看过去，白柳不疾不徐地继续说：“一种是好的可能性，国内的观察站，也就是游戏内的五岳站主动把自己的一手实验数据分享给了艾德蒙观察站。”

唐二打皱着眉否认：“这不可能，这是很严重的科研数据泄露。”

白柳抬眸，微笑着说：“看来唐队长和我一样都更倾向于坏的可能性——艾德蒙观察站用某种方式强行获取了冰穹 A 的研究数据。”

“或者更坏一点，艾德蒙观察站的这群家伙直接杀死了五岳站的人，然后占据了五岳观察站，对冰穹 A 进行研究。”刘佳仪出现在了门边。

她抱着双臂靠在门框上，挑眉看向白柳：“我找到了艾德蒙的住舱，我感觉这个家伙可不是什么人淡如菊的科学家，从住舱里的残余物来看，他的攻击性可不低。”

“带我们上去看看。”白柳上前一步牵起刘佳仪的手，很自然地把自己焐暖的手套和刘佳仪空荡荡的手套交换了一下，给她戴上。

艾德蒙站这边的科研人员都人高马大，一个小孩都没有，所以配备的衣物也是宽大的。白柳穿着一件上衣都过膝，更不用说刘佳仪了。

刘佳仪虽然早有先见之明，用好几件衣服包裹住了自己，看着也挺齐整，但衣服的空隙难免漏风，手套也是。

但刘佳仪好强，不喜被人照顾，现在她手冷得快结冰了，不仅一声不吭，面上也一点不显，看着比牧四诚这个二十多岁的成年人还持重许多。

白柳换手套这个动作做得太自然了，好像他天生就该为刘佳仪换这副手套，其他人甚至没反应过来他做了什么。

刘佳仪动作一顿，握住白柳的手："艾德蒙的住舱在四层。"

她不喜欢这种很有攻击性的男性，总会让她想到一些不好的事情，看到他们就让她潜意识里有些排斥和焦躁。但白柳也是个攻击性强得离谱的男性，只是外人一点也看不出来而已……

刘佳仪握了握白柳刚换下来的暖和宽大的手套，捂住脸呼出一口水汽，抿着唇，神色平和了许多。

虽然白柳也挺烦的，但她不知道为什么，就是很容易接受这个人。

刘佳仪一路带着白柳走到了拐角，那里有一个比其他住舱宽敞大约一平方米的房间。白柳走到这里，抬头就能看到风从窗户上封条的裂口里不断钻进来，呼啸而过，带走所有温度。

封条周围有水滴落后凝结的圆珠笔粗细的冰凌，在昏暗的灯光下发出朦胧的光。

刘佳仪把手套塞进口袋里："我一开始没有发现这个住舱就是艾德蒙这个老大的，因为这个住舱位于风口，遇到任何暴风雪天气都是第一个被吹到的，一个基地的管理人住在这里太危险了，很有可能在睡梦中就被冻死了。"

"但我在门后面发现了这个。"刘佳仪踹了一脚冻实的房门。

沾着冰的门发出"咔嚓"一声脆响后，在风的吹动下"砰"的一声合上。门上挂着铁钩，铁钩上整整齐齐地挂着一排长约七十厘米的改良式步枪，枪口上同样结着冰凌。

"其他房间我都没有发现枪火的痕迹，基本都是书、电脑、药物之类的东西，只有这个房间有枪，还储备了不少子弹。"

刘佳仪用脚尖钩住床底的一个箱子，使劲往外一拽。她吐出一口长气，用脚尖踩了踩这个箱子里排列整齐的 7.62 毫米口径的子弹，讥讽道：

"我一开始以为这些是观察站里军方人员的，但我在这箱子弹下面翻到了用于报销的发票，枪和子弹都是以艾德蒙个人的名义购买的，这里应该就是他的住舱。"

唐二打皱着眉道："《南极公约》规定禁止观察站的人使用枪支类军事武器，这里也是严禁存放类似物品的。"

刘佳仪耸耸肩："但他就是使用了。我看发票上的购买日期和备注，这些还是他到达南极后，以自我保护为由，托南极的直升机运输组人员帮他购买并运送过来的。

"而且他应该是一个人住在这里，我没有发现第二个人在这里居住过的痕迹，估计除了他也没有人知道他有枪的事情。”

白柳的目光从这堆步枪上一掠而过，又站在房间门口模拟举枪的姿势，透过并不存在的狙击孔半眯着眼往楼前看：

“所以这个艾德蒙以自卫的名义购买了子弹和步枪藏在房间里，宁愿一个人冒着被冻死的风险住在寒冷的风口住舱。他每天在寒冷中举着枪，唯一能对准的就是这条回廊上其他住舱里的人——”

白柳放下手里的“枪”，有点兴趣地说：“看起来这位艾德蒙博士似乎害怕观察站内其他人员袭击他，并且恐惧到要买枪自保的地步了。”

木柯从三楼到四楼的拐角走上去，身后跟着牧四诚。

他俩看到走廊尽头的白柳，木柯神色有些凝重地走过去，拿出一大沓单子递过去，解释道：“我和牧四诚在为你们准备出行所需的食物的时候，看到仓库里大量的新鲜食物都腐烂了，而且大量的罐头一点都没动，垒放在仓库里，外包装都没有拆。

“我和牧四诚都觉得不太对劲，就去查了一下这里记录食物和药物消耗的流水单。刚刚我简单看了两眼，刚开始还没有发现什么不对的地方，但后来我才发现，流水单上‘必须摄入品消耗’这一项里记载的食物消耗量和留存的食品量对不上。

“但后来我仔细核对了一下食物和药物的消耗量，发现‘必须摄入品消耗’这一项里记录的虽然都是食物名称，但上面的各种食物并不代表真正的食物，这些食物实际上指代的是各种各样的药物，比如面包指代碳酸锂。”

木柯凝神看向白柳：“这个观察站里的人把药物当饭吃，一天三顿地供应，还有人强制他们服用这些药物。”

白柳问：“知道是什么药物吗？”

“劳拉西泮、氟西汀、氯丙嗪、奥氮平……”木柯一个字都没停顿地报出了一长串药名，然后给出了结论，“大部分是抗严重抑郁、重度焦虑和躁狂的心理治疗药物。”

“艾德蒙观察站的人每天都在大量摄入这些药物，连食物都不怎么吃了。”木柯深吸一口气，“如果真是这样的话，那这里就相当于一个极地上的精神病院，这些人还都是身体素质非常好的，发起病来就很有攻击性的重症病人。”

白柳把目光移到艾德蒙房间的地板上，那里放着一整箱冷冰冰的子弹。

“我大概了解艾德蒙博士为什么要买枪和子弹了，”白柳轻声道，“他在尝试关押和控制这些危险的病人。”

250

“木柯，你和刘佳仪去二楼的医务室找找有没有相关的医疗记录，看看这群人为什么要这样大量摄入药物。”

白柳目光深邃：“这些人在抵达南极的时候，应该是精神健康的，我们要弄清楚到底是什么让他们精神失常了。”

木柯点头，领着刘佳仪下去，走之前白柳扔给他们两支枪和三四盒子弹：“小心点。”

木柯稳稳地接过枪和子弹，熟练地上膛，把枪贴在身侧。

刘佳仪使用起来有点勉强，因为步枪虽然改良过，但还是太长了，必须提臂才能握住，但姿势看着还是挺像回事的。

经历了这么多个副本的磨砺，现在他们几乎都会用枪了，虽然准头不如唐二打这个神枪手那么好，但至少也能达到枪击游戏大师的水平了。

就连刘佳仪都能熟练地使用自动或者半自动式的手枪，但这种步枪因为身高限制以及强大的后坐力，她用得比较少，不过也不是不能用。

但现在也没得挑，在这种冰天雪地的环境里，比起耗费自己的体力用技能，肯定是先使用副本里的物资。

白柳领着牧四诚和唐二打，拿好枪，跟在木柯和刘佳仪后面下楼，他们准备去观察站外面直升机机库下那个地下室查看。

两队人马在二楼分开。

白柳走到正门就看到门的四周在短短一个小时内又结满了霜，把手上挂着如泡沫般蓬松的白色凝结物，握上去却是冰冷坚硬的质感。

这里太冷了，极低的气温和飓风让成形的雪块飞速凝实，握着和冰块也差不了太多。

白柳把目光移到挂在门旁边的风速测量仪上，测量仪上显示着窗外的气温和风速：

气温 –55.8℃，风速 119 千米 / 小时，风力 12 级，一级飓风，禁止外出。

牧四诚是在南方长大的，从来没有经历过如此严寒的天气，意识到自己处于零下五十多摄氏度的低温环境让他觉得更冷了，浑身上下都不自在，好像骨头缝里都钻进了冷风，飕飕地发寒。

不过他虽然对低温没有概念，对台风还比较熟悉。牧四诚看着“一级飓风”那几个字咂舌：“这么大风吗？！这要是在沿海，几十米高的树都能被吹得拔地而起了……”

唐二打也皱起眉：“这种极端天气开不了直升机，会被风吹得迫降、出事故，如果要外出寻找其他观察站，得开雪地车。”

白柳没有评价这个天气，他平静地推开了门。

狂风呼啸着卷入，门外一点亮都看不到，只能看到浓烈的雪色遮挡了远在天际的微光，把视线所及之处变得暗无天日。

门被风吹得轰轰摇晃，门口已经堆了厚厚的一层雪，直接垒到人膝盖那么高，而往里吹的风力强到让唐二打都忍不住抬手遮住了眼睛，被风吹得往后平移了一段距离。

“戴上护目镜，穿上雪橇鞋！”狂风中的唐二打为了让其他人能听到自己的声音，不得不提高音量吼道，“在腰上系好安全绳，不要被吹跑了！也要注意脚下的冰裂隙！千万不要掉进去了！”

此时南极的风速达到每秒 33 米，足以吹飞十个唐二打那么重的物体，但这并不是这里最可怕的东西。

在这里，最可怕的东西是冰裂隙，在南极生存过的人没有一个不怕这个。

南极的冰面并不是完全平整的，随着天气和温度的变化，在冰面融化和重塑的过程当中，冰面和冰面之间有时会产生许多深达一百多米的裂隙，而雪会覆盖在这些裂隙上，让这些裂隙在视觉上隐形，难以被人发现。

这自然就意味着人在冰面或者雪地上走，如果不注意，很容易踩空掉下去。

唐二打记得之前他来这边的时候听过一个故事，说有个日本的观察站队员出去检修设备，回来的时候猛地吹了一阵大风，人就消失了

四天后，观察站队员在距离门口不到三米的浅层冰裂隙里发现了这名队员。

这名失踪的队员已经被活活冻死了，他满脸霜雪，充满怨恨地睁着眼，仰头看着冰裂隙的出口，十根手指骨折外翻，嘴巴里全是血，冰面上沾着一些血沫。

而盖在冰裂隙上的雪不厚，按理说是可以被这个队员弄开然后爬出来的，而这个队员也意识到了这点，他拼命地用手抓，用牙齿啃开了深层的雪盖。

本来他是可以成功逃出来的。

但那两天，为了寻找这个失踪的队员，观察站的人外出次数特别多，还有几次动用了雪地车从这条冰裂隙上面碾过，这样密集的外出很快就把冰裂隙上的雪给压实了。

而这个队员就看着这些人为了救他，活活地把他唯一的求生之门变成冷冰冰的死门，自己被困在这里冻死。

从那以后，那个日本观察站的设备就常常在暴风雪来临的夜晚出故障。而出去检修的几个队员说，在回来的路上路过那条冰裂隙的时候，他们能听到下

面有人在恶毒地、怨恨地求救，嘶哑地笑。

心有余悸的队员说，仿佛能听到雪层下面指甲的抓挠声和牙齿咔嚓咔嚓的啃噬声，感觉下一秒里面的东西就会挠穿冰面，怨毒地笑着把他抓进去。

又失踪了几个出去检修的队员后，日本选择换了一个观察站作为大本营。

唐二打对这个故事的真实性存疑，因为观察站日常会核查周围有没有冰裂隙，但也是借由这个故事，让他记住了冰裂隙。

所以在白柳说要外出的时候，为了提醒这群人注意安全，唐二打也跟牧四诚和白柳讲了这个故事。

牧四诚听完之后表示：要不我不去了，你们两个去吧。

被白柳平静地驳回了。

三个人拉着腰上的安全绳，在飓风中摇摇晃晃地往直升机机库走，好在直升机机库并不远，他们很快就到了。唐二打开合页门，三个人依次进入地下室。

牧四诚狂抖身上的雪，牙齿打战："这天气变得也太快了吧，我之前来这边的时候还没有这么大风呢！"

"要是你多待一会儿，等到风来了，你身上什么都没带，卫星电话、安全绳一个也没有，"白柳轻飘飘地睨了牧四诚一眼，"说不定就会被风吹走，困在哪个地方的冰裂隙里了……"

牧四诚："……"

"但这里是游戏池，我还可以退出游戏！"牧四诚色厉内荏地回嘴。

"这可不一定，像你之前那样草率地出门在这个副本里是绝对不行的。"唐二打在白柳眼神的示意下紧接着强调（恐吓），"这里的冰裂隙最深的有一百多米，最低温度可以达到零下八十九摄氏度，十五秒就能把你冻得意识昏迷，可能都等不到你想到还能退出游戏，你就被冻死了。"

牧四诚："……"

这是什么破游戏！

白柳他们进入的这个地下室一共有两层。

上面一层是进行一些轻度实验的地方，没有放太多东西，也不需要太洁净，一些传感器、液压锤之类的仪器就被堆放在这一层，角落里还放了两大缸腌制的白菜和萝卜。

唐二打掀开盖布看了一眼，一股酸腐的恶臭冲天而起。

牧四诚不太舒服地动了动鼻子——极地的气味是很纯净的，一切都冻住了，所以这种刺激性味道在他进这个副本之后还是第一次闻到。

“闻起来像是我外婆做酸菜失败发烂的味道。”牧四诚忍不住干呕，用手在鼻子前面猛扇。

唐二打放下盖布，神色复杂地看向白柳：“这酸菜是中式的做法，艾德蒙观察站的人应该不会，所以做失败了，发臭了。”

“但他们应该是听了谁的指导，才会想到这样去储存食物。”白柳若有所思，“——看来五岳站和艾德蒙观察站的关系没有我们想象得那么僵。”

不然五岳站的人不会这样友好地指导对方腌酸菜，这样家长里短的交际很显然是亲密关系的表现。

白柳绕着缸走了几圈，他沉思着，似乎在找什么。

牧四诚忍不住开口问：“就是两缸酸菜，你在看什么？”

“在找制作日期。”白柳淡淡地回答。

牧四诚有点蒙：“谁腌酸菜还写制作日期啊？这玩意儿不都随便做……”

他的话，在白柳蹲在缸边用手擦了擦左下角一块黑乎乎的泥斑之后戛然而止。

在这口缸的左下角，贴着一个实验室的标签，上面规规整整地写着：

10/8，12.14 kg，radish（萝卜）。

就像是在给即将进行的实验做标记一样。

牧四诚吃惊地问：“你怎么知道他们贴了制作日期？！”

白柳慢悠悠地起身：“这是一个实验室，艾德蒙是一个科学家，他不会腌酸菜，那么他把这两缸酸菜放到这里的目的只有一个——那就是做实验，记载酸菜的发酵过程。

“而按照这位艾德蒙博士对于实验的严谨态度，他一定会在这种东西上做一些基础的记录的。”

他抬眸微笑：“比如写下日期。”

唐二打已经蹲在另一口酸菜缸前面了，他用指腹仔细地擦拭了一圈这口陈旧的酸菜缸，在同样的位置发现了另一个标签。

“这缸酸菜的制作日期也是八月十号，”唐二打仰头看向白柳，但他很快觉得不对劲，蹙起眉，“飞机在这边失事的日期是八月七号，五岳站那封暗示艾德蒙站偷窃了尸块的传真是在八月八号发过来的，但这个艾德蒙——”

“居然在八月十号折腾两缸酸菜，你是不是觉得很奇怪？”白柳轻声反问。

唐二打眉头紧锁，他想不通为什么。

但白柳也没有解答他疑惑的意思，而是继续向前，往通往地下二层的拉扣门那边走了。

地下一层到地下二层之间是一扇拉扣门，这门明显也是被封冻过的，但之前牧四诚下来时已经把它凿开了。白柳用手拂去上面的冰屑，拉开门向下走。

在打开门的一瞬间，白柳明白为什么牧四诚会拿到资料就跑了。

一股浓郁的、几乎掀翻人天灵盖的诡异恶臭冲了出来，伴着如有实质的灰尘和轻烟在空气中扩散开。

供暖系统恢复后，地下二层顶部的冰凌融化，宛如钟乳石般滴滴答答往下落浑浊的液体。这些液体淹没地面，地面被浸没在一层暗灰色的泥水里，泥水的表面还漂浮着很多不知道是什么生物的玻片和一些塑封材料。

总之看上去不是什么让人愉快的场景。

牧四诚看白柳二话不说就要下去，着急地提醒："下面有水！楼梯旁边有胶靴和胶皮手套！你换好再下去！"

白柳换好胶靴，往下拉固定住胶皮手套，随手取了一个塑料档案袋挡住自己的头部，深一脚浅一脚地走入地下二层。

下来之后，那股诡异的恶臭更浓了，就像是海洋深处的鱼类刚被打捞上来散发出的腥气。泥水滑腻又黏稠，像一条海蛇般，在晦暗的飘浮着尘埃的空气中绕着白柳游走。

地上的水浅浅地没过鞋底，白柳行动间带出晃荡的水波。他弯下腰捡起水面上漂浮的玻片和一些资料。

玻片上记载着生物切片的名称，白柳依稀认出了几种极地动物。

水面上漂浮的玻片基本都是这些极地动物的脂肪和表皮的压片，而漂浮的资料大多记载着研究这些动物的成果。

地下室中央是一个宽大厚重的写字台，上面摆放着四台显微镜，中间有一个打翻了的玻片盒子，还有两个小试管架。

试管架里整齐地码着几排小试管，里面的细胞固定液表面轻微结冰，现在正随着温度的恢复缓缓融化，里面漂浮的生物组织呈现一种被染色后的奇特的粉红色。

升温的过程中，生物组织的边缘开始怪异地变黑并生长，甚至有些小试管里的组织开始轻微蠕动，感觉像是要活过来似的。

白柳扫了一眼这些试管盖上贴着的标签，上面都写着：

极地动物 + 未知生物 X 游离细胞混合培养。

而在一堆变黑扭动的肉块里，有一块安静悬浮的组织毫无动静，解冻前后，它都呈现那种生物新鲜切割面的鲜红色。

白柳觉得自己甚至都能看见切片上的毛细血管在渗出血液，消散在固定液里。

他走过去用两指把这根小试管从试管架里夹了出来，试管架顶盖上贴着一个和其他试管截然不同的标签，上面写着：

未知生物：X。

在白柳取出这根小试管的一瞬间，其他小试管内的组织就像是受到侵犯般，试管口瞬息就喷发出浓烈的蒸汽，内部的甲醛液体顷刻间就被蒸发得干干净净。

这些小肉块开始往某种未知的方向快速分化生长，爬出试管，彼此粘连在一起，眨眼间就长成了一个篮球大小、浑身触须的黏腻黑色肉球。

这个肉球有跟企鹅和虎鲸一样光滑的外皮，一口肉食动物的尖利牙齿，两边的肉翼上遍布着翻腾的新生触手，如脉搏般跳动着生长。

这些触手彼此连接、互相缠绕，陷入这肉球的身体里，很快就分化成了新的组织——一双鱼尾似的蹼。

这肉球尖叫着，甩动着触须就往白柳这边扑过来，站在楼梯口的唐二打眼疾手快地后仰身体，靠在阶梯上借力，甩手把腰部的步枪抬到肩膀上，贴着脸，瞄准，射击。

“砰砰！”

干脆利落的两枪，肉球躺在泥水里不动了。

唐二打放下步枪，微微喘息，郑重地提醒白柳：“我触发怪物书了，这应该是这个副本的怪物之一，叫‘未知生物X污染体’，这很有可能是个生化污染副本，你小心点，不要碰到污染源。”

“好的。”白柳温顺地回答，反手就把手里的小试管藏到腰包里。

他俯身跨过这个污染物的尸体，半蹲下来，继续在这个实验室里寻找资料。终于，白柳在一个上了锁的保险箱里找到了自己想要的——他让唐二打直接用枪把这个箱子的锁给崩开了。

里面是按照时间排序的实验日记。

拿到日记之后，白柳和唐二打从地下实验室的门里出来，关好门后，跟着死也不愿意下去的牧四诚上去了。

在他们身后，那堆被唐二打打“死”的生物像沥青一样变形、融合，从非人类的样子快速分装重组，缓慢地变得像是一个人了，脸、五官、四肢都在它的身上出现。

它就像是在调整自己的外貌和身体一样，不断地重复出现三副样子，一会儿是一个稍微健壮的人类的身体，一会儿是清俊干净的长相，一会儿头上出现了猴子耳机的形状，偶尔从“沥青”里浮现出来的眼睛带着纯然的好奇。

最终它好像决定了自己要变成什么样子，在泥水中渐渐地褪去身上那层蛇蜕一般的黑色外壳，细白的手脚从外壳里粗鲁地钻了出来。

一个浑身赤裸的“白柳”跌跌撞撞地跪在泥水里，“他”睁着一双清澈的眼睛，喉咙里发出如鲸鱼呼唤同伴一样的高频叫声。

散落在水面，没有被白柳带走的复印资料上凌乱地写着：

未知生物X细胞悬浮培养后的鱼类组织表现出植物的重组再生性，分化程度倒退到最低，可诱导其再分化……

细胞拥有个体的高度智能，分化出来的“篮球触手状低等生物”（后简称“篮球”）表现出全生物类别的分化性，包括人类、鸟、鱼，甚至蕨类植物与古微生物……

鱼类细胞开始起主导作用，产生鱼类习性，生长出包裹“篮球”的一层光滑表皮组织，细胞分化性逐渐趋于正常，分化一周后细胞逐渐死亡……

死亡前出现鱼类习性，开始蜕皮，蜕皮后……我的上帝！它重生了！它展现出了学习性！它开始控制自己的分化方向了……老天！它在多次蜕皮后开始向着人类的方向分化了！

——不行，我得终止实验，这是伦理不容的污秽造物，它会污染人类的基因群的！

251

白柳出来以后把实验日记交给了木柯。

实验数据报告、观察站搜查到的一系列文本资料，以及木柯从观察站一个研究生的住舱里翻找出来的基础教材，这些都需要他阅读并理解才能读懂其他资料。

白柳问：“你大概需要多长时间能读完？”

他面前有厚厚的一摞书和各式各样的专业资料，这相当于让木柯重学一门学科了。他估摸了一下，认真地回答：“要三四天。”

白柳点点头：“这个观察站的食物还剩多少？”

木柯回答：“去除过期和变质的，还有七十千克左右的食物，按照一个人一天约一千克的食物消耗量，大概还能撑十五天。”

“那我们等不到你翻译完就要出发了，”白柳思索片刻，干脆地做了决定，

“也不可能坐雪地车了，时速太慢，五岳站离这里有一千多千米，雪地车的平均时速只有三四十千米，往返的话没有五十天不够用，食物和燃油都经不起消耗，还是得乘直升机过去。”

唐二打皱眉：“但如果是乘直升机硬飞，这种天气很容易出事故。”

“我知道，”白柳淡淡地看了唐二打一眼，“不要忘记我们在游戏里的身份设定是一群‘狂热的探险家’，我们是不会选择更稳妥的出行方式的，尤其是这种方式更有可能把我们耗死。”

唐二打一愣，不再说话——他是以观察站人员的身份，而不是以探险家的角度来思考的，注意安全的确更符合实际情况，但这可是游戏。

游戏不需要符合实际情况。

白柳环视一圈：“其他人还有异议吗？”

没有人回答。

白柳有条不紊地下令：“牧四诚拖食物和燃油上飞机，唐二打检修直升机和雪地车，木柯和刘佳仪准备好在观察站待一周所需的食物放在雪地车上，如果一周之内我们还没有回来，你们就开车去最近的观察站。车上和住舱里记得放枪。”

说到这里，白柳顿了一下，提醒了一句：“地下室里有一个被唐队长打死的怪物，虽然目前是Dead（死亡）状态，但实验室这种高危地点异常情况通常较多，以防万一，我在地下室里放了两桶燃油，一旦有任何异常情况，你们就直接扔下去引爆，开车逃跑……

“我们会在直升机上带着卫星电话，有什么事情及时和我们联系。”

白柳晃了晃自己手上的卫星电话：“但按照游戏里一贯的设计，我们的电话有百分之九十五的概率会没有信号，所以接下来所有的计划就按照我们失联前后不同的情况分别制订……”

一个小时后。

白柳穿着厚厚的防寒服，裹好羽绒内胆，戴好护腰和护膝，穿着一双可以在冰面上行走、攀爬的钉鞋，靠在直升机的边沿对着下面的刘佳仪和木柯挥手，然后关上了直升机的门。

唐二打坐在驾驶座上调试仪表盘上的数据，后座上堆满了装有食物的包裹。

牧四诚在这堆包裹中间难以伸展四肢，在夹缝中求生，不得不用步枪给自己撑开一个小空间。

旋翼旋转升空，发出巨大的噪声，白柳收回了往外看的目光，动了动被冻僵的手指，呼出一口带霜的白气。

"戴上深色的护目镜，"唐二打在前座提醒，"以防雪盲。还有身体如果有什么部位冷到没有知觉，一定要及时焐暖，不然时间久了血液里形成血栓会导致肢体僵死，要截肢才能救回来。"

牧四诚冷到疯狂打摆子，声音都发颤，双手拼命地互相摩擦："不……不是带了刘佳仪的解药吗？不能治这种冻伤吗？"

刘佳仪给他们三个人每个人装了一瓶解药。

"可以倒是可以，"白柳睨了牧四诚一眼，"但需要你冷到生命值下降，解药才能生效——那个时候你可能已经冻得昏迷了。"

"……"牧四诚欲哭无泪，"我讨厌南极！"

飞机在茫茫的白雪中穿梭，因为风太大，中途不得不迫降了两次。

唐二打早有先见之明，将直升机的起落架换成了雪橇式的，这样起落时的风险会更低。

但直升机起落最大的问题并不在起落架上，甚至不在风上，而是在冰面上——冰裂隙才是直升机起落的最大威胁。

如果直升机停靠在冰裂隙上，很有可能机毁人亡。但奇异的是，白柳他们两次停靠的冰面都幸运地没有碰上冰裂隙，他们顺利地在半天内到了五岳站附近。

白柳在离五岳站还有十几千米的时候，要求第三次降落——这次依旧没有冰裂隙，甚至白柳亲自下去排查，随便乱走，都没有发现冰裂隙。

虽然唐二打告诉过白柳，冰面上的冰裂隙也并没有常见到随便走走就会踩进去，但有个因素他忘记考虑了——这是一个游戏，而白柳是这个游戏里幸运值为 0 的玩家。

冰裂隙对他这种设定的玩家应该是随处可见的才是正常的。

但从白柳进入游戏到现在，他一次都没有遇见过。

白柳仰头，借助望远镜，他能看到远处五岳站坐落在泛着微光的地平线上，能隐约看到有灯光从观察站的窗户里透出来，也能看到有轻烟和热气从屋顶的烟囱里寥寥升起。

这让他眯了眯眼："五岳站里有人。"

"所以你才决定在这里降落？"唐二打侧过头看向白柳，询问他下一步该怎么做，"咱们直接进去？"

"不直接进去，找找这附近，尤其是我走过的地方有没有冰裂隙。"白柳转头看向地面，透过护目镜，雪色在他眼眸里折射出昏暗的光线，"唐队长，如果这些地方原本有冰裂隙，那有没有什么办法可以让这些冰裂隙消失？"

唐二打一怔："人为的话，可以填雪进去，然后在上面浇水让冰面凝实。但工作量太大了，填一条二十米深并不宽的冰裂隙都要几个小时，这么冷的天气在外面待几个小时很有可能会冻死人，还有狂风的影响，所以根本没有人会这样做……”

“如果填这些冰裂隙的东西根本就不怕冷呢？”白柳不紧不慢地反问。他单腿蹲下来，伸出手屈指在冰面上敲了敲，“我记得我们带了传感器，能探测到冰面下几百米的影像，对吧？”

牧四诚和唐二打把直升机上的液压锤和传感器搬了下来，按照木柯给他们翻译过的说明书操作，把传感器放置在离直升机降落地点几百米的位置。

随着传感器测量时发出轻微的“哔哔”声，采集的图像在仪器可视表盘上就像是 CT 般将冰面的横切面一层一层地显现出来，越来越深。

横切面上的图像抵达某个位置的时候，传感器像是探测到了什么奇怪的、有别于岩石和冰块的东西，发出了表示测量异常的尖锐报警声，接下来反馈的成形图像让牧四诚倒吸了一口凉气，全身更冷了。

图像上出现各种各样分散的人形剪影，以奇形怪状的扭曲姿态在冰面下挣扎着，四肢折断后弯，头颈歪斜成一条直线，腰腹看样子更是扭转了一百八十度，像是一只只被切开做实验，切断脊柱又翻转过来钉在木板上的青蛙。

这些人就像是被进行了某种可怕的实验之后无用的实验废弃物，被扔到了冰裂隙里，然后被雪埋葬了——冰裂隙就是他们的实验废弃场和墓地。

就算传感器无法传回他们脸部具体清晰的图像，牧四诚也完全可以想象出他们痛苦不堪的表情。

有几只外形还比较完好的“人形青蛙”，很有可能被扔进冰裂隙的时候还活着，从剪影上能看出他们还在拼命往上爬，手脚都是用力攀爬的姿势。

但他们没有爬上去，在距离冰面还有十五米左右的时候，就被冻死在了冰层里。

这让牧四诚又想起唐二打给他讲的那个故事，他情不自禁地用衣服捂紧自己，往旁边表情波澜不惊的白柳那里靠近了一点：“……你觉得这是五岳观察站的队员吗？”

“不能确定，”白柳的目光停在仪表盘上，“可能有，也可能没有。”

牧四诚问：“……什么意思？”

“人数对不上，”白柳点了点那些奇形怪状的黑色人影，“这里的人影就已经有一百多个了，比整个五岳站的人数都要多。”

白柳看了牧四诚一眼：“而现在的五岳站里还有人，所以存在两种可能性——

“一种就是这里和艾德蒙观察站一样，存在着某个有枪械的，并且疑心很强的科学家，因为觉得其他人精神不正常、攻击性强难以掌控，于是把观察站里的其他人以及后来来五岳站求助的人全部都处理了，之后丢到了这里。”

牧四诚咽了一口口水，紧张地追问：“还……还有一种可能性呢？”

白柳将视线移回仪表盘上：“还有一种可能性，就是五岳站里的人全都死光了，有什么怪物对他们进行了残忍的探索试验，之后将他们丢在这里，并且这些怪物现在还占据并运营着五岳站。”

牧四诚忍不住问：“但这里的尸体有一百多具，你不是说比五岳站的总人数还多吗？那多的那些是什么呢？”

白柳轻飘飘地回答：“当然是这些怪物自己啊。”

牧四诚一惊，他迟疑了两秒反应过来，毛骨悚然地问：“你是说这些怪物可以变成人？”

白柳说：“看来我们这次要面对的怪物，不仅有强大的学习、分化、适应环境的能力，还有伪装成人类以欺骗和捕捉猎物的狡诈，同时还具备一定优胜劣汰、自相残杀的倾向……”

他很感兴趣地微笑起来：“哇哦，听起来简直像是进化版的人类。”

252

牧四诚都快要被吓蒙了，他对这种生化类的怪物完全不能接受！

唐二打还是比较镇定的：“那我们现在直接进去吗？还是先打个电话跟木柯他们说明一下情况？”

“电话在直升机落地的时候就已经失灵了。”白柳打开卫星电话给唐二打看，上面显示信号不好，无法拨打电话。

唐二打皱起眉。

一路过来，无论多恶劣的天气这卫星电话的信号都是无损的，是可以通话的，怎么一到五岳站这儿就开始……

“这儿应该是游戏的重要点位，”白柳扬了扬下巴，示意大家上直升机，“拿好枪，我们直接开进去。”

唐二打驾驶着直升机腾空向前滑行，向五岳站试探性地打了信号灯，表示这边有人要降落。没一会儿五岳站也打了信号灯，闪烁了几下，表示那边有人接应他们降落。

“五岳站里的东西可以和我们进行这种高科技的交流……”牧四诚现在看什么都不对劲，疑神疑鬼地用手肘捣了一下白柳，“站里的应该是人吧？”

“或许是这群怪物学习能力很强，已经学到了这种层级的交流，专门来骗我们人类降落过去呢？”白柳不咸不淡地说。

牧四诚搓了搓胳膊上的鸡皮疙瘩，老实地闭嘴了——他已经意识到没有办法从白柳嘴里套出自己想听的话了。

这人就喜欢吓他！

唐二打飞到五岳站正上空的时候往下看，看到有人在地面上挥舞红色的旗帜表示这里可以降落。他转头和白柳对视了一眼，在得到白柳的同意后，操控直升机下降。

直升机的旋翼渐渐停止旋转，雪橇式的起落架卡在雪地上的降落凹槽上。

外面风雪交加，白柳他们只能从直升机的透明侧门里看到那个挥舞红色旗帜的人大致的装束。

这人穿着一件橘红色的企鹅式滑雪服，在高强度的风里把雪杖插在地里稳住身体，大半张脸隐藏在一顶厚实的毛线帽下。他朝着直升机的方向挥舞着双手，见到白柳他们似乎很高兴。

这种高兴让牧四诚忍不住打了个寒战，缩到了白柳后面："他到底是怪物还是人啊……"

"下去看看就知道了。"白柳说着，一点停顿都没有地推开了直升机的门，反身往下跳。

背后那个人还想上前一步接住白柳，被从另一头跳下来的唐二打警惕地隔开了："我来就可以了，谢谢。"

这人扶了一下自己的帽子，露出一张冻得通红的脸庞，一开口就是流利的国语，激动得都快哭了，边说边蹦："我是五岳观察站的滞留人员，你们是从外面来的人吧！这里是你们第一次降落的地点，对吗？天哪！这是一年以来我第一次在这里看到除观察站之外的国人，你们绝对没有被'寄生'过！你们肯定是人！"

"快进来！"这人急急忙忙地领着白柳他们往里走，一边走一边警惕地回头观察四周，手上拿着枪到处瞄准。

白柳和唐二打没作声，对视了一眼，一行人跟在这个有些神经质的队员身后往里走。

走到五岳站门口的时候，几个同样穿着企鹅服的观察站队员站在那里，身姿笔挺，脚边立着一杆枪，像是在放哨。

这些哨兵冷冰冰地审视着白柳他们，在看到他们的面孔时神情略微放松——白柳他们的长相明显是国内的人。但很快这些哨兵又警惕起来，提枪对着他们的头。

领着他们过来的那个人兴奋不已地对这些哨兵解释："我是方小晓，刚刚出去接机的气象学研究生。他们是从南极外面来的，我能带他们进去吗？"

这些哨兵不为所动，冷酷道：“他们，包括你，在离站之后都需要检测完细胞活性才能进站。”

方小晓抱歉地对白柳他们笑笑：“你们刚到可能不清楚，南极这里发生了一些事情，我们每次出去都要检测完细胞活性才能进站，这样做是为了保证站内的人的安全。”

说着，他习以为常地张开了嘴巴。哨兵戴上手套，小心地用棉签从方小晓的口腔黏膜上刮下一小片，放进小试管里。

哨兵们拿出三根新棉签，示意白柳他们张口。

白柳不动声色地摁住了想要提枪的牧四诚，顺从地取下了帽子，走上前微微张口，让对方从自己口腔左侧的黏膜上刮下一片。

牧四诚和唐二打也被取了黏膜。

方小晓对他们说：“等会儿就送去检测，出结果很快的。要是没问题，过十几分钟我们就可以进去了，劳烦你们等一下。”

白柳顺势提问：“这里出了什么事，让你们这么警惕？”

方小晓叹息一声：“还要从一年半以前的八月说起，具体的我也不是很清楚，那个时候正好是极地夏季换班前后。”

“夏季换班？”白柳问。

方小晓解释道：“极地观察站这边的队员基本都是一年一轮换，因为南极的天气太极端了，而且寒冬里还有几个月的极夜。

“在黑夜里待好几个月对人的精神伤害很大，很容易让人精神失常，患上低 T_3 综合征。所以在南极过冬的队员基本到次年夏季就会离开，那个时候破冰船会载着一批新队员过来和老队员交接。”

“但我们已经在这里待了三个冬天了，”方小晓苦笑，“本来前年的夏季我们这批观察站队员就该被轮换的，但一直没有人过来和我们交接，本来食物都快没有了……”

他说到这里的时候突然停住了，像是谈到了什么不可说的话题。这个年轻的研究生如鲠在喉，不知道该从什么地方说下去。

白柳适时地表示赞赏：“你们很厉害了，能靠一年的物资撑到现在。”

方小晓罕见地陷入沉默，他闭上眼睛，有眼泪从眼角渗出。

旁边的两个哨兵脸色也凝重了不少，但又像是不忍心，拍了拍方小晓的肩膀：“都是为了生存。”

细胞活性的检测结果在这个时候适时地出来了，所有人的细胞活性都在正常范围内。

方小晓松了一口气，欢天喜地地领着白柳他们进去了："我带你们去这里的住舱，你们从外面来一定跋涉了很久，先休息一下，好好睡一觉。"

白柳察觉到方小晓把他们当作从外面来的和他们轮换的夏季队员了，但他没有点破这点，而是装作什么都不知道的样子，问道："你们被困在这里，为什么不主动联系外界？"

"因为联系不到，"方小晓说起这事，笑容越发苦涩，"我们被困在这里一年半，做了各种各样的尝试向外界求救，比如通过网络和卫星电话。但网络早就没了，外界的接收站好像也出了问题，一直没有回应，我们等了一年半，也没有等到外界的接收站给我们回电。

"我们甚至还冒险直接派遣过双翼军用飞机和直升机出去，但飞机一飞出南极洲的范围，雷达探测就受到磁场干扰，最后都坠毁在冰川上了。"

方小晓直摇头，双眼发直地喃喃自语："你们再不来，我们真的就没有办法再融入人类社会了，大家都要在极夜里发疯了……"

牧四诚看方小晓表情悲凄，神志恍惚，忍不住贴在白柳耳边小声道："这个NPC（非玩家角色）好惨啊，看样子应该是一直被困在南极，还不知道外面也是全球变冷的情况了。他说的外界接收站，那里的人估计已经被冻死了……"

在全球变冷这种情况下，被困在极圈这个极寒环境里的人群是很难有感知的，因为这里的气候本来就极端，求生艰难，难以和外界联系，所以方小晓和五岳站的人很有可能是觉得通信设备出了什么问题，还没往冰河世纪这个方向想。

而白柳暂时不准备告诉这位看起来内心很脆弱的NPC，他所说的外界早就和南极一样，成了一片冰雪荒原。

毕竟这位NPC目前看起来并不能接受这个消息。

白柳的眼神不经意地从方小晓敞开的外套口袋上滑过——他看到里面有两小瓶药，正好是木柯和他说过的那几种药物之一，抗重度躁狂和抑郁的。

"靠一年的物资挨到两年半，你们是怎么做到的？"白柳对此很感兴趣，挑起了这个话题。

"极地这边有极昼，太阳能储备丰富，日常供能节约一些的话勉强够用，至于燃油……"

方小晓捂住额头，难受地呼出一口长气："我知道《南极公约》里规定了不能对这里的野生动物下手，但去年一整年，这边磷虾的增长速度快得不正常，去年十月的时候几乎将罗斯海那边的近海海域染成了橘红色。

"这里的企鹅、海豹、鲸鱼等大量极地动物都是以磷虾为食的，充足的食物让这些动物繁殖的速度也快得不正常，数量在短短一年里翻番，而这些动物身上的油脂都极为丰厚……”

方小晓抿了抿唇，他的脸上浮现出一种违背道德原则的痛苦：“你也知道，早期人类探索南极的时候，在没有充足的食物和油脂的情况下，会捕猎这些企鹅和海豹……”

“所以你们吃了企鹅和海豹？”牧四诚并不能理解方小晓的痛苦，但他大概能理解这些搞研究的南极科研队员对这些动物很尊重。

牧四诚面带同情之色，拍了拍方小晓的肩膀：“你要活下来嘛，在没有食物的情况下吃动物是很正常的……”

方小晓在听到牧四诚说到“食物”这两个字的时候，忍不住一激灵，脸色青白交加。

“不是，他没有吃企鹅和海豹。”白柳淡淡地说，“早期的南极探险，企鹅和海豹因为油脂丰富，并不是作为主要食材，而是作为柴火使用的。”

白柳抬眸看向方小晓：“如果我没有猜错，你们大量捕猎海豹和企鹅，不是用来吃的，而是炼制用以运行整个观察站的燃油，不然你们就会被冻死，对吧？”

方小晓咬住下唇，很轻地“嗯”了一声，眼里有泪光闪动：“从动物身上提取的油脂不能直接用来做燃油，但经过一些科技改造，可以将其燃烧供电……”

“……但目前观察站不缺食物，也不缺燃油。”方小晓眼里爆发出求生的光，他上前一步，死死地攥住了白柳的手，“我们最缺的物资是药物！我们缺治疗精神疾病的药物！大家都患有严重的低 T_3 综合征，控制不住自己的情绪和行为，分不清现实和虚幻，都快疯了！”

白柳望着他，语调依旧平静，不紧不慢地说：“你们的食物并非海豹和企鹅等极地动物，那是来自哪里呢？”

方小晓看着白柳没有情绪起伏的脸，双手仿佛被蜜蜂蜇了一下，仓皇失措地缩回自己的手，目光闪躲，呼吸急促。

“我猜，你们的食物都被冻在外面的冰裂隙里了，对吧？”白柳不冷不热地说。

“你们在这些分化成人类的生化怪物身上进行了各种各样的实验之后，本来是准备把它们当作废弃物丢掉的，但食物匮乏的情况让你们决心把这些废弃物再利用，于是把它们放在了外面天然的‘冰箱’里储存起来。”

白柳声音很轻，仿佛在说一个无关紧要的结论：“你们的食物是‘人’，对吗？”

方小晓双目赤红，尖叫起来：“它们是怪物，是动物，不是‘人’！”

253

尖叫之后，方小晓似乎意识到自己情绪失控，他后退两步，头晕目眩地扶着墙蹲下来，往嘴里塞了两把药片，强迫自己机械地咽了下去。

过了一会儿，方小晓勉强稳定下来，大口喘息着，紧紧抱住自己的膝盖，热泪无意识地从他麻木冻僵的脸上滑落。他喃喃自语："它们不是人，真的不是，我没有吃人……"

他说着，忍不住浑身发颤，把脸埋进膝盖里痛哭，口齿不清地胡乱道歉："对不起，对不起……"

白柳单膝点地蹲下，递给方小晓一张柔软的纸巾。

方小晓沉默地接过，擦了擦脸上的泪。

白柳放轻声音："它们是什么样的怪物？"

"……高度智能化的怪物，"方小晓扶着墙面站起来，沙哑地回答，"它们刚出现的时候，我们都吓坏了，因为它们长得和观察站死去的队员一模一样，我们还以为是鬼，后来发现它们是艾德蒙观察站的违规生化产物。

"它们会主动去模仿环境里生存能力最强的生物，并且试图靠近我们，学习我们的生存技能。这群怪物可能是观察了我们一段时间，发现我们对死去的队员表现出沉痛的哀悼和友好，所以选择变成这样的形象来接近我们……"

方小晓深吸一口气："它们觉得只要变成我们喜欢的形象，我们就会接纳它们。但它们吓到了基地的哨兵，哨兵一枪打死了一只怪物，并且把它拖回基地研究。

"……在研究的过程中，它二次蜕皮了，变得更像人。

"它学习能力极强，通过我们的只言片语和它进入基地之后观察到的，它在二次蜕皮之后更好地模仿了那个死去的队员，言语、外表、习惯都达到了一模一样的地步，除了部分记忆还缺失，就像是那个队员死而复生了……这实在太可怕了，于是我们用刀第二次将它杀死了。"

方小晓睫毛颤动着，泪珠掉落在他攥紧纸巾的手上："……我们发现，无论用什么方式杀死它们，由于它们的细胞具备高度活性，只要有一个细胞没有被杀死，就会自主分化，形成胚胎干细胞，然后再分化成人类。

"……除非先用火烧焦它们的表皮，遏制它们的分化倾向，然后把它们浸泡在强酸或者强碱的化学药剂中让这些细胞彻底死亡。但观察站根本没有这么多燃油和化学药剂去处理它们。

"我们一开始没有办法，就算知道它们的危害，也没有资源去处理它们，只能把它们切割开冻在冰裂隙里，让它们出不来。但很快，很快……”

方小晓的喉咙像是被一双无形的大手掐住一样，尽管他张着口，却一点声音都发不出来，只有眼泪扑簌簌地流。

白柳平静地接话：“但很快你们发现，火烧加上强酸腐蚀，这不就是人类烹饪食物和消化的过程吗？”

“正好你们缺食物，吃下去正好可以彻底消除这些怪物，一举两得的事情，何乐而不为，是吗？”

被白柳点破的方小晓双眼空洞，胸膛起伏了两下，忍不住转过身去干呕，捂住嘴逃避似的跑了：“不好意思，我有点不舒服，你们先休息吧。”

白柳目送方小晓远去，转身走进了住舱。牧四诚和唐二打紧跟着进来。

唐二打反手就把门给锁了，还贴在门上凝神听了半天外面的动静，才转过头来和白柳汇报：“隔音效果还可以，离门距离近也听不到外面的人的脚步声，想说什么可以直接说。”

牧四诚刚才听了方小晓和白柳说的话，现在人都有点傻了，直愣愣地坐在床边望着白柳，后颈发冷：“这是什么情况？所以是这群观察站的人把怪物给吃了？！”

“这可不一定，”白柳斜靠在床上，懒洋洋地用手撑着下颌，“这个观察站可能出现的情况还是和我先前说的一样，要么这里都是人，要么这里都是拟人的怪物，伪装成人的样子来欺骗我们。”

牧四诚困惑不已：“不是，如果它们是怪物，为什么要伪造这种场面来欺骗我们？有什么意义？如果它们想杀我们，直接动手就是了，你刚刚也听到了，这种东西一定程度上是不会死的，可以直接和我们对抗啊！

“它们为什么要把自己的弱点主动告诉我们？”

唐二打适时地点头：“刚刚我怪物书里怪物的弱点点亮了，方小晓说的情况是真的，烈火加化学腐蚀就是这种怪物的弱点。”

白柳微笑，突兀地挑起一个完全不相干的话题：“你们知道图灵测试吗？”

牧四诚和唐二打两个人都点了头。

牧四诚比较沉不住气：“这和图灵测试有什么关系？那不是用来测试 AI（人工智能）是否具有人类智能的吗？”

“有相似之处。AI 和这里的怪物都是人造的物种，如果把这里的物种类比成 AI，你觉得要怎么测试这里的物种是否完全具有人类的智能？”白柳悠悠地看向牧四诚，“还记得图灵测试里那个著名的假设吗？”

牧四诚猛地意识到了什么，不寒而栗地说：“——如果这些怪物真的具备人类的智能，它们会不会采取欺骗人类的方式来通过图灵测试呢？”

“假设这里的‘人’都是怪物，它们努力地想要模仿人类，并且智能已经发展到和这里的科研队员同一个层次，它们完全有可能对自己进行图灵测试，来检验自己的人类模仿秀是否合格，能不能完全融入我们。”

白柳抬眸：“而我们，一群外来的人类，就是检验它们能否成功骗过人类的最好参照物。刚刚‘方小晓’说的那些，只是它们根据自己对人类的了解模拟出的一种可以说服我们，让我们觉得它们就是人类的情况。”

唐二打默然不语，牧四诚握起拳头，后背一阵阵发寒。

“当然，”白柳话锋一转，悠悠地说，“这只是我的猜测，很有可能这里的‘人’就是人，一切只是我的妄想。”

唐二打镇定地询问：“那要怎么验证你的想法？”

白柳摊手轻笑：“很简单，今晚等它们都睡了之后，我们去挖冰裂隙里的东西，看看那里面的‘人’到底能不能活过来。”

午夜时分。

南极的二月日照时间很长，等到日光消失已经是凌晨，观察站里的人基本都睡了，只有门前还有两个哨兵在站岗，但要绕过这两个哨兵出去也是很简单的事情。

观察站秉持着“严进宽出”的原则，对内部人员外出管得并不严格，毕竟在南极不要命的人才会主动往外面跑。

白柳他们从二楼厨房堆放垃圾的后门钻了出来，然后绕到停靠直升机的地方，把里面的钻孔设备取了出来。

感谢南极的恶劣天气，在风雪和夜色的加持下，能见度不超过三十米，白柳他们这样明目张胆地取走设备，不远处的哨兵也没有看见。

在唐二打这个老手的带领下，他们穿着雪橇鞋把上百千克重的设备放在雪橇上，拉到了十几千米外他们之前探测过的地点。

牧四诚气喘吁吁，浑身冒汗，白柳倒是还好，唐二打没怎么让他动手，这上百千克重的设备大部分重量都是由唐二打来承担的。

唐二打从脸到锁骨的皮肤被汗一浸，紧绷用力的肌肉泛着肉感的光泽，呼吸声只是略微加重了一些，喘息得十分克制。

喘得跟驴一样的牧四诚看得眼睛都发直了。

唐二打是雪橇狗投胎吗？这么能拉东西！

唐二打没有察觉到牧四诚嫉妒的目光，他把雪橇上的设备放置到了冰面上，然后按照白柳的安排，利用钻孔设备对着他们之前探测到人影的位置钻孔。

热压一层一层地融化冰面，仪器下降到差不多的位置的时候，白柳比了一个“停”的手势，唐二打摁住仪器，把冰芯往上提，拉了出来。

冰芯里困着一个身材瘦小的人类，他四肢都没有了，因此显得格外娇小，刚好能被白柳他们锁在冰芯里拉上来——这也是白柳选择在这个位置钻孔的原因。

被困在长约两米、直径约一米的冰凌里，或者说冰芯里的“人类”表情分外惊恐，像是看到了什么足以将他吓死的东西，四肢的断口整齐干净，像是被什么利器“咔嚓”一下切割下来，还没有腐烂。

白柳他们带了燃油，烧了热水，一遍一遍往冰芯上面浇灌，这个冰芯开始缓慢地融化。

“是填雪制的冰，”唐二打肯定地下了结论，“真冰不会化得这么快，也不会这么干净透彻。”

没过多久冰芯就化开了，里面的人彘尸体一动不动地躺在冰面上。

在牧四诚冻得不行想要回去的时候，这个人彘四肢的断面上突然生长出虚弱的肉芽，如蠕虫般扭动着，很快就连接在一起形成了肢体。

这个人彘缓缓立起，跪在白柳面前。

很明显，他们挖出来的这个东西是个怪物。

唐二打以一种肉眼不可见的速度一脚把对方给踹飞，反手用枪口抵住了对方的喉咙，神色冷厉，眼看就要开枪。

白柳及时制止了他，走到这个人彘的面前，让唐二打把枪口移开。这个人彘艰难地爬起来，一开口就让牧四诚震惊。

“我才是真正的方小晓，”他声音艰涩，刚说完这句话，泪就流下来了，他对着白柳一个劲儿地磕头，“下面埋的都是真正的五岳观察站队员，求你们救救他们！”

白柳把他扶起来，温柔地安抚：“我们会的，你先说说发生了什么事情？”

“你们见过观察站里那些怪物了吧？”方小晓被白柳扶着坐在了雪橇上。

牧四诚倒了一杯热水给这个瑟瑟发抖的气象学研究生，方小晓苦笑着推开了：“谢谢，现在我的身体用不着取暖了，我只是还残留着作为人类对寒冷的条件反射，所以才会发抖。”

白柳把热水放到了方小晓的膝头：“你有人类的对于寒冷的条件反射，那你就是个需要取暖的普通人，我觉得你的确需要一杯热水，拿着吧。”

这句话触动了方小晓，他的眼泪止也止不住。

他泪眼蒙眬地望着白柳，最终接过了那杯热水，哽咽道：“谢谢你，朋友，谢谢你告诉我，我还是个人。”

方小晓喝了几口热水，缓过劲儿来，才开口道：“一年半以前的八月，我们接到指示，说是要在南极这边储存很危险的生化类别的尸块。一开始五岳站的负责人并不同意，因为按照《南极公约》，这边是不能放置任何有污染性的研究物的。

“但后来经过多次沟通，五岳站的负责人最终还是同意了。虽然我们并不知道他们沟通了什么，但负责人很悲伤地告诉我们，南极这最后一片净土将不再是净土。

“为了保护外面的人，保护这个充满欲望的世界，这最后一片净土还是被污染了。”

方小晓深深地呼出一口气，白柳注意到他呼出的气体没有热度，没有形成白气。

“于是我们就准备接应运输尸块过来的飞机，但飞机在飞越罗斯海的时候出了事故，最终没有降落在我们的观察站附近，而是坠毁在罗斯岛南岸的阿奇博德站附近——那是A国的观察站。

“虽然我们立即过去搜寻了，但盒子还是不见了三个，飞机上的五名押送员也全都死亡了。我们为了找回这三个盒子，不断地给阿奇博德站打电话沟通，甚至在当晚直接去找了他们的负责人。

“但很快他们就开始不接我们的电话，闭门拒绝我们到访，并且我们的队员曾看到在凌晨的时候，有一架直升机从阿奇博德站飞往艾德蒙站，疑似偷偷搬运了什么东西过去，我们怀疑就是那三个盒子。”

方小晓牙关颤抖，握紧杯子：“艾德蒙站是他们的另一个观察站，位于南极点附近，守卫森严，更难靠近，还有很多军用设备。在对方多次拒接我们的电话后，我们不得不采用传真的方式进行交流。

“艾德蒙观察站的负责人名叫艾德蒙·艾伦，他在南极待了三十多年，和我们关系一直很好，愿意把很多研究成果和我们分享，是个很有南极精神的老家伙，为南极的气象学和生物学研究做出了卓越的贡献，所以观察站才会以他的名字命名……

“艾德蒙教授一度在我们的劝说下态度松动，想要把盒子偷偷还给我们，自己承担所有过错……”

方小晓忍不住再次流下眼泪：“但A国的政治家和军方都不允许，在发现艾德蒙有这样做的倾向后，他们残忍地迫害了艾德蒙教授，对他进行了心理压制和实验，还对他用了一些精神控制的药物，他们逼疯了艾德蒙老师……”

他捂着脸号啕大哭起来，之前一直喊的“教授”，在这一刻也变成了更为亲密的“老师”。

“他们残害了一个伟大的人！他们在艾德蒙老师身上进行了和尸块相关的生

物实验！

“他们逼艾德蒙老师走上了歧路！

“老师利用这些尸块，大批量繁殖这些尸块生物，并且将它们的基因和极低等生物的基因杂交，繁育出了更适应南极气候的掠食生物，那些迫害他的人全部葬身在这些生物的手里……”

方小晓似乎想到了极为痛苦的场景，他捂住自己的头，神志恍惚地喃喃自语：“但一切到后来就全部失控了，那些生物发展出了人类的智慧，它们被艾德蒙教育着长大，对科学研究和人类有旺盛的好奇心和探索心，它们开始模仿人类对它们做的事情，在人类身上重现那些残忍的实验来探索人类。

“而我们这些滞留在观察站的人类，就是它们练手最好的材料。”

方小晓似哭似笑：“它们将我们切割、肢解、切片、染色，把我们按照性别和地域分门别类……但冬季观察站留存的食物并不多，很快我们就要饿死了，它们不想让我们脆弱地死亡，于是开始逼迫我们吃海豹、企鹅和它们的肉。

“它们的肉进入我们的身体，我们就像是被扦插了其他物种的植物，像嵌入体一般扭曲地进化，最后变成了和它们一样不畏惧严寒，生存能力更强，也不会轻易死亡的怪物。”

神志不清的方小晓脸上落下一滴泪：“很快，这些聪明的怪物就探索完了我们肉体的全部秘密，它们将我们这些实验废弃物放置在冰层下保存起来，进入了物种研究的最后一个阶段——人类的互相识别交流和心理感应。

“它们需要外来的人类配合它们进行最后一个阶段的实验，但南极这里很久都没有新人过来了。

“于是它们就不断地模拟极端情况下人类的生存状况，甚至逼真地制造一些冲突自相残杀，然后打开冰层把死掉的怪物的尸体丢下来。”

方小晓僵硬地扯了一下嘴角：“当然这些怪物并没有真正死亡，它们只是敬业地扮演了一个斗争失败死掉的人的角色，被封冻在我们旁边而已。”

他说完之后，所有人都安静了一会儿。

白柳拍了拍方小晓的肩膀，让他好好休息，说自己会把五岳站的所有人都钻出来，然后转身回到了钻孔旁边继续工作。

唐二打负责看守方小晓，没有一起过来。

而牧四诚则像是受到惊吓一样，缩到白柳旁边，悄悄咪咪地说：“居然真的和你说的一样！观察站里那些怪物真的在进行图灵测试！真的观察站队员在冰裂隙里！”

白柳打开仪器，没什么表情地睨了牧四诚一眼：“你怎么能确定这些放置在冰裂隙里的‘人’，不是这些高度智能的怪物研究了我们人类的心理后，早就设置好的新一轮图灵测试？”

牧四诚一怔，头皮发麻：“你是说，这个方小晓也是怪物假扮的，来测试我们的？！”

白柳敛目：“不一定，他也有可能是真的人类。

“谁告诉你的图灵测试只会放置一个点位？这类物种的社会性测试通常是在整个地图里进行的。”

白柳扫了牧四诚一眼：“简单来说，整个南极洲都有可能是它们为我们这些外来的人类设置的实验地图，任何一个观察站点位里的人类，可能是真的，也可能是假的，它们通过我们对真假人类的认知判别度来分辨我们对同类的识别方式。

“打个比方，这就类似于把一只外来的猴子放在仿真猴子和真的猴子所在的群体里，观察这只外来猴子的反应，看它会对什么样的猴子做出同类判定反应，然后这些怪物就模仿这些猴子，假装自己是真的猴子，来靠近这只猴子，再进一步进行实验。”

白柳的视线落在牧四诚背后的方小晓身上：“比如切掉一只猴子的四肢，观察这只猴子是否还会寻求同类的帮助。”

牧四诚听着听着觉得自己的四肢有点冷，默默地取下了猴子耳机。

白柳耸耸肩：“人类就是这样研究其他物种的。”

254

那边，唐二打正在和方小晓闲聊。

说是闲聊，做过异端处理局队长的唐二打对于方小晓这种行踪可疑的 NPC，或者说是怪物，总是格外警惕，言辞之中不由得带着几分拷问的意味。

“你怎么知道我们在观察站见到了另一个方小晓？”唐二打居高临下地审问，“我感觉你对被挖出来的情况已经很熟悉了。”

方小晓似乎对唐二打审问自己并不意外，只是惨笑了一下：“因为我并不是被第一次挖出来了，它们这些怪物不光要测试外来人类，还要测试我们这些人对群体内同类的反应。

“早期我们被扔在冰裂隙里的时候，这些怪物还没填雪掩埋我们。

“它们想做一个在资源有限的极端环境里人类如何求生的课题，告诉我们三天之内它们会逐步把雪填进冰裂隙，而在此期间能抢到资源逃出来的人类会被它们释放，逃不出来的就会被永久封冻。”

他说到这里，很艰难地闭了闭眼，眼泪从脸上滑落：“为了误导这些怪物对人类的认知，从而让它们在模拟人类行为的时候互相残杀，趋于灭绝，我们演了一场逼真的抢夺资源的戏码，狠狠地残害对方。”

方小晓深吸一口气，捧着杯子的双手忍不住颤抖起来。他低头喝了一口热水，唐二打注意到他的牙缝里全是凝固的血渍，像是撕咬过猎物一般。

“我们……把资源集中在最年轻的队员身上，让他们逃了出去。三天之后，我们被雪埋葬了。”

方小晓一直忧郁的神情在说到这里的时候，终于忍不住变得狰狞，他就像是一头从喉咙里发出声音的受伤的野兽，悲凉地嘶吼：

“我们以为它们的实验到此为止了，但我们没有想到，它们在离开的那几个年轻队员身上做了标记，一直监视这些年轻队员的行踪，然后在这些年轻队员控制不住情绪回来救我们的时候，对他们产生了新的研究兴趣，误导他们前进的方向，让他们去挖了另一条冰裂隙！！”

方小晓浑身发抖：

“……这群东西设置了对照组，让两个怪物变幻成这些逃出去的年轻队员的样子来挖掘我们这条冰裂隙，诱导那些年轻队员去挖另一条填满变幻成我们的样子的怪物的冰裂隙……

“它们想知道到底是人类胜利者更容易相信自己拯救的失败者是同类，还是人类失败者更容易相信拯救自己的胜利者是同类……”

唐二打张了张口，他看着方小晓麻木的神情，语气忍不住变得柔和：“所以……测试结果是什么？”

方小晓脸上毫无表情，嘴角勾起一丝僵硬的笑，空洞的眼里不断有眼泪流下：

“我们被挖出来之后辨认出了‘胜利者’，但那些孩子没有辨认出自己拯救出来的‘失败者’，他们和自己拯救出来的怪物一起生活了两个月，并且还和其中两个怪物发生了性关系。后来那些年轻队员被带到我们面前，怪物向他们揭露了真相。

“那些孩子疯了，他们把燃油浇到自己身上，燃烧后跳进盛放强酸的容器中，杀死了自己。

“我知道它们模拟出来的欺骗那些孩子的人形怪物里就有一个方小晓。”

唐二打静默片刻，继续问：“你怎么确定来挖你的我们不是怪物？”

方小晓呆滞地转动一下眼珠，喃喃自语：“你们不会是怪物的，因为那些怪物只会模仿出现过的人类，没有办法模仿新来的人类，我从来没有在南极见过你们。

“而且它们已经测试出我们有能力判断出来挖掘我们的‘人’是不是同类，

不会在这种事情上再三使力的。就算它们来挖我们，一般也都是以原生质的形态，不会变成人了。”

那边正在进行挖掘工作的白柳挥了挥手，示意唐二打过去。

唐二打定睛看了呆呆地坐在雪橇上一动不动的方小晓半晌，就算他知道这个研究生只是一个 NPC，最终还是有些不忍地拍了拍方小晓的肩膀：“……你在这里好好休息，别乱跑。”

说完，他小跑到白柳那边，如实地汇报了方小晓刚刚和他说的话。

牧四诚一身鸡皮疙瘩止都止不住，狂搓手臂。

白柳若有所思，然后露出一个让牧四诚更加脊背发冷的微笑：“看来情况比我们想的更复杂、更有趣一点，我大概知道这位艾德蒙教授想做什么了，不过我还得和木柯联系一下，看看他有没有找到这位老教授的日记之类的东西佐证我的猜测。”

牧四诚有点蒙：“那我们还挖吗？”

“挖，”白柳干脆地下令，浅笑着说，“挖出来全部带回五岳站，大家一起对质，看看到底谁是怪物。”

牧四诚：“！”

艾德蒙观察站。

木柯和刘佳仪几乎把整个观察站所有的书本和资料都倒腾出来了，按照对应的名字一本一本地看。一些浅阅读类的任务就交给刘佳仪来做，一些专业的深阅读的任务由木柯承担，他翻译好之后，再交给刘佳仪做信息整合。

好在艾德蒙观察站里有研究生居住，住舱里有不少初级教材，能让木柯在看这些实验数据的时候有可以查阅的工具书，稍微轻松一点。

“主要是气象类和生物类的专业书，还有不少社会学书籍。”木柯在从艾德蒙住舱里拖出来的书柜前翻找，他快速翻阅，简单地看几眼内容，主要是看批注。

他突然一顿，沉思片刻后开口：“看来这位艾德蒙教授对 A 国政策和当局十分不满啊，在他们国家赞扬人权解放的近代史书籍上写这种话。”

刘佳仪探头过去看，读了出来：“——平行地剥削劳动力，是资本首要的人权（注 1）。”

木柯又翻了翻：“这里也有，写在《战争记事》旁边，这是 A 国以对方私下研制生化武器为由发动的一场战役。”

刘佳仪一字一句地读：“——没有自由的秩序和没有秩序的自由，同样具有破坏性（注 2）。”

木柯继续满观察站翻找，在档案室内一个犯罪记录的文档里找到了艾德蒙和五岳观察站之间的私密传真记录，上面包着一条写着“禁止开启”的黄色封条，第一页写着：

艾德蒙叛国证据复印件。

木柯和刘佳仪对视一眼，毫不犹豫地撕开了。

里面的传真记录是按照日期来排列的，十分直白。

10 月 1 日。

我的朋友，你是对的，我对这些尸块进行过测试了。它，或者说它们，的确是不能被用于任何科学研究的，它们存在伦理上的错误、精神上的污染，违背了我作为一个人类科学家的基本道德准则。

我明白它为什么会被封存在这里了，它的确不应该被放置在外面。我会努力说服抢夺你们盒子的那些“强盗”，然后把三个盒子毫发无损（好吧，可能算不上毫发无损了）地还给你们。

你们做了一件既危险又伟大的事情，一百年以后人类应该把你们的名字刻在碑上来赞扬你们！

祝福你们！

10 月 7 日。

很抱歉，我可能暂时无法把盒子还给你们了。

说起来有点奇怪，我还是第一次被强制要求试验自己的研究成果。

我现在就是没有味觉和温觉，走在路上会忽然滑稽地摔一跤，因为小脑被改造了，平衡感有点小问题（但没改造之前，摔跤也是我这个老家伙经常做的事情）。其他都还好，有种变成小温鲸的感觉，或许我现在应该下海和真正的小温鲸来个贴面吻？

毕竟我已经不再畏惧严寒了，也不再是人类了，做一条深海里的鲸鱼对我来说或许是个不错的选择。

嘿，我可相当喜欢它们发痒和蜕皮的时候在岩石上一蹭一蹭的样子，和我这个老家伙没有办法伸手挠后背，在衣柜上蹭的样子简直一模一样。

不用担心盒子的事，他们还需要我做研究，我总能想到办法把盒子还给你们的。

10月17日。

哦，天哪！你们是不是被我吓到了？

那个叫方小晓的孩子抱着我断掉的腿号啕大哭，我记得他是学气象的，我之前还指导过他的论文。

不得不说那真是一篇糟糕的论文，图像上很多地方连单位都没有，引用文献的格式也是错漏连篇，真不知道这孩子是怎么考上研究生还能到南极来的（没有说这孩子的导师是个水货的意思）。

这次他们开着雪地车，拴着我的脖子，拖着我在雪地里摩擦着走，只是对我又一次企图偷走盒子的惩罚，或者说是对我机体承受能力的一次日常测试而已，毕竟我现在是最成功的改造品，还是个罪犯，没有比我更让这群人兴奋的实验对象了——这是我们国家的传统。

虽然最后我的四肢就像是生锈的笔筒一样从我的身体上滚了下来，但那样是不痛苦的，因为我已经冻僵了。让那孩子别为我哭了。

他一边大声号哭一边追逐我散落的腿脚的时候，那表情可真让我难过。他喊我“老师”，上帝，我发誓这是我一个月以来听到过的最让我开心的一句话了。虽然他在哭，但我在雪地车后面都忍不住笑了。

在我被迫成为罪犯之后，已经很久没有人喊我“老师”了。

不用担心我，盒子的事情我会想办法的，传真联系的方式还比较隐秘，这些人觉得我胆子不会那么大，敢用纸质的材料。有什么进展我会告诉你们的。

12月17日。

他们好像发现我在秘密给你们发传真了，所以我不得不中止了两个月。

好吧，或许是我太傲慢了，低估了这群人的智力，发传真的确不安全。

这可能是我维持着人类的意识最后一次给你们发传真了。我的朋友们，请允许我这个老骨头絮絮叨叨地讲述自己的一生，希望你们不要嫌我烦，毕竟我实在找不到其他人可以倾诉了。

我在三十三年前来到了南极，那个时候这个观察站还不叫艾德蒙观察站，叫什么我也忘了，总之不如“艾德蒙”好记。

送我上“北极星号”破冰船的，是一名参加过战争的老兵（虽然那个时候他还不算老，但他看起来实在是太苍老了，我总是这样打趣他）。

他是我为数不多的朋友之一。

毕竟我这种书呆子在那种充满冒险精神的淘金时代，实在是找不到第二个愿意和我说话的人。

在我来到南极十五年后，他因为战争带来的残疾和生活的窘迫，永远地离开了我，还把我每年寄给他（他坚持是借）的生活费在死前分文未动地还给了我。

医生告诉我，他是主动放弃治疗的，因为战争后他始终被痛苦折磨着，梦里都是血色的，这是很正常的现象，很多士兵都会这样。

但我知道不是这样简单的理由，我的朋友是因为另一场战争死去的。

他参加战争唯一的理由，就是为了终止战争。

他被教导、被欺骗、被舆论和政治利用了正义和友善上了战场，以为自己刺下的每一刀，打出的每一枪，都是为了救下更多被战争裹挟、被战争伤害的普通人。

但他又深深地意识到，他杀死的人和他一样无辜，这让他痛苦不堪。唯一能说服他继续下去的理由，就是当时的口号——让这成为我们经历的最后一场战争，让我们结束这混乱又不公平的世界。

他以为这就是最后的结局，但战争源源不断地被发动，他希望看到的世界好像永远都没有到来的那一天。

直到十五年前的那场战争，那场由他信赖的国家主动发起的残忍的侵略战争彻底摧毁了他，他才知道自己一直以来行的都是非正义之事。

是恶心的、污秽的、和他憎恨的一切事物一样丑陋的事情。

他只是一个被政治家粉饰的刽子手，他无法允许自己这样活着，于是他告诉我，他撑不下去了。

我不知道该如何回复他，我一向只会读书，这辈子做的唯一一件勇敢的事情，就是逃避一切来到了南极。

南极有很多人站出来，在严寒里举行了对于发动那场战争的抗议（注3）。我站在人群里，双手发抖地举着“No War（拒绝战争）”的展示牌，仰头看着即将来临的极夜，寒冷的雪几乎将我掩埋。

我们能做的好像也只有抗议，当然最终也没有起到什么作用。

我在翻阅他的遗书的时候，看到他给我写的话：南极一定很好吧，虽然严寒、冷酷、永无天日，但那里一定没有战争，那里是净土。希望你不要将对我的缅怀，将对一个丑恶的战争犯的缅怀带到这片净土上去污染它。

但其实并不是这样的，南极如他想象的一般冷，但并不如他想象的一般纯净。

每个来到这片净土的人，都怀揣着拯救人类、缓解全球危机的宏大理想。

我们小心翼翼地记载数据，在鲸的表皮上和企鹅的脚环上做标记，年复一年地确认这些生物随着年岁增长数目降到不足原来的百分之五十，曾忧虑地目睹一千多英尺的冰川在一个小时内湮灭在海面上，像是一个定点播报的闹钟，在每一次会议上朝着那些高高在上的政治家扯着嗓子吼——气候恶劣！全球变暖！人类危机！

而他们总是漫不经心，昏昏欲睡，敷衍地听听，但在电视屏幕里，又义正词严地拿出这些东西扯大旗，同时继续野心勃勃地谋划一次次造成大范围污染的战争。

无论内外，无关是非，只关于他们的任期和个人利益。

我敢担保这些家伙没有一个人能说出去年全球平均气温上升了多少摄氏度。

我的朋友，你可能已经看累了，觉得我真是个啰嗦的老头子，但请允许我疲惫地、倦怠地继续啰嗦下去吧。

我出生在一个以个人自由和民主著称的国度里，好像每个人的行为都能得到尊重。

为群体做出牺牲是英雄需要做的事情，大部分人一生只需要追逐自己的利益和成就就可以了。

但朋友，我和你们都无比清楚，人是作为物种，作为群体延续下去的，没有什么物种可以孤立地去追寻自由。当群体不存在的时候，自由就会毫无意义。

只有我们这些“英雄”是不行的。

我们所追求的群体性价值得不到社会的认可，就像是离群的孤鲸预感到即将到来的火山喷发和海啸，却只能以一种奇异的频率警告其他鲸鱼灾难即将来袭。但它们听不懂，也不屑于听从我们这些奇怪的鲸鱼的劝诫。

它们要去追求眼前的一尾海鱼、一群磷虾，火山和海啸对它们来说并不重要，这些是英雄们该操心的事情。

我就像是生活在撒托（注 4）——一个荒诞不经、娱乐至死、目光狭隘、走向崩解的国度里。

观察站去年面临再次被削减预算的情况，只是因为我们这一届领导者并不相信全球变暖和温室效应。

很多时候我恍惚觉得自己所做的并不是什么伟大的挽救人类的工作，只是政治斗争的产物——就像我的朋友一样。

我羡慕你们，我的朋友，你们并不是一个人在战斗，你们的群体知道你们承担的责任，也没有逃避与你们一同承担责任。

你们不是英雄，而是先锋。

五岳站每个向我请求指导的年轻人眼睛里都有一个明亮光辉的国度。多美啊！南极的雪都没有那么纯净，让我想起了我的朋友在看了《泰坦尼克号》之后送我上船的时候，笑着朝我挥手，大吼着：“不要撞上冰山，注意寻找船上有没有我的露丝！”那时他的眼睛也是那样明亮。

物种终究是要灭绝的，人类也是一样。我的朋友，相信你和我都无比确信这一点，这是所有生物注定的命运，就像人终究要走向死亡。

但何时（When），何地（Where），以何种方式（How）死亡，却是我们可以决定的。

我宁愿未来看到我们在冰天雪地里因寒冷抱团而亡，也不愿看到在满目疮痍的废墟上，地球上最后两个人为了争夺猎物将长矛插进对方的心脏。

请原谅我，我的朋友，我在绝望之时选中了你们，我对你们做了傲慢的上帝对人类做的事情。

尸块当中蕴藏着可以颠倒世界的能量，就像是为了我的欲望和愿望而生的那样，粒子化之后会产生前所未有的气象和生物影响力，与其让它落到其他人手里，不如由我来撰写最终的结局。

我第一次这样险恶地利用自己的知识，将全球变冷，让人类灭亡。

我可能真的疯了。

但我还是为自己的疯狂留了一点余地，我研究出了可以适应这种情况的生物，然后选中了你们，将你们的基因添加到它们的悬浮液中，让它们来测试你们能否成为延续星火的那群人。

我的朋友们，请尽情怨恨我吧，我就像是举起伏特加一样，醺醺然地拿起步枪，将屋内那些被我两个月以来驯服得麻痹的人驱赶进冰天雪地，命令他们不准带走任何衣物和食物。

说来好笑，虽然我经受了他们对我进行的各种非人道的折磨，但我想要枪用以自卫的要求到这一刻仍然是被尊重的。在这群看守我的人眼里，要枪不是什么大事，毕竟他们不觉得我这个文弱的科学家有反抗的勇气，于是他们恩赐了我自卫的自由。

这或许是自由带给我唯一的好处吧，虽然这自由破坏了南极的规则。

我拿着枪，旁边那些我教导的生物蹲在雪地里，与我一同安静地等待着这些人类在雪地里抱团取暖，如我所想的那样因寒冷而死去。

而我现在回到房间里为你们写下这封传真，为我从8月10日就开始策划的这个可怖的阴谋画上句号。

那些生物马上就会到达你们的领地……

（补充：我按照你们的方法腌了酸菜，但是失败了。上帝，腌制你们的菜真是比做生化实验还难。本来准备腌好后给你们作为寒冬的储备粮的，但出于安全考虑，我不建议你们食用这两缸酸菜。）

你们的朋友——艾德蒙

255

木柯阅读完所有的传真和实验报告后，神情越发凝肃。他转头看向刘佳仪："卫星电话是不是联系不上他们了？"

"早就联系不上了，"刘佳仪脸色也不怎么好看，但她还是很冷静，"有牧四诚和唐二打跟着，遇到那些怪物白柳也不会轻易出事。你继续看，我去处理地下室那个怪物。"

按照实验报告上的说法，这种怪物用枪是打不死的，那现在地下室的那个怪物就还活着。

白柳在地下室旁边留了一桶燃油，她自己有腐蚀性的毒药，不知道双管齐下能不能起效。

木柯说："处理完之后我们往五岳站走，他们需要知道这个消息。"

门突然打开，从外面匆匆地走进来三个满面风霜的人，牧四诚哈着气跺着脚，唐二打把枪放在门边，白柳走在前面，睫毛上挂满了雪，侧头望过去。

"我们回来了。"

木柯毫不犹豫地提起枪，刘佳仪举起毒药，警惕地望着这群突然折返的队友。他们后退两步和这三个人拉开一定距离，低声质问："你们回来干什么？"

白柳微微侧身，让出了身后一群穿得破破烂烂的、刚被他们从冰裂隙里挖出来的五岳站队员。

这群队员衣不遮体、浑身发抖地在雪地里行走了这么久，明明应该被冻死了，但现在看着只是脸色发青，生命体征都还比较稳定，只是脸上的神情呆滞麻木，仿佛经受了难以忍受的折磨，灵魂已经脱离了躯壳。

"我们发现了这群被埋在冰裂隙里的五岳站队员，本来想带他们直接去和五岳站里的队员对质，但发现他们的精神状况都很有问题，没有办法正常交流，其中一个队员精神稍微正常一些，就是这位方小晓。"

白柳身后站出来一个人，勉强地笑了一下，和他们打招呼："你们好，我是方小晓。"

"他告诉我这些队员需要治疗精神疾病的药物，所以我先带他们回来拿药。"白柳抬眸平静地看过去。

木柯黑洞洞的枪口正对着他，语调冷酷："我不信，调出你的系统面板给我看。"

"你看不到我的系统面板，"白柳淡淡地反驳，对木柯表示赞许，"这个给我设置的语言陷阱用得不错。"

由于游戏池套用的是联赛的模式，玩家的系统面板不仅没有商店功能，彼此之间也是保密的，也就是说，就算一方调出了自己的系统面板，另一方也看不到。

木柯将信将疑地和刘佳仪对视了一眼，在刘佳仪眼神的暗示下收回了枪，但手指还是握住枪把，便于随时提起。

他们侧身让开，刘佳仪把毒药藏在了身后，轻柔道："先进来吧。"

另一头。

白柳带着这群被他们从冰裂隙里挖出来的衣衫褴褛的队员往五岳站走。

在距离五岳站不到五百米的地方，他们发现站外的直升机机库里另一架飞机紧挨着他们的飞机停靠，标志和他们的飞机一模一样。

"是艾德蒙观察站的另一架直升机。"唐二打一眼就辨认出来了，蹙起眉，"怎么会在这里？木柯他们过来了？"

白柳看了那架飞机一眼，不知道在想什么，眯了眯眼，然后转身对方小晓说道："你们先留在外面，找个地方藏起来，我们要先处理一点队内事务。"

这些队员顺从地离开后，白柳分别给了牧四诚和唐二打一个眼神，这两人都心领神会地提起了枪。

牧四诚握着枪的手隐隐发颤，紧张得直咽口水："过来的不会是怪物变的他们吧？那他们人呢？不会被这群怪物偷家了吧？"

唐二打冷肃地握着枪贴在白柳身后走，白柳倒是没有拿枪，跟散步似的往五岳站门口走。

门口的哨兵又一次提取了他们的口腔黏膜，放他们进去了，虽然也问询了他们昨晚去哪儿了，但被白柳简单地糊弄过去了。

明知道白柳在敷衍他们，哨兵们也没有过多纠缠，因为白柳现在还有更为重要、更激动人心的事情亟待处理。

从大门进去，拐过一条通风道，方小晓高亢兴奋的声音大老远就能听到，声音从白柳他们昨晚入住的住舱里传过来：

"天哪！你们是怎么找到艾德蒙老师这些资料的？

"有了这些关于气候异常和那些生物的一手资料，我们就能通过研究摆脱当下的困境了！"

白柳推开住舱的门，方小晓正盘腿坐在下铺的床上，热泪盈眶地捧着一份纸质文件，一边轻声阅读一边哽咽不已。

文件顶部写的单词意思是"传真记录"，这两个单词白柳倒是认识。

刘佳仪靠门站着，笑得十分乖巧客套。木柯坐在上铺，一见到白柳进来眼睛都亮了一下，又迅速冷静，从上铺直接跳了下来，不动声色地握住了刘佳仪背后的枪。

这两个人看起来挨了不少冻，鼻尖和唇边都有冻疮破溃之后愈合的痕迹——应该是刘佳仪给自己和木柯用了解药。

看到白柳他们进来，方小晓的脸色轻微地变了，他恋恋不舍地放下传真记录："你们要找的人回来了，先说事情吧，说完我们再聊资料的事。"

等方小晓一走，唐二打、牧四诚和对面的木柯、刘佳仪互看几秒钟，然后毫不犹豫地抽出枪对准了对方的致命部位。

白柳坐在四杆枪和两队人马围起来的小空间里不动如山。

对峙的两方都默契地绕过了他，倒是让这人有空点评当下的场景："看来我们彼此都怀疑对方是怪物而不是真人。"

"不如看看我们谁先能说服对方，"白柳侧身看向刘佳仪，"你为什么带着木柯过来了？"

刘佳仪抿了抿唇："因为艾德蒙站被怪物侵占了。

"我们在艾德蒙站内翻找到了传真记录，我确定这是很重要的游戏线索，但卫星电话联系不上你们，在游戏池内玩家之间系统面板是被屏蔽的，我们就准备先烧死地下室的怪物，然后想办法把传真记录给你们送到五岳站这边。"

唐二打皱着眉指出刘佳仪说法中的漏洞："但你和木柯都不会开直升机，队伍里只有我会，你们是怎么开着直升机过来的？"

刘佳仪抬眸看着唐二打："我们是不会，但我们只需要知道你会就可以了。"

白柳饶有兴致地勾出一个笑："不错的计划，你们挟制了他的复制体？"

"对，"木柯深吸一口气，补充道，"但在佳仪准备外出用燃油和毒药烧死地下室的怪物的时候，大门突然打开，你们带着一队五岳站的队员回来了，说要取药，我们怀疑那些是你们的复制体，于是和他们虚与委蛇。

"但失策的是，我和木柯战斗力都不够强，而这三个模仿你们的家伙，战斗力有你们一半强悍，甚至还能模仿出你们使用技能的样子。"

刘佳仪举着枪，脸色阴沉地补充："我们在用燃油和毒药杀死了'牧四诚'之后，想尽办法都没有搞死'白柳'，那东西实在是太狡猾了。最终我们不得不退而求其次，趁'唐二打'对我们没有防备，用毒药挟制了它，让它开直升机带我们逃逸，把基地留给了它们。"

牧四诚听得汗毛倒竖："那'唐二打'呢？"

刘佳仪耸耸肩："到达五岳站之后，被我一枪爆头死在直升机驾驶座上了，为了防止它诈尸，我用燃油烧了，还用毒药浇了——这些应该是这个怪物的弱点，我的怪物书亮了。"

唐二打视线下移，他注意到刘佳仪的冲锋衣袖口上有擦拭过的血渍。

此时此刻，艾德蒙观察站。

进入观察站之后，唐二打和牧四诚就飞速掏出了枪对准刘佳仪和木柯。刘佳仪和木柯用毒药和步枪迅速地武装了自己。

白柳不疾不徐地走到了僵持的四个人中央："哇哦，看来在五岳站出现过的场景重现了，你们也怀疑我们是怪物？"

他漆黑的眼眸直视着木柯和刘佳仪："我也怀疑你们，刚刚那个用游戏的隐藏设定反客为主赢得我信任的小把戏用得不错。

"可惜的是，在五岳站的时候你就已经用过一次了，木柯。"

木柯皱着眉反问："你们在说什么？"

牧四诚侧过脸吐了一口带血丝的唾沫，牙龈里都有受到拳头击打后渗出的血。他面色阴沉地转过头来看向木柯和刘佳仪，龇牙露出一个鲜血淋漓的笑："我真讨厌这个副本。"

"我们在五岳站已经遇到过一次'刘佳仪'和'木柯'了，它们说是来给我送资料的，并且已经在艾德蒙观察站经历了一次和怪物的厮杀，挟制了怪物'唐二打'才成功逃逸。"

白柳微笑："但遗憾的是，我们发现它们只不过是被模拟出来欺骗我们的怪物，所以才在击杀它们之后，用五岳站的直升机带着剩余的五岳站队员飞了回来，想看看这里到底发生了什么，以及——"

他抬眸，声音轻得不可思议，眼眸里一丝光都没有，就像是极夜一般漆黑又深邃，望不到光明的边际：

"我真正的队员们，到底去了哪里？

"找不到被你们藏起来的他们，真是让我有些不快。"

白柳垂眸，抬手动了动手指，语调没有起伏地下令："击杀了吧。"

牧四诚和唐二打面无表情地举起枪扣下扳机，枪膛里隐隐能窥见子弹即将迸发火光的艳红色。

256

五岳观察站。

四杆枪围成的小空间里，白柳的举止可以称得上悠闲，他看向刘佳仪："接下来你们就挟制了复制人唐二打，选择来到五岳站和我们会合，但由于不清楚我们是不是怪物，所以你们决定先发制人？"

白柳向后靠在椅背上，抬起眼皮，摊手轻笑："现在你已经控制住了我们，然后呢？你打算怎么辨别我们是怪物还是你们真正的队友？"

刘佳仪的嘴唇抿成一条直线，她握紧手里的枪，手上那副很大的手套还是白柳脱给她的。

但这副手套现在一点残留的体温都没有了，冷得她指尖发木。

"我有办法辨别你们和怪物。"刘佳仪呼气，带出一阵白色的雾气。

小姑娘灰蒙蒙的眼睛透过朦胧的护目镜看向白柳的面颊，目光有种逼人的凛冽感，但这凛冽感在白柳平静的眼神和她对上的时候，又不由自主地被软化。

她似乎无法说出那个残忍的办法，尽管她已经成功使用过两次了。

于是白柳善解人意地替她说了出来："怪物是有弱点的，你可以利用这个弱点来区分我们和它们。之前在艾德蒙观察站的时候，你就是用燃油加上毒药杀死了'牧四诚'，确定这些就是它们的弱点之后，迅速地用同样的配方挟制了'唐二打'。"

"'唐二打'是个害怕这些东西的怪物，所以它果然如你所愿被挟制了。"白柳抬眸直视刘佳仪，"但'白柳'，我猜并不是因为它狡猾所以才被你们放走的吧？"

白柳一边说，一边用戴着手套的手握住了刘佳仪的枪口，用心口抵住，慢条斯理地站起来。

他居高临下地逼退了她几步，又好似怜悯般俯视着她："佳仪，你对'白柳'下不了手。"

刘佳仪没有办法用这么残忍的办法去检验白柳的真假，所以她放走了那个"白柳"——尽管她知道有百分之九十九的可能性那个"白柳"是个怪物。

但万一不是呢？

她不想杀死他，还是用这种办法。

木柯就更不用说了，对任何一个长着白柳的脸的怪物，这家伙动刀弄破对方一点皮，先哭出来的都得是他自己。

刘佳仪嘴唇发青，她仰头和白柳对视了十几秒，深吸一口气，干脆地收起枪，拿出了毒药："是的，上一个你也是这样对我说的，所以起来吧，我要辨认另外两个人了。"

"不用检验了，我们都是真的。"白柳微笑，"我确定我是真的白柳，所以你也是真的刘佳仪。"

刘佳仪愕然地抬起了头："你是怎么认出来的？！"

白柳拍拍她的头："这是一个对照实验，我们已经听过观察站的版本了。"

刘佳仪蹙眉："什么实验？"

白柳把怪物对方小晓他们做的实验说了一遍，然后十分有兴趣地笑笑：

"你不觉得和我们现在的情况很相似吗？都是一队彼此熟悉的人马分道扬镳，然后一方中途折返，另一方留守在原地等待拯救，然后两方互相辨认对方是否为人类的实验。"

听白柳这么说，牧四诚摸了摸下巴，放下枪深思："……好像是欸。"

随即他一怔，像是猛地反应过来了，大声反驳："不对啊！按照这个实验，我们这边也应该是有人是真的，有人是假的啊！"

"不不不，"白柳摁下了牧四诚再次提起的对准刘佳仪额头的枪，微笑着解释，"这次是一方全是真的，一方全是假的的实验。"

牧四诚发蒙："为什么？！"

刘佳仪忍不住翻了个白眼，率先收起毒药，低声嘀咕一句："还是大学生呢。"

木柯也放下了枪，头靠在上铺疲惫地长出一口气，双手耷拉着，转过头来对牧四诚解释道：

"如果正如白柳所说，这是一个重复性很低的社会性实验，那做过的实验按常理来说就不会进行第二次，因为他们已经得到了方小晓那种情况下的实验结果，那方小晓他们的情况就不会在我们身上重现，我们要起到另外的实验作用。"

白柳举起手指，笑意更浓："简单来说，我们是方小晓那个实验的对照组，按照这个推论，就可以接着推出——因为我们是真的，所以来找我们的木柯和刘佳仪也一定是真的这个结论。"

牧四诚听得眼冒金星："这都是什么和什么啊，为什么可以直接推出这个结论……"

刘佳仪无语地给了牧四诚一个"没救了"的眼神，转身打了个哈欠，掀开下铺的被子，脱下沾血的外衣，倦怠地在下铺蜷缩成一团，喊了一声"我要睡了"。

刘佳仪说完就闭上了眼睛，双手缩成一团，紧紧攥着手上白柳给她的那双手套，就像是好不容易找到属于自己的正确巢穴的幼崽，呼吸均匀，很快就睡着了。

木柯半挡在床前，放轻了声音，解释道："我们一路过来都是佳仪靠着毒药在处理怪物，虽然有体力恢复剂，但她毕竟是小孩子，精神上还是很疲惫的。"

唐二打扫了一眼木柯身上飞溅得到处都是的血迹，以及这人难掩疲惫和风霜的脸，就知道这人又是看书又是翻译资料，后来又强行带着刘佳仪从一堆怪物里杀出来，也耗费了不少精力。

"你也休息一下吧。"唐二打开口。

木柯点了点头，矜持地转身脱下衣服，爬上上铺后还整理了一下被角，但躺下没一分钟就睡熟了，手也从床边耷拉下来。

唐二打叹息一声，上前把木柯的手塞回去："看来真是经历了一场恶战过来给我们送信的，难为他们了。"

牧四诚抓心挠肝地绕着白柳转来转去，指着床上的两个人低声质问："你到底是怎么确定这两个家伙不是怪物的？！"

没用燃油烧，又没用强酸浇，区分玩家和怪物的弱点一个都没有用，只是看了一眼就确定了，白柳这家伙葫芦里到底卖的什么药？！

白柳微笑："真这么好奇？"

牧四诚疯狂点头。

白柳拿出一张纸和一支笔，放在住舱中央的一张小书桌上，弯着腰开始给牧四诚讲解："之前方小晓和你讲的那个实验，还记得吧？"

"记得，"牧四诚一想起那个实验，就想搓手臂上的鸡皮疙瘩，"就是他们一队人让几个人逃出了五岳站外面的冰裂隙，然后这几个人折返想去救他们，结果真的遇到假的，其中一方没有认出来。"

白柳垂下眼眸："你觉得这个实验的目的是什么呢？"

牧四诚一愣，绞尽脑汁地思索，试探性地给出答案："应该是……想探究同一个群体的人类在极端环境里是怎么辨别出怪物和人类的？"

他记得方小晓是这么和他说的。

"也就是说，这是一个探究群体内的人类对同类和异类辨别度的实验。"白柳在纸上写下 A1、A2、B1、B2 四个附标字母。

"假设我们是怪物，A 为人类群体，A1 和 A2 为被我们强制分开的一个群体里的两队人马，B 为怪物群体，B1、B2 则是怪物模拟出来的 A1、A2 这两个分散群体的镜像混入生物。"

白柳将四个字母列在一个 2×2 的表格里："那么根据我们的实验目的，要进行的探索性实验就有四个。A1 遇到 B2，A2 遇到 B1，这两个就是方小晓他们进行过的实验。

"由于进行过实验的人类群体 A1 对这个辨别实验有记忆，而人类群体 A2 无法承受实验结果，自杀而亡，我们无法对他们再次进行实验，所以我们需要一个没有和其他群体有过接触的全新人类群体，来完成剩下的两个实验。"

白柳缓缓抬头，抬眸直视牧四诚："也就是 A1 遇上 A2，B1 遇上 B2 这两个对照实验——这就是我们进行的实验。

"所以我说，如果我们是真的，那木柯和刘佳仪就一定是真的。

"当然，从目前的情况来看，不能排除我们全是假的这种可能性，我现在怀疑这群怪物的实验涉及了记忆的层面。”

虽然说的是这样可怖的猜测，白柳的语调却平静得不可思议：“不过双方都是虚假的这种情况，于我而言，和都是真实的没有区别。”

牧四诚后退两步，他毛骨悚然地看着白纸上被白柳罗列的那四个实验，不由得感到一种从骨头里渗出来的寒冷。

这种冷甚至比他们行走在零下五十五摄氏度的雪地里更甚——那是一种纯粹的、残忍的、感到自己失去作为人类的情感认知和身份存在的冷。

好像他和这个世界上任何一种生物都没有区别，只是由一堆骨头、一些结缔组织、一些被按照固定顺序摆放的脂肪组成的被皮肤包裹起来的有机体，任由比自己高等的存在肆意玩弄。

就像是人类对其他生物做的那样，生命被剥夺了价值，被纯然地物化成纸上无意义的符号——A1、A2、B1、B2。

牧四诚嘴唇都在抖，他心神不定，无措地望着白柳：“如果我们是假的，那该怎么办？”

白柳平淡无波地望着他：“当然是杀死真的，取而代之。”

257

木柯他们睡了两三个小时之后，两个人都有较强的自我管理能力，都醒了。

刘佳仪打着哈欠揉着眼睛坐在床边穿鞋，白柳正在给她套更合身的冲锋衣外套。

她之前那件衣服被血弄脏了，恰好五岳站这边有小号的衣服，白柳给刘佳仪找来之后帮她穿上了。

刘佳仪的右手穿过白柳举起的衣服的袖管，另一只手往后利索地抛出夹在脖颈和衣领间的长发，胳膊夹着外套往床下一跳，稳稳落地。

白柳松开提着刘佳仪外套的手，眼神落在木柯递给他的整合过后的传真记录上，一目十行地浏览。

他的目光在“尸块粒子化”这五个木柯翻译并标注的字上停留片刻，又像什么都没看到一样，若无其事地继续看下去。

“看来这次我们要打的关底BOSS就是这个叫艾德蒙的科学家了。”白柳看完后把文件递给了旁边的唐二打，转头看向木柯，“实验报告和日记呢？有没有筛选出什么有价值的信息？”

木柯满脸愧色：“抱歉，我只是大概理解了这些实验报告和日记的内容，暂时还不能确定它们有什么作用。”

“没关系。”白柳说，“实验报告的内容是什么？”

木柯抬起头：“实验报告的主要内容有两个板块，第一个板块是温度测量数据，是南极各个地表点位和海洋区域的每日温度，一直记录到上个月。”

木柯头疼地揉了揉额角：“——累积下来的数据相当庞大，我暂时没有办法确认到底哪些是有用的。”

白柳翻阅了一下温度统计这部分资料，上面是密密麻麻的数字和根据数字绘制出的各种折线图、饼状图和直方图，一眼扫过去，全是长到恨不得一次性集齐二十六个字母的专业词语，以及看得人一个头两个大的图表。

木柯无奈又无力地望着这堆厚厚的资料。

哪怕他记忆力一流，遇上这种某个科研领域的高深知识，他看得也是相当吃力——只看了一天一夜，他就觉得自己的精神值要降到60以下了。

“艾德蒙观察站在南极内陆放飞了大量的气象气球监测气温，在周围的海域也放置了不少定位浮标测量水温。”

木柯摸了一把脸，长出一口气：“因为根据整体气温数据构架未来的气象模型是艾德蒙专攻的方向，所以这一方面的实验数据特别多，整个南极艾德蒙一共部署了近六百个点位进行温度测量。

“艾德蒙认为这六百个点位是南极改变世界气候的关键，可以反映洋流、平流层、太阳光照，以及地壳运动等对气温的影响，需要认真观察，及时反馈。所以这六百个点位从三十三年前到一年半之前，平均每天测量三到五次。”

木柯不甘地看着白柳手上那厚厚一沓资料：“——实在是太多了，所以我还没看完。”

牧四诚在旁边听得目瞪口呆。

三十多年的资料，也只有木柯这个钻牛角尖的会强求自己一天看完。

给他三十三年他都看不完。

白柳跳过这个话题，又问：“艾德蒙第二个板块的实验报告是什么？”

木柯神色一凛：“是关于未知生物X的生化实验数据，从前年的八月七日一直持续到十二月，关于这个板块的实验记录在十月前两个星期短暂地中断过，但后面又变本加厉了。”

“你看这里。”木柯前倾身体，帮白柳翻到十月初的实验日记。

“温度照常记录，但生物实验记录是空白的，培养基没有拍照记录，也没有放进培养室恒温培养，也没有记录这些生物组织的生长状态，完全是废弃的状态。”

木柯的手指顺着报告往下滑：“但到了十一月的时候，培养基和小试管的数目猛地从十个增加到了三百个，还不停地调用并混合其他生物的细胞，比如帝企鹅、海豹、鲸鱼等生物。”

“以及——”木柯的手指停在表格名为“添加细胞”的栏目上，眼神复杂，“六十七个人类的细胞。”

白柳望着那一栏：“这应该就是五岳站那些研究人员的细胞了。”

木柯点头，用大拇指的指甲在报告上笔直地划了一道，条理清晰地对照这道划痕上的英文向白柳解释：

“是的，艾德蒙先是对这些利用人类细胞培养出来的怪物进行了一部分基础性的探索实验，例如分裂繁殖、组织切割再培养、死亡条件等。”

木柯目光锐利：“在确定了这些怪物有强大的学习性和具有分化成人类的倾向后，艾德蒙在十月初向观察站的政治家和军方管控人员报告了这一事实，以这样的实验不符合伦理道德为由，要求停止研究。

“但对方以发展军工的名义，强制艾德蒙继续进行试验，要求他研究出大量繁殖和控制这些怪物的方法。他们给艾德蒙的研究方向是——可被完全控制、作战力超强的不死军人。

“艾德蒙对此进行了激烈的反抗和强烈谴责，划伤自己的双手，选择罢工。

“十月三号，艾德蒙第一次偷盗盒子被发现，上级对他进行了严厉的惩罚。他们并不相信艾德蒙所说的实验的危险性，并且轻蔑地对他说：‘你既然这么害怕，觉得这个东西会导致人类灭亡，那你就用自身向我们证明。’”

木柯深吸一口气：“次日，他们强迫艾德蒙吃下了他自己培养出来的生物组织，尽管那些组织已经分化出人类的雏形，或者说，已经是人类婴儿的样子。

“艾德蒙产生了严重的心理创伤，我在医务室里找到大量频繁地要求医生给他开抗抑郁药物的记录。根据医生的诊断，艾德蒙有严重的药物依赖症状，同时，随着他的药物摄入量加剧，他的实验取得了飞速进展。

“十月十五日，艾德蒙第二次尝试偷盗盒子，但负责接头的他的学生出卖了他。

“于是他又一次被发现了，并且被暴怒的上级扔给了哨兵们对他进行惩罚。因为他的身体已经不算人类的了，于是上级下令——不需要对他怀有对人类的无用仁慈，用他最喜欢的生物实验的方式来折磨他吧！”

木柯语速很快：“这次的折磨似乎刺激了他，十月二十八日，艾德蒙经过两个星期的酷刑折磨，被无罪释放。

“十月二十九日，在上级和艾德蒙进行了一场闭门长谈后，艾德蒙的抗抑郁用药量越发加大。

“根据医务室的诊断，他似乎出现了一定的精神分裂症状和多重人格障碍，会拉住医生神经质地幻想自己是五岳站的人，时不时还号啕大哭，求五岳站的人来拯救他，嘶吼着说他不属于这个罪恶的、以他的名字命名的观察站。

“但他好像想通了，顺从上级的指示，开始研究如何让这些生产出来的怪物服从领导，同时还要悍不畏死地在战场上冲锋陷阵。”

“这就是艾德蒙的研究结果——记忆催眠实验。”木柯指着一张抬头盖了鲜红的“绝密”两个字的章的文件说道。

他望向白柳：“你看看吧，这个实验是我觉得最有价值的资料。”

白柳垂眸看向木柯指着的文件。

记忆催眠实验来源于艾德蒙的一个早期的推论——人和其他类人智力物种的差别到底在什么地方？

在人类漫长的发展史里，为什么只有人类发展到了如此规模？其他同样具有发展潜力的物种，为什么无法和人类一样，以一种高智力的状态存活在地球上？

这些物种到底为什么会灭绝？人类又为什么能长久地存活？

如果存在一个没有灭绝的、和人类具有同样的甚至更加卓越智力的、潜藏在暗处的发展至今的物种，它们和人类的区别到底在什么地方？

艾德蒙给出的答案是人类有趋于文明和群体的倾向。

——正是因为我们对在部落里逝去的生命感到害怕和敬畏，对和我们有同样群体性命运、挣扎求生的家伙感到怜悯，并力所能及地互相帮助，抱团取暖，才使我们生存至今。

我们的生存本能里被上帝赐予了创造文明的潜意识。

这个理论是艾德蒙很久之前写的一篇论文的结尾。而在这个实验里，艾德蒙为这个结尾补上了后半部分——

我要为我之前轻率地得出的结论道歉，我们的生存本能里也有摧毁文明的潜意识。

不幸的是，这意识远远强于另一种。

我将利用催眠的方法，为这些新诞生的人类同时赋予这两种潜意识。

但这两种潜意识的存在如果没有一个合理的、逼真的记忆框架来承载，这些新诞生的孩子（kids）会因为自相矛盾而发疯的。因为它们从“出生”开始，就是为了“创造”，之后走向毁灭。除了人类，没有一种生物是为了这样无聊的目的而存在的。

我的领导者告诉我，只要我能生产出他想要的尖端士兵，他可以满足我所有的要求，包括让我获得一个人一生所有的记忆，输入这些怪物的脑子里，再利用各种信息诱导它们觉得自己是一个保家卫国的“人”，让它们一生都在为所谓的正义战斗。

这让我想到了我的朋友。

我这才猛然惊醒，原来我的朋友，我那痛苦地忏悔了一生、最终死去的朋友，曾经也是这些高高在上的家伙的实验对象之一，而我也将变成他最痛恨的样子——引导一群无辜的、以为自己在创造未来的“人类”走向名为毁灭的深渊。

实验报告的后面详细地写了如何将人的记忆注入到怪物的大脑里，并且最重要的一点是——

“这些怪物并没有认识到自己是怪物，”木柯苦笑，“所以我们没有办法对你下手，白柳，因为我们也不清楚自己到底是不是真的怪物。”

牧四诚抱住瑟瑟发抖的自己：“不是，他们是怎么搞到我们的记忆的？！”

“心理暗示和催眠，”白柳屈指在纸上叩了叩，垂下眼帘，目光晦暗不明，“我们很有可能是在接触艾德蒙这个怪物的时候被无意识地摄取了记忆，这很可能是这个叫艾德蒙的怪物的技能。”

牧四诚蒙了：“但我们从头到尾都没有见过这个叫艾德蒙的怪物啊！我的怪物书也没有点亮新的一页……”

“什么时候亮了？！”牧四诚惊呆了，“我发誓刚刚我看怪物书的时候还是暗的！怎么现在我一打开就亮了？”

木柯也迅速地打开了自己的怪物书，脸色一变：“我的也亮了一页新的，它的技能真的是心理暗示和催眠。”

“估计要我们自己意识到才能破解这家伙的催眠，”白柳淡淡地扫了牧四诚一眼，“虽然我们的确没有见过这个神秘的艾德蒙教授，但你忘了这里的怪物是可以变形的吗？”

牧四诚一怔，喃喃地说：“对哦，会变形，他会变成谁……”

白柳敛目看向手里的文件，拿起笔在上面画了一下：

“我觉得这个实验还有一点很奇怪，人类细胞悬浮 X 细胞开始培养的时间是十一月，那个时候艾德蒙站应该戒备森严，艾德蒙成天被囚禁在地下室里做实验，很难接触到五岳站的人，他是怎么拿到这些五岳站队员的细胞去做实验的？”

木柯不假思索地回答：“会不会是五岳站这边有人暗地里接应艾德蒙，把细胞偷走送过去了？”

白柳摇了摇头，若有所思：“五岳站这边应该有接应他的人，但偷细胞并送过去，我觉得不太可能。

“一个存在叛徒的群体，在艾德蒙眼里就像是一块有污点的白布，这不符合艾德蒙追求的互相帮助、彼此信赖的群体美学。

“要是五岳站真的有内应偷细胞给他，艾德蒙反而可能会直接杀死五岳站的所有人，而不是选择保下他们作为人类延续的火种。”

木柯皱着眉说：“但如果不是五岳站这边有人配合，艾德蒙怎么能在重重围困下，轻松取到五岳站所有人的细胞？”

“有没有可能是艾德蒙变形成五岳站里的某个人混进观察站，乘机取到了其他人的细胞？”旁边的刘佳仪开口询问。

“我有过这个想法，”白柳沉思着，“但那个时候，五岳站的人已经在极地里困了一年半了，几十个人在一个狭小的场地里朝夕相对，对彼此是非常熟悉的，谁哪天没刮胡子都能看得出来。

“就算艾德蒙变成了谁，如果没有相应的日常记忆，在五岳站的队员通过传真已知艾德蒙在进行某种仿生人实验的基础上，很难蒙混过关。”

白柳轻声说：“除非他在十一月的时候，就已经造出了一个融合了人类记忆的完美的五岳站队员，帮助他混入五岳站。”

刘佳仪的表情也很冷淡——白柳说得对。

她蹙眉反驳：“但时间不对，根据实验报告上的信息，培育出一个成熟体起码要一个月，艾德蒙造出第一个融合了人类记忆的成熟体都是十二月的事情了，十月底之前的实验体都被他销毁了。”

白柳往前翻了两页实验报告，视线定格在某一页上，眯了眯眼：“还有一个怪物没有被他销毁。”

以为自己漏看了的木柯下意识地追问：“哪一个？”

白柳抬眸：“他自己。

“我怀疑，艾德蒙在十月初的时候就开始对自己进行记忆融合，所以他才会在那个时候出现精神问题。而到了十一月，融合基本完成，他的精神疾病症状越来越严重，所以医生才会诊断他有多重人格障碍。”

“其实并不是多重人格，而是他大脑里储存了两个人的记忆，他分不清自己到底是谁了。”白柳平静地说，“而艾德蒙利用这些融合的记忆，变形成五岳站里的某个人，成功地潜入了五岳站，偷走了其他队员的细胞。

“而艾德蒙也利用这一点，藏在这个队员的身体里，悄无声息地和我们接触，给我们进行了催眠和心理暗示，夺走我们的记忆，迅速地进行接下来的实验。”

白柳语带赞叹：“真是个能力卓越的科研人员。”

牧四诚紧张地咽了一口口水："所以他变成了谁？"

白柳淡淡地看了他一眼："答案不是已经很明显了吗？咱们都接触过的五岳站队员不是只有一个吗？"

刘佳仪猛地回想起他们到达的时候，那个过分热情和激动的研究生："方小晓？！"

五岳站外的暴风雪里。

方小晓脸上是一种极为苍老与沧桑的表情，他远远地望了一眼灯火通明的观察室。下一秒，这些表情又退去，他的眼神变得干净澄澈。

他在风雪里望了望身后残缺不全的五岳站队员们，眼里涌出浑浊的热泪，领着这群懵懂的试验品，往更深的冰原里走去。

极夜要来了。

258

白柳他们离开五岳站，来到之前安置五岳站队员的地点，发现他们从冰裂隙里挖出来的方小晓果然不见了。

"方小晓还带走了其他队员。"唐二打神情冷峻。

牧四诚看向白柳："所以我们接下来要去找他们吗？他们会去哪里？"

"我大概知道艾德蒙为什么会离开，以及他们会去什么地方了。"白柳呼出一口白气，他透过稀疏的雪花遥望在日色里泛着微光的南极大陆的边际。

白柳露出一个放松的、略带戏谑意味的笑："看来另一个玩家给这位关底BOSS艾德蒙教授造成了不小的压力，让他不得不暂时放弃对我们进行的实验，离开这里去针对这个玩家。"

刘佳仪永远是反应最快的那个，她转头看向白柳："是黑桃吗？他做了什么？"

"去执行游戏的主线任务，"白柳平淡地回望她，"——让全球变暖。"

纯白的罗斯冰架旁。

临近维多利亚地的海域，海水含有的大量盐分能让水的凝固点降到冰点以下。

极夜到来之前，是南极寒暖季节交替、海水最冷的时候，人掉进去，只要十五分钟就会因为失温而丧命。

而在这样的海水里，一个像鲸鱼一样不停地流畅起伏的人，显然是很惹眼的。

岸边随意搭了一个用雪块堆砌的像帐篷一样的仓库，里面放着罐头、冲锋衣、一双被摆放整齐的袜子和一辆雪橇车。

雪橇车上支着一个晾衣架，上面规规矩矩地挂着一条版型宽松的四角内裤，正放在两盏燃烧的固体酒精块上面烘烤。

看样子这人是不愿意穿在观察站里找到的别人的内裤，选择烘干自己身上的再利用。

雪块“帐篷”的顶部插着一面红色小旗子，在海风中剧烈摇摆震荡，旗子的材料在夜色里散发出一种奇特的荧光，相当显眼。

海水里的人浮沉了两下，游动的速度快得不正常，甚至比旁边为了抵御冬季的寒冷开始大量进食储备脂肪的海豹和虎鲸都要快。

在这两种生物试探性地捕猎这个人的时候，他只是略微一划，在水里轻松地转身，眨眼间就从这两种南极最厉害的掠食者嘴下掠过了。

气泡从他的唇缝中溢出——只有从这一点才能察觉出这个家伙是个奇特的人类，而不是诞生于冰原寒海里的冰冷的人形怪物。

就连企图捕猎他的海豹心里可能也觉得奇怪——为什么这只猎物身上一点热辐射都没有？

像冰一样，甚至比冰还要冷。

在它们费力地想出答案之前，这只狡猾的“猎物”再次游刃有余地掠过它们狰狞的獠牙，摆动着双脚，微睁着双眼，往更看不见光的深海里游了。

十几分钟后，黑桃拖着一个几百千克重的验潮仪浮出水面。

他赤脚踩在冰面上往前走，左手拖着被橙黄色框子圈住的巨大仪器，在雪地上拉出一道长长的痕迹，睫毛和头发上的水在滴落之前就结成了冰，被他伸出右手一把揉碎了。

这样的做法是很危险的，容易伤到眼睛和皮肤，也容易导致重度冻伤和挫伤。

但这种伤害在黑桃身上似乎并不能展现危害性。

这种对正常人致命的伤害和温度，在他身上显得如此不值一提，甚至不值得他第二次伸出手去打理夹在他睫毛和额发间的碎冰。

细碎的冰宛如简单打磨过后的小颗粒钻石，稀松零碎地挂在黑桃紧实流畅的身体上，在某些角度会折射出令人惊异的光，落在他低温的皮肤上闪闪发亮。

他并不过度健壮，肩胛用力绷紧的时候看起来反倒是瘦削的，但从肩膀到腰腹再到脚踝，骨架比例实在是太好，肌肉薄而坚韧地从后颈覆盖到脚背，似乎每一根骨头和每一个关节上附着的肌肉含量都经过仔细地计算和琢磨，才能造出这样力量和匀称兼具的外壳。

皮肤浸泡过海水后不泛青，反而散发出一种大理石被打磨之后的釉质光芒，一种半透明的白色。

就像是被精雕细琢了七十亿次之后仍不满意的艺术品，多半是要逼疯全世界的雕塑家才能镌刻出这样一座半裸雕塑。

唯一可惜的是，这座雕塑的小半张脸都被头发掩盖了，只能看到和这具如艺术品般的躯体十分适配的下颌。

黑桃就像是感觉不到这些寒冷的、闪耀的碎冰一般，拖着沉重的负载物匀速往前走，最终用眼球和体表的温度融化了它们。

于是这点璀璨的光芒也在呼啸而至的暴风雪里转瞬即逝，再也没有人能察觉到这个潜入深海的寒冷的怪物曾有如此明亮的一幕。

黑桃随意地单手把这几百千克重的仪器摔在一旁，跪在仪器上面，屈身靠近，找出了这个仪器的内胆，然后毫不犹豫地抽出鞭子，就像是使用匕首一样反手握住了鞭子的把柄，往里一捅。

捅完之后，他才意识到自己做了什么不合时宜的事情，缓缓张口，“啊”了一声。

“这是鞭子，不是匕首，不是长刀，也不是锥子或者拐！只能甩，不能捅、撬、劈、砍！”

黑桃条件反射般回想起那位刚转会过来的新队友，叫什么“逆神的审判者”，在他耳旁声嘶力竭地崩溃嘶吼的样子：

“给我好好用鞭子啊！不要把什么奇怪武器的使用办法都往鞭子上面套！给我稍微尊重一下自己的武器形态啊！你知道公会去年花了多少积分来维护你的武器吗？！”

这人痛心疾首地指责他：

“拿着鞭子的把柄一点都不爱惜地到处捅，你用的时候良心不会痛吗？你知道上面镶了多贵的材料吗？”

黑桃的确不知道这些，他只负责赢得比赛，从来不管除了游戏胜负以外的事情。

他回忆了一下自己那个时候是怎么回答这位刚转会到杀手序列的新队员的：

——“能赢就可以了。”

他好像非常擅长各种武器形态的攻击方式，也不知道为什么个人技能最后固定下来的武器形态会是一根鞭子。

黑桃不是很喜欢用鞭子，他使短刀或者锥子更顺手，但用鞭子也能凑合。

虽然他用的是鞭子，但他也可以强行把鞭子使出其他武器的攻击方式，发挥出相当强的攻击力。

所以最后往往也能达到他的核心目的——赢得游戏。

他向来不怎么在意怎么用鞭子，但他这次的联赛战队队友逆神的审判者对这事倒是非常在意。

无论逆神的审判者绝望地含泪警告他多少遍，黑桃还是我行我素，按照自己的方式用鞭子。

于是这位队友发动了技能，预言了黑桃的未来，邪恶地威胁他说："黑桃，如果你再不好好练习鞭子的用法，你将会在联赛败给一个比你还擅长使用鞭子的玩家！"

黑桃在意胜负，所以他这次稍微听进去了一点。

从进游戏到现在，黑桃都是中规中矩地甩鞭子，虽然不太顺手，但也不是不能用。

但刚刚他一下子顺手了，用鞭子的把柄直接把验潮仪的内胆给捅开了。

不过那个烦人的新队员不在，没看到这惨绝人寰的一幕。于是黑桃只是略微顿了一下，就若无其事地继续用鞭子撬开仪器的钢铁外皮，挖出里面用防水塑料布层层包裹住的一个测温计。

黑桃撕开防水塑料布，里面还包裹着一个正在振动的金属小盒子。

这是一个很奇特的小盒子，往各个方向进行高频的不规则运动，在黑桃手上一直发出非常尖锐的高频振动声，只是握住就会把人的骨头给震得粉碎。

黑桃收拢五指，金属盒子上面留下了清晰可见的指印。

他直接捏瘪了这个盒子，然后大拇指压在侧面，屈指内扣，在盒子上戳出了一个洞。

黑桃用指腹压着这个被他戳出来的洞，转身将这个小盒子带回了雪块"帐篷"里。

能感受到很多粉尘状的东西在不停地撞击指腹，他的指甲都被撞得充血了。

应该是挺疼的，可惜他不怎么能感觉到。

黑桃屈身钩下烤干的四角内裤，然后弯着腰单手在帐篷里翻找了一阵，找出了一瓶用玻璃瓶装着的强酸，然后直接握着盒子在酒精块上烤。

他的双眸一动不动地盯着酒精块上的火光，呼吸很轻，跳跃的烛火在他的眼睛里投下一束温暖的光，僵冷的皮肤在酒精块的烘烤下渐渐变暖。

同时变暖的还有那个被黑桃握在手心的金属盒子。

金属盒子被加热到不可思议的高温，外皮都隐隐泛红了，发出吱吱的冰壳蒸发的声响，黑桃握着盒子的手被烫得发红，但他自己好像丝毫不觉得烫，依旧无动于衷地紧握着盒子。

盒子内部的粉尘在加热的过程中振动得越来越快，黑桃整条手臂都被带动得疯狂颤抖起来。

不知道被烤了多久，黑桃的手臂缓慢地停止振动，盒子里面那些粒子似乎都被持续的高温烘烤得失去了生命力。他终于觉得可以了，把手收回来，指腹从那个盒子的洞口上移开，毫不犹豫地将瓶子里的强酸往里倾倒。

强酸发出激烈的反应声，不断有气体从洞口溢出，就连盒子的表面也出现了一层暗色的氧化膜。

黑桃垂眸看着这个盒子，听到了系统的播报声：

系统提示：恭喜玩家黑桃毁坏粒子气象反应装置（521/600）。

游戏接近尾声，请玩家再接再厉！

259

黑桃把灌注了强酸的金属盒子放到酒精块上，拇指不再摁压住洞口。

盒子里面的粒子被腐蚀之后化成黏稠的黑色液体，顺着他的指缝流出，就像是颜色极深的血。

这些“血”滴滴答答地落在酒精块的外焰上，再一次被燃烧，产生奇特的焰色反应。

原本呈橘红色的外焰变成不祥的青紫色，在盒子里的液体滴落的过程中不安分地跳动着。

暗淡的青紫色火光将黑桃的影子映在“帐篷”上，影子张牙舞爪地舞动，就像是黑桃身体里藏着一个如怪物般的灵魂，在这些粒子燃烧的过程中要从他的身体里钻出来一样。

液体在滴落的过程中将酒精块熄灭了三次，黑桃习以为常地再次点亮，等到确定将盒子里所有的液体都烧干净之后，他才用手握灭了燃烧的固体酒精块。

黑桃把剩余的酒精块和强酸装在包裹里，换好衣服，蹲下绑好雪地靴的鞋带，随意地套了一件冲锋衣，起身清点并收拾其他物件，主要有剩余的强酸、燃油、固体酒精块以及一些食物。

——这些物资都是黑桃在外面的商店里买好带进来的。

游戏池里的商店系统是禁用的，当然对于黑桃而言，他一般也用不到这个商店系统，也不需要为自己带食物和换洗衣服之类的。

因为他向来速战速决，引用新队友逆神的审判者对他的点评——黑桃喜欢暴力通关，这很好，但也不好，这样做破坏了游戏的完整性。

通常黑桃进入一个游戏，怪物们根本等不到他吃下一顿饭的时间，游戏就已经以他绝对胜利为结局结束了。

这也是后期在训练的过程中，逆神的审判者焦头烂额的原因。

杀手序列作为去年的冠军队伍，个体战斗力强是毋庸置疑的。

去年杀手序列能以黑马的姿态战胜所有老牌公会战队，不得不说这五个队员没有一个是省油的灯，更不用说还有黑桃这样打破常规认知的顶级王牌队员。

长鞭一出，横扫四方。

连猎鹿人公会心高气傲的武器改造师都不得不咬牙叹服，承认这家伙根本不需要对武器进行任何改造——

因为武器只是黑桃的附属品，是一个可有可无的添头，无论黑桃用的是什么样的武器，他自己才是联赛场上最有攻击力的武器。

没有改造师有勇气说能为现在的黑桃改造出一把更好的武器。

因为黑桃已经是最好的了。

——这是游戏里所有玩家公认的，如同地球是圆的、地球绕着太阳转这样不可撼动的公理。

但杀手序列这支年轻的冠军队伍有一个相当致命的弱点——那就是战队里的五个队员全是主攻手。

没有盾，没有控制，没有游走，最离谱的一点是队伍里没有战术师。

去年能赢全靠黑桃突兀又强势得过分的表现，打得其他战队猝不及防。

但经过一年时间，这种团战只靠一个人的战术在其他公会的眼里，不再像当初那么无从下手，反而破绽百出。

因为黑桃虽然是完美的，但他的队友们不是。

经过一年的沉淀和研究，几乎每个公会的战队都根据黑桃和其队友的技能以及彼此的合作习惯，研制出了大量战术。

国王公会的红桃更是直接将自己针对黑桃的战术放到了明面上——后援奶妈（指游戏中可以为队友补充状态的辅助）加双控制。

这种战术磨不死黑桃，但足以让其他四个人喝一壶了。

正当所有公会都摩拳擦掌，准备在下一次联赛里给杀手序列这支初出茅庐又锐意十足的队伍一点颜色看看的时候，黑桃又做了一件让所有人大跌眼镜的事情——

他挖走了猎鹿人的战术师逆神的审判者。

当时整个游戏论坛足足动荡了一个维度星期，玩家全都在讨论这件事情，几乎每个玩家都在杀手序列发布接纳“逆神的审判者”的公告下面打过问号。

黑桃是什么类型的玩家？

只要看过他比赛的人，都会对这个人的“独”有深刻的认识，这家伙是一个相当典型的主攻手，蹚雷、扫兵线、打关底BOSS，快如闪电地击败对手赢得胜利，甚至在半决赛的时候打出了一比五的离谱战绩。

在战术师不存在的情况下，黑桃就是整支队伍的核心人物。

但作为核心人物，黑桃显而易见是失职的，因为他在比赛过程中几乎不会和队友进行任何交流。当然其他公会的战队后续复盘比赛的时候，不得不承认黑桃似乎真的不需要和队友交流。

因为就算交流队友也不一定能跟上他，所以干脆就不交流了。

就这么一个在“三十二进十六”的赛场上，队友倒在他面前求救都能看错，用鞭子捅了一下才反应过来自己捅的是队友，然后毫无诚意地道歉后就立马去追杀怪物的人，会主动去挖其他公会的战术师？！

但无论观众多么难以置信，逆神的审判者还是如约转到了杀手序列公会，成为这支奇特的战队里唯一的非主攻手——战术师。

而最不想看到这种场景的是为打倒杀手序列准备了大半年的其他公会。

因为他们无比清楚，逆神的审判者的加入对一支拥有黑桃这样的选手的队伍，助力有多大。

逆神的审判者的技能是预言，他是游戏里最好的战术师。

最好的战术师和最好的主攻手强强联合，不禁让所有公会都心生绝望。

但很快这种绝望就消弭了。

因为他们喜出望外地发现，这两个最好的玩家，配合得却一点都不好！

逆神的审判者加入杀手序列之后，很快制订了全新的训练计划，但这计划目前执行得……

不能说完全不好，只能说一塌糊涂。

逆神的审判者限制了黑桃的发挥，要求黑桃服从他的指挥，在他没有下令之前，不能随意脱离队伍去攻击怪物或者对手。但黑桃这人看着听得十分认真，像是把他的话听进去了，逆神的审判者也就松了一口气，大意地直接将这人放进了游戏池。

黑桃一进游戏就像是一匹脱缰的野马，眼睛一眨人就没影了。

逆神的审判者崩溃地找了半天，还以为黑桃中了游戏的陷阱出事了。

结果最后他目瞪口呆地在一片血肉模糊的狼藉之地里找到了正在大杀特杀的黑桃。

黑桃双手握紧，用鞭子勒断一个怪物的头，丢掉那头之后放下鞭子藏在身后，若无其事地转身看向他。

黑桃睫毛上的血滴滴答答地往下掉，脸上倒是风轻云淡的，一点被抓现行的难堪都没有，声音平静地轻声说："抱歉，刚刚看到怪物，身体一下子不受控制，就去把它们杀了，没有影响到你的训练计划吧？"

与此同时，其他四人的系统传来通报：

系统通知：恭喜玩家黑桃带领小队通关！游戏结束！

黑桃缓缓地说："……啊，这样就赢了吗？"

逆神的审判者："……"

另外三个队友："……"

你在笑是吧？刚刚你是因为赢了在笑是吧？！

就这么想靠自己一个人获胜吗？给我稍微有点团队精神啊！

接下来的几个月他们在游戏池里训练，逆神的审判者被黑桃痛苦地刷新了对于"团战"的定义。

——那就是组团看好黑桃，简直跟打仗一样。

在打团战的时候，在刷怪物的时候，在推动游戏主线的时候，不论何时何地，只要任何一个队友没有看住黑桃，这家伙就不见了！

等到一群人手忙脚乱地找到黑桃的时候，通常随之而来的还有游戏已经通关的系统播报声。

逆神的审判者被折磨得快要神经衰弱了。

他进入游戏后发动预言技能多数不是为了预测对手的动向，也不是为了预测游戏主线，基本都是为了找黑桃。

黑桃就像一个随时随地都会被周围的情况吸引注意力的小孩，还是一个战斗力爆表、移动速度全游戏第一、十分争强好胜但是表面很听话的小孩。

而他就像是不争气的爹妈，管不住自己的孩子，只能日夜以泪洗面，然后在游戏里像一个廉价的寻人 GPS 定位仪一样找自己丢了的孩子，还是声嘶力竭地人声播报的那种——

"黑桃！黑桃你在哪儿啊？

"黑桃你出来吧！我这次不强迫你和队友合作了！都是我这个做战术师的不好！没有考虑你这个主攻手想以一己之力带我们躺赢的感受！你是个好主攻手，都是我没做好！

"快出来！我们回家了！我们不玩游戏了好吗？"

多次出现这样的情况之后，逆神的审判者虚弱地表示自己要静静，让黑桃一个人去外面流浪……不是，去外面训练，然后他带着剩下的三个队员先进行磨合训练，把黑桃作为游走，先暂时冷处理。

一张所向披靡的王牌就这样被新来的战术师放置在冷板凳上，估计换谁都要心生不服，但黑桃接受能力良好，这次真的很听话地一个人去训练了。

黑桃是一个很靠直觉行事的主攻手，这是观众和队友，包括逆神的审判者这个预言家公认的。

而他靠直觉选择的个人训练场地就是《冰河世纪》这个副本。

黑桃依稀感觉到，这个副本里有什么东西吸引他，就好像冥冥之中有一个他与生俱来的使命，强烈地驱动他来到这个冰雪世界，然后将里面藏匿的邪恶事物——

彻底毁灭。

260

杀手序列公会，休息室。

逆神的审判者瘫在沙发上疯狂喝水，旁边的一个人也是一副要被晒成“人干”的造型，脚边是一堆被喝光的矿泉水、体力恢复剂以及精神恢复剂的瓶子。

“沙漠副本真的热死人了，”坐在最左边的一个人被太阳烤得脸颊泛红，两眼无神地把一个瓶子抱在胸前自言自语，“游戏池还禁用了商店系统，连水都不能买，我以为我也要渴死在这个副本里了。”

“是我们大意了，”逆神的审判者揉了揉眉心，“没想到会被困住，配合、磨合得还不够，主要是东西也没带够。”

这人突然直愣愣地坐起来，环视一圈，奇怪道：“怎么回事，黑桃怎么还没回来？一般等我们退出游戏的时候他早在休息室这儿待着了，今天他人呢？”

“买了一大堆强酸和燃油，进《冰河世纪》副本了。”逆神的审判者笑笑，“在打 true ending 线。”

这下他旁边这人一下就懂了，又瘫回沙发上，仰头莫名地长叹一口气：“这都多少次了，他还没放弃啊？”

逆神的审判者摇摇头，似乎觉得好笑：“不知道，反正挺多次了。每次进游戏池前刷到《冰河世纪》的海报，黑桃都会多扫两眼，感觉谁要是一恍神没摁住他，估计他就跳进去丢下我们跑了。”

“黑桃早就已经打出《冰河世纪》的 normal ending 线了，”这人费解道，“他不是对于自己赢过的游戏不会再给眼神了吗？

“这个游戏的 true ending 线到底有什么吸引他的，不就是一个尸块收集任务吗？他怎么天天往那儿跑，非要打出来不可吗？”

逆神的审判者又仰头灌下一瓶矿泉水，仿佛得到滋润般长舒一口气：“我记得《冰河世纪》里黑桃的尸块收集任务每次都只差一块，差的好像是心脏那块，找了好多回都没有找到。

“反正黑桃那人的性格你也知道，找不到就会一直找。随他去吧，就当磨炼心性了。”

这人神色复杂地咬着瓶口，含混不清道：“黑桃那心性还要磨炼啊，那你岂不是要我回炉重造？”

逆神的审判者握住瓶身，忽然安静。

这人也随之沉默。

这句话有点越线了——逆神的审判者是掌控全局的战术师，轮不到一个队员来质疑他的决定。

可能是他来的时间太短了，性格也不算很尖锐，远没有其他战术师性格和行事那么极端，和队伍融合得很自然，常常让这些队员忘记这人战术师的身份。

但战术师毕竟是战术师，不容队员如此冒犯。

这人讷讷地张口：“抱歉。”

“没事。”逆神的审判者不甚在意地挥挥手，宽和地笑了笑，略过了这个不愉快的话题，“你和黑桃合作一年了，能和我说说他给你留下最深刻的印象的比赛是什么吗？”

这种例行谈话并不是第一次了，在他发现黑桃没有办法顺利融入团队后，逆神的审判者就会时不时地拉着其他队友语重心长地谈心，问他们对黑桃的看法。

这人像只卡通小熊一样捧着手里的瓶子陷入沉思：“其实每一场印象都挺深刻的，但要说最深刻的，还是打拉塞尔公墓战队那一场。”

逆神的审判者回忆片刻，很快接上话：“啊，那一场啊，你们被打得很惨。”

这人心有余悸地点点头：“何止惨啊，是去年最恐怖的一场，打到后面我以为要被团灭了。”

拉塞尔公墓对战杀手序列那一场比赛是“十六进八”。

那个时候黑桃的优势已经凸显，各方都在打听这个来路不明的新选手，而在这些打听黑桃的公会里，最为突兀的就是“拉塞尔公墓”——这个公会用尽一切办法去挖掘黑桃身上的秘密，试图找出他的弱点。

拉塞尔公墓是前年排名第十二的公会，但他们的战队和其他声名显赫的战队不同，没有明星队员，也并不强势，每年的战队成员都会大换血，年年上场都是怯场的新面孔，似乎没有什么能让人记得住的地方。

不过也不能这么说，拉塞尔公墓战队唯一让人记忆深刻的特点，就是他们非常喜欢在单人赛和双人赛中弃权，因此拉塞尔公墓战队又被称为“双响炮战队”，意为上场之后什么都不干，先投降两次炸空场。

但这支战队打团赛出奇地稳，总能在某些战局里一鸣惊人，一击制胜，甚至能击败明星战队。

去年的杀手序列差点就在拉塞尔公墓面前折戟沉沙。

黑桃在那场比赛里差点死亡——拉塞尔公墓根据黑桃的作战风格，特意寻觅了某个拥有可以限制他的技能的玩家，让这个玩家在对战杀手序列这场比赛里临时担任战术师。

——这是一个使用方式相当残忍的技能。

比赛一开场，拉塞尔战队就迅速爆发了，他们抓住自己的一个队员，强行杀死后献祭了。

通过这种献祭，拉塞尔公墓的战术师强行发动了技能，将黑桃脚下的土地变成了一个大泥潭——这就是他的技能。

而这个泥潭可以将一名玩家所有的攻击无效化，还能通过缓慢地吞噬这名玩家将其杀死，可以说是百试百灵的一个技能，唯一的缺点是使用的代价过于高昂——需要献祭己方一名队友才能发动技能。

被吞噬的玩家能力越强，泥潭吞噬的速度也就越慢。

黑桃顶着这个不能攻击的负面 BUFF 在游戏里撑了足足七天，身份从“攻”转为“盾”，磨得对方毫无还手之力，还将对方困在了一个游戏冲击地图里。

但终于还是到了泥潭要将黑桃全部吞噬的时候。

黑桃半张脸陷入泥潭里，他的队友想尽一切办法想要把他捞出来，跪在危机四伏的泥潭旁不要命地徒手挖他，一边挖一边对抗前来偷袭的对手。

那时，杀手序列战队每个人脸上表情之狰狞，让当时的观众过目难忘。

狰狞、暴怒、恐惧、害怕交织在一起，充斥着一种无法诉诸言语的浓烈情绪，浑浊的眼泪纵横在他们扭曲的面皮上，喉咙里爆发出低哑癫狂的嘶吼——那是一种纯然的，对即将到来的死亡的畏惧。

他们每一个人都无比清楚，如果黑桃死在这里，他们也绝对会“折”在这场比赛里。

而黑桃没有这样的畏惧，他只是平静地望着这些人。泥潭一点一点地将他吞噬，他却说：“你们可以跑了。”

但还是没有人跑，有人撕心裂肺地号叫，发疯一样和对手血拼。

那场游戏黑桃还是赢了。

队友们在恐惧的重压下集体爆发，抗住了拉塞尔公墓进攻的兵线，其中一个人爆发后斩断了对方战术师的双臂，让其缴械。那个战术师无法使用法杖后，困住黑桃的泥潭技能解除了。

能进行攻击的黑桃是不可战胜的，于是胜利理所当然地降临了。

那场比赛，当黑桃握着鞭子，沐浴着淤泥和血从深不见底的沼泽里爬出来的时候，全场都沸腾了，他们站起来为黑桃，为这个宛如从深渊里爬出来的恶魔尖叫、欢呼。

他从上到下都被泥裹满了，长达七天的拉锯战让黑桃的身上全是醒目的脏污和恐怖的伤口，好几根被折断的骨头裸露在皮肤外面尖锐地支着，泥水混合着血块挂在骨头上凝固了。

就算他的姿态如此狼狈，也没有人怀疑最后的胜利不会属于这个狼狈的家伙。

十几分钟后，黑桃站在溃败的倒地下跪的拉塞尔公墓战队队员面前，他神色如常，垂手握着沾血的鞭子，象征着胜利的游戏核心道具被他握在右手里，泥点从他的下颌和指节上滴落。

拉塞尔公墓战队队员颤抖着，这些第一次上场的新人语无伦次地求饶、大哭。

同样是新人的黑桃一言不发地看着他们，中间隔着的是胜者与败者的距离，是生与死的鸿沟。

这是一场生死自负的游戏，他们用尽一切办法暗算了黑桃，黑桃也完全可以为了泄愤杀死他们。

观众席上兴奋的欢呼声连成一片，有人扯着嗓子嘶吼："淘汰他们！"

拉塞尔公墓战队的人绝望地闭上了眼睛，他们为了胜利牺牲了别人的生命，但最后却要为了失败付出自己的生命。

他们以为自己一定会死，所有人都以为他们一定会死。

最后黑桃问了他们一个问题。

黑桃的眼睛被覆盖着泥的额发遮住，他开口："你们将死亡施加在队友身上，我的队友竭力避免我死亡，都是因为害怕死亡。"

"但你们将生的希望寄托在别人身上的时候，"黑桃俯视着这群人，藏在额发下的眼睛没有一丝情绪，"看不到你们死亡的命运同样被捆绑在一起了吗？"

这群人哑口无言地仰视着黑桃。

黑桃安静地等着答案。

那位被斩断双臂的战术师艰涩地仰头回答："……不是这样的，死一个人我们就都能活下来，这是我们的战术，而且这战术是有效的，就算你是黑桃，一开始不也掉入陷阱了吗？”

“这样做是为了保护更多的队员！死一个人就能救这么多人！”他喋喋不休地、热泪盈眶地、激动地解释着，也不知道是为了说服别人，还是为了说服自己。

等到他说完，黑桃像是得到了答案，平静地点了点头：“我知道了，你看不到自己的命运。”

“我不会杀死你，你有你的命运，你的死亡不属于这里，也不由我赐予。”黑桃无波无澜地继续说下去，“你会死在自己的泥潭里。”

战术师愕然地望着转身离去的黑桃，他眼里还有泪。

黑桃最终没有杀死他们。

但不久之后，拉塞尔公墓战队在下一场联赛里准备再一次故伎重施献祭队友的时候，被敌方队伍抢先杀死了。

那位战术师淹死在自己刚刚发动的泥潭技能里。

这人回忆完那场比赛，不由得唏嘘：“我从那个时候就搞不懂黑桃脑子里在想些什么了，换作是我在气头上，肯定直接就把那群人杀了。”

“不过我觉得因为这件事，”这人看向逆神的审判者，发自内心地说，“黑桃终于意识到了团队的重要性，所以今年才会把你挖过来。”

逆神的审判者沉思了一会儿，突然说道：“其实我也问过黑桃为什么会选择我来做你们的战术师。”

这人好奇地问：“他怎么回答？”

逆神的审判者笑笑：“他说，我看到你的命运就是给我做战术师，然后死在赛场上。”

这人喷了一口水：“他直接在你面前这么说？！这也太……”

在预言家面前这样用死亡威胁对方……不愧是你，黑桃！

“纠正一下，我的技能不是预言，是叫‘聆听神的只言片语’。”逆神的审判者耸耸肩，“有时候我都快分不清预言家是他还是我了，这家伙的直觉准得惊人，简直比预言还好使。

“比如《冰河世纪》这个副本，其实我们都去过了，里面那个会变成人的未知生物 X 的衍生物相当麻烦，就算是我也很难分清到底谁是真人，谁是怪物。就算我们的能力都不弱，在这个副本里也寸步难行——因为我们找不准攻击对象。”

逆神的审判者看向坐在他对面的队员：“但你还记得黑桃和我们在一起的时候，他是怎么通关这个副本的吗？”

这个队员喃喃自语：“他一进去就把除我们之外的复制体全都杀了……”

逆神的审判者点点头：“是的，黑桃一进去就很快找出了藏在方小晓身体里的艾德蒙，杀死对方之后，破解他利用粒子装置影响全球气候的阴谋，就可以完成让全球变暖的主线任务，然后通关了。”

“这就是这个游戏的 normal ending 线，”逆神的审判者摊手，“从我们进入游戏，到我们在一大堆复制体的尸体旁边找到黑桃，他只用了不到三十分钟就通关了。

“你不好奇吗？为什么这家伙这么容易就能就辨别出谁是人，谁是怪物？这个游戏里怪物拟人可是能做到当事人都会怀疑自己是真是假的地步。”

这人摸着下巴沉思起来，疑惑道：“对啊，黑桃是怎么辨认出来的？”

“我问过他，”逆神的审判者脸上露出无奈的表情，“你知道他是怎么回答我的吗？”

这人问：“他是怎么回答你的？”

逆神的审判者深深地长叹一口气：“直觉——他纯靠直觉辨认出来的。”

“虽然我很不想承认他的直觉非常厉害，但黑桃的确从来不骗人。”逆神的审判者扶额叹息，“但这样就更麻烦了，黑桃要融入队伍，就必须相信我的战术而不是他的直觉。

“但他的直觉如果准确率如此高，我根本没有办法，也没有信心去说服黑桃放弃靠直觉行事，让他服从我的战术安排。”

这人听得皱起眉：“有办法让我们配合黑桃的直觉走吗？”

“我想过，”逆神的审判者深吸一口气，“但没用。黑桃根本没有办法准确地向我们表述自己的直觉，他的直觉通常就是一瞬间的感受，需要去捕捉，等我们反应过来，他已经跑到离我们八百里开外的地方了。”

这人似乎也想起了在游戏里追逐黑桃那段惨痛的日子，生无可恋地趴在桌子上，表情也变得凄苦起来：“只留我们在原地寻寻觅觅。”

“主要还是沟通问题，黑桃和我们说不了几句话就开始走神，我敲锣打鼓都吸引不了他的注意力。”逆神的审判者五官皱成一团，用手撑着头，双目发直，“能不能来个人让黑桃开开窍，让他学会如何与人交流……”

游戏内，罗斯冰架旁。

黑桃收拾好东西之后将行李绑在雪橇板上，将安全绳绑在自己的腰上拖着前行。他低头把自己放在冲锋衣内衬的地图取了出来，眼神看向这张被狂风吹得发皱的地图，确认下一个要去的地点。

在去了罗斯海里那个浮标点之后，黑桃又去了好几十个地点，现在地图上的地点已经被他清扫得七七八八，只留下为数不多的几个地点。

最终他的目光在地图上掠了一圈，落在内陆的南极点，然后他缓缓地呼出一口白气。

艾德蒙观察站。

他记得这好像是那个叫白柳的玩家和自己一起登入的地点。

在确定目标之后，黑桃抽出了别在腰后的鞭子，调整了一下固定在脚上的滑雪板，然后前倾身体，膝盖微屈，目光穿越没有停过的暴风雪，锁定了某个方向，然后干脆地左右甩臂向下鞭笞雪地。

鞭子砸在了地面上，在他周身扬起了厚厚的一层白雪，黑桃把鞭子充当雪杖，利用快速挥鞭在地上产生的巨大的反作用力在雪上飞快地滑行，在白茫茫的地面上几乎成了一道橙红色的闪电。

如果逆神的审判者在，又要对着黑桃嘶吼："不要把这么贵的鞭子当雪橇狗借力使，用鞭子的力量拉雪橇啊！"

但他不在。

于是黑桃戴着黑色的护目镜，弓着腰左右挥鞭，顺畅地滑行，很快就消失在了席卷而来的风雪里。

五岳站。

白柳他们只在五岳站稍作停留，就乘人不备从里面钻了出来，抢走了停靠在外面的一架直升机，在五岳站众人发现之前直接开着直升机飞走了。

直升机外风声呼啸，在这样能见度不超过三十米的天气里开飞机简直是在死神的镰刀上跳钢管舞，随时都有可能机毁人亡。

但作为驾驶员的唐二打无法违抗白柳的命令——他们的战术师现在眼睛发亮，一副马上就要捡到一亿元的兴奋神情，连呼吸都微微急促了，抓在他驾驶椅靠背上的纤细十指泛白。

"开到哪里？"唐二打嘶吼着问。

白柳回答："艾德蒙观察站。"

261

直升机跌跌撞撞地飞过漫长的白色雪原，中途因为狂风不得不迫降了两次。

等唐二打一行人抵达艾德蒙观察站的时候，已经接近第三天的清晨了。

直升机降落在离艾德蒙观察站几千米远的地方。

现在风雪已经停了，远远望去，艾德蒙观察站被厚厚的雪包裹掩埋，但诡异的是，门口那块地上的雪却是被清过的，露出下面的一块空地，门也是半掩地敞着。

唐二打一看这情况就知道不对劲："有人在里面。"

牧四诚搓搓胳膊，脸色阴沉："那群我们的复制体不会还在里面吧？"

白柳蹲在直升机机库旁边的地下室合页门前面。

一股灰烬和强酸腐蚀后的刺鼻气味从地下室的合页门里涌出来。

合页门上的雪也被清扫过了，大敞四开，门旁边白柳走之前放置的两桶汽油不见了，反倒是地下室里面黑漆漆一片，还有点热气往外冒。

从白柳的角度看过去，墙壁上都是燃油不完全燃烧残留的煤灰，台阶上还滴滴答答地往下滴落液体和雪水，一看就是才烧完没多久，还没来得及冻上。

刘佳仪也注意到了这边的异常，她蹲在白柳旁边："看来我们走之后，那群复制体把地下室里的怪物给烧了，还倒了强酸腐蚀它们。"

她的眼神扫过地下室地面积的一层液体，又不解地皱眉道："但我走之前和木柯清点过艾德蒙观察站的物资，我记得这里没有储备这么多强酸。"

强酸这种化学试剂哪怕在科研站都是稀缺资源，刘佳仪走之前基本掏空了艾德蒙观察站的强酸。

就算这样，她也要小心翼翼、精打细算才能勉强对付那些怪物，顺利逃走。

刘佳仪蹲下，拿出一块金属接了两滴台阶上滴落的强酸液体。

金属表面很快被腐蚀了，滋滋地冒出气体。她蹙眉："这人完全就是成桶往地下室里倒强酸，他哪儿来那么多强酸？"

清理地下室的人用强酸相当随意，往墙壁上、台阶上到处泼洒，有股铺张浪费劲儿，似乎对强酸这种在副本里来之不易并且十分稀缺的资源没有什么珍惜的意识。

"那就只有一种可能性了。"白柳的目光落在那些缓慢结冰的强酸液体上。

刘佳仪猛地反应过来："有个玩过这个副本的人，自己带了强酸进来——黑桃来过这里？！"

此时，观察站二楼的牧四诚发出一声惊叫："这是什么情况？！"

白柳和刘佳仪对视一眼，拿出武器往门口走去。

等他们进入观察站，爬上二楼之后，刘佳仪警惕地拿着枪走在白柳前面："怎么了？"

牧四诚回过头来，脸上青白交错，手颤抖地指向餐厅的方向，嗓音也发颤，似乎被吓得不轻："你们自己看吧……"

白柳越过牧四诚看向他身后的餐厅，略微挑了一下眉。

他明白牧四诚为什么会露出那样的表情了。

餐厅里的座椅都被粗暴地踹开，碎裂的桌椅板凳被散乱地堆叠在房间的四个角落，餐厅中间腾出一大片空地。

而这片空地被某个东西砸出了一个轮廓近似于正方形的洞口。

洞口直接穿透了二楼的地板，可以透过二楼餐厅地面上的这个洞口看到一楼的场景。

洞口的边沿有一圈人奋力挣扎留下的血手印，密密麻麻地布满地板——可以看出曾经有一群人扒在洞口边沿，试图努力爬上来。

一楼正对着洞口的是一个巨大的玻璃水缸，似乎是从屋顶搬下来的，现在里面盛满了黏稠得几乎流动不了的浓酸，此刻这些浓酸正咕噜咕噜地冒着泡。

而这个玻璃缸就像是垃圾桶一样，堆满了各种各样焦化的支离破碎的“尸体”。

这些尸体大部分都还处于没有完全反应完的状态，皮肉上不断发出奇异的被腐蚀的嗞嗞声，“他们”的手掌不断在强酸池里用力拍打。

而让牧四诚惊诧的则是这些尸体的样子。

处理这些尸体的人做事有些粗糙，不怎么走心，相当一部分的尸体脸部都还是没有被燃油完全烧焦的，能清晰地看出“他们”的模样。

——这些尸体长着白柳、牧四诚、唐二打、刘佳仪和木柯的脸。

这样一群长着自己的脸的焦尸在黏稠的浓酸里如此痛苦地挣扎，皮肤、肌肉、骨头被酸液无孔不入地侵蚀着。

哪怕知道这群东西不是人，是怪物，也难免感同身受地觉得毛骨悚然。

牧四诚后退两步，和那个血迹斑斑的洞口拉开距离，神色紧张地咽了一口唾沫，开口嗓音沙哑无比：“……有人把艾德蒙观察站里这群变成我们的样子的怪物全都杀了。”

“而且速度很快，”唐二打半蹲在洞口边缘，伸出两指触了触残留的血渍，抬头脸色凝重地补充，“血还没完全凝结。”

白柳的视线从那些血渍上移到木柯脸上：“我记得你说过，这些变成我们的怪物是有技能的？”

“是的，”木柯也是一副受到了冲击的样子，瞳孔都处于一种轻微收缩的状态，仿佛无法思考般怔了一两秒，才回答白柳的问题，“我们走之前和这些怪物起过冲突，差点被它们挟持。”

“但它们并没有我们强，我觉得可能是因为发育得还不够成熟，能力只有我们的二分之一左右。”刘佳仪接话，她神情冷峻地看向一楼，缓缓呼出一口气。

“但艾德蒙观察站这里并不是只有一个‘我们’，而是有一群‘我们’在混战。

“他在短时间内把这么一群和我们能力大致相似的怪物迅速控制住，还用鞭子砸开地板做了这个强酸池，把尸体扔进去处理了。”

刘佳仪的脸色第一次这么难看：“黑桃的能力……太强了，他比去年更强了。”

“我们就算是打团战也赢不了他，接下来要怎么做？”她仰头向白柳请示。

白柳走到洞口边沿，屈膝单腿下蹲，神色不明地盯着下面强酸池里那些渐渐被淹没后消散的“白柳”们看了一会儿。

在这些长着自己的脸的焦尸变成骨头，再变成颗粒和一些没有具体形状的残骸之后，白柳站起来，收回自己的目光，转身看向其他人：

“搜索整个观察站，找出黑桃来这里的原因。”

半个小时后，一群人再次聚集在一楼。

擅长记忆和搜索地图的木柯首先汇报自己的发现：

“很多地方都被搜过了，黑桃应该是要找什么东西，但是搜得很简略，不像是在找文字类资料或小物件。

“目前没发现黑桃带走任何东西，所以他想找的东西应该还没找到。”

“四楼散着摆放的步枪和子弹他也没动过，”唐二打补充，“和我们离开的时候情况差不多。”

白柳坐在桌子旁，他抽出一张纸，在纸上归纳信息，语调冷静地进行总结：“首先，我们可以确定一点，黑桃反复进入这个游戏是为了寻找一个东西，而这个东西很有可能和游戏主线有关。

“黑桃一开始是和我一起在艾德蒙观察站登入的，但是他那个时候没有搜查这里，而是直接离开这里去了外面，我们从这点可以判断——那个时候黑桃觉得艾德蒙观察站没有他要找的东西。”

白柳的笔尖在纸上顿了一下：“但是现在他又回来了。”

刘佳仪很快意识到了他为什么这样做：“黑桃在外面也没有找到，所以决定回艾德蒙观察站来碰碰运气，结果恰好遇到了留在这里的我们的复制体，于是就杀死了他们，然后又在观察站里找了一遍，但还是没有找到，就离开了。”

白柳眼眸半闭，边思考边点着笔尖：“现在问题的关键是，黑桃反复进入游戏到底要找什么？”

“这个游戏的主线任务是让全球变暖，黑桃要找的可能是和全球变暖有关的东西。”木柯沉思后提出观点，“关底 BOSS 有没有可能是艾德蒙？按照游戏一般的设计，只要打倒关底 BOSS 就可以通关，达成 normal ending。”

“我不觉得以黑桃的能力，会在进入游戏这么多次后连 normal ending 都没有达成过。”白柳否定了木柯的观点。

他的笔尖在纸上顿了两下，然后写下了“尸块”两个字。

白柳抬眸："我觉得黑桃想找的可能是由尸块改造而成的粒子气象装置，他走的应该是 true ending 线，从根源上杜绝全球再次变冷的可能性。

"按照艾德蒙的行事风格，他很有可能把粒子气象装置放到了他觉得南极影响世界气候的那六百个地点。"

木柯疑惑不解："但那六百个地点都是标注在地图上的，如果黑桃要找，可以直接按照地图去找，没必要来艾德蒙观察站翻找——艾德蒙观察站没有放置任何粒子气象装置。"

白柳在纸上写下了"600""实验样本保存"，然后在旁边打了个问号。

他抬起眼皮看向木柯："那就说明黑桃想找的不是这六百个粒子气象装置当中的尸块，而是这六百个粒子气象装置之外的尸块。"

木柯轻声重复了一遍白柳的话："这六百个粒子气象装置之外的尸块……"

他仿佛意识到了什么，微微睁大眼睛，看向白柳："是艾德蒙还没有做过实验，没有把它变成粒子气象装置的尸块，对吗？"

"艾德蒙是个经验丰富的科研学者，"白柳淡淡地提醒，"他不会一次性把所有的实验材料全部消耗完，通常会保留一部分作为样本，这部分样本应该就是黑桃想找的东西。

"你翻阅一下实验报告，艾德蒙前期得到的尸块，他没有动过的是哪一块？"

木柯迅速低头翻阅了起来，指尖顺着一行行晦涩难懂的报告记录往下滑，最终定格在某个单词上。

"找到了！

"在早期艾德蒙得到的三部分尸块里，包括左手、脚踝，还有一整颗保留了动脉血管和静脉血管的心脏。"

木柯有些兴奋地抬起头，语速飞快："我只能查找到对左手和脚踝的实验记录，但没有任何关于这颗心脏的实验记录——艾德蒙很有可能是保留了这颗心脏作为样本储备！"

白柳戴上手套和帽子，推开门："这颗心脏应该就是黑桃想找的东西，也是这个游戏达成 true ending 的关键。我们出发。"

风雪迎面盖住了白柳漆黑深邃的眼睛，在黄昏的夜色里裹挟着他平静的声音远去。

"——我们要赢黑桃，就要抢在黑桃毁灭这颗心脏前找到它。"

冰雪遍布的海岸边潮涨潮落，往里走地面上褐土和白雪斑驳交错，上面坐落着一栋年代久远的小木屋。

这是一栋看起来相当老旧的小木屋，门框和门槛上剥落的油漆在小木屋表面留下如麻风病人皮肤般的斑点，屋顶堆在摇摇晃晃的腐朽的承重墙上，靠横向排列的木板固定。

门前立着一个像旅游景点指示标一样的牌子，上面写着“斯科特小屋”，下面写着“1912 建造”。

这栋一百年前的、已经是文物、被当作旅游景点的古老木屋里正散发着温暖的火光，仿佛有人正在里面歇息、烤火。

顺着映照在雪地上的火光往小木屋里走去，火堆在壁炉下熊熊燃烧着，旁边的木凳上坐着一个眯着眼睛的老人。

他戴着一副褪色的金色挂饰眼镜，轻声哼着不成调的歌曲，脚随着音乐打节奏，脊背都佝偻得不成样子了，似乎经受了不少折磨。

火光照耀在他苍老的布满皱纹的脸上，映出的影子在墙壁上摇晃。

漆黑的影子里走出了黑桃，他身姿笔挺地站在火光照耀之处的边缘，手里握着长鞭，长睫和发梢上都挂着还没消融的雪。

黑桃看着老人，声音清晰，语调和缓：“艾德蒙。”

老人微微睁开一只眼睛看过去，他似乎有些无奈，又感到好笑：“你又来了年轻人，你似乎很喜欢来我这里。”

艾德蒙和蔼地笑着：“你杀死过我很多次了，就是为了那颗你总是找不到的心脏吗？

“那颗心脏对于你很重要？”

黑桃开口，却答非所问：“你不应该记得我杀死了你。”

艾德蒙取下眼镜，望向黑桃，笑得很柔和：“因为我只是游戏里的一个邪恶的 NPC，这个副本本应该随着你们的离去不断重新开始，而我应该遗忘一切，是吗？”

黑桃点头。

艾德蒙笑笑：“可能是我活得太久，做的事情太残忍了，上帝不肯饶恕我，让我记得我做过的一切——我的确记得你杀死了我很多次，你是这个游戏里最常出现的人，我几乎都想和你做朋友了。”

他的目光在黑桃滴水的长鞭上停留片刻，调侃道：“当然，如果你不一进游戏就用鞭子来勒我就好了——窒息的过程总是痛苦的，如果你愿意让我选择死法的话，我更喜欢被烧死。”

黑桃不假思索地同意了：“可以。”

艾德蒙于是哈哈大笑起来：“孩子，我相信你是真的听不懂别人的玩笑话了。

“你的那些队友一直觉得你很让人头疼，对吧？那个叫‘逆神的审判者’的家伙已经苦恼到忍不住和我这个 NPC 倾诉烦恼，说不知道该拿你怎么办好了。”

艾德蒙戏谑地打量黑桃："他看起来难过得快哭了，有你这样的朋友真是一件有趣又麻烦的事。"

黑桃对别人给自己下的定义不做评价，他说话做事向来单刀直入："这次你还是不愿意告诉我心脏在什么地方吗？"

艾德蒙的眼里倒映着火光，他这样的老人似乎都应该有一双浑浊的双眼，但艾德蒙的眼睛却依旧纯净无瑕，干净得就像是南极冰面下三万年以前落下的雪，泛着一种近乎冰面的浅蓝色。

"不能，我的孩子。"艾德蒙的眼神看向远方，他摇头，"你可以再一次杀死我，但我永远不会告诉你我将心脏藏在了哪里。

"那是我的原罪，只有上帝才知道它的藏匿之处。"

黑桃将嘴唇抿成一条直线，他对这个结果明显不满意，有种郁闷的感觉从他用指甲抠鞭子的小动作体现出来。

艾德蒙望着黑桃，脸上依旧是那种洞察一切的友善笑意："这次你也找齐了我的六百个粒子气象装置，我很少看到能够找齐而不被冻死的玩家，你真厉害。"

"但有一个装置是无效的，"黑桃看着艾德蒙，"冰穹A下面的装置里没有装尸块粒子，我无法集齐六百个尸块。"

"但你已经通关过这个游戏了，不是吗？"艾德蒙煞有介事地晃晃脑袋，举起手指强调道，"你的朋友告诉我，你只在意输赢，你已经得到了你想要的，为什么不让我的秘密永远只是个秘密呢？"

艾德蒙望着黑桃，嘴角含笑，碎冰般的浅蓝色眼里闪烁着如篝火般昏黄的光芒："你为什么这么执着于一颗不属于你的心呢？这可不浪漫。"

黑桃略微停顿了一下——似乎他也不知道这个问题的准确答案。

"直觉——我必须要毁掉这颗心脏和所有的尸块。"

黑桃抬眸："每个人都有自己既定的命运，我能看到这颗心脏的命运和我连在一起，并且它应该由我毁灭。

"它和我都不该存在于这个世界上。"

艾德蒙脸上的笑意渐渐消失，他喃喃自语："你在自我毁灭，孩子……"

"嗯，"黑桃平静地回答，然后问，"你想藏起来的原罪是什么？"

艾德蒙脸上一丝笑意也没有，他终于显现出一点属于他这个年纪的老态。

他扶着额头长长地叹了一口气，神色和动作都掩藏不住疲惫和恍惚："我的原罪是一件我从头到尾都没有意识到我该为之忏悔的事情。"

"我怨恨迫害我的事物，憎恶背叛我的学生，怜悯我思念的朋友。"艾德蒙深深地吸了一口气，像抽烟一样缓缓从鼻腔呼出，目光越过面前的火堆看向很远的地方，“我没有做对过一件事情，我为此忏悔。但有一件事让我明白，我的丑陋远不止这些。”

艾德蒙放在椅子边的双手颤抖了起来，他闭上眼睛，眼泪落入如沟壑般的皱纹里，声音沙哑，艰涩地说：“——那些尸块。

“那些不是什么尸块，是一个活着的生物被分解的肢体，他有意识，有感觉，有感情，他知道我在对他做多么丑恶的事情。”

艾德蒙睁开了眼睛，那双清澈的眼睛终于在此刻变得浑浊，他哽咽道：“——而我在看到那颗不断跳动的心脏时，才知道自己做了什么。”

艾德蒙转头看向黑桃，他似乎在一瞬间苍老到快要死去。

“你说的游戏剧情，或许就是我的命运吧。我被这命运，被看不见的线牵引着走向自我毁灭的深渊，形成一个循环，这个循环就如乐园一般，供来往的人玩弄、娱乐，我以为自己可以逃离这个可怕的游戏。

“但逃离之后，我发现自己只不过是进入了一个更大的命运循环里，永远都只是操纵我命运的人手中的玩具，而人类在所有的世界线里永远都会因为失控的欲望而走向自我毁灭，这是我们被赐予的命运——他想看到这个。”

艾德蒙眼眶里有泪光在闪动：“所有人都应该为自己被命运赋予的残忍受到惩罚，但我知道，在那位看不见的人眼里，我因愤怒所施加的不当惩罚，也不过是他算计好的命运的一环。

“我所做的一切，都只是……游戏而已。”

黑桃无波无澜地看着他：“但你可以决定你这次的死亡方式。

“我会如你所愿把你烧死，而这对你和我来说都不是游戏。”

艾德蒙含泪笑了：“我知道。

“这是……你想要的胜利，和我想要的命运。”

另一头。

白柳乘坐直升机在地面逡巡着，他们已经路过了三个地图上标记的地点——那六百个地点之三。

但结果都不尽如人意。

海面上的浮标都已经被掏出来破坏了，都不用白柳他们下沉去找，仪器的残骸就直接摆放在海岸边，金属盒子也被随手丢在仪器里，里面的粒子已经被销毁得干干净净。

地面上的粒子气象装置都用气象气球绑着放飞到天上了。

白柳他们已经看到好几个被戳破的气球掩埋在雪里——情况和海岸边差不

多，金属盒子里的粒子也被销毁了。

越往这些地图上标记的地点走，情况就越糟糕。

在看到冰穹A旁边被掏空的装置的时候，白柳下达了终止命令：“六百个装置应该已经都被黑桃找完了，艾德蒙应该没有把心脏藏在这六百个地点。”

“那他会把心脏藏在什么地方？”木柯在狂风里大吼，这样才能确保白柳能听得到他说的话，“这六百个地点已经囊括了所有对艾德蒙有特殊意义的地点，冰穹A、南极点、五岳站、斯科特小屋都在里面了，他有可能把心脏藏在其他地方吗？”

“有，”白柳转头看向木柯，“还记得这个副本的主线任务是什么吗？”

木柯点头：“让全球变暖。”

“如果说让全球变冷是艾德蒙欲望失控后对所有人，包括对他自己的惩罚，那么让全球变暖就是他转变的一个契机。”白柳呼出的气里都是白霜。

谈话间，唐二打操纵着直升机稳稳降落在了一个新地点。

白柳走下直升机，来到一片空旷的雪原上。

这是一个没有留下任何脚印和痕迹的地点，没有被放置过任何装置，也没有任何人来访过的迹象，远离所有观察站，甚至都没有独属于自己的名称。

怎么看都是一个奇怪的、没有任何特点的地点。

这是白柳选定的让唐二打降落直升机的地点。

木柯小跑着跟上白柳，呼吸急促：“白柳，你觉得这是艾德蒙藏心脏的位置吗？”

他差一点就要把“为什么你觉得会是这里”问出口，但碍于他对白柳一向盲目信任，觉得还是先挖再说。

但有人问出口了。牧四诚环顾周围，疑惑地问白柳：“为什么艾德蒙会把心脏藏在这里啊？我都不知道这里是什么地方，也没在艾德蒙的传真或者是实验报告里见过这个地方啊。”

白柳换上防摩擦手套，开始帮唐二打搬运探测和挖掘冰面的器材。

牧四诚上前接手，眼神求知欲十足地望着白柳。

白柳探身，从直升机的后座上取来一沓实验报告，递给牧四诚：“你边看我边解释——刚刚我说了，全球变冷是艾德蒙愤怒之下对于人类的惩罚，但在此之前，全球变暖也是一种惩罚，而且是人类自作自受招致的惩罚。”

牧四诚情不自禁地发出感叹：“我到底做错了什么，怎么变冷变热我都在受罚？”

白柳笑了一下：“对，这是一种宗教的观念，认为人生来就是有原罪的，而活着就是赎罪的过程。如果把整个过程看作艾德蒙要人类赎罪，就清晰多了。

“他觉得其他人有罪，于是他惩罚了其他人；他觉得五岳站的人无罪，但这种无罪在有罪的环境里也是一种罪，因为会招致欺凌，于是艾德蒙决心磨砺五岳站的人，让他们作为‘诺亚方舟’上的人类存活下来。”

“艾德蒙深知自己这样做是不对的，是有罪的，而他赎罪的过程——”白柳目光深邃，“就是藏匿那颗他没动过的心脏，保护他在外界环境的压迫下被迫残害的第一个无辜者。

“他保存心脏一方面是为了保存实验样本，另一方面是为了保存自己的原罪。”

白柳看向牧四诚：“你觉得艾德蒙这样的人，会把自己的原罪保存在什么地方？”

牧四诚诚实地摇摇头。

白柳微笑：“当然是他下定决心开始实施自己的罪行，并且罪行生效的那一天。”

牧四诚眼睛里冒问号：“是哪一天啊？”

“八月十号，他开始为五岳站的人腌酸菜的那一天。”白柳看向他面前的空地，勾唇一笑，“在艾德蒙累攒下来的三十多年的温度记录里，八月十号那天这个地点是南极最冷的地方。

“没有比这里更适合储存一颗正在跳动的心脏的地方了。”

262

牧四诚低头，在那堆白柳递给他的厚厚的三十多年的温度记录里翻找了一阵，找出了前年八月十号最冷的地点。

记录里清晰地标注出了这个地点的经纬度，正是白柳他们现在所在的地方。

唐二打把雷达探测仪搬到了冰面上，呼出一口热气，直起腰转头看向白柳：“还是老规矩，先探测然后钻孔吗？”

白柳颔首。

唐二打把沉重的液压锤搬到冰面上，仔细地检查了附近没有冰裂隙后，爬上直升机开始操作仪器。

刘佳仪和他一起回到直升机里。

这个地方的风太大了，狂风几乎要将她从平地上卷走，迫使她不得不回到直升机里。

刘佳仪双手扒在唐二打的驾驶座上，踮着脚，努力探头看向仪表盘上的雷达屏幕。

仪器一层一层地向下扫描着，最终在一千多米的地方扫描出了一个外形规则的金属物体，这个发现不禁让她皱起了眉：“这么深？得挖多久？”

“保守估计要作业六个小时，”唐二打揉搓了一下自己搬运仪器冻得发红的手，皱眉道，“有点麻烦，这里温度太低了，我们几个人就算是轮流做工，休息的人也没有办法取暖，因为燃油也要用完了。

“如果强行挖掘，会很危险。”

刘佳仪看向挂在唐二打手边的测温仪，抬起头来问他：“但现在这里的温度不算很低，只有零下三十多摄氏度，之前你们不是在五岳站那边零下五十多摄氏度的环境里安全作业过吗，为什么在这里作业反而更危险？”

“因为这里的风速太强了，”唐二打神色凝重地解释，“在南极，风是比雪更冷的东西。

“低温只会缓慢地带走人的热量，但高速的风会更快地降低人的体表温度，一直暴露在这种大风里工作，我们这样不完善的设备和保暖措施，很容易被狂风带走大量热量，直接被风吹得冻死。”

唐二打看向直升机外正在稳住器材的白柳他们。

牧四诚和木柯在短短几分钟内就冷得脸色发紫了，不停地在雪地上轻微地做运动来取暖，唐二打难得表现出忧虑：“我去把他们换回来吧。”

“但是你在这种狂风下也坚持不了多久，同样会被冻成这样的。”刘佳仪思路清晰，一针见血地指出了症结，“就算我们每个人轮流挨冻强行挖掘心脏，冻死也就是早晚的事情——我们没有取暖的物资了，燃油早就不足了吧？”

刘佳仪顿了一下，还是忍不住说出口：

“我们没必要和黑桃在这个游戏里耗死，现在的我们赢不了他是很正常的事情，可以先说服白柳登出。

“无论是这个挖掘冰面一千米以下的心脏的任务，还是……还是赢黑桃，对我们来说太逞强了！”

刘佳仪紧紧扒住直升机的窗框，眼眶泛红，里面隐约有泪光，她的声音显得有些无力，像是一个无助的小女孩：

“黑桃真的很可怕，我见过红桃和他对战，她问我有把握从黑桃的手里救下她吗？我当时没有回答她。”

“但现在我可以告诉你答案，答案是绝对不能。我完全没有能力从黑桃手里救下任何一个我的队友。”刘佳仪忍着眼泪，攥住直升机窗框的细瘦手指泛白，“……我不想看到黑桃杀死白柳，就像之前他把‘白柳’丢进强酸池里一样。

“白柳一定会输的，而我救不了他。”

刘佳仪泫然欲泣："但我没有把握能成功劝白柳离开游戏，他更信你，你能帮我劝劝他吗？"

唐二打回望这个眼角含泪诚恳乞求自己的小女孩，她的神情是那样脆弱，他恍然间意识到——这个在他记忆里一向手段残忍、聪明绝顶的小女巫也在害怕。

之前在艾德蒙站看到的那一幕还是吓到了她。

尽管这个受到惊吓的小姑娘从登上直升机到现在一点都没有表露出来，镇静地等白柳离开之后才试图与他合谋。

唐二打往外踏的脚微微停顿，然后往外走了一步，深深地陷进雪地里。他回过头来把着直升机的门框，仰着头看向门边的刘佳仪，风把他帽檐边缘的动物绒毛吹得散乱。

刘佳仪说得没错，但白柳是战术师。

——这是一个不容置疑的身份。

"你是在质疑战术师的决策吗？"唐二打沉声问。

刘佳仪咬住下唇不说话了。

"永远不要质疑战术师的决策，"唐二打抬头直视刘佳仪，"在他做出决策的一瞬间，就已经做好了为赢得胜利付出生命的准备——白柳比你更清楚做这一切的后果。

"但对战术师而言，游戏的胜利才是最重要的。而你作为他的队员，要做的事情就是执行他的决策，最终赢得比赛。"

刘佳仪嗓音发哑："……就算白柳为了胜利而死也无所谓，是吗？"

唐二打很平静地说："是的，无所谓。

"因为这就是他想要的。"

唐二打说完转身离开了，在雪地上踩出很深的脚印。

刘佳仪站在门边低头看了一会儿唐二打的脚印，深吸一口气，胡乱揉搓了两把脸，擦干净眼角的泪，转身开始翻箱倒柜找地图和资料。

她狠狠地咬牙，心想：死就死吧，就算死也要先熬过这一劫，先把心脏挖出来再说。

不能冻死在这儿！

等到唐二打拿着钻孔机把白柳他们轮换回来的时候，刘佳仪已经熟练地在雪地上扎好了营，还拿出了取暖的设备给这三个人取暖。

牧四诚捧着一杯热水瑟瑟发抖，冷得说话都带着颤音："这儿也太冷了！"

刘佳仪递给白柳一张毛绒小毯子，白柳接过去擦了擦自己挂着冰的发尾："谢谢。"

“燃油不够了，”刘佳仪在这群人缓过来之后，冷静地叙述客观困境，“因为还要给直升机飞行留下足够多的燃油，我们的燃油不够挨六个小时。”

白柳略加思索便提出了解决方案：“附近有其他观察站吗？我们可以搜地图，看看有没有燃油和物资可以补充。”

“没错，我也是这样想的。”刘佳仪取出一张地图铺在她和白柳之间，“但我仔细对照了一下，只发现了一个有可能有物资储备的地方。”

刘佳仪指向地图上的一个小木屋标识：“就是这栋斯科特小屋，这是一件文物，是 1912 年初代探险家过来的时候留下的。”

木柯一边冲自己的手心哈气，一边探过头来：“但这种文物建筑，还是木制的，易燃，会在里面留下大量燃油储备吗？”

“会，”刘佳仪肯定地回答，点了点头，“我翻过艾德蒙的书籍，里面有本旅游小册子，上面有不少关于这栋斯科特小屋的介绍。因为这个小木屋还在维护和翻修，有人居住在它附近，所以是有燃油储备的。”

白柳点头：“这里离这个地点不远，我们可以先直接步行去斯科特小屋看看。”

他干脆地下令：“木柯、牧四诚还有佳仪你们和我一起过去，带走小部分燃油和物资，把大部分留给唐队长。他耐寒能力强，有驾驶直升机的能力，并且对南极更为熟悉，让他在这里主攻钻孔和挖掘。

“等我们到了那边给他打卫星电话，如果有油就让他过去加油，如果没有，就让他继续在原地待命。”

白柳环视一圈：“有人有意见吗？”

木柯和牧四诚：“没有。”

刘佳仪抿了抿唇，没回答。

白柳安静地看着她。

刘佳仪抬起泛红的眼睛和他对视了一会儿：“你非要赢黑桃吗？”

白柳微笑：“非要。”

虽然对这个答案早有预料，但刘佳仪还是忍不住想骂他：“死了也无所谓？”

白柳笑笑，站起来拍了拍刘佳仪的脑袋，伸出大拇指擦去了她忍着不落的眼泪，轻轻抱了抱她：“——我保证我在死前就会赢他。”

一行人辞别唐二打，拿上雪橇和雪杖往斯科特小屋的方向进发。

斯科特小屋的确不远，一行人走了没多久，就看到了海岸边这栋风格怀旧的建筑物。

小木屋里隐隐有光，传出一阵温暖的热气，让一行从风雪中跋涉过来的人有种心旷神怡的暖洋洋的感觉，牧四诚舒服得都忍不住放松耸立的肩胛骨。

白柳把雪杖放在一旁，脱下雪橇鞋，拿出鞭子走进了斯科特小屋。

坐在吱呀作响的木凳上的是一位老人，他半闭着眼睛在壁炉边烤火，双臂交叠在腹前，正在打瞌睡，上翘的胡子抖动，传出一阵酣睡才能发出的轻微呼噜声。

白柳踏进屋子里的脚步声和从门口吹进来的风吵醒了他，他睁开了蒙眬的眼睛，看到了站在他前面不到五米远的白柳。

他仿佛很愉快，并不为这不速之客的造访感到苦恼，反而惊讶地挑了一下眉："瞧瞧，我发现了什么？"

艾德蒙含笑的目光落在白柳手边的鞭子上："——又是一位喜欢用鞭子的客人。"

263

"另一位拿着鞭子的客人离开了，他说他会在找到心脏之后给予我想要的死法。"

艾德蒙平静祥和地望着白柳，仿佛料到了一切般笑笑："但我知道他找不到，因为那不是属于他的心脏，是属于你的。你找到了我藏心脏的地方，是吗？"

白柳扬了扬眉梢，好整以暇地转过一把木凳坐下，有几分兴趣地抬头审视对面的艾德蒙："看来你不是一个简单的 NPC，你怎么知道的？"

艾德蒙取下挂在耳朵上的挂饰眼镜，一双仿佛漂浮着碎冰的眼睛里像是蕴藏着无穷无尽的广阔海域。

他恍惚地用萎缩的指节轻轻地去触碰白柳："我见过你，在某个人如梦境般的预言里。"

白柳问："谁的预言里？"

"逆神的审判者，"艾德蒙目光涣散，轻声呢喃，"我可以摄取他的记忆，于是我在他的记忆里看到了一切真相，看到了关于你的未来和预言。

"我因此觉醒了，再也无法忘记发生过的一切，也无法走向死亡和消亡，因为那不是真的，我知道我还会活过来。

"最终，我不得不一遍一遍地借由你们这些玩家的手来惩罚我自己，来让自己保持存在。

"只有上帝，只有神才可以彻底消解我的罪过，消解这个如游戏般邪恶的世界的存在。"

艾德蒙目光失焦地望着白柳，嘴唇颤抖着："——我在预言里看到过，你可以做到这一切。

"那是一个充满了希望和绝望的预言，是属于你，属于'神'的命运。"

艾德蒙用一种悠远的、圣洁的口吻复述了那个预言：

“它夸口将有人在他的影里漂泊，

“影中之人十四岁，

“于是它赠予此人脊骨、心脏与神徽，

“夸口此人将是它唯一的信徒。

“影中之人二十四岁，

“然后它陨落于雪原，信徒亡灵漂荡于深海，

“脊骨、心脏、神徽俱碎——”

艾德蒙双眼直直地望着白柳：“它更迭，‘神’因你而死，因恶永存。”

艾德蒙念完之后，仿佛受到什么不可抵抗的诅咒般弓起身子剧烈咳嗽。他仓促地从身前的口袋里抽出一条早已血迹斑斑的丝巾，捂住嘴嘶哑地咯血。

艾德蒙就像是忍受着某种痛苦，竭力仰起头，像是呼吸不到空气，满脸痛苦地从喉咙里发出尖厉的气音。

他死死地握住了白柳的手，用布满血丝的双眼望着他。

“只有被‘神’踏过的游戏才是真实的，只有被‘神’摒弃的游戏才是可毁灭的，只有被‘神’杀死的怪物才再也不会存在。

“——白柳，当你进入这个游戏的一瞬间，这个游戏就真实地存在于所有维度了。

“如果黑桃真的彻底毁灭了那些尸块，塔维尔在任何一个地方、任何一个时间点都不再存在了。

“它会像你之前通关的所有游戏里存在的怪物一样，被抓住弱点，完全地、永远地、彻底地消失在能被感知到的所有世界里，连存在过的痕迹都会被抹消。

“它并不是没有弱点的怪物，孩子，你所赐予的死亡就是它唯一的弱点。”

艾德蒙的脸变成窒息过度的酱色，声音细微到几乎听不见，眼里满含泪水，就像有一只看不见的大手凶狠地扼住了他的喉咙，阻止他向白柳透露这个预言。

“我知道它对你很重要，但孩子，没有人可以逃避命运，‘神’亦然。

“违抗命运所要付出的代价，是你想象不到的。”

艾德蒙松开了攥住白柳的手的一瞬间，似乎扼住他喉咙的手也松开了。

他从木凳上滑落，踉跄撑着地面稳住身体，虚弱地大口喘息、咳嗽，颤巍巍地从自己的腰包里掏出一瓶扁平的罐装伏特加，仰头快速灌了两口，才勉强缓过神来。

白柳脸上一丝情绪也没有，他的双手还维持着被艾德蒙紧握的样子搁在桌上，纯黑的眼睛无波无澜地看向坐在对面的艾德蒙：

“违抗命运既然有代价，那也不过是一场交易罢了。”

艾德蒙双颊酣红地回望他：“的确是交易，但那代价太高昂了，和我们交易命运的‘神’是个贪婪过头的家伙，谁都没有办法从他的手里赎回自己的命运。”

白柳平静地说：“既然交易不了，那就杀了他，换个人当‘神’吧。”

他说完，就像是什么都没有听过一样神色自然地起身。艾德蒙摇了摇头，挥手道：“我知道你们是来干什么的——燃油放在屋后，你们都拿走吧。”

他啜饮一口烈酒，喃喃自语：“——留一桶给我就行，我会被烧死的。

“一切……都快结束了。”

白柳离去的脚步没有丝毫停顿。

一行人拿了燃油之后就回去了——艾德蒙似乎早就知道他们会来，连燃油都绑在雪橇上，根本不需要通知唐二打开直升机过来拉载。

事情的进展无比顺利，但回去的路上大家都很沉默，气氛莫名凝重。

牧四诚倒是想开口问刚刚那段预言是怎么回事，但刘佳仪脸上难看到过头的表情遏制住了他询问的欲望。

白柳神情如常地把燃油交给了唐二打，回到直升机里记录数据，让另外三个人先去帐篷里取暖，做好等会儿轮换唐二打的准备。

他将一切都安排得井井有条，没有丝毫破绽，但刘佳仪没有如白柳所愿钻进帐篷取暖，而是爬上了直升机。

她冷得浑身发抖，灰蒙蒙的眼睛边沿被风吹得泛红，开口的声音透着竭力隐忍的沙哑：“白柳，你想干什么？”

白柳正坐在驾驶座上，没有回头回答她的问题——这是很少见的。

这家伙看起来很独裁，但自从刘佳仪在玫瑰工厂和他沟通过之后，凡事白柳都会仔细询问所有人的意见，再做出决定。

白柳并不是一个很专制的战术师，反而是少有的柔和的类型，从来不会对队员们提出的问题避而不谈。

之前刘佳仪犹豫是因为和白柳做事的风格不统一，算是一种不太合适的质疑。

但白柳的沉默坐实了刘佳仪刚刚萌发的猜想。

白柳……真的要做出格的事情了。

刘佳仪又问他：“白柳，你敢不敢看着我的眼睛告诉我，刚刚艾德蒙告诉你塔维尔会消失的时候，你脑子里在想什么？”

白柳依旧没有回头，但他这次开口了：“在想怎么赢过黑桃。”

“在不破坏塔维尔心脏的基础上，是吗？！”刘佳仪的声音有些尖锐。

她努力保持冷静：“白柳，你清醒一点，黑桃已经把 true ending 线打出来了，大部分塔维尔的尸体都已经被他给毁灭了，你要通关游戏就必须毁掉心脏。

“退一万步说，就算你能赢黑桃，逼他退出游戏，但你要保护塔维尔不被毁灭，只能阻止这个游戏结束，那你就要永远——”

“永远和这颗心脏待在这片雪原里，”白柳转过头来，语调平淡地补充了后半句，“只要有一个玩家被困在游戏里，游戏就不会结束，游戏的结局就无法载入现实，时间就是停滞的，塔维尔就算只剩下一颗心脏，也可以一直存在。”

刘佳仪泪如雨下：“你疯了吗？你会被冻死在这里的！”

她声音都在发颤：“白柳，游戏池里的商店系统和仓库都是被关闭的，而每个游戏在结束之前不能投入游戏池里进行轮回。如果你待在这里，而我们被你强制要求退出游戏，就再也没有人可以找到你了——就算你用灵魂纸币都没有办法和我们产生联系。

“你会一个人孤独地待在这里，一点一点消耗完这里的物资，然后被活活饿死、冻死。”

如果白柳要待在这里，刘佳仪完全可以猜得到这个家伙下一步要干什么——他绝对会逼走他们的！

白柳对刘佳仪猜测的情况不予否认，反而微笑着望着她：“不会的，我可以吃怪物的肉，变成怪物，就能活下来……”

他的话还没说完，刘佳仪低着头上前，抬手狠狠地给了他一耳光。

白柳被打得偏过头。

“你太过分了，白柳！”刘佳仪微微抬起头，她藏在护目镜下的眼睛视线模糊，一滴一滴地掉泪，脸颊哭得发红，声音却还是恶狠狠的，“你非要告诉我你会有什么下场，是吗？”

明知道白柳要做什么事情，明知道这个家伙做什么都是这副德行，一意孤行且无法阻拦，明知道她能猜到他要做什么——

但她偏偏拦不住，白柳总是能找出一万种办法达到自己的目的，所以她只能猜到他要做什么，然后眼睁睁地看着这家伙走到自己预料的那一步。

刘佳仪的眼泪再也忍不住，她咬牙切齿地骂：“白柳，你可真不是个东西，我瞎了眼才会进你的战队。”

白柳垂眼，脸上有一个小小的手印：“对不起。”

刘佳仪别过头，抽了抽鼻子。

入队以来，白柳从未对其他人说过“对不起”。

这人两次“对不起”都是和她说的，但说了也不会改，万事来了还是只顾得好别人，顾不好自己。

谁要他顾啊！他就不知道，不知道……

刘佳仪想到这里又是一股无名火起，恨不得再给白柳一巴掌。

但最后刘佳仪只是疲惫地坐了回去，缩在对她来说过于宽大的座椅上，畏冷地抱住双臂，把自己缩成一团，失魂落魄地轻声问：“那个叫塔维尔的游走NPC，对你就真那么重要？”

白柳望向直升机外。

窗外的风雪停了，南极这个季节罕见的日光倾洒在雪地上，透过玻璃在白柳的脸上映出一层朦胧的白光。

他这个时候居然还在笑，在这白光的照耀下，有几分如雪融化般的温柔。

“是的。”白柳转过头看向刘佳仪，声音前所未有的轻柔。

白柳眉眼浅弯，又重复了一遍：“是的。

“他非常、非常重要。”

264

“那你准备怎么处置……我们？”刘佳仪往座椅里缩了缩，把头埋进膝盖里，“……把我们丢出游戏，然后呢？”

“不是把你们丢出游戏，你们还有事情要替我去做。”白柳看着刘佳仪。

刘佳仪微微抬起头，两眼红通通地望着他：“……什么事情？”

“因为《冰河世纪》目前还没有任何人通关，也就是没有任何ending线出现，那么游戏对应现实的时间就是停滞的。副本还没有载入现实，现实就还有转圜的余地。”

白柳说：“我需要你们离开游戏，去阻止那架飞机坠毁在南极。”

刘佳仪舒展身体，她也意识到这里面有可操作的空间，蹙眉反问：“但按照游戏载入现实一贯的套路，这架飞机多半已经在南极上空了，我们一退出去，现实的时间就开始流动，过不了多久飞机就会坠毁。

“我们阻止不了一架马上就要坠毁的飞机，还是在南极。”

白柳微笑：“不，有人可以。”

刘佳仪疑惑地仰头问道：“谁？”

白柳：“杜三鹦。”

唐二打叩响了直升机的舱门：“已经隐约能看到一点金属盒子的轮廓了。”

他呼出一口白气，眉毛和头发上都挂满了冰霜，但他的神色比这些冰霜更冷：“——是异端处理局的盒子。”

现实世界，南极上空。

即将降落的双翼飞机上，拨了许久的通信信号还没有被接收到，飞机上的五名押送员已经察觉到不对劲了。

他们互相对视一眼，一种不祥的预感涌上心头。

“飞机——嗞嗞——呼叫地面通信台——嗞嗞——遇到大量云团及气流，听到请回答——”

电台依旧寂静无声，而直冲两方机翼的气流越来越强，越来越颠簸。押送员们深吸一口气，他们不得不做好最坏的打算。

“前面是什么地方？”

“罗斯海域。”

“准备迫降。”

……

南极，冰穹 A 附近观察站前的空地。

一群穿着显眼的红色冲锋衣的观察站队员搓手跺脚地仰着头看向天空，有些不安地小声讨论着：

“不是说今天让我们排查冰裂隙便于飞机降落吗？怎么还没到……”

“不知道，我刚刚从观察站出来，里面的联络员说很久都没有联系上押送员了，卫星电话等手段都用了，没有信号反馈……”

“不会出什么事情了吧？”

……

异端处理局，一区。

苏恙神色疲惫又紧张地披着一件对他来说有些宽大的队长制服，穿过夜里灯火通明的长廊，拐进了一间机械室。

机械室里一片混乱，咖啡杯摆了一桌子没收拾，几个正在操控仪器台的地面沟通员胡子拉碴地盯着大屏幕。

这些人眼下青黑，感觉头一歪人就要猝死了。

苏队长对押送尸块这件事情高度重视，下面的人自然而然也就跟着紧张起来。

从押送员离开港口，到现在飞机到达南极上空，地面沟通员一直全程和押送员保持交流，没有断联过，加班了好几天没有合过眼。

但就算这么小心，在飞机即将抵达南极，大家都要松一口气的时候，突然出事了。

无论用什么手段，他们再也联系不上飞机上的那五个押送员。

地面沟通员脸色惨白，回头问：“苏队长，怎么办？”

苏恙自从把押送员送走也同样没有闭过眼睛，他望着大屏幕上卫星探测出来的南极一片纯白的雪地，被那过于耀眼的色泽照得大脑空白了一阵。

一种无论如何都无法阻拦某些既定事情发生的无力感涌上心头。

“所以这就是预言家在异端处理局拥有至高无上的权限的意义。”岑不明不知道什么时候出现在了神志模糊的苏恙身侧。

苏恙怔怔地转头看过去：“岑队长……”

岑不明抱起双臂，用那双如鹰眼一般深黄色的眼睛望了一会儿雪地，侧过身和对苏恙对视：“因为看到比做到重要太多了。

“——命运自有安排，而我们这些牌面上的人物，只能服从。”

岑不明头也不回地和失神的苏恙擦肩而过：“准备给这五个押送员收尸吧。”

“苏队长，怎么办？”

“苏队长，我们还继续联系吗？”

“苏队长……”

“苏队长……”

苏恙闭上了眼睛，他扶着桌沿，嗓音沙哑地说：“活要见人，死要见尸，让南极那边准备搜救队员和……裹尸袋。

“无论什么情况都要把人给我带回来。”

游戏内。

白柳和牧四诚轮换了唐二打继续进行工作，风没有之前那么强烈了，取而代之的是有强烈紫外线光照的太阳。

不断靠近心脏的过程中，冰面的温度不断攀升，牧四诚都冒汗了。

“啧，怎么回事？”牧四诚抖了抖自己的领口，汗和热气一起升腾，“怎么突然变热了？这里的天气还能更善变一点吗？”

白柳蹲下，他看着出现明显融化迹象的冰面说道：“不是天气突然变热了。

“是因为我们要挖出心脏，完成主线任务，所以全球开始变暖了。”

唐二打从直升机里探头，大声吼：“白柳，气温升高得不正常，现在温度已经零上了！”

他从直升机上跳下来，几步就走到了白柳面前：“按照这个气温上升速度，冰面会很快融化。”

白柳摇摇头：“我觉得不光是很快融化，这颗心脏很有可能是艾德蒙构建全球变冷的核心装置点位，也是 true ending 线的最后一个道具。

“如果取出来，我怀疑全球变暖会导致整个南极冰盖全部融化。”

唐二打皱起眉：“那南极岂不是会变成一片汪洋大海？”

白柳抬眸望向他：“还有比这个更麻烦的。

“如果冰盖完全融化，南极的面积会急剧缩小，而且冰面和雪原的大量消失会导致气候剧变，暴风雪这样阻碍视线和移动的极端天气也会大量减少，在这样的地图里，我们会更容易被探查到。”

白柳一顿：“这会加快黑桃发现我们的速度。”

白柳的言下之意很明显，得想个办法把心脏藏起来，不然黑桃找来是迟早的事情。

唐二打眉头紧锁：“但藏在什么地方？黑桃的攻速和移动速度都太快了，整个南极所有地方都可以被他随时探查到，你把心脏放在哪里都不安全。”

他不得不喟叹一句：“除了不擅长解谜，这个家伙真是个完美的主攻手。”

白柳微笑：“就是这个，我们给他出一个谜题。”

唐二打一怔：“什么谜题？”

白柳说：“藏木于林。”

斯科特小屋。

快速上升的气温使这栋小屋周围的雪都融化了，它坐落在一片湿漉漉的丘陵中间，木板上溅满了泥点，显得脏污不堪。

白柳再次造访的时候，艾德蒙惊讶不已：“你们挖到心脏了？”

“是的，”白柳望着艾德蒙，把那个金属盒子递给了对方，“有件事情要麻烦教授。”

艾德蒙接过盒子，越发惊疑不定：“这是装心脏的盒子吗？为什么要给我？”

白柳微笑：“麻烦教授帮我一个忙，把这颗心脏藏起来，不被黑桃找到。”

艾德蒙无奈地苦笑：“孩子，黑桃是最常来这里的玩家，这里的一草一木他或许比我还熟悉，我没有把握在南极找到一个地方藏好心脏，不被黑桃发现。”

白柳说：“或许我有一个不错的地方可供藏匿，当然这个地方也不是完美的，也有被发现的可能，但目前来说在《冰河世纪》这个游戏里，这个地方对于黑桃来说应该是最陌生的。”

艾德蒙惊讶地问：“是什么地方？”

白柳注视着他：“我的身体里。”

“你的身体里……你的身体里已经有一颗心脏了，怎么还能有放置另一颗心脏的地方？”艾德蒙用一种开玩笑般的语调调侃他，“孩子，你可不能在这时候有二心。”

而白柳平静地回答他：“有的，把我的心脏挖出来就有了。”

艾德蒙愣怔半晌，他意识到白柳并不是在和他开玩笑。

他的视线不可置信地在白柳和自己手上的盒子之间来回地看了好几遍，然后颤抖着抬头望向白柳：

“你疯了吗？你要我取走你的心脏，然后把这颗心脏放进去？！”

“你会变成怪物的！”艾德蒙无法置信地看着白柳，他举起手里装着心脏的盒子高声强调，“你是一个真实的人，你有一段真实的人生，你和我这种游戏的产物完全不一样。”

“你知道你这样做意味着什么吗？！”艾德蒙颤巍巍地嘶吼。

“如果我把心脏放进你的身体里，这颗心脏和你的身体完全长在一起之后，你就会变成一个……一个……”

艾德蒙呼哧呼哧地喘着气：“一个彻头彻尾的怪物！”

白柳微抬眼皮，看着被艾德蒙高举的盒子，然后把视线移到他脸上。

“我一直都是个怪物。”

艾德蒙后退两步，他直视了白柳许久，最后仿佛过于疲惫般委顿下来，坐在椅子上。

“但就算你把心脏藏在身体里，这还不够，”艾德蒙抬起头，“黑桃也有可能会找到。要知道这家伙什么都很好，就是不擅长解谜……”

“我知道，”白柳说，“所以我给他准备了一道谜题。

“教授，你有没有办法准备大量的‘白柳’，然后给每个人做类似的心脏手术，输入‘我’做手术之前的记忆，然后让我藏在里面。”

艾德蒙愕然地望着白柳：“你这是想……给黑桃准备一道藏木于林的选择题？”

“没错，”白柳垂眸，“而且这是一道没有答案的选择题。

“——因为里面的每个‘白柳’都会以为自己才是真正的白柳，藏有的心脏是真正的心脏，连我也不知道自己是真的还是假的，不知道谜底是什么。”

白柳俯视着艾德蒙：“——只要坚持不断地生产‘白柳’，可以快过黑桃击杀的速度，这就是一道谁也解不出来的谜题。

“只要磨到他退出游戏，我就赢了。”

艾德蒙坐在木凳上，长久地沉默。

“你知道我在你脸上看到了什么吗？”艾德蒙低声自语，“我看到了做实验前夕的我，为了拯救自己所爱的事物不惜一切代价，狂热又疯狂。”

艾德蒙眼里满含泪光，抬起头说：“我会帮你，孩子，尽管这样做是错的。”

白柳认真道谢：“谢谢你，艾德蒙教授。”

水位线越涨越高，冰面在太阳的照射下融化得越来越光滑，直至最后一抹阳光从地平线消失。

但气温还在不断上涨。

“快到零上十摄氏度了，”唐二打脱下冲锋衣，朝四周看了看，蹙起眉，“白柳怎么还没回来？他不是说要拿着心脏去艾德蒙那里解锁最后的剧情，然后就毁掉心脏通关游戏离开这里吗？”

唐二打并没有和白柳一起去小木屋，不知道艾德蒙对白柳说的那些话。

也不知道毁掉心脏的结果。

刘佳仪抿着唇一言不发，木柯看了她一眼。

牧四诚发出了和唐二打一样的疑问：“对啊，他都走了多久了？”

“他再不回来，水位线就快要涨到我们这里了。”唐二打看了一眼已经四分五裂的像瓷砖一样的浮冰，“先上直升机——”

唐二打话音未落，一根纯黑色的鞭子从远处势不可当地横扫过来，缠住了直升机的起落架往回拉，将即将爬上直升机的唐二打拽了下来。

“是黑桃！”

牧四诚下意识地使出技能，双手张开猴爪，试图接住继续向他们扫过来的黑鞭。

看起来轻飘飘的鞭子砸到牧四诚的掌心里，让他产生了一种自己双手的骨头瞬间被粉碎的痛感，他来不及向其他人发出警告，直接被摔进了厚厚的冰层下。

牧四诚被鞭子的余力砸得胸腔凹陷，呛咳出一口血。

唐二打毫不犹豫地掏出枪对准黑桃快速射击，这个时候他们才从云雾里看到抖着鞭子往外走的黑桃。

他神色冷淡地单手持鞭，翻动手腕飞快地抖动，鞭子在他身前舞成了一片几乎密不透风的残影，子弹射击在鞭子上，发出清脆的噼里啪啦声。

在连续不断的射击中，黑桃的肩膀和持鞭的右手被击中了——唐二打的目标很明显，他要让黑桃缴械。

这是职业主攻手遇见对手的条件反射——控制住对方用于攻击的器官。

唐二打也的确击中了黑桃，血从黑桃身上不停地往外涌，按理来说黑桃应该在被击中后停下攻击。

但黑桃就像是没有知觉一样，依旧没有停下往这边走的脚步。

唐二打且战且退，被一种前所未有的强大压迫感逼得头皮发紧，不得不开启了怪物形态——玫瑰猎人，换了加长左轮手枪，更加快速地射击。

黑桃身上不断中弹，衣服表面渗出来的血液在冰面上拖出一道长长的痕迹。

但他还在靠近，并且攻击得越来越迅速——但他攻击的目标不是人，而是冰面上那架直升机。

黑桃几下将直升机砸得粉碎，用鞭子在冰面上将直升机的“残骸”推开，似乎在寻找什么。

但他似乎没有找到自己想要的东西，转过头来放下鞭子，看向唐二打：“心脏不在你们这里吗？”

唐二打似乎也意识到了这家伙没有攻击他们的意图，他假装手上的枪没有办法瞬间熄火，又朝黑桃开了两枪试探他。

黑桃果然被击中了，但他没有还击，脸上没有什么情绪地注视着唐二打，似乎在等他的回答。

唐二打道：“心脏不在我们这里。”

“哦，”黑桃毫不犹豫地“啪啪”打了唐二打两鞭子，抬眸，“我知道你刚刚可以停手，这是还你那两枪。”

唐二打：“……”

黑桃得到答案后走了。

牧四诚被扶起来的时候还在吐血，他满脑袋问号：“他就是来问问题的？所以他为什么要打我？！”

如果黑桃在的话，可能会回答他“直觉”——他觉得应该先揍牧四诚一下，不然等下牧四诚会冲上来，很烦。

但黑桃不在，所以牧四诚不知道这个问题的答案，这对他来说或许也是好事。

木柯忧虑地看着黑桃离去的背影：“他应该是去找白柳了。”

“白柳不会有事的，他只要毁掉心脏就可以通关了。”刘佳仪抬起头，“我们要在他通关之前退出游戏，这样对我们来说现实的时间才是停滞的，我们才能去解决现实里发生的事情。”

唐二打猛地转头看向刘佳仪：“白柳告诉你怎么解决现实里发生的事情了？”

“他告诉我了。”刘佳仪说。

唐二打松了一口气，脸上难得带了点笑意：“他一向有办法，那我们先退出游戏吧。”

牧四诚也松懈下来，笑着骂了一句：“那你不早说，吓死我了，我还以为他出事了。

“但仔细想想白柳能在游戏里出什么事，我出事还差不多。”

刘佳仪攥紧了拳头。

没有人质疑白柳的决策，没有人会觉得白柳没有办法。

他一向都是万能的，不会犯错，没有弱点。

她也这么相信他，所以总是想……再等等。

说不定白柳就会突然回来，笑着说一切都处理好了，然后大家一起退出游戏。

但现在黑桃出现了，她心里粉饰的太平被打碎，必须马上做出安排。

她需要做好白柳战败的准备，在黑桃折返之前遣送队友离开游戏。

白柳那如假面一样的笑脸浮现在刘佳仪面前，他摸了摸刘佳仪的头发，笑得虚伪又温暖。

“佳仪，你是个聪明的小女孩，你知道该做什么，我不在的时候，队伍就暂时交给你了。

“你本来就是被红桃作为第二战术师培养的，现在我觉得你完全有担任这个职务的能力。”

他笑着夸赞她：“因为没有比你更适合这个职务的人了，佳仪。”

刘佳仪咬了咬牙，抬起头下令：“立马退出游戏！”

海岸边。

斯科特小屋已经完全淹没在水里，乘着浮冰而来的黑桃低头看着在水下晃荡的那栋废弃木屋。

黑桃脱下沉重的冲锋衣和钉鞋，跳入水中。他游进了那栋小木屋，穿梭时有种异样的感觉慑住了黑桃，他敏捷地往旁边偏了一下头，一根纯白色的骨鞭从他耳后刺出。

白衬衫、西装裤的白柳在水下微笑着看他，手没有丝毫停顿地刺出了第二下。

黑桃甩手打开鞭子，他注意到白柳胸前有血液渗出，于是黑桃干脆地伸手扯住领口，顺势扯开了白柳的衬衫。

衬衫的扣子在水里颗颗迸裂，四处悬浮，白柳单薄白皙的胸膛前有一道跨越整个右胸的长伤疤。

这道伤疤似乎刚产生，还没愈合，绵密的血丝宛如没有收好的线头从伤疤上拉出。

黑桃注视了一会儿那道伤疤，然后抬眼看向白柳，在这个白柳向他冲过来的一瞬间，握住了他的脖颈，然后收拢手掌扼“死”了对方。

“尸体”向下落去。

黑桃在水里张口，气泡从唇角溢出，他评价道：“劣质品。”

他从水里浮出，翻身上岸。

黑桃看着黑漆漆的水底，罕见地蹙眉：“好麻烦……”

这个叫白柳的，准备了一堆和自己一模一样的仿制品藏在水底。

而这些仿制品在这个南极全面融化，到处都是水的地图里很难杀死——这些怪物的致命弱点，无论是燃烧还是浸泡在强酸里，都是很难达成的条件。

这个白柳还把心脏藏在自己的身体里，但这些“白柳”杀不完又杀不死，杀了一个，另一个很快就会复活，卷土重来。

……就算把真的那个白柳从怪物堆里抓出来，在所有人记忆都相同的情况下，白柳自己估计也不知道哪个“白柳”身体里藏有真的那颗心脏。

这是一个从被设计出来开始就无解的游戏。

黑桃不喜欢这种无解的打地鼠的游戏，于是他双目放空，在冰面上坐了一会儿，下巴上的水滴落在地面。

他不擅长应付这种局面，就像他不擅长应付战术师。

这个叫白柳的人应该是个相当不错的战术师，因为这是第一个真正意义上用自己的身体困住他的战术师。

大部分时候都是战术师对黑桃头疼，无论是在比赛里还是在比赛外。

黑桃在岸边坐了好一会儿，然后他站起来，目光在风平浪静的水面上停留了很久。

“这个世界上不存在无解的游戏。”

有个人笑着在他耳边说道。那人靠在他肩膀上仰头看他，漆黑的眼睛里装着一个恶劣又纯真的游戏玩家。

但黑桃不记得他的样子，也不记得他是谁了。

他只记得他对自己说过这些话。

“被设计出来然后特意呈现到某个人面前的游戏，就是希望那个人可以解开，所以这个世界上不存在无解的游戏。

“你一定能赢我的游戏，反正除了你，这个地方也没人来玩我的游戏，你是唯一一个玩家。

“也就是说，我的游戏，就是设计给你让你胜利的。”

黑桃纵身入水，他被某种直觉牵引着越潜越深，潜到不知道有多深的海底，海底纵横交错沉没着一堆“白柳”的尸体。

偶尔会有“白柳”复活过来向上浮起，但很快又因为窒息沉没下去。

这些“白柳”似乎都很不喜欢水，无论是上浮还是下潜，动作都透着一股排斥感。

要在这茫茫大海里找出正确的那一个白柳，似乎就是字面意思的“大海捞针”。

黑桃悬浮在冰冷的海水中，不断有白柳企图靠近杀死他，但又被他扫落，最终他的视线停在被层层掩埋的一个白柳身上。

——这个白柳没有攻击过他。

他安睡在海底，闭着眼睛，透过敞开的衬衫可以看到胸前的伤口。

这个白柳身上有一种很奇特的怪物和人混合的感觉——就像是一个正在转化的过渡体。

黑桃有种强烈到不讲道理的直觉——这个白柳体内藏有心脏。

他快速潜下去，在伸手触碰到这个白柳的一瞬间，这个白柳睁开了眼睛。

白柳嘴唇边浮起气泡，然后摇摆下肢在水里快速游动起来。

海底其他的“白柳”就像是被惊醒的鱼群般，蜂拥而至将他包裹在中央，一大堆白柳摇来晃去，看得人眼花缭乱，片刻后黑桃刚刚锁定的那个白柳就不见了踪影。

但黑桃很快又锁定了那个白柳。

黑桃身上就像是安装了一个追踪白柳的仪器，能从这些和白柳一模一样，甚至连白柳自己都分不清的仿制品中把他认准的那个白柳找出来，然后毫不犹豫地追逐。

摇晃的湛蓝水波闪闪发光，上面漂浮着世界上最大的冰雪世界融化的残骸，浮冰大块大块地远离陆地，在海里漂泊着，冰山下面凸出的部分从水里看去就像是悬浮在天空中的岛屿。

黑桃和白柳就在这冰冷洁白的岛屿中闪躲、追逐。

但无论白柳怎么逃离，怎么被仿制品掩护，怎么利用各种技巧打断黑桃，黑桃都能从这寒冷如地狱般的水底世界里的千万个一模一样的白柳当中找到他。

在融化的冰穹 A 下，在漆黑的海底，黑桃终于还是抓住了白柳。

黑桃将手平缓地伸入白柳还没愈合的伤口里。

血管正在抽搐着和心脏结合，温热的血液溢满黑桃的指缝，他握住那颗在温暖的人体里不合时宜地跳动的冰冷心脏，居高临下地俯视着被他控制住的白柳。

有一瞬间，黑桃觉得这个差点困死自己的战术师的表情有种似曾相识的熟悉感。

好像很久很久以前，这个叫白柳的战术师也曾在水底用这样不甘心，又好像在恨他般的冷静眼神注视着他，捆绑住他腐烂的脚踝，将他的尸体掩埋在水底。

黑桃缓缓收拢手掌，心脏在黑桃指尖破裂的一瞬间，他不知为何弯下身体抱住了白柳，下颌抵在白柳的肩头，用口型说了一句“抱歉”。

白柳在水里闭上了眼睛，周围爆开大团血雾，他的意识飘散于虚无。

塔维尔，谢塔……

“不要害怕活着或者死去的我。

“我将永远停留在属于我的冬日等你。”

“——无论我做出什么样的选择，你都会离开，是吗？”

“——是的。”

265

黑桃的手穿过白柳胸膛的那一瞬，那颗被白柳固定在血管上的心脏从他后背穿出后滑落。

不停跳动的心脏在蓝黑色的深海里坠落，白柳眼眸半闭，他知道这样做是无用的，但他控制不了自己伸出手试图去够那颗消失在深海里的心脏。

纤细的手指在寒冷的海水里无力地张合。

黑桃抓住白柳的肋骨将他往上提了一下，自己转身往深海里追逐，很明显要去找那颗心脏，将其彻底毁坏。

白柳双目无神地张开四肢，缓慢地、被动地借由这上提的力量往上漂浮，去往泛着细碎磷光的海面。

太阳沉寂在地平线以下，只有一层隐约的宛如银色相框的微光镀在无边无际的海水边缘。

冰川和浮冰——一个星球变冷又变热后的纪念品，或者说是残骸，漂浮在悬浮于海面的白柳周围，顺着洋流前进的方向远去。

纯黑色的天空没有云，只流转着宇宙里无数的星辰，它们散发着令人迷醉的光，璀璨夺目、耀眼迷离，如碾碎了的大克拉钻石，如散落在绒布上的成串珍珠。

如同这个世界上一切奢华和令人流连忘返的事物，在破碎的那一瞬间绽放出的让人心碎又疯狂的美丽。

而这种美丽被一片从东南方天际抖动而来的浅绿色轻纱遮掩了——那是极光。

极光在夜幕里流转，飘浮的荧光的色泽如同梦境开头的廉价幕布。

白柳眼眸半睁，他的精神值和生命值都下降得厉害，耳边就像是幻听般响起了艾德蒙沧桑的劝诫声。

“孩子，永远不要用真假去考验你在意的人，我也这样做过，我坚持做完了那个实验，但我得出的唯一结论就是——

“他们能辨别出来的。

“怪物和人的区别到底是什么，我现在也没有搞明白。就算它们和我们拥有一样的记忆，一样的躯体，一样的构造，就像平行时空中的另一个我们，但在在意我们的人眼中，它们依旧不是我们。

“区分它们和我们的到底是什么呢？

“我一开始想做那个实验，是想探究这些被生产出来的怪物，是否可以通过图灵测试真的变成无法被分辨出来的人类，找出它们到底和我们人类有什么不同。

“如果它们和我们相同，那人类真的是人类吗？

“或许我们只是被放置在这个星球，和这个游戏里的怪物同种的生物而已。我们背负着被注入的来自其他人的记忆，是一种从生产出来就要走向战争与自我毁灭的物种——就像是我的上级要求我对这些怪物做的那样。

“这样一切就都合理了，我明白了一直以来在我身上，在我的朋友身上，在我的周围发生的所有不幸之事——因为我们生来如此，有一个比我们更高维度的人，或者用‘神’来称呼他更为贴切，设定了这个世界的命运就是如此残酷。

“如果它们和我们不同，在机体、内核、记忆都相同的情况下，这些不同到底从何而来？连我们自己都无法分辨真伪的情况下，为什么有人能辨认出真实的我们？

“五岳站的人给了我答案，在你们身上我再一次验证了这个答案，但我依旧不明白原因。

“这些不同到底从何而来？

“在你们还没来之前，这里来过许多客人，我都拿他们做过实验。他们有些中途离开了，有些永远停留在了这里——这里的每一条冰裂隙下，都藏着这些客人实验失败的‘尸体’。

“五岳站的人一次又一次地抹除记忆，读档重来，但无论来的客人是谁，他们依旧能辨认出彼此，有时候来的客人也能辨认出彼此。

“但为什么？

“为什么有的人能辨认出来，有的人又无法辨认？为什么五岳站的人一直可以辨认出彼此，而来的客人却做不到这么恒定。

“我无法找出那个影响实验结果的因素，所以无论我进行多少次实验，依旧无法操控实验结果——直到我遇到了黑桃。

“他是我见过的最快辨认出队友的客人，他愿意和我交谈，并且给了我答案——依靠‘直觉’。

“这是我听过的最奇怪的实验变量——如果我的学生交给我的实验报告上有这两个字，我一定会让他羞愧得跳进罗斯海里。

“我在黑桃的朋友——逆神的审判者的记忆里看到了你。白柳，你会做一个比我目前做的这个实验更极端，比我疯狂一千倍的实验——你会用自己的上千个复制体做一个无解的局，去考验另一个人对你的感知。

“我知道你会这样做，相信你也知道这样做的后果，但你与我一样，还想再看一次，再去验证一遍那个结果——

“这些白柳和你有一样的外表、记忆、内核，甚至你都已经被异化成了这些怪物的一员，就是怪物本身了——那黑桃还能找到你吗？

“感谢你终于让我知道了这道无解谜题的答案。”

“我一直以为是作为人类的一方去辨认怪物的一方，其实并不是这样的，而是作为怪物的一方，无法给出人类那一方想要的特殊情感回馈。

“虽然你已然是个怪物，但你在意他，白柳。

“所以你没有办法把塔维尔的心脏藏在其他‘白柳’的身体里，因为那是一颗属于你的心脏。

“你的回应暴露了你自己。

“爱使你从怪物变回人，爱使你有了弱点，爱使你被他攥住心脏，漂荡于深海，爱使你从千万个怪物里脱颖而出，变成对黑桃而言最特殊的那个怪物。

“于是他发现了你。

“但不要悲伤，孩子，让你走向命运的不是命运，而是爱。

“爱使你们分别，但终将让你们重逢。”

冰面大块大块地融化，里面被冻着的苍白的怪物“尸体”漂浮在海面上，混合着碎冰从白柳旁边游过，他的眼睫上凝结出细碎的冰粒，在极光下泛出荧绿色的光，海水在他空荡的胸腔里来回冲刷。

有人从水底冒出，黑桃抱住白柳的腰和膝盖，把似乎已经无意识的白柳放到了岸边，他的手里握着两颗心脏。

一颗被捏得破破烂烂，但还在微弱地跳动；另一颗被冻在一块冰里，鲜活得就像是刚刚从胸腔里取出来——这是黑桃从一个“白柳”身体里挖出来的。

黑桃动作很小心地把这颗心脏解冻了。

“这才是你真正的心脏，”黑桃垂眸看向一动不动的白柳，把刚刚解冻的心脏放进白柳的身体里，“还给你。”

白柳已经被艾德蒙改造过的身体迅速地生长出连接心脏的脉管，单薄的心口上的肌肉和皮肤顷刻愈合，原本僵冷的胸膛出现缓慢又微弱的起伏。

黑桃转过身，拿出仓库里储备的燃油和强酸，动作丝毫没有停顿，开始处理起手上还在微弱跳动的这颗心脏。

在烈火烘烤和酸液的腐蚀声中，心脏化成了灰烬。

白柳被冻僵的手指轻微地张合，漆黑的眼里倒映着美丽的夜空，夜空里什么也没有。

在另一颗心脏被处理到停止跳动的一瞬间，白柳原本恢复起伏的胸膛停滞了片刻。

仿佛他的心跳也随着另一颗心脏的彻底停止而停止了。

系统提示：玩家黑桃毁灭最后一块尸块，达成 true ending 成就，全体玩家游戏通关，副本即将关闭……

雪原在身后坍塌，白柳的系统面板跳出来“自动退出副本”的提示。黑桃屈膝守在灰烬和仿佛已经死去的白柳旁边，微微抬头望着逐渐消融的冰雪世界。

等到他身侧的白柳化作一阵光点消失之后，黑桃才站起来，准备退出游戏。

他也不明白为什么要等白柳退出游戏后他才退出。

这好像是一种根深蒂固的直觉般的习惯。

黑桃觉得自己曾经经历过很多次看着这个人退出游戏化作光点，然后陷入漫长的黑暗中，等待下一次游戏开始再次见到这个人。所以他这次也这样做了。

就像是一定要来这里毁灭所有尸块一样的直觉。

黑桃依稀感觉到设计这个游戏的人准备利用这些尸块和心脏永远困住白柳，让白柳一生以怪物的姿态冰冷孤独地生活在雪原中。

这是很有可能发生的事情，刘佳仪庆幸和他们一起登入游戏的人是黑桃。

因为其他人根本阻止不了白柳发疯。

如果白柳和其他玩家一起登入游戏，发现主线任务就是毁灭尸块，只要有一个玩家找到尸块将其毁灭，true ending 线就被触发了。

就算杀死这些玩家，杀死艾德蒙，游戏也无法结束。

因为游戏已经走在 true ending 线上了，不打出毁灭所有尸块的最后结局，是不会通关的。

白柳也可以直接退出游戏，但那个时候游戏就会真实化，会在现实里载入。

退出《冰河世纪》后，白柳同样会进入现实世界里的《冰河世纪》副本，和他待在游戏里本质上没有区别。

而在现实世界，在已经知道毁灭尸块的方法的情况下，彻底销毁这些粒子气象装置是不可避免的。

尸块绝对会面临被彻底销毁的结局，会有无数人想尽办法去做这件事。

白柳深知自己无法永远和全世界为敌，所以那个时候他才会做出留在游戏里的选择。

他用这样的方式阻止这个游戏结束，不让 true ending 到来，也不让游戏载入现实。

可以说，这个游戏从头到尾都是特地针对白柳设计的一个圈套，在白柳踏入这个游戏的一瞬间，他的面前就只有两个选择——

要么永远变成一个怪物，留在雪原里。

要么……毁掉塔维尔的心脏，毁掉他心理上唯一的情感弱点，变得冷酷无情，变得残忍、不择手段、算计一切，然后以赢家的姿态通关游戏。

让白柳从此变成白六。

这就是幕后之人一直在做的事情。

刘佳仪发自内心地感谢在这个游戏里他们遇到的玩家是黑桃。

因为其他玩家根本阻止不了白柳要做的事情，但黑桃是有赢过白柳的能力的，只要他赢了，白柳就不需要做选择了。

只要黑桃毁掉那颗心脏，白柳就不得不从雪原里出来。

刘佳仪不知道黑桃一定要毁掉那颗心脏的执着和直觉从何而来，又是由谁赋予的。

虽然黑桃的这种直觉对白柳来说很残忍，他毁掉了对白柳很重要的那个人的心脏。

但他的确救了白柳。

因为他彻底毁掉了白柳唯一的弱点，让幕后设计游戏的那个人再也没有办法利用这个弱点。

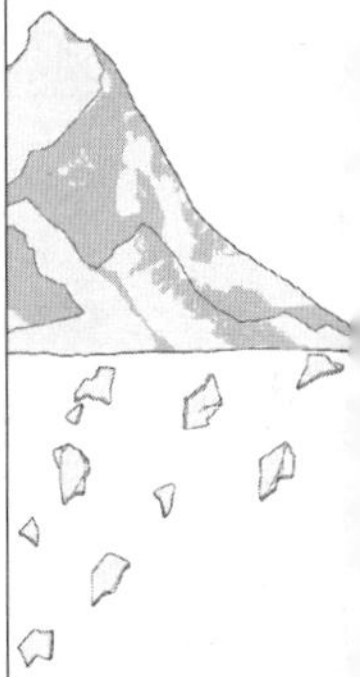

第十五章 我讨厌你

266

现实世界。

刘佳仪带着唐二打他们一退出游戏，就让唐二打打电话给苏恙询问了飞机的情况。

“在南极上空越海的时候失去联系了，”苏恙声线紧绷，“队长，你又……‘看到’了吗？”

这是在问唐二打是否和之前一样，如预言家一般观望到了未来。

“……算是吧，”唐二打揉揉眉心，语气疲惫，“但这次我‘看到’的时候，已经来不及了，抱歉。”

“不必向我说抱歉，队长。”苏恙苦笑，“是我的错。”

刘佳仪跳起来抢过唐二打的电话，对着话筒说：“苏队长，事情也未必没有转机。”

苏恙顿时声线一凛：“有什么需要我做的吗？”

刘佳仪语速飞快：“帮我们查一下镜城有没有一个叫杜三鹦的人，杜绝的杜，数字三，鹦鹉的鹦。”

“好，这个名字很少见，你们不要挂电话，我马上给你们回复。”

然后就是苏恙匆匆离去的脚步声，很快他又小跑着回来了，喘着粗气说：“镜城没有叫杜三鹦的人，需要扩大搜索范围吗？”

刘佳仪皱眉，她意识到——杜三鹦这家伙在游戏里居然是改过名的。

这下就麻烦了，找一个不知道原名的玩家，在真实世界里无异于大海捞针。

苏恙也明白了这点，语气变得急迫：“还有其他关于这个人的特殊信息吗？我们这边会全力以赴地帮助你们。”

南极上空那边的飞机随时有可能紧急迫降，时间在此刻和五条命一样珍贵。

但令人遗憾的是，刘佳仪抿了抿唇，开口道：“的确有这个人的特殊信息。”

苏恙追问：“什么特殊信息？”

刘佳仪：“他非常幸运。”

白柳离开了游戏池，他浑身湿漉漉的，才站稳不到一秒，就迅速地退出了游戏，和正在寻找杜三鹦的刘佳仪一行人会合了。

会合的地点在白柳家。

白柳看起来面色如常，除了衬衫的领口和袖口上还有一些没有打理过的褶皱，算是几个人当中状态最好的一个。

白柳扫了一眼刘佳仪，恍然道："他改了名字吗？那这下要找人就麻烦了。"

嘴上说着麻烦，但这个人脸上却没有一丝一毫觉得麻烦的表情，依旧是轻松自在的。

而这种轻松自在给刘佳仪一种说不出的违和感。

白柳退出了游戏，那就代表那颗心脏被处理掉了……

她知道那颗心脏对白柳来说意味着什么，白柳这种轻松自在的状态不正常。

但她又没有办法开口问，因为白柳很快就把她的思路引向了正轨。

白柳看向刘佳仪："你下一步的找人思路是什么？"

"找我们周围和他相关的人，"刘佳仪脸色凝肃，"你说过的，按照你对你自己，也就是对白六的了解，如果存在杜三鹦这种幸运值百分之百的人物，你绝对不会放过他的。

"他相当突出，并且很有价值。"

"是的，"白柳抬起眼皮微笑着看向唐二打，"所以这个时候就需要我们的唐队长耐心回忆了，其他时空的流浪马戏团里，有没有这样一个可爱的幸运儿角色？"

唐二打很快意识到了白柳要做什么，他眉头紧蹙，深思回忆，隔了很久才缓慢地说：

"流浪马戏团在大部分的时空里都是由你和其他四个人组成，我很少看到除了这四个人之外的其他人上联赛赛场，或者是在你的周围。

"但是……如果不是流浪马戏团的成员，而是和流浪马戏团相关的编外人员，倒的确有一个。"

白柳用眼神示意唐二打继续说下去。

唐二打需要很用力地思索才能想起那个存在感很低的人：

"他很少上场，但你……白六会经常带着他。但是带着他……"

——做什么呢？

那个时不时出现在赛场上，缩着脑袋坐在冷板凳上的男生，在唐二打的记忆里面部已经彻底模糊了。

说起来有点奇怪，白六从来不会带着无价值的人，而且唐二打对这个男生印象不深——因为白六从来没有让这个男生上过赛场。

就像是白六在刻意呵护他一样……

但一个预备队员的价值如果不体现在赛场上，还能体现在什么地方呢？

为什么白六每场比赛都会带着他……

唐二打猛地一怔，想起了一个相当短暂的片段——这个男生瑟缩地站在白六前面，帮他抽箱子里的敌对卡。

抽敌对卡是联赛中很重要的一个部分。

联赛分为季前、季中、季后三个部分的比赛。

季前赛为混战赛，也称为新人赛。

这部分比赛由在去年的联赛里没有取得前三十二名的老队伍，以及今年第一次报名参加联赛的新队伍一起参加。

最终只能有两支队伍脱颖而出，但这两支队伍可直接拥有进入季后赛的挑战赛的资格。

季中赛又被称为明星赛。

参加这部分比赛的队伍是在去年的联赛中取得前三十二名的队伍，他们能力强，水平高，大部分队伍还会有明星队员，可以说是联赛中看点最集中的一轮比赛。

这些战队会经历数轮你来我往的回合赛，最后总积分最高的八支队伍进入季后赛。

而季后赛分为挑战赛和正赛。

挑战赛由季前赛胜利的两支新星队伍随机挑战进入季后赛的八支队伍当中的两支，如果赢了，就代替对方进入季后赛。

如果输了，那么这两支队伍的联赛进程就到此为止了。

而正赛则是最终留下来的八支队伍进行单线决赛，赢了就晋级，输了就淘汰，没有任何转圜的余地，也是整场联赛中最刺激的部分——无论是对选手还是对赌徒观众而言。

通常比赛进行到了这一步，所有的观众几乎都已经疯了，一场比赛结束后在游戏内互殴厮杀是常有的事情。

而抽卡在季前赛以及季后赛的挑战赛里，都是很重要的组成部分——因为在这两部分比较随机的赛程里，战队都是靠着在箱子里抽卡随机决定自己的对手。

如果己方运气好，抽到状态差、能力低，或者技能相克的对手战队，对己方来说就是一件相当幸运的事情。

而这种幸运在白六身上经常出现——但这家伙是个幸运值为0的玩家！

唐二打的说法佐证了白柳的猜测。

既然杜三鹦曾经出现在其他世界线的白六周围，那么应该和这个世界线的白柳也有交集。

毕竟那位想把他从白柳变回白六的人，不会放弃去修改任何一个他们之间的差异点。

那位幕后之人之前曾简单直接地把杜三鹦送到他面前，但白柳并没有掌控杜三鹦，应该是因为杜三鹦此人具有特殊性。

幸运值百分之百，这家伙想要逃避白柳这个不幸的人实在是太简单了。

不过既然如此，他一定会把杜三鹦安置在一个白柳触手可及的地方，方便白柳随时“取用”这位早就为他准备好的预备队员。

这么多年来，出于工作和其他原因，白柳一直都是流动的生活状态，租的房子都换了好几个，算得上是居无定所。

只有一个地方对他而言是相对固定的。

但这个地方已经被推倒重建了。

白柳眯了眯眼睛：“让苏恙去查查我当初待的福利院重建之后，那所疗养院里面的病人、护工和医生。”

唐二打拨通了电话，电话那头的苏恙问道：“需要查里面有什么特征的人？”

白柳：“自己很幸运，但周围的人都特别不幸。”

神殿。

预言家对面戴着兜帽的男人无聊地打了个哈欠，撑着手掌看着桌面上的狼人牌，有些遗憾地摇头：“可惜，我以为可以看到白柳亲自腐蚀心脏。

“毕竟这是我精心给他准备的一场蜕变游戏。”

预言家说：“白柳不会这样做。”

男人饶有兴趣地抬眸注视着预言家：“但我的目的还是达到了。

“你看，白柳现在不排斥水了，他甚至会主动潜入水里利用这个优势阻拦对手，也不会因为一颗消失的心脏过多停留，甚至会——”

预言家厉声打断他的话：“那些并不是出于他的本心！”

男人不急不缓地补充了后半句：“甚至会主动‘取用’我为他准备的幸运儿。”

他微笑：“多棒的一次蜕变，白柳已经开始不把周围的人当人了。他的感情随着那颗心脏的消亡而剥离，他的肉体随着那些尸块而异化，他的眼里只有联赛和极致的欲望。

“多美，他和白六只有一场胜利的区别了。

“虽然过程和我预想的不太一样。我原本打算借助谢塔的死，在他十四岁的时候就抽离他唯一的感情，可惜……”男人垂眸，食指指腹抚上狼人牌的红色眼睛，“但无所谓，他很快就会变成我想要的样子。”

预言家已经石化到了腰部，他的胸膛微弱地起伏着：“你所行非正道之所行。”

男人笑着说：“没错，玩弄人类，获取利益，奴役他们，才是我喜欢做的事情。”

“比如这张白痴牌，”男人随意地甩出一张牌，“我不太喜欢这种狼人带节奏都刀不了的纯好人牌，但这张牌的确很有意思，也很有价值，适合在白六的队伍里。”

桌面上被男人甩出来的牌面上是一个穿着病号服的男生，他瑟瑟地缩着头，好像在害怕什么人，两颊和鼻根上都有一点小雀斑，鼻梁上架着一副方框平光眼镜。

男人垂眸看着这张牌，双手交叠：“幸运值百分之百的白痴，不错的设置，所有世界线的白六都很喜欢他，相信这条世界线的白六也是。”

预言家嘶哑地开口：“因为他救了白六。”

“救？”男人笑起来，微微摇头，“我更喜欢把这个过程叫作‘命运的安排’。”

他伸出几根手指在白痴牌上随意地点了点，动作散漫：“——在现实里和异端处理局产生冲突的时候，因为发疯的猎人使用了具有针对性的技能武器，自杀式袭击白六，让他受了重伤。

“意外受伤的流浪马戏团团长不幸地躲藏到一场车祸事故的中心地带。

“而在这场车祸事故的中心地带，唯一活下来的人就是杜三鹦这个幸运儿。”

“他太幸运了，能在一场所有人当场身亡的车祸里活下来。”男人漫不经心地交叠手指，“但他的幸运必须通过其他人的不幸来凸显，必须招致周围人的不幸。”

男人抬起头来，笑着望向预言家：“因为命运是公平的，不幸和幸运应当守恒。”

预言家的声音哑得不像话：“……杜三鹦的爸爸、妈妈、妹妹，以及哥哥、姐姐都死在了这场车祸里。

“那是全家庆祝他高考完的旅行，但你让他们都死了，死在杜三鹦的面前，甚至让这么一个十几岁的孩子知道这些人是因为他的幸运而死。”

男人摊手：“人总是应该意识到自己的幸运是通过付出多高昂的代价得到的，不然他们不会珍惜。”

“这是命运赐予的幸运，”他浅笑，“——我收取的代价只会更高昂。”

预言家直直地盯着男人：“但他已经支付过了，你让他救了受伤的白六，这难道不足以支付你要的代价吗？”

“不不不，”男人轻微摇头，眼中含笑，“不是我让他救的。

“是杜三鹦自己主动去救的。

“杜三鹦这一生周围都是为他的幸运付出代价的人，他过得好像无比幸运顺遂，家庭和睦，兄友弟恭。

“但杜三鹦却不能阻止任何与他有关的人不幸的命运——尽管这不幸是由他导致的。”

预言家冷声道：“是由你导致的。”

“也可以这样说，”男人抬眸，似笑非笑，“——而白六这个幸运值为0的人，是唯一一个不幸不是由杜三鹦导致的人。

“白六的不幸与生俱来，与杜三鹦没有任何关系，而杜三鹦的存在反而会为他带去幸运，因此白六是杜三鹦在这个世界上唯一可以用自己的幸运去阻止其不幸的人。”

兜帽下的男人微笑：“所以，杜三鹦一定会拼了自己的命去帮助白柳，拯救白柳，甚至不用交易灵魂就成为他手下最听话的棋子与傀儡。

“杜三鹦之所以在每个世界都拼命地保护在车祸事故的中心地带遇到的白六，是因为他除了保护自己仅能保护的白六，不知道自己的存在还有什么意义。”

预言家打断他的话：“前提是杜三鹦记得自己身上发生过的这一切。”

“他很快就会记得了，”男人垂下眼帘看着桌面上那张白痴牌，“——属于他的命运到来了。”

隔了不到五分钟，苏恙就把电话打回来了，汇报的语速很快：

“你要找的人我们应该找到了，原名叫杜颖，在家里排行老三，上面有一个哥哥、一个姐姐，下面还有一个妹妹，他们家是少数民族，生育政策有些特殊，所以是个大家庭。

“他们家一直都比较顺遂，但又离奇地特别倒霉。比如杜父是个律师，时不时会遇到一些很危险的事情，但只要杜颖去找他，他就一定会遇到大型冲突然后受伤，而杜颖反而毫发无伤。

“杜颖原本很喜欢去接自己的父亲下班，意识到自己会带来麻烦之后，他就再也没有去过。

“上小学的时候，杜颖所在的班级遇到歹徒无差别袭击，整个班级里坐在杜颖前后左右的孩子全都被捅了，只有杜颖还好好地活着。

“后来就没有人敢和杜颖交朋友了，他一个人自觉地坐在了班级放垃圾桶的角落里，前后左右都没有人，只有垃圾桶。

“上了初中，他的班主任是个跟踪狂，本来盯了好久想对杜颖下手，但有天杜颖的妹妹自告奋勇来接哥哥放学，被班主任看到了，就转移了下手的目标，但后来被杜颖及时发现了。

“杜颖和班主任产生了激烈的肢体冲突，被迫转学。但转学后的杜颖就再也没有和家里的人产生任何联系了，他觉得自己有问题，转学之后就单独搬出来住了。

“但家里的人觉得这些都是子虚乌有的事，杜颖还救了妹妹，他们不愿意放弃杜颖，一直都想和他恢复联系，就连妹妹都常常来找哥哥，开解他。

“她觉得哥哥很勇敢，是那个班主任的错。她觉得爸爸已经用法律给她讨回公道了，所以这件事没有给她留下任何伤害，还让哥哥免除了一场灾难。

“这是一件幸运的事情——我查找到妹妹曾经给杜颖发了这样的短信。

“后来杜颖渐渐也就想开了，他在上高三的时候搬回了家里，并且决定像杜父一样学法律，成为一名律师，来杜绝这些不幸招致的不公平。”

苏恙长长地呼出一口气：“杜颖高考的时候超常发挥，分数极高，是全市第一，但他平时成绩一般，所以全家人都很高兴。

“填报完志愿之后，一家人决定给杜颖庆祝，准备了一场毕业旅行。

“但他们一家人坐的车在高速公路上被卷入一场连环车祸里，除了杜颖毫发无伤，其他人无一生还。

“杜颖在这之后就患上了一种很奇特的精神疾病，叫‘周忆症’，他只能记得最近一周之内发生的事情，之前发生的一切事情他都忘了。

“一年前他因为记忆力再次减退，无法维持正常生活，医生建议他住院治疗，杜颖就进入了疗养院，现在住在906房间。

“这些都是他病历资料上的信息。”

白柳和刘佳仪对视一眼——这是当初白柳在《爱心福利院》里入住的疗养院房间。

看来从那个时候，幕后之人就已经安排好杜三鹦的位置了。

267

苏恙派遣了异端处理局的车子送白柳他们去疗养院，并事先和疗养院的负责人打好了招呼，白柳他们一到，疗养院的负责人就迅速地接应，带着白柳他们往里走。

疗养院有些老旧，但装潢和绿化并不差，四面的楼房环绕着一个精心打理的小花园，在最幽静的角落的楼房装修得要高档一些，正门侧方还垒了一个条状的小池塘，荷花、游鱼都有，看着比其他楼房的条件要好一些。

“906的病人就住在最里面那栋。”

疗养院的负责人带着白柳穿过小花园，一边快步走一边介绍："这附近有两家医院和我们合作，医院的病房常常不够，而且也不舒适宽敞。

"有些经济条件不错的病人不想住病房，如果愿意支付疗养院的住宿费用，就可以自行转到我们这里的疗养院来。

"906 的病人就是这样转过来的。"

疗养院的负责人继续说："这位病人的医生告诉我，病人的情况不算紧急，没有发生任何器质性病变，纯粹是自身心理问题。

"医生说病人排斥一周之前发生的事情，排斥以前的回忆，所以才不愿意想起。药物对病人起到的作用比较有限，病人更需要在比较宽松的环境里长期疗养身心，慢慢恢复，所以把他推荐到了我们这里。"

这位负责人说着，神色复杂地仰头看了一眼这栋掩映在树丛里的大楼。

"但对这位病人来说，能把一切都忘了，或许也是一件幸运的事情吧。"

白柳看向负责人："在这样的地方长期疗养，需要不少费用吧，谁为他支付的？"

"他自己，"负责人回答，"906 的病人亲眷都没有了，他继承了大笔遗产，足够他在我们这里待几十年了。

"他有一张专门支付我们这里的费用的银行卡，我们每个月在上面划钱就可以了。

"而且他好像也有做一些营生，具体是什么我不知道，好像是网络游戏什么的，每个星期都有不少钱入账，但问他钱是从哪里来的，病人自己也迷糊，说不记得了。"

负责人解释："因为这位病人只能记得一周之内发生的事情，所以上周的钱是从哪里来的，他一直都不清楚。"

白柳了然地点了点头。

每周一次，这个频率很明显是杜三鹦在游戏里赢来的积分到账了。

负责人带着白柳他们坐上了电梯："因为这位病人的记忆只有一周，认知有问题，对周围的环境十分恐慌，希望你们见到他的时候保持安静友好，不要吓到他。"

电梯到了 9 楼，负责人带领白柳一行人穿过走廊，走到拐角，停在了 906 的房门前。

门里传来了一种腔调很奇怪的弹舌叫声："有人来啦！有人来啦！"

牧四诚疑惑："这是……鸟叫吗？"

"哦！我差点忘了！"负责人开门前一拍脑袋，转过头来抱歉地和白柳说，

"忘和你们说了，906的病人养了一只鹦鹉。"

牧四诚满脑袋问号："他养鹦鹉干什么？"

负责人道："906的病人因为只有一周记忆，他时常想记录下自己一周前做了什么事情，但疗养院这边为了避免病人伤害自己，是不给精神病患者提供尖利物品的，所以我们无法给他笔。

"然后他就养了一只鹦鹉来教它说一些关键词，借以提醒自己一周之前做了什么。"

牧四诚十分迷惑："你们不提供电子设备吗？比如手机之类的，让他用手机备忘录记啊。"

"我们提供，"负责人摊手，"但这位病人一周之后就会忘记自己的开机密码，任何信息都不记得了。"

牧四诚："……"

负责人无奈："我们这里是专业的疗养院，不允许员工帮病人记录任何关于密码的信息，这样做涉嫌侵犯隐私。

"而如果暴力开机，手机里面的所有原始数据都会消失。我们还建议他用过录音笔、电子画板等设备，但906的病人在失忆之后对自己的声音和绘画的认知度也降低了，他无法相信那些东西是一周之前的自己记下的。

"比起这些电子设备，病人更相信自己的宠物。"

负责人叹息："本来我们也不准病人养鹦鹉的，但询问医生之后，医生觉得饲养宠物或许可以改善他的认知情况，最后我们不得不同意了。

"但鹦鹉没有养在室内，是挂在室外的阳台上的，所以还好。"

负责人说完轻声叩响了门："请问我可以进来吗？"

里面安静了许久，才传来鹦鹉奇特又礼貌的回答声："请进。"

负责人推开了门，空荡荡的病房里阳台的窗户开着，纱窗飘荡，鹦鹉矜持地单脚站立在单杠上，但床上和敞开门的厕所里一个人也没有。

牧四诚转着脑袋看："人呢？"

白柳和刘佳仪的目光都停在了床边。

负责人习以为常地叹气，然后蹲下身来看向床底，轻声细语地说："杜三鹦先生，别怕，我们不是坏人，就是来看看你。"

牧四诚不可置信地弯下腰，正如他所猜想的那样，杜三鹦居然躲在了床底下！

身材瘦弱的男生抱着被褥和枕头缩在墙角，半张脸都被挡得看不见了，膝盖很没有安全感地屈到胸前，只从被子边缘很警惕地露出一只眼睛，眼镜被顶到眉毛上面了。

“我不认识你们。”杜三鹦小声地说。

他又往里缩了一点，很明显轻易不会出来。

负责人头疼地拍了一下额头。

白柳躬身道谢：“麻烦了，能让我们和他单独聊聊吗？”

负责人无可奈何地点点头：“有什么事再叫我吧，不要吓到他，他的记忆应该刚刚清零过。”

负责人离开之后，牧四诚眼睛一亮，把袖子一捋，摩拳擦掌，伏地就想把杜三鹦给扯出来。

杜三鹦当年靠着毫无道理可言的运气死死压他一头，抢了他不少战利品，还老是在他面前装无辜，这仇牧四诚还记着呢！

虽然他觉得这家伙也蛮惨的，但人家既然都摆出了这副可怜巴巴求欺负的样子，不上手打两下，牧四诚都觉得对不起自己！

结果牧四诚的手刚一伸进床底，受到惊吓的杜三鹦就“啊”了一声，床应声而倒，塌了一个角，断开的架子正好压在牧四诚手上。

床边的输液架也跟着倾倒，眼看就要插向牧四诚的喉咙。

唐二打眼疾手快地稳住了架子。

牧四诚惨叫一声，飞速地抽回自己的手，一边跳脚一边呼呼地吹自己被砸得通红的手掌。

他惊悚地看着那张突然断裂的铁栅栏床：“这也能断吗？！”

刘佳仪目露怜悯：“杜三鹦可是幸运值百分之百的人，你觉得你能强行把这样一个人从床底扯出来吗？”

她看向那张床：“只要他自己不想出来，今天就算是地震把我们都埋了，杜三鹦也会是安安稳稳地待在床底的那个。”

牧四诚无语地甩着被砸得红肿的手：“那你不早点告诉我？”

刘佳仪斜眼看他：“总要验证一下嘛，我看你挺积极的。”

牧四诚：“……”

聪明人没有一个好东西。

白柳蹲下，双手搭在膝盖上，和床底惊魂未定的杜三鹦对视着，然后他顿了一下，毫不犹豫地握住床栏，俯身钻了进去。

杜三鹦吓得疯狂蹬腿往床里躲，直叫：“你别过来！会受伤的！”

白柳安安稳稳地躺在他旁边，侧过头微笑着看向杜三鹦：“所以你躲在床下不见任何人，不是因为胆小，而是因为害怕靠近你的人会受伤，是吗？”

杜三鹦怔怔地看着白柳黑色的眼睛，缓慢地松开了包裹住自己的厚厚的被子，好像受到某种超出自己常识的震撼一般，不可思议地上下打量白柳，结巴道：

“……你……你没事？！”

白柳友善地伸出手：“或许我该说初次见面，我是白柳。

“——你遇到过一次的游戏玩家。”

杜三鹦呆呆地盯着白柳看了一会儿，确定白柳真的不会因为靠近他而受伤之后，才试探地伸出一根手指，很轻地点了一下白柳的手心就收了回来，小声回复：

“……据说我叫杜颖，我床头的病人名牌是这么写的。”

白柳没有收回自己的手，而是将身子转过去正对杜三鹦，又靠近他一点，温和地浅笑，低声细语地说：“你曾经帮过我，我们能出去谈谈吗？”

杜三鹦将信将疑地打量白柳许久，确定这个靠近自己的人真的不会出任何事之后，才犹豫地把手放在了白柳的手心。

“好……好的。”

白柳顺着杜三鹦把手放入他掌内的力道往外一拉，推开已经坍塌的床，直接就把杜三鹦从床下拉了出来。

出来之后，杜三鹦下意识地和白柳拉开了距离，不自在地别过脸，双臂紧抱于胸前，弓着背，缩着脑袋，整个人呈现一种很抗拒外界的紧绷姿态。

一看就是相当长一段时间没有和任何人交流过。

白柳顺其自然地和他拉开了距离，退到让杜三鹦没那么拘束的位置，开口道：“我们不是第一次见面，但你应该不记得我了，我们在一个游戏里见过，你还帮了我不少忙。”

杜三鹦转过头来正对白柳，惊讶地瞪圆了眼睛：“……我，帮你？”

白柳微笑：“是的，你帮了我一个大忙，我这次来也是求你帮忙的。

“还望你看在我们过去是朋友的分儿上，伸出援手。”

杜三鹦的眼睛瞪得溜圆：“……你是我的朋友？”

“当然，”白柳轻描淡写地给自己捏造了一个身份，面露怀念之情地望着杜三鹦浅笑，“当初如果不是你忘记了我，对我不闻不问，我一定会追着你一直和你一起玩游戏的。”

白柳落寞地垂眸，遗憾地叹息：“可惜，玩完一场愉快的游戏之后你就把我给忘了，我再也没有机会遇见你。

“我们本来有机会成为灵魂挚友的。”

牧四诚：“噗！”

什么灵魂挚友？

是指连对方的灵魂都被你拿走的那种挚友吗？！

杜三鹦对于自己遗忘了差点成为灵魂挚友的人感到非常抱歉，他手足无措地松开了抱在胸前的双手，贴在病服裤缝上擦了擦，偷偷瞄了白柳一眼。

“对不起……”杜三鹦羞愧得脸都有点红了，“白柳，我把你给忘了，我甚至不记得我们玩过什么游戏……”

阳台上的鹦鹉听到了某个关键词，就像是被触发开关的复读机玩偶，奓着毛大力挥舞翅膀，高声弹舌尖叫：“白柳，白柳！坏人，坏人！遇到，快跑！快跑！”

杜三鹦：“……”

白柳：“……”

唐二打：“……”

刘佳仪：“……”

木柯：“……”

牧四诚：“噗——”

268

杜三鹦脸上的红晕逐渐褪去，他警惕地后退两步，弓着背看着白柳：“你到底是谁？”

为什么对他的一切这么了解，不是朋友的话……

“我曾经利用过你，”白柳毫不迟疑地直接摊牌了，“所以你不愿意见我。”

白柳平视着杜三鹦：“但我并没有强迫过你，你是自愿被我利用的，你的幸运和直觉告诉你，你应该跟着我走，所以你就和我站在了一队。

“现在你的直觉呢？”

杜三鹦一怔，缓慢地站直身体——这个人说得没错。

他的幸运让他相信白柳，所以一开始他才会那么听话。

但为什么鹦鹉会让自己远离这个人？

白柳淡淡地扫了一眼窗外的鹦鹉：“你知道你为什么会选择让鹦鹉记录自己的记忆吗？”

杜三鹦老老实实地摇了摇头。

他现在脑子里一片空白，很多时候都是靠着一种残余的幸运所带来的预感做事。

比如靠近他的人一定不会有好下场，又如相信鹦鹉说的话。

再如这个叫白柳的，自己应该跟他走。

“因为在这个世界上，你已经找不到第二种记录你记忆的方式了。”白柳平静地说，“你身处一个危险的游戏里，但你总能靠自己的幸运活下来，尽管这幸运有时候会伤害别人。

“你排斥这样的记忆，所以每周清空一次，但就算这样，你也不得不继续痛苦地在这个游戏里活下去。”

杜三鹦情不自禁地发问：“为什么？我不能离开这个游戏吗？”

“不能，”白柳回答，“因为你还有欲望没有得到满足。”

白柳抬眸：“你想弥补因为你的幸运而遭遇不幸的那些人，你想复活你的父母、兄弟姐妹，以及当初因你而死的那些朋友。你想终止这不幸的幸运，挽回所有因你而生的不幸。

“而这个游戏给了你希望与欲望。”

杜三鹦的手不由自主地发抖，他无意识地摇头，试图反驳白柳的话，他张了张口，却一个字都说不出来。

因为他什么都不记得了。

白柳继续说下去：“这个游戏的信息你无法向任何人透露，纸张无法记载游戏的信息，电子设备无法保存游戏的资讯，就算你和人倾诉关于游戏的事情，他与此相关的记忆也会在七秒之后被抹去。”

杜三鹦反驳：“但鹦鹉记得游戏的事情，它还记得你！”

“如果我没有猜错，这只鹦鹉应该是你赢来的游戏道具，符合你的核心欲望，被你放置到了现实中，作为你记忆的载体。”白柳的目光移到那只鹦鹉身上，“——它原本就是游戏里的生物。”

旁边的牧四诚恍然大悟：“所以这只鹦鹉才能记得游戏里的事情。”

白柳向杜三鹦伸出手，态度真挚诚恳，漆黑如墨的眼睛里完完整整地倒映着迟疑不前的杜三鹦。

如楼下水池里的水一般清澈的倒影，杜三鹦看得恍惚了一下。

“我或许是个坏人，”白柳轻声说，“但我从未害过你。更重要的是——

“你也不能伤害我，我的厄运与生俱来，远胜于你能带来的不幸。而被你嗤之以鼻的幸运则是我梦寐以求的东西。”

白柳抬眸注视着他，上前一步靠近杜三鹦。

杜三鹦被白柳看得无法后退，愣在原地。

他看到白柳的眼眸里仿佛有狂野的寒风和雪在飞旋，有融化后的碎冰在浮动，有烈火和强酸嘶叫着冒烟，让白柳的双眸变得氤氲。

清澈的倒影稍纵即逝，在烟、尘、雪与毁灭的冰原之间浮现出一个人影，那人影消失在白柳的眼底，似乎是一段不存在的美丽回忆，浮光掠影，随风远去。

杜三鹦觉得自己好像看到……这个人在心碎。

“我请求你，帮助我。”白柳轻声说，“用你的幸运，去拯救对我很重要的人。”

杜三鹦安静了片刻，低下头小声问：“……我去的话，真的能救人，而不是害人吗？”

“不是，”白柳看着他浅笑，“当一个人的一生已经足够不幸的时候，你所带来的不幸，或许只是幸运的一种呈现方式。

“对我，对我想救的那个人，对飞机上的五个押送员来说都是这样的，你不会害我们的。”

白柳垂眸：“因为已经没有比这更不幸的结局了。”

杜三鹦咬咬牙，猛地深吸一口气，攥紧了白柳的手：“好，我跟你走，要怎么做才能救他们？”

白柳迅速地和杜三鹦讲明了现在的情况。

杜三鹦有些发蒙：“飞机已经快要在南极上空坠毁了，我能做什么？”

“我们可以把你传送到这架飞机上，利用你的幸运，看看能不能提前将飞机打下来，降落到海域而不是地面，减轻飞机坠毁的程度，尽量保全飞机上的人和物品。”白柳说。

杜三鹦大惊失色：“把我传送到要失事的飞机上？！”

白柳摁住他，冷静道：“我和你一起。”

杜三鹦被吓得脸色惨白，但他还是勉强维持镇定，扒住白柳的胳膊虚弱地询问：“怎么……怎么传送啊？”

白柳的视线停在阳台上的鹦鹉身上：“利用游戏道具。”

杜三鹦进入游戏大约是在一年前，正好是他全家出事的时候，那么很容易推断，刺激杜三鹦进入游戏的核心欲望应该和这场交通事故有关。

例如把全家从交通事故的现场瞬间传送出来之类的核心欲望。

而这只鹦鹉是符合杜三鹦的核心欲望才能被拿到现实里的游戏道具，再加上幕后之人处心积虑的设计……

白柳有充足的理由怀疑这只鹦鹉真实的作用是传送道具。

唐二打在白柳的指示下压住鹦鹉的翅根，把鹦鹉从阳台外逮了回来。

鹦鹉梗着脖子大声嘶吼，翅膀不停扑棱：“白柳！坏！白柳！坏！”

杜三鹦惴惴不安又于心不忍，忍不住弱弱地提醒：“轻一点，它不舒服。”

白柳从唐二打手里接过鹦鹉递给杜三鹦。

鹦鹉飞快地趴到杜三鹦的肩膀上，歪头蹭了蹭他，眨了眨绿豆眼，动了动爪子，贴在杜三鹦耳边像说悄悄话告密一样小声嘟囔：“白柳，坏，快跑！”

杜三鹦哭笑不得，抬手摸了摸鹦鹉的脑袋，踌躇了一会儿，捂住了鹦鹉的眼睛：“……使用道具，不会伤害它吧？”

“不会，”白柳看着他，“但需要你想起来怎么使用这个道具。”

杜三鹦苦恼地皱眉：“……但我真的不记得了。”

“它明显是个声控道具，”刘佳仪提示，“你有没有给鹦鹉设计某个使用它的关键词，比如‘白柳’之类的？”

鹦鹉听到这个词又开始抖动翅膀，趾高气扬地扯着脖子叫唤：“白柳，坏——”

杜三鹦冷静地捂住了鹦鹉的嘴巴：“让我想想。”

“如果你和家人遇到了一场惨烈的交通事故，你会选择什么样的关键词把所有人传送出去？”刘佳仪说。

杜三鹦犹豫地抬起头：“交通事故？”

“是的，一场相当严重的交通事故，乘客的遗体搜寻了一周都没有拼全，那些遗体因为汽油的焚烧和剧烈的冲撞全部融合在了一起，血肉模糊，无法区分。”白柳言辞清晰地叙述。

杜三鹦的瞳孔轻微地收缩，逃避般低下头，开始神经质地咬自己的指甲，声音轻微：“听起来……好严重。”

白柳：“你试图分开你的家人和其他人，拼凑出他们的遗体单独下葬，但你做不到，其他人也做不到，如果一定要做，那就要做大量的DNA鉴定。

“……最终经过遇难者的家属们商议之后，立了集体事故公墓，大家一起下葬。在悼念遇难者的当日，你作为这场事故的唯一幸存者成了全场的焦点。”

杜三鹦的呼吸变得急促。

“这些前来参加悼念会的遇难者家属问你是怎么活下来的，有人关心你、安慰你，不少人表现出对你的同情，宽慰你活下来就是万幸的事，甚至有两个家庭表示想要抚养你上大学——因为在他们看来，你也是受害者，还是仅存的那个。

“但你知道你不是，你觉得自己是加害者，你知道他们心爱的人是因为你的幸运而死去的。

“而他们却想要帮你。”

杜三鹦抱住自己的头不停地摇晃，双目失神，仿佛被白柳的话带回当初那个场景里。

他不停地机械式道歉，眼睛睁大，无意识地流泪：

“对不起，对不起，我不是故意的……”

白柳握住杜三鹦的双手，强迫他注视自己的眼睛，继续残酷地说下去：“——集体公墓下葬的时候，你消失了，大家很担心你，到处找你，最后发现你居然把自己埋进了公墓里。但很幸运的是，你又被发现了。

“因为有个小孩贪玩扒拉还没修筑好的公墓，直接被倒下来的纪念碑砸死了，于是大家发现了被埋在公墓下的你。

“那个小孩就是表示想要帮助你的两个家庭之一的孩子，他的爸爸在这场事故里死去了。他很喜欢你，喊你哥哥，于是他的妈妈才会对你动了恻隐之心，想要帮助你，没想到却为自己招致了这样的厄运。

“他是不是让你想到了自己的妹妹？”

杜三鹦浑身颤抖起来，挣扎着想要抽回自己的手，眼泪大颗大颗地流下来，几乎是在哀号：“不要再说了！！”

白柳没有仁慈地停止讲述，而是凝视着杜三鹦满含泪水的眼睛：

“你从坟墓里爬出来，抱着那个小孩的尸体跪在地上的时候，在事故现场抱着自己死去的父母、妹妹、姐姐、哥哥碎裂的尸体的时候，你在叫什么？

“为什么在那之后，你的记忆就出现了问题，什么都不肯记得了？”

杜三鹦脱力地滑跪在地，眼泪止不住，他仰着头，泪水顺着下颌滑落，声音嘶哑，语气绝望，凄厉得就像是心肝都被挖出来了。

“救命啊！谁来救救他们？！

“让我死吧！让他们活！！”

杜三鹦声嘶力竭地哭喊着，他弓着背，弯下身体，低垂头颅，眼泪一滴一滴砸在地上。

“——我不要幸运地活着，让我不幸地死去吧。”

鹦鹉的发冠耸立，它引吭高歌：“——让我不幸地死去吧！”

一阵炫目的白光降临在杜三鹦的肩头，笼罩了他和白柳。

白光闪过，两个人消失在原地。

269

牧四诚和留在地上的这只鹦鹉大眼瞪小眼，良久才无语地转头看向另外三个人，摊手问道：“……所以我们是被白柳扔在这里了吗？”

“不光是扔在这里这么简单，他还丢给我们一个大麻烦。”刘佳仪耳朵动了动，转头看向门口，“疗养院的负责人来了。”

木柯凝神：“看来我们需要找一个好的理由向这位负责人解释他的病人为什么不见了。”

“——不然，白柳这家伙身上背的官司就又要多一项诱拐精神病患者了。”唐二打头疼地揉了揉眉心，“他这次做事也太冲动了。”

“他已经处于异端处理局的监察下了，如果再加上警察局的监察……白柳周围监视他的普通人越多，他进入游戏就会越困难。”

刘佳仪叹气：“是的，所以这家伙留下我们善后。”

主要是因为他们去南极也没用，杜三鹦的破坏力肉眼可见有多么强大，唯有白柳能幸免于难。

不如把他们留在原地。

负责人推开门，目瞪口呆地看着那张被震塌的床，床上放着一团凌乱的被子，地上站着那只蹦蹦跳跳的鹦鹉。

鹦鹉边蹦边使劲叫：“白柳，坏坏——搞得主人 cry cry!”

它“唰”地张开翅膀，绕着屋顶盘旋飞翔，弹着细细的舌头，嗓音尖厉又具有穿透性：

“他们抱着上天！一起上天去打击飞机啦！”

负责人瞳孔“地震”：“打击什么东西？！”

鹦鹉后扬翅膀，伸长脖子重复道：“——飞机！”

刘佳仪、牧四诚、木柯、唐二打：“……”

唐二打跳起来，捏住鹦鹉的翅膀和尖嘴，不顾它的剧烈挣扎，转身背影僵硬地将它带到阳台上，塞到了笼子里喂水：“……鹦鹉太久没喝水了，乱叫，我带它到水上喝点飞机……”

刘佳仪“啪”的一声绝望地盖住了自己的眼睛。

唐二打心虚得话都说不清楚了，这不是不打自招吗？！

负责人握着门把手的手微微颤抖，惊恐万分地看着这群人：“……你们对906的病人做了什么事情？！”

牧四诚眼疾手快地关上并反锁了病房门，阻断负责人的逃跑路线。

木柯深吸一口气，挡在了负责人前面，冷静地握住他的双手：“我们可以解释。”

被前后夹击的负责人吓到飙泪：“我、我、我，你们放过我吧！”

万里之外的南极上空，罗斯海。

摇晃不停的飞机甲板上，刚刚降落的杜三鹦和白柳在机舱里不停滚动，站都站不稳，还是白柳先抓住了一根金属固定杆，又拉住了杜三鹦，才让两人稳住。

白柳踢了一脚座椅靠背，示意杜三鹦从下面拉座椅的栏杆，翻翻座椅下面的氧气面罩和降落伞还在不在。

杜三鹦被晃得头晕眼花，随手扒拉了一个座椅一摁，里面瞬间就弹出了降落伞和氧气面罩，旁边甚至还备有两件厚厚的防寒服。

白柳眼眸垂落——不愧是幸运值满点的人。

整架飞机上能用的装备这个时候应该基本都被五个押送员搜刮得差不多了，剩下的应该都是带不走的。

杜三鹦能“一发入魂（游戏术语，通常解释为一击深入）”，实在算得上运气极好了。

白柳抬了抬下颌让杜三鹦先穿上装备，坐在座位上固定好安全带，然后再让杜三鹦固定住他，他再穿装备。

这个时候杜三鹦才喘过气来，捂住自己的氧气面罩，呼吸粗重：“飞机上你说的那五个押送员呢？”

白柳捂住脸上的氧气面罩，伸手拉住座椅上的安全带。

“这种紧急情况，押送员要么在驾驶舱，要么在货舱。”

白柳用降落伞的包裹环绕住头部，避免在飞机颠簸的过程中被硬物击伤。白柳对着杜三鹦指指额头，示意他也这样做。

杜三鹦在氧气面罩里大声回答他，传出来的声音闷闷的：“——我不用！这些碎物击不中我！”

他一边说，一边将手伸到飞机的长廊，一把从消防栓旁边飞过来的扳手眼看就要把杜三鹦的手臂打得骨裂，但在千钧一发之际，飞机离奇地颠簸了一下。

扳手擦着杜三鹦的手背砸到钢板里，钢板凹陷了一个深坑，但杜三鹦柔软的小臂却毫发无损。

“你看！”杜三鹦为确保白柳能听到他说的话，一直竭力很大声说话，“你躲在我背后，不用缠头也没事的！”

在他们说话期间，飞机长廊尽头两边的红色警示灯亮了，红灯上方的扩音器播放机械音的自动警报：

“飞机因遇到异常天气，不停有不明云团向上冲刷着两翼，导致飞机颠簸，请各位乘客做好紧急降落的准备——嗞嗞——”

很快这机械音的广播就被切断了，变成人声广播，播报人语速飞快，语气慌张：

“货舱这边有一个队员晕倒了，被我敲晕的。那八个尸块一旦暴露，靠近它们就会让人精神降维，根本无法脱离金属盒子跳伞并搬运。

“带着尸块直接跳伞降落行不通。”

广播里刺啦刺啦，没过多久又换了一个声音：“但那八个金属盒子是特制的，实在太沉了，单独降落和我们带着降落都行不通的话，就只能考虑要么抛进海里，要么一起和飞机坠毁在陆地上这两条路了。”

白柳和杜三鹦对视一眼——这应该是那五个押送员队内交流和广播的无线

频道连在一起了，方便大家在这种极端的情况下随时知晓对方的情况。

广播还在继续播报：

“抛进海里肯定不行，水的流动性太大了，一旦金属盒子沉积太久被腐蚀，暴露出里面的东西，尸块可以借助海水污染全世界！”

“但坠毁在陆地上，如果盒子在降落的过程中产生损坏，一样会污染南极地带……”

“可以用防寒服之类的棉织物品包裹一下吧？”

“不行，你忘了干叶玫瑰吗？这尸块什么东西都能异化，连棉花这种植物类的物品都能异化，苏队长反复告诫我们不能用植物类的物品包裹盒子。”

“但飞机上化学类的纤维缓冲物根本不多，也没有缓冲效果啊！在这么强的气流冲击下，除非是我们给盒子做人肉肉垫——隔着高密度的骨头和肌肉，说不定能减缓速降带来的冲击力……”

“就算降落在陆地上污染了南极，但污染陆地总比污染海洋要可控吧！南极的人口密度那么低，就算是牺牲了他们……”

“闭嘴！”

一声呵斥打断了几人的争吵，广播里安静了片刻，这人道：“如果我们把牺牲普通人当作理所当然的事情，那干脆去当普通人，来当异端处理局的队员干什么？

“我们作为异端处理局的队员，就是为了避免任何一个普通人牺牲的。”

广播里又沉寂了几秒，只有刺啦刺啦的电流声。

“一共有几个盒子？”这人询问。

货舱的人回答：“机长，一共八个。”

这位机长又沉默了一会儿，哑声道：“全体队员听令，飞机迫降地点为南极陆地，每个人负责一个金属盒子，用肉体包裹盒子减缓冲击力，避免降落的时候盒子出现破损污染南极，给居住在南极的普通人造成威胁。”

隔了很久，才有人很轻地回了一句：“是，机长。”

有人弱弱地问：“机长，但还有三个多的盒子，怎么办？”

广播里又安静了几秒，机长才开口：“等下你们将我分为四块，用我的上肢、下肢、后背的肌肉和骨头包裹盒子。

“腹腔这部分骨架缓冲力最强，这部分应该可以保住一个，另外三个……”

机长声音疲惫，顿了一下，所有力气在这一刻全都消失了。他语气很轻，恍若喃喃自语：“是我们失职，辜负了苏队的嘱托，没有护好……

“盒子和普通人。”

270

白柳在上下起伏的飞机甲板上往驾驶舱的方向走去，杜三鹦挡在他的身侧，从飞机两侧飞过来的物品自动避开了他们。

驾驶舱门前，白柳叩响了门，里面的人费力地推开门，愕然地看着飞机上多出来的两个人，瞬间就从旁边抽出枪对准了白柳的脑袋，疾言厉色：

“你们是谁？你们是怎么藏在飞机上跟到这里的？！”

白柳戴着厚厚的羽绒帽，脸上戴着氧气面罩，遮住了他大半张脸，这个队员一时还没认出来这就是当初把异端处理局闹得鸡犬不宁的白柳。

“我是异端处理局前第三支队队长唐二打派过来处理现在的情况的，”白柳呼出一口白气，抬眸直视这个队员，“他预见了这样的情况。”

这个队员讷讷地收回枪：“你是唐队跟着的活人异端白柳？是唐队让你来的？”

白柳点点头。

这个队员咬了咬牙，转身让白柳进了驾驶舱：“进来说话。”

机长满眼血丝地坐在驾驶座上，双手飞速地操纵着不停嘀嘀作响报警的仪表盘，头也不回地冷声问：“你有什么办法？”

“你们也知道我是活人异端，所以我不会被尸块异化。”白柳冷静地开口，“你们给我打开货舱的门，我可以取出尸块带在身上，单独跳伞降落。”

机长的眼球转动了一下，终于用余光扫了一眼白柳：“——你让我把尸块这种高危异端，交给你这个高危异端来保管？”

他的态度咄咄逼人，甚至带着几分狠戾：“如果你带着尸块跑了，或者说想要利用这些尸块做其他的事情，怎么办？

“这异端随便泄漏一点，就能弄死成千上万人，你知道人命有多珍贵吗？”

“你根本不知道，在你看来人命就是很肤浅的东西吧，还不如钱有价值。”机长转动眼珠，面无表情，“但人命在我眼里不是，我也担不起牺牲南极这么多条人命的责任。

“你也不是没有前科，玫瑰工厂的账第三支队还没和你算清。

“我不会让你带走尸块的。”

副机长忍不住劝道：“机长，这也是一个办法啊！”

另一个队员也跟着着急：“机长！你非要把自己分成四块吗？！”

机长打断他们的话，呵斥道：“好了！等下给这两个人找好降落伞和通信设备，把他们丢下去，让他们自己回去就行，不用多费口舌了！

“我意已决！”

白柳平静地呼出一口白气：“你想救的人的命是命，这些队员的命、你自己的命就不是命，是吗？

“谁给你的权力，用自己的命、用这些队员的命去换你以为的普通人的命？”

“住口！”机长紧咬后槽牙，收紧腮帮子，双眼赤红，含着浅浅的泪光，“下飞机！！”

白柳淡淡地继续说下去：“他们是人，你们就不是人吗？

“还是你觉得自己和这些队员天生低人一等，就该在遇到任何危险的时候优先牺牲，以自己的死换别人活着——你们难道就不怕死吗？”

队员和副机长都无措地沉默着。

白柳垂眸：“但我不是人，我是活人异端，是犯过错、没有道德观和人类情感的怪物。

“所以在你们眼里，也不必将我当作人来对待。

“在这种危急关头，你们利用我的命顾全大局，无论是出于情感，还是出于伦理道德，都是符合人类世界观和逻辑的。”

白柳的声音很轻，语气笃定：“我才是该被牺牲的那一个，而不是你们。

“至于你们说的我会利用尸块，我不否认自己有利用一切的倾向，但你们带着高危异端上飞机，一定有什么控制我这种高危异端的手段吧？”

哪怕是一直以来讨厌白柳的第三支队队员，这个时候也不忍地摇头，果断拒绝：“但那是用来远程监控尸块精神污染情况和防止它们暴动的，要把监管金属机械扣打进每个身体部分的骨头里……”

白柳打断他的话，轻描淡写地回答：“就用这个吧。”

队员猛地抬头，不敢置信地反驳：“但你是个活人啊！因为是给尸块打，我们没带麻醉设备，一共三十个环扣，硬打进去你会痛死的！”

“但尸块也是用的这个吧，”白柳抬眸看着这个队员，脸上带着很浅的笑，“我和它一直都是同一种怪物，或者说，异端。

“用同样的东西来控制我们，不是很正常的事吗？”

机长喝止他：“就算你是个异端，但我不会同意在一个活人身上用这种东西。白柳，你给我下飞机……”

“机长，”白柳平静地打断了他的话，“这件事情没有两全其美的办法，我痛这一会儿，和你们一下死五个队员，你总要选一个。”

机长一下一下地磨后槽牙，他眼下青黑，眼白血红，颧骨上那块肌肉因为紧咬后槽牙而不停颤抖。

白柳突然上前一步向他鞠躬，语气真诚：“机长，你有你想救的人，我也有我想救的怪物。

“还望您谅解，圆我这个梦。”

机长从驾驶座上站起来，把自己的驾驶座让给了在旁边守着的那个队员，转身看着还维持着鞠躬姿势的白柳，深深地吐出一口长气，长时间操纵仪表盘的手指无力地张合了几下。

他的目光从还在操纵仪表盘的两个队员憔悴的脸上，缓缓地移动到窗外白茫茫的云团和雾气里，短暂地放空了一会儿。

他闭上眼睛，嗓音沙哑地说：

“……你过来吧，打四个环扣就可以了，打在手腕和脚踝，控制住四肢。”

白柳起身，很诚恳地道谢：“谢谢。”

机长疲惫地挥了挥手：“……痛的话，忍不住就说。”

白柳被带到了医务室，杜三鹦惴惴不安地守在外面，以为会听到里面传出惨叫声，再不济也会听到一点呻吟——打环扣还不打麻醉剂，一听就很痛。

但最终医务室里只传来了像是订书机订书一样的“咔嗒”声，一共传出四声，然后就是白柳沉稳的道谢声：“好了吗？谢谢机长。”

杜三鹦本来想推开门，但他停了下来——他听到里面有人下跪的声音，膝盖砸在冰冷的地板上，“砰”的一声。

“你是个异端，是个不会恐惧的怪物，我们异端处理局第三支队一定会监视你一辈子，不会给你任何作恶害人的机会。”机长咬牙切齿恨恨地道。

白柳平静地“嗯”了一声：“我知道，这是你们的立场，我理解。”

机长呼吸声很急促，他似乎在哭，声音哽咽无比，然后传来两声沉重的、用力磕头的声音：“但这一次，我收回之前对你所有的个人评价。

“谢谢你救了其他队员，谢谢你救了我。”

两个人从医务室里出来，白柳轻轻地揉着自己的手腕，背部残留了一块碘伏消过毒的黄色印记，骨头凸起处奇异的变形——这应该是环扣打进去的地方。

机长脸上还有被粗暴擦拭过的泪痕，他对白柳颔首：“我帮你打开货舱门，你去吧。”

白柳领着还没回过神的杜三鹦一路往底层货舱走。

一进货舱，一眼就能看到那些储存尸块的金属盒子，它们整齐地隔着两三米的距离，环形摆放着，彼此之间塞了不少泡沫和气垫隔开，但有些气垫已经在颠簸中被戳破了，无力地在地上摊开。

白柳让杜三鹦站在货舱门口，不要靠近，最好也不要看，避免被精神污染，他一个人进去处理盒子里的尸块。

杜三鹦老实地待在货舱门口，像站岗般后背挺得笔直。

其实不用白柳说，他也不会回头看盒子里的东西的——那些盒子莫名给他一种很不幸运的预感，让他毛骨悚然。

隔了不到十分钟，白柳用布和防寒服包裹着尸块出来了，他有意地和杜三鹦隔了一段距离。

白柳："去联系机长，让他准备通知全员弃机，尽量找能跳伞的地点降落。"

——按照游戏《冰河世纪》的剧情来看，这飞机大概率是保不住了，多半会坠毁，能早点跑就早点跑。

除了机长和副机长还在驾驶舱里，其余三个队员已经在驾驶舱门口等着。

他们是被派过来指导白柳如何在高空跳伞的，其中一个人还会跳下去给白柳做空中示范。

为了避免被精神污染，他们站得离白柳很远，在狂风中说话都只能喊：

"如果降落在海域上，降落伞配套的包里有皮艇，我们用异端改造加持过，重量轻，能耐很低的低温，瞬间膨胀后可作为海上临时降落点。皮艇承重能力不强，不要往上面放太沉的东西。

"注意！无论是你还是尸块，都千万不要掉进水里！

"这里的水温太低了，人一旦落水会有生命危险，尸块则是会造成水域污染，异化这里的生物。

"如果降落在陆地上，包里有帐篷和一些干粮，可以维持一周左右，在这期间找个安全的地方待着，你身上有我们异端处理局的环扣，带有定位系统，我们会用尽全力在一周内搜寻到你的。"

这三个队员吼到声音嘶哑，指了指杜三鹦，扯着嗓子说："还有，白柳，你带上来的这个人是干什么的？

"你要带他一起跳吗？这人和你一样都是异端，不会受到尸块干扰吗？"

白柳看向被冷风吹得瑟瑟发抖的杜三鹦，转头道："我带着他是因为我运气一向不好，做什么事情都会有意料之外的情况发生。

"但这次我不希望出意外，所以我带上了他，避免后续出意外。"

队员不解："什么意外情况？"

白柳抬眸："——比如，尸块落到别人手里。"

三分钟后。

飞机侧门和后门在机长的指示下终于开了。

冷风呼啸而来，全员背好跳伞包，备好氧气和呼吸面罩以及防寒道具，严阵以待。

飞机颠簸得越来越剧烈，已经到快要脱离掌控的地步，站在风口的杜三鹦几乎被吹得双脚悬空，要抓稳把柄才能稳住身体，他正在尝试自己穿戴跳伞装备。

杜三鹦一边穿戴，队员们一边指导他如何跟随跳伞。

“正常的双人跳伞是你和他绑在一起，但你和白柳都是新人，双人跳伞很不安全，而且他身上已经绑了一具尸体了，你只能跟随着他跳伞，尽量和他降落在同一地点。

“但南极这边天气、温度等各方面都不适宜跳伞——目前我知道的在这边跳伞成功的，也就是定点跳伞，而不是高空跳伞。

“因为高空跳伞下面视野是全白的，风向变幻莫测，很难定位和找落地点，所以不强求，你们落地后再找寻对方也是可以的。”

“本来我准备带着你进行双人跳伞的，要安全一些。”这个队员长叹一口气，“但你不愿意。”

正在笨拙地调整胸前带子的杜三鹦微不可察地一顿，抬起头来勉强地笑了笑：“我一个人不会有事的，我运气很好的。”

——但是带我的人就不一定了。

能在他周围活下来的人，目前也只有白柳一个而已。

队员正色，向他道谢：“但无论你是人，还是和白柳一样是活人异端，请注意安全。

“多谢你们救了我们。”

队员说着，准备伸手帮杜三鹦调整混在一起的胸前的带子。

杜三鹦小声应了，侧过肩头避开这个队员帮他调整的手，头低得几乎点到了心口：“……我自己来就行，你站得离我远一点吧。”

这个队员首先跳伞进行示范，出舱，滑行，张开双臂，顷刻间就消失在了浓厚的云层和雾气里。

“这种能见度，”有个队员皱眉，“跟随跳伞的难度太大了，最好找个人跟着你。”

“不用了，”杜三鹦捏了捏跳伞包的挂绳，低声道，“……没关系的，我运气好，一定能跟上白柳的。”

跳伞开始。

白柳从驾驶舱门口一跃而下，穿过厚厚的云层和雾气，冷空气宛如千万片刚开锋的单面刀片一样划过他的心肺，冻得他四肢麻痹，连打了环扣的伤口都没有那么痛了。

他感觉自己宛如一只从高处往下坠落的正在拍摄的镜头，云层、雾气、海水像是不停切换的高帧率画面，充满动态感地填满了白柳的视野。

美丽又缥缈，好像造价不菲的大型游戏充满金钱感的CG（Computer Graphics，计算机生成图像）开场。

带给人一种恍惚的不真实的冷意，就像是白柳此刻脸上结的霜一样。

白柳的脚下是一千四百多万平方米的皑皑冰盖，天上是一架即将坠毁的尾翼开始燃烧的飞机，抱在胸口的是他曾经唯一的朋友，现在碎成了尸块。

那“它”会是他未来的什么人呢？

“未来”没有告诉他答案，于是白柳给了自己一个。

在那个狭隘的福利院里，每个孩子都日夜渴望被一对陌生的男女带走——就像是他们渴望拥有爱自己的父母、关心自己的朋友、陪自己一起长大的兄弟姐妹。

他们渴望拥有一个在童话书里才能看到的家庭。

但白柳永远都不参与被筛选、被带走的过程。

于是谢塔问他：“你不想要爸爸吗？”

白柳说：“不想。”

谢塔问：“妈妈呢？”

白柳说：“不想。”

谢塔说：“姐姐妹妹，哥哥弟弟，你有想要的吗？”

白柳说：“要他们有什么用吗？”

谢塔似乎有些困惑：“这好像是家庭的必要组成部分。”

白柳反问：“家庭有什么用吗？”

谢塔思考了一会儿，诚实地摇了摇头：“家庭似乎就是两个人决定在一起之后组建出来的一个场地，用法律、道德以及某种叫作‘爱’的情绪约束着，永远在一起。

“大家好像都向往家庭。”

谢塔问白柳：“如果你有一个家庭，没有这些必要的组成部分，你有什么想放到家庭里的吗？”

白柳当时没有回答，因为他觉得自己永远不会需要“家庭”这种东西。

两个人被永远捆绑在一起太无聊了。

但两只怪物……好像还不错。

现在白柳和谢塔已经符合组建家庭的一切条件了，所以……如果白柳有“家庭”，那么谢塔就是他唯一的家人。

他希望如果有未来，未来里有谢塔，谢塔要是愿意做他的家人……就好了。

就好了。

一阵毫无道理的狂风在白柳打开降落伞的那一刻猛烈地吹来。

271

五颜六色的弧形降落伞在来回吹拂的风里剧烈摇晃，牵着伞绳下面挂着的白柳，把他甩得左右晃。

终于靠近陆地了，下面是隐约闪烁着灯火的一个基地——是游戏里尸块被偷盗的那个基地。

本来白柳已经避开了这个基地降落，但那阵突如其来的风还是不讲道理地把他牵引到了这里。

——就像是冥冥之中的命运。

白柳透过护目镜环视了一圈，在这片基地里锁定了一个不太起眼的偏僻仓库，然后伸手拉住伞绳，腰部后倾，调整降落地点。

他冷静地调整下降的位置，已经想好了落地之后的应对策略——包里有一把刀，是用来割断意外缠绕的伞绳的。

不长，很新，也很锐利。

但现在，如果如游戏里设定的那样，这些尸块被艾德蒙观察站的人发现并强硬地夺走，那么白柳觉得，除了割断伞绳之外，这把刀应该还有别的用处。

对照游戏，白柳记得第一批发现尸块上缴到艾德蒙观察站的，应该是一群没有武器和攻击力的普通的观察站科研人员。

白柳心里毫无波澜地想：我应该可以全部杀死他们，然后毁尸灭迹。

虽然这破坏了陆驿站一直以来给他设定的底线。

但他的确可以。

巨大的基地沉浸在将明的朦胧夜色里。

南极的夜晚一向很长，又很冷，向来很少有居民趁着夜色出门，除了那些喜欢欣赏极光的摄像师。

但对于经历了一整个孤独冬季的南极本地居住者而言，他们显然已经看烦了极光这种自然现象，此刻都安静地躺在家中温暖的被窝里，没有注意到这从天而降的彩色降落伞。

不过也有例外，例行巡逻的治安官开着瞭望灯，在半梦半醒间看到了这个降落在仓库旁边的降落伞，他瞬间清醒了，手忙脚乱地报告上级——观察站的管理人员们。

刚刚覆盖了一层大雪的地面松软雪白，白柳一脚踩上去就是一个重重的脚印，他降落在仓库旁边宽敞空旷的雪地里，打了好几个滚才止住降落和风带来的巨大冲击力。

白柳呛咳出吸进喉咙里的碎雪，在呼啸的风声里眯着眼睛看了一眼远处的基地昏黄的灯光。

这也是他唯一能看清的关于基地的东西了。

暴风雪还没停，能见度很低，只能隐约窥见不远处的仓库门前堆满了雪，后门那边有一个装满燃油的大桶被吹倒，旁边还贴着一个骷髅头的标志——这是危险化学品的标志。

这个仓库里面多半会储存着强酸和燃油。

不能留在这里，这两样东西可以毁掉尸块。

看来幕后之人真是处心积虑，想方设法地把选项放到了白柳面前，不断地催促他去毁灭自己的弱点。

——如果不毁灭弱点，你就会被掌控，而如果你不想被掌控，你就只能杀死想要掌控你的人。

白柳，你会怎么选呢？

幕后之人笑着说："白柳，无论你选哪一条路，你都会变成白六。"

在及膝深的雪里，白柳带着尸体和一大堆东西根本没有什么移动能力，而如果白柳没有猜错，那些闻讯的科研队员很快就要来了。

于是白柳思考了片刻，就毫不犹豫地原地脱掉了跳伞包，背着冷冰冰的尸体往远离基地的方向走去。

白柳找到一个雪坑，把尸体埋葬在里面。

大雪顷刻间就掩埋了雪坑边白柳的脚印。

藏好尸块之后，白柳呼吸很急促，他停顿了一下，蹙眉捂了一下心脏——从退出《冰河世纪》开始，他的心脏就隐隐作痛。

现在这种痛感越来越强烈了。

但这种疼痛很快被白柳摁住了，他恢复了平静的神色，深一脚浅一脚地往回走到之前他脱掉跳伞包的地方，从里面翻找出了那把用来割断伞绳的刀。

白柳脸上一丝情绪也没有，他握了握刀柄，腕骨上那个环扣随着他的动作凸显并滑动。他的呼吸里带着微弱的热气。

然后他站了起来，拿着那把刀走向仓库，安静地贴在门后，等待搜寻队的人来。

白柳选了第二条路。

他决定要亲手杀死这些什么都不知道的普通人，阻止后续的一切事情发生。

神殿之上的预言家不忍地闭上了眼睛。

“他可以不杀他们的……”预言家的声音哑得不像话。

藏在兜帽下的男人露出好像早就知晓这一切会发生般的微笑。

他轻声反驳：“不，只要白柳不杀他们，只要他们当中有一个活下来回去报告这一切，尸块就会被抢走。

“尽管这群人并不知道发生了什么，也不知道这些尸块有什么用，他们只是做了自己该做的事情，报告这具来路不明的尸体的位置。”

兜帽下的男人仿若怜悯般微笑，前倾身体凑近看预言家的表情：

“但悲剧还是会发生，因为人的欲望是没有止境的。

“只要知道有这种东西存在，就会有人铤而走险，付出一切去得到尸块，满足自己的欲望，实现愿望——人是靠社会优越感活着的。”

“所以白柳杀死他们的做法很干脆，”他赞赏白柳的做法，“——只有杀死第一个发现金矿的人，大家才会以为金矿不存在。

“白柳才能独占他的金矿。”

男人饶有兴趣地说：“白柳真的很聪明，他已经猜到我的存在了，虽然的确还存在许多中间路径可以不杀人，但这些路径的潜藏风险高，还存在一个随意干扰他计划的我，所以最终——

“白柳明白我想看到他变成什么样子，于是他就要变成那样给我看。”

桌面上的狼人牌目露险恶的红光，朝着桌面上代表平民的牌潜伏移动，悄悄龇出了长牙——这是狼人杀人的预兆。

“这还是这张狼人牌在这条世界线第一次杀平民。”

预言家不冷不热地回应：“这不就是你想看到的吗？”

男人抬眸望着预言家，表情愉悦：“白柳让我达成所愿，并借此来阻止我对命运的操控。”

他从桌子上抽回自己的手，彬彬有礼地对着桌面一拂手，含笑开口：“如果白柳愿意按照白六的方式来操控这个世界，那我的确很愿意把世界的操控权让给他。”

兜帽下的男人优雅地起身后退，站立一旁观望桌面上自行挪动的各色人物牌。

“他是我选中的继承人，这是他应得的。”

男人抬起头，微笑看着石化已经发展到心口的预言家，微微屈身，遗憾地感叹：

“你又输了，预言家。”

在石化发展到预言家颈部的一瞬间，又离奇地往下消减了。男人略显惊讶地挑了一下眉梢，低头看向桌面。

代表狼人的人物牌在龇出长牙那一刻，没有咬向平民，而是转头狠狠地咬向了“白痴牌”！

“幸运值满点的白痴牌，狼人带不走。”男人坐了回去，脸上的表情迅速消失，“白柳要干什么？”

风雪交加的仓库外面。

杜三鹦的满分幸运值再次发挥了作用，他精准地降落在离白柳不远的地点。

但风雪里的能见度太低了，他晕头转向地找了好久也没有找到白柳，只找到了白柳的降落伞。最后杜三鹦只能无可奈何地缩在仓库外面瑟瑟发抖。

而杜三鹦不知道的是，这个时候白柳已经藏在了仓库的另一面，静待观察站的科研人员过来。

在一群人举着手电筒靠近仓库的时候，杜三鹦的幸运又发挥了作用，他们首先发现了冻得半死不活的杜三鹦。

而在这群人试图营救杜三鹦的那一瞬间，白柳猛地从杜三鹦的后面蹿出来，用短刀卡住他的喉咙，疾言厉色：“别过来！谁过来我就杀了他！”

杜三鹦差点没被白柳演的活灵活现的歹徒吓得心脏骤停。

于是他惊恐万分的真实表情瞬间就打动了前来的科研人员，他们用英文七嘴八舌地紧张地劝阻了一番。

最后不知道是谁提示这两个人看脸像是亚洲人，又笨嘴拙舌地用韩语、日语、汉语试了一遍，然后推出一个有亚裔血统的科研人员，磕磕巴巴地和白柳交流。

“你……耗（好），”这个科研人员战战兢兢地说，他看着杜三鹦脖子上的刀，双手往下压，“先把刀……放下来，可以吗？你要干森莫（什么）？”

白柳用英文回答：“我下岗了，我要报复社会，所以我要把整个南极炸了，我要让你们这些高端人才全都给我陪葬！”

他说完，还很狂躁地踢了一下旁边的燃油桶，表情充满戾气。

杜三鹦完全摸不着头脑，他小声地问：“……白柳，你在干什么？”

“转移这群人的注意力，”白柳表演得像是脑子有病，但声音却十分冷静，“幕后的那个人对‘现实世界’的影响有限，他没办法像在游戏里一样随机增加事件，只能借助天气、人员、异端等外部因素来控制这个没有被完全污染的世界。

“而这些因素在南极起到的作用都有限，因为南极天气本就极端，没有异端，人员极少。

“换言之，南极这里对他来说是不利地图，这里的确很适合储存尸块——相信幕后那个人也明白，不然他不会在尸块的运输过程中动手。”

白柳贴在杜三鹦耳旁低语：

“你的幸运值是百分之百，现在我挟制了你，是为了让你得到救援，要么就是其他五个押送员降落到这里，要么就是闹到国内的观察站过来接管你。”

“……只要有人过来，把尸块移到异端处理局监管范围的冰穹A附近，事情就能得到控制。”白柳的呼吸因为心口的刺痛变得急促，但很快又被他压下去了。

杜三鹦听得有点蒙，但大概明白了白柳在说什么，于是乖乖扮演起了被捕的无辜群众。

这群与世隔绝的科研人员看到两个亚洲人互相残杀，一个亚洲人还要炸掉基地，在确定了这两个亚洲人的国籍后，迅速地联系了国内的观察站，请求对方派人过来处理问题。

——不然这里没什么人会中文，连交流都很成问题。

比起探究两个来路不明的人为什么会降落到这里，更为紧急的明显是眼下的情况。

国内的观察站人员正在紧急往这里赶，杜三鹦刚松了一口气，就看到原本就起着大风的地面忽地刮起一阵妖风。

这风像要掘地三尺般打着旋，把几个苍白的尸块从远处吹了过来，就像是展示般摊开在了这些人面前。

尸块上面只盖着一件防寒服——杜三鹦认出这是白柳的防寒服。

所有人的呼吸都停滞了，这些人眼珠子都不转地看着这些尸块，露出就像是受到了蛊惑的表情，试图上前去捡。

白柳把刀比在杜三鹦的脖子上，上前几步强行逼退了这些人，声音冷得像冰一样：“起来。”

这些人远离尸块之后勉强恢复了一丝清醒，他们畏惧地往后退，小声地询问：“这是什么？这些尸块是谁的？你已经杀了一个人吗？”

白柳眼里没有任何情感：“是的，我杀了他。

“我把他分尸藏在雪地里，如果你们不想死，就赶紧走，我要炸基地了。”

一群人终究是被死亡带来的威胁吓退了。白柳摇晃了一下，脚站不稳，贴着杜三鹦的后背滑落。

杜三鹦赶忙扶住他，眼前也开始出现眩晕般的幻觉——他离这些尸块太近了。

“……去打开仓库门，你能打开的。”白柳嗓音有些沙哑，推了杜三鹦一把，“我们进去，里面有很多燃油，是爆炸隐患，他们不敢轻易进来。”

杜三鹦摇摇晃晃地走到仓库门前，居然在仓库门上发现了一把还没拔下来的钥匙，就是结冰了，焐了好一会儿才能转动。

等他打开仓库，转头想大声喊白柳过来，声音在嗓子里忽然转了个弯，变小了。

杜三鹦看到白柳跪在地上，把那些尸块小心翼翼地捡起来，拍去上面的碎雪，珍重地焐在自己的防寒服里。

白柳包裹好所有尸块，贴着最暖的腹部，踉踉跄跄地站起来往仓库走。

这场景莫名有些眼熟，杜三鹦觉得自己好像在很久以前也曾这样跪在地上，把家人的尸块捡起来抱在怀里假装对方还在，无助地流泪。

进入仓库之后，杜三鹦立马就把门给反锁了。白柳垂着头坐在角落里，冷得脸色青白，嘴唇发黑，一点血色也没有。

杜三鹦心里着急，但又不敢过去——白柳怀里的那堆尸块对他的影响太大了。

他在屋子里急得到处乱转，又很幸运地发现了还没废弃的空调的开关。打开空调之后杜三鹦总算是松了一口气，脱力地瘫坐在墙边，双手搭在两个红色的大油漆罐上。

他看着罐子上面的标志，里面有燃油，有有害物质，还有一些腐蚀性液体，比如强酸之类的。

白柳坐在远离这些罐子的角落里，脸上被冻出来的青紫得到缓解。

一切似乎都在好转。

但十分钟后，仓库门口传来了钥匙转动声——那群人又过来了。

那群只是看了尸块一眼的人变得不对劲，他们在门外一边转动钥匙一边语速飞速地低喃："尸块，尸块——"

杜三鹦急得跳起来抵住仓库门，只听"嘎嘣"一声，门外的钥匙在钥匙孔里断了半截。

仓库门被彻底锁死了。

杜三鹦还没来得及松一口气，外面的人并没有放弃，他们转移了阵地。

仓库后面高高的小窗户被人擦拭得很干净，不断有人睁着大而无神的眼睛趴在上面往里看，眼珠子斜到一边，死死盯着角落里的白柳怀里的尸块。

他们开始用榔头砸窗户，试图从这个不如蛋糕盒子大的窗户里爬进来。

杜三鹦气喘吁吁地爬到小窗口旁，背对着那群人坐下，挡住小窗户。

他的幸运再次发挥了作用，外面试图往上爬、想要推开他的人开始不断跌倒。

杜三鹦一边咬着牙紧张地听着外面的人跌落进雪里的声音，一边双手合十向他们道歉："对不起，对不起——"

爬窗活动过后，外面的人稍微消停了一小会儿，然后更大的雪地车推雪的声音传来。

杜三鹦连忙看向小窗户外面。

离仓库不远的地方，一排整整齐齐排列的雪地车开着锃亮的车头灯，推出前面的推雪铲，轮胎在雪地里刨动，就像是一群蓄势待发的野狗睁着荧绿色的眼睛，流着涎水，准备向猎物的喉咙袭来。

——这群人居然想直接用雪地车推仓库！

他们疯了吗？！整个仓库都会爆炸的！！

杜三鹦被吓到了，他连滚带爬地从小窗户旁跌下来，远远地跪在白柳面前，嘶吼着喊他："白柳！白柳！你醒醒！

"仓库要爆炸了！！"

白柳微微闭着眼睛，像是疲惫至极陷入了熟睡，不愿醒来。

杜三鹦急得直蹦，恨不得直接摇醒白柳，但白柳抱着那些尸块，他过不去。

"白柳，你醒醒啊！"杜三鹦喊得声音都发涩了，"仓库爆炸我不会死，但是你会死的！你快起来，快跑啊！！"

杜三鹦急得没有办法，拿仓库里的东西砸白柳，试图把他砸醒。

但白柳毫无反应，只是歪了一下头，嘴角缓慢地渗出鲜血，呼吸渐渐微弱。

杜三鹦呆住了，他顾不得那么多，直接冲过去丢开尸块，头晕目眩地跪在地上拍打白柳的脸，害怕地哭喊着：

"喂！喂！你不要死啊！

"你不是说你离我多近都不会死，不会被我波及吗？！

"活下来啊！！"

窗外的车灯一晃而过，亮得让人想落泪，雪地车的轰鸣声响彻风雪夜。

杜三鹦号啕大哭，他抱着白柳歪下去的头大喊："救命啊！谁来救救他啊！"

被杜三鹦手忙脚乱扔到一旁的尸块仿佛具有自我意识般组合起来，在地上变成了一座布满裂缝的完美雕像，雕像的血管彼此连接，血液流动。

最后雕像终于站了起来，除了闭着眼睛，身体上还有裂纹，宛如一个真正的人类。

杜三鹦呆滞地停住了哭声。

这座雕像上前一步，从杜三鹦怀里接过了白柳，闭着眼低头向他道谢："谢谢你照顾白柳。"

那声音有些破碎，就像是这座雕像此刻的样子一般，但依旧能听出语气真诚。

杜三鹦不由得惊慌地摇头，后退了好几步才小心地回了一句："不……不用谢。”

隔了一会儿，杜三鹦实在没忍住，低声问：“你是……活人吗？”

雕像摇了摇头：“我是怪物。”

杜三鹦偷偷瞄了一眼白柳：“白柳和你是什么关系啊？”

雕像安静了一会儿：“他是我很重要的人。”

杜三鹦“哦”了一声，心情不知道为什么放松下来：“你能救他，是吗？”

“我就是为救他而存在的，”雕像低下头，似乎想睁眼看一眼白柳，忽然又想起还有旁人在，于是说道，“可以请你转过头去吗？你不能看到我的眼睛，但我想看看白柳。”

杜三鹦莫名有种自己在发光的感觉，“哦哦”了两声，老老实实地捂着耳朵转过身去。

谢塔低下头，睁开了银蓝色的眼睛，全心全意地注视着怀里的白柳，用大拇指擦去他嘴角的血渍，很浅地笑了笑。

“辛苦了。

“一切都快结束了，原谅我不敢以这副模样见你，实在是不好看。”

仓库外的轰鸣声越来越大，杜三鹦有些不安地想要转身，结果一转身就看到谢塔要把白柳放在他的怀里。

“白柳在游戏里受伤了，劳烦你继续照看他。”

杜三鹦慌张地接过白柳，问道：“你要怎么处理外面那些人啊？”

“不是他们的错，”谢塔站在被人不停敲击的仓库门前，声音和神色都平淡如雪，“是利用我去引诱他们堕落的新任幕后之人的错。

“是我陨落的错。

“我不该存在，白柳会因我而被他控制。”

谢塔抬起双手，两旁的燃油向下倾倒，一点火星从他苍白的指尖跌落，大火顿时顺着他身上那件白柳的防寒服熊熊燃烧起来，强酸从小窗户旁边跌落，加入这场火局。

冲天的烟气从仓库里冒出。

缥缈的、不真实的声音从火里传出：“我被焚烧后，我存在过的一切痕迹都会被抹消，包括白柳的记忆、游戏里的数据、我送给白柳的东西。”

杜三鹦愕然：“怎么会这样……”

白柳颈部挂着的逆十字架和鱼鳞碎裂成粉末，系统面板中的鱼骨鞭暗淡下去，消失不见。

游戏里，一道刺耳的通报声跨越了所有区域，玩家们仰头看向巨大的空中通告：

系统通知：开始清理神级游走 NPC 所有区域的数据……

系统通知：数据清理完毕，神级 NPC 全线抹除 BUG，以后请大家安心玩游戏，再无神级 NPC 在各大游戏场景里游走。

大火还在烧，里面的声音渐渐微弱，缥缈得仿佛是一场梦：

“杜三鹦，你应该比谁都明白，有时候什么都不记得并不是一件坏事。”

靠在杜三鹦胳膊上的白柳虚弱地睁开了眼睛，漆黑的眼里映着跳跃的火光，一滴眼泪顺着他的眼角滑落到下颌，滴落在地面上。

“我讨厌你，谢塔。”白柳自言自语，“我讨厌你。”

从火里传来很轻微的声音，除了白柳没人听得清。

火星跳跃不已，逐渐熄灭化为灰烬，余烟全都散去，什么都没有留下。

连骨灰都没有留下，消失得干干净净。

窗外的轰鸣声响了一会儿，传来人们迷茫的讨论声，讨论他们为什么会在这里，然后那群人纷纷开着雪地车走了。

杜三鹦也迷茫地待了一会儿，似乎没反应过来自己为什么在这个仓库里，面前又为什么会有一堆燃烧过后的痕迹。

靠在他肩膀上的白柳抽搐了一下，倒在冰冷的地面上，手攥紧剧痛的心口，猛地呕出一口血来，然后耳朵、眼眶、鼻腔里开始疯狂冒血，止也止不住。

白柳痉挛般地呛咳着，血凝块飞得到处都是，杜三鹦被吓得魂飞魄散，肾上腺素飙升，抱着白柳就往仓库外面冲，一边冲一边喊：“有人吗？

“来救人！有人吐血了！！”

白柳疲惫地合上了眼睛，他看到的最后一幕是地面上那些焚烧过后留下的黑色痕迹。

杜三鹦满手是血，怔怔地坐在病房外。

刚刚这里的人发现了声嘶力竭求救的杜三鹦，赶忙把昏迷过去的白柳运送到了最近的医院，已经推进 ICU 抢救了。

但来来往往的医生神色都很紧张，表明白柳的情况并不乐观。

杜三鹦看得心里发慌，不得不拦住一个医生用蹩脚的英文询问：“里面白柳的情况怎么样了？”

医生说：“没事了，脱离危险了。”

杜三鹦长舒一口气。

“他活下来是个奇迹，”医生神色也很疲倦，但难掩兴奋，向杜三鹦解释道，“这位叫白柳的病人心脏有被人挖出来的痕迹，连接处还很新鲜。

“做了这么严重的手术应该好好休养，但他又是跳伞又是剧烈运动，导致这些本不密合的血管裂开了，造成严重的内出血。”

医生强调：“几乎没有人能在做了这种离奇的手术后活下来，但不知道是谁，让白柳的失血量在一段时间内很少，让他撑到了现在。”

“现在他应该没事了，”医生起身，“但他还没醒，先让他休息一会儿吧。”

杜三鹦听得头脑发晕，半懂不懂，连忙起来向医生道谢，然后借了卫星电话向国内打电话——走之前，唐二打和他说过自己的电话号码。

但他已经有点记不清自己到这边来到底是做什么的了，只记得是执行一个很重要的任务——好像是运输一个高危异端。

电话很快就接通了，唐二打迅速地问：“你和白柳的情况怎么样？那五个队员呢？”

“我没事，那五个押送员应该也没事。”杜三鹦支支吾吾，看向走廊尽头的病房，白柳住在那里。

“但白柳……现在他在医院里，还在昏迷。”

“白柳在医院里？！”

一听到白柳受伤，牧四诚就抢走了电话，又急又怒地问：“出什么事了？白柳怎么会在医院里？”

紧接着电话就到了木柯手里，他语气严肃：“你们是在运输过程中遇到什么事情了吗？”

最后是刘佳仪，她脑子转得很快：“五个押送员和你都没事，应该就不是运输过程中发生的事情，是运输的物品出了问题，还是和游戏有关？”

“都有吧，”杜三鹦叹气，“运输的物品被烧了，白柳身上的伤好像是从游戏里带出来的，和运输过程没什么关系。”

牧四诚的声音惊疑不定：“从游戏里带出来的？

“从游戏里带伤出来，可是要玩家觉得自己的身体真的受伤了，才能带出来。白柳上个游戏精神值连 60 都没有跌破，怎么会产生这种错觉？”

杜三鹦的声音有些迷茫，他不太懂这些：“不知道。”

刘佳仪逼问：“白柳伤在什么地方？”

杜三鹦回忆：“心。

“医生说有人剖开了他的心。”

272

白柳第二天就能坐起来了，医生们都觉得不可思议。

但没等他们深究他不可思议的恢复速度的原因，白柳就连人带床被国内的观察站接管了。

现在白柳正安静地坐在观察站的病床上，侧头看着窗外呼啸的风雪，床边趴着正在打瞌睡的杜三鹦。

门被轻微地叩响。

“白柳先生，我们能进来吗？”

杜三鹦猛地从睡梦中惊醒，他擦了一下嘴角的口水，看向病床上的白柳。

白柳没有回头，依旧看着窗外：“请进。”

门被推开了，进来的是那五个押送员和观察站的站长，他们略显恭敬地站在白柳病床的床尾，低着头说：“劳烦您帮我们解决了这次押送过来的异端。”

白柳无可无不可地“嗯”了一声，淡淡道：“我也没做什么。”

“白先生，你做了一件很有意义的事。”站长抬起头来，面露欣喜之色。

“之前听说异端处理局要把导致干叶玫瑰形成的原始植株转移到南极来保存，我还有些不赞同，但因为暂时没有找到销毁原始玫瑰植株的办法，不得不接受将它们转移到人烟稀少的此地来。”

站长长舒一口气：“好在你及时找到办法将它们销毁了，避免其他观察站的科研人员被玫瑰迷惑后滋生抢夺的欲望。”

白柳终于转过头来看向这几个人，忽然轻笑了一下，缓慢地重复站长的话：“运送到南极的，是玫瑰的原始植株？”

站长一怔：“……是的。”

“这样啊，”白柳自言自语，轻声呢喃，“你们的记忆被修正成了原始玫瑰植株啊……

“只有我记得他死了，只有我记得他活过。”

白柳又转过头去，点点头表示自己了解情况了，便不再说话。

其他人记得的，不过是凋谢了一枝无关紧要的芬芳的玫瑰，只有他记得死的是什么。

五个押送员面面相觑，最终还是躬身向白柳道谢，感谢白柳救了在飞机上差点坠毁的他们，然后和白柳道别，让他好好休息。

机长走在最后，即将关门的时候转过头来看着病床上脸色苍白的白柳，脑海里不知道为什么回想起这个人在飞机上对他说的话：

“你有你想救的人，我也有我想救的怪物。”

那个时候白柳的眼神是那么真诚，机长担任了这么久的异端处理局队员，大大小小的高危异端不知道收容了多少，他从未在一个怪物眼中看到如此动人的眼神。

尽管这个活人异端只是为了救一朵罪大恶极的诱人玫瑰才露出这样的眼神，但他在那一瞬间也忍不住为之动容。

那朵玫瑰在白柳那里或许等同于他的朋友、爱侣、亲人，等同于他在飞机上就算把自己切成四块也想拯救的一切。

可最后他救到了他想救的人，白柳却没有救到他想救的玫瑰。

机长不知为何深深地感到歉疚，他安静了片刻，开口道：

“我已经向苏队长汇报了你帮助我们的事情，他说会向上级申请，考虑将你的危险程度降级，让你有更多活动的自由。

“你身上的四个环扣在转移到国内观察站的过程中都取出来了，在你新的降级评判结果出来之前，第三支队不会对你做出任何监视行为。”

“谢谢你救了我们和这边的人，”机长张了张口，“……关于玫瑰的事情，我很抱歉。”

白柳没有回答他任何话，他微微欠身道别后，关上门离去。

等到他们离开，白柳迅速地扯下手背上的输液管，在大惊失色的杜三鹦的阻拦声里下令：“去把门反锁了，不要让任何正常人进来，收拾一下，准备进入游戏。”

杜三鹦战战兢兢地看着白柳不停滴落鲜血的手背，忍不住小声劝阻：“医生说为了防止血栓形成，给你用了抗凝血剂，让你不要随便走动，会血流不止的……”

白柳轻飘飘地投过去一个眼神，杜三鹦缩了缩脖子，听话地把门反锁了。

“进游戏，刘佳仪他们应该在游戏里等着我。”白柳对杜三鹦说，“刘佳仪手上有更适合我的治疗药物。”

杜三鹦傻乎乎地问：“什么药物啊？”

白柳：“解药。”

游戏内。

流浪马戏团公会的小楼房外面，刘佳仪焦躁地走来走去，牧四诚放空地蹲在门口，双手搭在膝盖上。

木柯一动不动地抱着双臂倚在门边，低着头，看不清他的神情。

唐二打站在垃圾桶旁边，叼着点燃的烟，有些出神地玩着手里的枪，动作快到肉眼只能看到残影。

卸下，组装，取下子弹又装上，弹匣和枪膛彼此碰撞。

……这么多条世界线以来，他做梦都没想到白柳会为了救异端处理局的人出事。

被剖心……大出血，倒在冰冷的雪地里被杜三鹦抱着等了将近半个小时才找到救援的人，身上的衣服都被渗出来的血湿透了……

唐二打从来没有看到过这么……凄惨的白柳。

他一向无所不能，无所不有，世界存在的意义就是为了纵容他尽情游戏。

但这次……一向偏爱白柳的幕后之人，似乎因为这次白柳不肯按照他设计好的轨迹前进，在狠狠地惩罚他。

正在唐二打陷入深思的时候，牧四诚的一声惊叫打断了他的思绪："白柳！"

所有人的目光瞬间"唰"地集中过去。

白柳穿着一件很宽大的病号服，手上还在淌血，身后跟着一个鬼鬼祟祟的人。白柳注视着他们，径直朝公会门口走过来。

木柯放下双手，牧四诚跳了起来，刘佳仪停止走来走去，唐二打收起了枪。

虽然看起来情况不好，但提心吊胆了这么久，这家伙总算出现了！

白柳一走过去，木柯就递给他一卷绷带，示意白柳缠一下自己的手臂。

白柳点头接过，一边缠绕一边下令："我身上还有伤，你们都从杜三鹦那里了解我的情况了，这些伤不难处理。

"等下去游戏池里找一个难度较低的游戏，进去后，刘佳仪用技能给我疗伤。"

刘佳仪点头："明白。"

白柳看向他身侧的木柯："王舜在公会里吗？"

木柯点头。

白柳颔首，让出在他身后躲了一路的杜三鹦："让王舜给杜三鹦科普一下游戏内的基本知识，统计一下他的游戏数目给我，以及让王舜每周空出一段时间来给杜三鹦上课，讲同样的内容——因为杜三鹦会忘记。"

"对了，提醒王舜在教导杜三鹦的时候不要和他接触过密，尤其是在情感方面。"白柳简单提醒，"杜三鹦的幸运值会影响到他。

"木柯，你和杜三鹦交代一下战队和联赛的事情，带他过一两个一级游戏先适应一下。"

"知道了。"木柯领命，带着杜三鹦离去："跟我来吧。"

杜三鹦踌躇不前地看了白柳一眼，在得到白柳的首肯后才小跑着跟在木柯身后走了。

“牧四诚，”白柳转头看向他，“有事情交给你去办。”

牧四诚正色问道：“什么事情？”

“因为……杀手序列黑桃做的一些事情，我常用的武器和道具都被他清空了一部分，但联赛是需要这些东西的，所以我需要好一点的替代品。”

“——我个人认为，这个代价应该由杀手序列来承担。”白柳抬眸，“他们是去年排名第一的公会，今年的道具库存一定很不错。”

“先让查尔斯去沟通吗？如果对方愿意卖，就购买；如果不愿意……”

白柳眼神下移，看了一眼牧四诚的猴爪：“你懂我的意思了吗？”

牧四诚龇牙笑笑，揉了揉自己的手腕：“懂，就是踩点，围堵他们公会的仓库保管员，对吗？”

白柳点头。

牧四诚比了一个“OK”的手势后离去。

白柳望向唐二打：“你和佳仪就和我一起进游戏，我现在的状态不适宜和佳仪单独进游戏，会被围攻，需要强攻手支援。”

听到这里，唐二打紧绷的神经才松懈下来，他颔首：“自然，现在就进游戏池吗？”

白柳点头。

刘佳仪也松了一口气，她还是很怕白柳这家伙逞能，一个人和她进游戏的。

他现在看起来太虚弱了。

但不得不说，就算白柳现在是这副憔悴的样子，但这家伙一现身，就有种定海神针的感觉，整个公会瞬间就运转了起来，所有人都安心了。

不愧是天生的战术师，控场能力太强了……

刘佳仪偷瞄了一眼白柳的心口。

——白柳现在这副镇定自若部署联赛的样子，看起来完全不像受到了巨大的心理创伤，甚至强到在意识模糊的情况下展现出了在游戏中的样子……

到底是谁这么有本事，能让白柳心脏受伤啊？

上轮游戏里，只有黑桃有可能伤到白柳，但以那个家伙天然呆的程度，看起来完全不像是有给白柳造成心理创伤的能力啊……

但白柳这副一上线就要针对杀手序列和黑桃的样子，感觉他的确是被黑桃惹到了……

所以黑桃到底做了什么，能惹毛白柳这个万年冷静的利益至上者？

刘佳仪摸着下巴陷入了沉思，她感到前所未有的好奇。

杀手序列公会休息室。

黑桃低着头坐在一边的沙发上，对面的沙发上坐着撑着双膝、正在痛心疾首地训斥他的逆神的审判者。

“你看看你，你要一个人玩游戏我也不是不允许。你想要赢，和其他玩家产生冲突都是正常的，谁没有年轻不懂事、样样都想争第一的时候，我作为你的战术师，也不是不可以理解。”

逆神的审判者气到挥手，声音飙高：“——但你怎么能去捏爆别的小朋友……呸！不是，怎么能去捏爆别的玩家的心脏呢？！

“这只是在游戏池里玩游戏而已，根本不是参加联赛啊！有必要吗？啊？！”

逆神的审判者沉痛地一拍大腿：“黑桃，你这样做是对的吗？！”

黑桃抱着双臂和鞭子，靠在沙发上，头一点一点的，像是在认错。

逆神的审判者满腔的郁闷在看到黑桃罕见的老实地点头认错时，气消了一大半。

他语气放柔，劝道：“黑桃啊，现在还在应援季，你这样嚣张地欺负小公会的人，要是被人家说出去，很影响公会支持率的。本来杀手序列的会员就不多，形象也很吓人，很多普通玩家都不愿意支持我们。

“这样吧，我们带点东西上门去给人家道歉，大家握握手，就当一切都没有发生过，怎么样？”

黑桃还在点头，头都快低到胸口了。

逆神的审判者面露惊喜之色：“黑桃，你同意了啊！可不能反悔啊！”

旁边有个队员觉得不太对劲，小心翼翼地上前，蹲下来瞅了黑桃一眼。

这个队员沉默半晌，转头看向逆神的审判者：“战术师，黑桃睡着了。”

逆神的审判者：“……”

他撸起袖子，对着黑桃咆哮：“黑桃——你迟早会跪在这个被你欺负的人面前，求对方原谅你的！”

其他队员连忙上前，拦住爆发的逆神的审判者：

“消消气，消消气！我们还要留着他打游戏呢！”

“他也不是第一天在开会的时候睡觉了！”

“对对对，按照惯例罚他必须输三次游戏就行了！黑桃输游戏很痛苦的！比杀了他还痛苦！”

睡得半梦半醒的黑桃微微睁开眼睛，就听到逆神的审判者一边深呼吸一边下令：“好的，按照惯例，黑桃在会上睡觉、发呆，要罚接下来的三次游戏都必须强制他输。

“接下来的三次游戏，全队一起监视、围堵黑桃，严禁他从我们或者敌人手里取得胜利，这是对他的惩罚，也是对我们的考验和训练，听到了吗？！”

其他队员斗志昂扬：“听到了！”

刚醒过来的黑桃：“？”

为什么又要罚他，不是才罚完吗？

图书在版编目（CIP）数据

惊封 . 3 ： 全两册 / 壶鱼辣椒著 . -- 海口 ： 三环出版社（海南）有限公司， 2025. 4（2025. 7 重印）. -- ISBN 978-7-80773-578-6

Ⅰ . I247.5

中国国家版本馆 CIP 数据核字第 2024JN4371 号

惊封 3（全两册）

JING FENG 3（QUAN LIANG CE）

著　　者　壶鱼辣椒
责任编辑　姜　嫚　　**特约编辑**　王　霄
责任校对　华传通　　**装帧设计**　纯白设计工作室
出版发行　三环出版社
地　　址　海口市金盘开发区建设三横路 2 号
邮　　编　570216　　**邮　　箱**　sanhuanbook@163.com
出 版 人　张秋林
印刷装订　河北鹏润印刷有限公司
书　　号　ISBN 978-7-80773-578-6
印　　张　39.25
字　　数　726 千字
版　　次　2025 年 4 月第 1 版
印　　次　2025 年 7 月第 3 次印刷
开　　本　700mm × 980mm　1/16
定　　价　110.00 元（全两册）

版权所有，不得翻印、转载，违者必究

如有缺页、破损、倒装等印装质量问题，请寄回本社更换。

联系电话：0898-68602853 0791-86237063